CHAMPAGNERGRAB

W0297207

Guido Buettgen, geboren 1967, war nach dem Studium der visuellen Kommunikation in renommierten Werbeagenturen tätig und erhielt für seine Kampagnen zahlreiche nationale und internationale Auszeichnungen. 2010 legte er eine werbliche Pause ein, begab sich auf eine mehrmonatige Weltreise und verdiente sein Geld als Boxtrainer. Nach der Veröffentlichung eines Reiseberichts im Eigenverlag wechselte er zur Belletristik und publizierte in Zusammenarbeit mit dem Emons Verlag die Starnberger-See-Krimis »Champagnerblut« und »Champagnertod«, deren Premierenlesungen jeweils im Rahmen des Krimifestivals München stattfanden. Inzwischen ist er wieder in die Marketingbranche zurückgekehrt und arbeitet als Geschäftsführer einer Münchner Werbeagentur. Guido Buettgen lebt mit seiner Familie am Starnberger See.

Dieses Buch ist ein Roman. Handlungen und Personen sind frei erfunden. Ähnlichkeiten mit lebenden oder toten Personen sind nicht gewollt und rein zufällig.

GUIDO BUETTGEN

CHAMPAGNERGRAB

Oberbayern Krimi

emons:

Bibliografische Information der Deutschen Nationalbibliothek
Die Deutsche Nationalbibliothek verzeichnet diese Publikation in der Deutschen Nationalbibliografie; detaillierte bibliografische Daten sind im Internet über http://dnb.d-nb.de abrufbar.

MIX
Papier | Fördert gute Waldnutzung
FSC www.fsc.org FSC® C083411

© Emons Verlag GmbH
Alle Rechte vorbehalten
Umschlagmotiv: mauritius images/P. Widmann
Umschlaggestaltung: Nina Schäfer, nach einem Konzept von Leonardo Magrelli und Nina Schäfer
Umsetzung: Tobias Doetsch
Gestaltung Innenteil: DÜDE Satz und Grafik, Odenthal
Lektorat: Dr. Marion Heister
Druck und Bindung: CPI – Clausen & Bosse, Leck
Printed in Germany 2023
ISBN 978-3-7408-1734-3
Oberbayern Krimi
Originalausgabe

Unser Newsletter informiert Sie regelmäßig über Neues von emons:
Kostenlos bestellen unter
www.emons-verlag.de

Dieser Roman wurde vermittelt durch die Literaturagentur Beate Riess, Freiburg.

Für meine Familie. Die beste von allen.

Hoch oben konnte man zwischen smaragdgrünen
Baumspitzen einen Falken erspähen,
der immer weitere Kreise am Himmel zog, ein Engel
mit dunklem Gefieder und einer Vorliebe für Blut.

Dean Koontz,
»Der Geblendete«

Prolog

Er war der Falke.

Mit der tödlichen Präzision eines Greifvogels hatte er seine Beute gejagt und erlegt. Sein Empfinden wurde dabei weder von Mitleid noch von Reue getrübt. So grausam und erbarmungslos dieser Vorgang anderen Menschen auch erscheinen mochte – er selbst war sich der Notwendigkeit seines Tuns vollkommen bewusst.

Schließlich erwies er der Gattung Mensch einen unschätzbaren Dienst, auch wenn er wusste, dass ihm dafür niemals Dank und Anerkennung zuteilwerden würde. Eine gleichermaßen bedauerliche wie unabänderliche Tatsache, die das Gefühl seines Triumphes jedoch nicht im Geringsten schmälerte. Persönlicher Ruhm oder die unterwürfige Bewunderung einfältiger Claqueure waren für sein Tun nicht relevant.

Er verfolgte eine wesentlich bedeutsamere Mission.

Das Schicksal hatte ihn herausgefordert, und er hatte die Aufgabe mit Bravour gemeistert.

Dieses bislang unbekannte, vitalisierende Gefühl unwiderstehlicher Macht und Stärke versetzte ihn in Ekstase, und trotz der Anspannung, die ihn während des verzweifelten Überlebenskampfes seiner Beute befallen hatte, empfand er eine in dieser Intensität nie erlebte geistige und körperliche Befriedigung.

Er wusste, dass sein Leben von diesem Tag an nie wieder so sein würde wie bisher, denn im tiefsten Inneren verspürte er erneut den unwiderstehlichen Drang nach Blut.

Er würde wieder auf die Jagd gehen.

Er würde wieder töten.

Er war der Falke.

EINS

Seine Ausdrucksweise widersprach jedem klerikalen Verhaltenskodex, doch das hielt Heinz Aumiller nicht im Geringsten davon ab, auf unchristlichste Art und Weise zu fluchen, als er keuchend die schmalen Steinstufen zum Turm der Wallfahrtskirche St. Nikolaus und Elisabeth – der Allgemeinheit besser bekannt als »Klosterkirche Andechs« – hinaufstieg.

Seit über dreißig Jahren bekleidete er bereits das Amt des Küsters in diesem altehrwürdigen Benediktinerkloster, aber so etwas wie an diesem Abend hatte Aumiller noch nie erlebt. Natürlich hatte sich im Laufe der Jahre immer mal wieder die eine oder andere unvorhergesehene Situation ergeben – auch und gerade wegen der Touristenströme, die den heiligen Berg an schönen Tagen fluteten wie ganzkörpertätowierte Fitnessinfluencer das Casting von »Love Island«. Allerdings ließen sich solcherlei Schwierigkeiten in der Regel mittels handwerklicher Fähigkeiten oder diplomatischen Geschicks relativ problemlos lösen.

Doch diesmal schien die Sache deutlich komplizierter zu sein.

Es war kurz nach zwanzig Uhr, als Aumiller seinen abendlichen Kontrollgang rund um das gotische Bauwerk begonnen hatte. Die auswärtigen Besucher genossen längst im klostereigenen Braustüberl bajuwarische Degustation, und auch die Mönche hatten sich nach ihrer Vesper zum liturgischen Gespräch ins Refektorium zurückgezogen. Eine friedliche Stille hatte über dem weitläufigen Klosterareal gelegen – zumindest so lange, bis ein großer Schwarm Krähen laut krächzend seine Kreise rund um die zwiebelförmige Kuppel des Kirchturms gezogen hatte. So etwas kam häufiger vor und war im Grunde nicht weiter besorgniserregend. Allerdings schien diesmal irgendetwas die besondere Aufmerksamkeit der Vögel erweckt zu haben. Immer und immer wieder stießen die Tiere im Sturzflug auf die Turmspitze hinab und bekämpften sich dabei mit wildem Geflatter und aggressivem Gekrächze.

Angesichts des nahen Feierabends und der verlockenden Aussicht auf ein kühles Bier aus der klostereigenen Brauerei hätte Aumiller selbst dieses ungewöhnliche Verhalten der Krähen nicht weiter beachtet. Doch dann hatte einer der Vögel etwas von seiner Beute fallen lassen, und keine Handbreit vor den Füßen des schockierten Küsters war ein blutiges Stück Fleisch auf das Pflaster geklatscht und hatte seine hellen Wildlederschuhe mit unappetitlichen dunkelroten Spritzern befleckt.

Aumiller war fluchend Richtung Mauer gesprungen und hatte den Schutz eines kleinen Vordachs dazu genutzt, seine Optionen abzuwägen. Auch wenn er sich nur allzu gern vor der Beseitigung des Übels gedrückt hätte, musste er sich widerstrebend eingestehen, dass es für den zweitgrößten Wallfahrtsort Bayerns keinen sonderlich guten Eindruck machte, wenn es vom Dach der Klosterkirche blutige Tierinnereien regnete. Vermutlich hatte eine Taube den Turmaufsatz mit seiner Zwiebelkuppel als letzte Ruhestätte auserkoren, und die Krähen kämpften nun um das größte Stück des Kadavers.

Kurzum: Egal, wie Aumiller es auch drehte und wendete – es hatte zu seinem großen Leidwesen kein Weg daran vorbeigeführt, den Turm zu besteigen und dem Ursprung des tierischen Aufruhrs auf den Grund zu gehen.

Am oberen Ende des Treppenaufgangs angekommen, verschnaufte Aumiller einen kurzen Moment. Mit seinen dreiundsechzig Jahren und einem Sammelsurium künstlicher Ersatzteile in Knien und Hüfte war das Besteigen des Turmes ein Kraftakt, den er sonst nach Möglichkeit zu vermeiden suchte. Doch da das diesmal unumgänglich war, entriegelte er mit einem resignierten Seufzen die schwere Holztür zum Glockenraum und betrat anschließend das achteckige Innengewölbe des Turms.

Die Luft war stickig und roch nach Weihrauch und altem Holz. Obwohl die untergehende Sonne noch ein wenig Licht durch die winzigen, schießschartenähnlichen Fenster warf, sorgte der Schattenwurf der fünf gewaltigen Glocken dafür, dass der gesamte Raum in einem trüben Halbdunkel lag.

Mit vorsichtigen Schritten stieg der Küster über herumliegende Metallkisten und Werkzeuge. Die Außenfassade des Turms sowie das Dach der Kirche wurden derzeit restauriert, weshalb das gesamte Gebäude mit Gerüsten eingefasst war. Aumiller schickte ein Stoßgebet zum Himmel, in dem er die für die Erfüllung individueller Wünsche zuständige Instanz darum bat, die tote Taube beseitigen zu können, ohne dafür in schwindelerregender Höhe über das wackelige Baugerüst balancieren zu müssen.

Auf der Südwestseite schien die Ansammlung der Krähen dem Gekrächze nach zu urteilen am dichtesten zu sein, doch als er durch die verstaubte Scheibe auf den Sims und die umliegende Dachfläche spähte, konnte er nichts Auffälliges erkennen. Er versuchte, das kleine Fenster zu öffnen, aber der rostige Griff ließ sich trotz aller Kraftaufwendung keinen Millimeter bewegen.

»Verdammter Mist!«, brummte Aumiller missmutig und wischte sich den Staub von den Handflächen. Nun blieb ihm tatsächlich nichts anderes übrig, als sich durch die weiter oben befindlichen etwas größeren Fenster zu zwängen und das Dach von dort abzusuchen – eine Tätigkeit, der er mit einem ähnlichen Enthusiasmus entgegenblickte wie einem rektalen Prostatacheck.

Über eine schmale Metalltreppe, die an der Wand entlang zum höher gelegenen Dachbereich führte, stieg er weiter hinauf. Oben angekommen, gelang es ihm unter großen Mühen, eines der altersträben Fenster aufzuhebeln und sich anschließend bis zur Hüfte durch die Öffnung zu zwängen.

Er befand sich nun unmittelbar zwischen der zwiebelförmigen Wölbung des Dachs sowie der darauf aufgesetzten, mit goldener Kugel und Kreuz versehenen Spitze des Turms. Der Wind pfiff böig um das Fenster, und es roch nach Herbst, wenngleich die Temperatur für einen Spätsommerabend immer noch angenehm warm war.

Mit einem schicksalsergebenen Seufzen beugte sich Aumiller

nach vorn und ließ den Strahl der mitgebrachten Stabtaschenlampe über das mit grünen Schindeln gedeckte Dach wandern. Der Lichtstrahl fiel auf die Streben, die die zwiebelförmige Haube in acht gleichmäßige Elemente unterteilten, aber auch dort war nichts Ungewöhnliches zu entdecken. Enttäuscht schwenkte Aumiller das Licht nach unten und wollte sich gerade wieder abwenden, als er es plötzlich sah.

Das Nest.

Es war deutlich größer als das eines normalen Singvogels und genau im Übergang von Zwiebelhaube zu Turmspitze platziert. In diesem Moment erinnerte sich der Küster plötzlich wieder daran, dass vor zwei oder drei Jahren ein Falkenpärchen an dieser Stelle genistet hatte, worüber sich die Kirchenverantwortlichen seinerzeit sehr erfreut gezeigt hatten, denn solange sich Greifvögel auf dem Dach aufhielten, pflegten die lästigen, schmutzverursachenden Tauben einen gebührenden Abstand zum Gebäude zu wahren.

Aumiller versuchte auszumachen, was die Aufmerksamkeit der Krähen erweckt haben könnte, doch das Licht seiner Taschenlampe war zu schwach, um die zunehmende Abenddämmerung auszugleichen. So blieb ihm nichts anderes übrig, als seinen arthritischen Körper durch das schmale Fenster zu zwangen und sich mit den Handen auf das umlaufende Baugerüst zu ziehen. Anschließend bewegte er sich Schritt für Schritt und mit wackeligen Knien auf den hölzernen Planken vorwärts, jeden Blick in die schwindelerregende Tiefe vermeidend, während ihn die aufgebrachten Krähen mit aggressivem Gekrächze umkreisten.

Als er das Nest endlich erreicht hatte und der Strahl seiner Taschenlampe auf das Innere fiel, fuhr er entsetzt zurück.

Die verschlungenen, blutverkrusteten Organe sahen exakt so aus, wie man sie aus anatomischen Büchern kannte. Und selbst wenn Aumiller noch Zweifel gehabt hätte – der einzelne Finger, der aufrecht in die verwobenen Äste gesteckt war, verdeutlichte auf unmissverständliche Weise, dass es sich bei seinem Fund keineswegs um einen Taubenkadaver handelte.

Das Nest, vor dem er stand, war bis zum Rand mit Innereien gefüllt.

Den Innereien eines ausgewachsenen Menschen.

***

Exakt zweiundfünfzig Minuten später traf Kriminalrat Mads Madsen an der Andechser Klosterkirche ein. Der Anruf der Leitstelle hatte ihn beim Boxtraining in München erreicht, und wie üblich hatte er sich trotz der Dringlichkeit des Einsatzes keines der ihm zustehenden Polizeifahrzeuge bedient, sondern war mit seiner eigenen chromblitzenden Harley-Davidson Fat Boy zum Einsatzort gefahren.

Zu Beginn seiner Tätigkeit in Starnberg hatte sein unorthodoxes Auftreten noch für Irritationen in der beschaulichen Kreisstadt gesorgt, denn bekleidet mit Jeans, schweren Bikerstiefeln und abgewetzter Lederjacke entsprach Madsen nur bedingt der Vorstellung, die man landläufig von dem Leiter einer oberbayerischen Polizeiinspektion hatte. Auch sein mitunter lässiges Verhalten und der tiefschwarze Humor waren gewöhnungsbedürftig, doch wer angesichts dieser Faktoren auf nachlassige Pflichterfullung schloss, der wurde rasch eines Besseren belehrt. Madsen war ein hervorragender Polizist mit einer beeindruckenden Aufklärungsrate, und die in seiner vorherigen Diensttätigkeit auf dem Hamburger Kiez angeeigneten Verhaltensformen beeinträchtigten seine kriminalistischen Fähigkeiten nicht im Geringsten. Im Gegenteil – obwohl theoretisch die Kriminalpolizei Fürstenfeldbruck für Kapitalverbrechen im Fünfseenland zuständig war, hatte die verantwortliche Staatsanwaltschaft eine Sonderregelung getroffen, nach der Madsen und sein Team völlig eigenständig in diesem Gebiet agieren durften. Eine Maßnahme, die sich bereits bei zwei vergangenen Mordfällen als überaus effektiv erwiesen hatte, auch wenn – oder gerade weil – Madsen sich im Rahmen der Ermittlungen alles andere als regelkonform verhalten hatte.

An der Absperrung begrüßte ihn Polizeiobermeister Michael

Zirngibl, ein junger Kollege der Starnberger Polizeiinspektion, der Madsen aufgrund seiner Optik an Jan Böhmermann erinnerte. Zirngibl war vor einiger Zeit bei einem Einsatz lebensbedrohlich verwundet worden, und nicht wenige Polizisten hätten ob der Schwere der Verletzungen anschließend psychisch beeinträchtigt um Aufgaben im Innendienst gebeten.

Doch nicht so Zirngibl.

Kaum war er von seinen Verletzungen genesen, bat er darum, zukünftig stärker in die aushäusige Ermittlungsarbeit mit einbezogen zu werden. Zunächst war Madsen dem Ansinnen mit einer gewissen Skepsis begegnet, doch Zirngibl erwies sich rasch als ein souveräner, an den Erfahrungen gereifter Polizist, der sämtliche ihm aufgetragenen Aufgaben zur vollsten Zufriedenheit seines Vorgesetzten bewältigt hatte. Als Folge dessen war der junge Polizist nicht nur zum Polizeiobermeister befördert worden, sondern von Madsen auch als vollwertiges Mitglied des »inneren Zirkels« akzeptiert.

»Hallo, Chef! Gut, dass Sie da sind!«, begrüßte Zirngibl seinen Vorgesetzten aufgeregt. »Ich glaube, wir haben einen neuen Fall. Und offensichtlich einen, der es echt in sich hat.«

»Davon gehe ich aus, wenn ich um diese Uhrzeit aus dem Ring geholt werde!«, entgegnete Madsen, entledigte sich seiner Motorradhandschuhe und präsentierte dem verdutzten Zirngibl seine mit weißen Baumwollbinden und Klebestreifen umwickelten Hände. »Ich bin sofort in die Klamotten gesprungen und losgerast. Hatte nicht mal Zeit, die Bandagen zu entfernen. Ich schlage vor, Sie erzählen mir, was hier los ist, und ich mach währenddessen die verschwitzten Dinger ab.«

»Aber gerne!«, nickte Zirngibl dienstbeflissen und informierte Madsen über die aktuelle Lage, während dieser mit geübten Bewegungen die Bandagen von seinen Fäusten entfernte. »Allzu viele Fakten gibt's noch nicht. Dem Küster der Pfarrei ist aufgefallen, dass die Krähen rund um den Kirchturm verrücktspielen. Als ihm dann ein blutiges Stück Fleisch vor die Füße gefallen ist, ist er auf das Dach geklettert, weil er gedacht hat, dass da irgendwo 'ne tote Taube liegt. Dabei hat er ein

Vogelnest gefunden, das bis oben hin mit – vermutlich menschlichen – Eingeweiden gefüllt ist. Und als Krönung des Ganzen steckt dann auch noch ein einzelner Finger im Nest.«

Madsen schüttelte angewidert den Kopf und warf die Bandagen achtlos auf seinen Motorradsattel.

»Was für eine kranke Sauerei! Dann lassen Sie uns mal nach oben gehen, damit ich mir das Ganze anschauen kann. Ist die Spurensicherung schon da?«

»Ja, Bertram mit seinem Team ist ein paar Minuten vor Ihnen hier eingetroffen. Der Fotograf auch!«, erwiderte Zirngibl und reichte seinem Vorgesetzten ein Paar Gummihandschuhe. »Nur die Rechtsmedizin glänzt wie immer durch Abwesenheit.«

Madsen seufzte.

Normalerweise war es bei Fällen wie diesem üblich, dass neben der Spurensicherung auch ein Vertreter der Rechtsmedizin vor Ort war und eine erste, vorläufige Untersuchung der Leiche durchführte. Allerdings war der zuständige Rechtsmediziner für ihr Gebiet Professor Hubertus Polt – ein Mann, dessen medizinische Fachkenntnisse genauso überdurchschnittlich waren wie seine misanthropischen Verhaltensmuster. Diese hatten zur Folge, dass er sein pathologisches Laboratorium so gut wie nie verließ – auch dann nicht, wenn es einen Leichenfund gab. Vor die Wahl gestellt, deshalb auf Professor Polts diagnostische Genialität zu verzichten oder seine Eigenarten widerstrebend zu tolerieren, hatte die Staatsanwaltschaft sich nach reiflicher Überlegung für Letzteres entschieden. Und so oblag es stattdessen Stefan Bertram, dem Leiter der Spurensicherung, ob seiner langjährigen Erfahrung erste Erkenntnisse bezüglich des Tathergangs zu sammeln und die Leichen zur gründlichen Obduktion ins Institut der Rechtsmedizin zu Professor Polt liefern zu lassen.

Dass Bertram von dieser erweiterten Aufgabenstellung nicht sonderlich begeistert war, wurde deutlich, als sich Madsen seinem über das Nest gebeugten Kollegen näherte, während Zirngibl im Inneren des Turms wartete.

»Pass auf, dass du nicht übers Geländer fällst!«, brummte

Bertram, ohne aufzublicken, und deutete auf den Abgrund neben ihm. »Ich hab ja schon an vielen Scheißstellen arbeiten müssen, aber das hier ist echt grenzwertig. Eine falsche Bewegung – und es geht sechzig Meter im freien Fall nach unten.«

»Höhe ist ehrlich gesagt auch nicht mein Ding!«, antwortete Madsen gepresst.

Üblicherweise war er selten um einen provokanten Spruch verlegen, und seine verbalen Duelle mit Bertram genossen in Polizeikreisen bereits Kultstatus – vor allem da Bertram mit dem Nierenstein seiner Frau, den er in einem Amulett um den Hals trug, immer wieder eine hervorragende Vorlage für Madsens Sticheleien lieferte. Doch dieses Mal – in schwindelerregender Höhe auf einem wackeligen Baugerüst ohne jegliche Sicherung stehend – beschränkte Madsen sich auf Nettobotschaft.

»Was kannst du mir denn zum aktuellen Zeitpunkt schon sagen, Bertram? Lässt sich aus diesem blutigen Haufen überhaupt irgendwas schlussfolgern?«

»Nicht allzu viel – hier ist wirklich medizinische Fachkenntnis gefordert, die ich nun mal nicht habe.« Bertram zuckte bedauernd mit den Schultern. »Wenn du mich fragst, ist die Herkunft der Organe mit an Sicherheit grenzender Wahrscheinlichkeit menschlich! Den Verwesungsspuren und den Beschädigungen durch die Krähen nach zu urteilen, liegen sie hier seit mindestens vierundzwanzig Stunden, auf keinen Fall länger als achtundvierzig. Soweit ich das beurteilen kann, wurden die Organe relativ sauber abgetrennt. Das heißt: keine blutrünstige Gewaltorgie, sondern eine gewissenhafte und mit Bedacht durchgeführte Verstümmelung. Gerade Schnittkanten, Tatwaffe demnach vermutlich ein scharfes Messer oder eventuell ein Skalpell. Keine Blutspuren rund um das Nest, was bedeutet, dass der Fundort mit Sicherheit nicht der Tatort ist. Der Täter muss die Innereien irgendwo anders entnommen und anschließend hierher transportiert haben – was ja auch irgendwie logisch ist, denn sonst hätte er die Leiche zuerst rauf- und dann den Rest des Körpers wieder runterschleppen müssen.«

Bertram deutete auf den Finger, der kurz hinter dem untersten Glied abgetrennt war und auf einem spitzen Zweig am Rand des Nestes steckte.

»Der abgeschnittene Daumen ermöglicht uns unter Umständen eine Identifizierung, wobei zuerst zu klären wäre, ob der Finger überhaupt von derselben Person stammt wie die Organe – wovon ich allerdings stark ausgehe. Vielleicht haben wir ja Glück, und es handelt sich um einen alten Bekannten aus der polizeilichen Datenbank. Alles Weitere muss in der Rechtsmedizin analysiert werden. Ich habe bereits mit Professor Polt telefoniert, er wird morgen in aller Herrgottsfrühe mit der gründlichen Obduktion beginnen.«

Madsen nickte zufrieden und hakte dann nach: »Du kannst vermutlich nicht sagen, ob die Leiche – beziehungsweise das, was von ihr noch übrig ist – männlich oder weiblich ist, oder?«

»Nein, tut mir leid. Ich kann nur raten. Dem Finger und der Größe der Organe nach zu urteilen, tippe ich auf männlich, aber bitte nagle mich nicht darauf fest!«

Bertram erhob sich mit knackenden Gelenken, anschließend streifte er sich die Gummihandschuhe ab und legte Madsen mitfühlend eine Hand auf die Schulter.

»Ich habe keine Ahnung, in was für eine Scheißgeschichte wir hier reingeraten sind. Aber eins weiß ich ganz genau: Ich möchte in den nächsten Tagen definitiv nicht in deiner Haut stecken!«

Mit diesen Worten nickte Bertram seinem Gegenüber müde zu, drängte sich auf dem engen Gerüst an ihm vorbei und machte sich dann auf den Weg nach unten, um aus seinem Fahrzeug wasserdichte Behälter für den Transport der Organe zu besorgen.

Madsen blieb indes neben dem Nest stehen und blickte sich in aller Ruhe um.

In westlicher Richtung erstreckte sich der Ammersee, wobei dieser aufgrund der Dunkelheit nur noch durch die spiegelnden Uferbeleuchtungen zu erkennen war. Im Norden der Kirche befanden sich die klostereigenen Brauereigebäude, und schaute man nach Westen, war dort ein großer, gespenstisch verlassener Parkplatz zu sehen. Lediglich in südlicher Richtung gab es Häuser, und obgleich der Ort Andechs ein sehr kleiner war, erkannte Madsen auf den ersten Blick mindestens fünfzig Fenster, von denen man freie Sicht auf seine aktuelle Position hatte. Da die Möglichkeit nicht auszuschließen war, dass einer der Anwohner etwas Zielführendes im Zusammenhang mit der Tat beobachtet haben könnte, war es unumgänglich, sämtliche betreffenden Wohnungen und Büros in den nächsten Tagen aufzusuchen und mit den Bewohnern zu sprechen – eine Sisyphusarbeit, die ihn und sein Team eine ganze Menge Zeit und Energie kosten würde.

Vorsichtig die Hände am Geländer entlangführend, begab sich Madsen zurück zu dem kleinen Fenster. Er sah keinerlei Sinn darin, weiter auf dem Gerüst herumzustehen und die Arbeit der Kriminaltechniker zu blockieren. Für gewöhnlich pflegte er sich einen Tatort zunächst einmal allein anzuschauen, um die Atmosphäre auf sich wirken zu lassen – schließlich war er in der Regel einer der Ersten, die sich nach der für Opfer und Täter so folgenreichen Begegnung am Ort des Geschehens aufhielten, und nicht selten hatte er in diesen Momenten eine intensive, nur schwer definierbare Stimmung verspürt, die ihn durch den gesamten Ermittlungsprozess begleiten sollte.

Diesmal aber, auf der zugigen Spitze eines Kirchturms, wollte sich dieses spezielle Gefühl einfach nicht einstellen.

Er spürte nichts.

Außer Kopfschmerzen.

Inzwischen hatte auch der Polizeifotograf das Gerüst betreten, ein vollbärtiger Zwei-Meter-Hüne, der in seinem Batikhemd von erschreckender Buntheit aussah wie das Willkommensmaskottchen eines Freizeitparks. Er begrüßte Madsen mit einem kurzen Kopfnicken und begann, akribisch und aus sämtlichen Perspektiven den Fundort abzulichten. Währenddessen wand sich Madsen durch das enge Fenster ins Turminnere und klopfte anschließend den Staub von der Kleidung. Zirngibl, der es sich während Madsens Abwesenheit auf einer der Werkzeugkisten gemütlich gemacht hatte, sprang dienstbeflissen auf, als der Kriminalrat den inzwischen mit tragbaren Scheinwerfern hell ausgeleuchteten Glockenraum betrat.

»Wo ist eigentlich Klee?«, erkundigte sich Madsen gereizt. »Wozu hat man denn einen Partner, wenn der einen am Fundort einer Leiche alleine rumstehen lässt?«

Zirngibl zuckte entschuldigend mit den Schultern.

»Ich versuch ihn die ganze Zeit zu erreichen, aber es geht immer nur die Mailbox an. Tut mir leid!«

»Verdammt noch mal, wie oft habe ich schon gepredigt, dass die Handys ständig an sein müssen?«, ereiferte sich Madsen mit hochrotem Kopf. »Dafür bezahlt der Staat die Scheißdinger schließlich! Schicken Sie einen Streifenbeamten zu ihm nach Hause. Um elf Uhr möchte ich in der Inspektion eine Teambesprechung machen. Und zwar mit Klee. Außerdem mit Ihnen, Brandl und dem Team von der Nachtschicht. Also sorgen Sie dafür, dass Ihr Kollege auf keinen Fall ohne Klee wiederkommt. Ansonsten schreibt er die nächsten fünf Jahre Strafzettel in Söcking. Und Klee auch!«

Zirngibl nickte eingeschüchtert, bevor er die Stufen nach unten eilte, um Madsens Auftrag zu erledigen und danach zuruck zur Polizeiinspektion zu fahren. Währenddessen lehnte sich Madsen an eine der schweren gusseisernen Glocken, entnahm seiner Tasche eine Packung American Spirit und zündete sich eine Zigarette an.

Den Rauch gedankenverloren inhalierend, wurde ihm klar, was ihn in diesem Moment quälte.

Ihm fehlte etwas.

Beziehungsweise jemand.

Und zwar Kommissar von Werdenfels.

Maximilian von Werdenfels war Madsens eigentlicher Partner, ein junger, mitunter etwas wertkonservativer Polizist, der neben polizeilichem Talent und außergewöhnlicher Kompetenz im Umgang mit sämtlichen digitalen Medien auch die höchst amüsante Eigenschaft besaß, gängige Sprichwörter auf skurrilste Art und Weise miteinander zu mischen – und das so, dass die neu entstandenen Wortschöpfungen in sich fast schon wieder einen gewissen Sinn hatten. Nach kleineren anfänglichen Schwierigkeiten hatten die beiden Beamten sich im Laufe der Zusammenarbeit zu einem echten »Dream-Team« entwickelt, und Madsen, der mit der Verwendung des Begriffs »Freund« äußerst sparsam umging, sah Max inzwischen als einen solchen an. Darüber hinaus wusste Madsen als einer der wenigen Vertrauten von Max sehr viel aus dessen Leben, und auch wenn die meisten Leute glaubten, dass Max aufgrund seines vermögenden Elternhauses und als ein direkter Nachfahre des letzten bayerischen Königs mit einem privilegierten, sorgenfreien Leben gesegnet war, wusste Madsen, dass dem mitnichten so war.

Im Gegenteil – der Druck, dem Max vonseiten seines despotischen Vaters ausgesetzt war, war so immens, dass sein junger aristokratischer Kollege daran fast zerbrochen wäre. Dazu kam der Entzug jeglicher väterlichen Zuneigung – zum einen wegen des aus seines Erzeugers Sicht völlig unstandesgemäßen Berufs als Polizist, zum anderen auch – und vor allem – wegen Max' sexueller Ausrichtung. Max lebte in einer homosexuellen Beziehung mit Yoel Goldenberg, einem gut aussehenden israelischen Wissenschaftler, und obgleich er alles Erdenkliche versucht hatte, um den Respekt und die Zuneigung seines Vaters zu erlangen, hatte sich dieser von seinem schwulen Sohn abgewandt, den Kontakt abgebrochen und ihm jeglichen Zugang zum Vermögen der Familie verwehrt. Wenngleich Max materiellen Dingen noch nie große Wertschätzung beigemessen hatte, bedeutete das dennoch für ihn und seinen Lebenspartner angesichts ihrer beider bescheidenen Gehälter und der hohen Starnberger Lebenshaltungskosten ein Leben am unteren finanziellen Limit.

Die einzige Stütze in dieser schweren Zeit war Max' Mutter, doch obwohl sie ihm heimlich und ohne das Wissen ihres Mannes mütterliche Zuneigung und gelegentliche Finanzspritzen zukommen ließ, konnte sie die innere Leere, die seines Vaters Verhalten bei Max verursacht hatte, nie komplett füllen.

Doch dann hatte sich der Verkehrsunfall ereignet, der Max'

Leben von einem auf den anderen Moment komplett verändert hatte.

Madsen konnte sich noch genau an den Tag erinnern. Sie waren mit Freunden und Kollegen im Nordbad in Tutzing, um den erfolgreichen Abschluss eines Falles zu feiern. Die Stimmung war ausgelassen, man alberte herum, lachte, trank und schmiedete Zukunftspläne.

Bis plötzlich dieser Anruf kam, in dem Max über den tödlichen Unfall seiner Eltern auf dem Weg zum Gardasee unterrichtet worden war.

Der junge Kommissar war umgehend nach Italien gereist, um die Leichen seiner Eltern von dort überführen zu lassen. Anschließend hatte er die Beerdigung organisiert, und als er kurz darauf vom Notar zur Testamentseröffnung bestellt worden war, da hatte er mit dem Gedanken gespielt, den Termin einfach zu schwänzen. Wozu sich dem quälenden, erniedrigenden Prozedere aussetzen, wo er doch eh wusste, dass sein Vater alles testamentarisch Mögliche gemacht hatte, um ihm das familiäre Vermögen zu entziehen?

Letztendlich hatte Max den Notartermin dann aber doch wahrgenommen.

Und das war gut so.

Denn laut Polizeibericht aus Italien hatte Max' Mutter im Gegensatz zu ihrem Gatten noch gelebt, als der Rettungshubschrauber an der Unfallstelle eintraf. Erst auf dem Flug in die Klinik hatte ihr Herz aufgehört zu schlagen – eine kleine Randnotiz im medizinischen Bericht, die aber weitreichende Folgen hatte. Denn dadurch, dass zuerst Max' Vater verstorben war, war seine Mutter per Gesetz die Alleinerbin des gesamten Familienbesitzes. Was jedoch niemand gewusst hatte, war, dass sie ihren Sohn hinter dem Rücken ihres Gatten zum Alleinerben bestimmt hatte für den Fall, dass sie ihren Mann überleben sollte. Und genau das hatte sie dann auch getan – wenngleich nur für wenige Minuten. Rein juristisch bedeutete das allerdings dennoch, dass Max mit sofortiger Wirkung Alleinerbe sämtlicher von Werdenfels'scher Besitztümer wurde.

Die Erinnerung an diesen Tag ließ Madsen grinsen.

Das Gesicht, das sein junger Freund und Kollege gemacht hatte, als er piekfein geschniegelt, in Anzug und Krawatte vom Notartermin zurückkam, würde er nie vergessen. Diese Mischung aus Unverständnis und Freude, aus Ratlosigkeit und Euphorie.

»Ich bin reich!«, hatte er gemurmelt und dabei ungläubig den Kopf geschüttelt. »Ich kann mir zusammen mit Yoel endlich eine anständige Wohnung leisten. Einen Urlaub. Und ein Auto, das nicht durchgerostet ist.«

»Ich glaube, du kannst dir jetzt noch ganz andere Dinge leisten!«, hatte Madsen lachend erwidert und Max voller Freude auf die Schultern geschlagen. »Wenn ich richtig informiert bin, gehören dir jetzt zahllose Immobilien, Grundstücke, Kunstschätze und vieles mehr. Weißt du, was das bedeutet, mein Freund? Das bedeutet, dass dir ab sofort die gesamte Welt offensteht!«

Dass er sich den letzten Satz besser hätte sparen sollen, musste Madsen kurz darauf leidvoll erfahren, als Max ihn mit schuldbewusster Miene um eine unbefristete Freistellung bat. Er wolle mit Yoel eine Zeit lang nach New York gehen – das sei ein lang gehegter Lebenstraum von beiden, dessen Erfüllung sie sich nun endlich leisten konnten.

Madsen war klar, dass es für Max als Partner keinen adäquaten Ersatz gab. Ihm war aber ebenso klar, dass er seinem Freund diesen Wunsch nicht abschlagen konnte, und so genehmigte er nicht nur den Antrag.

Er war auch derjenige, der Max und Yoel höchstpersönlich zum Flughafen chauffiert hatte.

Mit einer genervten Bewegung schnippte Madsen seine Kippe auf den Boden des Glockenraums.

Natürlich gönnte er Max alles Glück dieser Welt, egal, ob in New York, Melbourne, auf den Fidschi-Inseln oder sonst irgendwo. Trotzdem fehlte ihm in diesem Moment ein Gesprächspartner für einen ersten konstruktiven Austausch, jemand, mit dem er seine noch gänzlich unsortierten Gedanken und Empfindungen austauschen konnte. Sicher, Kommissar Udo Klee war auch kein schlechter Polizist, und Madsen war Oberstaatsanwalt Dr. Agasiotis sehr dankbar, dass der sich so schnell um einen adäquaten personellen Ersatz gekümmert hatte.

Aber Klee war eben nicht Max.

Max wäre in einem Moment wie diesem niemals nicht zu erreichen gewesen. Max pflegte auch stets konzentriert bei der Arbeit zu sein, während Klee seinen weiblichen Kolleginnen häufig mehr Aufmerksamkeit zu schenken schien als dem jeweiligen Fall. Und Max aß auch keine Äpfel in einer Lautstärke, die Madsen in den Wahnsinn trieb.

Zugegeben, der letzte Punkt war vielleicht nicht fair. Aber Madsen wollte auch gar nicht fair sein.

Er wollte nur seinen alten Partner zurück.

Als Madsen kurz darauf die Absperrung passierte und den steilen Kopfsteinpflasterweg in Richtung seines Motorrads hinabging, trat unvermittelt ein kleiner, älterer Herr auf ihn zu. Er trug einen zerknitterten beigefarbenen Trenchcoat, den er seinem Zustand nach zu urteilen zur Kommunion bekommen haben musste. Die wenigen grauweißen Haare waren zur Kaschierung der kahlen Fläche quer über den Kopf gekämmt, und die Tränensäcke unter den Augen des Mannes hingen so tief, dass ein Kleinkind darin problemlos hätte schaukeln können.

Trotzdem blitzte jugendlicher Schalk aus seinem Blick, als er Madsen ansprach.

»Hallo, Herr Kriminalrat. Wie geht es Ihnen?«

Madsen winkte ab.

»Abgesehen davon, dass meine Körperlotion seit einiger Zeit nicht mehr Nivea, sondern Voltaren heißt, ist alles in Ordnung. Aber was machen Sie denn hier um diese Zeit, Claude?«

Der Mann breitete lächelnd die Arme aus, wodurch ein altmodisches Diktiergerät in seiner rechten Hand sichtbar wurde.

»Ach, wissen Sie, Herr Kriminalrat, ich dachte, Sie könnten

vielleicht einem alten Reporter ein paar fallrelevante Brocken hinwerfen, auf denen er heute Nacht rumkauen kann!«

Ungeachtet der an sich unerfreulichen Gesamtsituation musste Madsen grinsen.

»Das hätte ich mir ja denken können, dass Sie wieder als Erster 'ne gute Story wittern.« Er deutete auf das Aufnahmegerät. »Schalten Sie erst mal das Ding aus, Claude – meine Aussage ist nämlich nicht offiziell.«

Claude Trommer nickte widerspruchslos und steckte den Rekorder in die Tasche seines Mantels.

Seit vielen Jahren berichtete er als Lokalredakteur einer großen Münchner Tageszeitung über Kriminalfälle in Starnberg und Umgebung, und in Zeiten, in denen die Eintrittsschwelle in den Journalismus offensichtlich so niedrig war, dass selbst ein Hamster in Pantoffeln sie mühelos überschreiten konnte, hatte Trommer stets kompetent, fair und ohne die sonst oft übliche boulevardjournalistische Polemik über die Ermittlungsarbeit der Polizei geschrieben. Da er auch den gelegentlichen Bitten nach Diskretion immer zuverlässig und pflichtbewusst nachzukommen pflegte, wurde er von Madsen und seinen Kollegen bis zu einem gewissen Grad partnerschaftlich behandelt und – sofern ermittlungstaktisch zulässig – mit exklusiven Informationen versorgt.

»Viel kann und will ich noch nicht sagen, Claude. Wir haben eine unbekannte Leiche gefunden, die wir aber erst noch identifizieren müssen. Zeugen gibt es zurzeit noch nicht, und für genauere Infos über die Tatumstände und die Todesursache müssen wir die gerichtsmedizinischen Untersuchungen abwarten.«

Er zuckte bedauernd mit den Schultern.

»Ich weiß, das ist ziemlich dünn und hilft Ihnen nicht sonderlich weiter, ist aber nun mal leider alles, was wir momentan haben.«

Der Journalist nickte verständnisvoll.

»Schon klar! Aber ein paar Details wären trotzdem nicht schlecht. Sie können sich ja vorstellen, was unser aller Lieblingsblatt mit den vier Buchstaben morgen auf der Titelseite fabulieren wird – dagegen würde ich gerne mit ein paar seriösen Fakten aufwarten. Können Sie mir wenigstens sagen, ob die Leiche männlich oder weiblich ist? Alt oder jung? Lag sie schon lange dort oben? Und warum zum Teufel gerade auf der Spitze eines Kirchturms?«

»Sorry, Claude, all das wissen wir selbst noch nicht!«

Madsen hob bedauernd die Hände.

Er wollte vorerst um jeden Preis vermeiden, dass die Presse erfuhr, in welch erschreckendem Zustand die Leiche – oder vielmehr Teile von ihr – gefunden worden war. Panikschürende Schlagzeilen wie »Psychopath verteilt Eingeweide auf Andechs' Dächern!« oder »Der Kirchturm-Schlächter vom Fünfseenland!« waren so ziemlich das Letzte, was die Polizei in diesem frühen Stadium der Ermittlung gebrauchen konnte.

»Ich verspreche Ihnen, Claude: Sobald ich mehr weiß, sind Sie der erste Pressefuzzi, der's erfährt!«

»Ich nehm Sie beim Wort, Bulle!«, konterte Trommer schlagfertig, bevor er sich auf den Weg zur Absperrung machte, um vielleicht doch noch einem jungen, im Umgang mit der Presse unerfahrenen Streifenbeamten die eine oder andere zusätzliche Information zu entlocken.

Währenddessen warf Madsen einen gehetzten Blick auf die Uhr. Wenn er pünktlich zur Teambesprechung im Präsidium sein wollte, musste er sich beeilen. Doch gerade in dem Moment, in dem er seine Harley gestartet hatte, vibrierte sein Handy.

Seufzend stellte er den Motor wieder aus und betätigte die Empfangstaste.

»Hallo, Chef, hier Zirngibl. Bin gerade in Starnberg, um noch ein paar Pizzen für unsere Besprechung zu besorgen. Raten Sie mal, wen ich hier getroffen habe!«

»Keine Ahnung!«, brummte Madsen und fragte sich gleichzeitig irritiert, wie Zirngibl so schnell wieder zurück in die Kreisstadt gelangt sein konnte. »Einen Yeti? Nessie? Elvis? Ersparen Sie mir bitte die Ratespielchen, Zirngibl – ich hab dazu weder Lust noch Zeit!«

Doch Zirngibl ließ sich seine gute Laune durch die schroffe Antwort nicht im Geringsten verderben.

»Kalt! Ganz kalt, Chef! Es ist der Kollege Klee! Wir haben ihm unrecht getan! Er war bis gerade im Büro und hat seinen Rechner neu konfiguriert. Jetzt wollte er hier schnell noch was essen, und ich hab ihn mir gleich gekrallt.«

Madsen atmete erleichtert auf.

Was auch immer ›den Rechner konfigurieren‹ im Detail bedeuten mochte – wichtig war für ihn in diesem Moment nur, dass sein Team nun komplett an der ersten Besprechung teilnehmen würde.

Er dankte Zirngibl für die Info, bestellte sich bei dieser Gelegenheit noch eine Extraportion Peperoni für seine Pizza und machte sich anschließend ebenfalls auf den Weg zur Polizeiinspektion. Dass ihm dabei der Song »Wir werden siegen« von den Toten Hosen durch den Kopf schoss, interpretierte er sämtlichen wissenschaftlichen Theorien zum Trotz als erfolgversprechenden Wink des Schicksals im Hinblick auf ihre Ermittlungen.

Der hellgrau möblierte Besprechungsraum der Starnberger Polizeiinspektion strahlte in seinem innenarchitektonischen Purismus die Behaglichkeit einer klinischen Notaufnahme aus. Die undefinierbare Wandfarbe schien noch von Jopi Heesters' Vater ausgesucht worden zu sein, und außer Tischen und Stühlen befanden sich lediglich ein Flipchart sowie ein Telefon im Raum. Es gab keine Dekoration und keine Pflanzen, und auch die billigen Nachdrucke berühmter Meisterwerke, die biederen deutschen Büroräumen sonst häufig kosmopolitisches Flair vermitteln sollten, suchte man hier vergebens. Selbst das ursprünglich an der Wand platzierte Sideboard hatte Madsen in den Vorraum schaffen lassen, um das Zimmer möglichst leer zu halten. Nichts sollte die Konzentration der Anwesenden bei Besprechungen und Brainstormings stören, und obwohl einige seiner Kollegen anfangs voller Unverständnis über diese eigenmächtige Entscheidung des Kriminalrats den Kopf geschüttelt hatten, hatten sie im Laufe der Zeit doch widerstrebend eingestehen müssen, dass man in diesem Raum tatsächlich hervorragend arbeiten und denken konnte. Und das trotz – oder eben gerade wegen – des Verzichts auf jegliche dekorative Accessoires.

Madsen stand vor dem Fenster und schien auf die gelb-rot beleuchtete Tankstelle zu schauen, die sich auf der gegenüberliegenden Straßenseite der Polizeiinspektion befand. Tatsächlich aber betrachtete er gedankenverloren die Spiegelung in der Scheibe, die ihn das Geschehen innerhalb des Besprechungsraums unbemerkt verfolgen ließ.

Bis auf Polizeimeister Brandl waren bereits alle Beamten in dem Konferenzraum versammelt.

Die Kollegen der Nachtschicht saßen an der gegenüberliegenden Seite der u-förmig angeordneten Tische, und obwohl auch sie inzwischen wussten, was im Kloster Andechs vorgefallen war, kam es ihnen offensichtlich nicht in den Sinn, sich ohne direkte Aufforderung weiterführende Gedanken zu dem Fall zu machen. Stattdessen beschäftigten sie sich voller Inbrunst mit den Pizzen, die Zirngibl besorgt hatte und die den Raum mit einem Geruchspotpourri aus geschmolzenem Käse, herzhafter Salami und mehr oder weniger frischen Meeresfrüchten füllten.

Den uniformierten Beamten gegenüber saß Udo Klee.

Der junge Kommissar, der zuvor in München Dienst getan hatte und erst vor einigen Monaten nach Starnberg gewechselt war, trug wie immer Sneakers, eine eng geschnittene Jeans sowie ein farblich passendes Longsleeve. Zunächst hatte Madsen rein modische Gründe hierfür vermutet, doch als Klee kürzlich nach einer verschütteten Tasse Kaffee sein Oberteil wechseln musste, hatte Madsen erkannt, dass die langarmigen Kleidungsstücke dazu dienten, die flächendeckenden Tätowierungen auf Klees Armen zu verdecken.

Der Kommissar fuhr sich durch die dunklen, für einen Polizisten grenzwertig langen Haare und strich sie lässig nach hinten. Nach einem ersten, oberflächlichen Bericht von Zirngibl auf dem Weg von der Pizzeria zur Inspektion machte er sich jetzt bereits eifrig Notizen auf einem der stets in großer Menge bereitliegenden Schreibblöcke und übertrug diese schließlich in komprimierter Form auf sein Smartphone. Klee war der geborene Analytiker. Während manche seiner Kollegen versuchten, auch bei völliger Ahnungslosigkeit durch geräuschvollen Leerlauf Kompetenz zu vermitteln, hörte man spontane Äußerungen oder vorschnelle Schlussfolgerungen von ihm eher selten. Genau wie Madsen bevorzugte er es vielmehr, einen Sachverhalt erst einmal aus verschiedensten Perspektiven zu beleuchten und in aller Ruhe zu durchdenken – zumindest so lange, bis eine Vertreterin des weiblichen Geschlechts die Szenerie betrat und Klee einen Großteil seiner geistigen Kapazität lieber dafür verwendete, die Dame von den Vorzügen einer gemeinsamen Nächtigung zu überzeugen.

Das Aufreißen der Tür unterbrach Madsens Gedanken.

Polizeimeister Jonas Brandl betrat hastig den Konferenzraum und murmelte eine halbherzige Entschuldigung, bevor er sich ein Stück Pizza aus der durchfetteten Schachtel in der Mitte des Tisches klaubte, seine Uniformjacke einhändig aufknöpfte und sich mit einem erschöpften Gesichtsausdruck neben Zirngibl auf einen der mausgrauen Freischwinger fallen ließ.

Brandl, der im Kollegenkreis nur mit seinem Spitznamen ›Johnny‹ angesprochen wurde, war der Nachfolger von Polizeihauptmeister Schmidthuber, der bei demselben Fall, bei dem Zirngibl schwer verletzt worden war, sein Leben verloren hatte. Brandl verfügte mit knapp einhundertzehn Kilogramm Körpergewicht und einer Größe von zwei Metern über eine Physiognomie, die selbst hartgesottenen Kriminellen einen gewissen Respekt gegenüber der Staatsmacht einflößte, und wenn er etwas lustig fand, dann schepperte sein Gelächter wie ein Haufen rostiges Altmetall durch den Raum. Er war geschieden und kommunizierte ganz offen, dass er sich regelmäßig der Dienste einer Prostituierten bediente, die er augenzwinkernd »meine kleine Vaginalfachverkäuferin« zu nennen pflegte.

Brandl war derjenige in Madsens Team, der am seltensten ohne direkte Aufforderung seine Meinung kundtat. Zwar erledigte er die ihm aufgetragenen Arbeiten stets gründlich und gewissenhaft, zeigte aber, was eigenständiges Arbeiten und produktives Querdenken anging, für gewöhnlich recht wenig Initiative. Lediglich wenn es darum ging, Auseinandersetzungen zu führen, bei denen der verbale Austausch durch körperliche Argumentation ersetzt wurde, legte Johnny Brandl ein beachtliches Eskalationstempo vor – eine Verhaltensweise, die dem Polizeimeister bereits das eine oder andere Disziplinarverfahren eingebracht hätte, wenn nicht Madsen sich immer wieder schützend vor ihn gestellt hätte.

Im Anschluss an solche Vorfälle hatte Madsen dann jedes Mal intensive Gespräche mit Brandl geführt und versucht, dessen Disziplin und Engagement zu verbessern, aber zu seiner großen persönlichen Enttäuschung erwies Brandl sich als stur – auch wenn der selbst es ›meinungsstabil‹ zu nennen pflegte. Infolgedessen blieb Brandl ein loyaler Befehlsempfänger ohne jegliche Eigeninitiative und wurde von seinem Vorgesetzten auch nur noch dementsprechend eingesetzt.

Zirngibl war mit seiner akribischen Arbeitsweise, seiner weit überdurchschnittlichen Motivation und seiner großen Aktivität genau das Gegenteil von Brandl, doch obwohl – oder vielleicht auch gerade weil – beide so gänzlich unterschiedlich agierten, harmonierten sie in ihrer Gegensätzlichkeit dennoch hervorragend. Kommissar Klee hingegen hatte mit Brandls stoischer Art seine Schwierigkeiten, weshalb er es bevorzugte, mit Zirngibl oder Madsen zusammenzuarbeiten. Allerdings gab es auch durchaus Fälle, bei denen er aufgrund von Brandls beeindruckender Statur sehr dankbar für dessen Anwesenheit war, und mehr als einmal wären seine Verhöre vermutlich ergebnislos geblieben, wenn nicht sein schwergewichtiger Kollege die Verdächtigen allein durch seine körperliche Präsenz vom tieferen Sinn einer Kooperation mit den Ermittlern überzeugt hätte.

Mit einem leisen Seufzen drückte Madsen seine schmerzende Stirn an die kühle Fensterscheibe. Alles in allem konnte er mit der Zusammensetzung seines Teams zufrieden sein. Aus jahrzehntelanger Erfahrung wusste er, dass es ihn durchaus hätte schlimmer treffen können.

Allerdings auch besser – nämlich dann, wenn Max von Werdenfels noch aktives Mitglied seiner Truppe gewesen wäre.

Doch da es schlichtweg sinnlos war, sich über solch unabänderliche Tatsachen zu grämen, schüttelte Madsen diesen Gedanken rasch ab und trat stattdessen an das Kopfende des Tisches, worauf ihn alle erwartungsvoll anblickten.

»Also, ihr wisst ja inzwischen alle, was in beziehungsweise auf der Andechser Klosterkirche passiert ist. Ich habe euch hierhergebeten, weil ich heute Abend gerne noch die am dringendsten zu erledigenden Arbeitsschritte festlegen würde. Irgendwelche Einwände?«

Erwartungsgemäß widersprach keiner der Anwesenden.

Madsen trat an das Flipchart, nahm einen dicken Filzstift und schrieb »Leichenfund Kirche« an den oberen Rand. Anschließend umkringelte er diese Wortkombination mit entschlossener Mimik.

»Als Erstes müssen wir wissen, wer der Tote ist! Nicht ganz einfach ohne Körper, aber wir haben ja glücklicherweise den Finger. Geschlecht, Alter und Typus dürften daher kein Problem sein. Wenn der Fingerabdruck oder die DNA-Analyse allerdings keine Übereinstimmungen mit irgendwelchen vorliegenden Daten ergeben, könnte sich das Ganze schnell zur Suche nach der Nadel im Heuhaufen – beziehungsweise in unserem Fall in der Vermisstendatei – entwickeln.«

Madsen unterbrach seine Ausführungen, nestelte drei Ibuprofen 800 aus seiner Hosentasche und schluckte sie mit einem großen Schluck Cola hinunter.

»Sorry, mir platzt heute wieder mal der Schädel. Und weil ich fürchte, dass ich in nächster Zeit keine Gelegenheit haben werde, mich in Ruhe auszukurieren, bleibt mir nur die chemische Keule. Aber gesunde Nieren werden ja eh überbewertet!« Er lächelte müde. »Als Nächstes sollten wir uns mit der Kirche beschäftigen. Es gibt zig Gotteshäuser hier in der Gegend – warum wurde genau diese Kirche gewählt? Weil das Kloster Andechs bekannt ist? Oder weil das Gebäude irgendwas Besonderes hat? Ich meine, zusätzlich zu dem Nest? Einer von uns sollte sich den Fundort morgen noch mal gründlich bei Tageslicht anschauen und mit dem Küster sprechen. Und dabei das Thema ›Baugerüst‹ nicht vergessen! Das Nest wäre ohne das Gerüst definitiv nicht erreichbar gewesen. Also muss der Täter entweder auf das Gerüst gewartet haben, oder er ist durch das Gerüst erst auf das Nest aufmerksam geworden.«

Madsen blickte fragend in die Runde, aber nachdem niemand das Bestreben zu verspüren schien, sich zu Wort zu melden, setzte er seine Aufzählung fort.

»Damit wären wir auch schon bei dem direkten Umfeld der Kirche! In der Nachbarschaft habe ich mindestens fünfzig Fenster gesehen, von denen man direkten Blick auf den Kirchturm hat. Ich muss wohl nicht erwähnen, dass das für unsere Zeugensuche tagelanges Klinkenputzen bedeutet?«

Obwohl die Notwendigkeit dieser Maßnahme allen Anwesenden bewusst war, verdrehten sie missbilligend die Augen.

Madsen bedachte sie mit einem strengen Blick.

»Hey, wir können von Glück reden, dass rund um das Kloster sonst fast nur Parkplätze und Natur sind. Wäre das Ganze mitten in Starnberg passiert, hätten wir mindestens dreimal so viele Wohnungen und Büros. So, und jetzt weiter zum nächsten wichtigen Punkt: das Nest! Ich habe keine Ahnung von Vögeln …«

Klee prustete lautstark los, und auch die anderen Anwesenden brachen in Gelächter aus. Madsen schwieg irritiert, bevor ihm seine unglückliche Wortwahl bewusst wurde.

»Ach, leckt mich doch, ihr Kindsköpfe!« Er grinste verlegen. »Es geht hier um Mord, also etwas mehr Ernst bitte, Kollegen! Ich wollte etwas anderes sagen: Wir brauchen schnellstmöglich einen Ornithologen, Vogelkundler, Biologen, Falkner – was weiß ich. Ich will wissen, was es mit dem Nest auf sich hat. Und mit diesen Falken, die darin genistet haben.«

Einer der uniformierten Polizisten hob zögernd die Hand, als befände er sich in der Schule.

»Kann es denn nicht auch so sein, dass ein Raubvogel die Innereien irgendwo aufgelesen und in das Nest transportiert hat?«

Madsen runzelte skeptisch die Stirn.

»Rein theoretisch wäre das möglich! An den Organen gab es, zumindest soweit ich das auf den ersten Blick beurteilen konnte, etliche Spuren von Krallen oder Schnäbeln. Allerdings wirkte der ganze Tatort für mich doch relativ inszeniert – vor allem angesichts des sorgfältig drapierten Daumens. Ich kann mir deshalb beim besten Willen nicht vorstellen, dass dieses morbide Stillleben das Werk eines Vogels war. Oder das müsste schon ein besonders talentiertes Vieh gewesen sein.«

Während seine Zuhörer kicherten, schrieb Madsen die Begriffe »Identität Opfer«, »Kirche/Gerüst« und »Nest« auf das Flipchart. Die Beamten der Nachtschicht notierten sich die Worte auf ihren Blocks, Klee und Zirngibl tippten sie in ihre Smartphones, und nur Brandl beschäftigte sich statt mit Notizen lieber mit dem Verzehr eines weiteren Pizzaviertels. Doch Madsen wusste, dass Brandl trotz der vermeintlichen Abgelenktheit keines seiner Worte entging, denn nicht nur der Körper des Polizeimeisters war überproportional groß, auch sein Gedächtnis schien elefantöse Ausmaße zu besitzen. Er war das einzige Mitglied des Teams, das sich nie Notizen machte – und bei Bedarf dennoch sämtliche relevanten Namen und Fakten parat hatte.

»So weit zu meinen Anmerkungen. Gibt es aus eurer Sicht noch weitere Ansatzpunkte, die wir sofort verfolgen sollten?«, fragte der Kriminalrat in die Runde und klopfte mit dem Stift gegen das Flipchart.

Zirngibl rieb sich nachdenklich das Kinn.

»Mir geht dieser Daumen nicht aus dem Kopf! Wenn alles andere in dem Nest innere Organe waren, dann fällt der Finger als einzige äußere Extremität doch total aus dem Rahmen, findet ihr nicht? Das ist nie im Leben ein Zufall – ergo hat der Täter den Finger ganz bewusst platziert! Und genau das wirft meines Erachtens eine Menge von Fragen auf. Warum war es genau dieser Finger? Warum steckte er am Rand und lag nicht wie der Rest im Nest? Hat er vielleicht in irgendeine Richtung gezeigt? Kennt ihr das Buch ›Der Knochenjäger‹ von Jeffery Deaver?

Das mit dem komplett gelähmten Ermittler? Ist auch verfilmt worden – ich glaub, mit der Jolie und Denzel Washington!«

Seine Kollegen zuckten ratlos mit den Schultern.

»Na ja, ist auch egal! Auf jeden Fall wird da eine Leiche so zwischen Bahnschienen vergraben, dass nur der Finger rausschaut, und der wiederum deutet – zumindest soweit ich mich erinnere – auf irgendwas Wichtiges hin. Vielleicht wollte unser Mörder mit dem Finger auch auf ein Detail am Turm oder einem der umliegenden Gebäude zeigen.«

Madsen dachte einen Moment lang nach.

»Mmmm, soweit ich mich erinnere, zeigte der Finger gerade nach oben. Und es war ein Daumen, kein Zeigefinger. Trotzdem ist der Ansatz gut. Wir sollten morgen die Tatortfotos daraufhin noch mal unter die Lupe nehmen. Sonst noch Vorschläge?«

»Hat jemand die Leute an der Absperrung fotografiert?«, erkundigte sich Klee und verschränkte die Arme hinter dem Kopf. »Es wäre ja nicht das erste Mal, dass sich der Täter unter die Gaffer mischt.«

»Jawohl, ist passiert!«, kam Zirngibl Madsens Antwort zuvor. »Ich hab gesehen, wie der Fotograf von oben mit dem Teleobjektiv die Leute rund um die Absperrung geknipst hat. Außerdem habe ich ihm gesagt, er soll auch gleich Fotos von den umliegenden Gebäuden machen, damit wir bei der Zeugenbefragung wissen, welche Wohnungen direkte Sicht auf den Turm haben.«

Für einen kurzen Augenblick herrschte Schweigen im Raum, dann nickte Klee Zirngibl anerkennend zu.

»Gute Idee, Kollege! Aber weißt du, was du nie vergessen solltest?«

Zirngibl schüttelte fragend den Kopf.

»Keiner mag Streber!«

Die Beamten der Nachtschicht kicherten, und selbst Madsen musste grinsen.

»Also gut, Leute, dann machen wir jetzt Schluss für heute und sehen uns morgen um halb neun Uhr wieder hier. Ich schaue vorher noch in der Gerichtsmedizin vorbei und bringe alles mit, was die haben.« Er hob beschwichtigend die Hände. »Also ich meinte, an Ergebnissen. Nicht, an Leichen!«

Es war bereits weit nach Mitternacht, als Madsen nach Hause kam.

»Zu Hause« hatte für Madsen zu Beginn seiner Zeit in Starnberg das Pensionszimmer einer alteingesessenen Metzgerei bedeutet. Günstig im Preis, nah am Arbeitsplatz und mit viel Lokalkolorit – aber auch mit dem durchdringenden Geruch von Blut, warmer Fleischwurst und chemischen Reinigungsmitteln. All das wäre noch zu ertragen gewesen, doch als das Metzgerehepaar ihn zu überzeugen versuchte, dass Kriminalratsgattin der ideale Status für ihre mehrfach bekinnte Tochter sei, verließ Madsen mit Sack, Pack und freundlichem Bedauern das temporäre Heim.

Anschließend folgte der Bezug eines Apartments in Percha, nahe dem Übergang vom Starnberger See in die Würm und in direkter Nachbarschaft eines Segelhafens, doch selbst angesichts dieser idyllischen Lage vermochten sich bei Madsen keine wirklichen Heimatgefühle einzustellen. Er lebte in einem Zustand der Zerrissenheit, haltlos dahintreibend, ohne Wurzeln und ohne festes Ziel. Dass das Empfinden, zu Hause zu sein, dabei nicht nur von einer Örtlichkeit, sondern vielmehr von der Person abhängt, mit der man sie teilte, wurde Madsen erst dann klar, als er Lissy Berghammer traf.

Die Frau, die sein Leben komplett verändern sollte.

Kennengelernt hatte Madsen die attraktive Immobilienmaklerin mit dem wallenden blonden Haar und den weiblichen Rundungen im Verlaufe seiner ersten Ermittlung in Starnberg. Als echtem Nordlicht, direkt von St. Pauli kommend und mit viel seelischem Ballast im Gepäck, war ihm Lissys Gesellschaft sowie ihre empathische Einführung in die oberbayerische Mentalität höchst willkommen gewesen. Dass ihr profundes Wissen um die kleinen und großen Geheimnisse der Starnberger High Society zudem der Klärung seines ersten Falles zuträglich war, hatte ihre Beziehung noch weiter intensiviert.

Den entscheidenden Wendepunkt erlebte ihre Freundschaft allerdings erst im Rahmen von Madsens zweitem großen Fall in Starnberg. Nachdem Lissy sich freiwillig der Polizei als Lockvogel zur Verfügung gestellt hatte, um die festgefahrenen Ermittlungen gegen einen Serienmörder voranzutreiben, und sie diesen Wagemut fast mit ihrem Leben bezahlt hätte, wurde sowohl ihr als auch Madsen klar, dass ihr gegenseitiges Empfinden längst über reine Freundschaft hinausging. Eine Erkenntnis, die auch dann nicht ins Wanken geriet, als Madsen im weiteren Verlauf des Falles schwer verletzt wurde. Im Gegenteil – der anschließende gemeinsame Genesungsurlaub auf Hawaii sorgte nicht nur für seine vollständige Gesundung, sondern auch dafür, dass er nach ihrer Rückkehr seine paar Habseligkeiten in Percha zusammenklaubte, dem Vermieter den Schlüssel mit einer kurzen Notiz und der restlichen Miete in den Briefkasten warf und bei Lissy einzog.

»Du bist aber spät!« Lissy schaltete das Licht der Nachttischlampe an und bedachte Madsen mit einem mitfühlenden Blick. »Gehe ich recht in der Annahme, dass das kein gutes Zeichen ist?«

»Ja, das tust du!«, erwiderte Madsen, beugte sich über das Bett und gab Lissy einen zärtlichen Kuss. »Warum schlafst du denn nicht? Du musst doch morgen wieder früh raus.«

»Keine Sorge, spätestens wenn ich eine Runde geschwommen bin, bin ich wieder fit!«, winkte Lissy lächelnd ab. »Das ist der Vorteil, wenn man einen Pool im Haus hat – man muss sich vorher nicht zurechtmachen, sondern kann wie eine Robbe vom Bett ins Wasser rollen!«

Madsen lachte, während er begann, sich auszuziehen.

Dass der Swimmingpool, der sich im Kellergeschoss befand und durch eine gläserne Decke vom Wohnzimmer aus sichtbar war, eine Menge Vorteile hatte, war unbestritten. Vor allem Lissy nutzte ihn nahezu täglich, indem sie ganz diszipliniert um fünf Uhr aufstand und eine Stunde gegen die Gegenstromanlage kraulte, bevor sie ausgiebig frühstückte und mittels der Lektüre dreier unterschiedlicher Tageszeitungen ihren politischen, gesellschaftlichen und lokalen Wissensstand aktualisierte. Danach fuhr sie – außer bei Schnee oder Regen ganzjährig offen – mit ihrem Porsche Cabrio in das Büro der alteingesessenen Immobilienagentur, die sie von ihrem Vater übernommen und der sie zu neuer Größe verholfen hatte. Ihr Arbeitstag hatte selten weniger als zwölf Stunden, wenngleich sie seit dem Zusammenleben mit Madsen versuchte, zumindest die gesellschaftlichen Verpflichtungen am Abend auf ein geschäftlich gerade noch vertretbares Minimum zu reduzieren. Natürlich hätten sie und Madsen die abendlichen Termine auch gemeinsam wahrnehmen können, aber sie wusste, dass Madsen nicht das geringste Bestreben verspürte, bei dem grotesken Schaulaufen der Starnberger Hautevolee – und derer, die sich dafür hielten – zugegen zu sein.

Und sie konnte es ihm nicht verübeln.

Jemand, der den Geruch der Straße liebte, der in Hamburg mit Nutten, Rockern und Unterweltgrößen auf Du und Du stand, den geleaste Statussymbole ebenso kaltließen wie beziehungsübergreifende Beischlafaktivitäten im Bekanntenkreis, der boxte statt golfte und der einem Dom Pérignon jederzeit eine eiskalte Flasche Astra vorgezogen hätte, der passte in die Starnberger Gesellschaft genauso wenig wie der Terminus »Hirn« in eine »Bachelor«-Staffel.

Insofern war die freie Zeit, die Lissy Berghammer und Mads Madsen zusammen verbrachten, äußerst begrenzt, und zudem fielen gemeinsame Tätigkeiten, die lange geplant waren, nicht selten kurzfristig berufsbedingten Terminänderungen zum Opfer.

Aus diesem Grunde freute sich Madsen sehr, dass Lissy noch wach war, als er zu ihr unter die Decke schlüpfte und sich an ihren nackten Körper presste. Es war wie Magie: Die Berührung ihrer zarten Haut, der blumige Duft ihres Haars und der samtene Klang ihrer Stimme ließen ihn alle Sorgen und Probleme des Tages schlagartig vergessen.

Zumindest bis zu dem Moment, in dem Lissy sich in seinen Arm schmiegte und ihn fragte, worum es in seinem neuen Fall ging.

Sofort schossen Madsen wieder die Bilder der blassroten Eingeweide vor Augen, des blutigen Nests und des abgetrennten Fingers, der auf den Zweigen steckte wie eine Kerze auf der Geburtstagstorte. Er schüttelte sich angewidert und berichtete Lissy von dem Fund des Küsters, während er gedankenverloren mit einer Strähne ihres blonden Haars spielte. Eigentlich waren solcherlei Informationen streng vertraulich, aber Madsen wusste, dass Lissy über alles, was er ihr erzählte, absolutes Stillschweigen bewahrte. Außerdem galt Lissy durch ihre entscheidende Beteiligung an Madsens zwei letzten großen Fällen fast als so etwas wie ein externes Mitglied des Ermittlungsteams, und nicht nur Madsens Kollegen aus der Polizeiinspektion, sondern auch der Oberstaatsanwalt höchstpersönlich pflegten Lissy stets so zu behandeln, als sei sie ihresgleichen.

»Was für eine scheußliche Sache!«, murmelte Lissy, als Madsen seine Kurzzusammenfassung der abendlichen Geschehnisse abgeschlossen hatte. »Es ist erschreckend, wie krank und gewalttätig die Gesellschaft mittlerweile geworden ist. Habt ihr denn schon eine Idee, wie ihr ermittlungstaktisch vorgehen wollt? Und was sagen deine Teammitglieder dazu?«

Madsen rollte sich auf den Rücken, verschränkte die Arme hinter dem Kopf und blickte an die Decke.

»Na ja, du weißt ja, wie sie sind. Zirngibl ist wie immer sehr bemüht, hat aber sicher nicht genug Erfahrung, um bei so einer komplexen Ermittlung entscheidende Impulse zu geben. Klee könnte das – aber nur wenn nicht irgendwo eine Frau auf hohen Hacken vorbeistöckelt. Brandl wirkt wie üblich so desinteressiert, als wäre er nur zu Besuch hier, und die Streifenbeamten sind nun mal Streifenbeamte – und keine Kriminalpolizisten. Fakt ist, mir fehlt ein Sparringspartner. Einer, auf den ich mich zu hundert Prozent verlassen kann, der Eigeninitiative zeigt, der sich für nichts zu schade ist und vor allem: mit dem ich mich austauschen kann. Also im Grunde jemand …«

»… wie Max!«, komplettierte Lissy den Satz und blickte Madsen in die Augen. »Dann ruf ihn doch an! Frag, ob er zurückkommen kann. Du würdest ihn brauchen, nein, Starnberg würde ihn brauchen.«

Madsen lachte freudlos auf.

»Dir ist schon klar, dass er in New York ist, oder? Er hat da mit Yoel ein schweineteures Apartment mitten in Manhattan gemietet, die beiden sind in der Kunstszene unterwegs, gehen jeden Tag in irgendwelchen angesagten Restaurants essen und haben vor Ort Freundschaften geschlossen. Meinst du wirklich, das lässt Max alles stehen und liegen, um hier ins provinzielle Starnberg zurückzukommen und mir bei meinem Job zu helfen?«

»Warum sollte das so unmöglich sein?« Lissy zuckte mit den Schultern, worauf die Bettdecke bis zu ihrem Brustansatz herunterrutschte. »Vergiss nicht, dass er dein Freund ist, und Freunde tun so was füreinander. Aber selbst wenn er nicht kommen sollte – frag ihn doch, ob er dich von dort aus unterstützen kann! Er hat dir doch immer mit seinen Computerkenntnissen helfen können. Vielleicht kann er ja auch von dort recherchieren, sich in Datenbanken einwählen, Handydaten auslesen oder was weiß ich. Dafür müsste er nicht unbedingt hier sein. Und vielleicht freut er sich ja sogar, wenn er das Gefühl hat, gebraucht zu werden.«

»Ich glaube, er freut sich eher, dass er sich zum ersten Mal in seinem Leben ein bisschen Luxus leisten kann. Und ich gönne ihm das auch von Herzen – du weißt ja, was er mit seinem alten Herrn alles mitgemacht hat. Da werde ich jetzt garantiert nicht derjenige sein, der ihm die Nummer versaut. Nein, Max lasse ich komplett außen vor. Ich muss da irgendwie alleine durch, auch wenn ich noch nicht weiß, wie.«

»Wie Sie meinen, Herr Kriminalrat! Ich glaube zwar trotzdem, dass das ein Fehler ist und du Max zumindest mal fragen solltest. Aber du wirst schon wissen, was du tust! Du bist ja schon ein großer Junge!«, erwiderte Lissy, schmiegte sich an Madsens Schulter und lächelte, als sie ihre Hand unter seiner Bettdecke Richtung Lenden wandern ließ. »Wie ich sehe, bist du tatsächlich schon ein großer Junge. Und zwar ein mächtig großer!«

ZWEI

Der gesamte Sektionssaal des Münchner Instituts für Rechtsmedizin war fensterlos und relativ dunkel, nur im hinteren Teil erstrahlte einer der Obduktionstische im grellen, kalten Schein einer OP-Lampe. Obwohl alles ausgesprochen sauber wirkte und ein gut wahrnehmbarer Duft von zitrushaltigen Desinfektionsmitteln in der Luft lag, erschien Madsen die Aura des Todes allgegenwärtig.

Rolltische mit Scheren, Messern, Hämmern und Meißeln standen zwischen den einzelnen Arbeitsplätzen, und zahlreiche Instrumente, die mehr an ein »Saw«-Sequel als an eine seriöse medizinische Einrichtung erinnerten, lagen zur Reinigung in einem großen Metallwaschbecken. Neben einem hochmodernen mobilen Röntgengerät stand eine mannshohe Bandsäge, die makabererweise das Etikett eines Großhandels für Fleischereibedarf trug, und an der Stirnseite des Raumes waren mehrere Reihen metallischer Schiebetüren in die Wand eingelassen, hinter denen kühl temperierte Leichname darauf warteten, zumindest posthum einmal im Rampenlicht zu stehen.

Madsen durchquerte den Saal, trat an den beleuchteten Obduktionstisch und erkannte sofort die darauf liegenden Innereien.

»Was zum Teufel machen Sie denn hier?«, erklang in diesem Moment eine unfreundliche heisere Stimme in seinem Rücken.

»Ich freue mich ebenfalls, Sie zu sehen, Herr Professor«, entgegnete Madsen ironisch, während er sich zu dem Fragesteller umdrehte. »Wir haben gleich eine Lagebesprechung mit dem gesamten Team und der Staatsanwaltschaft, deshalb wollte ich mich nur mal persönlich davon überzeugen, dass Sie mit der Portion Gulasch hier auf dem Tisch zurechtkommen.«

Statt einer Antwort schüttelte Professor Hubertus Polt, der Leiter des gerichtsmedizinischen Instituts, missbilligend sein greises Haupt. Er war ein kleiner, hagerer Mann mit schütterem grauen Haar, und nicht nur aufgrund seiner leicht gebeugten Haltung strahlte der gesamte Habitus des Mediziners die Lebensfreude eines Palliativpatienten aus. Es war allgemein bekannt, dass ihm Menschen – zumindest lebend – grundsätzlich zuwider waren, und er pflegte diesen Sachverhalt auch ganz unverblümt zu kommunizieren, aber dieser zugezogene Hamburger Kriminalrat mit den Manieren eines Türstehers hob seine Human-Aversionen noch einmal auf ein ganz neues Level. Professor Polt mochte weder Madsens Kleidung noch seine Ausdrucksweise, und der makabre Humor des Kriminalrats war ihm nicht nur völlig unverständlich, sondern er empfand ihn auch als anmaßend und respektlos.

Insofern war der Rechtsmediziner auch gewillt, alles in seiner Macht Stehende zu tun, um Madsens Anwesenheit in seinem Laboratorium auf ein Minimum zu reduzieren.

»Wilfried Mohn!«

»Wie bitte?« Madsen blickte sein Gegenüber verwirrt an. »Wilfried Mohn? Was meinen Sie damit?«

»Sie wollen doch sicher wissen, wer das Opfer ist, oder?«, entgegnete Professor Polt mit bemühter Beiläufigkeit und gönnte sich einen kurzen Moment des Genusses ob Madsens überraschtem Gesichtsausdruck. »Es ist Wilfried Mohn! Erfasst in der DNA-Kartei des Bundeskriminalamtes, verurteilt wegen schwerer Vergewaltigung und Körperverletzung. Weiter habe ich mich allerdings nicht mit seiner Vita beschäftigt – ich habe mich stattdessen lieber um den medizinischen Aspekt dieser Angelegenheit gekümmert, wenn's recht ist!«

Madsen ignorierte die verbale Spitze des Mediziners gönnerhaft.

Dass sich die Identität des Opfers so schnell feststellen ließ, überraschte und erfreute ihn gleichermaßen. Er hatte einen langwierigen Abgleich mit der Vermisstenkartei befürchtet und war froh, sich nun ohne Zeitverlust auf die Täterermittlung konzentrieren zu können.

»Sehr cool, Herr Professor – die Identität des Opfers hilft uns in der Tat schon mal enorm weiter!«, brummte er lobend und deutete auf die blutigen Eingeweide. »Und wie sieht's mit medizinischen Fakten zu den Innereien aus? Gibt es da ebenso erfreuliche Erkenntnisse?«

Professor Polt nickte.

»Ja, die gibt es! Ich würde allerdings vorschlagen, dass wir das jetzt nicht hier besprechen, sondern ich die bisherigen Erkenntnisse gleich in Ihrem Meeting dem gesamten Team vortrage.«

»Soll das etwa heißen, Sie gedenken, Ihren schützenden Bunker zu verlassen und sich draußen unter die gemeine Menschheit zu mischen?« Madsen riss mit übertriebener Mimik Mund und Augen auf. »Ist etwas passiert, Herr Professor? Sind Sie krank? Werden Sie sterben?«

»So ein Unsinn!«, erwiderte Professor Polt ungehalten und warf Madsen einen vernichtenden Blick zu. »Natürlich werde ich mein Institut nicht verlassen. Ganz besonders nicht Ihretwegen! Ich möchte nur vermeiden, dass Sie die Hälfte dessen, was ich Ihnen mitteile, bei Ihrer Wiedergabe vergessen. Deshalb werde ich mich per Videoanruf in Ihre Besprechung einklinken. Ich habe das bereits mit dem Oberstaatsanwalt geklärt. Und wenn Sie mich jetzt bitte entschuldigen würden …«, Professor Polt richtete sich zu ganzer Größe auf, wenngleich er Madsen deshalb trotzdem nur bis zum Kinn reichte, »… ich habe bis dahin noch einiges zu erledigen.«

Mit diesen Worten wandte er sich wieder den menschlichen Organen auf dem Obduktionstisch zu und begann, mit einem Skalpell kleine Gewebeproben zu entnehmen. Dass Madsen sich von ihm verabschiedete, nahm er gar nicht mehr wahr.

Ebenso wenig, dass der Kriminalrat beim Verlassen des Sektionssaals bestens gelaunt den Rammstein-Song »Weißes Fleisch« vor sich hin summte.

Nachdem er seine Harley auf dem inspektionseigenen Parkplatz geparkt und das Gebäude durch einen mit Codekarte gesicherten Nebeneingang betreten hatte, eilte Madsen die Treppen hinauf zur ersten Etage, auf der sich sowohl der Konferenzraum als auch sein Büro befanden.

Beim Queren des Flures kollidierte er fast mit Brandl, der sich just in diesem Moment eine komplette Nussschnecke in den Mund stopfte. Der Polizeimeister murmelte mit vollen Backen etwas, das Madsen mit viel Phantasie als Begrüßung interpretierte, und bemühte sich währenddessen verstohlen, die Krümel von Hemd und Hose zu wischen. Madsen schüttelte missbilligend den Kopf und betrat dann schwungvoll den Besprechungsraum.

Polizeiobermeister Zirngibl und Kommissar Klee standen am Fenster und unterhielten sich leise. Ein paar Streifenbeamte der Tagschicht steckten an der Längsseite des Tisches die Köpfe zusammen und kicherten über irgendeinen Scherz, während Oberstaatsanwalt Dr. Nikolas Efstáthios Agasiotis am Kopfende saß und stakkatoartig auf der Tastatur seines Laptops tippte. Mit der breitschultrigen Gestalt eines ehemaligen Olympiaschwimmers, seinem schneeweißen, akkurat gekämmten Haar und seiner wie immer perfekt aufeinander abgestimmten, maßgeschneiderten Kleidung im altenglischen Stil erinnerte er eher an einen wohlhabenden Gutsherrn aus einer Rosamunde-Pilcher-Verfilmung als an einen Oberstaatsanwalt. Doch Dr. Agasiotis war ein äußerst fähiger Jurist, der durch sein exzellentes Fachwissen, kombiniert mit einem außergewöhnlich eloquenten Auftreten und einem extrem respektvollen Umgang mit Polizisten jeglicher Hierarchiestufe, in Polizeikreisen echten Legendenstatus erworben hatte. Genährt wurde dieser Status durch das im Präsidium kursierende Gerücht, dass Dr. Agasiotis niemals schlafe. Rein biologisch erschien Madsen diese Vermutung höchst unrealistisch, wenngleich er im Rahmen vergangener Ermittlungen mehrmals zu nachtschlafender Zeit bei dem Oberstaatsanwalt hatte anrufen müssen und dieser sich tatsächlich jedes Mal blitzschnell und mit absolut wacher und frischer Stimme gemeldet hatte.

Dr. Agasiotis schob den Laptop beiseite, stand auf und schüttelte Madsen kraftvoll die Hand.

»Freut mich, Sie mal wieder hier in Starnberg zu sehen, Herr Oberstaatsanwalt – auch wenn der Grund kein sonderlich schöner ist!«, begrüßte ihn Madsen. »Was macht Ihr Handicap?«

Dr. Agasiotis winkte resigniert ab.

»Wenn Sie Ihren Job so machen würden, wie ich Golf spiele, würden Sie schon längst in der Registratur alte Akten schreddern. Gott sei Dank ist meine Mitgliedsgebühr so hoch, dass der Club es sich nicht leisten kann, mir den Zutritt zum Grün zu verwehren. Aber was soll's? Es gibt Wichtigeres!«

Er deutete auf das Flipchart.

»Zum Beispiel diesen Leichenfund! Ziemlich obskure Geschichte! Gibt's was Neues in dieser Angelegenheit?«

Madsen bestätigte nickend und ging zum gegenüberliegenden Kopfende des Tisches. Die restlichen Teammitglieder hatten inzwischen ebenfalls Platz genommen und blickten Madsen erwartungsvoll an.

»Guten Morgen, zusammen!«, begann er. »Bevor wir mit unseren internen Themen loslegen, würde ich gerne Professor Polt bitten, uns mit den Einzelheiten der Obduktionsergebnisse vertraut zu machen. Ich war heute Morgen schon ganz früh bei ihm im rechtsmedizinischen Institut, aber er würde uns seine Erkenntnisse gerne persönlich mitteilen. Herr Oberstaatsanwalt, wären Sie so freundlich, Professor Polt per Skype anzurufen? Sie hatten das ja schon im Vorfeld vereinbart, oder?«

Dr. Agasiotis nickte schweigend, drückte ein paar Tasten auf seinem Laptop und drehte ihn dann so, dass der Monitor zur Raummitte deutete und alle das etwas grobpixelige Konterfei von Professor Polt sehen konnten.

»Können Sie mich alle sehen und hören?«, ertönte die blechern klingende Stimme des Mediziners aus dem integrierten Lautsprecher.

»Laut und deutlich!«, bestätigte Madsen und breitete die Arme aus. *»The stage is yours!«*

Der Mediziner nickte zufrieden, schnäuzte sich in aller Ruhe und schien völlig zu ignorieren, dass die Augen aller Anwesenden voller Spannung auf ihn gerichtet waren.

»Nun, während Sie alle noch Ihre verdiente Nachtruhe genossen haben, habe ich mich bereits der sogenannten Innereien angenommen. Lassen Sie mich bei dieser Gelegenheit vielleicht erst einmal eine Sache klarstellen: Innereien findet man beim Metzger. Und zwar ausschließlich dort! Bei unserem Fund würde ich als Wissenschaftler die Bezeichnung ›Organe‹ bevorzugen, denn es handelt sich – wie bereits vermutet – definitiv um menschliche Körperteile.«

Zirngibl atmete geräuschvoll aus, worauf Polt seine Ausführungen kurz unterbrach. Durch die Kamera des Laptops konnte auch er die anwesenden Beamten im Besprechungsraum sehen. Als jedoch keine Wortmeldung von dem jungen Polizisten kam, fuhr er fort.

»Meine erste Aufgabe bestand in der Bestimmung der gefundenen Organe. Obwohl die Körperteile einzeln extrahiert wurden und aus anatomischer Sicht in keinerlei logischem Zusammenhang im Nest platziert wurden, war die korrekte Definition für einen qualifizierten Mediziner wie mich …«, an dieser Stelle legte er bewusst eine dramaturgische Pause ein, »… relativ einfach. Somit lässt sich folgende Auflistung der gefundenen Organe erstellen: rechter und linker Oberlappen der Lunge, Herz – allerdings ohne Herzbeutel –, Leber, Magen, Milz und beide Nieren.«

Professor Polt unterbrach für einen Moment und schaute per Kamera interessiert in die Runde.

Zirngibl tupfte sich mit einem Taschentuch den Schweiß von der Stirn. Die Tatsache, dass er den verstümmelten Organen eines Menschen gegenübergestanden hatte, schien ihm während Professor Polts Ausführungen mehr Unwohlsein zu bereiten als am Vorabend auf dem Kirchturm. Brandl hingegen biss in aller Seelenruhe in eine üppig belegte Leberkässemmel, während sich Klee eifrig Notizen machte. Madsen hatte die Augen geschlossen und drückte sich eine kalte Wasserflasche gegen die immer noch – oder schon wieder – schmerzende Stirn. Er erweckte den Anschein, als ginge ihn die ganze Angelegenheit nicht das Geringste an, doch jeder im Raum wusste, dass sein Verstand auf Hochtouren lief.

Folgerichtig war auch er es, der als Erster die Stille mit einer Frage unterbrach.

»Besteht denn irgendein anatomischer Zusammenhang zwischen diesen Organen? Ich meine, es gibt doch noch einiges mehr an Eingeweiden. Warum genau diese Auswahl? Ist das eine aufgrund ihrer speziellen Funktionen zusammengehörige Gruppe oder so was?«

Professor Polt schüttelte den Kopf.

»Nein, ist es nicht! Wenn Sie meine unmaßgebliche Meinung hören wollen, besteht die Gemeinsamkeit dieser Organe in ihrer kompakten Form. Aufgrund der Schnittführungen, die in keiner Weise irgendwelchen wissenschaftlichen Grundlagen entsprechen, bin ich mir absolut sicher, dass wir es in unserem Fall mit einem medizinischen Laien zu tun haben. Stellen Sie sich also vor, dass jemand den Körper eines Menschen öffnet – eine Tätigkeit, die man weiß Gott nicht als Routinetätigkeit bezeichnen kann. Das Erste, was man sieht, ist – und ich formuliere jetzt bewusst laienhaft – ein blutiger Haufen Fleisch, verbunden mit unzähligen Adern und Arterien. Ein Mediziner wäre nun in der Lage, einzelne Organe zu bestimmen, zu entnehmen und dabei auch kleinere, unauffälligere Körperteile zu lokalisieren. Gerade den unscheinbarsten Organen wie zum Beispiel der Bauchspeicheldrüse oder den Lungenwurzeln kommt im medizinischen Sinne eine durchaus große Bedeutung zu, und sie würden von einem Arzt daher besonders beachtet werden. Da diese elementaren Bestandteile des menschlichen Organismus aber etwas versteckt liegen und in ihrer Form nicht so kompakt und greifbar sind wie die ›dicken Brocken‹ …«, Polt deutete mit den Fingern Anführungszeichen an, »… übersieht der Laie sie. Er schneidet einfach die Organe raus, die relativ groß, in ihrer Form bekannt und auf gewisse Art und Weise handlich sind.«

Professor Polt legte eine kurze Pause ein und blickte nach unten. Offenbar hatte er dort, außerhalb des Kameraerfassungsbereiches, seine Aufzeichnungen liegen.

»Ein weiterer Grund zu der Annahme, dass ein Nichtmediziner am Werk war, besteht für mich in dem Fehlen jeglicher Darmteile, der sogenannten Baucheingeweide. Wie Sie wissen, ist uns Medizinern jeglicher Ekel fremd. Den Laien jedoch stoßen gerade der meterlange Darm und sein übel riechender Inhalt immer wieder am offensichtlichsten ab. Wir haben das schon oft bei Sektionen erlebt, bei denen Studenten anderer Fachbereiche zugegen waren – um sich kurz darauf in die Ohnmacht zu verabschieden. Aus diesem Grunde hat vermutlich auch unser Täter die Baucheingeweide komplett unversehrt im Torso gelassen und sich auf die – soweit man das unter diesen makabren Umständen sagen kann – ›appetitlicheren‹ Organe konzentriert.«

Dr. Agasiotis meldete sich zu Wort.

»Entschuldigen Sie, dass ich unterbreche, Herr Professor, aber Sie haben eben die Schnittführung erwähnt. Können Sie diesen Punkt noch einmal etwas ausführlicher erläutern?«

»Natürlich, Herr Oberstaatsanwalt! Entscheidend ist hier, womit und wie die Schnitte begangen wurden. Zum ›Womit‹ lässt sich festhalten, dass es eine glatte, scharfe Klinge war. Kein klassisches Skalpell, denn das hat nur eine sehr kurze Schneidefläche, und unsere Schnitte waren eindeutig tiefer. Ich tippe eher auf ein sehr scharfes Taschenmesser, ein Teppichmesser mit weit herausgeschobener Klinge oder ein hochwertiges Küchen- oder Tranchiermesser. Das Öffnen des Körpers wurde dabei von oben nach unten durchgeführt, also vom Hals bis etwa zum Bauchnabel. Damit ähnelt der Schnitt in gewisser Weise dem medianen Längsschnitt, den wir Rechtsmediziner gewöhnlich bei der Sektion einer Leiche durchzuführen pflegen. Der Körper wird dabei vom Kehlkopf senkrecht nach unten bis zur Schamgegend geöffnet.«

Professor Polt unterstrich seine verbalen Ausführungen, indem er den Verlauf der Schnittführung mit ausladender Gestik darstellte.

»Der Vorteil des medianen Längsschnittes besteht darin, dass wir dadurch eventuelle Verletzungen der Halsweichteile besser diagnostizieren können. Der Pathologe im Krankenhaus dagegen praktiziert in der Regel den sogenannten Y-Schnitt, bei dem – beginnend mit den Schultern – zwei Schnitte zur Brust durchgeführt werden. Dann wird das Messer bis zum Schambereich heruntergeführt und hier nochmals in beide Richtungen bis an den Oberschenkelansatz bewegt.«

Professor Polt warf einen Blick auf seinen Monitor, auf dem das Kamerabild aus Starnberg dargestellt wurde, und registrierte mit einem gewissen Amüsement, dass die im Raum Anwesenden, mit Ausnahme des erfahrenen Kriminalrats und des nach wie vor genussvoll kauenden Brandls, inzwischen merklich erblasst waren.

»Das Heraustrennen der Organe geschah gründlich und gewissenhaft, aber wie schon erwähnt laienhaft. Venen und Arterien wurden nach bisherigen Erkenntnissen relativ unkontrolliert gekappt. An einzelnen Stellen wurde auch mit Reißen nachgeholfen, trotzdem kann man nicht von einer wilden Raserei sprechen. Der Täter hat sich offensichtlich Zeit für sein ausgesprochen blutiges Werk genommen.«

Dr. Agasiotis unterbrach ihn abermals.

»Entschuldigung, Herr Professor, es gibt da noch eine Frage, die wir bis dato noch gar nicht geklärt haben.« Er räusperte sich geräuschvoll, bevor er fortfuhr. »War das Opfer eigentlich tot, als ihm die Bauchdecke geöffnet wurde?«

Einen Moment herrschte absolute Stille im Raum.

Die Vorstellung, dass der Täter einem Menschen bei vollem Bewusstsein den Torso öffnete, war ungeheuerlich. Gleichwohl hatten die Polizisten im Laufe ihrer Dienstzeit bereits so oft in die tiefsten Abgründe der menschlichen Psyche blicken müssen, dass ihnen selbst eine Option wie diese nicht unmöglich erschien.

Professor Polt zögerte einen Moment, dann antwortete er leise: »So schrecklich und ungeheuerlich die Vorstellung auch sein mag – das Opfer wurde tatsächlich bei lebendigem Leib zerstückelt. Natürlich trat der Tod bei Entnahme der lebenswichtigen Organe dann relativ schnell ein, aber es übersteigt meine Vorstellungskraft, mir auszumalen, welche Qualen dieser arme Kerl in seinen letzten Minuten erdulden musste.«

Er schüttelte betroffen den Kopf.

Selbst ihn als langjährigen Rechtsmediziner schien dieser erschreckende Sachverhalt merklich zu bewegen.

»Sie müssen sich das aus biologischer Sicht so vorstellen: Der Körper mit seinen Venen und Arterien bildet ein sogenanntes kardiovaskuläres System, in dem durch den Herzschlag ein relativ konstanter Druck aufgebaut wird. Wenn man nun einen Schnitt durchführt, solange Vitalitätszeichen vorhanden sind, also das Herz schlägt, wird durch das Eindringen der Klinge Blut in das Gewebe rund um die Schnittfläche gedrückt. Und genau das war bei unserem Opfer der Fall! Allerdings darf man, wie soeben erwähnt, davon ausgehen, dass der Bewusstseinsverlust aufgrund der fehlenden Versorgung lebenswichtiger Organe recht schnell eingetreten ist. Auch der Daumen wurde übrigens abgetrennt, als das Opfer noch lebte, aber das spielt angesichts der unvorstellbaren Brutalität der Tat vermutlich keine entscheidende Rolle mehr.«

Professor Polt unterbrach seine Ausführungen und konsultierte kurz seine Aufzeichnungen, bevor er fortfuhr.

»Lassen Sie mich noch die restlichen Fakten im Schnelldurchlauf aufzählen! Der Todeszeitpunkt war vorgestern Nacht gegen dreiundzwanzig Uhr, plus/minus ein bis zwei Stunden. In etwa so lange lagen die Körperteile vermutlich auch auf dem Dach, das heißt, sie wurden relativ unmittelbar nach der Tat dorthin transportiert. Die Organe wurden, wie Sie hier sehen, von den Krähen bereits deutlich in Mitleidenschaft gezogen.«

Der Rechtsmediziner griff nach der Maus, teilte seinen Bildschirm mit den Zuschauern in Starnberg und klickte sich durch ein paar Fotos, die Nahaufnahmen der Schäden an den extrahierten Körperteilen zeigten.

»Ich bin mir sicher, dass die Tat nicht auf dem Dach begangen wurde, die Gründe für diese Schlussfolgerung kann Ihnen aber die Spurensicherung sicherlich besser erläutern. In der Lunge und dem kleinen noch vorhandenen Ansatz der Luftröhre fanden sich darüber hinaus leichte Rückstände von Schimmelsporen. Das bedeutet, dass das Opfer sich während seines Exitus beziehungsweise kurz davor in einem feuchten

Raum, also vielleicht einem Keller, einer Garage oder einem Verlies, aufgehalten haben könnte. Rückschlüsse auf Größe und Gewicht des Opfers können wir uns, wie ich Kriminalrat Madsen heute Morgen schon mitgeteilt habe, getrost schenken – die Identität der Person ist bereits geklärt.«

Ein erstauntes Raunen war im Raum zu vernehmen.

»Soll das etwa heißen, Sie wissen bereits nach dieser kurzen Zeit, wem die Organe entnommen wurden?« Der Oberstaatsanwalt entledigte sich behände seiner obligatorischen Fliege – ein Beweis höchster Aufregung bei dem ansonsten stets gefassten Juristen. »Wenn dem so ist, Herr Professor, schlage ich Sie auf der Stelle für den Nobelpreis vor!«

Professor Polt senkte bescheiden den Blick.

»Danke für die Blumen, Herr Oberstaatsanwalt! Ich muss gestehen, dass die Vorstellung meinem Ego schmeichelt, aber um ganz ehrlich zu sein: Es war lediglich ein simpler Datenabgleich mit der Zentraldatei des BKA notwendig, um diese Informationen zu erhalten. Und da der Fingerabdruck in Form des Daumens den Organen quasi als Zugabe beigefügt war, kann man getrost davon ausgehen, dass es dem Täter ein großes Anliegen war, uns über die Identität des Opfers nicht im Unklaren zu lassen.«

»Das glaube ich auch!«, ließ sich Klee vernehmen. »Schließlich wirkte die Position des Fingers geradezu inszeniert. Umso interessierter bin ich jetzt, wer das Opfer war!«

Professor Polt griff nach seinen Aufzeichnungen und blätterte durch die Unterlagen, bis er gefunden hatte, was er suchte. Anschließend las er die Personalien des Opfers mit einem Pathos vor, als verkünde er die Koordinaten von Atlantis.

»Es handelt sich um einen verurteilten Straftäter namens Wilfried Mohn! Schwere Vergewaltigung und Körperverletzung einer Minderjährigen, Haftstrafe, Entlassung auf Bewährung. Genauere Informationen über diese Person erhalten Sie sicherlich in den entsprechenden Prozessakten. Ich habe mich angesichts des engen Zeitrahmens auf den medizinischen Teil konzentriert.«

Der Rechtsmediziner deutete eine kurze Verbeugung an, legte seine Aufzeichnungen zur Seite und schüttete sich in aller Ruhe eine Tasse Tee aus einer Thermoskanne ein.

Bevor Madsen etwas sagen konnte, ergriff Dr. Agasiotis das Wort.

»Mein lieber Herr Professor, auch wenn das mit dem Nobelpreis dann wohl doch nichts wird – ein dickes Kompliment an Sie! Für die wenige Zeit, die Ihnen zur Verfügung stand, haben Sie eine beachtliche Menge herausgefunden. Dadurch bieten sich eine ganze Reihe möglicher Ermittlungsansätze, nicht wahr, Madsen?«

Der Kriminalrat nickte zustimmend.

»Ich weiß, mein lieber Herr Professor, dass wir mitunter nicht ganz einer Meinung sind und ich vor Kurzem behauptet habe, der Unterhaltungswert Ihrer Vorträge bewege sich irgendwo zwischen Bindehautentzündung und Windows-Update. Aber das heute war ganz exzellente Arbeit! Chapeau! Dank Ihrer guten Vorarbeit sind wir jetzt in der Lage, mit Volldampf loszulegen. Ich würde sagen, damit sind Sie entlassen. Was jetzt besprochen wird, sind Dinge, die die Ermittlungsarbeit betreffen. Ich schätze, das wird Sie nicht sonderlich interessieren, oder?«

»In der Tat!«, bestätigte Professor Polt, sichtlich hin- und hergerissen zwischen Freude über Madsens Lob und Verärgerung ob seines despektierlichen Vergleichs. »Ihr Einverständnis voraussetzend, melde ich mich hiermit ab und kümmere mich um die weiteren Untersuchungen. Wenn mir noch etwas Wichtiges auffällt, werde ich es Sie wissen lassen.«

Mit diesen Worten beendete Professor Polt das Gespräch, worauf Dr. Agasiotis den Laptop zuklappte, sich mit verschränkten Armen zurücklehnte und Madsen aufforderte, mit der internen Besprechung fortzufahren.

Madsen bedankte sich nickend, stand auf und öffnete eines der Fenster. Sofort drang frische, kühle Morgenluft ins Zimmer – begleitet vom Verkehrslärm der vierspurigen Hauptstraße, die vor der Polizeiinspektion Richtung Autobahnauffahrt führte.

Madsen erhob seine Stimme, um trotz der Geräuschkulisse gut verstanden zu werden.

»Wie ihr alle wisst, sind wir momentan personell recht knapp besetzt. Ich möchte die anderen Kollegen nach Möglichkeit auch nicht einfach so von ihren aktuellen Tätigkeiten abziehen, aber es dürfte klar sein, dass wir bei einigen der nächsten Schritte dringend Unterstützung brauchen werden. Außerdem werden wir diesmal aus Zeitgründen – und ich hoffe, ich entscheide da in Ihrem Sinne, Herr Oberstaatsanwalt – auch einzeln operieren, zum Beispiel bei den Zeugenbefragungen rund um die Kirche oder ähnlich ungefährlichen Tätigkeiten.«

Er blickte fragend zu Dr. Agasiotis, der mit einem kurzen Kopfnicken seine Zustimmung signalisierte.

»Die Richtungen, in die wir loslegen sollten, sind wie folgt …«, er trat an das Flipchart und tippte auf den ersten der dort aufgeführten Begriffe, »… erstens: das Opfer! Zirngibl, Sie besorgen sich mit Hilfe von Dr. Agasiotis schnellstmöglich alle Informationen über diesen Mohn. Notfalls auch vom LKA oder BKA. Persönliche Daten, Fotos, die Prozessakten, Infos über den Strafvollzug, Angehörige, Freunde, Mithäftlinge, Bewährungshelfer – das volle Programm! Ich denke, damit sind Sie die nächste Zeit gut beschäftigt.«

Zirngibl nickte erleichtert.

Nach den ganzen pathologischen Details, die ihm gewaltig auf den Magen geschlagen waren, kam ihm eine Recherchearbeit offensichtlich ausgesprochen gelegen.

Madsen fuhr fort: »Punkt Nummer zwei ist der Fundort der Innereien – pardon, der Organe –, nämlich die Kirche. Wir sollten den Küster noch mal in Ruhe vernehmen. Gestern Nacht war doch alles recht hektisch, vielleicht ist dem guten Mann ja inzwischen noch irgendwas eingefallen, was uns weiterhilft. Wenn ihr mit ihm redet, solltet ihr ihn auf die große Bedeutung seiner Zeugenaussage aufmerksam machen. Ich schätze diesen pflichtbewussten Herrn so ein, dass er sich dann ganz besonders ins Zeug legt. Außerdem möchte ich, dass jemand mit den Arbeitern der Baufirma redet. Die sollen uns Infos zu dem Gerüst geben, über die Begehbarkeit der Dächer, über auffällige Zuschauer, einfach alles, was von Bedeutung sein könnte. Brandl, können Sie die beiden Sachen übernehmen?«

Johnny Brandl hob zustimmend den Daumen, an dessen Kuppe noch etwas süßer Senf klebte. Auch wenn er sich mit Kirche und deren Personal nicht sonderlich anfreunden konnte – mit den bodenständigeren Bauarbeitern würde er sicherlich bestens klarkommen. Und ein Einsatz an der frischen Luft war ihm persönlich weitaus lieber, als stundenlang in seinem Büro vor dem Rechner zu sitzen.

Madsen wandte sich inzwischen an Klee. »Udo, du hast leider erst mal die Arschkarte gezogen.« Er hielt erschrocken inne, da er für einen kurzen Moment die Anwesenheit von Dr. Agasiotis vergessen hatte, doch der winkte generös ab.

»Also, du klapperst mit ein paar Kollegen vom Streifendienst die Nachbarschaft der Kirche ab. Wohnungen, Büros, Ateliers und so weiter. Nachdem der Polizeifotograf so clever war, die Umgebung vom Turm aus zu fotografieren, kannst du mit Hilfe der Bilder vermutlich erkennen, von welchen Fenstern man freien Blick auf das Kirchendach hatte. Irgendjemandem muss doch aufgefallen sein, dass mitten in der Nacht eine Person mit Rucksack, Tasche oder Tüte auf dem Kirchturm herumgeklettert ist. Besorg dir die Fotos bei unserem Fotografen, stell dir ein Team von sechs bis acht Leuten zusammen und mach dich auf die Socken! Die anderen kommen dich unterstützen, sobald sie mit ihren Aufgaben fertig sind.«

»Verstanden, Chef!«, entgegnete Klee, der die aufgetragene Tätigkeit im Gegensatz zu seinem Vorgesetzten gar nicht so übel fand.

»Mein lieber Madsen«, schaltete sich Dr. Agasiotis ein, »was halten Sie davon, einen Polizeipsychologen hinzuzuziehen? Immerhin lassen die Art der Tötung und die Platzierung der Organe in einem Falkennest doch eine ganze Reihe psychologischer Deutungen zu.«

Madsen nickte zustimmend. »Zum Thema ›Falken‹ wollte ich als Nächstes kommen – vorerst allerdings ehrlich gesagt noch ohne psychologischen Beistand. Ich würde lieber zunächst einmal ein Gefühl für die Spezies Raubvögel bekommen. Sofort nach unserer Besprechung gehe ich den vorläufigen Bericht der Spurensicherung durch und lasse Kopien und die Abzüge der Tatortfotos an alle verteilen. Danach werde ich mich mit einem Falkner in Verbindung setzen. Soweit ich mich erinnere, gibt es im Tierpark Hellabrunn eine Raubvogelvorführung, also vermutlich auch jemanden, der sich damit auskennt.«

Dr. Agasiotis nickte. Als Einziger im Raum wusste er, dass Kriminalrat Madsen aus persönlichen Gründen ein bestenfalls als »schwierig« zu bezeichnendes Verhältnis zu Psychologen hatte.

»Einverstanden, dann belassen wir es vorerst dabei. Ich weiß, dass Sie sich lieber auf Ihren gesunden Menschenverstand und Ihre Intuition verlassen, aber wenn Sie merken, es hakt oder der psychologische Aspekt ist der entscheidende, möchte ich, dass Sie die Wissenschaft zurate ziehen.«

Madsen nickte mit der Glaubwürdigkeit eines chinesischen Regierungssprechers.

»Also gut!«, fuhr Dr. Agasiotis fort. »Dann weiß jetzt jeder, was er als Nächstes zu tun hat. Polizeiobermeister Zirngibl, wir beide kümmern uns um die Akte von diesem Wilfried Mohn. Anschließend werde ich gezwungenermaßen eine Pressekonferenz vorbereiten. Madsen, gehe ich recht in der Annahme, dass Sie sich gerne davor drücken würden?«

Der Kriminalrat nickte verlegen. Er hasste Pressekonferenzen, bei denen aus ermittlungstaktischen Gründen viel geredet, aber wenig gesagt werden musste.

Der Oberstaatsanwalt lächelte nachsichtig.

»Einverstanden! Dann wünsche ich Ihnen allen viel Erfolg. Ach ja, noch etwas: Der Name dieser Sonderkommision lautet übrigens ›Soko Falke‹ – ich fand das angesichts des Fundortes der Leiche relativ passend. Irgendwelche Einwände?«

Er nickte zufrieden, als niemand widersprach.

»Also, dann los! Wenn ich irgendjemandem behilflich sein

kann, bitte ich um kurzen Bescheid. Notfalls auch auf dem kleinen Dienstweg.«

Damit steckte Dr. Agasiotis seinen Laptop in eine elegante handgenähte Ledertasche, stand auf und schickte sich an, den Raum zu verlassen. An der Tür verharrte er jedoch plötzlich und drehte sich noch einmal um.

»Ach Madsen, bevor ich es vergesse: Kann ich Sie bitte noch mal kurz unter vier Augen sprechen?«

Während sich die anderen Teammitglieder verabschiedeten und den Konferenzraum verließen, trat Dr. Agasiotis mit Madsen ans Fenster und legte ihm kameradschaftlich die Hand auf die Schulter.

»Lieber Madsen, ich habe eine persönliche Bitte an Sie. Wie Sie vielleicht wissen, befindet sich eine Nichte von mir in der Ausbildung zur Polizistin. Sie ist momentan im mittleren Dienst, wird aber sicherlich ohne Probleme den Sprung zur Kripo schaffen. Ihre Noten sind überdurchschnittlich, und bei den Praxiseinsätzen waren die Vorgesetzten mit ihren Leistungen immer ausgesprochen zufrieden. Allerdings handelte es sich dabei in der Regel um kleinere Fälle, meistens in der Abteilung ›Eigentumsdelikte‹. Sie wissen ja, wie die Personallage bei den Kollegen aussieht.«

Madsen nickte vorsichtig. Er ahnte bereits, welche Frage nun unweigerlich folgen würde.

»Nun, um es gleich vorwegzusagen: Ich würde Sie nicht bitten, wenn meine Nichte ihren Job nicht außergewöhnlich gut machen würde. Ich habe sie zwar damals bei der Bewerbung unterstützt, ihr aber klargemacht, dass sie ab diesem Zeitpunkt komplett auf sich selbst gestellt ist.«

Dr. Agasiotis blickte aus dem Fenster, und sein Blick verlor sich für einen Augenblick in der Ferne. Sekunden später hatte er seine Gedanken jedoch wieder gesammelt und wandte sich an Madsen.

»Nun, es hat sich aber offensichtlich herausgestellt, dass sie ein echtes Naturtalent ist, was die Polizeiarbeit angeht, sodass ich gerne bereit bin, ihrer Karriere – wo möglich – einen kleinen Stoß zu geben. Deshalb wollte ich Sie bitten, Jo in Ihre Ermittlungen bei diesem Fall mit einzubeziehen.«

»Jo?«, unterbrach ihn Madsen fragend.

»Ja, Jo! So wird sie seit ihrer Kindheit genannt. Eigentlich heißt sie Johanna. Johanna Kimmel. Aber keiner spricht sie mit ihrem wirklichen Namen an. Jo kann für Ihr Team die ganzen Handlangerarbeiten erledigen, egal, um was es sich handelt. Lassen Sie sie recherchieren, Kaffee kochen, Material besorgen oder den Schreibkram machen. Sie ist sich für nichts zu schade und brennt vor Ehrgeiz. Außerdem ist sie als Mensch absolut liebenswert.«

Dr. Agasiotis sah Madsen bittend an.

»Ich hoffe, Sie wissen, dass ich Sie niemals um so einen Gefallen bitte würde, wenn ich nicht hundertprozentig davon überzeugt wäre, dass nicht nur Jo, sondern auch Sie und Ihr Team von dieser Konstellation profitieren werden.«

Madsen antwortete nicht direkt.

Er wusste, dass man sich in der freien Wirtschaft oft mit sogenannten Kukis herumschlagen musste – Kundenkindern, die weder Talent noch Ehrgeiz besaßen und deren einzige Qualifikation in dem verwandtschaftlichen Verhältnis zu einem einflussreichen Entscheider auf Klientenseite bestand. Ihn persönlich hatte bisher noch nie jemand gebeten, sich eines Angehörigen in besonderer Weise anzunehmen, und er war darüber auch keineswegs unglücklich. Allerdings konnte er dem Oberstaatsanwalt diesen Wunsch schwerlich abschlagen, vor allem angesichts der Tatsache, dass er selbst vor wenigen Minuten die prekäre Personallage thematisiert hatte. Und wenn der stets professionelle und integre Dr. Agasiotis sich für die außergewöhnlichen Fähigkeiten dieser Jo verbürgte, durfte man getrost davon ausgehen, dass sie ihren Job wirklich beherrschte.

»Einverstanden. Ich werde Ihre Nichte Klee und seinen Leuten mitgeben für die ersten Zeugenbefragungen in Andechs. Ich hoffe, sie ist wirklich so gut, wie Sie sagen.«

Dr. Agasiotis nickte erleichtert. »Klee ist dafür sicherlich der richtige Mann. Ich mag seine ruhige, aber effektive Art. Danke, Madsen, Sie werden es garantiert nicht bereuen! Und ich schulde Ihnen hiermit einen großen Gefallen.«

Madsen grinste schelmisch und schlug in die ausgestreckte Hand seines Gegenübers ein.

»Glauben Sie mir, mein lieber Herr Oberstaatsanwalt – diesen Satz werden Sie eines Tages noch bitter bereuen!«

DREI

So beherrscht und souverän Polizeiobermeister Zirngibl sich sonst auch zu geben pflegte, musste er sich doch widerstrebend eingestehen, dass ihm die Schilderungen von Professor Polt stärker zugesetzt hatten, als ihm lieb war. Und auch die Fotoabzüge, die Madsen ihm vor wenigen Minuten ins Zimmer gereicht hatte und die nun vor ihm auf dem Schreibtisch lagen, trieben ihm den Anblick vom Vorabend mit gnadenloser Intensität wieder ins Gedächtnis.

Die Organe hatten ungeordnet in dem Geflecht aus Holz, Stroh und anderen Materialien gelegen, aus denen das Nest gefertigt war. Obwohl die Schnäbel der Vögel deutlich sichtbare Spuren hinterlassen hatten, waren sogar für ihn als medizinischen Laien einige der Körperteile sofort erkennbar. Das Herz mit seiner großen Hauptkammer und den beiden daumendicken Arterien, die Lunge mit dem kurzen Stück Luftröhre, das die beiden voluminösen Flügel zusammenhielt und in seiner ursprünglichen Funktion das Organ mit dem restlichen Atmungssystem verbunden hatte, die beiden Nieren, die ihn aufgrund ihrer Form und Farbe spontan an überdimensionale Kidneybohnen erinnerten. Auch die Leber erkannte er auf Anhieb, denn die hatte er, wenngleich tierischen Ursprungs, in der Vergangenheit mehrfach mit Röstzwiebeln und Kartoffelpüree konsumiert – ein kulinarisches Vergnügen, dem er nach dieser Ermittlung mit hundertprozentiger Sicherheit niemals wieder frönen würde.

Er nahm eine Lupe zur Hand und untersuchte die Aufnahmen mit dem Daumen genauer. Der Rechtsmediziner hatte recht: Es war nur zu offensichtlich, dass eine Identifizierung des Opfers anhand des Fingers nicht nur billigend in Kauf genommen, sondern vom Täter geradezu explizit gewünscht wurde – viel zu plakativ und vordergründig war die Extremität auf einem hervorstehenden Ast des Nestes aufgespießt.

Zirngibl legte das Detailfoto des Daumens zentral auf seinen Schreibtisch und positionierte die Aufnahmen des Gebäudes gemäß ihrer tatsächlichen geografischen Lage rund um das Bild. Anschließend versuchte er, einen Zusammenhang zwischen dem einzelnen Finger und der Umgebung herzustellen, doch es fanden sich auch bei genauester Betrachtung keinerlei Besonderheiten, auf die der Daumen hätte hinweisen können.

Er steckte einfach nur im Nest, als wollte das Opfer den Weg ins Jenseits per Anhalter zurücklegen.

Der junge Polizeiobermeister packte die Bilder zusammen und legte sie ordentlich gestapelt zur Seite. Dann wandte er sich seinem Laptop zu, wählte sich in die polizeiinterne Datenbank ein und öffnete die elektronische Akte »Wilfried Mohn«. Die offiziellen juristischen Floskeln bezüglich des vertraulichen Umgangs mit den enthaltenen Informationen übersprang er und scrollte stattdessen direkt zu dem Abschnitt, der die persönlichen Daten von Mohn auflistete.

Das Opfer war siebenundvierzig Jahre alt, ledig und hatte weder Kinder noch andere Angehörige. Nach einem durchschnittlichen Realschulabschluss hatte Mohn eine Kochlehre absolviert und in diversen gastronomischen Betrieben gearbeitet – zunächst als Koch, später als verantwortlicher Chef de Cuisine. Offensichtlich war er gut in dem, was er tat, denn die Restaurants und Hotels, wo er beschäftigt war, genossen in kulinarischen Kreisen einen außerordentlich guten Ruf. Im Jahr 2001 wurde ihm sogar ein Michelin-Stern verliehen, den er allerdings im Jahr darauf wieder verlor. Der Akte war zu entnehmen, dass sich unter seinen Stammgästen zahlreiche mehr oder weniger prominente Mitbürger befanden, unter anderem ein bekannter Münchner Strafverteidiger, der ihn später während des Prozesses auch als federführender Rechtsbeistand vertreten hatte.

Die Datei enthielt an dieser Stelle mehrere Verlinkungen zu Bildern. Zirngibl klickte sie an, und es erschienen einige JPGs, die Mohn zusammen mit diversen Personen des öffentlichen Lebens zeigten. Es waren die klassischen »Schaut mal, wie toll unser Laden ist«-Bilder, die üblicherweise im Eingangsbereich eines Restaurants sowie auf diversen Social-Media-Kanälen präsentiert wurden und dem Ego des Eigners ebenso schmeichelten wie dem der abgebildeten Prominenten.

Zirngibl erkannte auf einigen der Fotos den operativ glattgebügelten Moderator eines Homeshopping-Kanals, einen Fußballspieler, von dem er aber spontan weder Namen noch Verein wusste, einen feisten Landtagsabgeordneten mit platzadrigen Weißwurstbacken, eine aus dem TV bekannte Millionärsgattin, die mit ihrer sonnengegerbten Haut aussah wie ein Fünfzig-Kilo-Brikett im Pelzmantel, sowie einen in die Jahre gekommenen Schlagersänger, der seiner Garderobe nach zu urteilen ein ernst zu nehmendes Problem mit dem Älterwerden hatte.

Wilfried Mohn sah auf den meisten Bildern relativ gleich aus, was sicherlich auch daran lag, dass er fast immer identische Kleidung trug, bestehend aus einer weißen, perfekt gebügelten und gestärkten Jacke mit Monogramm sowie einer hohen Kochmütze. Er war nicht sehr groß, schätzungsweise eins siebzig, schlank, hatte schwarze Haare, die zu einem akkuraten Seitenscheitel gekämmt waren, und trug eine schmale Brille, die ihm einen intellektuellen Ausdruck verlieh. Auf den Fotos lächelte er pflichtgemäß, aber nicht sonderlich überzeugend, und seine dunklen Augen wirkten dabei kalt und abweisend wie die eines Hais. Auf Zirngibl wirkte der Mann nicht sonderlich sympathisch.

Ein Eindruck, der sich beim weiteren Studium der Akte rasch verstärkte.

Im Frühjahr vor zwei Jahren hatte der Landgasthof, in dem Mohn in verantwortlicher Position tätig war, eine Fortbildung für Jungköche angeboten, um talentierte Nachwuchskräfte für die eigene Küche zu rekrutieren. Ein siebzehnjähriges Mädchen namens Jenny Rufer hatte dabei offensichtlich nicht nur das berufliche Interesse Mohns geweckt, und so hatte er sie wenig später unter dem Vorwand einer individuellen Aufnahmeprüfung in das Restaurant bestellt. Aufgrund des Ruhetags befanden sich die beiden zu diesem Zeitpunkt allein in dem abgelegenen Gebäude, und so konnte er ungestört und ohne Zeugen über das völlig hilflose Mädchen herfallen.

Das Martyrium dauerte mehrere Stunden, und die Qualen, die Jenny dabei zu erleiden hatte, waren unbeschreiblich. Dem Bericht des Gynäkologen nach zu urteilen, gab es in der Küche kaum einen Gegenstand, der der misshandelten jungen Frau nicht gewaltsam eingeführt worden war. Zusätzlich hatte Mohn immer wieder mit einer schweren gusseisernen Pfanne auf sie eingeschlagen, bevor er sich anschließend mehrfach an dem bewusstlosen Opfer verging.

Nachdem Jenny wieder zu sich gekommen war, setzte Mohn sie notdürftig gereinigt an einem einsamen Waldweg ab und drohte ihr mit schwersten Repressalien, wenn sie der Polizei von den Geschehnissen berichten würde. Eine Aufforderung, die sich als außerordentlich naiv herausstellen sollte, denn als ein zufällig vorbeikommender Autofahrer das traumatisierte Mädchen in die Unfallklinik nach Murnau brachte, diagnostizierten die Ärzte mehrere Brüche des Kiefers, des Schambeins und des Beckenbodens sowie zahlreiche schwerwiegende innere Verletzungen im Vaginal- und Analbereich. Da solch offenkundige Folgen einer Vergewaltigung per gesetzlicher Vorgabe vom Krankenhaus bei der Polizei gemeldet werden müssen, wurden die entsprechenden Ermittlungen umgehend eingeleitet und Mohn kurz darauf festgenommen. Er stritt die Tat vehement ab, konnte aber durch eine DNA-Analyse und die detaillierten Aussagen des Opfers eindeutig überführt werden.

Zirngibl lehnte sich zurück und verschränkte die Arme hinter dem Kopf.

Er empfand Bewunderung für Jennys Mut. Als Polizist wusste er, welch große Überwindung es Opfer – auch und gerade nach einer Vergewaltigung – kostete, sich trotz einer so deutlichen und zweifellos glaubwürdigen Drohung zu einer belastenden Aussage gegen den Täter zu entschließen.

Mit einem flauen Gefühl in der Magengegend klickte er sich durch die Fotos, die kurz nach der Einlieferung des Mädchens in der Klinik gemacht worden waren. Jenny war eine hübsche, zierliche Person mit langem blondem Haar. Allerdings hatte man beim Betrachten der Bilder Schwierigkeiten, ihre ursprünglich noch etwas kindlichen Gesichtszüge zu erkennen, denn der ganze Kopf war übersät mit großen, dunkelviolett schimmernden Hämatomen. Der gebrochene Kiefer entstellte das Gesicht komplett, sodass es den Anschein hatte, als würde das Mädchen trotz seiner offensichtlichen Schmerzen permanent grinsen.

Die gynäkologischen Aufnahmen legte Zirngibl ungesehen beiseite. Sein Bedarf an schockierenden Bildern war für den heutigen Tag absolut gedeckt, und die Schilderungen in dem medizinischen Bericht ließen keinerlei Fragen bezüglich der Schwere der Verletzungen offen.

»Was für ein Schwein!«, zischte er. »Was für ein mieses, widerliches, verdammtes, perverses Schwein!«

Er ertappte sich bei dem befriedigenden Gedanken, dass Mohn für seine Tat lediglich ausgleichende Gerechtigkeit widerfahren war, schämte sich aber im gleichen Augenblick dafür. In einer zivilisierten Gesellschaft, deren exekutiven Vertreter er als Polizist darstellte, konnte und durfte das archaische »Auge um Auge«-Prinzip nicht der richtige Weg sein, um Verbrechen – so grausam sie auch gewesen sein mögen – zu bestrafen.

Dennoch erschauderte er bei dem Gedanken, dass seine eigene Freundin, die vom Typ her durchaus eine gewisse Ähnlichkeit mit Jenny aufwies, jemals einem solchen Monster in die Hände fallen könnte.

»Wieso war der Typ eigentlich nicht im Knast?«, murmelte er nachdenklich. »Die Vergewaltigung ist doch noch gar nicht so lange her. Eigentlich müsste der Kerl bei der Schwere der Tat doch noch einsitzen.«

Er scrollte zu dem Teil der Akte, dessen Inhalt sich auf den Gerichtsprozess bezog. Tatsächlich hatte die Staatsanwaltschaft eine langjährige Haftstrafe mit anschließender Sicherheitsverwahrung beantragt. Sie begründete diese Forderung sowohl mit der bewussten Planung als auch mit der außerordentlichen Brutalität, mit der die Vergewaltigung durchgeführt worden war.

Allerdings hatte Mohn sich bis zum Zeitpunkt der Tat noch nie etwas zuschulden kommen lassen, sodass sein polizeiliches Führungszeugnis sich als absolut jungfräulich erwies. Und genau darauf baute sein prominenter Rechtsanwalt dann auch seine Verteidigungsstrategie auf, wobei er sein Plädoyer geschickt mit Hinweisen auf die schwere Jugend seines Mandanten sowie auf Misshandlungen, die Mohn als Kind von seinem Stiefvater zu erleiden hatte, kombinierte.

Die Ausführungen der Verteidigung schienen überzeugend gewesen zu sein, denn als Mohn sich vor Gericht darüber hinaus als ausgesprochen reumütig präsentierte, wurde er zum großen Entsetzen der anwesenden Prozessbeobachter lediglich zu einer zweijährigen Haftstrafe ohne Bewährung verurteilt.

Da er sich während des anschließenden Aufenthaltes in der Justizvollzugsanstalt vorbildlich verhielt und die Qualität der Gefängniskantine – auch zum leiblichen Wohle des Aufsichtspersonals – durch seine Kochkünste deutlich verbesserte, gelang es seinem findigen Anwalt, eine Verkürzung der Haftzeit auf achtzehn Monate zu erwirken. Ein Strafmaß, das Zirngibl angesichts der Schwere der Tat geradezu skandalös kurz vorkam und plötzlich ein ganz neues Licht auf den aktuellen Fall warf.

Handelte es sich bei dem Mord vielleicht um einen verspäteten Racheakt?

Mohn war seit etwa einem halben Jahr auf freiem Fuß gewesen. Gut möglich, dass sein Mörder zuerst Gras über die Vergewaltigungsgeschichte hatte wachsen lassen wollen, bevor er ihn mit finaler Konsequenz für seine Tat büßen ließ.

Zirngibl notierte sich seinen Gedanken und las weiter.

Mohns vielversprechende Kochkarriere hatte mit der Vorstrafe ein jähes Ende erfahren, denn der Akte war zu entnehmen, dass er seit seiner Entlassung aus dem Gefängnis als Aushilfskraft in diversen Großküchen gearbeitet hatte – die »Vom Tellerwäscher zum Millionär«-Story funktionierte also offensichtlich auch in die entgegengesetzte Richtung. Zuletzt war Mohn in einem gutbürgerlichen, aber im Vergleich zu seinen früheren Beschäftigungen keineswegs elitären Gasthof im Zentrum von

Starnberg tätig gewesen. Nachdem er dort mehrere Tage unentschuldigt gefehlt hatte, hatte sein Bewährungshelfer mehrfach versucht, ihn zu erreichen. Als das erfolglos blieb, verständigte er das Gericht über die offensichtliche Missachtung der verhängten Auflagen, worauf Mohn routinemäßig zur Fahndung ausgeschrieben wurde.

Das Ganze war jetzt eine gute Woche her, und Zirngibl konnte sich des Eindrucks nicht erwehren, dass sich das Engagement des Bewährungshelfers in diesem Fall sehr in Grenzen gehalten hatte. Er beschloss, ihm deshalb einen persönlichen Besuch abzustatten. Bevor er das Büro verließ, schrieb er noch eine kurze Mail in den internen Verteiler, dass die Fahndung nach Mohn beendet werden könne, weil er inzwischen aufgefunden worden sei.

Zumindest partiell.

***

Kommissar Klee saß an seinem Schreibtisch und forderte gerade weitere Beamte als personelle Unterstützung für die Zeugenbefragungen an, als plötzlich die Bürotür aufflog. Eine uniformierte junge Frau stürmte ins Dienstzimmer, blieb keuchend vor Klees Schreibtisch stehen und riss sich hektisch die Schirmmütze vom Kopf.

»Guten Tag, Herr Kommissar. Polizeioberwachtmeisterin Jo Kimmel meldet sich wie angeordnet zum Dienst.«

Klee grinste amüsiert und musterte die Polizistin in aller Ruhe.

Das Adjektiv »lebhaft« schien ihr Naturell lediglich ansatzweise zu umschreiben. Ihre lockige wasserstoffblonde Mähne wurde nur unzureichend von einem rosafarbenen Haargummi gebändigt, und ihre Wangen waren stark gerötet. Die großen blauen Augen strahlten eine herzliche Offenheit aus, und obwohl sie nicht im klassischen Sinne als schön zu bezeichnen war, war sie auf ihre spezielle Art dennoch äußerst attraktiv.

Er nickte seiner Besucherin freundlich zu und bat sie, auf

dem schlichten altmodischen Holzstuhl vor seinem Schreibtisch Platz zu nehmen.

»Du möchtest uns also bei unseren Ermittlungen gerne unterstützen?«

Kimmel nickte eifrig.

»Was immer Sie an Aufgaben zu erledigen haben, Sie können sich voll und ganz auf mich verlassen. Ich werde jederzeit mein Bestes geben. Das schwöre ich!«

»Langsam, langsam!«, lachte Klee. »Erstens heiße ich Udo. Wir pflegen uns hier im Team zu duzen. Natürlich außer dem Chef – der wird gesiezt. Zweitens ist das hier weder ein Bewerbungsgespräch noch eine Castingshow. Dein Onkel hat dich in den höchsten Tönen gelobt – du scheinst wohl offensichtlich so was wie der Navy SEAL unter den Polizeischülern zu sein. Aber denk dran: Wenn du Scheiße baust, ist das nicht nur blöd für dich, sondern auch peinlich für deinen Onkel. Behalte das immer im Hinterkopf!«

Kimmel nickte abermals. Als sie dabei lächelte, sah Klee, dass auf einem der Eckzähne ein winziger funkelnder Edelstein angebracht war.

»Drittens …«, fuhr er fort, »… machst du nur, was wir dir sagen! Du scheinst extrem bemüht zu sein. Das ist zwar grundsätzlich prima, sollte dich aber nicht dazu verleiten, Dinge auf eigene Faust anzugehen. Lorbeeren kannst du dir verdienen, wenn wir als Team erfolgreich sind, und nicht weil du dein eigenes Süppchen kochst. Wir haben regelmäßig Lagebesprechungen – da kommt dann alles auf den Tisch, was wir haben, klar?«

Während Kimmel die Frage dienstbeflissen bejahte, kramte Klee in seiner Schreibtischschublade nach Zigaretten und Feuerzeug.

»Wir beide fahren jetzt zuerst nach Andechs, um in der Nachbarschaft der Kirche nach Zeugen zu suchen. Du wirst mit einem erfahrenen Kollegen gehen und beobachten, was er tut. Und wie er es tut. Wenn du dich gut anstellst, kannst du morgen vielleicht schon eine Tour alleine übernehmen. Hat dein Onkel dir eigentlich schon was zu unseren Ermittlungen erzählt?«

Die junge Frau verneinte.

»Er hat mir nur gesagt, dass es sich um eine ziemlich außergewöhnliche Tat handelt.«

»Das kann man wohl sagen!«, murmelte Klee, klemmte sich die Zigarette hinters Ohr und erhob sich von seinem Schreibtischstuhl. »Komm mit! Ich werde dir unterwegs alles erzählen, was du über den Fall wissen musst.«

***

Polizeimeister Johnny Brandl hatte inzwischen genau das Schicksal ereilt, dem er durch seinen Kirchenaustritt in jungen Jahren zu entgehen gedacht hatte: Er befand sich in der Sakristei der Andechser Klosterkirche, war umgeben von christlichen Devotionalien – und langweilte sich zu Tode.

»Sind Sie jetzt endlich fertig mit Ihrer Oblaten-Sortiererei?«, brummte er ungeduldig, während Heinz Aumiller, der Küster, behutsam eine Handvoll Hostien in einen goldenen Messkelch füllte. »Ich habe noch ein paar Fragen zu Ihrer gestrigen Entdeckung.«

»Ich habe doch Ihren Kollegen gestern Nacht bereits alles gesagt, was ich gesehen habe. Was wollen Sie denn jetzt noch wissen?«, erkundigte sich Aumiller wenig verbindlich, während er den Kelch vorsichtig neben einer mit verschiedenfarbigen Edelsteinen verzierten Monstranz in einer hölzernen Anrichte platzierte.

Dieser grobschlächtige Polizist war ihm ausgesprochen unsympathisch. Außerdem empfand er die Anwesenheit eines bekennenden Atheisten in dem Raum, in dem nicht nur der Leib und das Blut Christi aufbewahrt wurden, sondern auch sämtliche liturgischen Gewänder inklusive der wertvollen Paramente, als befremdlich, ja geradezu blasphemisch. Allerdings schien der Beamte die Diskrepanz zwischen seinem Verhalten und der religiösen Bedeutung des Raumes überhaupt nicht zu bemerken, sondern begutachtete die Kelche und Hostienschalen wie die Auslage eines Duty-free-Shops, während er dem Küster antwortete.

»Eine ganze Menge! Zum Beispiel, wer Zugang zu dem Gerüst hatte. Und wann das letzte Mal jemand vom Kirchenpersonal auf dem Dach war. Und ob es Außenstehenden bekannt war, dass sich auf Ihrem Turm ein solches Vogelnest befindet.«

Aumiller setzte sich seufzend auf einen der schlichten Stühle, die rund um einen kleinen Holztisch standen und einen starken optischen Kontrast zu den prunkvollen goldenen Abendmahlskelchen bildeten.

»Um Ihre Frage nach dem Nest zuerst zu beantworten: Nein, dass sich dort oben eins befindet, dürften die wenigsten wissen. Allenfalls jemand aus der Klosterverwaltung, denn dort wird hin und wieder über die Taubenproblematik gesprochen. Aber da das Nest seit einem oder zwei Jahren unbenutzt ist, würde es mich ziemlich wundern, wenn da noch jemand dran denken würde. Und was wollten Sie noch mal wegen dem Gerüst wissen?«

Er blickte demonstrativ auf seine Armbanduhr.

Brandl bemühte sich mit überschaubarem Erfolg um einen verständnisvollen Gesichtsausdruck.

»Keine Sorge, ich möchte Sie auch gar nicht weiter aufhalten. Mich interessiert nur noch, wer Zugang zu dem Gerüst hat.«

»Außerhalb der Zeit, in der die Bauarbeiter vor Ort sind, keiner, denn nach Feierabend wird die unterste Leiter, also die, mit der man das Gerüst überhaupt erst betreten kann, vom Vorarbeiter ausgehängt und weggeschlossen. Den Schlüssel nimmt er mit heim. Mit anderen Worten: Abends kann auf diesem Weg definitiv niemand – nicht einmal ich – auf das Gerüst.«

Brandl unterbrach ihn irritiert.

»Aber Sie waren doch gestern Abend drauf?«

Der Küster schüttelte ungehalten den Kopf.

»Hören Sie mir gefälligst zu – ich sagte ›auf diesem Weg‹. Klar war ich gestern auf dem Gerüst – aber nicht von der Straße aus! Ich bin vom Turminneren auf das Gerüst geklettert, genau wie Ihre Kollegen auch. Und in den Turm kann ich nur, weil ich den entsprechenden Schlüssel habe.«

Er hob abwehrend die Hände. »Ich weiß, welche Frage nun kommt. Außer mir hat nur noch der Abt einen Schlüssel für den Turm. Möchten Sie den jetzt vielleicht auch noch verhören?«

Brandl winkte ab. »Zum jetzigen Zeitpunkt noch nicht nötig, vielen Dank. Und zu Ihrer Info: Das hier ist kein Verhör, sondern nur eine Zeugenvernehmung. Wenn wir verhören, machen wir das im Keller der Polizeiinspektion – meistens mit nassen Tüchern und Stromkabeln.«

Aumiller erblasste, bis er Brandls breites Grinsen sah.

Er lächelte gequält. »Sehr witzig! Wirklich äußert witzig! Kann ich sonst noch was für Sie tun?«

»Nein, vielen Dank. Und sollte Ihnen eventuell doch noch was einfallen, was für unsere Arbeit wichtig sein könnte, können Sie mich jederzeit anrufen.«

Brandl drückte Aumiller seine Visitenkarte in die Hand und machte sich pfeifend auf den Weg zu den Handwerkern auf dem Baugerüst. Hätte er sich dabei noch einmal umgesehen, wäre ihm die feindselige Miene des Küsters aufgefallen, mit der dieser die Visitenkarte in tausend kleine Teile riss und über die Klostermauer warf, wo der Wind sie wie Schneeflocken Richtung Ammersee wehte.

***

Da der Mann zwar formell ein Sozialarbeiter des Wohlfahrtsverbandes war, als Bewährungshelfer jedoch für die Überwachung der vom Gericht verfügten Auflagen verantwortlich zeichnete, befand sich sein Büro in einem Seitenflügel des Starnberger Amtsgerichts. Das Gerichtsgebäude erstreckte sich über eine gewaltige Breite und besaß ein einladendes, lichtdurchflutetes Atrium – beides Attribute, die auf das Büro des Beamten nicht im Geringsten zutrafen.

Im Gegenteil.

Klein, eng und eingerichtet mit geschmacklosem, lieblos zusammengewürfeltem Mobiliar hieß das karge Zimmer Besucher ebenso herzlich willkommen wie Donald Trump mexikanische Immigranten. Das Gleiche galt auch für den Bewährungshelfer selbst, den Polizeiobermeister Zirngibl bereits auf den ersten Blick als ausgesprochen unsympathisch empfand.

Der Mann begrüßte ihn mit einem weichen, feuchten Händedruck und stellte sich als Waldemar Finke vor. Bekleidet war er mit einem bordeauxfarbenen Pullunder über einem weißen Hemd, dessen Kragenform ausgesprochen modern war – allerdings nur in den Achtzigern. Unter seinen Armen bildeten sich deutlich sichtbare, ins Gelbliche changierende Schweißränder, und die fusselige Cordhose sah aus, als hätte Bibo aus der Sesamstraße dafür sein Leben lassen müssen. Aufgrund seiner Statur und seiner Haut schloss Zirngibl auf ein Alter Ende vierzig, doch die altmodische Kleidung, der spießige Seitenscheitel und die dickrandige Lesebrille ließen den Bewährungshelfer wie einen Frühpensionär erscheinen.

Finke nahm die Brille mit einstudierter Beiläufigkeit vom Kopf, reinigte sie übertrieben gründlich und erkundigte sich dann in einem selbstgefälligen Tonfall: »Junger Mann, was kann ich denn für Sie tun?«

»Wie ich bereits am Telefon angekündigt hatte, könnten Sie mir mit ein paar Auskünften zu einem Ihrer Schützlinge helfen. Es geht um Wilfried Mohn.«

»Ah, haben Sie ihn gefunden? Wo hat der Schlingel denn gesteckt?«

Zirngibl musste innerlich grinsen.

Angesichts des blasierten Verhaltens seines Gegenübers war das eine verbale Vorlage, die er einfach nicht ungenutzt lassen konnte.

»Er war auf dem Dach der Andechser Klosterkirche.«

Finke blickte ihn verständnislos an.

»Auf dem Dach einer Kirche? Was zum Teufel hat er denn da gemacht?«

»Och, er lag da relativ faul rum – zumindest Teile von ihm! Zum Beispiel sein Herz, seine Lunge, seine Nieren und noch ein paar andere Organe. Den restlichen Körper haben wir noch nicht gefunden, aber wenn es so weit ist, werden wir es Sie als einen der Ersten wissen lassen.«

Mit diesen Worten lehnte er sich auf seinem Stuhl zurück und genoss den entsetzten Gesichtsausdruck des Bewährungshelfers. Ab jetzt – dessen war er sich sicher – würde der Tonfall seines Gegenübers deutlich respektvoller sein.

»Warum … ich meine … was … also wie …?« Finke klang, als würde er den Inhalt des Buchstabenbeutels beim Scrabble vorlesen. Seine Gesichtsfarbe wechselte wischen Kalkweiß und einem aus kardiologischer Sicht bedenklichen Rotton.

»Genau um das zu klären, bin ich hier bei Ihnen!«, antwortete Zirngibl kühl. »Ich habe mir die Akte zum Fall Mohn durchgelesen. Es fällt mir zugegebenermaßen schwer, Ihrer löblichen Schilderung seiner Person zu folgen. Für mich war er ein widerliches Schwein, das keinerlei Mitleid verdient – aber das ist meine ganz persönliche Meinung und tut in diesem Fall nichts zur Sache. Viel wichtiger ist es herauszufinden, mit wem Mohn in der letzten Zeit Kontakt hatte. Laut Bericht gab es keine Angehörigen. Pflegte Mohn irgendwelche Beziehungen? Hatte er eine Freundin? Wie sah sein persönliches Umfeld aus? Verkehrte er in kriminellen Kreisen? Hatte er Feinde?«

Finke schluckte hektisch.

Seine anfängliche Arroganz war inzwischen dem offensichtlichen Bemühen gewichen, Zirngibl so gut wie möglich zu helfen – wenn auch nur in der Absicht, sich seiner Anwesenheit schnellstmöglich zu entledigen.

»Ich weiß natürlich nicht über jedes Detail in Wilfried Mohns Leben Bescheid, bin aber sicher, dass er mir berichtet hätte, wenn er die Bekanntschaft einer Frau gemacht hätte. Mohn lebte völlig zurückgezogen in einem kleinen Ein-Zimmer-Apartment im Ludwig-Thoma-Weg, direkt neben dem Bahnhof Starnberg-Nord. Eine ordentlich dotierte Anstellung wie früher hatte er seit seiner Haftstrafe nicht mehr – natürlich stellt kein gutes Restaurant einen wegen Vergewaltigung Vorbestraften als Küchenchef ein. Und das, obwohl sein fachliches Talent außer

Frage steht. Pardon: stand! Also arbeitete er im Rahmen des Wiedereinstiegsprogramms der Agentur für Arbeit als Aushilfe in diversen zweitklassigen Restaurantküchen, bevor ihn das Wirtshaus am Tutzinger Hof relativ regelmäßig beschäftigte. Die haben zwar auch keine Sterneküche, aber zumindest einen hohen gastronomischen Anspruch.«

»Das ist uns bekannt. Und natürlich werden wir uns auch dort umhören«, bemerkte Zirngibl. »Aber sprechen wir doch noch mal über den Prozess. Die Tat wurde ja nun weiß Gott mit äußerster Brutalität durchgeführt. Hatte das Opfer Angehörige, die Mohn deswegen bedroht haben? Oder gab es Anrufe oder Briefe von anderen Personen, in denen Vergeltung angekündigt wurde?«

Finke nahm abermals die Brille ab, um sie gleich darauf wieder gedankenverloren aufzusetzen – offensichtlich eher Übersprunghandlung als wirkliche Notwendigkeit.

»Natürlich gab es Drohungen von Angehörigen und Prozessbeobachtern. Die gibt es in solchen Fällen doch immer. Aber meistens handelt es sich dabei um heiße Luft. Das sind unbedachte Äußerungen, die im ersten Überschwang der Gefühle gemacht werden, die aber niemals umgesetzt werden.«

»In dem Fall vielleicht doch, wer weiß?«, entgegnete Zirngibl nachdenklich. »Immerhin liegt ein Teil von Mohn ja nun in einem Kühlfach der Rechtsmedizin. Hat sich denn damals irgendjemand besonders aggressiv gegenüber Mohn geäußert?«

»Ja, schon. Der Bruder von dieser Jenny Rufer. Er hat noch im Gerichtssaal geschworen, Mohn werde für die Tat bezahlen.«

»Verdammt! Und warum steht das nicht in der Akte?«, fluchte Zirngibl und ärgerte sich gleichzeitig darüber, dass Finke sich jede Information Stück für Stück aus der Nase ziehen ließ. »Das ist doch ein wichtiger Hinweis! Der Bruder des Opfers hätte auf jeden Fall ein sehr starkes Motiv.«

Finke verschränkte demonstrativ die Arme vor dem Körper und entgegnete trotzig: »Theoretisch ja, aber praktisch kann ich mir das nicht vorstellen! Das war doch nur im Eifer des Gefechts so dahingesagt. Mohn hat die Drohung auch nicht wirklich ernst genommen. Schließlich ist ja auch nie wirklich was passiert!«

»Ja, bis vorgestern!«, entgegnete Zirngibl und fixierte Finke mit eisigem Blick. »Trotzdem hätten Sie so etwas in Ihren Berichten auf jeden Fall erwähnen müssen. Ihnen ist hoffentlich klar, dass das Ganze jetzt durch den Mord wesentlich größere politische Dimensionen bekommt.«

Finke erblasste. »Aber ich habe doch nur gedacht ...«

»Dann haben Sie diesmal leider falsch gedacht!«, unterbrach Zirngibl kühl. »Die Drohung eines engen Angehörigen des Opfers, zumal noch persönlich und nicht anonym, muss protokolliert und gegebenenfalls verfolgt werden. Ich an Ihrer Stelle würde mal ganz schnell überlegen, ob nicht noch andere Ihrer Schützlinge bedroht worden sind, und die entsprechenden Akten umgehend ergänzen. Andernfalls könnte ich mir gut vorstellen, dass Sie in Zukunft in der Küche des Wirtshauses am Tutzinger Hof Kartoffeln schälen werden – da ist nämlich gerade ein Job frei geworden. Auf Wiedersehen! Ich finde alleine heraus.«

Zirngibl deutete ein Kopfnicken an und erhob sich.

Schnellen Schrittes verließ er das Büro, ohne den völlig konsternierten Pullunderträger eines weiteren Blickes zu würdigen.

***

Das Apartment machte auf den ersten Blick einen auffallend ordentlichen Eindruck. Der Hausmeister hatte Zirngibl mit einem Generalschlüssel Zutritt zu Mohns Wohnung verschafft, und nachdem er den Mann höflich, aber bestimmt darauf hingewiesen hatte, dass seine Hilfe nun nicht weiter vonnöten sei, hatte dieser sich enttäuscht verabschiedet.

Zirngibl blickte sich interessiert um.

Das persönliche Umfeld eines Menschen pflegte für gewöhnlich dessen Charakter widerzuspiegeln. Und die besondere Charakteristik von Mohns Wohnung bestand darin, dass sie keine hatte.

Die Zimmer waren ordentlich, aber ohne jede individuelle Note. Es gab keine Bilder, keine Dekoration und keine persönlichen Gestaltungselemente. Eine einsame Zimmerpflanze, die den Kampf gegen das Vertrocknen aufgegeben hatte, welkte vor dem kleinen bogenförmigen Fenster, und die Möbel wirkten zwar sauber und gepflegt, waren aber gänzlich stillos. Sogar der Teppichboden hatte eine dermaßen triste und neutrale Farbe, dass Zirngibl sie sofort wieder vergessen hatte, nachdem er seinen Blick für einen Moment abgewendet hatte. Das gesamte Apartment wirkte wie der Showroom eines drittklassigen Einrichtungshauses, und Zirngibl hätte sich nicht gewundert, wenn im Regal statt echter Bücher die für Möbelausstellungen typischen Kunststoffimitate gestanden hätten.

Er passierte eine kleine Kochnische, in der neben einem Messerblock lediglich ein paar Standardgewürze sowie eine Flasche billiges Olivenöl auf der Ablagefläche standen. Es roch nach abgestandenem Fett, Geschirrspülmittel und Resignation. Offensichtlich beschränkte sich Mohns kulinarischer Ehrgeiz ausschließlich auf sein berufliches Leben.

Am hinteren Ende des Raumes befand sich eine weiße Tür, die zum Badezimmer führte. Der winzige Raum war komplett beige gefliest und wurde von einer Glühbirne, die pur in der Fassung steckte, unangenehm grell beleuchtet. Aus reiner Routine warf er einen Blick in das verspiegelte Schränkchen, das sich über dem Waschbecken befand und in dem außer den üblichen Hygieneartikeln und einer Tube Hämorrhoidensalbe nichts Außergewöhnliches zu entdecken war.

Mit nachdenklichem Gesicht begab sich Zirngibl zurück in den Wohnraum.

Einen Schreibtisch gab es nicht, deshalb öffnete er der Reihe nach alle Schubladen der Küchentheke. Anschließend überprüfte er den Wandschrank, der nur spärlich mit Kleidungsstücken gefüllt war. In einer Ablage am unteren Sockel befanden sich Strümpfe und Taschentücher, doch als Zirngibl mit den Fingerspitzen über die Rückwand strich, ertastete er ein Stück Papier.

Er zog es heraus und pfiff zufrieden durch die Zähne.

Bei seinem Fund handelte es sich um einen Brief, adressiert an Mohns private Anschrift. Er überprüfte das Datum des Poststempels und stellte fest, dass das Schreiben bereits wenige Tage nach Mohns Entlassung aus der JVA Stadelheim abgeschickt worden war.

Der Inhalt des Briefes war eindeutig und enthielt neben üblen Beschimpfungen eindeutige Drohungen gegen Leib und Leben des Empfängers. Zeugten die ersten Sätze des Schreibens dabei noch von blinder Wut, wurden die Formulierungen im weiteren Verlauf zunehmend besonnener und rationaler, was den Inhalt jedoch keinesfalls weniger bedrohlich klingen ließ. Das Schreiben endete mit der Ankündigung, dass Mohn für alles, was er Jenny angetan habe, bezahlen würde.

Unterschrieben war der Brief mit Thilo Rufer.

VIER

Abgesehen von einem kaum mehr als rudimentären Schulwissen ging Madsen völlig unvorbereitet in das Gespräch mit dem Falkner des Münchner Tierparks Hellabrunn, der sich auf telefonische Nachfrage dazu bereit erklärt hatte, den Kriminalrat an seinem ornithologischen Fachwissen teilhaben zu lassen.

Der Zoo war den hohen Eintrittspreisen zum Trotz ausgesprochen gut besucht. Zahlreiche Eltern eilten – mit Bollerwagen, Spielzeug, Kameras und Kühltaschen ausgestattet – ihren doppelnamigen Sprösslingen hinterher, während beflissen wirkende Seniorenpaare sich jedem einzelnen Erläuterungsschild an den Gehegen widmeten und ihrem Erstaunen ob der dort aufgeführten Informationen mit lauten »Ahs« und »Ohs« Ausdruck verliehen. Kontrastiert wurden die geschäftigen Zoobesucher von dem grün gekleideten Tierparkpersonal, das mit unaufgeregter Gemächlichkeit Gartenarbeit verrichtete oder die Exkremente seiner tierischen Schutzbefohlenen aus den Käfigen entfernte.

Während Madsen auf dem Weg zu seinem Ansprechpartner an den Tiergehegen vorbeieilte, befiel ihn angesichts der ihrer natürlichen Bewegungsfreiheit beraubten Antilopen, Gnus und Springböcke ein beklemmendes Gefühl. Gleichwohl musste er zugeben, dass sich die Situation der Tiere im Gegensatz zu seinen frühkindlichen Tierparkbesuchen deutlich verbessert hatte. Große, hügelige Gehege mit weitläufigen Wiesen, verzweigten Wasserstellen und üppigem Baumbestand versprachen den Bedürfnissen der in diesem Umfeld geborenen Tiere zumindest ansatzweise gerecht zu werden.

Er passierte das Refugium der Wölfe, die träge auf den von der Sonne erwärmten Felsen lagen und ihn keines Blickes würdigten. Dafür nahm das Vogelgeschrei an Lautstärke merklich zu, und als er sich unmittelbar vor der Großvoliere befand, kam ihm der Geräuschpegel geradezu ohrenbetäubend vor.

Madsen trat ein und verharrte für einen Moment. Die Luft war feucht und schwül, es roch nach Dschungel und exotischen Pflanzen, und überall wimmelte es von zwitschernden, fiependen, krächzenden und trillernden Vogelkolonien. Madsen erinnerte die Szenerie spontan an ein Ali-Mitgutsch-Wimmelbild, und er begann zu seinem eigenen Erstaunen, an dieser Art von Geräusch plötzlich Gefallen zu finden. Vielleicht spielte ihm aber auch lediglich sein Bewusstsein einen Streich – immerhin hatte er auf dem Weg zum Zoo drei weitere Ibuprofen 800 gegen seine quälenden Kopfschmerzen eingenommen.

Er wurde unsanft aus seinen Gedanken gerissen, als ihm jemand die Hand auf die Schulter legte und ihn mit tiefer, rauchiger Stimme ansprach.

»Kann ich Ihnen helfen?«

Madsen stellte sich kurz vor und erkundigte sich nach Martin Kreutz, dem Falkner.

»Da sind Sie bei mir schon genau richtig. Wir haben eben zusammen telefoniert.«

Der Zooangestellte schüttelte seinem Besucher kraftvoll die Hand. Mit seinen breiten Schultern, dem wettergegerbten Gesicht und den dunkelblonden Locken entsprach er absolut dem Klischee des kernigen Naturburschen. Madsen hegte keinerlei Zweifel, dass viele der weiblichen Zoobesucher beim Anblick dieses Mannes ein sehr plötzliches Interesse für Ornithologie an sich entdeckten.

»Vielen Dank, dass Sie etwas Zeit für mich erübrigen können. Ich möchte Sie auch nicht allzu lange aufhalten, benötige aber dringend Ihre Hilfe im Rahmen einer aktuellen Ermittlung.«

»Ich habe schon viele interessante Anfragen bekommen, aber die Kriminalpolizei war bisher noch nie dabei«, antwortete Kreutz amüsiert. »Was halten Sie davon, wenn wir uns die Greifvögel einfach mal anschauen und Sie erklären mir auf dem Weg dorthin, um was es jetzt eigentlich ganz genau geht?«

Madsen nickte zustimmend, und just als sie die Käfige der Greifvögel erreichten, hatte er Kreutz umfassend über den Grund seines Besuches informiert – zumindest im Rahmen dessen, was er einem Außenstehenden unter der strikten Verpflichtung zur Verschwiegenheit mitteilen durfte.

Ein imposanter Weißkopfseeadler saß im Halbdunkel auf einer armdicken Holzstange und verfolgte aufmerksam jede Bewegung der beiden Männer. Kreutz strich mit seiner Hand gedankenverloren am Gitter entlang, dann wandte er sich Madsen zu.

»Sehen Sie diesen stolzen Blick? Das ist es, was mich an Greifvögeln so fasziniert – neben ihren genialen körperlichen Fähigkeiten! Wussten Sie, dass Falken beim Sturzflug Geschwindigkeiten von über dreihundert Stundenkilometer erreichen können? Und dass sie aus einer Entfernung von zweihundertfünfundsiebzig Metern, also fast der Länge von drei Fußballfeldern, noch eine Maus erkennen können? Ist das nicht Wahnsinn? Dagegen sehen wir Menschen mit unserem degenerierten Bewegungsapparat und unseren verkümmerten Instinkten verdammt alt aus!«

Madsen nickte höflich, auch wenn er einer so abwertenden Beurteilung der menschlichen Spezies nicht uneingeschränkt zustimmte. Immerhin befanden sie sich *vor* dem Gitter.

Und die Vögel dahinter.

Nichtsdestotrotz lächelte er Kreutz auffordernd zu und bat ihn, kurz und kompakt die Fakten über Greifvögel aufzuführen, die für seinen speziellen Fall von Bedeutung sein könnten.

Kreutz räusperte sich missbilligend.

»Ich glaube, Sie stellen sich das etwas zu einfach vor, Herr Madsen. Auch wenn ich zugegebenermaßen keine Ahnung von polizeilicher Ermittlungsarbeit habe, erscheint es mir doch zwingend notwendig, Ihnen – sozusagen als Basis – erst einmal einige grundlegende Dinge über diese Vogelart zu erläutern.«

»Theoretisch haben Sie natürlich völlig recht«, stimmte ihm Madsen zu. »Aber ich bitte Sie zu verstehen, dass wir einem immensen Zeitdruck unterliegen. Ich interessiere mich deswegen besonders für alles, was mit dem Nestbau beziehungsweise dem Jagdverhalten der Falken zu tun hat, denn ich vermute, dass hier der Schlüssel zur Symbolik dieses Verbrechens liegen könnte.«

Der Falkner nickte nachdenklich und verschränkte die braun gebrannten, muskulösen Arme.

»Also gut, dann beginnen wir mal mit dem Nestbau. Wobei bereits der Name irreführend ist – Turmfalken bauen nämlich keine Nester! Sie nutzen vielmehr die verlassenen Gelege anderer Vogelarten, wegen der Größe hauptsächlich Krähen- oder Rabennester. Einige Falkenarten sind allerdings Felsenbrüter, und da Felsen in modernen Großstädten nun mal recht selten zu finden sind, sind die Vögel gezwungen, bei der Suche nach geeigneten Nistplätzen auf hohe Gebäude auszuweichen. In Großbritannien hat zum Beispiel ein Wanderfalkenpärchen seinen Brutplatz im Gestänge eines Förderbandes, auf dem täglich über tausend Tonnen Kalkgestein transportiert und maschinell zerkleinert werden.«

»Und da rege ich mich bereits auf, wenn vor meinem Fenster ein Auto mit quietschenden Reifen anfährt«, bemerkte Madsen feixend. »Aber noch mal ganz konkret wegen unseres Falles: Wenn ich Sie richtig verstanden habe, kann man davon ausgehen, dass es sich bei dem Falkenpärchen, das unser Nest bewohnt hat, um Turmfalken handelt, richtig?«

Kreutz nickte.

»Ja, die Wahrscheinlichkeit dürfte relativ hoch sein! Der Bestand des Turmfalken, der im Lateinischen übrigens den wohlklingenden Namen ›Falco tinnunculus‹ hat, wird alleine in Bayern auf bis zu zwanzigtausend Exemplare geschätzt. Diese Falkenart hat sich mit am besten an das urbane Leben angepasst und erbeutet mit Vorliebe Kleinvögel, zu denen in Großstädten – und jetzt halten Sie sich fest – auch ziemlich viele entflogene Wellensittiche gehören.«

Madsen schüttelte ungläubig den Kopf, und Kreutz genoss es sichtlich, in dem Kriminalrat einen ebenso aufmerksamen wie interessierten Zuhörer gefunden zu haben.

»Turmfalken halten sich nachts im Bereich von Gebäuden auf, die von starken Scheinwerfern beleuchtet werden – Kirchen, Schlösser und so weiter. Sobald das Scheinwerferlicht dann vorbeifliegende Vögel oder Fledermäuse erfasst, schlägt der Falke zu. Genial, oder? Wobei wir …«, er hob den Zeigefinger wie ein Lehrer, der seine Schüler zu höchster Aufmerksamkeit anhalten will, »… auch schon beim Thema ›Jagdverhalten‹ wären. Oder haben Sie keine Lust mehr? Rede ich zu viel? Soll ich aufhören?«

»Nein, nein, bitte fahren Sie fort! Gerade dieser Teil ist für unsere Ermittlungen vermutlich extrem wichtig.«

Der Falkner setzte sich auf eine grün lackierte Holzkiste und bot dem Polizisten den Platz neben sich an.

»Greifvögel zeichnen sich bei der Jagd auf Beutetiere vor allem durch große Geduld aus. Bestimmt haben Sie an Landstraßen oder Autobahnen schon mal Falken, Sperber oder Bussarde gesehen, die immer und immer wieder über einer freien Fläche kreisen, bis sie endlich ein Beutetier erspähen. Und wenn sie dieses dann im Sturzflug ergriffen haben, gibt es kein Entrinnen mehr.«

Madsen hörte aufmerksam zu. Der Tötungsmechanismus war einer der Punkte, die ihn besonders interessierten und der die vielleicht größte Relevanz für das zu klärende Verbrechen besaß.

»Es gibt beim Erlegen der Beute ganz unterschiedliche Techniken«, erklärte Kreutz indes und untermalte seine Äußerungen mit lebhaften Armbewegungen. »Große Vögel walken, das bedeutet, sie toten ihre Beute alleine durch das feste Zugreifen mit ihren Krallen. Fischadler dagegen töten, indem sie den gefangenen Fisch einfach vom Kopf her auffressen – vermutlich nicht die angenehmste Todesart für das Opfer. Kleinere Greifvögel wie zum Beispiel Falken beißen ihrem Opfer mit dem sogenannten Falkenzahn ins Genick, um es zu lähmen. Anschließend wird die Beute dann durch einen lang anhaltenden Klammergriff erstickt. Und obwohl all das ganz natürliche, evolutionäre Verhaltensmuster sind, gibt es viele Menschen, die Greifvögel für brutale Killer halten, weil sie all die armen, süßen kleinen Vögelchen und Mäuse fressen.«

Kreutz betonte das Wort »süß« übertrieben lange, und seiner Mimik war unschwer zu entnehmen, wie sehr ihn diese von falschem Mitleid geprägte Sicht der Dinge ärgerte.

»Glauben die Leute denn wirklich, menschliche Moralvorstellungen ließen sich eins zu eins auf die Tierwelt übertragen? Oder dass die Tiere aus Spaß töten? Das ist doch absurd!« Der Falkner hatte sich in Rage geredet, und seine Gestik wurde immer lebhafter. »Verstehen diese Leute denn nicht, dass das Verhalten der Tiere für das biologische Gleichgewicht extrem wichtig ist? Das Töten von schwachen Tieren, das Ausmerzen von Lebewesen, die der jeweiligen Gattung schaden, ist ein ganz natürlicher Säuberungs- und Regulierungsmechanismus. Sie werden ganz selten erleben, dass in der Natur ein gesundes und voll integriertes Mitglied eines Rudels gerissen wird. Es sind fast immer die Außenseiter, die Nachzügler, die Einzelgänger, die Schwachen und Kranken. Dieses Töten von nonkonformen Individuen sichert eine gesunde, intakte Population innerhalb des Rassegefüges.«

Madsen, der inzwischen eine ganze Menge Notizen auf seinen kleinen Block gekritzelt hatte, unterbrach den Falkner, bevor dieser Gelegenheit hatte, seinen zunehmend emotionaler werdenden Monolog fortzuführen.

»Eine letzte Frage noch, Herr Kreutz, und dann lasse ich Sie auch wieder Ihre Arbeit verrichten: Fressen Falken eigentlich auch Aas?«

Der Falkner nickte.

»Durchaus! Letztendlich sind die Tiere genau wie wir Menschen: Sie versuchen, mit geringstem Aufwand den höchsten Nutzen zu erzielen. Ergibt sich eine Möglichkeit, Nahrung ohne die Anstrengung einer Jagd zu erhalten, werden auch Greifvögel, die sonst vorzugsweise lebende Beute fressen, das Angebot dankend annehmen.«

»›Dankend‹ ist ein perfektes Schlusswort, Herr Kreutz«, sagte Madsen, stand auf und reichte seinem Gegenüber die Hand. »Ich bedanke mich ganz herzlich für Ihre extrem interessanten Erklärungen. Ich könnte Ihnen noch stundenlang Fragen stellen, aber das wäre dann reines Privatvergnügen und hätte nichts mit unserem Fall zu tun.«

Kreutz zeigte sich über das Kompliment ebenso erfreut wie über das aufrichtige Interesse an seiner Profession.

»Sie sind jederzeit herzlich willkommen, Herr Madsen. Egal ob dienstlich oder als Privatperson – es würde mich freuen, Ihnen Ihre Fragen zu beantworten. Und bis dahin habe ich noch eine Kleinigkeit für Sie …«

Er öffnete die hölzerne Truhe, auf der sie gesessen hatten und die mit einem Sammelsurium an Fachzeitschriften, Katalogen und Büchern gefüllt war. Nach kurzer Suche reichte er Madsen einen dicken Naturführer, auf dessen Titel ein majestätischer Adler prangte.

»Nehmen Sie dieses Buch mit, ich schenke es Ihnen. Vieles von dem, was ich Ihnen eben auf die Schnelle erzählt habe, können Sie dort noch einmal in Ruhe nachlesen.«

»Vielen Dank!«, entgegnete Madsen gerührt. »Aber das kann ich wirklich nicht annehmen. Wenn Sie allerdings der Überzeugung sind, dieses Buch könnte uns im Rahmen der Ermittlungen weiterhelfen, werde ich es im Präsidium besorgen lassen.«

Er reichte es Kreutz zurück, doch dieser verschränkte demonstrativ die Arme vor der Brust.

»Das können Sie gerne tun, aber dieses Exemplar ist ein persönliches Geschenk für Sie. Und zwar nicht nur für den Fall, an dem Sie zurzeit arbeiten, sondern auch für später. Es freut mich, wenn noch jemand echtes Interesse für die Natur zeigt – die meisten Leute schauen sich Tiere ja heutzutage lieber als 3-D-Animation auf ihrem PC an.«

»Tja, wenn das so ist, bedanke ich mich nochmals ausdrücklich und nehme das Geschenk sehr gerne an.«

Madsen schüttelte dem Falkner dankend die Hand und begab sich Richtung Ausgang. Nach ein paar Schritten drehte er sich noch einmal kurz um und hob drohend seinen Zeigefinger.

»Und sobald wir den Täter überführt haben und ich wieder etwas mehr Zeit habe, komme ich auf Ihr Angebot zurück und frage Sie Löcher in den Bauch. Und sagen Sie dann bloß nicht, ich hätte Sie nicht gewarnt!«

***

Kommissar Klees Stimmung war auf dem Tiefpunkt, als er im dritten Stock eines Bürohauses beim »Andechser Architekturbüro« klingelte. Er hatte inzwischen nahezu zwei Dutzend Gespräche mit Anwohnern und Geschäftsleuten in Andechs geführt und sie nach auffälligen Beobachtungen rund um die Klosterkirche gefragt, aber niemand hatte irgendetwas gesehen, was für die Ermittlungen relevant und zielführend war. Allerdings beschlich Klee das leise Gefühl, dass die Andechser Bevölkerung auch nicht sonderlich gewillt war, sich mit dem Verbrechen zu beschäftigen – kein Wunder, war doch der Tourismus eine der wichtigsten Einnahmequellen des Ortes. Es gab zwar die Klosterbrauerei sowie Deutschlands größte Biomolkerei, und auch ein paar Banken, Dienstleister und Einzelhandelsgeschäfte hatten ihre Niederlassungen im beschaulichen Ortskern, aber insgesamt dominierten doch Ferienwohnungen und Gästezimmer das Andechser Wirtschaftsleben. Und da ein Mord in einem beschaulichen oberbayerischen Wallfahrtsort nur bedingt umsatzfördernd war, schien die Bevölkerung zu agieren wie ein kleines Kind, das sich die Hände vor die Augen hält und denkt, was es nicht sieht, ist auch nicht existent. Ziemlich kurzfristig gedacht, fand Klee, während er nochmals den Klingelknopf betätigte und auf eine Reaktion aus dem Gebäudeinneren wartete. Die einzig wahre Chance, wieder Sicherheit und Unbeschwertheit in dem kleinen Ort sicherzustellen, bestand in der Festnahme des Täters – und dafür war die Mitarbeit der Bevölkerung nun mal zwingend erforderlich.

Klee wurde aus seinen Gedanken gerissen, als die Tür des Architekturbüros sich schwungvoll öffnete und eine rothaarige, etwa fünfundzwanzigjährige Frau mit auffallend wohlproportionierten Formen vor ihm stand. Sie trug einen ärmellosen schwarzen Rollkragenpullover, eine ausgewaschene Jeans und sportliche schwarz-weiße Sneaker.

Klee setzte sein gewinnendstes Lächeln auf, präsentierte seinen Dienstausweis und erklärte, den Geschäftsführer sprechen zu wollen, worauf die junge Frau ihn hineinließ und ihn darum bat, einen Moment zu warten. Eine Gelegenheit, die er dazu nutzte, sich interessiert umzuschauen.

Die Räumlichkeiten waren eines Architekturbüros absolut würdig. Obwohl modern und stylish, wirkten sie durch Erker, Dachschrägen und frei stehende dunkelbraune Holzbalken warm und gemütlich und vermittelten eher den Eindruck einer exklusiven Penthousewohnung als den eines gewerblichen Büros. Einen optischen Kontrast dazu bildeten allerdings die großen Schreibtische, auf denen Flachbildschirme der neuesten Generation thronten, sowie die großformatigen Stellwände, die mit Skizzen und Entwürfen diverser Bauprojekte übersät waren. Zahlreiche Angestellte, die nach dem unternehmerischen Credo »*Come in and burn out!*« zu agieren schienen, eilten hektisch durch die Räume, diskutierten lebhaft über Ausdrucken oder telefonierten gestenreich per Headset.

»Wären Sie so freundlich, mir zu folgen, Herr Kommissar?«

Die Stimme der jungen Frau, die ihm die Tür geöffnet hatte, holte Klee zurück in die Realität. »Der Chef muss gerade noch ein Telefonat beenden, dann steht er Ihnen zur Verfügung. Sie können so lange im Konferenzraum warten.«

Klee nickte dankend und folgte ihr in ein großes Zimmer, das durch eine Feuerschutztür von den restlichen Räumlichkeiten abgetrennt war. Neben einem riesigen Konferenztisch befanden sich in dem Raum diverse Regale und Vitrinen, die mit unterschiedlichen Architekturmodellen bestückt waren. Die maßstabsgetreuen Darstellungen reichten von Einfamilienhäusern über kleinere Wohnsiedlungen und Gewerbeobjekte bis hin zu verschachtelten Gebäudekomplexen mit weitläufigen Außenanlagen. Wie die meisten Menschen beschäftigte sich Klee üblicherweise erst dann mit Architektur, wenn sie realisiert war, wenngleich die Vielzahl der teils spektakulären dreidimensionalen Visualisierungen auch in diesem frühen Entwurfsstadium durchaus einen gewissen Eindruck auf ihn ausübte.

Ebenso wie die Präsenz der jungen Frau an seiner Seite.

Die musterte ihn inzwischen völlig ungeniert.

»Einen Kommissar habe ich mir ehrlich gesagt immer ganz anders vorgestellt!«

»So? Wie denn?«, erkundigte sich Klee neugierig.

»Ich weiß nicht. Anders eben. Vielleicht älter … oder irgendwie seriöser.«

»Wenn es Ihnen lieber ist, kann ich mir rasch eine Krawatte umbinden«, bot Klee augenzwinkernd an. »Aber um ebenfalls ehrlich zu sein: Ich hatte von Architekten auch eine ganz andere Vorstellung. Wenn die in Filmen gezeigt werden, dann wirken die immer viel kreativer und ausgeflippter. Dagegen sind die Leute hier ja fast schon langweilig normal.«

»Dieses Klischee vergessen Sie besser mal ganz schnell!«, entgegnete die junge Frau mit strengem Blick. »Oder glauben Sie wirklich, der Verantwortliche eines Bauprojekts würde so einem Pseudokreativ-Kasper ein Millionenbudget anvertrauen? Die Kreativität eines guten Architekten sollte sich in den von ihm entwickelten Entwürfen widerspiegeln – und nicht in seiner Frisur oder seinem Kleidungsstil. Das beste Beispiel ist unser Chef! Glauben Sie vielleicht, der sieht aus wie ein Künstler? Nee, im Gegenteil! Er lacht sich selbst immer tot, weil die Leute oft glauben, er sei Buchhalter. In Wirklichkeit ist er aber einer der kreativsten und am häufigsten prämierten Architekten Bayerns.«

»Und was ist mit Ihnen?«, unterbrach Klee.

»Was soll denn mit mir sein?«, erkundigte sie sich und runzelte irritiert die Stirn.

»Sind Sie auch Architektin? Oder als was arbeiten Sie hier?«

Sie stutzte kurz, dann senkte sie verschämt den Kopf.

»Entschuldigen Sie bitte, im Gegensatz zu Ihnen habe ich mich überhaupt noch nicht vorgestellt. Sehr peinlich! Mein Name ist Christa Brenner. Und ja, ich bin ebenfalls Architektin. Allerdings liegt mein Schwerpunkt auf der zeichnerischen Darstellung der Entwürfe. Früher noch mit Stift und Papier, heute vornehmlich in Form von digitalen Renderings.«

Klee blickte sie ratlos an, worauf sie sich beeilte zu erklären: »Rendering ist vereinfacht gesagt die Ausgabe von dreidimensional wirkenden Abbildungen. Dafür müssen die abgebildeten Objekte allerdings erst einmal virtuell konstruiert und anschließend mit entsprechenden Oberflächen und Lichteffekten versehen werden! Wenn Sie das Thema wirklich interessiert, kann ich es Ihnen gerne mal im Detail erläutern. Allerdings ist diese Technik so komplex, dass ich mindestens ein viergängiges Abendessen bräuchte, um Ihnen das zu erklären.«

»Kein Problem! Ich werde mit meinem Chef sprechen, ob ich das unter ›Fortbildungsmaßnahme‹ abrechnen kann«, antwortete Klee, ohne eine Miene zu verziehen, worauf Brenner laut auflachte.

»Oh, habe ich etwa die Pointe verpasst?«

Ein groß gewachsener Mann hatte inzwischen unbemerkt den Raum betreten und schaute fragend zwischen Christa Brenner und dem Besucher hin und her.

»Nein, nein, war nichts Wichtiges!«, beeilte sich die junge Architektin zu erklären. »Chef, darf ich vorstellen: Kommissar Klee. Kommissar Klee, das ist unser geschäftsführender Gesellschafter, Herr Dr. Nerlinger.«

Der Mann schüttelte Klee kraftvoll die Hand.

Er war etwa einen halben Kopf größer als der Polizist, hatte kurze, akkurat geschnittene Haare, und trotz seines sympathischen, offenen Lächelns wirkte er erschöpft und überarbeitet. Christa Brenner hatte recht – nicht nur wegen der kleinen, rahmenlosen Brille, die er trug, vermittelte er auf den ersten Blick den Eindruck eines Buchhalters.

Allerdings den eines sehr erfolgreichen.

Er trug eine Anzughose, deren perfekter Schnitt darauf schließen ließ, dass das Modell mitnichten von der Stange kam, das leicht glänzende Hemd besaß eine Qualität, die sich deutlich von der abhob, die man bei herkömmlichen Herrenausstattern vorfand, und auch wenn Klee kein Fachmann in Sachen Herrenschuhe war, war die Exklusivität von Dr. Nerlingers dunkelbraunen Budapestern unübersehbar.

»Guten Tag, Herr Kommissar. Mein Name ist Christoph Nerlinger. Wie kann ich Ihnen behilflich sein? Benötigt die Polizei ein neues Präsidium?«

Der letzte Satz sollte vermutlich als Scherz gedacht sein, weshalb Brenner und Klee pflichtbewusst lachten.

»Nein, der Anlass ist leider wesentlich ernster. Vielleicht ist Ihnen aufgefallen, dass es gestern Abend auf dem Turm der Andechser Klosterkirche hoch herging?« Klee wartete die Antwort auf seine rhetorische Frage gar nicht ab, sondern fuhr direkt fort: »Vorgestern Abend ist auf diesem Turm ein Verbrechen verübt worden, das allerdings erst gestern entdeckt wurde. Sie haben doch von Ihrem Büro aus freie Sicht auf den Turm, oder? Ist Ihnen dort am Montag vielleicht etwas Außergewöhnliches aufgefallen?«

Dr. Nerlinger drehte sich schweigend um und forderte den überraschten Klee mit einer Handbewegung auf, ihm zu folgen. Gemeinsam betraten sie das Büro des Architekten und umrundeten den großen, unter Zeitschriften, Prospekten und Skizzen begrabenen Schreibtisch.

»Wie Sie selbst sehen, Herr Kommissar, dürfte vermutlich kaum jemand sonst in Andechs von seinem Arbeitsplatz aus einen ähnlich guten Blick auf das Kloster haben wie ich.«

In der Tat war die Sicht von Dr. Nerlingers Arbeitsplatz aus beeindruckend.

Über Dächer und Bäume hinweg fiel der Blick ungehindert auf den heiligen Berg und die darauf thronende Klosterkirche. Klee konnte jedes Detail der Kirche sowie des sie umgebenden Gerüsts erkennen – inklusive seiner Kollegen von der Spurensicherung, die in ihren weißen Ganzkörperoveralls immer noch um die Turmspitze herumwuselten wie ein Schwarm Spermien um die Eizelle.

»Ich frage mich bereits den ganzen Morgen, was da oben los ist«, sagte Dr. Nerlinger und rieb sich nachdenklich über das Kinn. »Dass das keine normalen Bauarbeiter sind, war mir natürlich auch klar, aber auf Polizisten bin ich ehrlich gesagt nicht gekommen. Ich hätte eher gedacht, da wird vielleicht etwas Wertvolles restauriert. Was ist denn dort oben passiert?«

»Tut mir sehr leid, Herr Dr. Nerlinger, ich kann Ihnen aus ermittlungstaktischen Gründen leider keine Details mitteilen.

Ich kann Ihnen nur so viel sagen, dass dort ein Verbrechen verübt wurde. Aber um noch mal auf meine ursprüngliche Frage zurückzukommen: Haben Sie denn vorgestern irgendwas Ungewöhnliches bemerkt oder gesehen?«

Dr. Nerlinger hob bedauernd die Hände.

»So gerne ich Ihnen helfen würde, Herr Kommissar, aber ich war am Montagabend gar nicht hier im Haus. Wir haben fast zwei Monate rund um die Uhr für eine große kommunale Ausschreibung gearbeitet, jede Woche weit über achtzig Stunden. Am Freitag war der Präsentationstermin, und jetzt haben wir alle – meine Mitarbeiter und ich – uns mal etwas frühere Feierabende verdient. Deshalb bin ich vorgestern auch schon am frühen Nachmittag heimgefahren und habe mich zuerst mit meiner Familie und anschließend mit meinen Freunden Driver, Eisen und Putter getroffen – wenn Sie verstehen, was ich meine. Ich fürchte also, ich bin Ihnen keine große Hilfe.«

Klee, der die Golfanspielung verstand, auch wenn er selbst diesem aus seiner Sicht langweiligen Sport nicht frönte, winkte ab.

»Kein Problem! Trotzdem vielen Dank, dass Sie sich kurz Zeit für mich genommen haben. Hier haben Sie meine Karte. Sollte Ihnen noch etwas einfallen, können Sie mich jederzeit anrufen.«

Er reichte Dr. Nerlinger eine Visitenkarte und verabschiedete sich per Handschlag. Christa Brenner bot an, ihn zur Tür zu begleiten – ein Vorschlag, den er nur allzu gern annahm.

»Sagen Sie, warum trägt das Büro eigentlich nicht den Namen von Dr. Nerlinger?«, erkundigte sich Klee, während er hinter Brenner herging und sich zwingen musste, nicht auf den verführerischen Hüftschwung der jungen Architektin zu starren. »›Andechser Architekturbüro‹ klingt doch irgendwie ziemlich beliebig.«

»Stimmt, das tut es auf den ersten Blick!«, erwiderte Brenner und hob den Zeigefinger wie ein Lehrer vor der entscheidenden Prüfungsfrage. »Aber haben Sie auf dem Schild auch gesehen, wie sich der Name abkürzt?«

Klee schüttelte verneinend den Kopf.

»AA«, erklärte ihm Brenner. »Und nun raten Sie mal, welchen Nebeneffekt diese Abkürzung hat? Ich gebe Ihnen einen kleinen Tipp: Es ist gelb und hat viele Seiten!«

»Ich verstehe: die Gelben Seiten!«, lachte Klee. »Und da haben Sie mit dieser Abkürzung vermutlich die absolute Poleposition, richtig?«

»Bingo! Erste Seite, erster Eintrag. Und genau das Gleiche bei allen digitalen Suchverzeichnissen. Hat also alles richtig gemacht bei der Namensgebung, unser schlauer Chef!«, konstatierte Brenner und öffnete Klee galant die Tür. »Und Sie? Haben Sie jetzt noch viele Büros und Wohnungen vor sich?«

»Allerdings!«, antwortete Klee und hob bedauernd die Hände. »Aber ich bin ja nicht alleine. Eine ganze Menge Kollegen unterstützt mich tatkräftig. Ich habe gesehen, es gibt hier in der Hofeinfahrt etwas versetzt nach hinten noch ein zweites Gebäude. Das gehört nicht mehr zu Ihrem Büro, oder?«

»Nein, mit Sicherheit nicht!«, lachte Christa Brenner mit glockenheller Stimme. »Das werden Sie sehen, wenn Sie dort reingehen. In dem Gebäude ist ein Fitnessstudio – inklusive Heavy-Metal-Abteilung für die schweren Landjungs.«

Sie deutete grinsend eine Bodybuilderpose an. »Zuerst müssen Sie jetzt wieder runter ins Erdgeschoss, brauchen dann aber nicht wieder dort raus auf die Straße. Die beiden Häuser sind miteinander verbunden, deshalb können Sie hinten im Treppenhaus durch einen gläsernen Verbindungsgang quer über den Hof. Der führt automatisch zur Rezeption des Studios. Werden Sie's finden, oder soll ich mit runterkommen?«

Die junge Frau widmete Klee einen koketten Augenaufschlag.

Der schmunzelte.

»Vielen Dank, das finde ich dank meiner langjährigen Polizeierfahrung schon alleine. Auf Ihre Begleitung komme ich aber dann gerne beim nächsten richtig aufregenden Einsatz zurück!«

»Ich nehme Sie beim Wort, Herr Kommissar!«, rief ihm die Architektin feixend hinterher – eine Drohung, die Klee in seiner hormonell verklärten Wahrnehmung als eindeutige Sympathiebekundung deutete.

***

Polizeimeister Brandl genoss währenddessen das Gefühl, endlich wieder festen Boden unter den Füßen zu haben. Nicht nur dass die Gespräche mit den Bauarbeitern, die zurzeit mit der Renovierung der Andechser Klosterkirche beschäftigt waren, im Hinblick auf ihren Fall wenig ergiebig waren, auch das Balancieren auf den schmalen Gerüstbohlen in schwindelerregender Höhe hatte ihn einiges an Kraft und Konzentration gekostet. Mit einem großen karierten Taschentuch tupfte er sich den Schweiß von der Stirn und schaute sich nachdenklich um.

Wenn der Täter keine Möglichkeit hatte, durch den Kirchturm auf das Gerüst zu gelangen, musste er den Aufstieg irgendwie von unten bewerkstelligt haben. Die Leiter kam dafür nicht in Frage, denn der Vorarbeiter hatte ihm mit einem Schwur auf die Gesundheit seiner im Kaukasus lebenden Mutter versichert, dass er sie jeden Abend nach Dienstschluss in einen Geräteraum des Klosters einschloss und den entsprechenden Schlüssel ständig bei sich trug.

Wie also konnte der Mörder die erste Gerüstetage erreicht haben?

Gab es eventuell einen Helfer, der ihm mittels klassischer Räuberleiter den Aufstieg ermöglicht hatte?

Unwahrscheinlich! Brandl tippte aufgrund der Tatumstände ebenso wie seine Kollegen auf einen Einzeltäter. Hatte er sich vielleicht mit einem mitgebrachten Fahrrad beholfen? Ebenfalls unwahrscheinlich! Ein durchschnittlich gebauter Mann mit einem Körpergewicht von achtzig bis neunzig Kilogramm konnte unmöglich mit einem mindestens zehn Kilo schweren Behältnis auf dem Sattel oder dem Rahmen eines abgestellten Fahrrads herumklettern und dabei noch die Balance halten. Und auch ein Auto kam nicht in Frage, weil Baustellenabsperrung und Baumaterialien den Bereich unmittelbar unter dem Gerüst blockierten. Außerdem war es aufgrund der extrem steilen, engen und mit Kopfsteinpflaster versehenen Zufahrt schwierig, überhaupt mit einem Auto bis ganz nach oben zur Kirche zu fahren.

Brandl seufzte resigniert und griff zum Handy, um Klee über seine erfolglose Recherche zu informieren. Doch genau in dem Moment, in dem er die entsprechende Kurzwahltaste gedrückt hatte, fiel sein Blick zufällig durch den etwas tiefer gelegenen Rundbogen der Klosterpforte in den schmalen Zugang zum Innenhof.

Klee meldete sich am Telefon, aber Brandl starrte nur sprachlos auf die unmittelbar neben dem Klosterladen gelegene Hofeinfahrt.

»Johnny? Bist du's? Hallo, sag doch was! Was ist los?«, knarzte Klees Stimme aus seinem Telefon.

Aber Brandl antwortete nicht.

Stattdessen steckte er sein Handy achtlos in die Tasche und spurtete den steilen Weg hinunter. Dass er dabei nicht über das unebene Kopfsteinpflaster stolperte und stürzte, lag einzig und allein daran, dass er mit Schuhgröße 48 über eine sehr solide Standfläche verfügte.

***

Kopfschüttelnd verstaute Klee sein Handy und blickte irritiert Richtung Klosterkirche. Der Anruf von Brandl – beziehungsweise vielmehr der abgebrochene Anruf – war mehr als verwirrend. Er hatte versucht, seinen Kollegen noch einmal zurückzurufen, doch dieser hatte nicht abgehoben, worauf Klee kurzzeitig die Befürchtung befiel, Brandl sei etwas passiert. Aber da Brandl häufiger unorthodox agierte und aufgrund seiner physischen Konstitution durchaus dazu in der Lage war, brenzlige Situationen auch ohne fremde Hilfe zu meistern, beschloss Klee, vorerst seine eigenen Befragungen fortzuführen und später noch einmal zu versuchen, Brandl zu erreichen.

Wie sich kurz darauf herausstellte, hätte sich die attraktive

Architektin Christa Brenner die Wegbeschreibung zum Fitnessstudio sparen können, denn der gläserne Durchgang im Hinterhof war mit großflächigen Logoaufklebern und Schildern geradezu tapeziert. Klee betrat den Empfangsbereich und prallte dabei fast gegen eine junge Frau, die laut plappernd mit einem rosafarbenen Handy am Ohr aus dem Studio eilte. Ihre hautenge neonfarbene Kleidung ließ darauf schließen, dass es sich bei ihr entweder um eine modisch amoklaufende Landpomeranze oder aber um eine glühende Anhängerin der jungen Jane Fonda handeln musste. Doch auch die anderen Damen, die sich in der Nähe der verspiegelten Rezeption tummelten, zeigten sich zu Klees Überraschung in für die ländliche Umgebung außergewöhnliche Outfits gehüllt. Von Einteilern in Leopardenmuster über schulterfreie Aerobictops bis hin zu hautengen Glitzershorts mit dem Aufdruck »Gym Bitch« schien sich die Andechser Sportmode eher am New Yorker Nachtleben als am guten alten Turnvater Jahn zu orientieren. Der Grund für die extravagante Garderobe der sportiven Dorfgrazien erschloss sich ihm jedoch rasch, als die Studiotur schwungvoll aufgestoßen wurde und der Fitnesstrainer die Räumlichkeiten betrat.

Imposante Statur, glatt rasierter Schädel, strahlend blaue Augen und ein Lächeln, das selbst Blinde hätte blenden können.

Klee musste grinsen.

Er kannte den jungen Mann zufällig von einer gemeinsamen Alpenüberquerung mit einer Mountainbikegruppe und wusste, dass dieser den Reizen des weiblichen Geschlechts aufgrund seiner Partnerschaft mit einem populären kalifornischen Footballspieler nicht das Geringste abgewinnen konnte. Allerdings war er Profi genug, sich das nicht anmerken zu lassen, und so buhlten die östrogengeschwängerten Damen mit einer vermeintlich erfolgversprechenden Kombination aus lasziven Blicken und infantilem Gekicher um die Gunst des unverbindlich in alle Richtungen lächelnden Sportlehrers.

»Immer wieder ein faszinierendes Schauspiel! Dreihundert Jahre Emanzipation, pulverisiert in einer einzigen Minute. Und das nur, weil Paolo viele Muskeln und wenig Haare hat!«

Klee drehte sich irritiert um.

Hinter einer brusthohen Theke, auf der eine Pyramide aus Vitamin- und Proteinpräparaten in unterschiedlichsten Geschmacksrichtungen aufgebaut war, stand eine blasse schwarzhaarige Frau Anfang dreißig und blickte dem Pulk, der sich laut schwatzend Richtung Aerobicraum bewegte, gelangweilt hinterher.

»Tja, leider ist das bei mir genau umgekehrt!«, erwiderte Klee augenzwinkernd und zeigte der amüsierten Angestellten seinen Dienstausweis.

Anschließend erklärte er ihr kurz den Grund seines Besuchs und erkundigte sich, ob eventuell einer der Studiobesucher an dem besagten Abend etwas Sachdienliches gesehen haben könnte.

Sie zuckte mit einem bedauernden Lächeln die Schultern, wobei eine große ornamentale Tätowierung sichtbar wurde, die sich von der Brust über die gesamte Schulter erstreckte.

»Tut mir leid, Herr Kommissar! Wir führen keine Listen, wer wann trainiert. Jeder, der kommt, gibt seinen Mitgliedsausweis hier ab und bekommt dafür einen Spindschlüssel. Nach dem Training gibt er den dann wieder ab und kriegt seinen Ausweis zurück. Ich kann deshalb leider nicht sagen, wer am Montagabend hier war. Allerdings ist es im oberen Stockwerk um diese Zeit auch in der Regel schon ziemlich leer. So ab zwanzig Uhr sind die meisten Kunden in den Kursen hier im Erdgeschoss. Sorry, ich hätte Ihnen echt gerne geholfen!«

Ihr Gesicht spiegelte aufrichtiges Bedauern. Doch just in dem Moment, als Klee sich höflich bedankte und das Studio verlassen wollte, erhellte sich ihr Blick, und sie klatschte aufgeregt in die Hände.

»Warten Sie! Mir ist noch etwas eingefallen! Sorry, dass ich da nicht früher draufgekommen bin, aber es gibt sehr wohl eine Liste, die wir führen – und zwar die vom Solarium! Meistens reservieren sich die Leute schon vor dem Training eine Sonnenbank, damit sie später nicht verschwitzt warten müssen.«

Sie griff hinter sich in das Regal, zog ein Notizbuch hervor und fuhr mit langen schwarz lackierten Fingernägeln die Aufzeichnungen entlang. Kurz darauf blickte sie Klee triumphierend an.

»Na also! Da gibt's tatsächlich einen Eintrag von Montagabend, und zwar um zweiundzwanzig Uhr. Der Kunde, der da drinsteht, hat mit Sicherheit im ersten Stock trainiert, denn der besucht prinzipiell keine Kurse.«

»Hervorragend!«, quittierte Klee die Hilfsbereitschaft der Frau mit einem dankbaren Lächeln. »Haben Sie vielleicht auch eine Ahnung, wann dieser besagte Herr das nächste Mal wieder trainieren kommt?«

Die Studioangestellte zwinkerte ihm verschmitzt zu.

»Jawohl, das habe ich! Er ist nämlich gerade oben – sein Ausweis hängt hier.«

Sie deutete auf ein magentafarbenes, scheckkartengroßes Papier an einem Schlüsselbrett. Klee beugte sich ächzend über den Tresen, um den Namen entziffern zu können.

»Michael Schneider heißt er. Aber er besteht darauf, dass man ihn Mike nennt«, half die Schwarzhaarige bereitwillig nach.

Klee nickte dankend.

»Na, dann wollen wir ihm den Gefallen doch mal tun. Wo finde ich diesen Mike denn jetzt?«

»Einfach hier durch die Glastür, an den Steppern und Laufbändern vorbei bis zum Ende des Raumes und dann die Treppe hoch. Da stehen die Kraftmaschinen und Hantelbänke – und da müsste auch Mike sein.«

Klee bedankte sich nochmals, worauf die blasse Frau sich verführerisch über die Theke beugte.

»Und sollten Sie jemals den Wunsch verspüren, in einem Fitnessstudio Mitglied zu werden …«

»… sind Sie garantiert die Erste, die es erfährt!«, vervollständigte er den Satz und verließ nach einem langen, intensiven Blick in ihre dunkelgrünen Augen den Empfangsbereich.

Die Trainingsräume wirkten deutlich beengter als der großzügige Haupteingang des Studios. Dicht gedrängt standen Laufbänder, Spinning-Fahrräder und Stepper auf jedem verfügbaren Zentimeter Bodenfläche, von der Decke hingen große Flachbildschirme, auf denen ein Musiksender ohne Ton lief, und in der Luft lag die studiotypische Mischung aus Schweiß, Desinfektionsmitteln und industriellen Lufterfrischern. Die Geräte waren gänzlich unbesetzt bis auf ein einziges Laufband, auf dem eine kleine, drahtige Blondine ein solches Tempo vorlegte, dass Klee sich bemüßigt sah, ihr mit erhobenem Daumen seinen Respekt zu bekunden, bevor er sich in das darüberliegende Stockwerk begab.

Auch diese Etage war fast menschenleer und wirkte durch die geringere Anzahl von Geräten weitläufiger als die darunterliegende. An der Fensterfront stand eine Batterie unterschiedlicher Bauchtrainer, und an der gegenüberliegenden, komplett verspiegelten Wand waren Ständer mit Kurz- und Langhanteln sowie unterschiedlich große Bleischeiben platziert.

Plötzlich vernahm Klee ein lautes Stöhnen.

Die Hand um den Griff seiner Dienstwaffe gelegt, umschritt er vorsichtig eine Trennwand, die den Blick auf einen Teil des Raumes verdeckt hatte, und stand unvermittelt vor einem Zugturm, an dem ein Hüne mit hochrotem Kopf und animalischen Geräuschen Gewichte bewegte. Dabei hatte er nicht nur die maximale Last an dem Gerät selbst eingestellt, sondern darüber hinaus auf beiden Seiten zusätzlich zwei dicke Bleigewichte angehängt.

Während er abermals den Zugbügel stöhnend nach unten wuchtete, traten die Adern an seinen aufgepumpten Armen so weit heraus, dass Klee befürchtete, sie müssten jeden Augenblick platzen und den hellgrauen Teppich mit einem kunstvollen Muster in Blutrot verzieren.

Er wartete, bis der Mann seine schweißtreibende Übung beendet hatte, und nutzte die Gelegenheit, ihn einer genaueren Betrachtung zu unterziehen. Mike Schneider trug eine bunte, abstrakt gemusterte Trainingshose, die selbst in der Oer-Erkenschwick'schen Dorfdisco zu einem sofortigen Hausverbot geführt hätte, und dazu ein ärmelloses weißes T-Shirt mit dem

Aufdruck einer Band, die von den Medien zumeist in Verbindung mit der rechtsradikalen Szene gebracht wurde. Das grobschlächtige karotingebräunte Gesicht war vor Anstrengung zu einer hässlichen Fratze verzerrt, und die platte, pockennarbige Nase mit den großen Löchern assoziierte Klee spontan mit einem galaktischen Meteoriteneinschlag.

Mit einem letzten lauten Schnaufen setzte der Kraftsportler die Gewichte ab und wischte sich mit einem bereitliegenden Handtuch den Schweiß aus dem Gesicht. Klee strafte er dabei mit völliger Missachtung, worauf dieser vor den Zugturm trat, seinen Ausweis vorzeigte und Schneider höflich, aber bestimmt bat, ihm einige Fragen zu beantworten.

»Sie sehen doch, dass ich gerade trainiere – also gehen Sie mir gefälligst aus der Sonne!«, brummte sein Gegenüber abweisend.

Klee unterdrückte seine Verärgerung ob der unhöflichen Reaktion und entgegnete stattdessen mit übertriebener Freundlichkeit: »Keine Sorge! Ich gedenke nicht, Sie lange zu behelligen. Sehen Sie die Kirche da vorne?«

Er deutete auf das Fenster, durch das man – wenn auch durch diverse Gebäude leicht verdeckt – den Turm der Andechser Klosterkirche erblicken konnte.

»Dort wurde am Montagabend ein Verbrechen verübt …«

»Ach so, die verstümmelte Leiche«, unterbrach ihn Schneider gelangweilt und zog geräuschvoll die Nase hoch.

Klee schwieg verblüfft.

»Ich hab's grad eben im Radio gehört«, erklärte der Bodybuilder und genoss ganz augenscheinlich die Verwirrung des Polizisten.

»Verdammt, die Pressekonferenz!«, dachte Klee verärgert und schaute auf die Uhr.

Inzwischen wurde die Nachricht sicherlich über jeden Newsticker kommuniziert und wie ein Lauffeuer in Starnberg und Umgebung verbreitet. Ab nun würde es deutlich schwerer werden, qualifizierte Aussagen von potenziellen Zeugen zu bekommen, da der gemeine Bürger erfahrungsgemäß dazu neigte,

Gehörtes – wissentlich oder unwissentlich – in seine eigenen Erinnerungen mit einzuflechten.

»Hat man im Radio auch Details zu den Todesumständen erwähnt?«, fragte Klee.

»Sind Sie der Bulle oder ich?«, antwortete Schneider abfällig, drängte sich an ihm vorbei und begann laut schnaubend mit einem neuen Trainingsintervall.

Klee platzte langsam der Kragen.

»Jetzt hören Sie mir mal gut zu! Wenn Sie mich noch einmal ›Bulle‹ nennen, dann sehen Sie Ihr nächstes Gehalt – sofern Sie denn überhaupt eines beziehen – nur noch bei der Überweisung an die Staatskasse, ist das klar?«

Der Muskelberg ließ das Gewicht sinken und schnaufte abermals laut, bevor er aufstand und sich provozierend langsam zu Klee umwandte. Der registrierte mit einem Schreck, wie massig Schneider tatsächlich war, verdrängte diesen Gedanken aber sofort wieder und deutete abermals Richtung Fenster.

»Also noch mal von vorne! Es geht darum, dass Sie am Montagabend hier trainiert haben, und ich will wissen, ob Sie währenddessen irgendwas auf dem Turm bemerkt haben. Personen, ungewöhnliche Gegenstände, besondere Vorkommnisse – jeder Hinweis kann wichtig sein.«

»Hören Sie, Herr Kommissar!«, Schneider betonte sowohl das »Herr« als auch den Dienstgrad übertrieben akzentuiert. »Selbst wenn ich was gesehen hätte, würde ich es Ihnen nicht sagen. Ich hab's nämlich nicht so mit der Polizei! Vielleicht habe ich ja die ganze Zeit auf der anderen Raumseite unter der Langhantel gelegen. Oder ich habe dahinten Bizeps-Curls gemacht. Oder ich war 'ne Stunde aufm Lokus scheißen …«

Er grinste Klee provozierend an.

»Was ist eigentlich dein Problem, du aufgeplatzte Mettwurst?« Klee warf sämtliche polizeilichen und gesellschaftlichen Normen über Bord und baute sich so vor seinem Gegenüber auf, dass kein Fingerbreit zwischen ihre Nasen passte. »Ich meine, außer dass deine Nudel vermutlich nicht größer ist als mein kleiner Finger und du dich immer noch darüber freust, dass du gerade den aufrechten Gang gelernt hast. Willst du es wirklich drauf ankommen lassen, wer von uns beiden am längeren Hebel sitzt? Dir ist schon klar, dass ich dich vorladen lassen kann, oder? Wenn ich Lust dazu habe, mache ich das ab jetzt täglich. Und vielleicht entschließe ich mich ja sogar, dich aufgrund deines beschissenen Verhaltens nicht als potenziellen Zeugen, sondern als Tatverdächtigen zu betrachten. Dann gönnen wir uns das Vergnügen, dich in Untersuchungshaft zu nehmen. Du wärst nicht der Erste, der sich anschließend wesentlich kooperativer zeigt, nur damit wir ihm das Vergnügen der gemeinsamen Dusche mit den Langzeithäftlingen ersparen.«

Natürlich hätte kein Richter dieser Welt angesichts der aktuellen Sachlage einen Haftbefehl für Schneider ausgestellt, doch Klee ging davon aus, dass dieses bajuwarische Lou-Ferrigno-Double nicht über die nötige Intelligenz verfügte, seinen Bluff zu durchschauen.

Und sein Plan schien aufzugehen.

Mürrisch, aber erkennbar eingeschüchtert, deutete der Kraftsportler auf die Seilzugmaschine.

»Is ja gut! Ich habe am Montag auch an diesem Gerät trainiert, hatte also während der Pausen zwischen den Durchgängen auch Zeit, aus dem Fenster zu schauen. Hab aber nix gesehen. Ehrlich!«

Er bemühte sich, ein zerknirschtes Gesicht zu machen, wenngleich sein mimisches Talent in etwa dem von Til Schweiger entsprach. Klee notierte sich Schneiders Namen und Adresse, bevor er sich mit einem gemurmelten Gruß verabschiedete. Kaum hatte er die Treppe erreicht, vernahm er schon wieder das Hochziehen der Nase und das rhythmische Quietschen der Gewichte.

Vermutlich hatte Mucki-Mike bereits in diesem Moment vergessen, dass das Gespräch jemals stattgefunden hatte.

FÜNF

Es begann bereits zu dämmern, als Madsen den leeren Konferenzraum der Starnberger Polizeiinspektion betrat. Er öffnete das Fenster und atmete in tiefen Zügen die hereinströmende kühle Luft ein. Das feierabendliche Verkehrsaufkommen hatte sich merklich beruhigt, und die wenigen Passanten, die schnellen Schrittes nach Hause eilten, schienen bestrebt, sowohl dem auffrischenden Wind als auch den Anstrengungen eines langen Arbeitstages zu entfliehen.

Die schmerzende Stirn gegen das angenehm kühlende Fensterglas gepresst, rief Madsen sich noch einmal das Gespräch mit dem Falkner in Erinnerung. Dessen Charakterisierung der Beute von Greifvögeln ergab eine offensichtliche Parallele zu ihrem Fall. War nicht auch der Vergewaltiger Wilfried Mohn ein Außenseiter, ein im weitesten Sinne als krank zu Bezeichnender, einer, den der Täter vielleicht in der Absicht ausgemerzt hatte, die restliche Population zu schützen? Es waren Gedanken, die momentan noch zu vage waren, um sie konkret fassen zu können, doch er spürte intuitiv, dass die Äußerungen von Kreutz eine weitreichende Bedeutung für seine Ermittlungen hatten.

Er wusste nur noch nicht, in welcher Form.

Das geräuschvolle Öffnen der Tür und das Aufflammen des kalten Neonlichtes unterbrachen seinen Gedankengang abrupt. Fast zeitgleich betrat sein gesamtes Team den Raum und verteilte sich in erwartungsvollem Schweigen rund um den Tisch. Einzig Klee schien missgestimmt zu sein, denn entgegen seiner sonstigen Gewohnheit unterhielt er seine Kollegen diesmal nicht mit lockeren Sprüchen, sondern tippte mit grimmiger Miene auf seinem Handy herum. Gegenüber von Brandl, der ein üppig belegtes Baguette in der Hand balancierte und bemüht war, kulinarische Kollateralschäden an seinem Uniformhemd zu vermeiden, ließ Zirngibl sich nieder. Er hatte einen dicken Stapel Papiere und Akten vor sich platziert und nickte seinem

Chef mit aufmunterndem Lächeln zu, was Madsen Anlass zu der Hoffnung gab, dass Zirngibls zufriedener Gesichtsausdruck die Folge eines für die Ermittlungen hilfreichen Fortschritts war.

Als Letzte nahm Jo Kimmel am Tisch Platz.

Ihre Nervosität war unübersehbar, und Madsen fragte sich, warum Klee ihr bei der Eingliederung in die eingespielte und vertraute Runde nicht behilflicher war. Offensichtlich war im Laufe des Tages etwas vorgefallen, was das Verhältnis der beiden belastete. Er nahm sich vor, diese Unstimmigkeit schnellstmöglich aus dem Weg zu räumen, denn nichts war dem Erfolg ihrer Ermittlungsarbeit abträglicher als persönliche Animositäten zweier Teammitglieder.

Madsen ließ seinen Blick über die Runde schweifen und trat an das Flipchart.

»So, liebe Kollegen! Bevor wir alles auf den Tisch werfen, was der heutige Tag an Ergebnissen gebracht hat, möchte ich noch mal kurz die Gelegenheit nutzen, das neue Mitglied im Team offiziell vorzustellen: Polizeioberwachtmeisterin Jo Kimmel! Jo ist die Nichte von Oberstaatsanwalt Dr. Agasiotis und hat bereits einige Erfahrung in anderen Abteilungen gesammelt. Sie wird uns bei den Ermittlungen zur Hand gehen und überall dort eingesetzt, wo gerade Not am Mann ist. Jo, wenn du irgendwelche Fragen hast: Raus damit! Schließlich sollst du uns ja nicht nur blind zuarbeiten, sondern auch was für die Zukunft lernen.«

Die junge Frau nickte ihm dankbar zu, und während alle anderen Anwesenden sie mit freundlichem Lächeln willkommen hießen, ließ Klee ein missbilligendes Schnaufen vernehmen.

»Also gut!«, fuhr Madsen, der Klees Reaktion mit Sorge und Unverständnis bemerkt hatte, fort und nahm einen dicken Filzstift in die Hand. »Dann mal Butter bei die Fische! Oder wie Max vermutlich sagen würde: ›Dann mal Butter auf die Brote!‹ Zirngibl, Sie sehen so zufrieden aus. Haben Sie was über das Opfer herausgefunden?«

»Na klar! Zum Beispiel, dass unser guter Herr Mohn ein sadistisches Dreckschwein war, das den Tod absolut verdient hatte!«

Madsen wollte gerade Zirngibls Erkenntnisse in Kurzform unter das Wort »Opfer« auf dem Flipchart schreiben, ließ nach dieser überraschenden Antwort den Filzstift jedoch wieder sinken und schaute ihn missbilligend an.

»Was ist denn mit Ihnen los, Zirngibl? Würden Sie bitte etwas professioneller bleiben und solche unsachlichen und subjektiven Kommentare unterlassen!«

»Ach, wie würden Sie denn jemanden nennen, der einer Siebzehnjährigen stundenlang gewaltsam Nudelhölzer, Schneebesen, Suppenkellen und Fleischklopfer in Scheide und Anus einführt?«, entgegnete Zirngibl provokant, worauf sich im gesamten Raum schlagartig schockiertes Schweigen ausbreitete. Zum zweiten Mal an diesem Tag wurden die Ermittler mit kriminellen Gräueltaten konfrontiert, die trotz aller professionellen Distanz, die sie besaßen, ein beklemmendes Gefühl der Wut und Hilflosigkeit bei ihnen auslösten.

In die Stille hinein fasste Zirngibl den Ablauf der Vergewaltigung in knappen, präzisen Worten zusammen und trotz seiner gekürzten Darstellung war das Entsetzen aller Anwesenden deutlich zu spüren. Nach dem Schildern der Tatumstände gab Zirngibl den Ablauf des Prozesses sowie das daraus resultierende Strafmaß wieder. Klee, der bis dahin geschwiegen hatte, schüttelte ungläubig den Kopf.

»Soll das wirklich heißen, dass dieser Wichser nach gerade mal achtzehn Monaten wieder auf freiem Fuß war? Warum reißen wir uns eigentlich jeden Tag den Arsch auf, wenn diese Penner vom Gericht die Typen dann wieder laufen lassen?«

Madsen hob missbilligend den Finger.

»Bitte reiß dich zusammen, Udo! Es geht jetzt einzig und alleine um unseren Fall und die Person Mohns – und nicht um eine generelle Beurteilung der deutschen Justiz.«

»Ist aber doch wahr!«, murmelte Klee erbost, und Madsen kam nicht umhin, ihm stillschweigend recht zu geben.

»Wenn dem so ist, wie Sie es gerade beschrieben haben, liegt doch der Verdacht auf Selbstjustiz nahe, oder?«, fragte er stattdessen an Zirngibl gewandt. »Gibt es irgendwelche Angehörige oder Personen aus dem Umfeld des Opfers, die dafür in Frage kämen?«

»Bingo, Chef!«, nickte Zirngibl anerkennend und blätterte in seinen Unterlagen. »Der Bruder des Vergewaltigungsopfers, Thilo Rufer, hat Wilfried Mohn bedroht, und zwar unter anderem in Form eines Briefes, der keinen Zweifel an seiner Entschlossenheit aufkommen lässt. Allerdings hat er polizeilich eine weiße Weste. Ich habe ihn von den Kollegen durch den Computer jagen lassen – bisher keinerlei Einträge im Strafregister.«

Madsen nickte nachdenklich. »Hast du die Adresse von diesem Thilo Rufer?«

»Ja, er wohnt in der Mühlbergstraße, nahe der Berufsschule. Ich wäre schon vorbeigefahren, hielt es aber für besser, das Verhör wie besprochen zusammen mit einem Kollegen zu führen.«

»Sehr gut, Zirngibl!«, lobte ihn Madsen zufrieden. »Morgen früh fahren wir beide als Erstes zu diesem Rufer und nehmen ihn in die Mangel. Vielleicht hat er ja seinen Ankündigungen Taten folgen lassen.«

Er trat an das Flipchart und fasste Zirngibls Schilderungen in einigen kurzen Stichworten zusammen.

Dann wandte er sich wieder dem Team zu. »Also gut, Leute, wir haben einen ersten und durchaus ernst zu nehmenden Verdächtigen. Ein guter Start! Udo, wie sieht es mit den Zeugenbefragungen aus? Erste brauchbare Aussagen?«

Klee setzte sich aufrecht hin und griff nach seinem Block.

Bis wenige Minuten vor der Besprechung hatte er sich von den Beamten, die an den Zeugenvernehmungen beteiligt waren, über deren Ergebnisse unterrichten lassen. Nur mit Jo Kimmel und dem sie begleitenden Beamten hatte er noch nicht sprechen können, da diese verspätet in die Inspektion zurückgekehrt waren. Es blieb ihm demnach nichts anderes übrig, als Kimmel im Anschluss an seine Ausführungen selbst ihre Befragungsergebnisse vortragen zu lassen – ein Umstand, der ihm keineswegs behagte. Wenn die junge Frau irgendeinen irrelevanten Blödsinn von sich gab, würde das auf ihn zurückfallen, denn schließlich hatte Madsen sie ausdrücklich seiner Obhut anvertraut. Blieb nur zu hoffen, dass sich Kimmel tatsächlich als so talentiert erweisen würde, wie es der ihr vorauseilende Ruf erahnen ließ.

»Wir haben inzwischen etwa ein Viertel der in Frage kommenden Personen befragt!«, begann er seine Ausführungen. »Und das Ergebnis ist bisher gleich null! Es gibt die üblichen Phantasierereien, die Typen, die nur scharf auf eine eventuelle Belohnung sind, und die gängigen Verschwörungstheoretiker. Einer der Anwohner hat im fraglichen Zeitraum einen Werbezeppelin über den Kirchturm fliegen sehen. Wir werden bei der Betreiberfirma nachfragen, ob während der Fahrt Luftaufnahmen gemacht wurden. Vielleicht sieht man aufgrund der außergewöhnlichen Perspektive auf diesen Fotos irgendwas, das uns weiterhilft.«

Madsen nickte zustimmend, und Klee fuhr fort.

»Dann gab es eine Frau, die glaubt, nachts den Strahl einer Taschenlampe auf dem Dach gesehen zu haben. Da sie allerdings stark kurzsichtig ist und meinte, es sei vielleicht auch eine Sternschnuppe gewesen, hilft sie uns vermutlich nicht weiter. Außerdem hat einer der Kollegen mit einer Frau gesprochen, die seiner Meinung nach auffällig oft betont hat, ihr Mann sei auf Geschäftsreise. Kann eine Sackgasse sein, aber ich werde mir dieses Ehepaar morgen mal genauer anschauen. Alle anderen Befragten behaupten, nichts gesehen zu haben.«

Klee wandte sich zu Jo Kimmel. »Allerdings hatte ich vor der Besprechung keine Gelegenheit mehr, mit Jo zu reden, deshalb weiß ich nicht, was bei ihrer Befragung herausgekommen ist.«

»Soll das etwa heißen, dass Jo ganz alleine unterwegs war?«, fragte Madsen drohend und fixierte Klee mit eisigem Blick.

»Nein, nein, ich habe sie mit Polizeihauptmeister Wolfangel auf Tour geschickt. Das war der dienstälteste und erfahrenste Kollege, der vor Ort war!«, antwortete Klee hastig.

»Udo hat mich extra angewiesen, keinen Schritt ohne Polizeihauptmeister Wolfangel zu unternehmen, Herr Kriminalrat«, ergänzte Kimmel Klees Aussage und warf ihm einen kurzen Blick zu, den dieser aber nicht wirklich deuten konnte. »Allerdings muss ich leider sagen, dass auch bei uns keiner der Befragten wirklich sachdienliche Hinweise geben konnte. Aber da Udo mich im Vorfeld ausdrücklich darauf hingewiesen hatte, bei Ermittlungen auch mal über den Tellerrand zu schauen, ist mir der Gedanke gekommen, dass sich gegenüber dem Klostergelände, auf der anderen Seite der Zufahrtsstraße, ein Parkplatz befindet.«

Madsen bedachte sie mit einem irritierten Blick.

»Ja und? Was ist denn so besonders an einem Parkplatz? Meines Wissens ist der abends, wenn das Kloster und die Gastronomie geschlossen haben, völlig verwaist.«

Auch Brandl, Klee und Zirngibl schauten interessiert zu Kimmel, die angesichts solch geballter Aufmerksamkeit schlagartig errötete.

»Das stimmt! Aber außer dem Parkbereich für die Besucher befindet sich am hinteren Ende des Parkplatzes ein kleiner Bereich für Wohnmobile. Das ist zwar kein richtiger Campingplatz, aber für ein oder zwei Nächte gibt es sicherlich hässlichere Stellplätze. Jedenfalls ist mir heute Mittag die Idee gekommen, dass Camper doch nachts öfter lange wach sind und deshalb vielleicht eher was Verdächtiges gesehen haben könnten als die normalen Leute.«

Sie betonte das »normale« voller Ironie.

»Wolfangel und ich sind also deshalb zu den Campern gegangen und haben sie befragt. Na ja, die waren zuerst natürlich etwas erschrocken, als wir in Uniform ankamen, aber als wir gesagt haben, um was es geht, hat uns einer der Männer berichtet, dass er in der Nacht von Montag auf Dienstag lange mit seinem Grill vor dem Wohnmobil gesessen und dabei auf dem Dach der Kirche etwas Sonderbares bemerkt hat. Laut seiner Aussage ist eine Gestalt auf dem Gerüst rumgeklettert und hatte dabei etwas auf dem Rücken, was aussah wie ein Sack. ›Wie der Nikolaus‹, hat er wörtlich gesagt. Er hat sich noch gewundert, warum mitten in der Nacht jemand auf dem Dach herumspaziert, aber sich dann nicht weiter drum gekümmert. Das Problem ist, dass unser Zeuge merklich nach Alkohol gerochen hat und seine Frau während seiner Schilderung ständig dazwischengequatscht hat. Wolfangel und ich haben deshalb entschieden, morgen Vormittag noch mal zu ihm zu fahren. Vielleicht ist sein Alkoholpegel dann noch so niedrig, dass er zu einer verwertbaren Aussage fähig ist.«

Madsen nickte erst Kimmel und dann Klee zufrieden zu.

»Gut gemacht, ihr zwei!«, lobte er. »Das klingt doch nach einem im nüchternen Zustand eventuell brauchbaren Zeugen. Wir machen es genauso, wie du es vorgeschlagen hast, Jo!«

Kimmel errötete angesichts des Kompliments von Madsen abermals und schaute verstohlen hinüber zu Klee. Der hatte seine anfängliche Verärgerung längst vergessen und schien sichtlich beeindruckt. Immerhin hatte sein junger Zögling nicht nur einen unter Umständen wichtigen Zeugen aufgespürt und damit seinem Missmut den Boden entzogen – sie hatte ihn als Vorgesetzten auch noch äußerst vorteilhaft in ihre Schilderung integriert.

Er zwinkerte Jo dankbar zu und wusste, dass er ihr in Zukunft ohne Sorgen auch deutlich verantwortungsvollere Aufgaben übertragen konnte.

Inzwischen hatte Brandl begonnen, seine Gespräche mit dem Küster und den Bauarbeitern wiederzugeben. Da sämtliche Gespräche keine für den Fall relevanten Erkenntnisse ergeben hatten außer der Tatsache, dass das Gerüst ohne Hilfsmittel nicht von außen betretbar war, hielt er sich möglichst kurz. Erst als er auf seine anschließende Entdeckung zu sprechen kam, holte er etwas weiter aus.

»Während ich dort oben vor der Klosterkirche stand, ist mir plötzlich etwas ins Auge gefallen. Und zwar ein großer, rollbarer Müllcontainer, der im Innenhof auf Höhe des Klosterladens stand! Der Verkäufer im Laden hat mir erzählt, dass der Container am Vorabend der Leerung – also an jedem zweiten Sonntagabend – rausgestellt wird, weil das Tor zum Innenhof zu der Zeit, wenn die Müllabfuhr kommt, noch verschlossen ist.«

»Und lass mich raten: Der Container stand am Montagmorgen nicht unten vor dem Laden, sondern wurde nach oben unter das Gerüst geschoben und vom Täter vermutlich als Aufstiegshilfe verwendet!«, mutmaßte Madsen mit zusammengekniffenen Augen.

»Ganz genau, Chef! Ich habe den Container dann sofort sichergestellt und den Kollegen von der Spurensicherung Bescheid gegeben, und die haben einen relativ klaren, gut erkennbaren Fußabdruck auf dem Deckel gefunden«, erklärte Brandl mit unüberhörbarem Stolz in der Stimme. »Das Profil der Sohle lässt auf einen Sportschuh schließen. Die Kollegen von der Spurensicherung schätzen die Größe auf vier- oder fünfundvierzig. Genauere Infos zu Marke und Größe folgen noch.«

Madsen rieb sich nachdenklich das Kinn.

»Die Idee mit dem Müllcontainer war top, Brandl! Gute Arbeit! Zirngibl, wir sollten daran denken, Rufer morgen nach seiner Schuhgröße zu fragen, auch wenn vier- oder fünfundvierzig bei Männern relativ gängige Größen sind! Wenn sie mit dem gefundenen Abdruck übereinstimmt und sich der Verdacht gegen ihn erhärtet, müssen wir seine Wohnung nach diesen Schuhen durchsuchen lassen!«

Er setzte sich an die Stirnseite und massierte sich mit beiden Händen die schmerzenden Schläfen. Früher hatte er hin und wieder Kopfschmerzen gehabt, doch in letzter Zeit litt er fast täglich unter migräneartigen Schmerzanfällen. Das Anraten seines Arztes, im Job etwas kürzerzutreten und sich körperlich zu schonen, hatte er mit einem mitleidigen Blick quittiert und sich stattdessen mit einem Vorrat an Schmerzmitteln eingedeckt, der vermutlich ausreichend war, um ganz Gomera ein Jahr lang völlig high sein zu lassen.

»Bliebe noch das Thema ›Falken‹, um das ich mich gekümmert habe!«, begann er seine Ausführungen, den pochenden Schmerz in seinem Schädel ignorierend. »Wir können – und müssen vermutlich – die Angelegenheit aus zwei Perspektiven betrachten: erstens aus der naturwissenschaftlichen und zweitens aus der symbolischen. Vor allem da gibt es eine ganze Menge Ansätze!«

Dann rekapitulierte Madsen seine Unterhaltung mit dem Falkner, bevor er sich dem Punkt »Symbolik« zuwandte. »Hier war ich aufgrund der Kürze der Zeit auf das Internet angewiesen. Gibt man dort den Suchbegriff ›Falken‹ ein und lässt alle Seiten außer Acht, die sich mit zoologischen Gesichtspunkten befassen, bleiben folgende Inhalte übrig: erstens eine Liste von Personen, die das Wort ›Falke‹ oder eine Abwandlung des Begriffes im Namen tragen. Zweitens war ›Falke‹ der Deckname des ersten zielsuchenden Torpedos, der im Zweiten Weltkrieg entwickelt wurde. Außerdem gibt es noch einen Motorsegler namens ›Bergfalke‹, eine gleichnamige Bierbrauerei am Bodensee sowie das bekannte Strumpfunternehmen. Alles Dinge, bei denen ich keinerlei erkennbaren Zusammenhang mit unserem Verbrechen entdecken kann. Oder seht ihr das anders?«

Er wartete die Antwort auf seine eher rhetorisch gemeinte Frage gar nicht ab, sondern setzte seine Aufzählung umgehend fort.

»Eine ganze Reihe von Treffern bei den Suchbegriffen beziehen sich auf die Symbolik des Falken in der Mythologie. Und das fand ich ganz interessant im Hinblick auf unseren Fall. Es gibt vornehmlich drei Kulturen, die häufig mit der Abbildung des Falken operieren. Da waren zum einen die Kelten. Die nehmen Bezug auf das große Seh- und Jagdvermögen des Falken, der – ebenso wie der Adler – größer, stärker und geschickter als andere Vögel ist. Wegen dieser Eigenschaften gilt er als Übermittler zwischen dieser Welt und dem Reich der Toten – was in unserem Fall ja irgendwie passen würde.«

Madsen blickte kurz auf, um zu sehen, ob ihm trotz der späten Uhrzeit noch die Aufmerksamkeit der Anwesenden sicher war.

»Zweitens gibt es die relativ unbekannte slawische Mythologie, in der der Falke eine Gestalt der Sonne und des Lichtes ist und sich durch großen Mut auszeichnet. Wegen dieser Eigenschaft galt er besonders bei Kriegern als sehr beliebt und wurde oft als Wappentier verwendet. Tja, und dann haben wir natürlich noch die hoch entwickelte ägyptische Mythologie.«

»Horus!«, murmelte Kimmel leise vor sich hin.

»Richtig!« Madsen schaute seine junge Kollegin überrascht an. »Woher weißt du das?«

Sie lächelte verlegen.

»Bevor ich zur Polizei gegangen bin, hatte ich vor, Kunstwissenschaftlerin zu werden. Ich hab damals sogar schon drei Semester in dieser Fachrichtung studiert, bevor ich mich dann doch für die Polizei entschieden habe. Na ja, auf jeden Fall haben wir damals das Thema ›ägyptische Begräbnisriten‹ recht ausführlich behandelt, und ich fand das total spannend. Deshalb ist wohl auch noch ein bisschen davon hängen geblieben. Soll ich oder wollen Sie …?«

Kimmel schaute Madsen fragend an, und der bedeutete ihr mit einem Handzeichen fortzufahren.

»Also, der Falke ist die Personifizierung des Gottes Horus, der wiederum als der Hauptgott der ägyptischen Mythologie gilt. Und zwar wegen folgender Geschichte: Osiris war der erste Gott Ägyptens. Er regierte das Land zusammen mit seiner Frau Isis, aber dann wurde er von seinem Bruder Seth getötet, und dieser übernahm den Thron. Isis musste fliehen, aber durch magische Kräfte gelang es ihr, den Leichnam ihres Mannes zu finden und ihn wiederzubeleben. Dann bekamen sie einen Sohn, und zwar Horus.«

»Sie bekamen ein Kind? Dann ist mir auch klar, wie sie ihn wiederbelebt hat!«, platzte Klee heraus.

Das gesamte Team brach in Gelächter aus, während Kimmel mit einem amüsierten Grinsen fortfuhr. »Auf jeden Fall konnte Osiris nicht mehr auf den Thron zurückkehren und galt fortan als König der Toten. Aber sein Sohn rächte den Vater und eroberte den Thron zurück. Deshalb bedeutete jede Thronbesteigung eines Pharaos seitdem eine symbolische Wiederholung des Sieges von Horus.«

Als Kimmel geendet hatte, herrschte Schweigen im Raum. Irritiert blickte sie sich um.

»Ist irgendwas? Warum starrt ihr mich so an?«

»Weil du uns alle mit deinem Geschichtswissen überrascht hast, liebe Jo!«, ergriff Madsen stellvertretend für sein Team das Wort. »Wir hatten keine Ahnung, dass du in ägyptischer Mythologie so bewandert bist. Es ist alles völlig richtig, was du gesagt hast! Bleibt also festzuhalten, dass Horus sich machtvoll für eine begangene Untat gerächt hat – eine Situation, die unseren aktuellen Umständen im Hinblick auf Mohns Verbrechen eigentlich ziemlich exakt entspricht.«

Inzwischen war Madsen wieder aufgestanden und lief im Raum hin und her, während er weitersprach.

»Passt auf, Leute, das war jetzt eine ganze Menge Input nach einem eh schon anstrengenden Tag. Ich merke, dass die Konzentrationsfähigkeit bei uns allen langsam nachlässt, deshalb legen wir jetzt noch rasch fest, wer morgen welche Aufgabe zu erledigen hat, und machen dann Schluss für heute! Beginnen wir mit Thilo Rufer, unserem – zumindest zurzeit – Hauptverdächtigen! Zirngibl, wir zwei werden dem Kerl wie bereits gesagt morgen früh einen Besuch abstatten. Wir treffen uns um acht draußen auf dem Parkplatz. Kann ich gleich bitte noch die Akten von Mohn haben, damit ich mich bis morgen früh mit den Details vertraut machen kann?«

Zirngibl nickte. Er hatte in weiser Voraussicht bereits die entsprechenden Kopien angefertigt und schob Madsen schweigend einen prall gefüllten Schnellhefter über den Tisch.

Derweil wandte der sich an Klee. »Udo, du machst mit deinem Team in Andechs weiter – du hattest ja unter anderem dieses Paar erwähnt, das du etwas genauer unter die Lupe nehmen wolltest! Jo, du fährst mit Wolfangel noch mal zu dem Camper und protokollierst seine Beobachtung – zumindest sofern sein Zustand eine vernünftige Befragung zulässt. Ich hoffe, er hat sich am Montagabend nur ein Feierabendbierchen zu viel gegönnt und ist kein zirrhotischer Alkoholiker – dann wäre seine Zeugenaussage vor Gericht relativ wertlos. Wenn er zickt oder seine Frau wieder nervt, nehmt ihr ihn mit aufs Revier und befragt ihn hier. Oft reicht das offizielle Ambiente einer Polizeistation schon, um die Leute gefügiger zu machen. Anschließend meldet ihr euch bei Klee und macht weiter mit der Zeugensuche!«

Dann wandte sich Madsen an Brandl. »Brandl, Sie beschäftigen sich noch mal intensiv mit dem persönlichen Umfeld von Mohn! Der Kerl muss doch zu irgendjemandem Kontakt gehabt haben. Klappern Sie seinen Arbeitsplatz ab, fragen Sie nach 'ner Stammkneipe, quetschen Sie die Nachbarn aus – der Mann war ja schließlich nicht unsichtbar!«

Madsen wandte sich noch einmal dem Flipchart zu und klopfte mit dem Finger auf Mohns Namen.

»Was mir seit gestern im Kopf rumgeht, ist die Frage: Wo ist eigentlich der Rest von Mohns Leiche? Irgendwo muss doch sein ausgenommener Körper rumliegen. Ich habe mal im System nachschauen lassen, aber es gibt keine Meldung über einen entsprechenden Leichenfund. Auch nicht im Ausland. Vermutlich müssen wir diesbezüglich auf den Kollegen ›Kommissar Zufall‹ vertrauen – ich wüsste beim besten Willen nicht, wo und wie wir ohne einen konkreten Hinweis nach der Leiche suchen sollten. Der Täter kann sie ja theoretisch überall entsorgt haben. Versenkt im See, vergraben im Wald, einbetoniert im Boden, zerstückelt in der Kanalisation – da gibt es bekanntlich unzählige Möglichkeiten. Vielleicht befindet sie sich auch noch am Tatort – Professor Polt sprach ja aufgrund der Schimmelsporen von einem Keller oder Verlies. In dem Fall werden wir sie wohl erst dann finden, wenn wir den Täter überführt haben. Insofern binden wir jetzt vorerst keine Kapazitäten mit der Leichensuche, sondern machen weiter wie gerade besprochen.«

Er kratzte sich nachdenklich am Kopf. »Eine Sache wollte ich noch sagen, aber jetzt habe ich es wieder vergessen. Ach nein, jetzt fällt's mir wieder ein: Nachdem ihr ja aktuell alle kriminalpolizeiliche Aufgaben habt und keinen klassischen Streifendienst verrichtet, könnt ihr von mir aus auch Zivilkleidung tragen. Vielleicht ist das sogar besser für die Zeugenbefragungen – erfahrungsgemäß schüchtert so eine offizielle Polizeiuniform die Leute manchmal ein. Vergesst aber trotzdem eure Dienstwaffen nicht – man weiß ja nie. Am besten, ihr besorgt euch Gürtel- oder Schulterholster. Brandl, Zirngibl, okay für Sie? Jo, für dich auch?«

Die drei uniformierten Beamten nickten, während Klee, der ja eh bereits Zivil trug, irgendetwas in sein Smartphone tippte.

Madsen klatschte in die Hände.

»So, das war's, Leute, Feierabend! Macht, dass ihr heimkommt! Jeder weiß, was er morgen zu tun hat. Wenn sich irgendwas Wichtiges ergibt, telefonieren wir. Ich hoffe, ich muss nicht extra erwähnen, dass ich ständige Erreichbarkeit per Handy voraussetze? Jo, wartest du bitte noch mal kurz, ich habe deine Nummer noch nicht, und du solltest dir unsere auch einspeichern.«

Klee, Zirngibl und Brandl verabschiedeten sich, und Madsen nahm neben Kimmel Platz, um die Telefonnummern auszutauschen. Während beide eifrig Zahlen und Buchstaben eintippten, erkundigte sich Madsen beiläufig, wie sie ihren ersten Tag in der Mordkommission verkraftet hatte.

»Es hat echt Spaß gemacht!«, antwortete Kimmel und stockte erschrocken, weil ihr neuer Vorgesetzter den Begriff »Spaß« vielleicht als zu oberflächlich interpretieren würde. »Ich meine, es war sehr lehrreich und interessant! Ich finde, sofern mir diese Beurteilung am ersten Tag überhaupt zusteht, dass Sie ein tolles Team haben. Eine echt coole Truppe – kein Wunder, dass Ihre Abteilung so erfolgreich ist.«

Madsen runzelte die Stirn. »Ah, dann hat dein Onkel offensichtlich aus dem Nähkästchen geplaudert! Na ja, stimmt schon, wir haben in der Tat eine ganz erfreuliche Aufklärungsrate, und ich bin mir sicher, dass wir auch in diesem Fall den Täter früher oder später zu fassen kriegen. Die ganze Geschichte ist einfach zu spektakulär aufgezogen, als dass sich der Kerl auf Nimmerwiedersehen in die Versenkung zurückziehen könnte.«

Seine Befürchtung, dass das aktuelle Verbrechen lediglich den Start zu einer schrecklichen Mordserie darstellen könnte, verschwieg Madsen. Schließlich war es definitiv nicht nötig, Kimmels unschuldiges Gemüt zum Abschluss ihres ersten Tages mit den düsteren Vorahnungen eines vom Leben desillusionierten Kriminalisten zu belasten.

Madsens Harley-Davidson stand im Hof hinter der Starnberger Polizeistation und wirkte zwischen den weiß-blauen Streifenwagen in etwa so passend wie Mickey Rourke auf einem Treffen des britischen Hochadels. Das Angebot der Staatsanwaltschaft, als Kompromiss im Dienst zumindest ein Polizeimotorrad zu fahren, hatte Madsen bereits zu Beginn seiner Tätigkeit in Starnberg entrüstet abgelehnt – eine Entscheidung, zu der er sich selbst zum wiederholten Male gratulierte, während er seine Motorradhandschuhe überstreifte, den schwarz mattierten Motorradhelm aufsetzte und sich auf den nietenverzierten Sattel seiner Maschine schwang. Just in dem Moment, in dem er den Anlasser betätigen wollte, ertönten die brachialen Gitarrenriffs von Rammsteins »Engel« aus seiner Lederjacke. Rasch zog er seine Handschuhe wieder aus, fischte sein Handy aus der Brusttasche und betätigte das »Annehmen«-Symbol.

»Madsen.«

»Hey, Mads, hier ist Max!«, ertönte die Stimme seines Partners laut und klar aus dem Lautsprecher. »Wollte nur mal kurz hören, wie es dir geht und wie Starnberg ohne mich zurechtkommt!«

»Mensch, Max, das ist aber schön, dass du dich meldest!«, entgegnete Madsen erfreut und zündete sich zur Feier des Augenblicks spontan eine American Spirit an. »Wie geht's euch beiden denn? Macht ihr noch die Manhattaner Kunstszene unsicher?«

»Na klar!«, lachte von Werdenfels vergnügt. »Yoel und ich haben gerade in einer kleinen Galerie in TriBeCa ein Original von Jon Rafman gekauft. Jetzt sitzen wir in der Sonne auf der High Line und stoßen mit einem kalten Bier darauf an.«

»Ich dachte, Alkohol in der Öffentlichkeit sei in Amerika verboten?«, erwiderte Madsen, dem eine Vielzahl von Fragen durch den Kopf schwirrten. Wer zum Teufel war Jon Rafman? Was war die High Line? Und wieso trank von Werdenfels um diese Zeit schon Bier? Madsen überschlug rasch im Kopf, dass es in New York etwa fünfzehn Uhr sein musste – in Bayern hätte sein junger Kollege um diese frühe Zeit niemals Alkohol angerührt.

»Stimmt, aber die Flaschen sind natürlich ganz stilecht in einer braunen Papiertüte versteckt!«, kicherte von Werdenfels. »Ein echter Witz, sag ich dir! Hier ist eh vieles lustiger als bei uns in Deutschland. Bei uns ist eigentlich nur lustig, dass sich bei Parship alle paar Sekunden ein Single online verliebt. Einer. Nicht zwei. Verstehst du? Nur einer!«

Er kicherte abermals, und Madsen konnte sich des Gefühls nicht erwehren, dass von Werdenfels' aktuelle Flasche Bier nicht die erste am heutigen Tag war. Ein befremdlicher Gedanke, wenngleich Madsen selbst es gewesen war, der von Werdenfels vor Antritt seiner Reise geraten hatte, seine permanente Steifheit und Political Correctness einmal über Bord zu werfen und das Leben jenseits aller Regeln und Konventionen ganz unbeschwert zu genießen. Offensichtlich schien der junge Adelsspross seine Aufforderung mehr als engagiert zu befolgen.

»Und sonst? Wie gefällt euch New York? Ich hoffe, gut! Allerdings wiederum nicht so gut, dass ihr für immer dableiben wollt!«

»Keine Sorge!«, erwiderte von Werdenfels und ließ ein leichtes Rülpsen vernehmen. »Das Leben hier ist verrückt, und wir haben schon Sachen erlebt, die glaubst du gar nicht. Aber für immer ist das definitiv nicht die richtige Stadt für uns. Mir fehlen die Berge und der See, und Yoel vermisst mal ein ruhiges Plätzchen ohne Gehupe, Polizeisirenen oder telefonierende Menschen. Aber das kann ich dir ja alles in Ruhe erzählen, wenn wir wieder da sind. Sag du mir lieber mal: Wie läuft es denn bei euch? Hast du einen neuen Fall? Was machen die Kollegen? Und wie kommst du mit deinem neuen Team zurecht?«

»Das sind ja Fragen über Fragen, lieber Max!«, lachte Madsen, stieg vom Motorrad und entsorgte seine Zigarettenkippe ganz vorbildlich im extra für ihn aufgestellten Aschenbecher neben der Reviereingangstür. »Aber da du Urlaub hast, werde ich dir kein Wort über unseren neuen Fall verraten – auch wenn der es echt in sich hat.«

»Aber ich bin doch …«

»… vorübergehend außer Dienst!«, unterbrach ihn Madsen.

»Und du sollst dich erholen, also gehen meine Ermittlungen dich nichts an! Aber wenn es dich beruhigt: Das Team unterstützt mich supergut! Dieser neue junge Kommissar Klee ist ein ganz Pfiffiger, auch wenn er noch lernen muss, seine Hormone unter Kontrolle zu halten. Brandl und Zirngibl kennst du ja. Zirngibl hat sich übrigens richtig gut entwickelt. Es klingt makaber, aber die Verletzung scheint ihm gutgetan zu haben. Zumindest psychisch. Er ist seitdem wesentlich reifer und zielstrebiger. Ich glaube, an dem werden wir in Zukunft noch viel Freude haben.«

»Na, das klingt doch alles bestens!« Ein seltsamer Klang, den Madsen nicht sofort deuten konnte, lag in von Werdenfels' Stimme. »Dann brauchst du mich ja eigentlich gar nicht mehr!«

Eifersucht.

Das war es.

Von Werdenfels' Stimme klang nach Eifersucht.

»So ein Blödsinn!«, erwiderte Madsen. »Du weißt genau, dass ich dich liebend gerne hier hätte. Gerade jetzt, wo wir diese Orga…« Madsen biss sich auf die Zunge. Um ein Haar hätte er sich verplappert. »… diese organisatorischen Veränderungen haben!«, komplettierte er den Satz geistesgegenwärtig. »Wir haben jetzt auch eine ganz junge Polizeioberwachtmeisterin bei uns, die später zur Kripo möchte. Ist übrigens die Nichte von Dr. Agasiotis. Ein ganz nettes, quirliges Ding. Und ziemlich clever! Du wirst sie mögen!«

»Na ja, wenn du das sagst …«

Von Werdenfels klang nicht ganz überzeugt, und Madsen fluchte ob seines fahrlässigen Versprechers leise vor sich hin. Sein Partner durfte auf keinen Fall erfahren, wie spektakulär der aktuelle Fall war – andernfalls würde ihn nicht einmal die Homeland Security davon abhalten können, seinen Urlaub augenblicklich abzubrechen und zurück nach Starnberg zu kommen. Obwohl ihn aus rein egoistischen Gründen nichts mehr freuen würde als das, wollte Madsen eine frühzeitige Rückkehr seines Partners auf jeden Fall vermeiden. Von Werdenfels hatte in seinem jungen Leben bereits eine ganz Menge mitgemacht, und eine Auszeit war mit Sicherheit der beste Weg, den Ballast der Vergangenheit über Bord zu werfen und anschließend wieder frisch inspiriert und motiviert durchzustarten. Dass Madsen dafür eine Zeit lang auf seinen Partner verzichten musste, war ein Preis, den zu zahlen er im Hinblick auf ihre Freundschaft gern bereit war.

»Ich soll euch übrigens herzlich von Lissy grüßen!«, lenkte er das Gespräch in eine unverfänglichere Richtung und warf einen Blick auf seine Uhr. »Und ich muss jetzt auch leider Schluss machen. Lissy wartet auf mich. Ich wünsche euch weiterhin eine tolle Zeit. Melde dich gerne mal wieder – du weißt, dass ich mich immer freue, von dir zu hören!«

»Geht klar, Chef! Kommt Zeit, kommt Anruf!«, neologisierte von Werdenfels. »Und grüße Lissy bitte herzlich von mir zurück!«

»Von mir auch!«, erklang Yoel Goldenbergs Stimme aus dem Hintergrund. »Und sag ihr, ich bring ihr einen Rizzi mit!«

»Mhmm, grüßen werde ich sie gerne!«, erwiderte Madsen, setzte sich wieder auf die Harley und griff nach seinem Helm. »Aber das mit dem Rizzi lasst mal lieber. Ich hab zwar keine Ahnung, was genau das ist – aber so, wie es klingt, solltet ihr besser mal einen Arzt draufschauen lassen. Vermutlich am besten einen Urologen!«

SECHS

»Ich kann mich nur wiederholen!« Lissy beugte sich zum Spiegel und zog mit ruhiger Hand den Eyeliner über ihr Augenlid. »Du solltest Max mit in die Ermittlungen einbeziehen. Und wenn er sogar von sich aus Interesse an dem Fall bekundet hat, wärst du dumm, wenn du nicht auf seine Unterstützung zurückgreifen würdest.«

Es war kurz nach sechs, und Lissy hatte bereits ihre morgendlichen Bahnen im Swimmingpool gezogen. Nun stand sie, lediglich bekleidet mit einem weißen Frotteebademantel und mit einem Handtuch gleichen Materials um den Kopf gewickelt, im Badezimmer und schminkte sich. Madsen, mit einem heißen Kaffee in der Hand auf dem Badewannenrand sitzend, beobachtete sie dabei voller Zuneigung – wenngleich Lissy seiner Meinung nach überhaupt keiner Schminke bedurfte. Ihre Augen waren auch ohne kosmetische Unterstützung groß und strahlend, die Lippen von Natur aus voll und sinnlich geformt, und die leichte Röte, die nach dem Schwimmen auf ihren Wangen lag, ließen ihr Gesicht vital und gesund aussehen. Madsen konnte sich nicht sattsehen an ihrer Attraktivität, und zum wiederholten Male fragte er sich im Stillen, womit gerade er eine solche Traumfrau verdient hatte.

»Hey, hörst du mir überhaupt zu?«

Madsen zuckte schuldbewusst zusammen. »Ja, natürlich, Lissy. Bitte entschuldige. Ich war kurz in Gedanken!«

»Das habe ich gesehen«, erwiderte Lissy, zog sich das Handtuch vom Kopf und warf ihr offenes Haar zurück, als agiere sie in einem Shampoowerbespot. »Und genau darum geht es ja. Du zermarterst dir das Hirn, weil du alleine die Verantwortung für deinen neuen Fall trägst. Weißt du, wie oft du dich heute Nacht hin und her gewälzt hast? Wenn ich für jeden Seitenwechsel von dir einen Euro bekommen hätte, müsste ich heute nicht mehr ins Büro fahren.«

»Aber ich …«

»Ich weiß! Du willst wieder den starken Mann markieren!« Lissy schüttelte unwirsch den Kopf und griff nach einem großen schwarzen Föhn. »Aber glaube mir: Nur weil du zu stolz bist, Max um Hilfe zu bitten, werde ich nicht tatenlos dabei zuschauen, wie du dich selbst zugrunde richtest. Wenn ich das Gefühl habe, dass dir die Sache alleine über den Kopf wächst, werde ich dich so lange nerven, bis du Max freiwillig zurückholst. Und falls du das nicht tust, werde ich mich höchstpersönlich darum kümmern – das schwöre ich dir!«

Madsen lächelte und zog Lissy näher zu sich heran.

»Ich weiß ja, dass du es nur gut meinst, Lissy! Aber ich bin ja nicht alleine.« Madsen begann, an seinen Fingern abzuzählen. »Ich hab mit Klee, Zirngibl und Brandl drei fähige Leute an meiner Seite. Die junge Jo scheint ebenfalls eine Verstärkung zu sein, und außerdem hält mir Dr. Agasiotis den Rücken frei. Und wenn es hart auf hart kommt, kann ich mich auch immer auf die Unterstützung von Hauptkommissar Rick und seinen Jungs aus München verlassen. Du siehst – Max' Hilfe ist aktuell überhaupt nicht notwendig!«

»Das ist mir klar, dass du nicht alleine an dem Fall arbeitest!«, erwiderte Lissy und richtete den warmen Luftstrahl des Fohns spielerisch auf Madsen. »Und deine liebevolle Aufzählung des Teams ist das Rührendste seit ›Miss Daisy und ihr Chauffeur‹. Aber nur Max ist dein richtiger Partner. Das ist was ganz anderes. Auf ihn kannst du dich hundertprozentig verlassen, mit ihm kannst du Gedanken-Pingpong spielen, er weiß, wie du tickst – und er ist ein Genie am Rechner. Ich weiß nicht, ob die anderen das alles aufwiegen können.«

»Ach Lissy, das ist lieb, dass du dir solche Gedanken machst, aber wir bekommen das schon hin. Auch ohne Max!« Mit diesen Worten schmiegte Madsen seinen Kopf an Lissys Schoß und ließ seine Hand langsam ihre nackten Fesseln hochwandern.

»Darf ich fragen, was das wird?«, grinste Lissy und versuchte halbherzig, sich aus Madsens Griff zu winden. »Ich hab doch keine Zeit. Ich muss gleich los ins Büro!«

»Das kann durchaus sein!«, entgegnete Madsen und zog mit einer geschmeidigen Bewegung den Gürtel aus den Schlaufen des Bademantels, worauf dieser sich öffnete. »Aber vorher muss ich dringend noch eine Leibesvisitation vornehmen. Du weißt ja: Ich bin Polizist mit Leib und Seele – und praktisch immer im Dienst!«

»Na, wenn dem so ist, muss ich mich wohl fügen. Alles andere …«, murmelte Lissy kehlig, legte den Föhn beiseite und ließ den Bademantel achtlos zu Boden gleiten, »… wäre ja dann Widerstand gegen die Staatsgewalt!«

Eine Vielzahl von akkurat beschrifteten Briefkästen waren an der einen Wand des Hausflurs angebracht, während sich auf der gegenüberliegenden Seite eine schmale weiß gestrichene Holztür befand, die mit Hausregeln, Putzplänen und Verbotsschildern geradezu tapeziert war.

»Wissen Sie, was mich manchmal an Deutschland stört?«, brummte Madsen und warf einen Blick auf die mehrseitige Hausordnung. »Es ist mir zu deutsch!«

Zirngibl nickte pflichtbewusst, ohne genau zugehört zu haben. Er trug wie von Madsen angeordnet Zivilkleidung und fuhr mit dem Finger konzentriert die zahlreichen Klingelschilder ab.

Als er den Namen »Rufer« gefunden hatte, bedeutete er Madsen, ihm zu folgen, und die beiden eilten im Laufschritt die Treppen hinauf. Der fruchtige Duft von Reinigungsmitteln lag in der Luft, und die pastellgrünen Wände wirkten ebenso sauber und gepflegt wie der dunkelgraue, fein strukturierte Steinfußboden. Es war offensichtlich, dass man in diesem Haus allergrößten Wert auf Reinlichkeit legte. Ein Eindruck, der noch verstärkt wurde durch die vor den Wohnungstüren befindlichen Motivfußmatten, die humorvolle oder alberne Sprüche trugen – je nachdem, wie man den Text zu interpretieren geneigt war.

Im dritten Stock angekommen, deutete Zirngibl schweigend auf die rechte von zwei Türen. Madsen prüfte kurz das Namensschild und betätigte energisch den Klingelknopf. Keine fünfzehn Sekunden später ertönten schleppende Schritte, und die Tür wurde gerade so weit geöffnet, wie das die innen angebrachte Sicherheitskette erlaubte. Ein breitschultriger Mann mit schneeweißem Haar blickte misstrauisch durch den schmalen Spalt.

»Ja bitte?«

»Ich bin Kriminalrat Madsen, und das ist mein Kollege, Polizeiobermeister Zirngibl.« Beide zeigten ihre Dienstausweise vor, und Madsen fuhr fort: »Entschuldigen Sie bitte die frühe Störung, aber wir müssen dringend mit Thilo Rufer sprechen.«

»Mein Sohn schläft noch, er ist gestern Abend erst spät nach Hause gekommen. Worum geht's denn?«, fragte der Alte wenig verbindlich und machte keinerlei Anstalten, die Polizisten hereinzubitten.

»Das würden wir gerne mit Ihrem Sohn persönlich besprechen«, antwortete Madsen gereizt. »Wären Sie jetzt bitte so freundlich, uns hereinzulassen und ihn zu wecken? Wir können die Sache natürlich auch ganz offiziell angehen und mit einem Durchsuchungsbefehl und der kompletten Mannschaft hier anrücken.«

Rufers Vater zögerte kurz, hängte aber dann die Kette aus und öffnete leise vor sich hin fluchend die Tür.

Während die beiden Polizisten ihm ins Innere der Wohnung folgten, begutachtete Madsen den Mann von hinten. Er trug einen unifarbenen Trainingsanzug, dazu pinkfarbene Plastiktreter, die ihm den typischen Croc Walk – eine Mischung aus Stampfen, Stolpern und Schlaganfall – verliehen. Trotz des weiten Schnitts von Jacke und Hose war der muskulöse Körperbau des Mannes unübersehbar, und das weiße Haar war an den Schläfen und im Nacken so kurz geschnitten, dass die Frisur einem jugendlichen Undercut ähnelte. Es fiel Madsen schwer, das Alter des Mannes zu schätzen – er konnte ebenso gut ein verlebter Fünfzigjähriger wie ein rüstiger Sechzigjähriger sein.

Als das Trio den kleinen, mit Kartons vollgestellten Flur passiert hatte und ins Wohnzimmer trat, rümpfte Zirngibl angewidert die Nase.

Der Raum sah aus wie eine Installation von Jonathan Meese. Überall auf dem fleckigen Teppich lagen leere Flaschen, Pizzaschachteln mit Essensresten stapelten sich auf Tischen und Stühlen, und im ganzen Zimmer verteilt standen überquellende Aschenbecher. An der Wand hing ein monströser Flachbildschirm, davor lag ein Paar Kurzhanteln auf dem Boden. Madsen addierte im Kopf rasch das Gewicht der einzelnen Scheiben und kam auf beachtliche vierundzwanzig Kilogramm pro Hantel.

Mit einem möglichst verbindlichen Lächeln wandte er sich dem Senior zu.

»Herr Rufer, wären Sie jetzt bitte so freundlich, Ihren Sohn zu holen? Wie gesagt, es ist dringend.«

Der Mann kratzte sich am Kopf und deutete vage in Richtung der Stühle.

»Schon gut, ich hole ihn ja. Suchen Sie sich so lange einen Platz zum Sitzen! Werfen Sie das Zeug einfach vom Stuhl auf den Boden!«

»Sehr freundlich, aber wir bleiben lieber stehen«, entgegnete Madsen rasch.

Allein die Vorstellung, eine dieser Sitzgelegenheiten ohne den Schutz von Handschuhen zu berühren, ließ gefühlt an seinen Lippen medizinballgroße Herpesblaschen aufkeimen.

Es dauerte eine Weile, dann trat Rufer senior wieder ins Wohnzimmer, gefolgt von einem verkatert aussehenden Mann Anfang dreißig. Der regelmäßige Genuss von Alkohol hatte bereits deutlich erkennbare Spuren in dessen Gesicht hinterlassen. Die Nase wies eine dunkelrote Färbung auf, und die blasse Haut unter den Augen war von rotblauen Äderchen durchzogen. Sein dunkles Haar stand wirr und fettig vom Kopf ab, und das mehrlagige Kinn hätte dringend einer gründlichen Rasur bedurft.

Bekleidet war Thilo Rufer mit einer fleckigen Jogginghose und einem Feinrippunterhemd, dessen ehemals weiße Farbe einem undefinierbaren graugelben Farbton gewichen war. Filzartige Hausschuhe in einer geschmacklosen Farbkombination komplettierten das Erscheinungsbild, welches in seiner Gesamtheit so stillos wirkte wie die Berufsbekleidung eines Erotikfachangestellten im ländlichen Bereich.

Grußlos fegte Thilo Rufer einen Stapel Zeitschriften und Kartons von einem altmodischen Sessel, ließ sich stöhnend darauf nieder und nestelte in seiner Hosentasche, bis er ein zerknittertes Päckchen Zigaretten fand und sich eine davon anzündete.

Dann musterte er die beiden Polizisten abweisend.

»Ich nehme an, Sie wissen, warum wir hier sind?«, begann Madsen das Gespräch. »Vor zwei Tagen wurde die Leiche von Wilfried Mohn gefunden. Er wurde ermordet.«

»Na und? Soll ich jetzt heulen?«, grunzte Rufer und wischte sich mit dem Unterarm die laufende Nase.

Sein Vater, der sich mit verschränkten Armen auf einer der wenigen halbwegs freien Flächen auf der Fensterbank niedergelassen hatte, beobachtete das Gespräch schweigend, aber aufmerksam.

»Ich weiß, was das Opfer Ihrer Schwester angetan hat, und diese Tat ist nicht entschuldbar!«, entgegnete Madsen und bemühte sich um einen verbindlichen Tonfall. »Aber trotzdem leben wir in Deutschland in einem Rechtsstaat, und demnach ist auch der Mord an einem Vergewaltiger ein Kapitalverbrechen und muss von der Polizei entsprechend verfolgt werden.«

»Pah, Rechtsstaat!«, rief Thilo Rufer zornig aus. »Dieser sogenannte Rechtsstaat hat das Schwein, das Jenny vergewaltigt hat, nach nicht einmal zwei Jahren wieder laufen lassen! Ist Ihnen eigentlich klar, dass meine Schwester ihr Leben lang unter dieser Tat leiden wird? Jenny wird nie Kinder bekommen können, sie wird vermutlich niemals eine normale Beziehung zu einem Mann haben können, sie ist nach wie vor in psychiatrischer Behandlung und traut sich nachts nicht alleine auf die Straße. Und da wagen Sie es, mir mit Rechtsstaat zu kommen?«

Der junge Mann war inzwischen aufgesprungen und lief aufgebracht im Zimmer hin und her.

»Wir haben die Akten gelesen, und glauben Sie mir – wir haben vollstes Verständnis für Ihre Gefühle.« Madsen nickte Thilo Rufer zu. »Auch uns als Polizisten lässt eine solche Tat nicht kalt, und auch wir sind oft unzufrieden mit dem Strafmaß, das von den Gerichten verhängt wird. Trotzdem dürfen wir nicht die Augen verschließen, wenn ein Mensch getötet wird, was auch immer er vorher getan hat. Und Sie werden nachvollziehen können, dass wir im Falle des Mordes an Wilfried Mohn schnell auf Sie als Verdächtigen gestoßen sind. Immerhin haben Sie bereits im Gerichtssaal Vergeltung für die Tat angekündigt und auch nach Mohns Entlassung in einem Brief Ihre Drohung nochmals wiederholt.«

»So ein Schwachsinn!«, polterte Rufer. »Glauben Sie denn tatsächlich, ich würde so eine Tat vorher schriftlich ankündigen, wenn ich wirklich der Täter wäre? Ich wollte nur, dass Mohn Angst bekommt! Dass er sich ebenso wie Jenny nicht mehr alleine auf die Straße traut. Dass er zusammenzuckt, wenn er ein Geräusch hinter sich hört. Dass er Panik bekommt, wenn es an seiner Tür klingelt. Das ist meine Art von Rache! Allerdings müsste ich lügen, wenn ich behaupten würde, dass mir sein Tod leidtut. Hoffentlich hat dieses Schwein richtig gelitten, bevor er starb!«

»Hey, jetzt kommen Sie mal wieder runter!«, mischte sich Zirngibl ein. »Immerhin ist Jenny vergewaltigt worden und nicht Sie.«

Rufer erstarrte kurz, machte dann einen Schritt auf den Polizeiobermeister zu und musterte ihn feindselig. Sofort trat Madsen zwischen die beiden und drängte sie mit sanfter Gewalt auseinander, bevor die Situation eskalierte – und das möglicherweise nicht nur verbal.

»Sie setzen sich jetzt wieder in Ihren Sessel!«, befahl er Rufer, dann drehte er sich zu Zirngibl um und bedeutete ihm mit einem eisigen Blick zu schweigen. »Ich verstehe, dass bei dieser Angelegenheit viele Emotionen im Spiel sind. Trotzdem bitte ich Sie, sich zusammenzureißen. Wir sind weder hier, um über die Richtigkeit des Strafmaßes zu debattieren, noch, um die schrecklichen Folgen der Vergewaltigung von Jenny zu erläutern. Mein Team und ich haben lediglich die Aufgabe, den Mord an Mohn aufzuklären, und da sind Sie, Herr Rufer, nun mal einer der Hauptverdächtigen. Ich bin sicher, dass Ihnen das einleuchten wird, wenn Sie die Sache mal ganz vernünftig betrachten. Ich frage Sie deshalb, wo Sie am Montagabend beziehungsweise in der Nacht von Montag auf Dienstag waren.«

Rufer hatte sich inzwischen wieder etwas beruhigt und zündete sich eine neue Zigarette an.

Nachdem er einen kurzen, eindringlichen Blick auf seinen Vater geworfen hatte, wandte er sich an Madsen. »Am Montag war ich in der Kneipe. Ich habe mich dort mit ein paar Kumpels zum Kartenspielen getroffen.«

»Und wie lange waren Sie dort?«, hakte Madsen nach.

Rufer zuckte abfällig mit den Acheln.

»Na, bis zum Schluss natürlich! Bis der Laden dichtgemacht hat. Wie immer. Das war so gegen sechs.«

»Und es gibt doch sicherlich auch Zeugen, die bestätigen können, dass Sie bis zum Ende ununterbrochen da waren, oder?«

»Klar, der Wirt zum Beispiel. Der hat jeden Gast im Auge, alleine schon deshalb, damit sich niemand aus dem Staub macht, bevor sein Deckel bezahlt ist.«

»Wir werden das überprüfen. Wie heißt das Lokal, und wo finden wir es?«

Rufer deutete gelangweilt zum Fenster. »›Derby‹. Am Bahnhofsvorplatz. Immer dem Dönergeruch nach, dann können Sie's gar nicht verfehlen!«

Madsen notierte sich die Angaben auf einem kleinen Block und überlegte einen kurzen Moment. »Eine Frage noch: Haben Sie was dagegen, wenn ich mich mal in dem Zimmer umschaue? Sie müssen mir das natürlich nicht erlauben, weil wir keinen richterlichen Durchsuchungsbeschluss dabeihaben. Den würden wir uns allerdings im Falle Ihrer Verweigerung schnellstmöglich besorgen und dann die ganze Wohnung auf den Kopf stellen.«

Rufer lachte verächtlich. »Was bleibt mir denn angesichts einer so überzeugenden Argumentation schon anderes übrig? Bitte, sehen Sie sich um – ich habe nichts zu verbergen!«

Als Madsen das Zimmer betrat, pfiff er überrascht durch die Zähne. Er hatte einen Raum erwartet, der dem Wohnzimmer in puncto Schmutz und Unrat in nichts nachstand. Stattdessen erblickte er ein perfekt aufgeräumtes Jugendzimmer, das einen sauberen, gepflegten und einladenden Eindruck machte.

Die ockergelben Vorhänge waren noch zugezogen, doch die ersten Sonnenstrahlen fielen bereits durch das Fenster und tauchten den gesamten Raum in einen warmen goldgelben Farbton. Linker Hand stand ein hellbrauner Schrank, der sich fast über die gesamte Tiefe des Zimmers erstreckte und mehrere offene Regalfächer aufwies. Madsen trat näher und betrachtete die zahlreichen CDs, die akkurat angeordnet darauf standen. Die Namen der Interpreten waren ihm aus dem Radio geläufig, auch wenn sie nicht seinem persönlichen Musikstil entsprachen.

Inzwischen hatte Zirngibl das Zimmer betreten.

»Donnerwetter, Herr Rufer!«, bemerkte er ironisch, während er seinen Blick überrascht durch den Raum schweifen ließ. »So ein sauberes Zimmer hätte ich Ihnen gar nicht zugetraut. Hatten Sie etwa keine alten Pizzaschachteln mehr übrig?«

Rufer fixierte ihn mit einem kalten Blick. »Wenn Sie kein Polizist wären, dann würde ich …«

Doch bevor er seine Drohung konkretisieren konnte, drängte sich Madsen zwischen die beiden. Sein Gesicht war vor Ärger errötet, und er schob seinen Kollegen unsanft aus dem Zimmer.

»Jetzt reicht's, Zirngibl!«, zischte er erbost. »Was zum Teufel ist denn los mit Ihnen? Ich finde Rufer auch nicht sympathisch, aber noch ist völlig unklar, ob er was mit dem Mord zu tun hat – und so lange haben wir uns ihm gegenüber korrekt zu verhalten, verstanden? Was denken Sie sich eigentlich dabei, ihn die ganze Zeit zu provozieren? Meinen Sie, dadurch kommt ein vernünftiges Gespräch zustande? Ich werde hier jetzt alleine weitermachen, und Sie gehen einmal um den Block, um einen klaren Kopf zu bekommen. Wenn Sie sich wieder beruhigt haben, können Sie ja zum Bahnhof fahren, schauen, ob die Kneipe schon offen hat, und sein Alibi überprüfen. Auf jeden Fall will ich Sie hier oben nicht mehr sehen, klar?«

Zirngibl verkniff sich jeglichen Protest, nickte widerwillig und verließ die Wohnung wort- und grußlos. Dass Rufer senior ihn dabei hasserfüllt anstarrte, entging seiner Aufmerksamkeit ebenso wie die Jagdzeitschrift, die auf einem überfüllten Sideboard neben der Wohnungstür lag.

Nachdem Madsen ein paarmal tief durchgeatmet hatte, betrat er wieder Rufers Zimmer. Der hatte sich inzwischen auf dem Bett niedergelassen und starrte gedankenverloren auf die kleinen eingerahmten Familienfotos, die sich am Kopfende des Bettes an der Wand befanden. Ohne seinen Blick von den Bildern abzuwenden, forderte er Madsen auf, sich neben ihn zu setzen.

Madsen nahm Platz und betrachtete ebenfalls die Fotos.

»Jenny?«, fragte er leise, obwohl die Antwort eigentlich völlig offensichtlich war.

Rufer nickte schluckend und deutete auf eine Aufnahme, die das junge Mädchen fröhlich lachend an einem überdimensionalen Kochtopf zeigte.

»Jenny hatte immer davon geträumt, eine berühmte Köchin zu werden und ihre eigene kleine Ausflugsgaststätte zu eröffnen.« Rufer schnäuzte sich geräuschvoll und kämpfte offensichtlich mit den Tränen. »Sie war so glücklich, als sie die Aufnahmeprüfung in diesem Restaurant machen sollte ...«

Er brach ab, und Tränen liefen ihm über die Wangen.

Madsen schwieg geduldig, bis Rufer sich lange und ausgiebig die Nase geputzt hatte. Dann fragte er behutsam: »Das hier ist Jennys ehemaliges Zimmer, nicht wahr?«

Rufer nickte.

»Ich wohne schon über zehn Jahre in Bayern – bin nach dem Studium hier hängen geblieben. Zuerst in München, dann aufgrund eines Jobs in Starnberg. Jenny hat zuerst bei meinem Vater in der Nähe von Köln gelebt. Mit sechzehn ist sie dann zu mir gezogen, weil sie hier im Fünfseenland mehr Potenzial für ihren beruflichen Traum sah. Mein Vater war strikt dagegen. Jenny war sein absoluter Liebling, und ich sage das ganz ohne Eifersucht – zwischen Vätern und Töchtern gibt es ja oft eine ganz besonders enge Beziehung. Trotzdem wollte Jenny unbedingt zu mir, und ich habe meinem Vater versprochen, dass ich gut auf sie aufpasse.« Er schnaubte verbittert. »Hat wohl nicht ganz geklappt. Als Beschützer habe ich auf der ganzen Linie versagt. Dabei wollte ich sie an diesem Tag sogar noch zu dem Restaurant begleiten, aber sie hat gesagt, dass sie noch zu einer Freundin will und von dort dann mit dem Bus fährt. Wer konnte denn ahnen …«

Erneut brach er ab, und ein heftiges Schluchzen schüttelte seinen Körper.

Wieder wartete Madsen einen Moment, bevor er seine Befragung bedächtig fortsetzte.

»Und wo ist Jenny jetzt?«

»Sie ist zu Verwandten in die Nähe von Hamburg gezogen«, antwortete Rufer gequält. »Sie wollte möglichst weit weg von München. Und von mir. Nicht dass sie mir je Vorwürfe gemacht hätte, aber sie hat gesagt, dass sie nichts, was sie an diesen Tag erinnern könnte, in ihrer Nähe haben will – mich eingeschlossen! Wie Sie vermutlich unschwer erkennen können, komme ich damit bis heute nicht richtig klar. Der Alkohol hilft ein bisschen, aber natürlich löst er das Problem nicht. Ich habe keine Ahnung, wie es weitergehen soll. Ich hasse mich für mein jämmerliches Selbstmitleid, aber irgendwie fehlt mir die Kraft, die Situation zu ändern. Verstehen Sie das?«

Madsen ignorierte die Frage – auch weil sie ihn schmerzlich an seine eigene Vergangenheit erinnerte. Stattdessen deutete er mit der Hand vage in Richtung Wohnzimmer.

»Und was ist mit Ihrem Vater?«

»Mein Vater? Wieso …?«

»Sagten Sie nicht eben, er wohne in Köln?«

Rufer nickte müde.

»Ja, das hat er auch. Er war dort Berufssoldat bei der Bundeswehr, ist aber seit ein paar Monaten pensioniert. Direkt nach seiner Entlassung hat er seine Wohnung im Rheinland aufgelöst und ist hier nach Starnberg gezogen. Ich habe ihm mein altes Zimmer gegeben, und ich schlafe jetzt hier in Jennys Zimmer.«

Madsen deutete auf die Poster an den Wänden.

»Kann es sein, dass Sie seitdem in diesem Zimmer nichts geändert haben?«

Rufer errötete erkennbar.

»Stimmt! Ich weiß auch nicht, warum. Vielleicht hoffe ich insgeheim immer noch, dass Jenny eines Tages zurückkommt. Wie man der Wohnung unschwer ansieht, ist Sauberkeit nicht wirklich meine Stärke. Aber in diesem Zimmer hier sauge und wische ich jeden Tag Staub, weil es etwas ganz Besonderes ist!«

Madsen nickte und schaute sich um. Dabei fiel sein Blick auf zwei Aktenordner, die halb verdeckt hinter dem Vorhang standen und in dem Jugendzimmer etwas deplatziert wirkten.

»Sind die da auch von Jenny?«, fragte er.

Rufer schüttelte den Kopf.

»Nee, die sind von mir. Ich habe damals alles gesammelt, was zu der Sache und der anschließenden Verhandlung in den Zeitungen stand. Artikel, Fotos, Leserbriefe – einfach alles. Irgendwie hat's mir geholfen, dass sich auch viele andere Menschen über die Tat und die lächerliche Strafe aufgeregt haben.«

Madsen stand auf, ging zum Fenster und blätterte einen der Ordner oberflächlich durch.

»Würde es Ihnen etwas ausmachen, wenn ich die Unterlagen für ein paar Tage mit aufs Präsidium nehme? Ich garantiere Ihnen, dass Sie sie unbeschadet wieder zurückerhalten.«

Rufer winkte ab. »Nehmen Sie ruhig mit, was Sie wollen! Ich kenne sowieso fast jeden Artikel auswendig, so oft habe ich sie in den letzten Jahren gelesen.«

Er lehnte sich auf dem Bett zurück und verschränkte die Arme hinter dem Kopf.

»Eine letzte Bitte noch!«, sagte Madsen zögernd und deutete auf die Turnschuhe, die ordentlich neben dem Bett standen. »Ich würde gerne für einen Profilvergleich Ihre Schuhe mitnehmen.

Sie können sie im Laufe des Tages wiederhaben, ich schicke sie Ihnen per Kurier zurück.«

Rufer antwortete nicht, sondern starrte schweigend an die Decke, was Madsen ganz eigennützig als stille Einverständniserklärung deutete. Er klemmte die Ordner unter den einen, die Schuhe unter den anderen Arm und verabschiedete sich, ohne eine Antwort zu erhalten.

Als er aus dem Zimmer trat, hätte er fast Rufers Vater umgestoßen, der sich offensichtlich in unmittelbarer Nähe der Tür aufgehalten hatte, um die Unterhaltung zwischen dem Polizisten und seinem Sohn verfolgen zu können. Noch bevor der Mann die Gelegenheit nutzen konnte, bezüglich der Mitnahme von Ordnern und Schuhen sein Veto einzulegen, hatte Madsen die Wohnungstür bereits hinter sich geschlossen und eilte zielstrebig Richtung Parkplatz.

***

Der Tag von Jo Kimmel und ihrem Kollegen Wolfangel hatte zunächst mit einem Misserfolg begonnen: Von dem Camper, der am Vortag ausgesagt hatte, er habe eine Person auf dem Dach beobachtet, war keine Spur zu sehen. Entweder waren er und seine Frau unerwartet plötzlich abgereist, oder sie machten eine Tagestour. Der Versuch, den Mann per Handy zu erreichen, war ebenfalls fehlgeschlagen – es meldete sich nur die Mailbox.

Um die Zeit des Wartens auf den Rückruf nicht sinnlos verstreichen zu lassen, hatten Kimmel und Wolfangel sich an der weiteren Befragung der Anwohner beteiligt, aber auch diese Tätigkeit war zunächst nicht von Erfolg gekrönt gewesen – niemand hatte irgendetwas gesehen oder konnte auch nur den geringsten sachdienlichen Hinweis geben. Insofern hielt sich Kimmels und Wolfangels Optimismus auch stark in Grenzen, als sie das alte Fachwerkhaus betraten, von dessen Giebelfenster man freien Blick auf den Turm der Andechser Klosterkirche zu haben schien. Der Mieter der entsprechenden Räumlichkeiten war ein junger, modern gekleideter Mann namens Paul Schwarz. Er hatte lockige dunkle Haare, eine intellektuell wirkende Brille mit dickem schwarzem Rahmen sowie einen kräftigen Vollbart – die einzige Vorliebe, die Hipster mit Salafisten teilten. Die Wohnung war stilvoll eingerichtet und penibel aufgeräumt, wenngleich Kimmel in der Luft den schwachen Geruch eines Joints zu erkennen glaubte, als der Mann seine beiden Besucher ins Innere bat.

Während Wolfangel Schwarz den Grund ihres Besuches erläuterte, warf Kimmel einen neugierigen Blick in die Wohn-und-Arbeitszimmer-Kombination, die nahezu die gesamte Etage ausmachte. Der Raum maß in Summe weit über hundertfünfzig Quadratmeter, wenngleich die tiefen Dachschrägen an beiden Seiten einen Teil der Fläche unbenutzbar machten, und vor der großen Fensterfront stand ein Schreibtisch mit mehreren Monitoren, einem Drucker, einem Scanner sowie diversem anderen Computerzubehör. Flankiert wurde der Arbeitsplatz von einem Gerät, dessen Form an eine große Wäschemangel erinnerte.

»Darf ich fragen, was Sie beruflich machen?«, erkundigte sich Kimmel bei dem jungen Mann, nachdem ihr Kollege Wolfangel seine Ausführungen beendet hatte.

»Ich bin freiberuflicher DTP-Operator«, antwortete Schwarz mit einem freundlichen Lächeln, das eine Reihe tadelloser weißer Zähne sichtbar werden ließ. »Das bedeutet, ich erstelle digitale Druckvorlagen für Printwerbemittel.« Schwarz wandte sich an Wolfangel. »Und damit komme ich dann auch gleich auf Ihre Frage zurück: Ich habe am Montag bis in die Puppen gearbeitet, weil ich am Dienstag einen kompletten Katalog fertig haben musste. Das heißt, ich habe etwa bis vier Uhr morgens hier gesessen und Farbkorrekturen durchgeführt.«

»Na, da kann man nichts machen!« Wolfangel zuckte mit den Achseln, so, als habe er keine andere Antwort erwartet. »Komm, Jo, dann gehen wir. Trotzdem vielen Dank für Ihre Mühe, Herr Schwarz.«

Die beiden Polizeibeamten verabschiedeten sich und wollten

bereits die Wohnung verlassen, als der junge Mann plötzlich zögerte und sich nachdenklich an seinem Bart kratzte.

»Moment mal, da fällt mir was ein! Vielleicht habe ich doch etwas für Sie!«

Er setzte sich vor den Rechner, ergriff mit der linken Hand die Maus und klickte in schwindelerregender Geschwindigkeit einige Icons an, worauf sich zahlreiche neue Fenster auf dem Bildschirm öffneten. Die Beamten traten irritiert näher und schauten ihm neugierig über die Schulter.

»Ich habe vor Jahren mal angefangen, den Andechser Kirchturm zu fotografieren, um irgendwann ein großes, collagenähnliches Gesamtbild oder einen Bildband aus den Einzelaufnahmen anzufertigen.« Schwarz deutete auf den Hauptmonitor. »Sehen Sie hier: Ich verwende immer die gleiche Brennweite und den gleichen Ausschnitt – allerdings bei wechselnden Lichtstimmungen! Mal bei Sonne, mal bei Schnee, mal im Dunkeln und so weiter. Und natürlich immer dann, wenn sich rund um die Kirche was Interessantes tut.«

Er öffnete einige Bilder und stellte sie nebeneinander auf die Schreibtischoberfläche. Eines der Fotos zeigte den Turm im goldenen Licht der untergehenden Sonne, während er auf einer anderen Aufnahme dunkel und bedrohlich erschien. Es gab ein Foto, auf dem ein Feuerwerk im Hintergrund zu erkennen war, eines mit einem Polizeihubschrauber unmittelbar über der Turmspitze, eines mit einer dicken Schneeschicht auf dem Dach und ein weiteres, auf dem ein Blitz den Himmel erhellte. Nebeneinandergestellt hatte die Motivsammlung in ihrer differierenden Einheitlichkeit eine gewisse Ähnlichkeit mit früheren Arbeiten von Andy Warhol.

»Wollen Sie damit etwa sagen, dass Sie auch in der Nacht von Montag auf Dienstag Aufnahmen gemacht haben?«, erkundigte sich Kimmel atemlos.

Plötzlich ergab sich eine Möglichkeit, die die beiden Polizisten nicht im Traum zu erhoffen gewagt hatten. Sollten etwa tatsächlich Fotoaufnahmen der nächtlichen Geschehnisse auf dem Kirchturm existieren? Dieser Umstand war fast so unwahrscheinlich wie ein anspruchsvolles Filmprojekt mit David Hasselhoff.

»Ja, Montagnacht war ein phantastischer Himmel, und der Turm wurde vom Licht des Vollmonds mystisch erhellt. Das sah so geil aus, dass ich es fotografiert habe.«

Er klickte auf ein weiteres Photoshop-Symbol, und in der Tat gab das Bild, das sich daraufhin öffnete, eine beeindruckend schöne nächtliche Lichtstimmung wieder. Lediglich das Gerüst, auf dessen Stahlstreben sich der Vollmond spiegelte, störte die perfekte Harmonie der Aufnahme.

Schwarz drückte eine weitere Tastenkombination, und ein Fenster mit den Metadaten der Bilddatei öffnete sich.

»Das Bild habe ich um null Uhr neunzehn aufgenommen. Mal schauen, ob man irgendwas erkennen kann, wenn ich näher ranzoome.«

Er vergrößerte die Ansicht, aber von einer Person war nichts zu sehen.

Kimmel seufzte enttäuscht. »Schade. Aber wäre auch zu schön gewesen, wenn Sie zufällig den Täter porträtiert hätten.«

Doch Schwarz hörte gar nicht zu, sondern murmelte konzentriert vor sich hin.

»Ich hab an diesem Abend doch zweimal fotografiert, weil sich das Licht nach ein paar Minuten noch mal verbessert hat. Das Bild, das ich Ihnen eben gezeigt habe, ist aus fotografischer Sicht meine Präferenz, aber ich habe auch noch einen Alternativschuss. Warten Sie, hier ist er! Ist doch manchmal gut, wenn man so ein Jäger und Sammler ist.«

Er lächelte Kimmel selbstgefällig an, doch die starrte wie gebannt auf den Monitor und stieß einen Schrei aus.

»Da! Da auf dem rechten Bild! Zoomen Sie mal näher ran, da ist was, was auf der anderen Aufnahme nicht ist.«

Schwarz vergrößerte den Bildausschnitt, und alle drei lehnten sich über den Schreibtisch. Tatsächlich war auf dieser Aufnahme schemenhaft eine Person zu erkennen, die sich am Rand des Gerüstes befand.

»Das Foto ist von … Moment …«, Schwarz klickte wieder

auf die Informationsleiste, »... von null Uhr vierzehn. Dieses Foto habe ich also fünf Minuten vor dem anderen aufgenommen.«

Kimmel notierte sich die Zeit aufgeregt in einem Block.

»Könnten Sie uns vielleicht einen Ausdruck von dem Foto machen?«

»Null Problemo! Ich helfe der Polizei selbstverständlich gerne, wo immer ich kann!«, erwiderte Schwarz.

Dass sein zufriedenes Grinsen dabei diabolisch wirkte, lag vermutlich nur an dem Sonnenlicht, das harte Schatten in sein bärtiges Gesicht warf.

***

In der Zwischenzeit stattete Klee der Dame, die am Vortag bei der Befragung durch einen Streifenbeamten so überaus bemüht auf die nächtliche Abwesenheit ihres Mannes hingewiesen hatte, nochmals einen Besuch ab.

Ihr Name war laut Protokoll des Kollegen Ayla Runge, und Klee musste mehrfach an der Haustür des schmucklosen Einfamilienhauses klingeln, ehe ihm von einer Frau mit einem Säugling auf dem Arm geöffnet wurde. Der Kommissar zückte seinen Dienstausweis und stellte sich vor, worauf Frau Runge sich auf das Gespräch mit Klees Kollegen berief und erklärte, dass sie nichts weiter zu sagen habe, weil sich an der Sachlage vom Vortag nicht das Geringste geändert habe.

Doch Klee bestand darauf, sich noch einmal in Ruhe mit ihr zu unterhalten, und so ließ sie ihn schließlich widerstrebend in ein nach Klees Empfinden deutlich zu kitschig eingerichtetes Wohnzimmer eintreten. Großflächige Textilbilder mit schrillen Fantasymotiven zierten die Wände, die Lampen hatten ausnahmslos farbige, auffällig gemusterte Schirme, und die zahlreichen orientalisch anmutenden Accessoires vermittelten den Eindruck, als hätte man sie zum Paketpreis in einem Import-Export-Geschäft erworben. An einer Wand stand eine große Vitrine mit grünblauer LED-Beleuchtung, in der sich jede Menge silberne und goldene Medaillen und Pokale befanden, die den aufgesetzten oder abgebildeten Figuren nach für besondere Leistungen beim Kickboxen verliehen worden waren.

»Beeindruckende Trophäensammlung!«, sagte er und wandte sich an die Frau. »Sind die von Ihrem Mann?«

»Nein, von mir!«, erwiderte Frau Runge abweisend und schaukelte das mit einem rosafarbenen Strampler gekleidete Baby auf dem Arm hin und her. »Ich war früher eine ziemlich erfolgreiche Kickboxerin, aber seit die Kleine auf der Welt ist, kämpfe ich nicht mehr.«

Klee wartete, ob die Frau weiterreden würde, doch sie beließ es bei dieser Kurzerklärung. Sie war groß gewachsen, nahezu genauso groß wie Klee und hatte – trotz der schulterlangen schwarzen Haare gut erkennbar – eine für eine Frau untypisch ausgeprägte Nackenmuskulatur sowie eine beachtliche Schulterbreite. Auffällig waren zudem ihre großen, fast schon maskulin wirkenden Hände mit kurzen, unlackierten Fingernägeln. Auch das Gesicht der Frau war gänzlich ungeschminkt, wodurch der violett schimmernde Bluterguss, der sich über ihre rechte Augenpartie zog, deutlich auf der hellen Haut sichtbar war. Klee fragte sich, ob sie das Hämatom bereits am Vortag hatte – der Kollege hatte bei seiner Gesprächszusammenfassung nichts Entsprechendes erwähnt.

»Darf ich fragen, woher Sie das blaue Auge haben?«

»Ich bin gestolpert.«

Die Antwort kam schnell.

Für Klees Geschmack zu schnell.

Er blickte sie zweifelnd an und beugte sich nach vorn.

»Frau Runge, ich bin jetzt seit über zehn Jahren Polizist und weiß, wie eine Verletzung durch einen Sturz aussieht. Und auch, wie eine Verletzung durch einen Schlag aussieht. Sie können mir ruhig die Wahrheit sagen. War das Ihr Mann? Es geht mich nichts an, wie Sie Ihre Ehe führen, Frau Runge, aber Sie wissen, dass es Einrichtungen gibt, die betroffenen Frauen bei häuslicher Gewalt mit Rat und Tat zur Seite stehen?«

»Sie haben völlig recht, Herr Kommissar! Meine Ehe geht Sie absolut nichts an! Und ich brauche auch keinen Rat – weder von Ihnen noch von irgendwelchen Einrichtungen. Ich bin durchaus in der Lage, mir selbst zu helfen!«, antwortete die Frau kalt und strich dem Säugling, der auf den veränderten Tonfall seiner Mutter instinktiv reagierte und sich ängstlich an ihre Brust drückte, über den Kopf. »Was wollen Sie denn schon wieder von uns? Ich habe Ihrem Kollegen doch gesagt, dass mein Mann in der Nacht von Montag auf Dienstag nicht hier war. Er befindet sich gerade auf Geschäftsreise.«

»Das hat mir der Kollege auch berichtet! Dummerweise geht Ihr Mann aber momentan überhaupt keiner festen Arbeit nach, Frau Runge – ich habe das überprüfen lassen. Und was noch interessanter ist: Ihr Mann wurde vor Kurzem zu einer Bewährungsstrafe wegen gefährlicher Körperverletzung verurteilt. Warum haben Sie das meinem Kollegen bei seinem letzten Besuch nicht erzählt?«

»Weil er nicht danach gefragt hat!«, entgegnete die Frau trotzig. »Und weil es mit Ihrem Fall nicht das Geringste zu tun hat.«

»Diese Entscheidung überlassen Sie mal besser uns, Frau Runge. Fakt ist, dass Ihr Mann vorbestraft ist, durch die Lage der Wohnung mit den örtlichen Begebenheiten bestens vertraut ist und für die Tatzeit offensichtlich kein belastbares Alibi vorweisen kann. Außerdem scheint er – soweit ich das angesichts Ihres blauen Auges beurteilen kann – der Gewalt nach wie vor nicht abgeneigt zu sein. Finden Sie nicht auch, das klingt insgesamt so, als sollten wir uns mal ganz dringend mit Ihrem Mann unterhalten? Wann kommt er denn zurück von seiner Geschäftsreise?«

Klee deutete bei dem Wort »Geschäftsreise« Anführungszeichen mit den Fingern an, um die Ironie seiner Worte zu verdeutlichen.

Anstatt zu antworten, stand die Frau auf, ging quer durch das Zimmer und legte das Kind behutsam in einen Laufstall mit blinkenden LED-Lämpchen. Anschließend lehnte sie sich mit dem Rücken an die Pokalvitrine und verschränkte die Arme vor der Brust.

»Hören Sie, Herr Kommissar: Mein Mann hat mit der Sache definitiv nichts zu tun. Das können Sie mir glauben. Am besten, Sie kümmern sich nicht weiter um ihn und konzentrieren sich darauf, den wirklichen Täter zu finden.«

Klee erhob sich ebenfalls, ging ein paar Schritte auf die Frau zu und blickte sie ernst an.

»Frau Runge, Sie missverstehen die Situation offensichtlich. Wir sprechen hier nicht über ein falsch geparktes Auto, sondern über einen Mord! Ein Mann ist auf brutale Art und Weise getötet worden, und wir werden allen, ausnahmslos allen möglichen Spuren nachgehen, um den Täter zu finden. Im Zuge dessen möchten wir auch mit Ihrem Mann sprechen – und davon werden wir sicherlich nicht absehen, nur weil Sie behaupten, er habe nichts damit zu tun. Also noch mal die Frage an Sie, Frau Runge: Wissen Sie, wo Ihr Mann sich zurzeit aufhält – beziehungsweise wann er wieder zurückkommt?«

Sie zuckte mit den Schultern. »Mir hat er gesagt, er wäre ein paar Tage auf Geschäftsreise. Wo oder mit wem, hat er mir nicht verraten. Wenn Sie sagen, das würde nicht stimmen, dann müsste er ja vermutlich bald wieder hier auftauchen. Haben Sie eine Visitenkarte? Ich kann Sie dann ja anrufen.«

Klee nickte und überreichte Frau Runge seine Karte, wenngleich seiner Miene unschwer zu entnehmen war, dass er ihr ihre Bereitschaft zur Benachrichtigung nicht abnahm. An der Tür zum Flur blieb er noch mal kurz stehen.

»Um noch mal kurz auf Ihr blaues Auge zurückzukommen, Frau Runge: Sie sollten schnellstmöglich versuchen, Ihre Situation zu ändern. Haben Sie keine Verwandtschaft, bei der Sie für eine Zeit unterkommen können?«

Die Frau kniff die Augen zusammen und funkelte Klee feindselig an.

»Verdammt noch mal, sind Sie schwer von Begriff, Herr Kommissar? Ich habe Ihnen doch gerade klar zu verstehen gegeben, dass ich an Ihren Ratschlägen nicht interessiert bin, oder? Ich würde es sehr begrüßen, wenn Sie jetzt endlich verschwinden und mich in Ruhe lassen würden!«

Der Kommissar hob entschuldigend die Hände und verließ die Wohnung. Vor der Haustür blieb er einen Moment stehen, um seine Augen nach der dunklen Wohnung wieder an das grelle Sonnenlicht zu gewöhnen.

Und außerdem hatte er jetzt das dringende Bedürfnis nach einer Zigarette.

SIEBEN

Währenddessen plagten Madsen ganz andere Sorgen.

Er hatte sich in der Starnberger Polizeiinspektion intensiv mit dem Zeitungsmaterial beschäftigt, das Rufer ihm zur Verfügung gestellt hatte. In den Ordnern befanden sich unzählige Artikel, Pressefotos und Leserbriefe, die sich alle auf die Vergewaltigung von Rufers Schwester und den anschließenden Prozess bezogen, und bereits nach der Lektüre der ersten Zeilen war zu erahnen, in welcher Tonalität sich die Mehrzahl der Schriftstücke befinden würde. Wenn auch im Duktus unterschiedlich, vereinte die Briefe doch die Grundaussage: die Forderung nach Vergeltung und adäquater Bestrafung des Täters! Während die meisten Verfasser sich dabei angesichts des Mediums Mühe gaben, bei ihren Äußerungen zumindest ein gewisses Maß an sprachlichem Niveau zu beachten, gab es andere, deren blanke Wut in jeder ihrer mitunter moralisch grenzwertigen Formulierungen zu spüren war. Es gab nicht wenige Briefe, bei denen Madsen überrascht war, dass der Verlag sie in der vorliegenden Form überhaupt abgedruckt und veröffentlicht hatte.

Er griff zum Telefon und wählte die Nummer des Journalisten Trommer, den er am Abend des Leichenfundes vor der Kirche getroffen hatte.

»Hallo, Claude, hier Madsen! Hätten Sie vielleicht mal ein paar Minuten Zeit für mich?« Er fuhr fort, ohne eine Antwort abzuwarten. »Ich würde gerne kurz bei Ihnen in der Redaktion vorbeikommen, weil ich ein paar Fragen habe, bei denen ich die geballte Kompetenz eines erfahrenen Journalisten benötige.«

Es war nicht nur die schmeichelhafte Fragestellung, die Trommer dazu bewog, Madsen für dessen Ermittlungen zur Verfügung zu stehen. Gemäß der allgemeinen Gesetzmäßigkeit, dass eine Hand die andere zu waschen pflegt, war er nur allzu gern bereit, die Polizei nach besten Kräften zu unterstützen –

und sich dadurch im Gegenzug das Recht auf einige exklusive Informationen zu sichern.

Insofern begrüßte er Madsen auch überschwänglich, als dieser die kurze Entfernung zwischen Polizeiinspektion und Verlagsbüro in Rekordgeschwindigkeit zurückgelegt hatte.

»Willkommen in den heiligen Hallen der öffentlichen Meinungsbildung, Herr Kriminalrat. Nachdem ich ja bereits mehrfach – natürlich nur aus beruflichen Gründen – Gast in Ihrer Inspektion sein durfte, ist es mir eine große Freude, Sie erstmals in meinem Revier zu begrüßen.«

Madsen schaute sich gleichermaßen interessiert wie desillusioniert um. Er hatte bei einer Zeitungsredaktion moderne, repräsentative Räume erwartet, in denen es von Hightech-Kommunikationseinrichtungen und umtriebigen Journalisten nur so wimmelte, doch es war offensichtlich, dass Vorstellung und Realität in diesem Fall so weit auseinanderklafften wie bei der parteiübergreifenden Beurteilung des deutschen Staatsdefizits. Die jegliche Farbenlehre negierende Kombination von hellgrünen Wänden und giftgrünen Schränken stellte das ästhetische Empfinden des Besuchers auf eine harte Probe, die zusammengewürfelten Möbel wirkten altmodisch und verschlissen, und auch die billige grau melierte Auslegeware zeugte nur bedingt von der gestalterischen Klasse des zuständigen Innenarchitekten.

Trommer hatte Madsens kritischen Blick bemerkt und zuckte bedauernd mit den Schultern. »Sieht nicht gerade aus wie beim Wall Street Journal, ich weiß! Aber seit Jahren beschäftigt sich die Verlagsleitung mit dem Gedanken, das Starnberger Büro zu schließen und uns ins Münchner Mutterhaus zu holen. Deshalb wird in diese Räume kein Cent mehr investiert.«

Er führte Madsen zu seinem Arbeitsplatz, der mit Zeitungen, Ausdrucken, handschriftlichen Notizen und Visitenkarten überladen war. Neben dem Tisch befand sich ein Sideboard mit zwei kleinen Fernsehern, auf denen tonlos die Sender NTV und Eurosport liefen.

»Also, Herr Kriminalrat, was kann ich für Sie tun?«

»Ich habe ein paar Fragen zu alten Artikeln beziehungsweise zu alten Leserbriefen.«

»Tja, mal sehen, ob und inwiefern ich da helfen kann«, antwortete Trommer und rieb sich nachdenklich das Kinn. »Die Recherche nach alten Artikeln ist kein Problem, aber zum Thema ›Leserbriefe‹ muss Ihnen vielleicht meine Kollegin weiterhelfen. Schießen Sie mal los! Was wollen Sie …?«

Er wurde von einem schrillen Klingeln unterbrochen.

»Moment, 'tschuldigung!« Er ging ans Telefon und schaute irritiert auf den Hörer, als das Läuten nach dem Abheben nicht verstummte. Dann erhellte sich sein Blick, und er griff mit einer entschuldigenden Geste nach dem anderen Telefon. »Hallo? … Ja … natürlich bis heute Abend … ja … dringend … für die morgige Ausgabe … ungefähr achtzig Zeilen … selbstverständlich mit Fotos … bis dann!«

Er knallte den Hörer auf die Gabel. »So, was wollten Sie? Ach ja, die alten Artikel! Kommen Sie, ich zeig Ihnen, wie man den Rechner bedient.«

Er warf den grauen Pullover, der auf seinem Stuhl lag, achtlos auf den Boden und bat Madsen, Platz zu nehmen. Dann nahm er die Maus, führte den Cursor auf eine Leiste am linken Monitorrand und klickte auf ein Symbol in Form einer zusammengefalteten Zeitung.

»Hier kommen Sie zur Eingabemaske für die Suchbegriffe. Jeder Artikel, der in unserer Zeitung erschienen ist, liegt in digitalisierter Form vor. Es gibt ein Textdokument, in dem nur der reine Wortlaut der Pressemeldung steht. Wenn man dann hier unten auf das kleine Acrobat-Symbol klickt, öffnet sich ein PDF, das die gesamte Seite zeigt, auf der der Artikel erschienen ist. So kann man nachvollziehen, in welchem Kontext der Bericht stand. Der Informationsleiste am unteren Rand können Sie entnehmen, wann der Artikel veröffentlicht wurde, welcher Redakteur ihn geschrieben hat und so weiter. Allerdings ist in diesem Archiv nur unsere Zeitung erfasst. Wenn Sie auch die Belege anderer Tageszeitungen und Zeitschriften durchsuchen wollen, müssen Sie hier auf dieses Symbol klicken. Dadurch haben Sie Zugriff auf das journalistische Gesamtarchiv. Einfach hier in dieser Leiste runterscrollen, dann erscheinen die Titel, die Sie durch Mausklick auswählen können. Wie Sie sehen, ist von Tageszeitungen über Sportzeitschriften, Finanz- und Herrenmagazine, Jugendjournale bis hin zur internationalen Presse alles verfügbar.«

Madsen unterbrach ihn. »Und da kann ich mich jetzt einfach so einwählen? Ist das kein geschützter Bereich?«

Trommer lachte. »Klar ist der passwortgeschützt. Allerdings nicht aus Datenschutzgründen – schließlich sind diese Artikel ja alle bereits veröffentlicht worden. Der wirkliche Grund ist wie immer der schnöde Mammon. Der Zugang zu diesen Daten ist kostenpflichtig, das heißt: Nur wer zahlt, darf lesen!«

»Heißt das, theoretisch könnte jeder auf dieses umfangreiche Archiv zugreifen?«

»Natürlich! Mit Sicherheit hat auch Ihre Presseabteilung in München Zugang zu diesen Daten. Sie hätten sich also vielleicht gar nicht die Mühe machen müssen hierherzukommen.«

Madsen winkte ab. »Mag sein, aber dank Ihrer Unterstützung komme ich zweifelsohne schneller und unbürokratischer an das gewünschte Material.«

»Na, dann freut es mich, dass ich der Polizei helfen konnte. *By the way:* Mir würde es übrigens auch helfen, wenn ich im Rahmen des Falles irgendetwas berichten könnte, was die anderen noch nicht haben.« Er zwinkerte Madsen verschwörerisch zu. »Verstehen Sie, was ich damit sagen will, Herr Kriminalrat?«

Madsen nickte abwesend. »Schon klar, Claude! Quid pro quo! Ich schlage vor, ich stöbere mal ein bisschen in Ihrem Archiv. In der Zwischenzeit können Sie das Büro von Oberstaatsanwalt Dr. Agasiotis anrufen. Der ist über unseren kleinen Deal informiert und wird Ihnen ein paar Infos geben, die wir bisher noch für uns behalten haben und die Sie damit als erste Zeitung der Öffentlichkeit präsentieren dürfen. Danach kümmern wir uns gemeinsam um die Leserbriefe. Einverstanden?«

»Und ob!«, bekräftigte Trommer eifrig. Die Aussicht, brandaktuelle Informationen aus erster Hand zu erhalten, schien eine belebende Wirkung auf ihn auszuüben. »Allerdings bin ich – wie bereits erwähnt – nicht der Spezialist für Leserbriefe. Wir haben dafür eine Kollegin, die das Ressort seit etlichen Jahren betreut. Ich werde mich darum kümmern, dass Sie mit ihr sprechen können. Also dann bis gleich!«

Mit diesen Worten überließ der Journalist Madsen seinen Arbeitsplatz und eilte voller Vorfreude aus dem Zimmer. Die neugierigen Blicke seiner jungen Kollegen ignorierte er dabei mit der Weisheit des Alters und dem Selbstbewusstsein des Erfolgreichen.

Als Claude Trommer eine gute halbe Stunde später zu seinem Arbeitsplatz zurückkehrte, hatte Madsen einen dicken Stapel A4-Papier neben sich auf dem Schreibtisch liegen.

»Oh, wie ich sehe, war Ihre Suche ergiebig«, stellte der Journalist augenzwinkernd fest.

Madsen nickte. »Ihr junger Kollege war so freundlich, mir die Bedienung des Druckers zu erklären. Ich hoffe, es ist in Ordnung, dass ich mir einige Artikel ausgedruckt habe.«

Trommer lächelte generös. »Für das, was mir die Oberstaatsanwaltschaft gerade mitgeteilt hat, dürfen Sie sich von mir aus sämtliche Zeitungsartikel seit dem Russlandfeldzug von Napoleon ausdrucken.«

Madsen stutzte ob der offensichtlichen Euphorie seines Gegenübers und nahm sich vor, Oberstaatsanwalt Dr. Agasiotis bei nächster Gelegenheit zu fragen, welche Art von Information er dem Journalisten gegeben hatte.

»Ich bringe Sie jetzt wegen Ihrer Fragen bezüglich der Leserbriefe zur Kollegin Bauer«, unterbrach der Chefredakteur Madsens Gedanken. »Sie hat sich bereit erklärt, Ihnen mit Rat und Tat zur Verfügung zu stehen.«

Madsen nickte, raffte seine Ausdrucke und Aufzeichnungen zusammen und folgte Trommer zu einem kleinen Büro, dessen Einrichtungsgegenstände aus einer Zeit zu stammen schienen, in der die ZDF-»Drehscheibe« noch Deutschlands innovativstes Boulevardmagazin war.

Eine etwa fünfzigjährige blasse Frau, deren graues Haar zu einem Dutt frisiert war, erhob sich und reichte Madsen förmlich die Hand.

»Guten Tag, Herr Kriminalrat, mein Name ist Bauer, Selma Bauer. Freut mich, Sie kennenzulernen.«

Er beantwortete den Gruß höflich und musterte die Frau, die aussah, als hätte sie sich aus Fräulein Rottenmeier ein Kleid genäht und übergezogen. Das klassische mausgraue Kostüm saß absolut korrekt, besaß aber keinerlei modischen Schick. Gleiches galt für die halbhohen schwarzen Schnürstiefeletten, und selbst die randlose Lesebrille war so unauffällig, dass man sie auf den ersten Blick fast übersehen hätte. Es gehörte nicht viel Phantasie dazu, sich auszumalen, dass diese Dame im kollegialen Umfeld der selbstbewussten, extrovertierten Jungjournalisten einen schweren Stand haben dürfte. Dennoch – oder gerade deswegen – umgab sie eine natürliche Aura der Würde und Kompetenz.

»Was halten Sie davon, wenn wir uns für das Gespräch in das kleine Café gegenüber setzen?«, fragte die Redakteurin und deutete mit einer entschuldigenden Geste auf ihren Bürostuhl. »Ich kann Ihnen hier leider nicht mal einen vernünftigen Sitzplatz anbieten. Wie Sie unschwer erkennen können, wird auf die räumlichen Bedürfnisse der Mitarbeiter nur sehr bedingt eingegangen.«

Madsen stimmte dankbar zu und half der Dame galant in ihren Mantel.

Den Weg zum Café legten sie schweigend zurück, und erst als beide an einem kleinen Tisch in unmittelbarer Nähe des Fensters Platz genommen hatten, eröffnete Madsen behutsam das Gespräch.

»Ich bin Ihnen sehr dankbar, Frau Bauer, dass Sie sich Zeit für mich nehmen. Vielleicht hat Ihnen der Kollege Trommer bereits erzählt, worum es geht ...?«

Sie verneinte mit einem Kopfschütteln, und er fuhr fort.

»Wir haben am Montag die Leiche eines Mannes gefunden,

der, wie sich später herausstellte, vor einiger Zeit ein junges Mädchen brutal missbraucht hat. Deren Bruder ...«

Selma Bauer unterbrach Madsen mit erhobener Hand und deutete auf den Kellner, der zwischenzeitlich mit gezücktem Block an ihren Tisch getreten war.

»Bevor Sie fortfahren, sollten wir vielleicht etwas bestellen. Da ich selten das Vergnügen habe, mit einem so netten jungen Mann im Café zu sitzen, würde ich mir zur Feier des Tages ein Glas Rotwein gönnen. Für Sie auch eins, Herr Kriminalrat?«

Madsen musste angesichts des Komplimentes und der zunehmenden Lockerheit seiner Gesprächspartnerin lächeln.

»Nein, nein, vielen Dank. Ich bin im Dienst. Für mich bitte eine große Cola.«

Selma Bauer lächelte bedauernd und bestellte sich einen trockenen Rotwein.

»Wie gesagt, das Mordopfer hat in der Vergangenheit ein junges Mädchen auf brutalste Art und Weise vergewaltigt. Ihr Bruder hat im Verlaufe des anschließenden Prozesses eine ganze Menge Zeitungsausschnitte gesammelt, bei deren Durchsicht wir auf viele Leserbriefe gestoßen sind, die in zum Teil erstaunlich unverblümter Ausdrucksweise Vergeltung für diese Tat fordern. Es besteht unseres Erachtens die Möglichkeit, dass der Mörder sich bereits früher zu Wort gemeldet hat und jetzt, kurz nach der Entlassung des Vergewaltigers, seinen Drohungen Taten hat folgen lassen.«

Selma Bauer nickte nachdenklich und putzte gedankenverloren ihre Brille. »Durchaus möglich. Aber wie kann ich Ihnen jetzt helfen?«

»Zunächst einmal, indem Sie mir erklären, wie das grundsätzliche Prozedere beim Eingang von Leserbriefen ist. Dann interessiert mich natürlich, wo und wie die Briefe archiviert werden. Und ob es Zuschriften gibt, die gar nicht veröffentlicht werden, weil sie so drastisch formuliert sind, dass man sie unmöglich abdrucken kann.«

Selma Bauer hob abwehrend die Hände. »Das sind ja gleich mehrere Fragen auf einmal. Immer langsam mit den jungen

Pferden, Herr Kriminalrat! Ich schlage vor, wir stoßen erst einmal auf unser kleines Treffen an, und danach beantworte ich Ihre Fragen eine nach der anderen.«

Sie hob das Glas, und Madsen registrierte amüsiert, dass ihre Augen vor Tatendrang funkelten. Entweder war der Gedanke, der Polizei bei der Aufklärung eines Mordes zu helfen, so aufregend, oder seine Gesellschaft brachte die Hormone der guten Frau in Wallung. Die Tatsache, dass sie inzwischen den obersten Knopf ihrer weißen Spitzenbluse geöffnet hatte, sprach für Letzteres.

Nach einem weiteren Schluck Wein räusperte sich Selma Bauer und begann, Madsens Fragen zu beantworten.

»Grundsätzlich ist es bei Leserbriefen so, dass es eine Art Stammkundschaft gibt. Leute, die zu jedem Thema ihre Meinung kundtun. Allerdings sind deren Äußerungen eigentlich nie aggressiv oder bedrohlich. Die wollen einfach einer breiten Masse ihre ganz individuellen Ansichten zu bestimmten Themen präsentieren. Neben diesen Leuten gibt es aber auch eine ganze Menge Leser, die mit Hilfe eines Briefes ein echtes Anliegen artikulieren oder ihren Gefühlen Ausdruck verleihen wollen. Ich denke, denen kommt es weniger auf die Veröffentlichung an als vielmehr auf den Vorgang des Schreibens selbst. Für diese Menschen scheint es psychologisch eine große Hilfe zu sein, Gefühle, Wünsche oder Gedanken zu Papier zu bringen. Und dann gibt es noch eine dritte, zahlenmäßig wesentlich geringere Gruppe von Schreibern, aus deren Zeilen die blanke Not spricht. Menschen, die nicht mehr wissen, an wen sie sich mit ihren Problemen und existenziellen Ängsten wenden sollen. Das sind die Briefe, die mir trotz aller Erfahrung immer wieder zu schaffen machen.« Selma Bauer nippte an ihrem Wein und betrachtete nachdenklich die tiefrote Flüssigkeit. »Sie glauben ja gar nicht, mit welch extremen Auswüchsen der menschlichen Psyche ich zum Teil konfrontiert werde.«

»Und eben genau wegen dieser extremen Auswüchse bin ich hier!«, hakte Madsen sofort nach. »Um noch einmal auf unseren Fall und die Vergewaltigung zurückzukommen: Wenn ich Ihnen das Datum des Verbrechens beziehungsweise der Gerichtsverhandlung nenne, können Sie mir dann die seinerzeit dazu eingegangenen Leserbriefe zeigen?«

Sie warf Madsen einen bedauernden Blick zu. »Nein, das kann ich leider nicht! Nicht veröffentlichte Briefe werden nämlich nach drei Monaten weggeworfen. Können Sie sich vorstellen, welche Papierberge sich bei uns ansammeln würden, wenn wir jeden Brief der letzten Jahre archivieren würden?«

Madsen nickte verständnisvoll, während er seine nächste Frage formulierte.

»Da der Prozess gegen unser Mordopfer schon deutlich länger als drei Monate her ist, werden also keine Briefe mehr existieren, die sich auf die besagte Vergewaltigung oder den Prozess beziehen. Können Sie sich vielleicht dennoch erinnern, ob es damals irgendwelche Zusendungen gab, die extrem auffällig waren, die außergewöhnlich drastische Drohungen enthielten oder von der Formulierung her auf ganz besonders aggressive Personen hindeuteten?«

Selma Bauer schüttelte, ohne zu zögern, den Kopf. »Ich würde Ihnen wirklich gerne helfen, Herr Kriminalrat, aber gerade bei solchen Themen bekommen wir eine solche Flut von Meinungsäußerungen, dass die Erinnerung an einzelne Schreiben ein Ding der Unmöglichkeit ist.«

Madsen zuckte enttäuscht mit den Schultern, als ihm noch etwas einfiel. »Frau Bauer, eine wichtige Sache, die ich bisher noch gar nicht gefragt habe: Müssen die Leserbriefe eigentlich immer mit Absender versehen sein, oder veröffentlichen Sie auch anonyme Zuschriften?«

Selma Bauer winkte ab. »Nein, anonyme Briefe werden bei uns sofort aussortiert. Allerdings gibt es Fälle, bei denen wir zum Schutz der Einsender oder auf deren explizite Bitte hin auf eine Veröffentlichung des Namens verzichten.«

»Das heißt, wenn ich bei genauer Durchsicht der veröffentlichten Briefe etwas Interessantes finde, könnten Sie mir Name und Adresse des Verfassers nennen, richtig?«

Selma Bauer lächelte vielsagend. »Ja und nein! Ich kann Ihnen zwar den Namen des Verfassers nennen, aber die Richtigkeit dieses Namens und der postalischen Adresse nicht garantieren. Wir überprüfen zwar die im Brief aufgeführten Fakten, korrigieren orthografische Fehler und Rechtschreibung und checken, ob die Äußerungen mit den moralischen Grundsätzen unseres Hauses vereinbar sind, aber was wir nicht machen, ist, Name und Anschrift auf Korrektheit zu überprüfen. Erstens ist der daraus resultierende Arbeitsaufwand unverhältnismäßig groß, und zweitens sind wir ein Verlag – und nicht die Stasi!«

»Das ist absolut verständlich – aber für uns sehr bedauerlich!« Madsen lehnte sich auf dem Stuhl zurück und verschränkte enttäuscht die Arme. »Es wäre im Zuge der Ermittlungen natürlich äußerst hilfreich gewesen, wenn man im Falle eines auffälligen Briefes gleich den Verfasser hätte ausfindig machen können. Aber vermutlich finden wir angesichts Ihrer strengen Vorgaben für eine Veröffentlichung sowieso keine Äußerung, die so drohend oder provokant ist, dass sich eine weitere Nachforschung lohnt, oder?«

»Vermutlich nicht!«, bestätigte Selma Bauer. »Die wirklich drastischen verbalen Auswüchse finden Sie eh nur im Internet.«

Madsen wollte gerade dem Kellner winken und nach der Rechnung verlangen, verharrte aber mitten in der Bewegung und wandte sich mit gerunzelter Stirn seiner Gesprächspartnerin zu.

»Was meinen Sie mit ›verbalen Auswüchsen im Internet‹?«

»Nun, in den digitalen Foren oder Blogs äußern sich die Leute unter dem Deckmäntelchen der Anonymität oft wesentlich unkontrollierter, aggressiver und direkter. Es gibt zwar in der Regel eine Überwachung der Beiträge durch Systemadministratoren, aber die Schmerzgrenze liegt in diesem Medium deutlich höher als zum Beispiel bei einer gedruckten Tageszeitung. Vielleicht sollten Sie mal ein bisschen im Internet recherchieren. Dort werden die Beiträge übrigens oft auch wesentlich länger archiviert.«

Sie blickte auf die Uhr und erhob sich. »Ich muss leider wieder zurück – gleich ist Redaktionssitzung. Es war mir ein großes

Vergnügen, Herr Kriminalrat. Vielen Dank für die Einladung, auch wenn ich Ihnen zu meinem großen Bedauern nicht so helfen konnte, wie ich es gerne getan hätte.«

Madsen erhob sich ebenfalls und half ihr galant in die Jacke. »Ich bitte Sie, Frau Bauer! Sie haben mir sehr wohl geholfen. Erstens habe ich eine Menge Neues über den Beruf des Journalisten gelernt, und zum anderen ist Ihr Tipp mit den Internetforen Gold wert. Insofern war unser Gespräch also nicht nur sehr unterhaltsam, sondern darüber hinaus auch zielführend für meine Ermittlungen.«

Die Journalistin nickte Madsen erfreut zu und verließ das Café. Während er an der Theke die Rechnung beglich, warf sie ihm von draußen einen letzten, langen Blick zu und betrat das Verlagsgebäude. Madsen hätte schwören können, dass sie dabei ein ganz kleines bisschen schwankte.

***

Klee hatte beschlossen, seine Befragung potenzieller Zeugen in Andechs für eine kurze Pause zu unterbrechen. Das kleine, gemütliche Café zwischen Dorfbrunnen und Surf-Stadl schien ihm dafür wie geschaffen, und so saß er kurz darauf auf einem der von der Nachmittagssonne aufgewärmten Gartenstühle vor dem Lokal, nippte an seinem Kaffee und beobachtete, den Zigarettenqualm genussvoll inhalierend, die pilgerähnliche Anfahrt der auswärtigen Klostertouristen.

Plötzlich ertönte sein Name. Irritiert blickte er sich um und entdeckte Christa Brenner, die junge Architektin, die just in diesem Moment die stark befahrene Hauptstraße überquerte und direkt auf ihn zukam.

»Hey, das ist ja eine nette Überraschung! Sind Sie immer noch hier auf Mörderjagd?«

Klee stand auf und begrüßte sie per Handschlag. Nicht ganz unabsichtlich ließ er den Händedruck dabei etwas länger dauern als üblich, und auch Brenner schien keinerlei Bestreben zu verspüren, die Berührung vorzeitig zu beenden.

»Haben Sie es eilig, oder bleibt Zeit für eine gemeinsame Tasse Kaffee?«, erkundigte er sich.

»Sehr gerne!«, erwiderte Christa Brenner spontan, nahm neben Klee Platz und bekam wenige Augenblicke später vom aufmerksamen Kellner einen wohlriechenden Cappuccino serviert, dessen Oberfläche mit einem formvollendeten weißen Herzen verziert war.

Klee beobachtete lächelnd, wie Christa Brenner sich mit der Zungenspitze den Milchschaum von den Lippen leckte. Die körperliche Nähe zu der jungen Frau, die wärmende Sonne und der leichte Wind, der den Geruch des Sommers mit sich trug, versetzten ihn in eine Stimmung, die ihn allen dienstlichen Notwendigkeiten zum Trotz seinen eigentlichen Auftrag vorübergehend vergessen ließ. Über Gott und die Welt plaudernd, saßen beide fast eine ganze Stunde lang auf der Caféterrasse, und Klee lauschte fasziniert Christa Brenners unterhaltsamen Schilderungen, die immer wieder von einem glockenhellen, ansteckenden Lachen unterbrochen wurden. Selbst wenn sie über die chemischen Eigenschaften wasserloslicher Kuhlschmierstoffe in der spangebenden Metallindustrie gesprochen hätte – Klee hätte jedes Wort von ihr aufgesogen wie ein Schwamm. Diese Frau weckte Emotionen in ihm, deren Existenz ihm bis dato gänzlich unbekannt gewesen war. Galt sein erster Blick üblicherweise den körperlichen Proportionen seiner Gesprächspartnerinnen, waren es diesmal Brenners geheimnisvolle grüne Augen, die ihn faszinierten. Und überlegte er sonst in der Regel bereits nach den ersten Begrüßungsfloskeln, wie er den Verlauf der Konversation schnellstmöglich in sein Schlafzimmer verlagern konnte, schien ihm jede Minute, die er hier Brenners Stimme lauschen konnte, ein Geschenk des Himmels zu sein. Hätten ihn seine Freunde in diesem Zustand beobachten können, wären sie aus dem Staunen nicht mehr herausgekommen, und auch er selbst erkannte sich kaum wieder. Ob es ihm recht war oder nicht – er musste zugeben, dass er gerade dabei war, sich entgegen seinen sonstigen Prinzipien Hals über Kopf zu verlieben.

Ein tiefes Röhren weckte ihn aus seinen amourösen Gedanken. An der gegenüberliegenden Straßenkreuzung rollte ein anthrazitfarbener Porsche mit Starnberger Kennzeichen auf die Straße und bog mit einem satten Motorgeräusch Richtung Machtlfing ab.

»Wahnsinn!«, stöhnte Klee auf und vergaß für einen kurzen Augenblick sogar die Reize seiner Gesprächspartnerin. »Ein 911 Turbo S. Sechshundertfünfzig PS, dreihundertdreißig Kilometer pro Stunde Höchstgeschwindigkeit, von null auf hundert in weniger als drei Sekunden. Was für eine geile Karre!« Er schaute dem Wagen bewundernd nach. »Der kostet locker zweihunderttausend.«

»Zweihundertsiebenundzwanzigtausend in der Grundausstattung. Dazu Metalliclackierung, Designfelgen, Vollschalensitze, Sportfahrwerk, Keramikbremsen, Burmester-Anlage und ein paar andere kleine Nettigkeiten. Macht summa summarum etwas über zweihundertfünfzigtausend Euro.«

Klee starrte Christa Brenner völlig perplex an. »Woher wissen Sie das denn?«

Die junge Frau lachte. »Dürfen wir Mädels uns denn nicht auch mal für Autos interessieren? Außerdem gehört der Porsche meinem Chef, und der sagt immer: ›Nur Fliegen ist schöner!‹«

»Das glaube ich ihm unbesehen!«, murmelte Klee und überschlug in Gedanken kurz, wie viele Jahre er bei seinem aktuellen Salär arbeiten müsste, um sich einen solchen Renner leisten zu können. Das Ergebnis war nicht nur frustrierend – es war geradezu niederschmetternd.

»Ist Ihr Chef denn nicht sauer, wenn er uns immer noch hier sitzen sieht? Immerhin ist Ihre Pause vermutlich schon längst vorbei.«

Christa Brenner stand auf, wodurch Klee für einen kurzen Moment einen Blick auf ihre schlanken, aber muskulösen Oberschenkel werfen konnte.

»Nein, das ist kein Problem! Der Chef ist echt in Ordnung. Er verlangt zwar totalen Einsatz, wenn es richtig hoch hergeht, ist aber auf der anderen Seite auch sehr großzügig, wenn es etwas ruhiger ist. Aber Sie haben recht! So langsam sollte ich wirklich wieder zurück an den Schreibtisch.«

Auch Klee hatte sich inzwischen erhoben. »Ich muss mich auch auf den Weg machen. Hab völlig die Zeit vergessen, und mein Chef ist leider nicht ganz so tolerant wie Ihrer. Trotzdem war es mir ein großes Vergnügen, Frau Brenner.«

Er deutete eine Verbeugung an, und die Architektin lachte.

»So förmlich, Herr Kommissar? Und ich wollte gerade vorschlagen, ob wir das nächste Zusammentreffen nicht vielleicht mit Du statt mit Sie beginnen sollten.«

Klee bedachte sie mit einem schelmischen Grinsen. »Von mir aus sehr gerne! Aber gebietet es die Tradition jetzt nicht, sich zu küssen?«

Brenner lachte und streckte ihm abwehrend die Hände entgegen. »Einen Schritt nach dem anderen, Herr Kommissar – wir müssen uns doch noch steigern können. Also, ich heiße Christa.«

»Und ich bin der Udo.«

»Freut mich, Udo. Aber jetzt muss ich wirklich los! Einer muss im Büro ja Geld verdienen, damit der Chef sich sein Auto leisten kann.«

Mit diesen Worten eilte sie auf die andere Straßenseite.

Klee rief ihr hinterher, wann sie sich wiedersehen könnten, doch statt einer Antwort warf sie ihm eine Kusshand zu und lief wortlos weiter. Zurück blieb ein verwirrter Polizist, der sich nicht im Klaren darüber war, ob er sich über den verheißungsvollen Verlauf des Gesprächs freuen oder sich über das überstürzte Verschwinden dieser wunderbaren Frau ärgern sollte.

ACHT

Als Madsen den Konferenzraum der Polizeiinspektion Starnberg zur abendlichen Lagebesprechung betrat, musste er kurz lächeln. Bislang kannte er nur Klee und Zirngibl ohne Uniform, während er Johnny Brandl und Jo Kimmel in diesem Moment zum ersten Mal in Zivilklamotten sah.

Und die hätten unterschiedlicher nicht sein können.

Während Brandl ausgewaschene Jeans, ein weißes T-Shirt und darüber ein grob kariertes schwarz-rotes Baumfällerhemd aus Flanell trug, schien Kimmel eine ausgeprägte Schwäche für Rosa zu haben, denn die gesamte Kluft vom Turnschuh bis zum Haarband war pink. Madsens Erfahrung nach trugen sonst vornehmlich Mädchen, die in ihrer eigenen, in sich geschlossenen Gedankenwelt der festen Überzeugung waren, die Erde sei von liebenswerten Menschen und Einhörnern bewohnt, diese Farbe. Da Kimmel diese höchst naive Sicht der Dinge aber definitiv nicht zu attestieren war, verabschiedete er sich gedanklich von diesem Vorurteil und blickte sich stattdessen interessiert in der Runde seiner Kollegen um. Die meisten musterten ihn mit zufriedener Miene, was Madsen berechtigten Anlass zur Hoffnung gab, dass die Ermittlungen des Tages positiv verlaufen waren.

»Guten Abend, Kollegen!«, grüßte er in die Runde und nahm am Kopfende des Tisches Platz. »Euren fröhlichen Gesichtern nach zu urteilen, gibt es gute Neuigkeiten, oder?«

Die Anwesenden nickten zustimmend, worauf Madsen Zirngibl aufforderte, mit den Schilderungen ihres gemeinsamen Besuches bei Rufer zu beginnen. Der zog sein Smartphone aus der Tasche, scrollte zur entsprechenden Stelle und gab, zuerst mit Hilfe seiner digitalen Notizen, dann zunehmend freier, das Gespräch vom frühen Morgen wieder. Sein unprofessionelles Benehmen verschwieg er dabei geflissentlich, und auch Madsen sah keinerlei Anlass, Zirngibls Fehlverhalten in dieser Runde nochmals zu thematisieren. Er hatte ihm seine Kritik unter vier Augen mitgeteilt, Zirngibl hatte sich im Anschluss an das Gespräch bei ihm entschuldigt, und damit war die Sache für Madsen aus der Welt geschafft.

»Ich bin später dann noch mal in das Lokal beziehungsweise in die Dönerbude gefahren und habe mit dem Besitzer gesprochen. Er hat das Alibi von Rufer bestätigt.« Madsen nickte, als hätte er nichts anderes erwartet, doch Zirngibl war noch nicht fertig mit seinen Erläuterungen. »Allerdings nur zum Teil! Er kann sich mit Sicherheit erinnern, dass Rufer, wie behauptet, gegen sechs das Lokal betreten und mit seinen Freunden Karten gespielt hat. Dann hat sich die Kneipe aber gefüllt, und weil etliche Gäste was essen wollten und draußen am To-go-Fenster auch die Hölle los war, musste er in der Küche aushelfen. Rufer hat er erst dann wieder bewusst wahrgenommen, als der Großteil der Gäste das Lokal verlassen hatte. Das war gegen zwei Uhr morgens. Gegen sechs hat's dem Wirt dann gereicht, und er hat die ganze Truppe vor die Tür gesetzt. Für mich hat Rufer damit kein wasserdichtes Alibi! Er hätte irgendwann zwischen acht und zwei Uhr problemlos das Lokal verlassen und die Organe auf dem Dach platzieren können.«

Zirngibl legte seine Notizen zur Seite und warf Madsen einen provokanten Blick zu. Doch der blieb skeptisch.

»Professor Polt hat doch gesagt, dass der Todeszeitpunkt nur unwesentlich früher als das Ablegen der Organe auf der Kirche war. Das bedeutet, er hätte in dieser kurzen Zeitspanne Mohn töten, ausnehmen, seine Innereien verpacken, nach Andechs fahren und sie dort auf das Dach transportieren müssen. Dazu hätte die Zeit doch niemals gereicht!«

Aber Zirngibl zeigte sich keineswegs gewillt, seinen Verdacht gegenüber Rufer kampflos aufzugeben. »Der Tod trat laut Rechtsmedizin so ungefähr gegen dreiundzwanzig Uhr ein. Also hätte er bequem um acht oder neun von der Kneipe zu einem nahe gelegenen Versteck fahren können, wo er Mohn gefangen gehalten hat. Dort massakriert er ihn in aller Seelenruhe und fährt mit den Organen in einer Tasche nach Andechs – das dauert um diese Zeit eine gute Viertelstunde mit dem Auto!

Dann rauf aufs Dach mit dem Zeug, schnell wieder zurückfahren, Hände waschen, und als der Laden sich leert, sitzt er wieder fröhlich bechernd bei seinen Kumpels.«

Er blickte triumphierend in die Runde, und Madsen musste widerstrebend eingestehen, dass Zirngibls Schilderung des möglichen Tatvorganges nicht ganz von der Hand zu weisen war.

»Okay, einverstanden! Theoretisch hätte es so sein können! Ich schlage vor, Brandl und Klee fahren später noch mal zu diesem Lokal und schauen, ob sie Rufers Saufkumpane vorfinden. Falls ja, überprüft ihr seine Aussage! Falls nicht, besorgt ihr euch irgendwie Namen und Anschrift der Kerle. Wie, ist mir egal! Ich will spätestens morgen Mittag wissen, ob unser Verdächtiger nun die ganze Nacht in der Kneipe war oder nicht. Und zwar verlässlich!« Inzwischen war er an das Flipchart getreten, an dem noch die Aufzeichnungen vom Vortag hingen, und hatte hinter Rufers Namen ein großes Fragezeichen gemalt. Dann nahm er einen Stapel Papier vom Tisch und reichte ihn Kimmel. »Bitte mal durchgeben, Jo! Das sind einige ausgesuchte Zeitungsartikel und Leserbriefe zur Vergewaltigung von Jenny und dem Prozess gegen Mohn.«

Er berichtete dem Team von seiner Recherche bei dem Tageszeitungsverlag und von seinem Gespräch mit der Leserbriefredakteurin.

»Ich bin mir ziemlich sicher, dass unser Täter mediengeil ist. Er hätte sein Opfer einfach irgendwo in den See werfen oder in einem abgelegenen Waldstück verbuddeln können. Doch stattdessen arrangiert er dieses kleine Stillleben auf dem Dach einer Kirche. Der will doch, dass man darüber berichtet! Der möchte ein Zeichen setzen! Der Welt irgendwas vermitteln, daher auch die Symbolik mit dem Falken! Und es würde mich nicht wundern, wenn sich unser Mister X auch in der Vergangenheit schon mal zu Wort gemeldet hätte – deshalb das Durchforsten der Zeitungsartikel und der Leserbriefe. Auf Anraten der Zeitungsredakteurin haben wir uns auch noch mal auf das Internet gestürzt. Zirngibl war so nett, zusammen mit ein paar Kollegen dabei die Hauptarbeit zu übernehmen. Vielleicht können Sie kurz berichten, was Sie bis jetzt rausgefunden haben.«

Zirngibl zuckte bedauernd mit den Schultern. »Leider sind wir mit unserer Suche bei Weitem noch nicht so weit, wie ich erhofft hatte. Das dauert einfach, weil es so viele Foren gibt, die sich mit Vergewaltigungen, Gerichtsurteilen, Kindesmissbrauch oder Selbstjustiz beschäftigen. Allerdings fällt jetzt schon auf, dass sich die Leute im Netz unter dem Deckmantel der Anonymität tatsächlich wesentlich direkter und aggressiver äußern als in gedruckten Zeitungen.«

Klee unterbrach Zirngibl. »Du sagtest gerade ›Anonymität‹. Mal angenommen, du entdeckst was Interessantes – welche Möglichkeiten hätten wir denn dann überhaupt, den Verfasser dieses Textes ausfindig zu machen?«

»Tja, das ist in der Tat ein Problem!«, antwortete der junge Polizeiobermeister. »Grundsätzlich meldet sich natürlich jeder, der nicht völlig bescheuert ist, mit einem falschen Namen und einer Pseudo-E-Mail-Adresse an. Allerdings kann man mit ein bisschen technischem Wissen trotzdem seine IP-Adresse zurückverfolgen. Es sei denn – und jetzt kommt die entscheidende Einschränkung –, der Typ nutzt irgendeinen Anonymisierungsdienst, der das Schreiben von Logfiles verhindert. In diesem Fall kann man seinen Beitrag beziehungsweise seine Userdaten nicht nachverfolgen.«

»Bleiben Sie bitte trotzdem an dieser Sache dran, Zirngibl!«, bat Madsen. »Surfen Sie, bis Ihre Augen quadratisch werden! Irgendwo hat sich dieser Irre vielleicht schon mal zu Wort gemeldet. Achten Sie auf drastische Äußerungen und konkrete Drohungen, die in irgendeiner Form unserer Tat entsprechen!«

Als Nächstes war Polizeimeister Brandl an der Reihe. Er legte den Schokoriegel, an dem er gerade genüsslich gekaut hatte, mit einem wehmütigen Blick beiseite und rekapitulierte kurz und kompakt die Befragung potenzieller Zeugen in Andechs sowie den Besuch bei Mohns letztem Arbeitgeber, dem Betreiber des Tutzinger Hofs im Zentrum von Starnberg.

Als er in diesem Zusammenhang berichtete, dass sowohl Mohns Chef als auch seine Kollegen ihn als stillen, aber untadeligen Menschen beschrieben hatten, rief Klee erbost dazwischen: »Nur für den Fall, dass du jetzt planst, ihm einen Hochzeitsantrag zu machen, Johnny: Lies dir noch mal den ärztlichen Bericht von der Vergewaltigung durch! Diese miese kleine Ratte war alles, nur nicht untadelig!«

»Das ist mir doch auch klar!«, verteidigte sich Brandl vehement. »Aber ich frage mich, ob Mohn sich wirklich so überzeugend verstellen konnte. Vielleicht hatte er sich durch den Gefängnisaufenthalt ja tatsächlich geändert!«

»Das ist für uns letztendlich völlig unerheblich, Brandl!«, mischte sich Madsen ein. »Wichtig ist nur die Erkenntnis, dass er in letzter Zeit offensichtlich keinerlei Streitigkeiten oder Auseinandersetzungen hatte. Daher spricht alles dafür, dass der Grund für den Mord in der Vergangenheit – sprich: in der Vergewaltigung – zu suchen ist. Brandl, ich möchte trotzdem, dass Sie sich morgen noch mal die direkte Nachbarschaft von Mohn vorknöpfen! Vielleicht gibt es ja jemanden, der irgendwas oder irgendwen beobachtet hat. Immerhin war Mohn ein Mensch – und kein Phantom!«

Ohne Brandls Antwort abzuwarten, wandte sich Madsen an Klee. »Udo, wo du gerade so schön in Fahrt bist: Was hast du heute rausgefunden? Warst du zusammen mit Jo unterwegs?«

Der Kommissar schüttelte den Kopf. »Nein, Jo war wieder mit dem Kollegen Wolfangel auf Achse. Sie wird gleich selbst erzählen, was dabei rumgekommen ist, oder?« Er warf einen kurzen Blick auf Kimmel, die zustimmend nickte. »Ich habe wie besprochen die Fotos von dem Zeppelinunternehmen angefordert und geprüft«, fuhr Klee indes fort. »Da ist aber nichts drauf zu sehen – was ja auch irgendwie logisch ist, wenn der Täter erst nachts aktiv geworden ist. Dann habe ich unter anderem noch mal mit der Anwohnerin gesprochen, die so betont auf die Geschäftsreise ihres Mannes hingewiesen hat. Und das ist deutlich interessanter. Der Kerl heißt Karl Runge, und sein Alibi ist mehr als zweifelhaft, denn er ist arbeitslos und kann demnach überhaupt nicht auf Geschäftsreise gewesen sein. Außerdem verbüßt er gerade eine Bewährungsstrafe wegen Körperverletzung, hat mit ziemlicher Sicherheit seiner Frau ein blaues Auge verpasst, kennt sich als geborener Andechser in der Gegend bestens aus und ist momentan nicht auffindbar. Angeblich weiß auch seine Frau nicht, wo er sich befindet. Sie will mir zwar Bescheid geben, sobald er sich bei ihr meldet oder heimkommt – aber ich bezweifle das. Sie wirkte nicht sonderlich kooperativ auf mich. Vielleicht weil sie Angst vor ihrem Mann hat. Ich habe auf jeden Fall mal ein Foto von Karl Runge an die Kollegen, die zurzeit in Andechs die Zeugen befragen, geschickt. Sobald er auftaucht, schnappen wir ihn uns und befragen ihn. Für eine offizielle Fahndung reicht der Sachverhalt vermutlich noch nicht aus, oder?«

Madsen kratzte sich nachdenklich am Kinn. »Wenn er seine Auflagen nicht verletzt hat, bisher keine Termine mit dem Bewährungshelfer hat ausfallen lassen und wir keine weiteren, handfesten Hinweise auf eine mögliche Täterschaft finden, vermutlich nicht. Wir sollten aber schnellstmöglich klären, ob er Mohn kannte oder irgendwie mit ihm in Verbindung stand. Zeig doch seiner Frau bitte mal ein Foto von Mohn – vielleicht kommt ihr sein Gesicht ja irgendwie bekannt vor!«

Klee nickte.

Währenddessen sprach Madsen Jo Kimmel an. »Und nun zu dir, Jo! Wie war dein Tag?«

Das jüngste Mitglied im Team schaute sich unsicher um, wurde aber, bedingt durch Madsens aufmunterndes Zunicken, während ihrer Ausführungen zunehmend selbstsicherer.

»Na ja, Kollege Wolfangel und ich hatten zunächst Pech. Der Camper, der am Vorabend des Leichenfundes was gesehen haben will, war heute Morgen schon on the road. Aber weil wir am Vortag in weiser Voraussicht seine Daten aufgenommen hatten, konnten wir ihn nach etlichen Versuchen per Handy erreichen. Viel Neues ist dabei aber nicht rausgekommen. Er hat seine Aussage von gestern fast wörtlich wiederholt. Er glaubt, jemanden mit einem Sack auf dem Rücken auf dem Dach gesehen zu haben, kann ihn aber weder beschreiben noch eine genaue Uhrzeit nennen. Ich fürchte, wir müssen die Sache realistisch sehen! Der Camper ist nicht mehr der Jüngste, leidet unter grauem Star und hatte an dem Abend Alkohol getrunken. Ein perfekter Zeuge – allerdings nur für die Verteidigung!«

Madsen nickte resigniert. »Wahrscheinlich hast du recht! Das bringt uns wirklich nicht weiter. Gibt es sonst noch was an neuen Erkenntnissen?«

Kimmel nickte. »Zusammen mit Polizeihauptmeister Wolfangel habe ich bei der Befragung der Anwohner in Andechs mitgeholfen. Zuerst ergebnislos. Aber dann kam der Hammer!«

Ihre Kollegen blickten überrascht auf, und selbst der sonst oft so lethargisch agierende Brandl wirkte plötzlich höchst konzentriert.

»Es gibt in der direkten Nachbarschaft des Klosters einen freiberuflichen DTP-Operator, der häufig nachts arbeitet.«

»Das ist kein Hammer – das tun wir auch!«, brummte Klee, doch Madsen bedeutete ihm ungehalten zu schweigen.

»Und dieser Mann hat in der Tatnacht Aufnahmen vom Kirchturm gemacht!«

»Er hat was …?« Diesmal war es Madsen selbst, der die Ausfuhrungen der jungen Polizistin unterbrach. »Warum zum Henker fotografiert denn jemand nachts den Kirchturm?«

»Weil er bereits eine ganze Serie von Aufnahmen hat und daraus irgendwann mal ein Gesamtkunstwerk machen möchte. Und weil in der besagten Nacht der Vollmond so mystisch schien, hat dieser Typ eben Fotos gemacht. Und auf einem dieser Fotos …«

»… ist der Täter zu sehen?«, komplettierte Madsen den Satz fragend.

Kimmel schaute ihn triumphierend an. »Genau! Natürlich nur schemenhaft und im Gegenlicht, aber doch so, dass man zumindest seine Statur und ansatzweise auch seine Kleidung erkennen kann.«

Sie legte den Farbausdruck auf den Tisch, und das gesamte Team stürzte sich darauf wie eine Horde chinesischer Investoren auf jedes Unternehmen, das mehr als einen zweistelligen Umsatz im schwarzen Bereich vorweisen konnte.

»Unglaublich!«, staunte Brandl und starrte auf das Bild. »Ein In-flagranti-Foto vom Täter! Das habe ich in über zwanzig Jahren Polizeiarbeit auch noch nie erlebt. Jo, du bist ’ne echte Granate!«

Kimmel errötete vor Stolz. »Das ist nett, Johnny! Aber ich hab das Foto ja nicht gemacht! Der Dank gebührt diesem DTP-Operator!«

»Aber ihr habt ihn ausfindig gemacht!« Madsen nickte ihr anerkennend zu. »Jo, ich hab ein gutes Gefühl, was deine Karriere angeht. Aber auch ein dickes Kompliment an euch alle. Versucht, mit dem gleichen Schwung morgen weiterzumachen! Jeder weiß, was er zu tun hat. Hoffentlich bekommen wir bald die Ergebnisse von Mohns Wohnungsuntersuchung aus der KTU. Vielleicht können die ja nachweisen, dass sich dort jemand Fremdes, im Idealfall natürlich Rufer, aufgehalten hat. Außerdem dürfen wir nicht vergessen zu prüfen, ob Rufer auf den Tatortfotos an der Absperrung zu sehen ist. Wenn wir noch ein paar belastbare Hinweise auf seine Täterschaft finden, sollte eine richterliche Genehmigung zur Hausdurchsuchung eigentlich kein Problem mehr sein.«

Er packte seine Unterlagen zusammen und deutete auf die Tür.

»So, Schluss für heute! Jo und Udo, fahrt heim und geht schlafen, damit ihr morgen wieder fit seid! Zirngibl und Brandl, Sie fahren bitte bei dieser Kneipe vorbei, in der Rufer in der Tatnacht war, und suchen nach seinen Saufkumpanen – das Bier geht auf mich! Und ich arbeite mich währenddessen in meinem Büro noch durch die Leserbriefe und die ersten Internetausdrucke. Ich schlage vor, wir machen keinen fixen Termin für unsere nächste Besprechung aus, sondern entscheiden morgen spontan, wann wir uns wieder zusammensetzen.« Er legte die Hand an die Stirn und deutete einen militärischen Gruß an. »Und jetzt: Kompanie, wegtreten!«

Es war bereits kurz vor Mitternacht. Madsen saß noch immer an seinem Schreibtisch und sichtete das von Zirngibl gesammelte Material, das aus Berichten über Sexualstraftaten und den entsprechenden öffentlichen Reaktionen darauf bestand. Schockierende Taten, unverständliche Gerichtsurteile und mitunter erschreckend drastische Äußerungen des Volksmundes – die Lektüre erwies sich als ein wahres Lehrstück über Moral und Ethik des deutschen Volkes. Und eine, deren emotionale Intensität ihn psychisch wie physisch erschöpfte.

Müde rieb er sich die Augen, trank den inzwischen zimmerwarmen und abgestandenen Rest einer Cola und kramte in seiner Schreibtischschublade nach Zigaretten. Natürlich herrschte in der gesamten Starnberger Polizeiinspektion wie in sämtlichen öffentlichen Gebäuden striktes Rauchverbot, aber an Abenden wie diesem, wo deprimierende Ermittlungsinhalte und zunehmende Müdigkeit Hand in Hand gingen, war das Bedürfnis nach der belebenden Wirkung des Nikotins unwiderstehlich. Und außerdem war er – von den Streifenbeamten der Nachtschicht einmal abgesehen – ganz allein in der Inspektion. Mit einem wohligen Seufzen zündete er sich eine American Spirit an, legte den Kopf in den Nacken und schloss für einen kurzen Moment die Augen, während er den Zigarettenqualm in kleinen Kreisen zur Decke blies.

Ein energisches Klopfen riss ihn aus seinen Gedanken. Er schaute irritiert auf die Uhr, und bevor er Gelegenheit hatte, seine Zigarette verschwinden zu lassen und »Herein!« zu rufen, wurde die Tür schwungvoll geöffnet, und Lissy Berghammer betrat das Zimmer.

»Mhmm, Zigarettenqualm!«, bemerkte sie schnuppernd. »Das bedeutet, der Herr Kriminalrat wälzt Probleme.«

»Das ist ja eine angenehme Überraschung!« Madsen stand auf und gab seiner Freundin einen herzhaften Kuss.

Sie trug einen einteiligen, metallisch schimmernden Hosenanzug, der ihre langen Beine bestens zur Geltung brachte, und knallrote Schuhe mit einem aus orthopädischer Sicht besorgniserregend hohen Absatz. Ihre blonde Lockenpracht fiel offen über die Schultern, und der wenige Schmuck, den sie trug, war dezent und edel. Madsen hegte keinerlei Zweifel, dass – bei welcher gesellschaftlichen Veranstaltung auch immer sie sich aufgehalten haben mochte – einem Großteil der anwesenden Herren der Seiber die botoxgeschwängerten Mundwinkel hinuntergelaufen war.

»Was machst du denn hier? Vor allem um diese Zeit?«

»Ich war bis gerade auf einer Vernissage.« Lissy schüttelte sich angewidert. »Was für ein gruseliges Gekritzel! Hier meint echt jede Millionärsgattin, sie sei zur ultimativen Künstlerin geboren – dabei hätte jeder Pavian mehr Talent. Aber was soll ich machen? Ihr Ehemann ist einer meiner besten Kunden, also musste ich dorthin und so tun, als gefalle mir das Farbtourette. Zum Glück waren wenigstens die Kanapees lecker!«

Sie warf einen Blick auf Madsens Schreibtisch, nahm das oberste Blatt Papier und überflog die Überschrift.

»Stieftochter zu Tode geprügelt – viereinhalb Jahre Haft! Na bravo! Gab's keine angenehmere Gute-Nacht-Lektüre?«

Madsen schüttelte den Kopf und schob ihr einen Stuhl hin. Er selbst lehnte sich mit verschränkten Armen an den Schreibtisch.

»Leider nicht! Lies mal weiter, was in dem Artikel steht, und sag mir dann deine Meinung dazu!«

Lissy tat wie ihr geheißen und las laut den Inhalt der Zeitungsmeldung vor.

»Der zweiundvierzigjährige Buchhändler Herbert R. wurde vom Amtsgericht Starnberg nach dreiwöchiger Verhandlung wegen Körperverletzung mit Todesfolge zu viereinhalb Jahren Haft verurteilt. Er hatte Ende vergangenen Jahres seine achtjährige Stieftochter mit einem Faustschlag ins Gesicht so schwer verletzt, dass diese ins Koma fiel und einige Tage später an den Folgen einer Hirnblutung verstarb. Der Richter bezeichnete den Angeklagten als Menschen mit zwei Gesichtern. Auf der einen Seite charmant und aufmerksam, aber andererseits auch jähzornig

und aufbrausend. Da Herbert R. bereits mehrfach wegen gefährlicher Körperverletzung vorbestraft war, sei eine solche Tat eigentlich vorgezeichnet gewesen, so der Richter in seiner Urteilsbegründung. Ausschlaggebend für das milde Strafmaß war die Tatsache, dass der Täter selbst den Notarzt verständigt hatte. Außerdem wurden eine extrem starke Alkoholisierung von knapp drei Promille und eine ärztlich attestierte Depression strafmildernd berücksichtigt.«

Lissy wedelte aufgebracht mit dem Papier. »Verdammt, wofür schnappt ihr die Typen eigentlich, wenn das Gericht sie nach ein paar Monaten wieder auf die Menschheit loslässt? Die werden doch unter Garantie wieder rückfällig. Denen sollte man die Hände abhacken wie in der Scharia. Oder ihnen das Gleiche antun, was ihre Opfer erleiden mussten.«

Madsen applaudierte ironisch. »Herzlichen Glückwunsch, mein Schatz! Damit hast du dich auf meiner Liste der Verdächtigen gerade auf die Poleposition katapultiert – genau solche Aussagen suche ich hier nämlich seit Stunden!«

Lissy runzelte irritiert die Stirn und senkte anschließend schuldbewusst den Blick.

»Sorry!«, murmelte sie zerknirscht. »Das war natürlich ein ziemlich dämlicher Kommentar von mir. Aber wenn ich so was lese, geht mir echt der Hut hoch! Wer sich, egal ob sexuell oder mit körperlicher Gewalt, an Schwächeren vergreift, gehört entsprechend bestraft – und ich spreche dabei nicht von ein paar Monaten Erholungsurlaub in einer luxuriösen Einzelzelle mit Fernseher und Dolby-Surround-Anlage.«

»Ich versteh deinen Standpunkt völlig«, stimmte Madsen zu. »Und du stehst mit deiner Meinung weiß Gott nicht alleine da. Glaubst du, mir macht es Spaß, wenn ein Festgenommener mich hämisch angrinst und mir feixend erklärt, dass er sowieso in ein paar Wochen wieder draußen ist? Trotzdem haben wir ein rechtsstaatliches System, bei dem es nun mal feste Gesetze gibt! Gesetze, die wir zu respektieren haben, ob es uns gefällt oder nicht. Und Leute, die diese Gesetze in die eigene Hand nehmen, müssen wir stoppen. Wo kämen wir denn da sonst hin? Und vor allem: Wo ist die Grenze? Wir beide regen uns – wie wir finden, natürlich zu Recht – über Gewalt gegen Kinder auf. Der Nächste empört sich vielleicht mehr über Diebstahl und fordert entsprechende Vergeltung. Ein Dritter will, dass man wegen Beleidigung strenger bestraft wird. Und irgendwann ist es dann so, dass man ausgepeitscht wird, wenn man im Parkverbot steht. Das ist jetzt natürlich sehr extrem und übertrieben gedacht, aber verstehst du, worauf ich hinauswill? Ich habe einen Mordfall zu klären, bei dem jemand einem vorbestraften Vergewaltiger bei lebendigem Leib den Bauch aufgeschlitzt und seine Organe rausgeschnitten hat. Möchtest du wirklich, dass so eine Art von Selbstjustiz Schule macht?«

Madsen war aufgesprungen und während seines Vortrags erregt im Zimmer auf und ab marschiert, während Lissy betreten auf die glänzenden Spitzen ihrer High Heels schaute.

»Ach komm, Mads! Du weißt genau, dass ich das nicht so gemeint habe! Selbstverständlich ist Selbstjustiz keine Alternative! Ich meinte nur, dass ich solche richterlichen Begründungen einfach nicht nachvollziehen kann. Stell dir mal vor, du hättest eine Tochter und die würde von einem Serientäter vergewaltigt, der auf freiem Fuß ist. Und zwar deshalb, weil ein Richter der Meinung war, der arme Kerl sei doch nur ein bisschen depressiv veranlagt. Was dann? Dann möchte ich dich aber mal sehen! Du wärst doch garantiert der Erste, der den Kerl in eine dunkle Hofeinfahrt zieht und mit seinen Genitalien in der Hand wieder rauskommt, oder etwa nicht?«

Madsen ließ sich auf seinen Stuhl fallen und griff angespannt nach einer neuen Zigarette.

»Kann sein – aber das ist rein hypothetisch und jetzt auch nicht das Thema! Es geht vielmehr darum, dass bei unserem aktuellen Fall im Anschluss an das verhältnismäßig milde Gerichtsurteil gegen einen Vergewaltiger etliche Leute in Leserbriefen und Internetforen sehr drastisch ihre Meinung dazu geäußert haben, und ich bin jetzt auf der Suche nach möglichen

Drohungen oder Gewaltphantasien, die mit der Durchführung unserer Tat übereinstimmen.«

Lissy stand auf, trat ans Fenster und schaute nachdenklich in den nachtschwarzen Himmel. »Ich weiß nicht, ob du dich da nicht in etwas verrennst, Mads. Immerhin habe auch ich gerade, wie du selbst festgestellt hast, in der ersten Erregung etwas überreagiert. Trotzdem würde ich in der Realität aber niemals etwas so Abartiges wie dieser Mörder veranstalten.« Sie legte nachdenklich den Finger auf den Mund. »Aber mal angenommen, deine Theorie stimmt: Vielleicht sind es in diesem Fall gar nicht die offensichtlichen Drohungen, die wirklich relevant sind. Du weißt doch: Hunde, die bellen, beißen nicht! Hast du schon mal daran gedacht, stattdessen nach unauffälligeren, subtileren Formulierungen zu schauen? Du weißt schon: der Pate!« Sie senkte die Stimme und krächzte heiser: »Ich werde ihm ein Angebot machen, das er nicht ablehnen kann. Und keinen Tag später lag derjenige dann mit einem Betonblock an den Füßen auf dem Grund des Hudson Rivers. Was ich damit sagen will: Am gefährlichsten sind oft nicht die laut krakeelenden Proleten, sondern der eiskalte, beherrschte Intellektuelle. Beispiele dafür gibt's genug – denk doch nur mal an die schlimmsten Verbrecher während des Nationalsozialismus!«

Madsen klopfte grübelnd mit seinem Druckbleistift auf ein Blatt Papier. »Das ist vielleicht gar keine schlechte Idee, mein Schatz! Immerhin sind wir uns alle relativ sicher, dass unser Täter ein gebildeter Mensch ist.«

Lissy trat hinter Madsen, legte ihm die Arme um den Hals und warf dabei einen Blick auf ihre Uhr. »Stets zu Diensten, Herr Kriminalrat! Jetzt muss ich aber los! Ich bin todmüde und habe morgen um kurz nach sieben schon wieder den ersten Termin. Willst du nicht mitkommen? Bei allem Respekt – aber du siehst aus wie ein Gespenst. Ein bisschen Schlaf täte dir gut!«

Madsen drückte Lissy einen zärtlichen Kuss auf jeden Arm, bevor er aufstand und mit den Händen wedelte, als müsse er eine Schar Hühner aus dem Zimmer scheuchen.

»Danke für das Kompliment! Ich würde ja gerne mitkommen, aber das geht leider nicht. Ich hab noch ’ne Menge zu tun, denn dank deines Ratschlages kann ich jetzt alle Briefe wieder von vorne durchgehen.«

Lissy zuckte bedauernd mit den Schultern und ging zur Tür. Kurz bevor sie das Zimmer verließ, drehte sie sich jedoch noch einmal um. »Ich weiß, dass du es nicht hören willst, Mads. Aber diese paar Sätze mit mir haben dich jetzt schon auf eine neue Idee gebracht – und das, obwohl ich absoluter kriminalistischer Laie bin. Was meinst du, wie gut dir ein Austausch mit Max täte?«

Madsen schloss kurz die Augen. Er wusste, dass Lissy recht hatte. Das, was Zirngibl und seine Kollegen im Laufe des gesamten Tages aus dem Web zusammenrecherchiert hatten, hätte sein Partner Max von Werdenfels vermutlich allein innerhalb einer Stunde zutage gefördert. Und Max hätte in der aktuellen Situation auch sicherlich nicht wie Klee nach der Besprechung dankend Feierabend gemacht, sondern hätte Madsen bei seiner Nachtschicht Gesellschaft geleistet.

»Lissy, ich weiß, dass du es nur gut mit mir meinst. Aber Max ist nicht hier und hat deshalb auch nichts mit diesem Fall zu tun. Ich freue mich natürlich, wenn er wieder zurück ist, und ich gebe dir recht, dass er mir jetzt vermutlich sehr helfen würde, aber ›hätte‹, ›wäre‹ oder ›wenn‹ bringt mich jetzt nun mal nicht weiter.« Madsen wandte sich wieder seinen Unterlagen zu, hob aber dann noch einmal kurz den Kopf. »Und komm bitte jetzt bloß nicht auf den Gedanken, Max anzurufen. Hörst du …?« Madsen blickte sie eindringlich an. »Ich möchte, dass du mir versprichst, dass du Max nicht anrufst!«

»Ich werde Max nicht anrufen. Großes Maklerehrenwort!«, erwiderte Lissy und hob beide Hände zum Schwur.

Anschließend drehte sie sich um und verließ Madsens Büro. Kurz darauf war noch das langsam verebbende Geräusch von Stilettoabsätzen auf Granittreppen zu vernehmen.

Die nächsten zwei Stunden verbrachte Madsen damit, die bisher bearbeiteten Unterlagen nochmals hinsichtlich der von Lissy angesprochenen feinsinnigeren Tonalität zu überprüfen, doch trotz mehrfachen intensiven Lesens empfand er keinen der moderaten Texte als verdächtig oder unterschwellig bedrohlich. Als er merkte, dass seine Konzentrationsfähigkeit rapide nachließ – was angesichts der Uhrzeit nur allzu verständlich erschien –, rollte er den Kopf ein paarmal im Nacken hin und her, ohne dass sich dadurch der immer stärker werdende Kopfschmerz reduzierte, und begab sich schließlich zum wiederholten Mal zum Getränkeautomaten, um eine weitere Cola zu ziehen.

Während er vor dem antiquierten Gerät stand und auf den Auswurf der Flasche wartete, schoss ihm plötzlich wie aus heiterem Himmel ein Gedanke durch den Kopf. Eine Erinnerung an ein kürzlich geführtes Gespräch. Er verharrte wie elektrisiert.

Dann riss er das Getränk aus dem Automaten und rannte wie von einem Rudel Wölfe gejagt zurück in sein Büro, wo er hektisch nach dem Buch wühlte, das der Falkner ihm geschenkt hatte und das bisher – begraben unter einer Unmenge von Papier und Akten – unbeachtet auf seinem Schreibtisch gelegen hatte.

Als er das Nachschlagewerk endlich in den Händen hielt, blätterte Madsen hastig zu der Seite, auf der die einzelnen Falkenarten mit ihren lateinischen Fachbezeichnungen aufgeführt waren, und fuhr mit dem Finger ungeduldig die Namen ab. Mit der anderen Hand durchwühlte er gleichzeitig seine Aufzeichnungen, wobei er die nicht benötigten Blätter achtlos hinter sich auf den Boden warf.

Als er fand, was er gesucht hatte, riss er triumphierend die Arme in die Höhe.

NEUN

Sein Handeln war keine Bestrafung im eigentlichen Sinne. Bestrafung war etwas für Eltern, die ein ungezogenes Kind zu maßregeln beabsichtigten. Oder für Lehrer, die einen aufsässigen Schüler zum Gehorsam erziehen wollten. Eine profane, spießbürgerliche Maßnahme, deren einziger Nutzen in dem kurzfristigen Erhalt von Disziplin und Gehorsam bestand.

Doch Zucht und Moral geduldig in winzig kleinen Schritten durchsetzen zu wollen, war etwas für Phantasten. Für antiautoritäre, sozial gesinnte Weltverbesserer. Er dagegen genoss das Privileg der Erkenntnis, dass die Natur niemals sozial war. Sie war auch nicht milde oder großmütig, sondern gnadenlos und brutal.

So wie er.

Seine Opfer hatten durch ihr asoziales Verhalten jedes Recht auf Gnade verwirkt, und weil sie die Gesetze der Natur gebrochen hatten, war es nur folgerichtig, sie nun auch nach diesen zu richten. Ihr Jammern langweilte ihn, und ihr devotes Winseln machte ihn wütend. Bettelte etwa die Beute um Gnade, wenn sich die Krallen des Greifvogels mit tödlicher Kraft in ihr Genick bohrten? Er empfand es als Beleidigung seiner Intelligenz, wenn sie ernsthaft in Betracht zogen, er würde seine Mission abbrechen, nur weil sie heulten und flehten wie kleine Kinder. Verstanden diese Menschen denn nicht, dass seine Taten den Fortbestand ihrer eigenen Population sicherstellten? Dass ihr Ausmerzen eine natürliche Regulation zum Wohle ihrer eigenen Rasse darstellte? Warum honorierten sie nicht das außerordentliche Privileg, Mitwirkende bei der Schaffung einer neuen, besseren Welt sein zu dürfen?

Einer Welt, die deshalb besser war, weil er das Böse aus ihr entfernte wie ein Arzt den Tumor aus dem Körper eines Krebspatienten.

Sein Atem beruhigte sich, sein Blick wurde entschlossen. Als das scharfe Messer die Haut durchtrennte, zuckte sein Opfer unkontrolliert und schnaufte panisch unter dem Knebel nach Luft. Er führte die scharfe Klinge mit einer virtuosen Mischung aus Kraft und Gefühl, und als das Metall den knöchernen Brustkorb erreichte, erhöhte er den Druck behutsam und beobachtete fasziniert, wie sich der vor ihm liegende Körper aufgrund des plötzlichen Wegfalls thorakaler Einschränkung öffnete und sein Inneres auf nahezu detonative Art und Weise preisgab. Sich die Blutspritzer aus dem Gesicht wischend, betrachtete er mit kindlichem Interesse das frei liegende, rasend schnell pochende Herz. Auch wenn er kein Kardiologe war, vermochte er dennoch zu beurteilen, dass ein Puls in dieser Höhe lebensgefährlich war – auch wenn der beschleunigte Herzschlag seines Opfers in diesem Moment zweifellos dessen geringstes Problem darstellen dürfte.

Er blickte dem Mann ins Gesicht und betrachtete dessen hysterische Mimik völlig emotionslos. Die ehemals brutalen Gesichtszüge waren zu einer jämmerlichen Fratze des Schmerzes mutiert, die kalten Augen standen voller Tränen, und der Blick bettelte still um Gnade, während die Wangenmuskulatur hektisch arbeitete, um sich des Knebels in seinem Mund zu entledigen.

Mit der rechten Hand strich er dem muskulösen Mann über den verschwitzten Haaransatz – eine fast liebevolle Geste, die dem Opfer einen Hauch von Hoffnung vermittelt hätte, wenn die andere Hand nicht im selben Moment die Klinge tief in seine Bauchhöhle gedrückt hätte. Eine Blutfontäne spritzte über den sich aufbäumenden Körper, verteilte sich in abstrakten Mustern auf der nackten Haut und lief in breiten Rinnsalen auf den Boden, wo der rote Lebenssaft durch die schmalen Ritzen im rissigen Beton versickerte, um sich mit der darunterliegenden Erde zum immerwährenden Kreislauf der Natur zu vereinen.

Für ihn war das eine wunderbare Metapher des Lebens. Und er war derjenige, der diesen Prozess in Gang setzte, ihn durchführte, ihn kontrollierte. Kein Mensch konnte seiner Kraft, seinem Geschick und seiner Intelligenz widerstehen.

Niemand konnte ihn stoppen.
Er war frei wie ein Vogel.
Er war der Falke.

***

Madsen fühlte sich wie erschlagen. Die wenigen Stunden Nachtruhe hatten nicht ansatzweise ausgereicht, um seinen Schlafbedarf zu decken. Mit bleischweren Augenlidern und dem Gefühl völliger Kraftlosigkeit quälte er sich aus dem Bett und fühlte sich erst wieder vitaler, nachdem er bei der anschließenden Dusche den Wassertemperaturregler mehrmals beidseitig bis zum Anschlag gedreht hatte. Mit hummerroter Haut, aber ausreichend aktiviertem Kreislauf aß er im Stehen schnell ein paar Löffel Müsli, um seine tägliche Tablettendosis nicht auf nüchternen Magen nehmen zu müssen. Der jahrelange exorbitante Konsum von Kopfschmerztabletten hatte seine Nieren empfindlich angegriffen, und so war er gezwungen, die Nebenwirkungen des einen Medikaments mit der Einnahme eines anderen zu bekämpfen. Ein medizinisches Perpetuum mobile, dem er sich nicht zu entziehen vermochte, denn bereits jetzt deutete der stechende Schmerz in seinen Schläfen darauf hin, dass die Hauptmahlzeit des heutigen Tages wie so oft aus einer Handvoll Ibuprofen 800 bestehen würde.

Nach einer kurzen Verabschiedung von Lissy, die ihr Tagwerk aufgrund eines Besichtigungstermins ebenfalls sehr früh in Angriff nahm, fuhr Madsen mit seiner Harley zur Polizeiinspektion im Ortszentrum. Die frische, nebelfeuchte Morgenluft übte eine belebende Wirkung auf ihn aus, und so fühlte er sich merklich besser, als er die Münchner Straße erreichte und durch das große Metalltor auf den Inspektionsparkplatz einbog. Er eilte, jeweils zwei Stufen auf einmal nehmend, die Treppen zu seinem Büro hoch, und noch mit Jacke und Helm bekleidet griff er zum Telefon und orderte mit höchster Dringlichkeit einen Beamten vom Streifendienst in sein Büro.

Während er auf den Kollegen wartete, stellte er sich ans geöffnete Fenster und beobachtete den morgendlichen Berufsverkehr, der um diese Zeit definitiv zu viele Autos für zu wenig Straße aufwies. Dabei ließ er die Entdeckung der Nacht noch einmal gedanklich Revue passieren.

Der Geistesblitz hatte ihn wie aus heiterem Himmel am Getränkeautomaten ereilt. Es war dieser typische, nie planbare Moment gewesen, in dem sich schlagartig alles verdichtet hatte. Ein zerebraler Funke, der eine Assoziationskette in Gang gesetzt und an deren Ende sich eine elektrisierende Idee manifestiert hatte. Was wäre, wenn er die oft zitierte Nadel im völlig falschen Heuhaufen gesucht hätte? Was wäre, wenn entgegen seiner ersten Vermutung gar nicht die Inhalte der Leserbriefe und der Mails, sondern deren Absender das entscheidende Kriterium seiner Suche darstellen sollte? Im selben Augenblick war ihm ein Name durch den Kopf geschossen, mit dem einer der Leserbriefe unterschrieben war. Wie von der Tarantel gestochen, war er daraufhin zurück an seinen Schreibtisch gerannt und hatte den entsprechenden Absendernamen mit den lateinischen Fachbegriffen im Glossar des Falkenbuchs verglichen.

Und die Übereinstimmung war in der Tat mehr als offensichtlich.

Falk O. Tinnun nannte sich der Verfasser einer der Leserbriefe – und »Falco tinnunculus« war laut Fachbuch die lateinische Bezeichnung für den Turmfalken. Eine solche Ähnlichkeit eines fiktiven Absendernamens mit dem wissenschaftlichen Namen eines Greifvogels konnte definitiv kein Zufall sein!

Adrenalin war durch Madsens Körper geschossen, und jedwede Müdigkeit war von einem Moment auf den anderen wie weggeblasen gewesen. Sein erster Gedanke war, das Team sofort über diese spektakuläre Entdeckung zu informieren, doch ein Blick auf die Uhr hatte ihn – wenn auch höchst widerstrebend – dazu veranlasst, von dieser Idee Abstand zu nehmen und den Biorhythmus seiner Mitarbeiter zu respektieren. Stattdessen hatte er den gedanklichen Faden mit hinter dem Kopf verschränkten Armen allein weitergesponnen.

Der Leserbrief, dessen Inhalt sich nur am Rande mit einem

realen Fall beschäftigte und der vielmehr eine grundsätzliche Abhandlung über das Versagen der deutschen Justiz darstellte, war vor rund einem halben Jahr in einem kleinen oberbayerischen Regionalblatt veröffentlicht worden. Sollte das Originalschreiben der dortigen Redaktion tatsächlich noch vorliegen, bestünde die Möglichkeit, es einer genauen Untersuchung durch die Spurensicherung zu unterziehen und dadurch entweder Thilo Rufer weiter belasten zu können oder aber neue, für den Fall weitreichende Erkenntnisse zu gewinnen.

Wichtig war, dass diese neue Spur schnell und konsequent verfolgt wurde, und so war Madsen froh, als es kurz darauf klopfte und ein junger, von Akne gepeinigter Kollege in perfekt sitzender Uniform unsicher das Zimmer betrat. Madsen hielt es für unnötig, ihm umfangreiche Informationen bezüglich des Falles zu vermitteln, und so beschränkte er sich darauf, ihn auf die große Bedeutung seiner Aufgabe und die damit verbundene Verantwortung hinzuweisen. Anschließend beorderte er den jungen Mann zu dem im oberbayerischen Murnau ansässigen Zeitungsverlag, bei dem mit etwas Glück noch der Originalleserbrief dieses ominösen Falk O. Tinnun vorlag.

»Bringen Sie das Schreiben, sofern es denn noch existiert, sofort nach München in die KTU und lassen Sie es dort von den Kollegen durch die Mangel nehmen. Das volle Programm: Materialuntersuchung, Fingerabdrücke, DNA-Abgleich, bei Maschinenschrift Druckerfeststellung, bei Handschrift Hinzuziehen eines Grafologen und so weiter. Um die entsprechenden Genehmigungen kümmere ich mich – beziehungsweise Oberstaatsanwalt Dr. Agasiotis. Ach ja …«, er kritzelte hastig seine Mobilnummer auf einen kleinen Zettel und reichte diesen seinem Gegenüber, »… rufen Sie mich sofort an, wenn Sie geklärt haben, ob der Brief vorliegt. Und jetzt los, hopp, hopp! Oder soll ich Sie nach Murnau tragen?«

Der junge Polizist errötete, drehte sich mit der Grazie eines klassischen Diskothekenstehtänzers auf dem Absatz um und eilte hastig aus dem Zimmer.

Danach zitierte Madsen die Mitglieder seines Teams einzeln in sein Büro, um sie über seine nächtliche Erkenntnis zu informieren und sich zu erkundigen, wie weit sie mit ihren eigenen Nachforschungen waren. Brandl erstattete als Erster Bericht und rekapitulierte seinen und Zirngibls abendlichen Besuch in Rufers Stammkneipe. Dessen Freunde waren tatsächlich da und hatten das Alibi des Tatverdächtigen zwar prinzipiell bestätigt, aber beide Beamte zweifelten ob des wenig vertrauenerweckenden Auftretens der Männer an deren Verlässlichkeit als Zeugen. Aus diesem Grunde war Zirngibl auch bereits damit beschäftigt, deren Personalien durch den Polizeicomputer zu jagen.

»Bleiben Sie da auf jeden Fall dran!«, befahl Madsen seinem Kollegen. »Ich habe gesagt, ich will verlässlich wissen, ob Rufer zur Tatzeit da war oder nicht, und das meinte ich auch so! Also nehmen Sie die beiden so lange in die Mangel, bis Sie sicher sind, dass sie die Wahrheit sagen!«

»Aber Sie haben doch gestern gesagt, ich soll mich heute noch mal in Mohns Umfeld umschauen, Chef!«, gab Brandl zu bedenken. »Was davon soll ich denn nun tun?«

»Beides, verdammt noch mal!«, polterte Madsen und stützte sich mit den Fäusten auf den Schreibtisch. »Sie können doch auch kacken und gleichzeitig Zeitung lesen! Dann wird es Ihnen als Polizeimeister wohl auch möglich sein, im Laufe des Tages eine Zeugenaussage zu überprüfen und eine Vor-Ort-Befragung durchzuführen, oder?«

Brandl nickte emotionslos, bevor er gemächlich aus dem Zimmer schlurfte und im Vorbeigehen eine Handvoll Kekse aus der Dose auf der Ablage nahm. Madsen blickte ihm resigniert hinterher. Vermutlich würde Heidi Klum eher das Plusquamperfekten aufgeben als Brandl seine chronische Lethargie. Angesichts dieser wenig motivierenden Aussicht war Madsen ausgesprochen dankbar, als Zirngibl kurz darauf in sein Zimmer stürmte und sich voller Tatendrang auf den Stuhl vor seinem Schreibtisch setzte.

»Was gibt's, Chef? Sie haben eben am Telefon so euphorisch geklungen. Irgendwas Neues rausgefunden?«

Madsen nickte und berichtete von dem Briefverfasser mit dem Falkennamen. »Auch wenn noch nichts bewiesen ist, weil ich immer noch auf den Anruf des Kollegen warte – ich bin mir sicher, dass das unser Mann ist! Nehmen Sie sich doch bitte mal mein Falkenbuch mit und fertigen Sie eine Liste mit sämtlichen lateinischen Bezeichnungen an, die im Zusammenhang mit der Falknerei stehen! Checken Sie die Internetbeiträge dann noch mal auf diese Worte und geben Sie die Liste auch an die Kollegen aus der Abteilung für Internetkriminalität! Die sollen Sie bei der Suche unterst–« Das schrille Klingeln des Telefons unterbrach seine Ausführungen. »Ah, das wird der Kollege sein, den ich zum Verlag geschickt habe. Jetzt bin ich aber gespannt, ob der Brief noch vorliegt.« Er riss den Hörer von der Gabel. »Hier Madsen. Also, schießen Sie los! Was haben Sie …?« Dann verstummte er plötzlich, und sein erwartungsvoller Gesichtsausdruck wich einem entsetzten Blick. »Wo? Alles klar, wir kommen sofort!«

Er legte auf und blickte Zirngibl, der den kurzen Gesprächsverlauf gespannt verfolgt hatte, ernst an. »Innereienfund bei einem Falkner in der Nähe von Wolfratshausen! Die Sachlage ist noch nicht ganz klar, aber wenn Sie mich fragen: Unser Mann hat wieder zugeschlagen!«

Die oberbayerische Stadt Wolfratshausen lag circa fünf Kilometer östlich vom Ufer des Starnberger Sees und bildete zusammen mit der Nachbarstadt Geretsried einen Wirtschaftsraum mit über vierzigtausend Einwohnern. Die Nähe zum See, üppige Wälder und weitläufige Moorlandschaften entschädigten Touristen und Erholungssuchende für das Fehlen besonderer architektonischer Sehenswürdigkeiten, und auch der weit über die Gemeindegrenzen hinaus bekannte Falkenhof mit seinen ebenso spektakulären wie lehrreichen Vorführungen und Workshops musste den Vergleich mit überfüllten Sommerrodelbahnen oder kirmesähnlichen Bergspielparks, wie man sie zunehmend im Voralpenland etablierte, nicht im Geringsten scheuen.

Madsen parkte seine Harley mitten auf der Freiflugfläche

des riesigen, von einem hohen Zaun umgebenen Grundstücks der Falknerei. Ein Blick genügte ihm, um eine erste Einschätzung der Situation zu erhalten. Rechter Hand befanden sich die Volieren der Greifvögel, die angesichts der ungewohnt vielen Leute und der zuckenden Blaulichter der davor parkenden Streifenwagen nervös auf ihren Holzstangen tänzelten und heiser krächzten. Unmittelbar davor stand eine Gruppe von Besuchern, unschwer zu erkennen an den Rücksäcken, den Kameras sowie den Windjacken im Partnerlook. Der Falkner stand etwas abseits an einen dunklen Geländewagen gelehnt und wirkte völlig bestürzt. Auf dem Arm hielt er einen kleinen Greifvogel, dem er beschwichtigend über den Kopf strich, wobei Madsen das untrügliche Gefühl beschlich, dass diese Geste eher dazu diente, seine eigenen Nerven zu beruhigen als die des Vogels.

Etwa fünfzig Meter entfernt, in der äußersten Ecke der Freiflugfläche, stand eine Gruppe uniformierter Polizisten. Sie hatten rot-weißes Absperrband in einem Radius von etwa zehn Metern um einen großen Baum gespannt und deuteten während ihrer erregten Diskussionen immer wieder auf die Krone des Baumes. Man musste kein Genie sein, um zu erahnen, dass es sich bei dem Gegenstand ihrer Aufmerksamkeit mitnichten um den formschönen Wuchs des Nadelgehölzes handelte.

Nachdem auch seine Teammitglieder vollständig eingetroffen waren, begab sich Madsen gemeinsam mit ihnen zu dem immer noch völlig aufgelöst wirkenden Falkner und bat ihn, die Geschehnisse des Morgens noch einmal kurz zu rekapitulieren. Der Falkner nickte mit einem unsicheren Lächeln. Er war schlank, hatte kurzes dunkelblondes Haar und trug eine beigefarbene Cargohose mit passendem Hemd, darüber eine olivfarbene Weste mit dem Logo des Falkenhofs und zahlreichen aufgesetzten Taschen.

»Ich weiß überhaupt nicht, wo ich anfangen soll«, klagte er und wischte sich mit der freien Hand den Schweiß von der Stirn. »Eigentlich lief anfangs alles ganz normal ab. Wir haben heute eine Gruppe von sechzehn Personen hier – einen Kegelclub aus dem Sauerland –, und weil das für einen individuellen Workshop zu viele Teilnehmer sind, hatten wir uns auf ein gemeinsames Flugtraining mit den Vögeln geeinigt. Als Erstes habe ich Sam, unseren Weißkopfseeadler, fliegen lassen …«

Madsen hob die Hand. »Bitte entschuldigen Sie die Unterbrechung, aber lassen Sie Ihre Vögel immer in der gleichen Reihenfolge fliegen?«

Der Falkner schüttelte den Kopf. »Nein, ich entscheide das ganz spontan! Wir versuchen nach Möglichkeit, die natürlichen Bedürfnisse der Tiere zu befriedigen. Wenn ein Vogel also keine Lust auf Fliegen hat, darf er in seiner Voliere bleiben. Wenn er aber deutlich zu verstehen gibt, dass er aktiv werden möchte, dann hole ich ihn auch raus. Ich richte mich nach den Vögeln – und nicht umgekehrt. Aus diesem Grund lasse ich sie auch völlig frei fliegen. Das heißt, die Tiere entscheiden selbst, ob und wann sie zurückkommen.«

»Soll das etwa bedeuten, die Raubvögel könnten jederzeit abhauen?«, fragte Kimmel erstaunt nach.

Der Falkner musterte die junge Beamtin, die wie am Vortag komplett in Pink gekleidet war, mit einem missbilligenden Blick. »Erstens heißt es nicht ›Raubvögel‹, sondern ›Greifvögel‹. Und zweitens könnten sie natürlich wegfliegen. Wir sind ja ein Falkenhof und kein Gefängnis!«

Brandl, den die Zwischenfragen seiner Kollegen offensichtlich nervten und der keinerlei Relevanz der Antworten des Falkners im Zusammenhang mit ihrem Fall sah, unterbrach dessen Erläuterungen ungeduldig. »So, nun aber mal weiter im Text! Es geht ja hier schließlich um einen Leichenfund und nicht um das Flugverhalten Ihrer Piepmätze!«

Der Falkner sah ihn beleidigt an und streichelte trotzig den Kopf des Vogels auf seinem Arm. »Geht es eben doch! Denn genau deswegen ist die ganze Sache ja erst ins Rollen gekommen.«

Madsen nickte ihm aufmunternd zu und trat Brandl, der hinter ihm stand, mit dem Absatz so fest gegen das Schienbein, dass dieser schmerzerfüllt aufstöhnte.

»Reden Sie weiter, Herr …?«

»Schmitt. Hannes Schmitt. Schmitt mit zwei ›t‹! Also, nachdem Sam seinen Flug beendet hatte, habe ich unseren Turmfalken herausgeholt. Das ist der Kleine hier auf meinem Arm. Den lasse ich nie mit Sam zusammen fliegen, denn er ist so frech, dass er dem Adler sogar die Beute wegschnappt. Das kann natürlich irgendwann mal ins Auge gehen, und deshalb hole ich den Falken erst raus, wenn Sam wieder in seiner Voliere ist.«

»Okay, verstanden!«, nickte Madsen und versuchte behutsam, den Redefluss des Falkners wieder in Richtung der morgendlichen Vorkommnisse zu lenken. »Und Sie sagten, all das war ganz normal, nicht wahr? Aber dann muss ja irgendwann mal was passiert sein, was außergewöhnlich war …«

Schmitt nickte und atmete mehrmals tief ein, bevor er weitersprach. Seine Anspannung übertrug sich auf den Vogel auf seinem Arm, der aufgeregt mit den Flügeln schlug.

»Richtig! Dann passierte allerdings etwas Unvorhergesehenes. Der Falke flog auf diese Tanne dort vorne.« Er deutete auf den Baum, der mit Absperrband markiert war. »Auch das ist an sich nicht weiter ungewöhnlich, denn das machen die Vögel oft. Von dort haben sie freie Sicht auf die ganze Wiese und können mich sehr schön anvisieren. Heute hat der Falke aber zum ersten Mal überhaupt nicht auf mein Rufen und Winken reagiert. Ich bin zuerst davon ausgegangen, dass er sich von seinem Flug erholen muss und eine kleine Auszeit braucht, aber als er auch nach etwa einer Viertelstunde – einer meiner Mitarbeiter hatte zwischenzeitlich unsere Schneeeule rausgeholt, damit die Zuschauer sich nicht langweilen – immer noch nicht zurückkam, bin ich etwas näher zu dem Baum gegangen. Der Falke war mit irgendwas beschäftigt, was ich zuerst nicht richtig sehen konnte. Aber als er den Kopf dann zu mir gedreht hat, konnte ich erkennen, dass er irgendwas frisst, das nach Fleisch aussah. Ich hatte Angst, dass es sich dabei um einen vergifteten Köder für Füchse handelte, und habe ihn mit lautem Rufen von dem Ast vertrieben. Als er dann endlich auf meinem Arm landete, waren sein Schnabel und sein Gefieder blutverschmiert. Ich habe den Workshop daraufhin für beendet erklärt und bin dann noch mal zurück zu dem Baum gegangen. Und als ich direkt darunterstand, habe ich erkannt, was es war. Und zwar ein riesiger, blutiger Haufen Innereien! Ich hab natürlich gleich an diesen Leichenfund von vor zwei Tagen in Andechs gedacht und sofort die Polizei verständigt.«

»Sie haben genau richtig reagiert!« Madsen nickte dem Falkner aufmunternd zu. »Würden Sie uns bitte jetzt noch mal zeigen, wo genau Sie die Organe schließlich entdeckt haben?«

Als die Gruppe sich der Tanne näherte, wichen die Streifenbeamten respektvoll zurück. Madsen registrierte zufrieden, dass die Absperrung in so großer Entfernung vom Stamm angebracht worden war, dass mögliche Spuren am Fuß des Baumes nicht in Mitleidenschaft gezogen wurden. Der Falkner, der seinen Vogel inzwischen mit einem kleinen Lederband an seiner Hand befestigt hatte, deutete nach oben. Madsen erlöste Schmitt und schickte ihn zurück zu seinem Wagen, bat ihn aber, sich weiterhin zur Verfügung zu halten.

Kaum hatte er sich wieder dem Baum zugewandt, da schlug ihm plotzlich eine Hand kraftvoll auf die Schulter, und eine fröhliche Stimme fragte: »Na, hat da wieder jemand seine inneren Werte zum Lüften aufgehängt?«

Madsen musste trotz des Bestrebens, ein gewisses Maß an Pietät zu wahren, grinsen. Anschließend begrüßte er Stefan Bertram, den Leiter der Spurensicherung, der inzwischen mit seinem Team ebenfalls am Tatort eingetroffen war.

»Bertram, schön, dass du da bist! Wie du siehst, hat unser Täter offensichtlich Gefallen an seiner ganz speziellen Art der Vogelfütterung gefunden. Lass mich bitte nur noch kurz mit meinen Leuten die nächsten To-dos definieren – danach würde ich gerne kurz mit dir sprechen!«

Bertram nickte, und Madsen wandte sich an sein Team.

»Also, dann lasst uns kurz klären, was als Erstes gemacht werden muss. Udo, du checkst noch mal kurz die heutigen Besucher ab. Ich glaube zwar nicht, dass die irgendwas mit dem Fall zu tun haben, wenn die aus dem Sauerland sind, aber man weiß ja nie. Vielleicht ist der Täter doch darunter und genießt das von ihm arrangierte Schauspiel gerade aus der ersten Reihe. Zirngibl, Sie knöpfen sich – allerdings behutsam – noch mal den Falkner vor. Fragen Sie ihn nach besonderen Vorkommnissen, Stammkunden, Sicherheitsvorkehrungen und so weiter. Unser Täter hat sich mit hundertprozentiger Sicherheit das Areal vorher gründlich angesehen. Vielleicht war er ja sogar Gast bei einem der Workshops. Fragen Sie den Falkner, ob er sich an irgendwelche auffälligen, vielleicht besonders neugierigen oder besonders geheimnisvollen Zuschauer erinnert.« Madsen wandte sich an Polizeimeister Brandl. »Brandl, ich schlage vor, Sie fahren mit Jo mal die Rückseite des Grundstücks ab. Prüfen Sie, wie man – außer auf dem Weg, den wir gekommen sind – noch an das Gelände ranfahren kann. Die Felder hinter dem Grundstück in Richtung der kleinen Ortschaften, die da liegen, sollte man mal genauer unter die Lupe nehmen. Vielleicht gibt es ja Feldwege, die von hinten bis an den Zaun führen. Aber passen Sie auf, dass Sie mögliche Reifenabdrücke nicht versauen! Soll heißen: Wenn Sie einen vielversprechenden Weg sehen, wird gelaufen, verstanden?«

Während sich seine Leute an die Erledigung der ihnen aufgetragenen Aufgaben machten, begab sich Madsen zurück zu Bertram, der inzwischen Latexhandschuhe sowie einen weißen Ganzkörperoverall übergestreift hatte und darauf wartete, sich die Organe näher anschauen zu können. Anders als auf dem Kirchendach, wo das relativ problemlos möglich war, ohne eventuelle Fuß- oder Fingerabdrücke zu vernichten, musste an dieser Fundstelle zunächst das Suchen und Sichern von Spuren rund um den Fuß des Baumes beendet werden, bevor jemand den Stamm hochklettern konnte.

»Was meinst du, Bertram?«, fragte Madsen und kratzte sich nachdenklich am Kopf. »Damit wäre dann doch wohl eindeutig geklärt, dass nicht die Kirchen, sondern die Greifvögel der gemeinsame Nenner sind, richtig?«

Der Leiter der Spurensicherung nickte zustimmend. »Unser Täter scheint in der Tat eine besondere Vorliebe für diese Spezies zu haben. Und da weder Eulen noch Adler ihr Nest auf einem

Kirchendach in der Stadt haben, würde ich mich sogar so weit aus dem Fenster lehnen, den Falken als das entscheidende Element zu definieren.«

Madsen nickte zustimmend und sah sich dann um. »Ich gehe mir mal die nähere Umgebung angucken. Sag Bescheid, wenn du auf den Baum kannst oder die Organe unten sind! Ich würde auch gerne mal einen Blick darauf werfen. Sollen wir wetten, dass auch diesmal wieder ein eindeutiger Hinweis auf die Identität des Opfers zu finden ist?«

»Ganz deiner Meinung!«, bestätigte Bertram. »Und deshalb wäre ich ja schön blöd, wenn ich dagegenwetten würde.«

»Feigling!«, murmelte Madsen leise und machte sich auf den Weg zu einer gründlichen Ortsbegehung.

»Das hab ich gehört!«, rief ihm sein Freund hinterher, worauf Madsen verstohlen mit beiden Mittelfingern wackelte. »Und das, mein Lieber, das hab ich gesehen!«

Der Bereich zwischen Freiflugfläche und dem das Grundstück umgebenden Zaun erwies sich als nahezu völlig unerschlossen. Massives Dickicht und hüfthohe Gräser wurden von wild wachsenden Sträuchern und vermoderten Baumstämmen unterbrochen. Linker Hand schien der Wald noch undurchdringlicher zu werden, während sich rechts der Blick auf das freie Hinterland öffnete. Der Pflanzenwuchs war streckenweise dermaßen üppig, dass an ein Passieren kaum zu denken war, doch dann entdeckte Madsen drei kleine, provisorische Trampelpfade. Einer endete an einem großen Komposthaufen. Offensichtlich diente dieser Platz dazu, Unkraut und gemähtes Gras außerhalb der Sichtweite der Gäste zu entsorgen. Der mittlere Fußweg führte zu einer kleinen Lichtung, auf der zahlreiche Papiertaschentücher lagen. Ein übler Gestank ließ keinen Zweifel daran aufkommen, dass der eine oder andere Gast es offensichtlich vorzog, sein großes Geschäft in Gottes freier Natur zu verrichten, anstatt die dafür vorgesehenen Sanitäranlagen aufzusuchen. Madsen drehte sich angewidert um und schlug den dritten Trampelpfad ein. Dabei hielt er sich ebenso wie bei den beiden anderen seitlich des ausgetretenen Weges, um eventuell vorhandene Fußabdrücke nicht zu zerstören. Als er eine kleine Strecke durch den dichter werdenden Wald zurückgelegt hatte, sah er unvermittelt etwas Metallisches aufblitzen und trat näher.

Der Blitz entpuppte sich als Reflexion eines Sonnenstrahls auf dem Metallzaun, der das Gelände umgab und unmittelbar vor ihm durch die Bäume verlief.

Er erblickte das Loch sofort. Unmittelbar neben einem morschen Begrenzungspfosten war das silberfarbene Gitter bis auf Brusthöhe zerschnitten und klaffte weit auseinander. Die Vermutung lag nahe, dass der Täter hier eingedrungen war, die paar Meter zur Freiflugfläche zu Fuß zurückgelegt und seine morbide Lieferung dann auf dem Ast der großen Tanne platziert hatte.

Madsen spähte durch die Bäume, ob er einen Weg auf der anderen Seite des Zaunes erkennen konnte, doch er sah nichts als Stämme, Wurzeln und dorniges Gestrüpp. Durch das Loch im Zaun wollte er nicht klettern, um keine Spuren zu verwischen, und so rief er Brandl an, schickte ihm via Smartphone seine Position und forderte ihn auf, alle möglichen Zufahrtswege zu diesem Waldstück zu eruieren und auf Täterhinweise abzusuchen.

»Du glaubst wohl, du bist cleverer als wir, Freundchen«, murmelte Madsen, nachdem er aufgelegt hatte, und ballte dabei die Hände zu Fäusten. »Aber da hast du dich geschnitten. Wir werden dich kriegen – darauf kannst du deinen gefiederten Arsch verwetten!«

Madsen traf just in dem Moment wieder am Fundort der Leiche ein, als die Organe in einem Kunststoffbehälter vorsichtig von der Astgabel zu Boden gelassen wurden.

»Na, wenigstens brauchen wir diesmal keine große Zinkwanne!«, scherzte Bertram, als er Madsen nahen sah. »Das hier kann man auch schön in Tupperdöschen in die Rechtsmedizin bringen.«

Die umstehenden Polizisten blickten pikiert zu Boden, lediglich Madsen grinste breit. Zum einen war ihm der makabre Humor Bertrams bestens vertraut, zum anderen war er angesichts seiner eigenen Entdeckung am Zaun in allerbester Stimmung.

»Sehr witzig, du Comedian! Hast du auch was Dienstliches zu melden? Gibt's schon eine erste Schnelldiagnose?«

»Das ist mal wieder typisch!«, seufzte der Leiter der Spurensicherung und verdrehte theatralisch die Augen. »Dir ist doch hoffentlich klar, dass ich die Organe vor zehn Minuten zum ersten Mal gesehen habe?«

Madsen winkte ungeduldig ab. »Ich will ja nicht wissen, um wie viel Uhr das Opfer das letzte Mal gefurzt hat! Mich interessiert, wie lange es in etwa hier liegt. Ob es wieder ein Mann ist. Ob es wieder die gleichen Organe sind. Ob die Schnittführung identisch ist. Und ob wieder ein deutlicher Hinweis auf die Identität beigefügt wurde, so wie letztes Mal der Daumen.«

Bertram stöhnte genervt auf. »Also gut, meinetwegen, da ich dich ja sonst eh nicht loswerde. Aber alle Angaben sind ohne Gewähr, verstanden? Also, die Organe liegen ersten Schätzungen zufolge seit etwa zehn Stunden auf dem Baum. Es ist aller Wahrscheinlichkeit nach wieder ein männliches Opfer, und die Organe stimmen weitestgehend mit denen vom letzten Mal überein. Gleiches gilt für die Schnittführung – ich tippe spontan auf dasselbe Tatwerkzeug. Einen eindeutigen Hinweis auf die Identität des armen Kerls gibt es ebenfalls, und diesmal war unser Täter ausgesprochen kreativ. Er hat uns heute keinen Daumen, sondern einen schönen Hautlappen aus dem Oberarm als Präsent beigelegt.«

Madsen blickte den Rechtsmediziner verblüfft an.

»Einen Hautlappen? Was zum Teufel sollen wir denn mit einem Hautlappen?«

Statt eine Antwort zu geben, griff Bertram nach einer der Dosen und hob mit einer großen Pinzette das etwa handtellergroße Gewebestück in die Höhe.

Und plötzlich verstand Madsen. Es war eine nummerierte Kugel mit einer Art Flamme, die auf der wachsbleichen, an einen Lederlappen erinnernden Epidermis prangte. Darunter standen die Worte »Legio Patria Nostra«.

Madsen strich sich ratlos über das Kinn. »Und was bedeutet diese Tätowierung?«

Bertram hob belehrend den Zeigefinger und rezitierte feierlich: »Legio Patria Nostra. Die Legion ist unser Vaterland! Das ist das Motto der französischen Fremdenlegion. Und auch nur deren Mitgliedern ist das Tragen des Symbols ›la grenade à sept flammes‹, der siebenflammigen Granate, vorbehalten. Die Zahl im unteren Teil steht dabei, soviel ich weiß, für die Nummer des Regiments. Ich vermute, die Anzahl verurteilter Straftäter, die in der Legion gedient haben, ist überschaubar. Es sollte also kein großes Kunststück darstellen, das Opfer zügig zu identifizieren.«

Madsen nickte zustimmend. »Stimmt! Das dürfte mit Hilfe unserer Datenbank vermutlich ein Kinderspiel werden. Aber sag mal: Wieso kennst du dich so gut mit der Fremdenlegion aus? Wolltest du etwa auch mal …?«

Bertram errötete verlegen, und Madsen begann schallend zu lachen.

»Hey, ich war früher mal ein echter Rebell!«, protestierte Bertram und stemmte beleidigt die Hände in die Hüften.

»Du und die Fremdenlegion – ich glaub's ja nicht!«, kicherte Madsen und musterte sein Gegenüber amüsiert von unten bis oben. »Und jetzt stehst du – storchenbeinig, taillenfett und eingewickelt in Frischhaltefolie – in Oberbayern und pflückst Leichenteile vom Baum. Was ist nur aus dem jungen Rebellen geworden?«

»Mach dich ruhig lustig über mich!«, entgegnete Bertram, der glücklicherweise über ausreichend Selbstbewusstsein verfügte, um über sich selbst lachen zu können. »Du bist ja nur neidisch, weil dein Leben nicht so spannend ist wie meins. Bei mir jagen sich Tag für Tag Höhepunkte – zum Beispiel am Wochenende die Fahrt zum Wertstoffhof. Oder die vollbusige Kellnerin bei unserem Stammitaliener, die wir immer ›Brustchetta‹ nennen. Oder meine Tochter, die zwar das große Latinum nicht geschafft hat, aber dafür mit 'nem kleinen Latino zusammenlebt. Oder …«

»Lass gut sein, Bertram!«, winkte Madsen grinsend ab und lenkte das Gespräch wieder auf ihren aktuellen Fall. »Wie auch immer – ich schlage vor, du bringst die Organe jetzt umgehend zu Professor Polt in die Rechtsmedizin. Er soll uns schnellstmöglich Bescheid geben, wenn erste Ergebnisse vorliegen. Außerdem habe ich dahinten ein Loch im Zaun gefunden, durch das der Täter vermutlich aufs Grundstück gekommen ist – das sollte sich dein Team mal genauer anschauen. Brandl und Kimmel suchen auf der anderen Seite nach Spuren und geben euch Bescheid, wenn sie was finden. Bitte seid ihr umgekehrt so gut und teilt ihnen mit, was ihr hier findet – auch wenn es natürlich nur allererste, provisorische Infos sind. Sobald die beiden zurück in Starnberg sind, mache ich ein kurzes Meeting im kleinen Kreis, also nur mit meinem Team. Heute Abend gibt es dann aber die große Lagebesprechung bei uns in der Inspektion, bei der sicher auch der Oberstaatsanwalt anwesend sein wird. Ich hätte dich gerne dabei. Ist das machbar?«

Bertram hob bedauernd die Hände. »Tut mir leid, heute Abend habe ich eine Weiterbildung. Die kann ich nicht schwänzen – ich bin nämlich ihr Leiter. Aber ich werde dir nach Möglichkeit noch vor eurer Besprechung alle bis dahin vorliegenden Untersuchungsergebnisse zukommen lassen. Wäre das okay für dich?«

Madsen akzeptierte diese Alternativlösung kopfnickend, verabschiedete sich und informierte seine Kollegen über das weitere Vorgehen. Anschließend setzte er sich auf seine Harley, fuhr allerdings noch nicht sofort los, sondern rauchte zum Sammeln seiner Gedanken zunächst einmal eine Zigarette. Dafür, dass der junge Beamte, der in seiner unmittelbaren Nähe stand und den polizeilichen Fuhrpark bewachte, ihm keine neugierigen Fragen zu dem Leichenfund stellte, war Madsen sehr dankbar.

Denn offene Fragen hatte er selbst genug.

Der Besprechungsraum roch aufgrund des Meetings vom Vorabend noch nach Schweiß und Pizza – eine Mischung, die Madsen als extrem unangenehm empfand, obwohl seine olfaktorische Wahrnehmung durch das jahrelange Boxen empfindlich Schaden genommen hatte. Um das Raumklima wieder halbwegs erträglich zu gestalten, riss er Fenster und Türen weit auf und genoss für einen Moment den Durchzug der kühlen Luft mit ausgebreiteten Armen.

»Na so was, der Chef spielt ›Titanic‹«, witzelte Klee, der zusammen mit dem Rest des Teams in diesem Augenblick das Zimmer betrat, und summte den dazu passenden Song von Céline Dion.

Zirngibl und Brandl kicherten, nur Kimmel reagierte nicht, sondern tippte stattdessen hoch konzentriert auf ihrem Smartphone herum.

»Weg mit dem Handy, Jo!«, forderte Madsen sie auf, worauf die junge Polizistin errötete und hastig das Handy in ihre Tasche steckte. »Also, Kollegen, wir haben nicht viel Zeit – es gibt viel zu tun! Ich habe dieses Meeting einberufen, um ganz kurz mit euch das weitere Vorgehen abzustimmen. So makaber es sich anhört, aber der Leichenfund bei Wolfratshausen ist für uns von Vorteil. Wir haben jetzt neue Spuren, durch die wir wieder etwas mehr über unseren Täter erfahren. Das ist die gute Seite – sofern man das bei einem Mord überhaupt sagen kann. Die schlechte ist, dass unser Täter offensichtlich Gefallen an seinem neuen Hobby gefunden hat. Das bedeutet, der Druck für uns wird deutlich größer, denn wir befinden uns in einem Wettlauf gegen die Zeit!«

Inzwischen war Madsen an das Flipchart getreten, um die nächsten Schritte zu skizzieren. Schweißflecken von der Größe Islands zeichneten sich unter seinen Achselhöhlen ab, und er versuchte verschämt, den Stift so zu führen, dass der Arm möglichst nah am Körper anlag.

»Wir haben von gestern noch einige offene Punkte, die ich – auch im Hinblick auf die heutige Entwicklung – kurz ansprechen möchte. Es gibt einen Leserbriefschreiber, der sich als Fakenamen die lateinische Bezeichnung einer Falkenart zugelegt hat. Ich habe heute Morgen als Erstes einen Streifenbeamten zum Verlag geschickt. Eigentlich sollte der mir direkt

Bescheid geben, ob der Originalleserbrief vorliegt, aber ich habe ihm wohl in der Aufregung meine Handynummer etwas unleserlich aufgeschrieben. Saublöd von mir! Aber genauso blöd ist, dass er nicht versucht hat, über die Zentrale meine richtige Nummer herauszufinden. Stattdessen hat er mir eine schriftliche Nachricht auf den Schreibtisch gelegt. Es gibt halt solche …«, er deutete auf Jo, die abermals errötete, »… und solche!«

Dabei wedelte er mit der Notiz. »Wie auch immer: Fakt ist, es gibt den Brief! Und unser Briefschreiber hat die Falkennummer konsequent durchgezogen. Als Straße hat er den Subbuteo-Weg in Murnau angegeben, den es erwartungsgemäß nicht gibt. Vielmehr ist ›Falco subbuteo‹ die wissenschaftliche Bezeichnung für einen Baumfalken. Schätze, ihr seid mit mir einer Meinung, dass das alles kein Zufall mehr sein kann?«

Die Kollegen nickten zustimmend, nur Brandl war damit beschäftigt, eine Leberkässemmel aus der Verpackung zu schälen.

»Brandl!«, fuhr Madsen ihn verärgert an. »Hören Sie mir überhaupt zu?«

»Na klar!«, brummte Brandl, ohne von seiner Tätigkeit aufzublicken. »Ein weiser Mann hat mal zu mir gesagt, ein guter Polizist könne gleichzeitig kacken und Zeitung lesen. Dann kann ich ja wohl auch gleichzeitig zuhören und eine Semmel essen.« Mit diesen Worten biss er herzhaft in seine Stulle.

Madsen schüttelte den Kopf. »Dazu sage ich jetzt besser nichts. Aber zurück zu dem gerade angesprochenen Brief: Die Kollegen von der KTU versuchen momentan, DNA-Spuren zu sichern. Mit etwas Glück war der Täter so nachlässig, die Briefmarke mit der Zunge zu befeuchten. Das würde bedeuten, wir könnten bei unseren Verdächtigen, allen voran Rufer, einen DNA-Abgleich durchführen. Es geht jetzt erst einmal darum, das Netz um den potenziellen Täter enger zu ziehen. Wenn wir glauben, den Richtigen zu haben, besteht der zweite Teil unserer Aufgabe darin, hieb- und stichfeste Beweise zu finden. Und verdächtig ist bisher vor allem Thilo Rufer. Der hat – zumindest im Fall des ersten Opfers – das stärkste Motiv. Allerdings wirkt er auf mich körperlich ziemlich derangiert, was das Erklimmen eines Kirchturms – noch dazu mit einer Tasche voller Innereien – wiederum eher unwahrscheinlich macht. Außerdem habe ich keine Ahnung, ob es einen Zusammenhang zwischen Rufer und unserem zweiten Opfer gibt. Zirngibl, Sie haben sich doch mit Rufers Entlastungszeugen beschäftigt. Gibt's da was Neues?«

»Und ob! Ich habe die Namen der beiden heute in aller Herrgottsfrühe durch unseren Rechner gejagt. Ganz interessant, was dabei rausgekommen ist! Nummer eins, ein gewisser Sven Nilsson, gebürtiger Schwede, ist sauber. Keine Einträge, keine Vorstrafen. Aber sein Kumpel Holger Buntrock hat ein Vorstrafenregister so lang wie mein Unterarm! Einbruch, Beleidigung, Nötigung, Fahrerflucht, Körperverletzung und so weiter. Und was noch viel interessanter ist: Es gibt einen Eintrag in seinen Unterlagen, der sich auf eine Falschaussage im Jahre 2004 bezieht. Der Kerl hat einem Freund ein falsches Alibi gegeben und stur daran festgehalten. Erst in allerletzter Sekunde, nachdem der Staatsanwalt ihm im Gerichtssaal erklärt hat, dass Meineid eine Freiheitsstrafe von bis zu fünf Jahren nach sich ziehen kann, ist er eingeknickt und hat seine Aussage widerrufen. Gerade noch rechtzeitig, denn da das vor Ablegen des Eides passiert ist, hatte er sich in dem Fall noch nicht strafbar gemacht.«

Madsen fuhr sich nachdenklich durch sein dichtes Haar. »Aber es beweist, dass dieser Buntrock es bei Zeugenaussagen nicht sonderlich genau mit der Wahrheit nimmt! Ich schlage vor, Sie bestellen die beiden Typen ins Präsidium und bitten Dr. Agasiotis, bei der Befragung dabei zu sein. Vielleicht reicht die Anwesenheit eines Oberstaatsanwaltes, um sie von den unangenehmen Folgen einer Falschaussage zu überzeugen.«

Er notierte sich ein paar Worte auf seinem Block und wandte sich dann wieder an seinen jungen Kollegen. »Wie sieht's denn mit der digitalen Recherche aus? Haben die Kollegen, die das Internet durchforsten, sich schon bei Ihnen gemeldet?«

»Ja, haben sie. Negativ! Bisher keine auffälligen Beiträge. Das heißt, zumindest keine, die unseren Fall betreffen. Aber sie bleiben am Ball.«

»Sehr gut! Haken Sie immer wieder nach, damit die Jungs an den Rechnern nicht nachlassen! Udo, was gibt's bei dir Neues? Hast du inzwischen irgendwas von diesem Runge gehört?«

Klee schüttelte verneinend den Kopf. »Der ist bisher noch nicht wiederaufgetaucht. Aber ich habe an die Kollegen auf der Straße sein Foto verteilt, damit sie die Augen nach ihm aufhalten. Und ich habe seine Frau angerufen und gefragt, ob ihr der Name ›Mohn‹ was sagt. Tut er ihrer Aussage nach aber nicht. Und auf dem Foto, das ihr ein Kollege vor Ort von Mohn gezeigt hat, war er ihr ebenfalls völlig unbekannt.« Klee warf einen kurzen Blick auf seine Aufzeichnungen. »Ach ja, und noch was anderes: Weder Rufer noch Runge sind auf den Tatortfotos zu sehen. Ich habe mir die Menschen an den Absperrungen noch mal ganz genau angeschaut – die beiden sind definitiv nicht dabei!«

Madsen nickte anerkennend. »Gute Arbeit, Udo! Die Kollegen von der Spurensicherung haben inzwischen übrigens auch die Sohle von Rufers Laufschuh mit den Abdrücken auf dem Container verglichen. Gleiche Größe, 44, aber anderer Schuh. Es bleibt also nach wie vor dabei, dass er aufgrund seines starken Motivs verdächtig ist, wir aber keinerlei eindeutige Beweise haben.«

Mit diesen Worten zog er mit seinem Stift einen energischen Strich quer über das Blatt des Flipcharts. »So, das waren die Ermittlungsansätze, die wir gestern schon besprochen hatten. Kommen wir jetzt zu den heutigen Ereignissen. Zirngibl, Sie haben ja noch mal unter vier Augen mit dem Falkner gesprochen. Ist dabei was Verwertbares rausgekommen?«

Zirngibl nickte. »Der Mann war zwar nach wie vor völlig durch den Wind, hatte aber einen sehr interessanten Hinweis bezüglich der Volieren. Die werden nämlich nachts durch Kameras überwacht. Vielleicht hat unser Täter – weil ihn Greifvögel ja offensichtlich in irgendeiner Form faszinieren – die Gelegenheit genutzt, sich die Viecher mal ganz in Ruhe aus der Nähe anzuschauen. Allerdings gibt es keine Liveüberwachung, also niemand, der die ganze Nacht vor dem Monitor sitzt. Nur wenn morgens zum Beispiel eine Beschädigung am Gehege oder irgendein außergewöhnliches Verhalten der Vögel festgestellt wird, werden die Aufzeichnungen der Nacht überprüft und der Ursache nachgegangen.«

»Das heißt, es hat sich noch niemand die Aufzeichnungen der letzten Nacht angeschaut?«, erkundigte sich Madsen gespannt.

»Nein, bisher noch nicht. Aber ein Kollege bringt mir gleich die DVD mit den Aufnahmen vorbei, und dann werde ich mich darum kümmern«

Madsen hob anerkennend den Daumen und wandte sich dann an Klee. »Und was sagen die Besucher der Flugshow? Irgendwas Brauchbares?«

»Wie befürchtet – die können uns überhaupt nicht weiterhelfen«, antwortete Klee bedauernd. »Der gesamte Kegelclub ist in einem Hotel untergebracht und hatte gestern Abend eine gemeinsame Abendveranstaltung, die bis in die frühen Morgenstunden ging. Die Mitglieder dieser Truppe können wir also als Täter ausschließen.«

»Ja, das habe ich mir bereits gedacht!« Madsen nickte nachdenklich. »Brandl, damit bleibt nur noch Ihr kleiner Ausflug zusammen mit Jo. Was hat Ihre Zusammenarbeit mit der Spurensicherung ergeben?«

Brandl deutete auf seine gefüllten Backen und nuschelte schwer verständlich: »Jo, machst du das mal?«

Die junge Beamtin nickte, erfreut über die Gelegenheit, sich ein paar Sporen verdienen zu können.

»Klar, kein Problem! Also zuerst die allerersten Ergebnisse aus dem Park selbst: Unter dem Baum mit den Organen haben die Kollegen der Spusi einen halbwegs brauchbaren Fußabdruck gefunden. Sie werten ihn gerade aus und vergleichen ihn mit dem Abdruck, den Johnny auf dem Müllcontainer in Andechs gefunden hat. Das Erklimmen des Astes, auf dem die Leichenteile abgelegt wurden, geschah mittels einer Leiter. Abdrücke der beiden Enden waren auf dem leicht morastigen Untergrund gut zu erkennen. An der Rinde des Baumes hat man ein paar winzige Textilfasern gefunden, aus denen sich nach genauerer

Untersuchung mit etwas Glück Rückschlüsse auf die Bekleidung des Täters ziehen lassen. Eingedrungen ist er, wie Sie schon vermutet haben, aller Voraussicht nach durch das Loch im Zaun. Aber dort war er offensichtlich noch sehr gewissenhaft, denn es befanden sich keinerlei Spuren in der Nähe der Öffnung.«

»Und was ist mit den Zufahrtswegen? Habt ihr die auch mal genau unter die Lupe genommen?«, hakte Madsen nach.

»Ja, haben wir. Und zwar mit Erfolg! Direkt neben dem dichten Waldstück haben wir einen kleinen Pfad gefunden, auf dem der Mörder zu dem Zaun gelangt ist. Die Fußabdrücke waren eindeutig denen unter dem Baum zuzuordnen.«

»Und als wir den Fußweg gefunden hatten …«, ergänzte Brandl, der – die Gefahr des Bolustodes ignorierend – die halbe Leberkässemmel am Stück heruntergeschlungen hatte, um Kimmel nicht den kompletten Triumph zu überlassen, »… war es ein Kinderspiel, die Stelle zu finden, an der er seinen Wagen abgestellt hatte. Und nun kommt's: Wir werden mit etwas Glück in Kürze wissen, welches Auto er gefahren hat!«

Erstauntes Schnaufen der Anwesenden war zu vernehmen, und Brandl genoss die ungeteilte Aufmerksamkeit seiner Kollegen ganz offensichtlich. Kimmel war indes diplomatisch genug, nicht fortzufahren, sondern ihrem erfahrenen Partner den Vortritt zu lassen.

»An einem Baum am Ende des Weges haben wir winzige Lacksplitter gefunden. Der Höhe des Fundortes nach zu urteilen, muss er beim Wenden mit dem Außenspiegel an den Stamm gekommen sein. Die Splitter sind momentan im Labor, und wenn das Auto ein neueres war, was ich irgendwie im Urin habe, kann man die Marke und das Baujahr anhand dieser Lackprobe definieren.«

»Sehr gut!«, lobte Madsen. »Ich wette, es ist ein Kombi!«

Brandl stutzte. »Wieso denn gerade ein Kombi?«

»Wegen der Leiter! In ein normales Coupé passt sie nicht rein, das weiß ich aus eigener leidvoller Erfahrung. Ich habe mich auf einem Baumarktparkplatz mal zum Affen gemacht, weil ich mich bei dem Versuch, eine Aluleiter in meinen Wagen zu bekommen, fast umgebracht habe. Und für den Außenspiegel eines Transporters oder Vans sind die Lacksplitter zu tief, wenn sie sich in normaler Außenspiegelhöhe befinden.«

»Und was ist mit einem Cabrio?«, hakte Kimmel nach.

»Geht nur, wenn das Verdeck offen ist! Und ich kann mir nicht vorstellen, dass unser Täter mit einer zerstückelten Leiche im Kofferraum und einer weit aus dem Auto ragenden Leiter durch die Gegend fährt. Viel auffälliger geht es ja wohl nicht mehr!«

Während der letzten Worte war Madsen bereits zum Telefon gegangen und hatte die Nummer der Rechtsmedizin gewählt. Es dauerte eine Weile, dann meldete sich Professor Polt. Der hatte mit seiner Untersuchung der Leichenteile zwar gerade erst begonnen, bestätigte aber auf Madsens Drängen hin, dass es sich bei den Organen mit an Sicherheit grenzender Wahrscheinlichkeit um exakt die gleichen handelte wie bei dem ersten Leichenfund.

»Der Kerl ist ein Systematiker, wenn Sie mich fragen«, brummte der Rechtsmediziner mit sonorer Stimme in den Hörer. »Seine Devise lautet: *Never change a running system!* Kein Risiko eingehen, alles so machen wie beim ersten Mal. Vermutlich ein Buchhalter oder ein Finanzbeamter. Oder ein Kriminalrat!«

Madsen runzelte irritiert die Stirn. Die letzte Bemerkung konnte eigentlich nur als Scherz gemeint worden sein, aber da »Humor« und »Professor Polt« eine ähnlich unrealistische Kombination war wie »Syrien« und »Menschenrechte«, erschien Madsen das als relativ unwahrscheinlich. Kopfschüttelnd bat er, über die weitere Untersuchung der Organe auf dem Laufenden gehalten zu werden, beendete das Gespräch und wählte im Anschluss sofort eine andere Nummer. Die Kollegen hörten ihn leise murmeln und sahen, dass er sich während des Telefonats eifrig Notizen machte.

Dann legte er auf und blickte seine Kollegen triumphierend an.

»Das war der Beamte, den ich auf die Tätowierung angesetzt

hatte. Die Aufgabe war nicht allzu schwer, denn tatsächlich gibt es dieses Tattoo in unserer Kartei nur ein einziges Mal. Unser Opfer heißt Klaus Krautscheit. Verheiratet, wohnhaft in Starnberg. Ehemaliger Fremdenlegionär, anschließend die klassische kriminelle Karriere: Einbrüche, Raub, Köperverletzung. Vor knapp sechs Jahren hat er dann plötzlich ein Kind belästigt. Eigentlich ungewöhnlich für einen Kriminellen seines Kalibers, aber offensichtlich hat er Gefallen daran gefunden, denn wenige Monate später hat er ein siebenjähriges Mädchen namens Felicitas Hämmerle in eine Waldhütte verschleppt und sich zwei Tage lang an ihr vergangen. Durch Zufall wurde er von einem aufmerksamen Wanderer entdeckt, vom SEK festgenommen und später zu einer achtjährigen Haftstrafe verurteilt.« Madsen machte eine kurze dramaturgische Pause und hob den Zeigefinger. »Und jetzt hört euch das an: Sein Anwalt hat nachträglich Berufung eingelegt und ein psychologisches Gutachten präsentiert, das dazu geführt hat, dass die Haftstrafe deutlich reduziert und letztlich zur Bewährung ausgesetzt wurde. Die einzige Bedingung dafür war, dass er sich aus freien Stücken einer Therapie unterziehen musste, was er natürlich für ein Leben in Freiheit gerne in Kauf genommen hat.«

Zirngibl schlug ungehalten mit der Faust auf den Tisch. »So ganz langsam fange ich an, Sympathien für unseren Täter zu hegen! Ein ehemaliger Söldner vergewaltigt ein hilfloses kleines Mädchen. Bei so was könnte ich echt kotzen!«

Die anderen Teammitglieder nickten zustimmend.

Madsen schossen Lissys Worte vom Vortag durch den Kopf, die in eine ähnliche Richtung gezielt hatten. Wenngleich der Wunsch nach Rache bei einem Verbrechen wie der Vergewaltigung eines Kindes aus menschlicher Sicht nachvollziehbar war und er sich bei ehrlicher Betrachtung sogar gelegentlich selbst ähnliche Gedanken eingestehen musste, durfte und konnte er eine solche Einstellung bei Polizisten – vor allem, wenn sie Mitglieder des verantwortlichen Ermittlungsteams waren – auf keinen Fall tolerieren. Es galt daher, Gedankengänge dieser Art sofort und endgültig im Keim zu ersticken.

»Liebe Kollegen, lasst mich an dieser Stelle ein für alle Mal etwas klarstellen: Der Mann, den wir suchen, ist kein Robin Hood! Er geht nicht rum und klaut den Reichen ein paar Münzen, die er dann an die Armen verteilt. Nein, er geht vielmehr rum und schneidet Leuten bei vollem Bewusstsein die Bäuche auf, holt Gedärme raus, hackt Finger ab und reißt Hautstücke aus dem Oberarm! Auch nur ansatzweise Verständnis für seine Taten zu haben, ist falsch. Und zwar absolut falsch – selbst dann, wenn seine Opfer in der Vergangenheit ganze Schulklassen abgeschlachtet hätten! Wenn wir ihn festgenommen haben, könnt ihr ihm von mir aus jeden Tag einen Kuchen backen und in den Knast schicken. Aber bis dahin wird er gejagt wie ein ganz gewöhnlicher Mörder – was er auch ist! Also hört mit diesem dämlichen Verständnis für den Kerl auf, schiebt euren Arsch hier raus und macht euren Job! Verdammt noch mal – ihr seid Polizisten!« Madsen schlug mit der Faust so hart auf den Tisch, dass alle Anwesenden zusammenzuckten. »Ich will, dass der Typ schnellstmöglich geschnappt wird. Und ehrlich gesagt ist es mir scheißegal, ob tot oder lebendig!«

ZEHN

Nachdem Madsen sich im Anschluss an die Besprechung in seinem Büro einige Minuten die Schläfen massiert und die Medikation eigenständig um zwei weitere Kopfschmerztabletten erhöht hatte, warf er einen kurzen Blick auf die eingegangenen E-Mails. Die Telefonzentrale hatte ihm eine Benachrichtigung geschickt, dass Schmitt, der Falkner aus Wolfratshausen, um Rückruf bat. Da er sowieso einige Dinge außer Haus zu erledigen hatte, beschloss Madsen, in der Falknerei vorbeizufahren und das Gespräch persönlich zu führen.

Hannes Schmitt stand nahe der Holzstämme, die den Teilnehmern seiner Greifvogelworkshops als Sitzbänke dienten, und eilte mit ausgebreiteten Armen auf Madsen zu, als dieser sich näherte.

»Hallo, Herr Kriminalrat, vielen Dank, dass Sie sich die Zeit zum Vorbeikommen genommen haben. Ein Rückruf hätte auch gereicht, aber vielleicht ist es tatsächlich besser, wenn wir das persönlich besprechen. Wissen Sie, ich denke den ganzen Vormittag darüber nach, ob nicht doch in letzter Zeit irgendwas vorgefallen ist, was mit den heutigen Geschehnissen in Verbindung stehen könnte.«

Madsen nickte und spürte dabei intuitiv, dass Schmitt im Begriff war, ihm etwas Wichtiges mitzuteilen. Gleichzeitig wusste er aber auch, dass das große Bemühen des Falkners, der Polizei bei ihren Ermittlungen zu helfen, eine aus psychologischer Sicht nicht zu unterschätzende Gefahr barg. Schmitt war ein typischer Kandidat, der durch seinen unbedingten Willen, bei der Aufklärung des Falles zu helfen, auf dem schmalen Grat zwischen hilfreichem Hinweis und falsch interpretierter Beobachtung wandelte. Jede auch nur im Geringsten suggestive Frage könnte sich auf den Inhalt seiner Zeugenaussage auswirken, und so vermied es Madsen geflissentlich, Schmitt zu unterbrechen, sondern lächelte ihm stattdessen nur auffordernd zu.

»Wie gesagt, ich habe nochmals in aller Ruhe über Ihre Fragen von heute Morgen nachgedacht. Dabei ist mir eingefallen, dass in letzter Zeit tatsächlich einmal ein auffälliger Gast meine Veranstaltung besucht hat. Um ganz ehrlich zu sein: Ich achte in der Regel mehr auf meine Vögel als auf die Kursteilnehmer, aber dieser Besucher fiel mir deswegen auf, weil er – wie soll ich sagen? – vermummt wirkte. Er trug eine Baseballkappe tief ins Gesicht gezogen, dazu eine große Sonnenbrille, auch wenn die Sonne an dem Tag überhaupt nicht schien. Ich habe angenommen, dass er vielleicht im Gesicht entstellt sei und deshalb diese Verkleidung trug. Nach heute Morgen könnte ich mir allerdings vorstellen, dass er einfach nur nicht erkannt werden wollte.«

Madsen machte sich eine kurze Notiz. »War er alleine da?«

»Ja«, entgegnete Schmitt nickend. »Er kam alleine und machte auch während des Workshops durch sein abweisendes Verhalten klar deutlich, dass er an Gesprächen oder Interaktion mit den anderen Kursteilnehmern keinerlei Interesse hatte.«

»Könnten Sie den Besucher genauer beschreiben?«

»Nun, wie gesagt, er hatte sein Gesicht größtenteils bedeckt, aber er schien etwa so groß zu sein wie Sie. Außerdem war er schlank und trug gepflegte Freizeitkleidung im Outdoorstil. Eine olivfarbene Cargohose mit großen Seitentaschen, Fleecejacke und Trekkingschuhe. Da ich berufsbedingt einen ähnlichen Kleidungsstil habe, kann ich mich recht gut daran erinnern.«

Madsen blickte den Falkner nachdenklich an. »Könnte es sich angesichts der Kleidung vielleicht um einen Berufskollegen gehandelt haben? Immerhin scheint er ja auch einen engeren Bezug zu Greifvögeln zu haben.«

Schmitt schüttelte energisch den Kopf. »Nein, das kann ich mir nicht vorstellen. Erstens kenne ich die meisten Falkner, zumindest hier in Süddeutschland, und zweitens sah die Kleidung einfach zu neu, zu gepflegt aus. Wissen Sie, was ich meine? Er wirkte eher wie jemand von denen, die sich die teuersten und professionellsten Bergsteigerklamotten kaufen und dann mit der Seilbahn auf den Berg fahren. Es sah irgendwie nicht echt aus, nicht authentisch. Hätte mich nicht gewundert, wenn an seiner Outdoorjacke noch ein Preisschild gehangen hätte.«

Madsen nickte. »Herr Schmitt, Ihre Beobachtung ist für uns von größtem Nutzen! Würden Sie so freundlich sein und heute im Laufe des Tages noch mal kurz bei uns in der Starnberger Inspektion vorbeikommen? Ich verständige einen Kollegen aus München, damit der mit Ihrer Hilfe eine Phantomzeichnung anfertigen kann. Auch wenn Sie von dem Gesicht nur sehr wenig erkennen konnten, würde uns ein Bild helfen.«

Er kramte in seinen Taschen und zog einen Zeitungsausschnitt heraus, den er Rufers Artikelsammlung entnommen hatte. Neben dem Text befand sich ein großes Foto, das Jenny und ihren Bruder beim Verlassen des Gerichtsgebäudes zeigte.

»Schauen Sie sich doch bitte mal dieses Bild an. Könnte der Mann auf dem Foto der ominöse Besucher gewesen sein?«

Schmitt nahm den Artikel und betrachtete die Abbildung gründlich und lange.

»Weiß nicht!«, murmelte er. »Vom Alter her würde es in etwa passen, aber alles andere wäre reine Spekulation. Nein, tut mir leid, ich kann es nicht mit Gewissheit sagen, und bevor ich jetzt einen Unschuldigen mit meiner Aussage belaste, halte ich mich lieber geschlossen.«

»Kein Problem!«, entgegnete Madsen und verstaute das Bild wieder in seiner Jackentasche. »Wäre schön gewesen, aber es ist natürlich völlig in Ordnung, dass Sie keine voreiligen Schlüsse ziehen. Trotzdem vielen Dank und bis später in der Inspektion.«

Er spielte für einen Moment mit dem Gedanken, Lissy auf dem Weg zu seinem nächsten Termin spontan einen kurzen Besuch abzustatten. Doch dann setzte sich sein Pflichtbewusstsein durch, und er entschied mit einem Anflug von Bedauern, dass es in der momentanen Situation von Vorteil wäre, sich nicht um Beziehungspflege zu kümmern, sondern stattdessen lieber um das Ergreifen eines Serienmörders.

***

Polizeioberwachtmeisterin Jo Kimmel und Polizeimeister Jonas Brandl hatten sich unmittelbar nach der Teambesprechung auf den Weg gemacht, um Krautscheits Witwe die traurige Nachricht vom Tod ihres Gatten zu übermitteln. Brandl hatte Kimmel gebeten, diese Aufgabe zu übernehmen, da er in der Regel selten die richtigen Worte fand und stattdessen wie ein Elefant durch die fragile Gefühlswelt seiner Gesprächspartner zu trampeln pflegte.

Als die beiden Polizisten die gesuchte Adresse in der Nähe des Wasserwerks Starnberg erreicht hatten, standen sie vor einem dem mondänen Image der Kreisstadt wenig zuträglichen, heruntergekommenen Wohnsilo mit zahlreichen Mietparteien und ebenso vielen Satellitenschüsseln. Kimmel erblickte einen Mann, der vor einem der Eingänge an einem alten Golf herumschraubte. Er trug ein ausgeleiertes Feinrippunterhemd, eine fleckige Dreiviertelhose und schief gelaufene Gummischlappen. Kimmel ging zu ihm, grüßte ihn freundlich und erkundigte sich nach der Wohnung von Krautscheit, doch der Mann brummte lediglich etwas Unverständliches und deutete vage über seine Schulter. Brandl wollte angesichts des überschaubaren Engagements des Mannes, ihnen zu helfen, gerade zu einer pädagogischen Grundsatzdiskussion ansetzen, als seine Kollegin auf das Klingelbrett deutete. Unter Graffitischmierereien kaum zu erkennen war auf einem Leukoplaststreifen der gesuchte Name handschriftlich aufgekritzelt.

Sie betraten das Treppenhaus, dessen Wände mit farbigen Tags, obszönen Zeichnungen und aus orthografischer Sicht bedenklichen Liebesbotschaften an die Shanias, Mandys und Cindys dieser Welt vollgeschmiert waren. In der Luft lag ein schwacher Uringeruch, und die gelbe Beleuchtung ließ die verdreckt-nostalgische Szenerie geradezu surreal wirken. Die Wohnung Krautscheits befand sich im zweiten Stock. Aus dem Inneren der Wohnung ertönte laute Schlagermusik, und Brandl musste mehrmals heftig mit der Faust gegen das Holz schlagen, bis die Lautstärke des Radios heruntergedreht und die Tür einen Spalt weit geöffnet wurde. Eine ältere, übergewichtige Frau bat sie kurz angebunden herein, nachdem sie sich vorgestellt und ausgewiesen hatten.

Die Frau vermittelte den Eindruck einer typischen Protagonistin des mittäglichen Unterschichtenfernsehens – oder einer treuen Konsumentin dieser Sendungen. Sie trug einen an den Beinen viel zu kurzen fliederfarbenen Hausanzug aus Frotteestoff, rosafarbene Filzpantoffeln und fleischfarbene Nylonkniestrümpfe, deren Vielzahl von Laufmaschen fast schon den Eindruck eines ornamentalen Musters erzeugten. Durch die nachlässige Rottönung ihrer Haare schimmerte an diversen Stellen die dunkelblonde Originalfarbe, und der Schmuck an ihren wurstigen Fingern besaß eher die Wertigkeit eines Automatengewinns als die von echten Juwelen.

Der zweifelhafte Stil ihres persönlichen Erscheinungsbildes setzte sich beim Dekor der beengten Räumlichkeiten stimmig fort. Kitschige Bilder mit spärlich bekleideten Frauen, die sich auf chromblitzenden Motorrädern rekelten, zierten die vom Zigarettenqualm vergilbten Wände, und die wenigen im Raum befindlichen Möbel schienen – soweit die beiden Beamten das durch die fingerdicke Staubschicht zu beurteilen vermochten – aus billigstem Material gezimmert worden zu sein.

»Schöne Wohnung!«, bemerkte Brandl ironisch.

»Verarschen kann ich mich alleine!«, brummte die Frau und zündete sich eine Zigarette an. »Die Bude ist genauso runtergekommen wie der ganze Block. Aber was soll ich machen? In Grünwald ist grad keine Villa frei.«

Sie lachte heiser und verfiel in einen lang anhaltenden Hustenanfall. Kimmel wartete, bis sie sich wieder gefangen hatte, und wechselte dann behutsam das Thema.

»Frau Krautscheit, wir haben leider eine traurige Nachricht für Sie. Ihr Mann wurde heute Morgen tot aufgefunden.«

Das war exakt der Moment, in dem die meisten Neuwitwen in hysterisches Schluchzen ausbrachen und oft nur mittels mitfühlender Umarmung der Beamten beruhigt werden konnten. Brandl schickte ein rasches Stoßgebet zum Himmel, dass das bei dieser ungepflegten Person nicht nötig sein würde, denn er befürchtete, dass eine Unmenge von Bakterien den kurzen Körperkontakt zu einem Wirtswechsel nutzen würde. Sein flehentliches Bitten schien von einer ihm freundlich gesinnten höheren Instanz erhört worden zu sein, denn die Frau zeigte nicht die befürchtete Regung, sondern kramte völlig ungerührt in einer Schublade herum.

»Frau Krautscheit, Sie haben vielleicht nicht ganz verstanden!«, wiederholte Kimmel mit sanfter Stimme. »Ihr Mann ist tot!«

»Ich bin ja nicht taub!«, fuhr die Alte sie an. »Wo ist denn jetzt dieser verdammte Aschenbecher?«

Kimmel blickte Brandl ratlos an, und dieser zuckte mit den Schultern.

»Interessiert es Sie denn gar nicht, wie und wo er gefunden wurde?«, erkundigte Kimmel sich fassungslos.

Die Frau des Opfers hatte das Gesuchte inzwischen gefunden und wandte sich wieder den Polizisten zu. »Das werden Sie mir doch bestimmt sowieso erzählen – ob ich jetzt frage oder nicht, richtig? Also gut, meinetwegen! Wie und wo wurde er denn gefunden?«

»Er wurde ermordet, Frau Krautscheit. Wir haben, so schrecklich es jetzt auch klingen mag, in der Nähe von Wolfratshausen Teile seiner zerstückelten Leiche gefunden.«

»Wundert mich nicht!«, stieß die Frau abfällig hervor. »Irgendwann musste es ja mal so kommen!«

Bevor Kimmel ihn daran hindern konnte, mischte sich Brandl in das Gespräch ein.

»Ihrer liebevollen Anteilnahme an dem Schicksal Ihres Mannes entnehme ich, dass Sie beide ein glückliches und erfülltes Eheleben geführt haben, nicht wahr?«

Kimmel erstarrte, doch zu ihrer Überraschung schien die Frau mit dieser sarkastischen Tonalität wesentlich besser umgehen zu können als mit ihren von Mitgefühl geprägten Formulierungen.

»Eheleben? Mit diesem Schwein? Vergessen Sie's! Der Typ war die Pest! Kam nach Hause, wann er wollte, war oft tagelang weg, hat gesoffen, hat sich geprügelt und stand auf kleine Kinder. Soll ich Ihnen was sagen? Ich bin froh, dass er tot ist! Jetzt habe ich wenigstens meine Ruhe.«

»Ja, aber warum haben Sie ihn denn dann nicht verlassen, wenn er so ein unangenehmer Typ war?«, erkundigte sich Kimmel.

Krautscheits Witwe stieß ein verächtliches Lachen aus. »Genau deshalb, Kindchen, genau deshalb! Wenn ich abgehauen wäre, hätte er mich garantiert wiedergefunden – und das wäre mir definitiv nicht gut bekommen. Und davon abgesehen: Wo hätte ich denn hingehen sollen? Mal ganz ehrlich – im Grunde ist ein Umzug doch wie eine neue Regierung: Zuerst ist man voller Euphorie und Hoffnung, aber dann kapiert man ganz schnell: Es ist der alte Scheiß – nur in neuer Schüssel!«

Kimmel schwieg, weil sie nicht wusste, was sie auf diese resignative Äußerung antworten sollte. Aus diesem Grunde übernahm Brandl wieder das Gespräch.

»Frau Krautscheit, wir möchten Sie in Ihrer unendlichen Trauer nicht lange stören, aber wir hätten noch ein paar Fragen, weil es uns im Gegensatz zu Ihnen sehr wohl interessiert, warum Ihr Mann umgebracht wurde. Und vor allem: von wem!«

»Nur zu, fragen Sie!«, antwortete die Frau. »Und richten Sie ihm meinen Dank aus, wenn Sie ihn finden!«

»Werden wir machen!«, bekräftigte Brandl, während Kimmel bestürzt über so viel Gefühlskälte nach Luft schnappte. »Sagen Sie: Gab es Drohungen gegen Ihren Mann? Hatte er Feinde?«

»Wen meinen Sie genau? Die alten Gegner aus seiner Zeit bei der Legion? Die Typen, mit denen er sich im Knast angelegt hat? Seine Opfer bei zahllosen Kneipenschlägereien? Oder die Familien, deren Kinder er geschändet hat? Ich geb Ihnen einen Rat: Suchen Sie lieber Leute, die ihn leiden konnten – das geht nämlich wesentlich schneller!«

»Gute Idee!«, antwortete Brandl ungerührt. »Das werden wir machen. Dann sagen Sie mir doch bitte abschließend nur noch, mit wem er sich üblicherweise rumgetrieben hat und wo wir diejenigen finden.«

Die Frau zündete sich eine neue Zigarette an, obwohl die vorherige immer noch im Aschenbecher vor sich hin glomm.

»Das sind nur zwei: Phil und Ronny! Zwei widerliche Kerle – passen perfekt zu meinem Mann! Keine Ahnung, wie die mit Nachnamen heißen, aber Sie finden sie in ihrer Garage bei ihren Mopeds.«

»Und wo bitte finden wir die Garage?«, hakte Brandl nach.

»Nicht weit weg von hier. Ein kleines Stück Richtung Söcking, dann links auf das große Grundstück, wo's Richtung Maisinger Schlucht geht. Ist ein altes Firmengelände mit diversen Garagen und Lagerhallen. Sie werden's hören, wenn Sie da sind.«

Brandl nickte, obwohl er nicht den blassesten Schimmer hatte, was die Frau mit dieser Bemerkung meinte. »Frau Krautscheit, würde es Ihnen etwas ausmachen, wenn wir uns mal bei den Sachen Ihres Mannes umschauen? Vielleicht gibt es ja doch einen Drohbrief oder einen anderen Hinweis, der uns bei den Ermittlungen weiterhelfen könnte.«

»Tun Sie sich keinen Zwang an, junger Mann!«, winkte die falsche Rothaarige ab, nahm eine Dose No-Name-Bier aus dem Kühlschrank und öffnete sie zischend mit einer Hand. »Und wenn Sie mir einen Gefallen tun wollen, dann nehmen Sie seine widerlichen Pornohefte auch gleich mit. Dann wäre das Kapitel Klaus Krautscheit für mich nämlich endgültig abgeschlossen!«

***

Währenddessen stand Madsen vor Thilo Rufers Haus und wollte gerade die Klingel betätigen, als die gläserne Eingangstür sich öffnete und Rufer auf die Straße trat.

»Ah, das trifft sich ja ausgezeichnet!«, begrüßte er den jungen Mann. »Haben Sie einen Moment Zeit für mich?«

Rufer schaute kurz auf die Uhr und nickte. »Ich bin in einer halben Stunde mit ein paar Freunden verabredet, aber wenn es schnell geht …«

Madsen nickte und deutete auf eine der Bänke vor dem Gebäude. »Keine Sorge, es dauert nicht lange. Setzen wir uns doch einen Moment!«

Die beiden nahmen Platz, und Madsen musterte sein Gegenüber erstaunt. Rufer wirkte bei Weitem nicht mehr so heruntergekommen wie bei seinem letzten Besuch. Er schien frisch rasiert zu sein, die Haare waren ordentlich gekämmt, und er roch dezent nach einem herben Rasierwasser. Dazu trug er legere, saubere Freizeitkleidung, und sogar die Schuhe wirkten frisch geputzt.

Der Mann bemerkte Madsens musternde Blicke und errötete.

»Ob Sie es glauben oder nicht, Herr Kriminalrat …«, grinste er verlegen, »… aber mein verändertes Äußeres ist zum großen Teil Ihr Verdienst.«

»Mein Verdienst? Inwiefern das?«

»Glauben Sie wirklich, mir wäre der angewiderte Blick von Ihnen und Ihrem Kollegen bei unserem letzten Gespräch nicht aufgefallen? Ihr Unbehagen, als Sie sich in unserer Wohnung umgeschaut haben? Und Sie hatten völlig recht! Bei uns sah es aus wie auf einer Müllkippe, und auch ich habe mich in letzter Zeit in meinem Selbstmitleid völlig gehen lassen. Als wir beide in Jennys Zimmer saßen und uns die Bilder angeschaut haben, habe ich mich plötzlich Ihnen und Jenny gegenüber fürchterlich geschämt. Ich habe mir ausgemalt, was meine Schwester wohl denken würde, wenn sie mich so sehen könnte. Sie war immer so reinlich, so sauber, so perfekt – und ich hause mit unserem Vater in diesem Schweinestall. Da habe ich mir geschworen, dass die Zeit des Herumlungerns vorbei ist und dass wieder Ordnung in mein Leben gebracht werden muss.«

Er unterbrach, um sich ausgiebig die Nase zu putzen, und warf das Papiertaschentuch achtlos hinter die Bank.

»Entschuldigung, ich habe mich irgendwie erkältet. Na ja, was ich auf jeden Fall noch sagen wollte: Sie können auch gerne noch mal mit hochkommen – die Wohnung ist inzwischen fast komplett entrümpelt! Ich bin nur noch nicht dazu gekommen, die Wände zu streichen, aber auch das werde ich in den nächsten Tagen nachholen. Also vielen Dank noch mal, dass Sie mir –

wenn auch vielleicht unbewusst – die Augen geöffnet haben. Und verzeihen Sie nochmals, dass mein Vater und ich so wenig kooperativ waren.«

»Schon in Ordnung!«, winkte Madsen ab und fragte sich gleichzeitig, ob Rufers wundersamer Wandlung eine echte Bewusstseinsveränderung oder lediglich taktisches Kalkül zugrunde lag. Er wurde aus seinem Gegenüber einfach nicht schlau. Entweder war Rufer tatsächlich unschuldig, oder er war einer der gerissensten Lügner, die Madsen während seiner gesamten beruflichen Laufbahn jemals kennengelernt hatte.

Und davon gab es wahrlich einige.

»Herr Rufer, sagt Ihnen der Name Klaus Krautscheit etwas? Oder Felicitas Hämmerle?«

Sein Gegenüber schüttelte den Kopf. »Nein, nie gehört! Weder den einen noch den anderen. Wer soll denn das sein?«

Madsen überlegte kurz und beschloss dann, mit offenen Karten zu spielen. »Sie werden es ja in Kürze sowieso aus den Medien erfahren. Es hat einen neuen Mord gegeben! Das Opfer heißt Klaus Krautscheit, und ebenso wie Mohn hat auch er vor nicht allzu langer Zeit ein Mädchen vergewaltigt. Und zwar Felicitas Hämmerle.«

Rufer atmete zischend aus. »Sieh an! Jetzt verstehe ich auch den Grund Ihres Besuches. Sie wollen wissen, ob ich ein Alibi habe.«

»Eigentlich wollte ich erst mal nur wissen, ob Sie die beiden kennen. Aber wenn Sie es schon ansprechen: Wo waren Sie denn die letzte Nacht? Und jetzt sagen Sie bitte nicht, dass Sie wieder mit Ihren Kumpels saufen waren.«

Rufer hob bedauernd die Hände. »Tja, Herr Kriminalrat, ob Sie es glauben oder nicht, aber ich war tatsächlich wieder mit meinen Freunden unterwegs. Wir waren beim Bowling in Andechs, und zwar bis kurz nach Mitternacht. Dann bin ich mit einem Taxi nach Hause gefahren und war so gegen eins im Bett.«

Madsen notierte sich die Angaben. »Ihnen ist klar, dass wir das überprüfen werden, oder? Und ich kann nur für Sie hoffen, dass das nicht wieder so eine schwindelige Luftnummer ist wie Ihr letztes Alibi.«

»Tun Sie, was Sie tun müssen, Herr Kriminalrat!«, antwortete Rufer und stand auf. »Ich muss jetzt los. Und wenn noch was ist: Sie wissen ja, wo Sie mich finden können.«

Madsen nickte wortlos und blieb auf der Bank sitzen, bis Rufer außer Sichtweite war. Anschließend blickte er sich um, um sicherzustellen, dass er unbeobachtet war, denn bei dem, was er jetzt zu tun gedachte, wollte er nach Möglichkeit keine Zeugen haben. Allerdings beging er dabei den Fehler, nicht nach oben zu schauen. Hätte er es getan, dann hätte er bemerkt, dass sich die Gardine vor dem Fenster von Rufers Wohnung leicht bewegt hatte.

So, als hätte jemand dicht dahintergestanden.

***

Als Kimmel und Brandl kurze Zeit später ohne jedes Erfolgserlebnis bei der Suche nach einem Drohbrief in Krautscheits Wohnung wieder auf die Straße traten, war der Mann mit dem Golf verschwunden. Stattdessen streunte ein großer, zotteliger Hund vor dem Haus herum und knurrte bedrohlich, als die beiden Polizisten sich näherten. Doch statt aus- oder zurückzuweichen, trat Brandl entschlossen auf ihn zu und ließ ein deutlich lauteres Knurren vernehmen, worauf das Tier erschrocken zusammenzuckte und mit eingekniffenem Schwanz die Flucht ergriff.

Kimmel schaute ihren Kollegen amüsiert an.

»Sag mal, Johnny, gibt es eigentlich irgendjemanden auf dieser Welt, der sich nicht von dir einschüchtern lässt?«

»Ja, meine Ex-Schwiegermutter. Und leider auch mein Zahnarzt. Und mein Urologe …«

Brandl zählte die entsprechenden Personen mit übertriebenem Ernst auf, und Kimmel kicherte immer noch, als sie das Gelände betraten, wo sie nach Aussage von Krautscheits Witwe dessen Kumpane treffen sollten.

»Das muss die Alte gemeint haben, als sie sagte, wir hören, wenn wir da sind!«, bemerkte Brandl, als von irgendwoher laute Heavy-Metal-Musik erklang.

Die beiden Beamten blickten sich auf dem trostlosen Areal um. Seitlich begrenzt wurde es von Garagen und Kfz-Stellplätzen, die entgegen ihrer eigentlichen Bestimmung mit Autoteilen, Pappkartons und alten Möbeln vollgestellt waren. Der gesamte Hof wirkte heruntergekommen und verwahrlost. Es roch nach Spiritus und Grillkohle, Gras und Unkraut wucherten durch den fleckigen Beton, und überall waren die Hinterlassenschaften mehr oder weniger künstlerisch begabter Graffitisprayer zu erkennen. Abgerundet wurde das wenig einladende Ambiente durch zahlreiche an den Toren befestigte Verbotsschilder, die unter anderem das Fußballspielen, das Anlehnen von Fahrrädern, das Laufenlassen von Motoren, das Lärmen nach zwanzig Uhr sowie das Hinterlassen von Hundekot verboten.

»Wie bedauerlich, dass die Töle von eben nicht lesen kann!«, brummte Brandl und deutete mit der Fußspitze auf einen von Fliegen übersäten Hundehaufen.

Während Kimmel abermals grinsen musste, näherte sich ihr Kollege einer Garage mit hölzerner Doppeltür, hinter der sich unschwer erkennbar die akustische Quelle der drohnenden Musik befand. Ein großes metallisches Harley-Logo prangte auf dem nachlässig lackierten Holz, und ein rostiges Schild verkündete: »HARLEY PARKING ONLY – ALL OTHERS WILL BE CRUSHED«. Offensichtlich flößten die Besitzer dieser Garage auch den jugendlichen Sprayern beträchtlichen Respekt ein, denn während alle anderen Wände rundherum beschmiert waren, hatten die Kids mit ihren Spraydosen einen großen Bogen um das völlig unbemalte Tor geschlagen.

Brandl drehte an dem rostigen Knauf und öffnete schwungvoll die hölzerne Flügeltür. Augenblicklich schwoll die Lautstärke der Musik auf eine Dezibelzahl an, die auch ohne otologische Fachkompetenz als gesundheitsgefährdend zu bezeichnen war. Dröhnende Bässe schallten über den Hof und wurden von den gegenüberliegenden Wänden als gewaltiges Echo zurückgeworfen. Die zwei Männer, die in der Garage an einer schweren schwarz-silbernen Harley-Davidson mit Lederverzierungen schraubten, blickten Brandl perplex an. Dann sprang einer der beiden auf und trat, einen großen Schraubenschlüssel in der Hand, drohend auf ihn zu.

»Schon mal was von Klopfen gehört, du Penner!«, blaffte er Brandl an, bevor dieser Gelegenheit hatte, sich als Polizist auszuweisen. »Was willst du hier überhaupt? Mach, dass du wegkommst, sonst zieh ich dir hiermit mal 'n paar Muttern nach!«

Dabei klopfte er sich mit dem metallischen Werkzeug provokativ in die freie Handfläche.

»Sag mal, ist das normal, dass da am Tank was brennt?«, erkundigte sich Brandl und deutete mit dem Zeigefinger auf das Motorrad.

Der Mann fuhr hektisch herum. »Wo brennt …?«

Er konnte den Satz nicht zu Ende bringen, denn Brandl hatte blitzschnell den Arm des Mannes gepackt und auf den Rücken gedreht. Der Biker schrie schmerzerfüllt auf und ließ das Werkzeug scheppernd zu Boden fallen. Sein Partner sprang auf, ergriff einen schweren Hammer und stürmte auf die beiden Kämpfenden zu, doch im selben Moment hatte Kimmel die Garage betreten, ihre Waffe aus dem Holster gezogen und zielte auf den Unterleib des Mannes.

»Halt! Noch ein Schritt und du gehst ab sofort zum Gynäkologen!«, sagte sie mit ruhiger, kalter Stimme.

Der Rocker stoppte, analysierte die Situation in Sekundenschnelle und gelangte zu dem Entschluss, dass es angeraten schien, die Entschlossenheit der jungen, komplett in Pink gekleideten Frau nicht auf die Probe zu stellen. Brandl lockerte indes den Griff und stieß seinen Kontrahenten unsanft zu Boden. Dann ging er zu dem an der Wand befestigten Metallregal und schaltete den Radiorekorder aus.

»So, ihr zwei Helden, wenn wir uns kurz vorstellen dürften: Das ist Polizeioberwachtmeisterin Kimmel …«, er deutete auf Jo Kimmel, die immer noch die Waffe in der Hand hielt, sie aber inzwischen auf den Boden gerichtet hatte, »... und ich bin Polizeimeister Brandl. Wir sind hier, um euch ein paar Fragen zu stellen. Ihr habt doch nichts dagegen, oder?«

Die beiden schüttelten stumm den Kopf.

Trotz ihrer Lederkutten, der martialischen Tätowierungen und ihrer üppigen Vollbärte wirkten sie angesichts des entschlossenen Auftretens der beiden Polizisten plötzlich verschüchtert wie zwei Teenager bei ihrem ersten Tanzkurs.

»Also, zuerst mal zur Info: Euer Kumpel Krautscheit ist tot. Er wurde ermordet!«

Die beiden Biker erbleichten und starrten die Ermittler ungläubig an. »Aber wer ...?«

»Jawohl, Superhirn, genau das ist die Hunderttausend-Euro-Frage: Wer?«, entgegnete Brandl. »Man munkelt, Krautscheit und ihr hättet euch bei so ziemlich jedem Menschen unbeliebt gemacht, der das Pech hatte, euch über den Weg zu laufen. Wem habt ihr denn dermaßen an die Karre gepinkelt, dass er zu so drastischen Mitteln greifen könnte? Na los, kommt schon, raus mit der Sprache! Wir werden euch, eure Vergangenheit und euren Umgang sowieso komplett durchleuchten. Besser, ihr sagt gleich, was für Dreck ihr am Stecken habt, bevor wir es rausfinden.«

Die beiden Motorradfreaks schauten sich einen Moment lang unsicher an, dann zuckte der kleinere, der offensichtlich der Wortführer war, mit den Schultern. »Eigentlich gab es keine besonderen Vorkommnisse! Wir haben halt hin und wieder mal 'ne kleine Auseinandersetzung mit irgendwelchen Typen gehabt. Waren aber immer Lappalien – mit Sicherheit nichts, was einen Mord nach sich ziehen würde.«

»Seid ihr sicher?«, hakte Brandl nach. »Manche Leute sind bei Schlägereien äußerst nachtragend, weil nicht nur ihr Nasenbein, sondern auch ihre Ehre und ihr Stolz verletzt wurden. Ich kenne genug Typen, die sich für so was noch nach Monaten blutig gerächt haben.«

Er nestelte an seiner Hosentasche und zog zwei gefaltete Kopien heraus. Bei dem einen Blatt handelte es sich um den

Zeitungsausschnitt mit Rufers Konterfei, bei dem anderen um ein Foto von Karl Runge, dem immer noch unauffindbaren Anwohner aus Andechs.

»Kennt ihr einen von den beiden? Ist euch einer von denen vielleicht mal irgendwo über den Weg gelaufen?«

Die Rocker schauten zunächst desinteressiert auf die Ausdrucke, doch dann stutzten beide.

»Ja, der hier!« Der Kleine deutete auf Runge. »Den da kennen wir! Mit dem hatten wir mal eine Auseinandersetzung vorm ›Rö‹. Das ist das Rockcafé in Feldafing!«, fügte er erklärend hinzu, als er den fragenden Blick der beiden Polizisten bemerkte. »Klaus hat ihm ein paar aufs Maul gegeben, weil er uns beim Rauchen blöd angequatscht hat. War so 'n typischer aggressiver Stänkerer, der aber dann nichts draufhatte. Das Ganze muss jetzt etwa vier Wochen her sein, vielleicht auch fünf.«

Brandl blickte Kimmel vielsagend an. Dann ging er neben den beiden Männern in die Hocke und beugte sich ganz nahe zu dem Sprecher hinüber.

»Erklär mal! Was genau verstehst du unter ›ihm ein paar aufs Maul gegeben‹?«

Der Bärtige antwortete verlegen: »Na ja, er hat ihm halt die Fresse poliert! Der Typ hatte Glück, dass etliche Leute Klaus zurückgehalten haben, sonst hätte er mit Sicherheit mehr abbekommen.«

Brandl stand nachdenklich auf.

Runge war Klees Schilderungen und seiner Polizeiakte nach zu urteilen ein jähzorniger Mann. Zweifelsohne würde er die Demütigung des Verprügeltwerdens nicht klaglos hinnehmen. Vielleicht hatte er Krautscheit ja aus Rache für die Schlägerei getötet. Dagegen sprach allerdings, dass die spezielle Art des Mordes und das aufwendige Drapieren der Innereien in einem Falkennest in diesem Zusammenhang nicht den geringsten Sinn ergaben. Brandl schaute die beiden Motorradfreaks prüfend an. Ein anderer, zwar unwahrscheinlicher, aber theoretisch ebenfalls möglicher Tatverlauf war, dass Krautscheit gemeinsam mit den beiden Bikern zuerst Mohn ermordet hatte und dann nachträglich aus irgendwelchen, noch zu eruierenden Gründen auf die gleiche Art und Weise von seinen Komplizen aus dem Weg geräumt worden war.

Inspiriert durch diesen Gedankengang, ließ Brandl seinen Blick über den Betonboden schweifen, der mit zahlreichen undefinierbaren Flecken übersät war. Sollten diese Verunreinigungen – oder zumindest einige davon – nicht durch Motoröl, sondern durch Blut entstanden sein, ließe sich das auch nach gründlichster Reinigung immer noch zweifelsfrei durch den Einsatz von Luminol und Natriumperoxid nachweisen.

Brandl deutete auf die Flecken und nickte Kimmel zu, die sofort verstand und nach ihrem Handy griff, um die Spurensicherung zu verständigen. Auch Brandl zückte sein Smartphone, allerdings nicht um einen Anruf zu tätigen, sondern um ein Foto der beiden Männer zu schießen.

Anschließend hob er drohend den Zeigefinger. »Die Kollegen von der Spurensicherung werden gleich hier vorbeikommen. Bis dahin haltet ihr euch zu deren Verfügung. Und wenn ich euch einen guten Tipp geben darf: Heißt die etwas freundlicher willkommen als uns! Andernfalls schaue ich noch mal mit ein paar Kumpels vom SEK vorbei – und dann werdet ihr euch wünschen, meine charmante Kollegin hätte euch nur eine Kugel in die Klöten gejagt!«

Nachdem Brandl und Kimmel die Garage verlassen hatten und außer Sichtweite der beiden Freunde von Krautscheit waren, legte Brandl seiner Kollegin freundschaftlich den Arm um die Schultern.

»Das war ziemlich cool gerade eben, Jo. Danke für dein schnelles Eingreifen. War echt überzeugend – sogar ich habe für einen Moment geglaubt, du wärst dazu imstande, ihm eine Kugel zu verpassen.«

»Tja, wenn du das nur kurz geglaubt hast, dann scheinst auch du mich zu unterschätzen, Johnny«, erwiderte die junge Polizistin, ohne ihre Miene im Geringsten zu verziehen. »Ich hätte keine Sekunde gezögert abzudrücken. Wir wurden angegriffen, und du warst in Gefahr – das hätte für mich den Gebrauch der Waffe absolut gerechtfertigt. Und da ich eine ziemlich gute Schützin bin, wäre die Kugel auch genau dort eingeschlagen, wo ich hingezielt habe.«

Brandl kniff die Augen zusammen und suchte in Kimmels Mimik nach irgendeinem Zeichen für Ironie. Als er erkannte, dass die jedoch jedes Wort exakt so meinte, wie sie es gesagt hatte, legte er instinktiv seine Hand schützend über seinen Schritt.

»Gut zu wissen, wie du so drauf bist – dann weiß ich ab jetzt wenigstens, was mich erwartet, wenn ich mit dir unterwegs bin!«, brummte er sichtlich beeindruckt. »Aber jetzt lass uns schleunigst zur Inspektion zurückfahren. Ich muss mich noch um Mohns persönliches Umfeld kümmern. Vielleicht kennt einer von seinen Bekannten oder Nachbarn ja unsere zwei Motorradkumpels.«

Er kratzte sich am Kopf und verzog unleidig das Gesicht.

»Weißt du, was mich unheimlich nervt? Ich meine, außer dass mir der Magen in den Kniekehlen hängt? Irgendwie lauft alles gerade noch so völlig parallel, ohne dass man irgendeine wirkliche Verbindung erkennen kann. Ich bin mir aber sicher: Wenn wir erst einmal den gemeinsamen Nenner gefunden haben, klärt sich der ganze Fall wie von selbst.«

»Wenn es diesen gemeinsamen Nenner überhaupt gibt!«, seufzte Kimmel und fuhr sich mit beiden Händen durch ihr blondes Haar. »Ich habe gerade das untrügliche Gefühl, dass diese Geschichte sich zu einer verdammten Katastrophe entwickelt. Und das Beschissene ist: Wir können im Moment nicht das Geringste dagegen tun!«

***

Nachdem Klee geläutet und sich vor der an der Mauer angebrachten Kamera ausgewiesen hatte, rollte das massive Metalltor lautlos zur Seite, und der Anblick, der sich ihm bot, verschlug Klee den Atem.

Eingefasst von Tausenden von Quadratmetern parkähnlichem Garten und durch hohe Natursteinmauern von der Straße und den Problemen der nivellierten Mittelstandsgesellschaft getrennt, bewies das Anwesen der Familie Hämmerle, dass sich Fortuna ihrer in geschäftlichen – oder erblichen – Angelegenheiten als besonders hold erwiesen hatte. Majestätische Laubbäume säumten die kiesbedeckte weiße Auffahrt, auf den akkurat geschnittenen Grünflächen verströmten üppig blühende Rosensträucher einen betörenden Duft, und zwischen den farbenfrohen Blumenbeeten befanden sich zahlreiche weiße Marmorstatuen römischer Gottheiten.

Es waren aber nicht nur die Skulpturen, die Klee plötzlich das Gefühl vermittelten, sich nicht allein im Garten aufzuhalten. Unsicher blickte er sich um und entdeckte zwischen mehreren dicht gewachsenen Rhododendren einen Gärtner, dessen Physiognomie ihn ohne Weiteres auch zum Bodyguard prädestiniert hätte. Er hatte einen kantigen, kahl rasierten Schädel, extrem definierte Arme, und in seinen schaufelgroßen Händen hielt er eine gewaltige Axt, die das Sonnenlicht reflektierte. Stoisch einen Kaugummi zermalmend, starrte er den Besucher mit kalten Augen an. Klee nickte freundlich, doch statt seinen Gruß zu erwidern, drehte der Hüne sich wortlos um und hieb mit einer blitzschnellen, geschmeidigen Bewegung einen armdicken Ast von einem Baum. Obwohl diese Art von Tätigkeit zu den grundlegenden Aufgaben eines Gärtners gehören mochte, konnte Klee sich des Gefühls nicht erwehren, dass es sich dabei eher um eine bewusst einschüchternde Demonstration von Stärke und Entschlossenheit gehandelt hatte.

Er schluckte und setzte seinen Weg fort. Eine attraktive, vornehm wirkende Frau mittleren Alters stand mit verschränkten Armen auf der breiten Treppe, die die Front des Hauptgebäudes architektonisch dominierte. Sie hatte streng nach hinten gebundenes weißblondes Haar, trug ein elegantes cremefarbenes Kostüm und dezenten, aber zweifelsohne wertvollen Schmuck. Auf dem Arm hielt sie zwei hysterisch kläffende weiße Malteser mit verschiedenfarbigen Samtschleifen auf dem Kopf.

Klee deutete – von den Hunden der Möglichkeit des Handschlags beraubt – zum Gruß eine Verbeugung an und stellte sich und sein Anliegen vor. Die Hausherrin verzichtete auf eine Antwort, lächelte nonchalant und bat ihn mit einer eleganten Handbewegung in den Wohnbereich. Auch wenn Klee angesichts des luxuriösen Außenbereiches der festen Überzeugung war, von nichts mehr überrascht werden zu können, sah er sich beim Betreten des Hauses eines Besseren belehrt.

Die Größe des Raumes entsprach nahezu der einer Turnhalle. Eine Wendeltreppe, die sich um eine korinthische Säule schlängelte, führte zu einer den gesamten Raum umlaufenden Empore, und überall an den Wänden hingen monumentale expressionistische Kunstwerke. Das Highlight des Wohnzimmers bestand jedoch fraglos aus der komplett verglasten Fensterfront, die einen atemberaubenden Panoramablick über die gepflegten Gartenanlagen bot.

Klee vergaß für einen kurzen Moment den Grund seines Besuches und genoss stattdessen den faszinierenden Ausblick. Doch dann spürte er intuitiv, dass er beobachtet wurde, und fuhr herum. Hinter ihm stand – wie seine Frau eben – mit verschränkten Armen nun der Besitzer der Villa.

Dr. Heinrich Rigobert Hämmerle wirkte in natura größer als auf den Fotos in den Akten, hatte grau meliertes, streng gescheiteltes Haar, sonnengebräunte Haut und kräftige, breite Schultern. Seiner Kleidung und seinen Schuhen nach zu urteilen, kam er geradewegs vom Golfplatz.

»Grüß Gott, Herr Dr. Hämmerle. Ich bin Kommissar Klee. Entschuldigen Sie bitte die Störung, aber ich hätte ein paar Fragen an Sie.«

Dr. Hämmerle nickte schweigend und bedeutete dem Polizisten, auf einem weißen Ledersofa, das ausreichend Fläche für ein komplettes Handballteam bot, Platz zu nehmen, während er sich selbst auf einen stilistisch völlig konträren antiken Lehnstuhl setzte. Seine Frau platzierte sich hinter ihm und legte ihre Hände demonstrativ auf die Schultern ihres Gatten.

Klee rief sich blitzschnell die wichtigsten Informationen,

die er den Polizei- und Gerichtsakten entnommen hatte, ins Gedächtnis. Dr. Hämmerle entstammte einer alteingesessenen Familie aus dem schwäbischen Raum. Nach diversen Tätigkeiten im In- und Ausland hatte er den elterlichen Süßspeisenbetrieb übernommen und erfolgreich an die Börse geführt. Der anschließende Verkauf seiner Aktienmehrheit hatte es ihm ermöglicht, sich aus dem operativen Geschäft zurückzuziehen und ausschließlich dem kulturellen und gesellschaftlichen Wirken zu verschreiben. Doch dann hatten die Entführung und der Missbrauch seiner Tochter einen dunklen Schatten auf das Leben des Mannes geworfen, der es seit Kindesbeinen gewohnt war, sich auf der Sonnenseite desselbigen zu befinden. Der bis dahin so extrovertiert agierende Unternehmer hatte sich seitdem völlig aus jedwedem sozialen Umfeld zurückgezogen und sich als extrem medienscheu und misstrauisch der Öffentlichkeit gegenüber gezeigt.

Auch jetzt vermittelte das kühle, reservierte Verhalten des vor ihm stehenden Ehepaares dem Kommissar ein Gefühl der Distanz und Abwehr. Klee kam sich plötzlich so unsicher und deplatziert vor wie jemand, der mit verdreckten Schuhen und zerrissener Jeans im Showroom von Hugo Boss steht. Dr. Hämmerle räusperte sich ungeduldig und schaute demonstrativ auf seine brillantbesetzte Armbanduhr.

Reiß dich zusammen!, ermahnte Klee sich gedanklich, bevor er das Wort an Dr. Hämmerle richtete. »Wie Sie vielleicht bereits aus den Nachrichten erfahren haben, wurde heute Morgen in Wolfratshausen eine Leiche gefunden. Bei dem Opfer handelt es sich um Klaus Krautscheit, den Vergewaltiger Ihrer Tochter. Er ist ermordet worden.«

Klee unterbrach seine Ausführungen, um die Reaktion seines Gegenübers zu beobachten.

Dieser blickte kurz zu seiner Frau und entgegnete dann ruhig: »Auch wenn diese Person uns aus vermutlich nachvollziehbaren Gründen nicht sonderlich nahestand, verurteilen wir als Christen einen solchen Mord auf das Schärfste.«

Seinen versöhnlichen Worten zum Trotz leuchteten Dr. Hämmerles Augen dabei jedoch so strahlend, als wolle er denjenigen, der für die Tat verantwortlich zeichnete, auf der Stelle als seinen Universalerben einsetzen.

»Bei allem Respekt, Herr Dr. Hämmerle!«, entgegnete Klee. »In Anbetracht der Gräueltaten, die dieser Krautscheit Ihrer Tochter angetan hat, ist es doch nur allzu verständlich, dass Sie bei der Nachricht über sein gewaltsames Ableben eine gewisse Genugtuung verspüren.«

»Ich verstehe durchaus, worauf Sie hinauswollen, junger Mann! Zweifelsohne habe ich unmittelbar nach der Vergewaltigung von Felicitas wie vermutlich jeder Vater das dringende Bedürfnis verspürt, diesen Unmenschen höchstpersönlich und mit aller Konsequenz zur Rechenschaft zu ziehen. Aber Theorie und Praxis klaffen gerade in einem solchen Fall ausgesprochen weit auseinander. Wie Sie aufgrund Ihrer gewiss gründlichen Vorbereitung auf dieses Gespräch wissen dürften, bekleide ich in der hiesigen Gesellschaft eine nicht ganz unwesentliche Rolle. Selbstjustiz verbietet sich daher nicht nur aus moralischen, sondern zudem auch aus sozialen Gründen, nicht wahr, meine Liebe?«

Er blickte fordernd zu seiner Frau, die daraufhin pflichtbewusst nickte. Auf Klee wirkte diese Geste wie in jahrelanger Praxis einstudiert.

»Wie Ihnen außerdem bekannt sein dürfte, haben wir gegen die Bewährungsstrafe Krautscheits Einspruch eingelegt. Ein juristisches Verfahren, dem nun auf so tragische Weise die Grundlage entzogen wurde.« Der Unternehmer bemühte sich mit überschaubarem Erfolg um einen bedauernden Gesichtsausdruck. »Dennoch sind wir sicher, dass unserem Einspruch vor Gericht stattgegeben worden wäre. Und – um ganz ehrlich zu sein, Herr Kommissar – der Gedanke, dass dieser Verbrecher jahrelang in eine Zelle eingesperrt worden wäre, erscheint mir weitaus befriedigender als die Gnade eines schnellen Todes. Wie ist dieser Krautscheit denn ums Leben gekommen?«

Klee hob entschuldigend die Hände. »Ich bitte um Verständnis, dass ich Ihnen genauere Informationen zum jetzigen Zeitpunkt noch nicht mitteilen darf.«

Dr. Hämmerle nickte verständnisvoll und wollte gerade etwas sagen, als Klees Handy erklang. Dabei war weniger die Störung an sich peinlich als vielmehr die Melodie von James Browns »Sex Machine«.

Klee wich dem missbilligenden Blick seines Gegenübers aus, murmelte eine halbherzige Entschuldigung und trat ans Fenster. Er kannte die Nummer auf dem Display nicht und war daher freudig überrascht, als die Anruferin sich meldete.

»Hallo, Udo, hier spricht Christa. Christa Brenner. Du erinnerst dich?«

Und ob sich Klee erinnerte. Die rassige rothaarige Architektin aus dem Architekturbüro war ihm seit ihrem mittäglichen Treffen in Andechs nicht mehr aus dem Kopf gegangen, und nur die sich überschlagenden Ereignisse des aktuellen Falles hatten ihn davon abgehalten, neuerlichen Kontakt zu der jungen Frau aufzunehmen. Doch zum Glück schien Brenner emanzipiert genug zu sein, das Heft bei Bedarf selbst in die Hand zu nehmen.

»Hi, Christa!«, antwortete er mit gedämpfter Stimme. »Was gibt's? Ich bin gerade mitten in einer Befragung.«

»Oh, sorry, das wusste ich nicht!«, entschuldigte sich die Anruferin. »Ich will dich auch nicht lange aufhalten. Wollte nur fragen, ob du Lust hast, mit mir heute Abend irgendwo eine Kleinigkeit zu essen oder zu trinken.«

»Und ob! Und zwar am liebsten sowohl als auch!«, erwiderte Klee erfreut. »Allerdings habe ich nachher noch eine ziemlich wichtige Lagebesprechung, und die kann dauern. Wäre es schlimm, wenn es etwas später würde?«

Brenner lachte fröhlich. »Ich sehe schon – auch von den Arbeitszeiten passen wir gut zusammen. Ich muss nämlich auch noch eine Präsentation vorbereiten und bin sicherlich nicht vor zehn damit fertig. Gib einfach Bescheid, wenn ihr durch seid, und wir machen dann einen Treffpunkt aus.«

»Einverstanden!«, antwortete Klee voller Vorfreude. »Ich muss jetzt Schluss machen. Bis später – und danke für deinen Anruf!«

Er drehte sich mit einem verklärten Lächeln um und bemerkte die strafenden Blicke der Hämmerles. Doch gerade als er eine weitere Entschuldigung äußern wollte, nahm er aus den Augenwinkeln eine Bewegung an der oberen Balustrade wahr.

Das kleine, etwa zehnjährige Mädchen hatte blasse Haut, hellblonde Haare und wirkte zerbrechlich wie ein Porzellanengel. Einen großen Stoffhasen in der Hand haltend, begann sie, die Wendeltreppe hinabzusteigen und beäugte ihn dabei neugierig.

»Hey, Kleine!«, zwinkerte Klee ihr freundlich zu. »Wer bist du denn? Und wer ist denn das da auf deinem Arm?«

Dr. Hämmerle war hektisch aufgesprungen, als er die Schritte auf der Treppe vernahm. »Felicitas!«, rief er streng. »Geh sofort wieder nach oben!«

Das Mädchen zuckte zusammen und verharrte regungslos.

»Du sollst nach oben in dein Zimmer! Sofort!«, befahl der Mann nun deutlich lauter und deutete mit einer energischen Geste auf eine mit einem Pferdeposter verzierte Zimmertür im ersten Stock.

»Lassen Sie sie ruhig!«, sagte Klee, den die heftige Reaktion des Vaters überraschte. »Mich stört sie nicht!«

»Mischen Sie sich da nicht ein, verstanden?«, herrschte Dr. Hämmerle ihn an und fuchtelte wild mit dem Zeigefinger. »Ich will nicht, dass meine Tochter jemals wieder mit dieser Angelegenheit behelligt wird! Nicht von uns, nicht von der Presse und auch nicht von der Polizei.«

Die Frau legte ihm beruhigend ihre Hand auf den Arm, aber er wischte sie unwirsch zur Seite und machte einen Schritt auf die Treppe zu.

»Wenn du nicht sofort in dein Zimmer gehst …!«

Er ließ die Drohung unausgesprochen, was ihre psychologische Wirkung jedoch nicht im Geringsten beeinträchtigte. Verstohlen winkte die Kleine Klee zu und schlich mit hängenden Schultern zurück in ihr Zimmer.

Frau Hämmerle wandte sich an ihren Mann und sagte zögerlich: »Heinrich, vielleicht solltest du …« Sie verstummte sofort, als sie den eisigen Blick ihres Mannes bemerkte.

»Liebe Eva-Maria ...«, erwiderte er leise, aber dennoch mit kalter, fast despotischer Autorität, »... wir wollen doch dem verehrten Herrn Kommissar nicht seine wertvolle Zeit mit unseren kleinen familieninternen Diskussionen stehlen, nicht wahr?« Er schaute Klee an, ohne sich wieder hinzusetzen. »Kann ich sonst noch etwas für Sie tun? Da ich heute ein anstrengendes Golfturnier gespielt habe, würde ich – Ihr Einverständnis vorausgesetzt – jetzt nämlich gerne ein Bad nehmen.«

»Selbstverständlich!«, antwortete Klee rasch. »Vielleicht hätten Sie abschließend nur noch rasch die Güte, mir mitzuteilen, wo Sie sich letzte Nacht aufgehalten haben?«

»Also wirklich!«, entrüstete sich Dr. Hämmerles Gattin theatralisch. »Das ist ja unerhört. Sie verdächtigen doch nicht allen Ernstes meinen Mann, oder? Heinrich, darauf musst du nicht antworten! Ich werde auf der Stelle unseren Anwalt anrufen, dass er sich an entsprechender Stelle beschwert.«

Aber Dr. Hämmerle winkte mit überheblicher Jovialität ab.

»Lass nur, meine Liebe! Der junge Mann tut ja nur seine Pflicht, nicht wahr, Herr Kommissar?« Er nickte Klee gönnerhaft zu und verzog das Gesicht zu einem wenig überzeugenden Lächeln. »Ich war gestern ganztags auf einer Kunstauktion in Zürich. Nach meiner Rückkehr gegen zwanzig Uhr habe ich mit meiner Frau eine Kleinigkeit zu Abend gegessen, und dann sind wir relativ zeitig zu Bett gegangen. Das war so gegen zehn, oder, Liebes?«

Er blickte zur Seite, und die Frau nickte zustimmend, ohne Klee in die Augen zu schauen.

»Ich habe das jetzt mal so notiert!«, entgegnete Klee, ganz bewusst in einem Tonfall, der das Ehepaar seine Zweifel deutlich spüren lassen sollte. »Dann habe ich fürs Erste keine weiteren Fragen. Vielen Dank für Ihre Zeit. Ich finde alleine hinaus.«

Damit wandte er sich Richtung Ausgang.

Als er auf die große Glastür zuging, konnte er in der Spiegelung erkennen, wie Dr. Hämmerle seiner Frau drohend den Zeigefinger entgegenstreckte, worauf diese eingeschüchtert zusammenzuckte. Klee konnte sich des Gefühls nicht erwehren, dass sich hinter der sauberen Fassade dieses vornehmen Hauses eine ganze Menge Schmutz befand.

Und er war fest gewillt, diesen gründlich hervorzukehren.

ELF

Als Madsen gegen zwanzig Uhr den Konferenzraum der Starnberger Polizeiinspektion betrat, nahm er erstaunt zur Kenntnis, dass nicht nur sein gesamtes Team, sondern darüber hinaus auch ein ihm unbekannter Gast anwesend war. Den Mann, der in ein intensives Gespräch mit Oberstaatsanwalt Dr. Agasiotis vertieft war, hatte er bisher noch nie gesehen.

Verstohlen musterte er den Fremden. Er wirkte massig, und der glatt rasierte Kopf ging ansatzlos in einen fleischigen Nacken über, an den sich breite, muskulöse Schultern anschlossen. Bekleidet war er mit einer schwarzen Jeans und einem weißen Hemd, dessen Ärmel nachlässig hochgekrempelt waren und dadurch den Blick auf seine kräftigen Unterarme freigaben. Als er Madsens Anwesenheit registrierte, nickte er ihm freundlich lächelnd zu, und Madsen erwiderte den Gruß wortlos.

In diesem Moment ergriff Oberstaatsanwalt Dr. Agasiotis das Wort. »Lieber Madsen, liebes Team, bevor Sie in medias res gehen, erlauben Sie mir bitte, Ihnen jemanden vorzustellen. Jemand, der – Ihr Einverständnis vorausgesetzt – ab jetzt unsere Ermittlungen begleiten wird.«

Madsen starrte Dr. Agasiotis entgeistert an.

Doch bevor er seinen Protest kundtun konnte, fuhr der Oberstaatsanwalt rasch fort: »Ich weiß, dass das befremdlich wirken mag und so klingt, als bekämen Sie die Ermittlungen nicht alleine hin. Dem ist natürlich nicht so! Sie alle wissen ganz genau, wie sehr nicht nur ich, sondern auch meine Kollegen von der Staatsanwaltschaft Ihre Arbeit zu schätzen wissen. Allerdings müssen auch Sie zugeben, dass es sich bei diesem Doppelmord um einen Fall handelt, wie er uns in dieser Brutalität bisher noch nie vorgekommen ist. Aus diesem Grunde halte ich es für sinnvoll, dass wir mit Dr. Hans Nintzel einen Profiler des BKA hinzuziehen, der im Bereich multiple Mörder und deren Charakterisierung eine ganze Menge Erfahrungen vorzuweisen hat. Erfahrungen, von denen wir bei unseren aktuellen Ermittlungen sicherlich alle profitieren können.«

Madsen bedachte Dr. Agasiotis mit einem Blick, dem seine Verärgerung über die eigenmächtige Entscheidung des Oberstaatsanwalts unschwer zu entnehmen war.

»Ich verstehe Ihren Unmut!«, beeilte sich Dr. Agasiotis daraufhin beschwichtigend festzustellen. »Die Profilerstellung in Zusammenarbeit mit Dr. Nintzel ist kein, ich betone, kein Ersatz für Ihre Ermittlungsarbeit, sondern nur eine sinnvolle Ergänzung! Er soll Ihnen dabei helfen, ein psychologisches Profil des Täters zu erstellen, mögliche Entwicklungsverläufe zu prognostizieren und die Gefährdung potenzieller Opfergruppen einzuschätzen. Außerdem soll er Sie dabei unterstützen, die Anzahl der Verdächtigen zu reduzieren und bei Befragungen die Aussagen von Zeugen und Verdächtigen zu analysieren.«

»Donnerwetter!«, unterbrach Dr. Nintzel den Oberstaatsanwalt und grinste ihn verschmitzt an. »Wenn ich das alles so höre, sollten wir unbedingt über mein Gehalt sprechen.«

Madsen lächelte widerstrebend, und auch die anderen konnten sich ein leichtes Schmunzeln nicht verkneifen. Was auch immer dieser Neue für ein Typ war – er schien zumindest über Humor zu verfügen.

Dr. Agasiotis hingegen enthielt sich einer Antwort und übergab stattdessen das Wort an Dr. Nintzel, damit er sich noch einmal selbst vorstellen konnte. Der Profiler räusperte sich geräuschvoll, bevor er sich an die Anwesenden wandte.

»Es ist mir absolut bewusst, dass niemand sonderlich begeistert ist, wenn ihm plötzlich eine fremde Nase ins Team gesetzt wird. Ich kann Ihr Missfallen also völlig nachvollziehen. Trotzdem würde ich Ihnen gerne etwas über mich und mein Aufgabengebiet erzählen. Vielleicht beurteilen Sie die Situation und unsere Zusammenarbeit ja dann etwas wohlwollender.«

Er blickte Madsen fragend an, und der bejahte nickend. Was blieb ihm auch anderes übrig?

»Fangen wir mit meiner Person an. Ich heiße Hans Nintzel, bin achtundvierzig Jahre alt und in Hamburg geboren. Nach meinem Abitur bin ich eine Zeit lang zur See gefahren, habe auf einer norwegischen Bohrinsel gearbeitet, war Catcher in Holland und Türsteher in mehr oder weniger seriösen Nachtclubs. Irgendwann musste ich mich dann entscheiden, ob ich zu den Bösen oder zu den Guten gehören wollte.« Er deutete grinsend auf seinen Dienstausweis. »Wie Sie unschwer erkennen können, hat das Gute in mir gesiegt! Nach meiner Ausbildung bei der Polizei bin ich auf verschlungenen Pfaden zum BKA gelangt, wo ich Gründungsmitglied einer Projektgruppe zur Entwicklung einer standardisierten Täterprofilerstellung war. Seitdem unterstütze ich auf Anforderung der jeweiligen Staatsanwaltschaften die Ermittlungsbehörden bei den Fällen, bei denen eine Täterprofilerstellung erfolgversprechend scheint. So wie bei Ihrem Fall auch.«

Dr. Nintzel zog einen Stapel loser Notizzettel aus einer schwarzen, abgegriffenen Aktentasche und bündelte sie wie ein Tagesschau-Sprecher. »Ich würde Ihnen zunächst einmal gerne meine persönliche Einschätzung zum aktuellen Fall mitteilen. Bitte entschuldigen Sie, Herr Madsen, das klingt jetzt anmaßender und eigenmächtiger, als es tatsächlich ist – Dr. Agasiotis war so freundlich, mir die vorliegenden Unterlagen auszuhändigen und mich über den aktuellen Ermittlungsstand zu informieren, damit ich einen ersten, vorläufigen Profilentwurf erstellen konnte. Wichtig war mir dabei vor allem die genaue Betrachtung der Opferselektion, weil die in der Regel mit am stärksten die psychologischen Bedürfnisse des Täters widerspiegelt. Ihren bisherigen Berichten entnehme ich, dass die einzige Gemeinsamkeit, die die beiden Opfer hatten, eine sexuelle Straftat in Zusammenhang mit einer überraschend milden Bestrafung ist. Nur eine Frage – und verstehen Sie die bitte nicht als Kritik: Sind Sie sicher, dass es definitiv keine weiteren Merkmale gibt, die die beiden gemeinsam hatten? Zum Beispiel Hobbys? Sexuelle Vorlieben? Knastbekanntschaften? Tätowierungen? Krankheiten? Haustiere? Selbsthilfegruppen? Urlaube? Bewährungshelfer? Ist das alles wirklich gründlich überprüft worden?«

Er schaute Madsen fragend an.

»Wir haben uns fürs Erste auf die Gemeinsamkeit des Sexualverbrechens konzentriert«, entgegnete Madsen kurz angebunden. »Das erscheint uns am zielführendsten.«

Dr. Nintzel verzichtete auf weiteres Nachhaken, um die Mitglieder des Ermittlungsteams nicht gleich zu Beginn ihrer Zusammenarbeit gegen sich aufzubringen.

»Okay, dann lassen wir diesen Punkt mal beiseite und kommen zu der Frage, ob es vor den Morden eine Beziehung zwischen Opfer und Täter gab, und falls ja, ob diese Beziehung zuerst tatunabhängig bestand oder vom Mörder ganz gezielt zur Tatvorbereitung aufgebaut wurde. Das ist insofern wichtig, als wir dadurch die Risikobereitschaft des Täters und damit die von ihm ausgehende Gefährdung besser einschätzen können.« Er hob belehrend den Finger. »Damit Sie mich nicht falsch verstehen: Eine Person ist natürlich nicht weniger gefährlich, wenn sie ihre Morde gründlich plant! Aber es ist davon auszugehen, dass in diesem Fall bis zur nächsten Tat eine gewisse Zeit für die Vorbereitungen benötigt wird. Geht unser gesuchter Mann dagegen große Risiken ein und verzichtet auf vorbereitende Maßnahmen wie zum Beispiel die Überwachung des Opfers oder das intensive Ausspionieren seiner Lebensgewohnheiten, ist davon auszugehen, dass mögliche Folgeverbrechen in kürzeren Abständen erfolgen!«

Dr. Nintzel machte eine kurze Pause, um einen Schluck Wasser zu trinken, und fuhr dann fort. »Was bedeutet das jetzt für unseren konkreten Fall? Nun, der erste Mord geschah meines Erachtens mit einem für den Täter nicht unerheblichen Gefahrenpotenzial. Auch wenn es mitten in der Nacht war: Die Entsorgung der Leichenteile erfolgte an sehr exponierter Stelle, es gibt wegen der Anwohner Hunderte von potenziellen Zeugen, und er hat im Falle einer Entdeckung kaum eine Fluchtmöglichkeit. Kurzum: Unser Täter war extrem risikobereit. Bei der zweiten Tat sieht es dagegen ganz anders aus. Der Fundort ist abgelegen und einsam, es ist tiefste Nacht, und er hätte im Bedarfsfall zahlreiche Fluchtwege zur Verfügung gehabt. Das bedeutet, er ist gegenüber der ersten Tat deutlich vorsichtiger geworden. Aber warum?« Er blickte fragend in die Runde, doch niemand antwortete. »Wissen Sie, was ich glaube? Er ist durch Ihre Ermittlungen aufgeschreckt worden! Irgendwie sind Sie ihm nahegekommen, haben etwas entdeckt, was ihm gefährlich werden könnte. Es würde mich sogar nicht einmal wundern, wenn Sie schon mit ihm oder einem seiner Angehörigen gesprochen hätten. Denken Sie noch mal genau nach, ob sich nicht doch der eine oder andere Befragte auffällig verhalten hat. Vielleicht war er extrem unfreundlich und unkooperativ, vielleicht aber auch gerade im Gegenteil ganz besonders hilfsbereit und bemüht. Mal ganz ehrlich: Wie würden Sie selbst von sich als Täter ablenken? Wahrscheinlich doch am ehesten, indem Sie den Eindruck erwecken, die Polizei nach besten Kräften zu unterstützen.«

Der Oberstaatsanwalt tippte mit seinem Zeigefinger demonstrativ auf seine Armbanduhr, und Dr. Nintzel, der den Wink verstanden hatte, beeilte sich fortzufahren.

»Nun folgt, was wir Wissenschaftler ›Method of Approach‹ nennen, also die Annäherung des Täters an das Opfer. Da wir wissen, dass zumindest Opfer Nummer zwei als Fremdenlegionär ein erfahrener Einzelkämpfer und darüber hinaus ein überdurchschnittlich kräftiger Mann war, kann man davon ausgehen, dass unser Mörder erstens entweder noch stärker oder kampfgeschulter ist, zweitens eine Waffe benutzt hat oder drittens mit Hilfe einer betäubenden Substanz wie Chloroform gearbeitet hat.«

Madsen rieb sich grübelnd das Kinn. »Was ist mit Betäubungswaffen wie zum Beispiel mit Tasern? Diese Dinger sind ja auch hier in Deutschland erhältlich.«

»Elektroschocker in jeglicher Form kommen natürlich auch in Betracht. Gute Idee! Wir sollten den Rechtsmediziner fragen, ob man an den gefundenen Organen den Einsatz eines solchen Gerätes nachweisen kann.« Dr. Nintzel nickte anerkennend und vermerkte die Anregung auf seinen Notizzetteln. »Und damit sind wir auch schon beim Verbrechen an sich angelangt. Uns als Profiler interessiert vor allem der Modus Operandi sowie die

Handschrift des Täters. Kurz zur Erklärung des Unterschieds: Der Modus Operandi ist die Verhaltensweise des Mörders, die dazu dient, die Tat erfolgreich und unerkannt zu begehen. Die Handschrift dagegen bezeichnet die individuelle Durchführung der Tat, also all das, was für eine effektive Tatbegehung eigentlich nicht nötig wäre, aber dafür der Bedürfnisbefriedigung des Täters dient. Beides ist extrem aufschlussreich! Bei Ersterem lassen sich insofern Rückschlüsse auf den Täter ziehen, als der Modus Operandi zumeist eine gelernte Verhaltensweise aus dem persönlichen oder dem beruflichen Umfeld ist. Die eigentliche Basis der Profilerstellung ist allerdings die Handschrift. Sie gibt uns Einblicke in die Psyche des Täters, denn die individuelle Handschrift dient einzig und allein der Befriedigung seiner emotionalen Bedürfnisse – und ist damit Ausdruck seiner geheimsten Phantasien.«

Kimmel hob zaghaft die Hand. »Entschuldigen Sie, aber mir ist das alles viel zu theoretisch! Könnten Sie uns vielleicht mal ein reales Beispiel für eine solche Handschrift geben?«

Dr. Nintzel nickte. »Natürlich kann ich das! Nehmen wir das statistisch am häufigsten vorkommende handschriftliche Tatmerkmal, die Übertötung.«

Kimmel schüttelte verständnislos den Kopf. »Übertötung. Was ist das denn? Tot ist tot – wie soll man das denn noch steigern?«

»Indem der Täter in seinem Hass exzessive, unverhältnismäßig übertriebene Gewalt anwendet«, erklärte Dr. Nintzel geduldig. »Mehr als zehn Messerstiche oder Schläge mit einem Gegenstand im Gesichtsbereich gelten laut Definition beispielsweise als Übertötung. Dann gibt es noch ein weiteres typisches Merkmal einer bestimmten Handschrift: die Mitnahme von Souvenirs oder Trophäen. Und ich denke, Ihnen allen ist klar, dass ich mit Souvenir keine Schneekugel von Schloss Neuschwanstein meine.«

Einen Moment herrschte Stille, dann war es wieder der Oberstaatsanwalt, der nach einem Blick auf die Uhr das Wort ergriff. »Okay, verstanden! So viel zur Tatbegehung. Wir sollten möglichst zügig weitermachen, solange wir alle noch irgendwie aufnahmefähig sind. Wie geht es in Ihrer chronologischen Auflistung dann weiter?«

»Als Nächstes kommt das Beseitigen des Opfers, in Fachkreisen ›Disposal‹ genannt. Darunter fällt auch das Inszenieren und Zur-Schau-Stellen der Leiche wie in unserem Fall. Für mich stellt sich – ebenso wie für Sie – die Frage: Warum gerade an diesen Orten und warum auf diese Art? Zu seiner eigenen Befriedigung? Für die Öffentlichkeit? Oder handelt es sich bei der Inszenierung vielleicht nur um eine geschickte Ablenkung, die die Ermittler auf eine falsche Fährte locken soll?« Er ließ die letzten Worte bewusst etwas nachklingen, bevor er fortfuhr. »Außerdem gilt es zu klären, wie sich die Tatorte zueinander verhalten. Erfahrungsgemäß liegt der erste Schauplatz eines Verbrechens häufig im direkten persönlichen Umfeld der Täter. Mit zunehmender Sicherheit vergrößert sich der Radius dann bei den darauffolgenden Taten.«

Dr. Nintzel zog ein gewaltiges rot kariertes Taschentuch aus seiner Hose und wischte sich den Schweiß von der glänzenden, blanken Kopfhaut.

»Entschuldigen Sie: Ich schwitze wie in einer Sauna! Können wir vielleicht eine kurze Pause machen und etwas frische Luft reinlassen?«

Dr. Agasiotis nickte, stand auf und öffnete alle Fenster. Als Dr. Nintzel kurz darauf wieder das Wort ergriff, hatte er die losen Notizzettel wieder in seiner Aktentasche verstaut und hielt lediglich ein einzelnes sauber beschriebenes Blatt in den Händen.

»Bevor ich Ihnen nun das Profil des Täters vortrage, möchte ich nochmals darauf hinweisen, dass es sich dabei lediglich um ein theoretisches Modell auf Basis der vorliegenden Untersuchungsergebnisse handelt. Das ist letztendlich wie bei der Wettervorhersage: Die Wahrscheinlichkeit ist groß, Garantien gibt es aber nicht!«

Der Oberstaatsanwalt winkte ungeduldig ab. »Schon gut, Dr. Nintzel, Sie müssen jetzt nicht bei jeder Charaktereigenschaft dazusagen, dass es ›wahrscheinlich‹ oder ›vermutlich‹ so ist. Sie haben uns ja bereits hinlänglich darauf hingewiesen, dass es sich bei Ihren Untersuchungsergebnissen um eine hypothetische Schlussfolgerung handelt. Legen Sie einfach los, bevor wir vor Ungeduld platzen.«

»Also, der Mörder ist Deutscher, zwischen dreißig und sechzig Jahre alt«, begann Dr. Nintzel mit fester Stimme. »Er ist relativ sportlich, vielleicht Kampfsportler, Tugenden wie Disziplin und Kampfgeist sind ihm vertraut. Er ist gebildet, vermutlich Akademiker, und gesellschaftlich akzeptiert – und das, obwohl er insgeheim über eine zutiefst menschenfeindliche Einstellung verfügt. Seine ganz persönliche Wertvorstellung ist geprägt durch Machtgefühle und Arroganz. Selbstkritik ist ihm fremd, und er spricht sich das uneingeschränkte Recht auf Rache und Bestrafung zu. Vermutlich ist er selbst, einer seiner Familienangehörigen oder jemand im direkten persönlichen Umfeld sexuell missbraucht worden, und nun ist er der festen Überzeugung, höchstpersönlich auf dieser Welt für Gerechtigkeit sorgen zu müssen. Der Täter lebt und handelt ausgesprochen strukturiert, und seine Planung beweist Geschick und Organisationstalent. Im Gegensatz zu anderen Gewaltverbrechern ist er in seiner Jugend nicht durch Tierquälerei und Sadismus aufgefallen, sondern hat seine Phantasien und Regungen bis zum ersten Mord ganz diszipliniert unter Kontrolle gehalten. Kriminelle Erfahrung und Vorstrafen sind eher unwahrscheinlich. Vermutlich auszuschließen ist auch die Zugehörigkeit zu einer illegalen Organisation oder einer Gruppe Gleichgesinnter. Er ist ein Einzelgänger und verfügt über eine wie auch immer geartete Rückzugsmöglichkeit, zum Beispiel ein Ferienhaus, eine Hütte oder eine heimliche Wohnung. Emotionen versucht er zu unterdrücken, seine Vorgehensweise beweist Gefühlskälte. Er genießt die Macht, die er über seine Gefangenen hat. Er foltert und quält bewusst und ohne Reue, eine Depersonalisierung der Opfer findet daher weder während der Tat noch im Anschluss daran statt. Die Tatwaffe ist ihm vertraut. Entweder ist sie Bestandteil seines Berufsalltages, oder er übt ein Hobby aus, bei dem sie regelmäßig Verwendung findet. Die Tatorte sind ihm geläufig, er ist mehrfach dort gewesen und hat die Umgebung genauestens studiert. Trotz aller Vorbereitung und Planung lassen seine Taten eine nicht unerhebliche Risikobereitschaft erkennen, wodurch sich ein erhebliches Gefahrenpotenzial konstatieren lässt. Man muss kein Hellseher sein, um zu vermuten, dass unser Mann bereits in Kürze wieder zuschlagen wird, mit ziemlicher Sicherheit abermals in örtlichem oder thematischem Zusammenhang mit Greifvögeln. Der Mörder leidet aus medizinischer Sicht unter einer antisozialen Persönlichkeitsstörung. Dass diese im Alltag nicht offen zutage tritt, macht ihn umso gefährlicher und unberechenbarer. Er ist, wie wir Kriminologen ihn nennen, ein ›organisierter Mörder‹, ein Mensch, bei dem der Sicherungshebel unwiderruflich umgelegt wurde und der sein kriminelles Handeln von selbst nicht mehr einstellen wird. Es gibt nur zwei Dinge, die ihn stoppen können. Seine Festnahme – oder sein Tod!«

Eine unbehagliche Stille herrschte in dem Besprechungsraum, und das letzte Wort hing in der Luft wie ein unangenehmer Geruch.

Madsen war der Erste, der das Schweigen brach.

»Vielen Dank für diese anschauliche Personalisierung unseres Phantoms, Dr. Nintzel! Auch wenn Ihre Ausführungen größtenteils auf Vermutungen basieren, darf ich Ihnen doch mit einer gewissen Befriedigung versichern, dass unsere eigenen Vorstellungen vom Täter sich mit Ihrer in sehr vielen Punkten decken.«

Der Profiler nickte, und Madsen wandte sich dem gesamten Team zu. »So, dann kommen wir jetzt noch mal kurz zu den neuen Erkenntnissen, die sich heute im Laufe des Tages ergeben haben – zum Beispiel bezüglich der Lacksplitter an Tatort Nummer zwei. Das Labor hat die stoffliche Zusammensetzung untersucht und mit den vorliegenden Originallackspektren aller wichtigen Automobilhersteller verglichen. Demnach handelt es sich bei unserem Fahrzeug um einen orientblauen BMW der

3er-Reihe, Baujahr 2019. Ich fürchte, diesen Fahrzeugtyp gibt es im Starnberger Umland zu oft, um sämtliche Halter zu überprüfen, aber wir können ab jetzt bei Verdächtigen gezielt nach diesem Wagen suchen. Außerdem sollten wir die Werkstätten in einem bestimmten Umkreis abtelefonieren und nach einem entsprechenden Lackierungsauftrag fragen – auch wenn ich das Gefühl habe, dass unser Täter zu clever ist, dieses Risiko einzugehen.« Während die Mitglieder des Teams sich Notizen machten, warf Madsen einen kurzen Blick auf seine Unterlagen. »Das Labor hat auch die an der Baumrinde gefundenen Textilfasern untersucht. Die Analyse hat ergeben, dass es sich dabei um ein olivfarbenes Gore-Tex-Material handelt. Dieses Ergebnis deckt sich mit der Aussage des Falkners, der die Bekleidung des verdächtigen Besuchers als ›outdoormäßig‹ beschrieben hat. Auch hier können wir vermutlich erst aktiv werden, wenn wir einen Verdächtigen haben, dessen Kleiderschrank wir daraufhin durchsuchen können. Dann gab es noch einen Fußabdruck, der exakt mit dem übereinstimmt, den Brandl auf dem Müllcontainer im Klosterhof gefunden hat. Schuhgröße vierundvierzig, Sportschuh, grobes Profil. Das beweist, dass der Täter sich relativ sicher fühlt, sonst hätte er die Schuhe, die er bei der ersten Tat getragen hat, längst auf Nimmerwiedersehen verschwinden lassen.«

Madsen legte eine kurze Pause ein, um etwas zu trinken. Lediglich Zirngibl, der seinem Vorgesetzten am nächsten saß, bemerkte dabei die beiläufige Bewegung, mit der er ganz unauffällig zwei weiß-blaue Kapseln in seinen Mund schob, bevor er das Glas in einem Zug leerte und sich die Lippen mit dem Handrücken abwischte.

»Den Falkner hatte ich eben bereits erwähnt. Nach seiner Aussage haben die Kollegen ein Phantombild angefertigt. Unglücklicherweise trug der Verdächtige eine Sonnenbrille und eine Baseballkappe. Das Bild ist also leider sehr austauschbar und trifft auf nahezu jeden männlichen Bürger im Freistaat zu. Ich habe es euch trotzdem mal gemailt.« Er schaute abschließend noch einmal prüfend auf sein Blatt, dann faltete er es zusammen und steckte es in seine Gesäßtasche. »Das waren so weit die Ergebnisse, die mir vorliegen – jetzt zu euch! Zirngibl, schießen Sie los! Was hat Ihr Tag ergeben?«

Der Polizeiobermeister hob bedauernd die Hände. »Heute leider keine positiven Nachrichten. Ich habe zuerst die Videoaufzeichnungen von der Falknerei durchgesehen. Bis auf eine leichte Unruhe unter den Vögeln um kurz nach zwei ist da aber nichts Wesentliches zu sehen.«

»Na ja!«, seufzte Madsen. »Wäre auch zu schön gewesen, wenn wir neben den Fotos vom Klosterturm jetzt auch noch Filmaufnahmen vom Täter aus der Falknerei hätten. Und was ist mit der Internetrecherche? Gibt es da wenigstens gute Nachrichten?«

»Negativ, Chef. Die Jungs und Mädels aus der Fachabteilung haben sämtliche Foren, die aus ihrer Sicht in Frage kommen, durchkämmt. Keine verdächtigen Einträge! Natürlich gibt es in den letzten Tagen eine Vielzahl von Äußerungen zu unserem Fall, aber alles gemäßigt und nicht weiter auffällig. Ich glaube, das ist eine Sackgasse.«

»Wenn ich nochmals kurz meinen Senf dazugeben dürfte?«, meldete sich Dr. Nintzel ungefragt zu Wort. »Ich glaube nicht, dass unser Täter das Medium Internet zum Erreichen der Öffentlichkeit nutzt. Er setzt mit seinen Taten und vor allem mit der Auswahl seiner Opfer ein Zeichen für Recht und Ordnung – zumindest so, wie er diese Begriffe definiert. Verständnis oder teilweise sogar Zustimmung erhält er, wie die aktuellen Leserbriefe in den Zeitungen beweisen, hauptsächlich von Eltern und älteren Leuten. Die Eltern, weil sie sich um die Sicherheit ihrer eigenen Kinder sorgen, die älteren Menschen, weil sie aufgrund ihrer konservativeren Erziehung eine andere Einstellung zu Disziplin und juristischem Strafmaß haben. Die Interaktion mit dieser Zielgruppe, gerade mit den Älteren, erreicht er am besten über Tageszeitungen. Ich würde daher empfehlen, dass wir uns bei der Suche nach Äußerungen des Täters auf dieses Medium konzentrieren. Würde mich nicht wundern, wenn er auch in Zukunft Kontakt mit den Verlagen, vielleicht sogar mit der Polizei direkt aufnehmen würde, um seine Überlegenheit zu demonstrieren.«

Madsen, der sich über die Unterbrechung ärgerte, dem Profiler aber dennoch recht geben musste, nickte. »Einverstanden, konzentrieren wir uns noch mal etwas mehr auf die Verlage. Zirngibl, kümmern Sie sich morgen bitte darum? Wenden Sie sich bei Fragen an unseren alten Bekannten Trommer, der hilft Ihnen notfalls weiter.«

Anschließend forderte Madsen Brandl auf, die Ergebnisse seiner im Laufe des Tages durchgeführten Ermittlungen zusammenzufassen. Der schluckte die Gummibärchen, auf denen er gerade kaute, mit einem schmatzenden Geräusch hinunter, lehnte sich auf seinem Stuhl zurück und berichtete über seinen und Kimmels Besuch bei der Witwe des zweiten Opfers. Zirngibl schüttelte fassungslos den Kopf, als sein Kollege die gefühllosen und desinteressierten Äußerungen der Frau wiedergab, wohingegen Madsen bei der Schilderung des Werkstattbesuches und der Vernehmung der beiden Freunde des Opfers mit der Zunge schnalzte.

»Werkstatt, Lacksplitter, Flecken auf dem Boden – passt irgendwie alles doch ganz gut zusammen!«

»Dachten wir auch!«, erwiderte Brandl und zuckte bedauernd mit den Schultern. »Aber leider hat sich das mit den Flecken als falscher Alarm erwiesen. Es ist tatsächlich nur Öl, kein Blut.«

»Verflixt!«, fluchte Madsen. »Aber trotzdem: Die Auseinandersetzung mit Runge ist interessant. Ich meine, es gibt Tausende von Typen, die auf der Straße Krach suchen – und genau diese vier aus unserem Fall treffen zufällig zusammen? Wir sollten uns ab jetzt intensiver mit diesem verschollenen Runge beschäftigen!«

Madsen wandte sich an Klee, der gerade unauffällig prüfen wollte, ob er Nachrichten per WhatsApp erhalten hatte.

»Udo, steck jetzt endlich das Scheißhandy weg, oder ich schmeiß es aus dem Fenster! Mann, das ist ja hier wie in der Schule! Konzentrier dich gefälligst auf unseren Fall! Gibt es bei deinen Ermittlungen was Neues?«

Klee fühlte die strafenden Blicke aller Anwesenden auf sich ruhen und errötete. »Entschuldigung! Ja, ich glaube, ich hab da eine ganz vielversprechende Sache! Ich war am Nachmittag bei dem Ehepaar Hämmerle. Das sind die Eltern des kleinen Mädchens, das Krautscheit entführt und missbraucht hat.«

Mit knappen Worten informierte er das Team ausführlich über seinen nachmittäglichen Vor-Ort-Termin sowie das abweisende, fast schon despotische Verhalten von Dr. Hämmerle. Als er mit seinem Bericht geendet hatte, blickte Madsen den Oberstaatsanwalt und Dr. Nintzel fragend an.

Beide nickten wortlos.

»Einverstanden, Udo, wir teilen deine Ansicht, dass diese Familie genauer unter die Lupe genommen werden sollte. Das Profil passt relativ gut auf Hämmerle, außerdem hat er das perfekte Motiv. Dazu kommt, dass er bei seinen finanziellen Möglichkeiten garantiert jemanden hat, der die Drecksarbeit für ihn erledigen könnte – ich denke da zum Beispiel an den Gärtner, den du erwähnt hast. Also, knöpf dir Hämmerle vor! Geh die Akten durch, wühl dich durchs Archiv, schau dich im Internet um, frag die Kollegen von der Wirtschaftskriminalität. Irgendwo hat auch so ein scheinbarer Saubermann Dreck am Stecken, und diesen Dreck möchte ich morgen Abend hier auf dem Tisch liegen haben, klar?«

Klee nickte zufrieden. Madsen hatte noch einen weiteren Auftrag für ihn.

»Professor Polt hat mich heute Nachmittag angerufen. Er hat bei der Untersuchung der Organe vom Wildpark ein kleines Metallstück gefunden. Laut Professor Polt handelt es sich dabei um ein Teilstück einer sogenannten Segmentklinge. Ihr wisst schon – das sind diese Teppich- oder Bastelmesser, bei denen man ein Stück abbrechen kann, wenn die Spitze nicht mehr ganz scharf ist. Offensichtlich hat unser Täter beim Sezieren so kraftvoll zugedrückt, dass sich ein Stück dieser Schneide an einer der Sollbruchstellen gelöst hat. Damit können wir rausfinden, welche Tatwaffe unser Mann benutzt. Udo, kümmerst du dich bitte darum? Ich will wissen, wofür man die spezielle

Klinge sonst noch alles benutzt und ob ihre Herkunft nachverfolgbar ist – vielleicht erfahren wir ja dadurch, welchen Job oder welches Hobby unser Täter hat und wo er es gekauft hat.«

Klee nickte, worauf sich Madsen an Brandl wandte, in dessen Schoß sich inzwischen ein fußballgroßer Haufen leerer Schokoladenverpackungen türmte.

»Brandl, Sie kümmern sich bitte morgen um zwei Sachen: Erstens sollen die Kollegen vom Streifendienst mögliche Zeugen in den Dörfern rund um den Leichenfundort beziehungsweise die Zufahrtswege in Wolfratshausen ausfindig machen. Teilen Sie das Personal vor Ort ein und weisen Sie nochmals ausdrücklich auf den orientblauen BMW hin! Ich tippe ja, wie ihr wisst, auf einen Kombi, aber checkt vorsichtshalber auch die Limousinen mit. Drucken Sie sich aus irgendeinem Kfz-Portal ein Foto dieses Fahrzeugs aus – das unterstützt in der Regel die Erinnerungsfähigkeit der Leute. Während die Kollegen die Anwohner befragen, kümmern Sie sich intensiver um diesen Runge, der wie vom Erdboden verschwunden zu sein scheint. Ich will mehr über den Typ erfahren! Nach allem, was wir bisher von ihm wissen, passt er zwar nicht ansatzweise zu unserem vorläufigen Täterprofil, aber bei allem Respekt …«, Madsen nickte Dr. Nintzel entschuldigend zu, »… ich möchte ihn nicht nur deshalb von der Verdächtigenliste streichen, weil er kein Intellektueller ist. Was wir bisher an Ergebnissen und Verdächtigen haben, ist so dünn, dass ich jedem noch so vagen Verdacht konsequent nachgehen möchte. Vielleicht gibt es bei Runge ja doch irgendwelche Übereinstimmungen mit Dr. Nintzels Profil, wenn wir tiefer ins Detail gehen. Zumindest scheint er körperlich zu einer solchen Tat in der Lage zu sein. Knöpfen Sie sich die Akten vor und sprechen Sie notfalls auch noch mal mit seiner Frau!«

Madsen blickte zu Jo Kimmel.

Die junge Polizistin hatte sichtlich Mühe, die Augen offen zu halten, und zuckte erschrocken zusammen, als sie angesprochen wurde.

»Jo, für dich habe ich morgen eine ganz besondere Aufgabe!

Ich teile die Ansicht von Dr. Nintzel, dass von unserem Täter ein extrem hohes Gefahrenpotenzial ausgeht. Das bedeutet, dass er entweder in Kürze wieder zuschlagen wird oder es im schlimmsten Fall bereits getan hat. So oder so gilt es, mögliche Tatorte schnellstmöglich zu lokalisieren. Du wirst morgen raus zum Flughafen fahren und dich bei der Hubschrauberstaffel der Bereitschaftspolizei melden. Zusammen mit denen wirst du dann über Starnberg und das direkte Umland fliegen und nach auffälligen, eventuell von Greifvögeln genutzten Nestern Ausschau halten. Achte besonders auf hohe Gebäude, Kirchtürme, Schornsteine, Funkmasten und so weiter! Trage dir die Nester auf einer Landkarte ein, damit wir die Positionen haben! Wenn du irgendwas Verdächtiges siehst, macht ihr Aufnahmen von oben und dirigiert einen Streifenwagen zur genaueren Untersuchung dorthin! Ich gebe dir später noch den Namen deines Ansprechpartners vor Ort durch und kündige dich an.«

»Ein Hubschrauberflug?«, entfuhr es Klee. »Wie geil ist das denn?«

Madsen sah ihn spöttisch an. »Bist du schon mal mit einem Suchhubschrauber über eine Stadt geflogen?«

Klee schüttelte verneinend den Kopf.

»Dann sei froh!«, grinste sein Vorgesetzter vielsagend und wandte sich an Kimmel. »Und dir empfehle ich dringend, vorher ein paar Tabletten gegen Reisekrankheit einzunehmen!«

»Bleiben noch wir zwei!«, sagte Madsen und deutete auf Dr. Nintzel und sich. »Ich werde mich morgen um die nochmalige Durchsuchung der Opferwohnungen kümmern und nach alternativen Verbindungen zwischen den beiden Opfern Ausschau halten. Währenddessen könnten Sie nach potenziellen Opfern suchen. Das Beuteschema unseres Täters ist ja recht klar definiert. Mit Hilfe unserer Datenbank und des Zeitungsarchivs müssten sich eigentlich die Personen selektieren lassen, die nach schweren Verbrechen, vornehmlich sexueller Natur, mit geringen Strafen davongekommen sind. Ich will eine Liste potenzieller Opfer, damit wir im Bedarfsfall schnell und unmittelbar eingreifen können.«

»Gute Idee! Das mache ich!«, nickte der Psychologe. »Ich würde mich zu diesem Zwecke auch mal in VICLAS einwählen.«

Er bemerkte den fragenden Blick einiger Teammitglieder.

»VICLAS steht für ›Violent Crime Linkage Analysis System‹. Das ist eine Datenbank, in der ausschließlich Tötungsdelikte unter besonderen Umständen, Sexualstraftaten sowie sexuell motiviertes Verhalten gegenüber Kindern aufgeführt sind. Außerdem werde ich den aller Wahrscheinlichkeit nach von unserem Täter geschriebenen Brief aus linguistischer Sicht analysieren. Psychopathische Täter haben häufig ein sogenanntes Signature-Vokabular. Wenn wir dieses Kommunikationssystem durchschauen, hilft uns das zum einen bei der Optimierung des Täterprofils, zum anderen aber auch bei dem Auffinden möglicher anderer Briefe.«

Madsen nickte zustimmend, dann packte er seine Unterlagen zusammen und erklärte das Meeting für beendet.

Auch die anderen erhoben sich gähnend und rekelnd, nur Klee blieb sitzen und tippte hektisch auf der Tastatur seines Handys herum. Als kurz darauf das akustische Signal einer ankommenden WhatsApp-Nachricht ertönte, sprang er auf und eilte, einen kurzen Abschiedsgruß in die Runde murmelnd, aus dem Raum.

»Viel Spaß, Alter!«, rief Brandl ihm nach. »Und schau, dass du schnellstmöglich ins Bett kommst!«

Dass libidinöse Vorfreude der Auffassungsgabe eines Mannes abträglich zu sein schien, erkannte Klee daran, dass er die anzügliche Doppeldeutigkeit von Brandls Bemerkung erst dann registrierte, als er bereits längst mit quietschenden Reifen Richtung Andechs unterwegs war.

***

Es war bereits kurz vor Mitternacht, als Klee das Architekturbüro betrat. Christa Brenner empfing ihn an der Eingangstür und drückte ihm einen herzhaften Kuss auf die Wange.

»Schön, dass du da bist, Udo. Gib mir eine Minute, ich hole nur gerade meine Sachen!«

Sie eilte zu ihrem Arbeitsplatz.

Währenddessen hatte Dr. Nerlinger, der Chef des Architekturbüros, den späten Besucher ebenfalls bemerkt.

»Donnerwetter, Herr Kommissar, Sie sind ja auch noch im Dienst – solche Arbeitszeiten qualifizieren Sie ja fast schon für die Architekturbranche.«

Klee schüttelte bedauernd den Kopf und lächelte. »Ich muss Sie leider enttäuschen, Herr Dr. Nerlinger, aber ich bin vermutlich der unkreativste Mensch westlich von Nowosibirsk – und damit für Ihre Branche völlig ungeeignet. Ich bin eigentlich nur hier, weil ich Christa gerne noch zu einem kleinen Feierabenddrink entführen würde.«

Dr. Nerlinger blickte Brenner, die in der Zwischenzeit ihre Jacke und ihre Handtasche geholt hatte, zustimmend an.

»Gute Idee! Verdient hat sie sich das allemal. Christa hat in letzter Zeit gearbeitet wie eine Verrückte – es wird wirklich Zeit, dass sie mal wieder jemand zurück ins soziale Leben führt. Wisst ihr denn schon, wo es hingehen soll?«

»Nein!«, antwortete die junge Frau. »Hier sind die Bürgersteige ja schon hochgeklappt, aber in Starnberg werden wir schon was finden.«

Dr. Nerlinger überlegte kurz, dann klatschte er plötzlich in die Hände. »Ich wüsste eine gute Adresse! Hättet ihr Lust auf einen kleinen, aber feinen Mitternachtssnack? Dann geht doch in die ›Aubergine‹ im Hotel Vier Jahreszeiten. Der Geschäftsführer ist ein guter Freund von mir. Wenn ich den anrufe, bekommt ihr auch um diese Zeit mit Sicherheit noch was Gutes zu essen.« Er zwinkerte den beiden verschwörerisch zu. »Und mit etwas Glück auch ein Glas Champagner auf Kosten des Hauses! Ich melde euch gleich telefonisch an. Aber bitte nicht vergessen, Christa: Morgen um zehn ist die Präsentation. Also sei bitte pünktlich! Und im Idealfall auch nüchtern.«

»Alles paletti, Chef!«, murmelte die Architektin artig und zerrte Klee ungeduldig zur Tür. »Komm schon, Udo! Ich hab einen Mordshunger!«

In Starnberg angekommen, hatte Klee Mühe, mit der vor ihm eilenden Christa Brenner Schritt zu halten. Insgeheim hatte er auf einen gemütlichen nächtlichen Bummel über Uferpromenade oder Kirchplatz gehofft, bei dem sich wie zufällig die eine oder andere Berührung hätte ergeben können. Stattdessen hastete er nun außer Atem hinter der Architektin her, die bei der Aussicht auf das angekündigte Mitternachtsmahl offensichtlich keinerlei Halten mehr kannte. Klee war froh, als sie nach wenigen Minuten das von Dr. Nerlinger genannte Lokal im Nebentrakt des Hotels erreicht hatten und ihren Schritt verlangsamten.

»Bist du schon mal hier gewesen?«, fragte ihn die junge Frau und spähte neugierig durch die verdunkelten Scheiben.

»Nein, ich gehe eigentlich höchst ungern in solche In-Lokale!«, entgegnete Klee und betrachtete die vor der Tür geparkten »Starnberger Big Five« – BMW X5, Audi A8, Porsche Cayenne, Mercedes G-Klasse, Range Rover – mit einer gewissen Skepsis. »Sollen wir nicht lieber irgendwo anders hingehen? Ich fühle mich mit meiner Jeans und meiner Lederjacke nicht ganz passend gekleidet.«

Brenner winkte ab. »Ach papperlapapp! Das ist völlig in Ordnung. Ich habe ja auch keine Abendgarderobe an.«

Klee musterte sie schmunzelnd.

In der Tat durfte vermutlich allein die Kürze ihres moosgrünen Rockes bei dem einen oder anderen konservativeren Besucher für Hyperventilation sorgen. Dazu trug sie hochhackige Schuhe, schwarze Nylonstrümpfe und eine figurbetonte mintgrüne Bluse, die einen reizvollen farblichen Kontrast zu ihrem rostroten Haar bildete.

»Möchtest du noch länger hier draußen stehen und mich anstarren, oder können wir jetzt endlich reingehen?«, unterbrach Brenner seine Überlegungen augenzwinkernd und öffnete entschlossen die schwere Eingangstür.

Klee folgte ihr seufzend.

Das Restaurant war überraschend klein, aber sehr wertig und atmosphärisch eingerichtet. Glas und dunkles Holz dominierten das Interieur, in den Regalen wurden hochwertige Weine mit dezenter Hintergrundbeleuchtung appetitlich in Szene gesetzt, und an der Stirnseite des Raumes prangte das große, violett beleuchtete Logo des Etablissements. Es gab nur eine gute Handvoll Tische, an denen es sich die Starnberger Hautevolee gemütlich gemacht hatte. Es war der übliche Schaulauf der Schönen und der Reichen, wobei Erstere bei genauerem Hinsehen nicht wirklich schön und die anderen bei genauerer Prüfung vermutlich auch nicht sonderlich reich waren. Doch da keine der beiden Gruppen das Bestreben verspürte, sich mit der desillusionierenden Realität auseinanderzusetzen, wurde geblendet, was die gestraffte Haut hergab.

»Es tut mir leid, aber leider sind alle Tische besetzt.« Eine junge Angestellte hinter einem Stehpult zuckte bedauernd mit den Schultern, und ihr Lächeln war ebenso echt wie ihre blonden Extensions. »Und die Küche hat leider auch bereits geschlossen.«

»Das mag durchaus sein!«, erwiderte Brenner kurz angebunden. »Allerdings wurde unser Besuch telefonisch von Dr. Nerlinger avisiert. Brenner und Klee sind unsere Namen.«

Die Frau hinter dem hölzernen Stehpult zuckte zusammen, als hatte sie ein Peitschenschlag getroffen. »Oh, bitte verzeihen Sie vielmals, das wusste ich nicht. Folgen Sie mir bitte! Ich wurde von der Geschäftsleitung angewiesen, Ihnen einen besonders schönen Tisch zuzuteilen.«

Mit hochrotem Kopf wies sie ihnen einen Platz direkt in der Nähe des Eingangs zu. Ein mit tadellos sitzendem schwarzem Anzug bekleideter Kellner eilte dienstbeflissen herbei, reichte ihnen in Leder eingebundene Speisekarten und strich ein paar imaginäre Staubkörner von der cremefarbenen Tischdecke.

»Ich gebe zu, der Laden hat was!«, murmelte Klee, während er Brenner galant den Stuhl zurechtrückte und sie dabei wie unabsichtlich an der Schulter streifte. »Aber die Leute hier sind mir trotzdem nicht ganz geheuer. Schau doch mal das Paar da vorne zum Beispiel. Er sieht aus wie ein Relikt aus dem Pleistozän, und sie hat noch Fruchtwasser hinter den Ohren. Und der smokingtragende Lüstling vom Nebentisch starrt dir permanent auf die Beine.«

Brenner prustete lauthals los. »Hey, du kannst ja richtig spießig sein. Mach dich mal locker, Cowboy! Wir essen jetzt hier was Kleines, und dann können wir von mir aus noch in eine billige, verrauchte Spelunke gehen.«

»Darum geht es doch gar nicht!«, brummte Klee beleidigt. »Mir gehen nur die eingebildeten Neureichen hier gerade mächtig auf die Nerven!«

Nachdem sie bei dem nasal sprechenden Kellner Essen und Getränke bestellt hatten, lehnte Klee sich mit einem tiefen Seufzen zurück. »Was für ein Tag! Jetzt wäre mir nach einer Zigarette. Rauchst du eigentlich auch?«

»Nicht regelmäßig, aber es gibt schon Situationen, da ist mir danach. Zum Beispiel danach!«, antwortete sie und lächelte ihn verschmitzt an. »Aber erzähl mal! Wie war denn dein Tag? Du schaust irgendwie fertig aus.«

Klee warf seiner Tischnachbarin einen erstaunten Blick zu. »Hast du denn nicht im Radio gehört, was heute passiert ist?«

Als sie verneinend den Kopf schüttelte, berichtete er ihr von dem neuerlichen Leichenfund in der Falknerei. Sie schlug entsetzt die Hände vor den Mund und starrte ihn entgeistert an. Er erzählte auch von seinem Gespräch bei den Hämmerles, allerdings ohne deren Namen oder den Grund seines Besuches zu erwähnen, und sie war diskret genug, nicht nach Details zu fragen.

Als er zum Schluss das abendliche Teammeeting und den Profiler erwähnte, beugte sie sich interessiert nach vorn und fragte: »Echt? Gibt es solche Typen wirklich? So wie bei ›CSI‹ im Fernsehen? Das ist ja cool!«

Ihre Stimme war vor Aufregung laut geworden, und ein älteres, verkniffen dreinschauendes Ehepaar am Nachbartisch warf ihnen vorwurfsvolle Blicke zu.

Klee legte den Finger auf die Lippen. »Pssst, es muss ja nicht das ganze Lokal erfahren, dass ich bei der Polizei bin.«

Sie hob entschuldigend die Hände und beugte sich noch

näher zu ihm, sodass er ihr Parfum riechen konnte – ein leichter, frischer Duft von Limette und Orange.

»Entschuldige!«, wisperte sie kokett. »Aber ich bin bis jetzt noch nie mit einem Bullen ausgegangen – auch wenn der eine oder andere Kerl schon Handschellen dabeihatte!«

Klee verschluckte sich prustend, was abermals mit einem strafenden Räuspern vom Nebentisch kommentiert wurde. Zum Glück servierte der Kellner in diesem Moment ihre Gerichte, und so blieb Klee eine Entgegnung auf das überraschende Geständnis Brenners erspart.

Während des Essens unterhielten sie sich über die unterschiedlichsten Themen. Dabei registrierten sie ebenso erstaunt wie erfreut ihre übereinstimmenden Vorlieben und Interessen, was zur Folge hatte, dass sich trotz ihrer kurzen Bekanntschaft ein überaus angenehmes Gefühl von Vertrautheit und gegenseitiger Zuneigung einstellte. Als Brenner nach einer scherzhaften Bemerkung Klees laut auflachte, protestierten die beiden betagten Tischnachbarn abermals ungehalten, worauf dem Polizisten endgültig der Kragen platzte.

»Verdammt noch mal! Wenn Sie beim Essen keinen Ton hören wollen, dann setzen Sie sich gefälligst auf einen Friedhof. Das hier ist ein Restaurant, und da wird es doch wohl noch statthaft sein, sich zu unterhalten, oder?«

Während das Ehepaar entrüstet nach Luft und Rechnung schnappte, grinste Brenner ihn bewundernd an.

»Na sieh mal einer an! Der Herr Kommissar ist ja doch nicht so ein Spießer!«

Klee ergriff mit einer Hand behutsam ihr Kinn und zog ihr Gesicht nahe zu sich heran. »Natürlich nicht – oder würde ein Spießer so was in einem piekfeinen Lokal machen?«

Mit diesen Worten drückte er seinen Mund zärtlich auf ihren und bewegte seine Zunge sanft über ihre Lippen, bis diese sich leicht öffneten, und sein Kuss zuerst zögerlich, dann zunehmend leidenschaftlicher erwidert wurde. Die entrüsteten Blicke der anderen Gäste ignorierend, küssten sich die beiden mit geschlossenen Augen, bis ein Kellner sich räuspernd an den Tisch trat und sich mit einem deutlichen Ausdruck des Missfallens in der Stimme erkundigte, ob sie noch ein Dessert wünschten.

»Selbstverständlich!«, antwortete Brenner mit einem unschuldigen Augenaufschlag. »Aber ich fürchte, dabei können Sie uns nicht behilflich sein. Ich hätte als Nachtisch nämlich jetzt gerne den Schwanz dieses attraktiven Herrn!«

ZWÖLF

»Oh, Ihre Hände sind ja ganz feucht!«, stellte Hauptkommissar Esser lachend fest.

Jo Kimmel nickte verlegen und rieb sich verstohlen die Hände an ihrer Hose trocken, als sie dem Leiter der Hubschrauberstaffel in den Aufenthaltsraum der Bereitschaftspolizei folgte. Tatsächlich hatte ihre Nervosität während der Fahrt zum Münchner Flughafen von Minute zu Minute zugenommen.

Esser legte ihr beruhigend die Hand auf die Schulter. »Keine Sorge, Frau Kollegin, es ist alles halb so wild! Sicherlich wird es erst einmal ein ungewohntes Gefühl sein, wenn wir abheben, aber Sie wären nicht die Erste, die danach regelrecht süchtig nach Hubschrauberfliegen ist.«

Kimmel bezweifelte diese Aussage zwar stark, nickte aber höflichkeitshalber.

Nachdem der Hauptkommissar zwei Becher mit frischem, dampfendem Kaffee organisiert hatte, nahm er neben Kimmel Platz. »Also, wir werden uns an diesem heimeligen Ort nicht sehr lange aufhalten, aber bevor wir zum Helikopter gehen, pflegen wir hier kurz den Flugablauf zu besprechen. Die Kollegen Höveler und Herrig, die uns begleiten werden, müssten jeden Moment kommen.«

»Kein Problem – ich habe Zeit!«, entgegnete Kimmel und betrachtete neugierig die zahlreichen Fliegerutensilien, mit denen der ansonsten eher trostlose Raum dekoriert war. »Ich nehme an, so ein Flug wie heute, bei dem nach Vogelnestern gesucht werden soll, ist für Sie auch etwas Besonderes, oder? Worin besteht denn sonst Ihre Haupttätigkeit?«

Esser lehnte sich zurück und verschränkte die Arme vor der Brust. »Nun, unsere Aufgaben haben sich im Laufe der Zeit komplett geändert. Früher lag der Schwerpunkt in der Verkehrsüberwachung aus der Luft. Das ist beim heutigen Stand der Technik mit GPS, Induktionsschleifen und so weiter nicht mehr nötig.«

Er deutete auf ein Plakat an der Wand, das seiner heroischen Bildsprache nach zu urteilen der Rekrutierung junger Nachwuchskräfte dienen sollte. »Da auf den Bildern können Sie sehen, woraus unsere Einsätze heutzutage hauptsächlich bestehen: Vermisstensuche und Fahndung, Bergrettung, Training mit Spezialeinsatzkommandos, Brandbekämpfung, Dokumentation von Verkehrsunfällen und Gewässerüberwachung.« Er unterbrach seine Ausführungen und stand auf, als zwei groß gewachsene Polizisten in olivgrünen Fliegeroveralls den Raum betraten. »Darf ich vorstellen: Kollege Höveler, mein Flugtechniker, und Kollege Herrig, der FLIR-Operator. FLIR steht für ›Forward Looking Infrared‹ – er ist also derjenige, der für die Kamerabedienung und die Aufzeichnungen zuständig ist.«

Die Männer gaben Kimmel die Hand. Beide wirkten relativ jung, strahlten aber dennoch die Ruhe und Selbstsicherheit erfahrener Piloten aus, ohne dabei arrogant oder selbstgefällig zu wirken.

Esser instruierte die beiden in knappen Worten über den Zweck und Ablauf ihres Fluges und wandte sich anschließend an Kimmel.

»So, Frau Kollegin, wir wären dann so weit. Ich würde vorschlagen, wir schauen jetzt mal, dass wir Sie in die Luft kriegen!«

Keine fünf Minuten später waren die vier gemeinsam auf dem Weg zum Flugfeld. Während sie auf den Helikopter zugingen, listete Esser dessen technische Daten auf, als lese er von einer Quartettkarte ab.

»Wir fliegen mit einem Eurocopter EC 135. Zwölf Meter Länge, Maximalgewicht inklusive Besatzung und Ladung knapp drei Tonnen, vierhundertzwanzig PS pro Triebwerk, Höchstgeschwindigkeit zweihundertfünfundachtzig Kilometer pro Stunde.«

Er deutete auf eine etwa medizinballgroße weiß lackierte Kugel, die an einer der armdicken Kufen befestigt war. »Das hier ist unsere digitale Kamera. Sie hat ein normales Objektiv und eines für die Wärmebildkamera. Mit ihr haben wir die Möglichkeit, Gegenstände oder Personen auch bei völliger Dunkelheit zu erkennen. Im Extremfall lassen sich damit Temperaturunterschiede von bis zu null Komma drei Grad darstellen, das heißt, ich kann sogar die Kriechspur eines Flüchtigen sehen, weil sich der Boden an den Stellen, an denen er gekrochen ist, erwärmt hat.«

Kimmel betrachtete fasziniert die Kamera, während Esser bereits weitergegangen war.

»Und das hier …«, er klopfte auf einen gewaltigen schwarz lackierten Scheinwerfer, »… ist unser Punktstrahler mit eintausendsechshundert Watt Xenonlicht. Wenn wir den anmachen, wird ganz schnell klar, warum er in Pilotenkreisen auch ›Stern von Bethlehem‹ genannt wird.«

»So, jetzt sollten wir aber langsam starten!«, rief Herrig ungeduldig und öffnete die hintere Cockpittür.

Kimmel stieg ein. Der FLIR-Operator folgte und setzte sich neben sie, um ihr beim Anschnallen behilflich zu sein.

»Wenn Ihnen gleich schlecht werden sollte, nehmen Sie sich einfach eine von den Tüten, und wenn es gar nicht mehr geht, machen wir eine Flugpause. Keine Sorge, niemand wird Sie deswegen auslachen – hier haben schon ganz andere Kaliber gekotzt.«

Herrig lächelte ihr verständnisvoll zu. »Überlegen Sie mal, wie vielen Leuten schon beim Autofahren schlecht wird. Und hier haben wir nicht nur die Bewegung nach vorne und zur Seite, sondern zusätzlich noch nach oben und nach unten. Außerdem müssen wir während der unterschiedlichen Flugmanöver den Monitor beobachten, und da wir eine vom Flug gänzlich unabhängige Kameraführung haben, spielt unser vestibuläres System dabei völlig verrückt. Wenn es also gleich zu wild wird, einfach wie beim Autofahren aus dem Fenster schauen und einen weit entfernten Punkt fixieren.«

Er klopfte ihr beruhigend auf die Schulter. »Wird schon schiefgehen! Und jetzt setzen Sie bitte noch den Kopfhörer auf. Hier drin geht nämlich jetzt gleich ganz schön der Punk ab!«

***

Klee lehnte sich auf seinem Bürostuhl zurück und rieb seine rot geäderten Augen. Das lange Starren auf den Monitor war ermüdend, und so rollte er den Kopf mehrfach hin und her, um seine verspannte Nackenmuskulatur zu lockern.

Doch die mühselige Recherchearbeit hatte sich gelohnt.

Vor ihm auf dem Schreibtisch lag ein Stapel Ausdrucke, die den Werdegang Dr. Hämmerles fast lückenlos dokumentierten. So oberflächlich Klee auch mitunter zu sein schien – wenn er eine vielversprechende Spur verfolgte, konnte er die Beharrlichkeit eines Terriers an den Tag legen. Er war dem aalglatten Industriellen von Anfang an mit einem gewissen Maß an Misstrauen begegnet und hatte deshalb so lange in dem schier unerschöpflichen virtuellen Informationsangebot recherchiert, bis er gefunden hatte, was er suchte.

Geboren worden war Dr. Heinrich Rigobert Hämmerle 1949 in einem kleinen Ort in der Nähe von Stuttgart. Aufgewachsen in einem streng katholischen Elternhaus, hatte er das Abitur mit Bestnote abgeschlossen und gegen den ausdrücklichen Willen seines autoritären Vaters, der ihn lieber als Auszubildenden im elterlichen Betrieb gesehen hätte, zwei Jahre die Welt bereist und dann an der Universität St. Gallen Wirtschafts- und Sozialwissenschaften studiert. Nach Promotion und verschiedenen Managerfunktionen wurde er Mitte der Siebziger zum Geschäftsführer eines weltweit agierenden Lebensmittelkonzerns berufen und war kurz darauf in Anerkennung seiner Verdienste für die gesamte Branche zum Präsidenten der Bundesvereinigung der Deutschen Ernährungsindustrie gewählt geworden. Mit diesem Amt hatte Dr. Hämmerle sich endgültig in der politischen und wirtschaftlichen Elite Deutschlands etabliert. Als er 1989 das Hämmerle'sche Familienunternehmen nach dem Tod seines Vaters übernommen und bereits kurz darauf erfolgreich an der Börse platziert hatte, galt er völlig unbestritten als einer der mächtigsten Unternehmer der Nation.

Weniger erfolgreich verlief hingegen das Privatleben des Magnaten. Von seiner ersten Frau hatte er sich nach einer ebenso kurzen wie turbulenten Ehe bereits nach wenigen Monaten scheiden lassen. Seine zweite Gattin, eine Schweizer Millionärstochter, war unter rätselhaften Umständen bei einem Verkehrsunfall in den Alpen gestorben, während er sich auf einer Geschäftsreise im Nahen Osten befand. Der plötzliche Tod der prominenten Unternehmersgattin füllte ob seiner Mysteriösität wochenlang die Schlagzeilen der Boulevardpresse, bis irgendwann das Interesse der Bevölkerung erlosch und der Fall trotz weiterhin bestehender Unklarheiten ungelöst zu den Akten genommen wurde. In den darauffolgenden Jahren wurde Dr. Hämmerle in regelmäßig wechselnder Begleitung gesehen, wobei seine Vorliebe Frauen zu gelten schien, deren Hauptcharakteristikum darin bestand, dass sowohl ihr Alter als auch ihr Intelligenzquotient maximal die Hälfte des seinigen betrugen.

Das änderte sich, als er Mitte der neunziger Jahre unter großem Medieninteresse die Schauspielerin Eva-Maria Alt ehelichte, wodurch sein unstetes Liebesleben endlich ein positives Ende gefunden zu haben schien. Dr. Hämmerle veräußerte einen Großteil des Familienunternehmens, zog mit seiner Frau nach Starnberg und widmete sich fortan nahezu ausschließlich seinem großen Hobby, der Malerei. Er besaß ein untrügliches Gespür für Farbe, verfügte über Phantasie und künstlerisches Talent, und so war es keineswegs verwunderlich, dass seine Werke bereits kurz darauf in den besten Galerien des Landes gehandelt wurden.

Kurzum: Das Leben Dr. Hämmerles schien eine einzige große Erfolgsgeschichte zu sein. Nur eines blieb ihm trotz all seiner Triumphe verwehrt. Ein Kind.

Nachdem auch seine dritte Frau aus medizinischen Gründen außerstande war, ihm den erhofften Stammhalter zu schenken, entschloss sich das Paar zur Adoption, und bereits kurz darauf verkündeten die Medien mit boulevardesquer Euphorie, dass das Ehepaar Hämmerle von einer Russlandreise mit einem kleinen Baby namens Felicitas zurückgekommen sei.

Die Hautevolee zeigte sich entzückt, und sogar der Bürgermeister übermittelte die besten Wünsche des Stadtrates und überreichte der neuen Starnberger Bürgerin eine Rassel aus Sterlingsilber mit eingraviertem Stadtwappen.

Klee hätte diese Meldungen bezüglich des Familienzuwachses fast schon als irrelevant erachtet, als ihm plötzlich eine Textzeile bei den Google-Suchergebnissen ins Auge stach. Der Satz stand auf einer der letzten Seiten, und er wäre ihm vermutlich nicht weiter aufgefallen, wenn nicht die beiden Begriffe »Hämmerle« und »Skandal« in fettem Schriftschnitt in einer Zeile platziert gewesen wären. Der Link verwies auf einen Artikel einer kleinen, regionalen Tageszeitung, und Klee musste sich einen Moment lang gedulden, ehe die Datei vollständig geladen war und angezeigt wurde.

Doch für das, was er dann sah, hatte sich das Warten definitiv gelohnt!

***

Ohrenbetäubender Lärm erfüllte den Innenraum des Hubschraubers, der noch weiter zunahm, als Hauptkommissar Esser die Rotorbremse löste. Ein lautes Knacken ertönte in Kimmels Kopfhörer, dann vernahm sie die Stimme des Piloten.

»Alles in Ordnung dahinten?«

Kimmel bejahte tapfer, obwohl sie bereits jetzt gegen ein heftiges Übelkeitsgefühl ankämpfen musste. Herrig, der neben ihr sitzende FLIR-Operator, deutete auf den Bildschirm, auf dem momentan lediglich Asphalt zu sehen war.

»Wenn es Ihr Zustand zulässt, sollten Sie gleich den Monitor beobachten. Wir nehmen das Ganze aber zusätzlich auch noch auf, das heißt, Sie können sich später im Präsidium den Film noch mal in aller Ruhe zu Gemüte führen und schauen, ob wir während des Fluges irgendwas Wichtiges übersehen haben.«

Kimmel nickte erleichtert. Ihr akuter Zustand ließ sie daran zweifeln, dass ihr das Beobachten des Bildschirms während des Fluges tatsächlich möglich war. Die Aussicht, die Aufnahmen später auf festem Boden noch einmal gründlich überprüfen zu können, kam ihr deshalb ausgesprochen gelegen.

Der Pilot hatte zwischenzeitlich Freigabe für den Start erhalten. Es gab ein kurzes Rütteln, die Triebwerke heulten auf, und die Nase des Hubschraubers senkte sich ruckartig, als er gegen den Wind vom Boden abhob. Kimmel wurde augenblicklich in die Gurte gepresst, und der Inhalt ihres Magens hob sich bedenklich, aber Herrig, der sie besorgt beobachtete, bedeutete ihr, gleichmäßig und tief zu atmen. Sie vermochte nicht zu beurteilen, ob ihr Sitznachbar um ihr persönliches Wohl oder um die Sauberkeit des Cockpit-Inneren besorgt war, gleichwohl verfehlte der Ratschlag seine Wirkung nicht. Die Übelkeit ließ nach, und ihr Herzschlag beruhigte sich, sodass sie sogar einen ersten vorsichtigen Blick auf den Monitor werfen konnte.

Abermals knackte es in ihrem Kopfhörer, und Essers Stimme erklang. »Wir haben jetzt den Kontrollbereich des Flughafens verlassen und werden das Fünfseenland aus nordöstlicher Richtung anfliegen. Wir beginnen die Suche über Inning am Nordzipfel des Ammersees und bewegen uns dann in schleifenförmigen Flugbewegungen nach Süden. Mit etwas Glück sollten wir also innerhalb der möglichen Flugzeit ein Quadrat mit den Eckpunkten Inning, Gauting, Weilheim und Seeshaupt absuchen können.«

Kimmel hob zustimmend den Daumen und beobachtete nun zunehmend konzentrierter den Monitor. Der Hubschrauber überflog auf seinem Weg zum Einsatzgebiet just in diesem Moment den futuristisch anmutenden Bau der Allianz Arena. Die breite, schlauchbootähnliche Fassade des Fußballstadions funkelte im Sonnenlicht wie ein überdimensionaler Edelstein und warf einen dunklen Schatten auf das Spielfeld im Innenraum. Esser hielt den Helikopter ruhig in der Luft, und Herrig zoomte das Bild näher heran.

Er hatte keineswegs zu viel versprochen. Auf dem Bildschirm ließen sich einzelne Streben, Stahlseile und sogar die auf dem Dach befindlichen Tauben deutlich erkennen.

»Sollen wir mal schauen, ob die Taube einen Ring trägt?«, scherzte der FLIR-Operator und vergrößerte einen der Vögel noch stärker.

Kimmel lächelte amüsiert und winkte ab. »Vielleicht beim nächsten Mal! Jetzt wäre mir lieber, wir würden so schnell wie möglich ins Fünfseenland fliegen.«

»Aye, aye, Mam!«, antwortet der Hauptkommissar Esser über Bordfunk, bevor er den Helikopter nach vorn kippen ließ und die Flugbahn mit einem eleganten Schwung nach Westen ausrichtete. Kimmel musste angesichts der plötzlichen Beschleunigung erneut heftig würgen und wandte ihren Blick rasch aus dem Fenster.

»Ich hab doch gewusst, dass ich Fliegen zum Kotzen finde!«, murmelte sie gequält und presste ihre Stirn mit einem tiefen Seufzer gegen die kühle Scheibe. »Und das im wahrsten Sinne des Wortes!«

***

Kommissar Klee saß wie paralysiert vor seinem Monitor. Dass Dr. Hämmerle nicht so integer war, wie sein Ruf vermuten ließ, hatte er sich bereits gedacht. Aber das, was seine Recherche dann zutage gefördert hatte, überraschte sogar ihn.

Der Artikel, der mit der Headline »Skandal im Hause Hämmerle« überschrieben und von einem Redakteur namens Georg Scholl verfasst war, begann mit einer grundsätzlichen Erläuterung über die Unterschiede zwischen staatlich legitimierter und privater Adoption. Gemäß dem aktuellen Adoptionsvermittlungsgesetz lagen offiziell anerkannte und juristisch einwandfreie Adoptionen einzig und allein im Verantwortungsbereich der zentralen Adoptionsstellen der Landesjugendämter sowie einer kleinen Anzahl staatlich legitimierter Adoptionsvermittlungsstellen. Da sich die Anzahl der Adoptionsinteressierten jedoch überproportional zu den tatsächlich verfügbaren Kindern entwickelt hatte, wurde auch und gerade von deutschen Paaren immer häufiger der Weg der Privat- oder Selbstbeschaffungsadoption gewählt.

Dieses Vorgehen stellte nicht per se eine kriminelle Handlung dar, dennoch haftete dieser Adoptionsform zumeist etwas Anrüchiges und juristisch Zweifelhaftes an – flossen doch in der Regel nicht unerhebliche Beträge an Vermittler, Behörden, Hebammen und Heimleitungen. Vor allem die Öffnung der osteuropäischen Staaten zum Westen schuf durch das Aufeinandertreffen der Kinderlosigkeit auf der einen und der flächendeckenden Armut auf der anderen Seite ein gesellschaftliches Problem. So schnellte der Anteil der baltischen Länder an den jährlichen Auslandsadoptionen innerhalb kürzester Zeit auf über vierzig Prozent, was unter anderem daran lag, dass sich die betreffenden Regierungen strikt weigerten, das die Adoptionsregularien betreffende Haager Fachlichkeitsprinzip anzuerkennen.

Auch Dr. Hämmerle hatte sich für die Russische Föderation als Herkunftsland seiner Tochter entschieden und – beraten von einer ganzen Armada findiger Journalisten – eine Gesetzeslücke dazu genutzt, anschließend die offizielle bundesdeutsche Anerkennung des Adoptionsbeschlusses für die kleine Felicitas zu erwirken. Wenngleich bei der Durchführung der Adoption nachweislich Gelder in Höhe von mehr als einer Million Euro geflossen waren, die sowohl den Gewissenskonflikt der leiblichen Eltern als auch die bürokratischen Hürden des gesamten Verfahrens auf mysteriöse Art und Weise pulverisiert hatten, sahen sich weder die bayerische Landesregierung noch die zuständige Staatsanwaltschaft in der Pflicht, eine genauere Untersuchung des Adoptionsverlaufes sowie des begleitenden Geldflusses einzuleiten.

Auf das investigative Nachfragen des recherchierenden Redakteurs wollte man von offizieller Seite zunächst nichts von einer Bezahlung der Eltern gewusst haben. Kurze Zeit später ließ man dann in einer hastig herausgegebenen Presseerklärung verlauten, dass das Adoptionsverfahren im vorliegenden Fall nicht dem gültigen Adoptionsvermittlungsgesetz widerspräche. Die Höhe der Geldleistungen sei völlig bedeutungslos, es sei vielmehr alleinige Aufgabe des Kreisjugendamtes, das Wohl des Kindes im Auge zu behalten und sicherzustellen, dass sich zwischen ihm und den Adoptionspflegeeltern ein Eltern-Kind-Verhältnis entwickelt – und das sei bei der Familie Hämmerle zweifelsfrei gegeben.

Klee schüttelte empört den Kopf. Angesichts dieses Falles bewies sich wieder einmal die Orwell'sche Theorie, dass vor dem Gesetz alle Bürger gleich waren.

Bis auf manche. Die waren gleicher.

Doch es war nicht dieser Artikel, der Klees kriminalistische Aufmerksamkeit weckte. Es war vielmehr der Text, der mit der Meldung verlinkt war.

Zunächst hatte die Zeitung kurz nach Erscheinen des Berichts einen langen, ausführlichen Widerruf veröffentlicht, der mit der Bekanntmachung endete, dass der Verlag sich mit sofortiger Wirkung von dem verantwortlichen Redakteur getrennt habe. Es gehörte kein Übermaß an Phantasie dazu, den medien- und parteiübergreifenden Einfluss Dr. Hämmerles in diesen Vorgängen zu erkennen, und zweifelsohne war es auch seiner Intervention und dem überzeugenden Auftreten seines Rechtsbeistandes zu verdanken, dass kein anderes Medium die Vorgänge aufgegriffen oder gar weiterverfolgt hatte. Wer im Haifischbecken des journalistischen Tagesgeschäftes überleben wollte, sollte es tunlichst vermeiden, sich mit einem Gegner wie Dr. Hämmerle anzulegen – eine Erkenntnis, die der bedauernswerte Redakteur Georg Scholl mit dem Verlust seines Arbeitsplatzes bezahlen musste.

Allerdings gab es neben dem Arbeitsplatz noch etwas, das Scholl kurz darauf verlor.

Und zwar sein Leben.

***

Polizeiobermeister Zirngibl saß an seinem Schreibtisch und kaute gerade gedankenverloren auf einem Bleistift herum, als es laut an die Tür klopfte und diese im gleichen Moment schwungvoll aufgestoßen wurde. Dr. Nintzel betrat das Zimmer und nickte Zirngibl zur Begrüßung freundlich zu, doch als er dessen gequälten Gesichtsausdruck bemerkte, verlangsamte er seinen Schritt, hob bedauernd die Hände und deutete fragend über seine Schulter.

»Komme ich gerade ungelegen? Soll ich lieber später noch mal reinschauen?«

Zirngibl seufzte. »Nein, nein, passt schon. Bitte nehmen Sie Platz!« Er stand auf und stellte seinem neuen Kollegen einen zweiten Stuhl an den Schreibtisch. Dann schob er mit einer vorsichtigen Handbewegung einen bedenklich schwankenden Stapel Akten beiseite.

»Vielen Dank!«, sagte Dr. Nintzel und breitete seine Unterlagen auf der Tischplatte aus. »Wir wollten doch mal gemeinsam die Akten auf der Suche nach weiteren potenziellen Opfern durchschauen. Ich habe inzwischen in der VICLAS-Datenbank nach Kandidaten recherchiert, in deren Fällen das Strafmaß deutlich unter den Forderungen der Staatsanwaltschaft blieb. Dabei habe ich knapp vierzig Personen gefunden, die im weitesten Sinne unserem aktuellen Opferprofil entsprechen. Ich schlage vor, dass wir uns erst mal auf die als Ausgangsbasis konzentrieren und daraus dann eine engere Auswahl erstellen, indem wir die Leserbriefe zu genau diesen Fällen durchgehen und nach offenen oder versteckten Drohungen suchen. Hier hat Kriminalrat Madsen ja bereits hervorragende Vorarbeit geleistet.«

Zirngibl nickte zustimmend, legte an seinem PC eine neue Datei an und begann, die Namen, Adressen und Kontaktdaten in eine Liste einzugeben. Dr. Nintzel diktierte ihm die Angaben, und so war in den drauffolgenden zwei Stunden in dem Büro nichts anderes zu vernehmen als die sonore Stimme des Profilers und das stakkatoartige Klackern der Computertastatur.

***

Währenddessen lehnte sich Klee auf seinem Stuhl zurück und betrachtete nachdenklich seine Ausdrucke. Georg Scholl war keine zwei Wochen nach der Veröffentlichung seines Artikels über die Unregelmäßigkeiten bei der Adoption von Felicitas Hämmerle bei einem mysteriösen Autounfall ums Leben gekommen. Auf einer einsamen Passstraße zwischen Mittenwald und Seefeld in Tirol war sein Fahrzeug aus ungeklärter Ursache von der Straße abgekommen und mehrere hundert Meter tief in eine Schlucht gestürzt, wo der Wagen in Flammen aufging und völlig ausbrannte.

Die Ursache des Unfalls hatte die Ermittler seinerzeit vor ein unlösbares Rätsel gestellt. Die Straße war an der Stelle des Unfalls verhältnismäßig leicht zu befahren und Georg Scholl zudem als guter Autofahrer bekannt. Auch die Witterungsbedingungen waren an jenem Tag völlig unproblematisch, und ein Mittenwalder Fahrradfahrer, den Scholl kurz vor dem Unfall überholt hatte, bezeichnete dessen Fahrweise als ebenso rücksichts- wie verantwortungsvoll.

Angesichts dieser mysteriösen Begleitumstände verlagerten sich die Ermittlungen der zuständigen Behörde rasch auf die mögliche Unfallbeteiligung eines zweiten Fahrzeugs. Der Fahrradfahrer wurde abermals intensiv befragt, und dieser konnte sich an einen schwarzen Geländewagen erinnern, der ihm kurz nach dem Überholvorgang von Scholl mit hoher Geschwindigkeit entgegengekommen sei. Allerdings wusste er weder zu dem Fahrzeugmodell noch zu dem Fahrer oder dem amtlichen Kennzeichen zielführende Angaben zu machen, und da die Suche nach einem schwarzen SUV im Alpenvorland in etwa der Suche nach einem Selfie bei Instagram entsprach, wurden die Ermittlungen wenig später ohne Ergebnis eingestellt. Und der Tod von Georg Scholl damit niemals aufgeklärt.

Klee erhob sich, stellte sich ans geöffnete Fenster und zündete sich eine Zigarette an. Während er den Qualm nach draußen blies, resümierte er das Gelesene in Gedanken. Inzwischen gab es drei mysteriöse Todesfälle im direkten Umfeld von Dr. Hämmerle. Zuerst seine zweite Ehefrau, die einem zweifelhaften Verkehrsunfall zum Opfer fiel. Anschließend den Zeitungsredakteur, ebenfalls tödlich mit dem Auto verunglückt. Und zu guter Letzt den Fremdenlegionär Krautscheit, der einige Zeit zuvor die Adoptivtochter des Unternehmers vergewaltigt hatte.

Drei Tote. Drei ungeklärte Fälle. Für Klee definitiv zu viel des Zufalls.

Zwar gab es keinerlei Beweise für Dr. Hämmerles Beteiligung an den Todesfällen, aber nach Klees Einschätzung war der Unternehmer – das hatten sowohl das persönliche Gespräch als auch die gerade gelesenen Artikel eindeutig bestätigt – der festen Überzeugung, das Gesetz nach Belieben interpretieren und nach eigenen moralischen Grundsätzen leben und handeln zu können. Darüber hinaus verfügte der Millionär über beachtliche finanzielle Möglichkeiten, die die Bezahlung eines Killers problemlos ermöglichen sollten.

Allerdings bezweifelte Klee, dass derart große Beträge dafür überhaupt noch nötig waren. Denn nach dem Fall der Mauer und der Osterweiterung Europas waren kompetente Auftragskiller samt professionellem Arbeitsgerät bereits für kleines Geld erhältlich.

***

Nachdem sich Zirngibl und Dr. Nintzel durch eine Unmenge an Gerichtsakten gewühlt hatten, waren von der rund vierzigköpfigen Vorauswahl noch sieben Personen übrig geblieben, bei denen das auf der Tat basierende Strafmaß außergewöhnlich gering ausgefallen und die Entrüstung über das Urteil in den Medien entsprechend groß gewesen war. Zu dreien davon hatten sie bereits die wichtigsten Fakten zusammengefasst.

»Damit kommen wir zum vierten Kandidaten!«, brummte Dr. Nintzel und überflog seine Kopien. »Die nächste potenzielle Zielperson unseres Täters ist Franz Hollmann. Er hat sich seine Opfer bewusst aus dem Umfeld sozial schwacher Familien ausgesucht, indem er alleinstehenden, berufstätigen Frauen anbot, auf deren Kinder aufzupassen – was einige der Frauen auch dankend annahmen. Doch anstatt auf sie aufzupassen, verging sich der Frührentner an den Kleinen, dokumentierte den Missbrauch und veröffentlichte die Bilder im Internet, wodurch die Kriminalpolizei auf ihn aufmerksam wurde. Er wurde festgenommen und zu einer zweijährigen Haftstrafe verurteilt, doch das Oberlandesgericht hob das Urteil wieder auf. Dabei sorgte nicht alleine die Tatsache, dass der Angeklagte bis auf eine kurze Bewährungszeit straffrei blieb, für Entsetzen bei den Prozessbeobachtern, sondern auch und vor allem die Urteilsbegründung des Richters. Dieser vertrat die Meinung, dass die Kinder aus verwahrlosten Verhältnissen stammten und somit infolge mangelnder Vermittlung von Werten ebenfalls an den sexuellen Handlungen interessiert gewesen sein könnten. Franz Hollmann verließ das Gericht als freier Mann.« Dr. Nintzel schüttelte erbost den Kopf. »Was für eine zynische, menschenverachtende Behauptung. Diesem Richter gehört mal ganz kräftig in den Arsch getreten!«

Zirngibl grinste. Auch wenn seine persönliche Wortwahl vermutlich etwas weniger bildhaft gewesen wäre, teilte er die Meinung des Profilers uneingeschränkt.

Währenddessen wandte sich Dr. Nintzel den Unterlagen des nächsten Falles zu, wo der Täter sich aufgrund seiner skrupellosen Taten ebenfalls als potenzielles Opfer empfahl. Und das nachdrücklich.

Hans Fichtinger, ein dreiundvierzigjähriger Fensterputzer aus Tutzing, hatte nachweislich monatelang mit Wissen seiner Partnerin deren Sohn misshandelt und sexuell missbraucht. Angehörige ihrer Familie hatten dies schließlich bemerkt und umgehend dem zuständigen Sozialdienst gemeldet. Da diese Behörde die Interessen der Eltern laut Statuten ebenso zu vertreten habe wie die der Kinder, entschied die zuständige Sachbearbeiterin, dass die Prognose für eine eventuelle Rehabilitation von Fichtinger und seiner Freundin sich durch einen Gerichtsprozess erheblich verschlechtern würde. Aus diesem Grunde sah sie trotz des unzweifelhaften Straftatbestandes davon ab, Anzeige zu erstatten. Um die Prinzipien des Rechtsstaates endgültig ad absurdum zu führen, wurde der Verlauf der Entscheidungsfindung nach zahlreichen Protesten exakt von derselben Person auf Rechtmäßigkeit überprüft, die sie durchgeführt hatte. So erschien es dann auch wenig überraschend, dass eine Aufhebung des gefassten Beschlusses nicht für notwendig erachtet wurde. Der Vorgang wurde abgeschlossen, und Hans Fichtinger galt somit offiziell weiterhin als unbescholtener Bürger ohne Vorstrafe oder Eintrag in das polizeiliche Führungszeugnis.

Dr. Nintzel legte das Blatt zur Seite und lehnte sich weit zurück, worauf der zierliche Stuhl, auf dem er saß, besorgniserregende Geräusche von sich gab.

»Es ist echt nicht zu glauben, was für hirnrissige Regelungen es in Deutschland gibt! Da werden die Interessen der Täter mehr geschützt als die der Opfer.«

Zirngibl nickte deprimiert, während Dr. Nintzel das oberste Papier vom nächsten Stapel nahm und die wichtigsten Fakten des entsprechenden Falles vorlas.

Ein arbeitsloser Lagerarbeiter namens Lars Eckhardt aus Dießen war des Missbrauches von Minderjährigen sowie der Verbreitung entsprechender pornografischer Internetfilme angeklagt worden. Er hatte seine jugendlichen Opfer an versteckte Orte gelockt, mit Alkohol und sedierenden Substanzen betäubt und sich auf brutale Art und Weise an ihnen vergangen. Das anschließende Gerichtsverfahren erfolgte auf Antrag der Verteidigung unter Ausschluss der Öffentlichkeit – ein Privileg, das sonst nur jugendlichen Angeklagten oder Zeugen zuteilwurde. Bei seiner Vernehmung vermittelte der Angeklagte den Eindruck eines reuigen Sünders und akzeptierte klaglos die richterliche Anordnung, sich einer Therapie zu unterziehen. Angesichts dieser beispielhaften Einsicht des Täters sprach das Gericht eine überraschend milde Strafe von vierundzwanzig Monaten aus, was bei dem in Deutschland gängigen Prinzip der Zwei-Drittel-Strafe zur Folge hatte, dass sich Eckhardt bereits nach sechzehn Monaten wieder auf freiem Fuß befand.

An dieser Stelle unterbrach Zirngibl Dr. Nintzel. »Selbst so ein mieser Typ bekommt Haftverkürzung? Das darf doch wohl nicht wahr sein!«

Der Profiler zuckte resigniert mit den Schultern. »Leider doch! Das deutsche Strafrecht besagt, dass Straftäter nach Verbüßung von zwei Dritteln der verhängten Haftstrafe vorzeitig auf Bewährung entlassen werden können, wenn sie sich während der Haft gut geführt haben. Die Anwendung dieser Möglichkeit ist in der Praxis die Regel und wird wirklich nur in ganz extremen Ausnahmefällen verweigert.« Er zog den nächsten Aktenstapel zu sich heran und blickte beunruhigt auf den wuchtigen Chronografen an seinem Handgelenk. »Und weiter geht's! Es ist schon verdammt spät, und Madsen möchte heute noch unsere Ergebnisse sehen. Und mich übrigens gleich mit dazu!«

»Herzlichen Glückwunsch!«, entgegnete Zirngibl mit einem mitfühlenden Lächeln. »Dann machen Sie sich mal auf eine lange Nacht gefasst. Unser Chef ist ein Arbeitstier – und zwar ein nachtaktives!«

»Das war jetzt eigentlich nicht die Antwort, die ich hören wollte!« Dr. Nintzel runzelte in gespielter Strenge die Augenbrauen und überflog das nächste Blatt. »So, hier haben wir ausnahmsweise mal eine Frau, die als potenzielles Opfer in Frage käme. Mandy Maschmeier! Oh Mann, das klingt nach Pferdehof und Ostmark. Mit so einem Namen kann das Leben ja nur schiefgehen.«

Kopfschüttelnd begann er die Fakten vorzulesen, während Zirngibl lautstark in die Tastatur hackte.

Die Frau war 1989 als Kind mit ihren Eltern aus der ehemaligen DDR nach Starnberg gezogen und hatte sich nach Abbruch der Schule mit Gelegenheitsjobs über Wasser gehalten. Sie wurde mehrfach wegen kleinerer Diebstähle und Verstöße gegen das Betäubungsmittelgesetz verhaftet und zu geringfügigen Geldstrafen verurteilt. Im Jahr 2014 bekam sie einen Sohn namens Kevin von einem Drogensüchtigen, der sich noch vor der Geburt des Kindes durch eine Überdosis Heroin seines Lebens und somit auch seiner Vaterpflichten entledigte. Die junge Witwe erwies sich mit dem Auf- und Erziehen des Kindes als hoffnungslos überfordert und verfiel zunehmend dem Alkohol, unter dessen Einfluss sie Kevin regelmäßig misshandelte. Als sie das Kind eines Morgens bewusstlos in seinem Bettchen fand, alarmierte sie einen Notarzt, der nicht nur zahlreiche Knochenbrüche und Hämatome, sondern auch schwerwiegende innere Verletzungen diagnostizierte. Allen ärztlichen Bemühungen zum Trotz verstarb der kleine Kevin wenige Tage später an den Folgen der Misshandlungen. Der nachfolgende Prozess fand unter regem Interesse der Öffentlichkeit statt, was den Rechtsanwalt der Täterin, einen international bekannten Strafverteidiger, dazu bemüßigte, allen Ehrgeiz daranzusetzen, ein für Mandy Maschmeier mildes und somit für seine Sozietät werbewirksames Urteil zu erstreiten. Zum großen Entsetzen der Bevölkerung und der Medien gelang ihm dies auch, denn da Mandy Maschmeier zum Zeitpunkt der Misshandlungen, die zu den tödlichen Verletzungen des Kindes geführt hatten, eine Blutalkoholkonzentration von etwas über drei Promille aufwies, ging der Vorsitzende Richter von einer verminderten Schuldfähigkeit aus. Zudem stellte er die zerrütteten Familienverhältnisse sowie die problematische Kindheit der Frau als strafmaßrelevante Faktoren heraus und verurteilte die Täterin deshalb lediglich zu einer Haftstrafe von zwei Jahren auf Bewährung mit der Verpflichtung, sich einer Langzeittherapie in einer Suchtklinik zu unterziehen.

Resigniert warf Dr. Nintzel das Blatt zurück auf den Schreibtisch und starrte, die Hände hinter dem haarlosen Kopf verschränkt, abwesend auf einen großformatigen Jahreskalender mit farbenprächtigen Landschaftsaufnahmen. Auch Zirngibl schwieg, zutiefst erschüttert über dieses Beispiel bürokratischer Inkompetenz.

Der Profiler war der Erste, der das Schweigen brach. »Tja, ein Kind zu zeugen ist einfach – das Ergebnis dann auch zu lieben offensichtlich schwerer. Was für eine miese Mutter! Und was für ein mieser Urteilsspruch. Aber bevor ich mich jetzt zum wiederholten Mal darüber auslasse, was ich – zumindest angesichts mancher Urteile – von unserem Rechtssystem halte, würde ich vorschlagen, wir machen an dieser Stelle Schluss. Wären Sie so lieb, mir die finale Liste vorher noch dreimal auszudrucken, damit ich sie gleich verteilen kann? Und dann machen Sie, dass Sie nach Hause kommen! Bei allem Respekt – aber Sie sehen mitgenommen aus. Ein bisschen Schlaf wird Ihnen guttun!«

Zirngibl nickte ihm dankbar zu und erteilte den Druckbefehl, worauf sich der Laserdrucker im Flur mit einem quietschenden Geräusch in Bewegung setzte.

»Scheint so, als sei ich nicht das Einzige, was mal wieder gründlich generalüberholt gehört!«, stöhnte Dr. Nintzel, als er sich mit gequälter Miene bückte, um die Ausdrucke aus dem Ausgabefach zu entnehmen. »Das Problem ist nur: Mit einem Tropfen Öl ist es bei mir mit Sicherheit nicht getan!«

***

Es war bereits weit nach Mitternacht, als sich Madsen mit den Doktoren Agasiotis und Nintzel im Konferenzraum zur Zusammenfassung der aktuellen Ermittlungsergebnisse traf. Der Profiler, der den Raum als Letzter betreten hatte, registrierte voller Erstaunen, wie frisch und tatendurstig der Oberstaatsanwalt wirkte. Er selbst fühlte sich dagegen so ausgelaugt, als hätte er soeben einen Triathlon absolviert, und so nickte er Madsen erfreut zu, als dieser ihm ein kühles Bier anbot.

»Danke, Sie sind ein Hellseher!«, seufzte er, während er Madsen und Dr. Agasiotis zuprostete.

»Ich denke, Ihr Protest hält sich in Grenzen, wenn wir dieses Meeting möglichst kurz halten?«, ergriff Madsen das Wort. »Wir sind hier, um noch einmal auf die Schnelle die Ergebnisse des heutigen Tages zusammenzufassen. Es wäre zwar auch nicht schlecht gewesen, wenn das gesamte Team dabei wäre, aber ich hatte das untrügliche Gefühl, dass das junge Gemüse dringend Schlaf benötigt.«

Er konsultierte auf die Schnelle seine Notizen. »Fangen wir mit dem Hubschrauberflug von Jo an. Die Arme war immer noch grün im Gesicht, als sie mir heute Nachmittag das Ergebnis ihres Ausfluges übergeben hat. Wir haben hier ...«, er verteilte Kopien an die beiden anderen Anwesenden, »... eine Liste mit den Standorten zahlreicher großer Vogelnester im Fünfseenland sowie diverser für Greifvögel prädestinierter Stellen in erhöhter Position. Natürlich können wir nicht jeden großen Baum in die Liste aufnehmen, aber Schornsteine, Kirchendächer, Türme, Strommasten und so weiter sind hier penibel aufgeführt. Ich muss übrigens an dieser Stelle mal erwähnen, dass Jo sich ausgezeichnet anstellt – und das sage ich wirklich nicht, weil sie Ihre Nichte ist!«

Oberstaatsanwalt Dr. Agasiotis nickte erfreut, und der Anflug von Stolz in seinem Blick war nur unschwer zu übersehen.

Madsen verteilte derweil das nächste Blatt, auf dem ein schmales beigefarbenes Messer mit Schiebeklinge abgebildet war. »Das hier habe ich von Udo. Er hat sich mit dem Labor zusammen um das Klingenstück gekümmert, das Professor Polt in der Leiche gefunden hat. Dabei handelt es sich um ein Teil eines sogenannten Cutters, eines Bastel- oder Modellbaumessers. Aufgrund seiner Vielseitigkeit kann man es leider in einer Vielzahl von Geschäften erwerben – angefangen von Baumärkten über kleine Haushaltswarengeschäfte bis hin zum Künstlerfachbedarf. Die Kollegen erstellen eine Liste der entsprechenden Geschäfte, aber ich befürchte, dass deren Fertigstellung noch einige Zeit in Anspruch nehmen dürfte.«

Madsen unterbrach kurz und nahm einen herzhaften Schluck aus der Bierflasche. Anschließend wischte er sich den Schaum vom Mund und setzte seine Ausführungen fort. »Außerdem hat Professor Polt beim weiteren Untersuchen der Leichenteile von Krautscheit noch etwas Interessantes entdeckt – und zwar Rückstände von Kerosin in den Lungenflügeln.«

»Kerosin?«, echoten Dr. Agasiotis und Dr. Nintzel nahezu synchron, bevor der Oberstaatsanwalt nachhakte. »Sie meinen also wirklich den Flugkraftstoff Kerosin?«

»Korrekt!« Madsen deutete auf seine Unterlagen. »Hier steht es schwarz auf weiß: Laut Professor Polts Untersuchung hatte Krautscheit Kerosinpartikel in seiner Lunge. Das spricht dafür, dass er sich eventuell auf einem Flughafen oder in der Nähe eines Flugzeugs aufgehalten hat. Professor Polt kann allerdings nicht sagen, ob das unmittelbar vor seinem Tod geschah oder schon etwas früher. Wir sollten versuchen, Krautscheits Tagesablauf vor seiner Ermordung zu rekapitulieren, um zu sehen, ob die Flugzeugsache irgendetwas mit unserem Fall zu tun hat.«

Dr. Agasiotis und Dr. Nintzel nickten, worauf Madsen das nächste Blatt seiner Aufzeichnungen zur Hand nahm.

»Nächstes Thema: Der Kollege Klee hat sich heute in aller Gründlichkeit um unseren Freund Dr. Hämmerle gekümmert. Und siehe da – die heile Fassade, die der feine Herr im Laufe der Zeit so fein säuberlich um sich errichtet hat, steht auf einem verdammt wackeligen Fundament. Könnte sein, dass wir hier auf dem richtigen Weg sind!«

Dann berichtete er in Kurzform von Dr. Hämmerles beruflichem Werdegang, dem mysteriösen Verkehrsunfall der zweiten Ehefrau, den zweifelhaften Umständen der Adoption sowie dem dubiosen tödlichen Unfall des Zeitungsreporters.

Der Oberstaatsanwalt legte nachdenklich die Fingerspitzen aneinander. »Ich teile Ihre Ansicht, mein lieber Madsen, diesen Herrn genauer unter die Lupe zu nehmen. Dennoch bitte ich Sie bei aller Zielstrebigkeit zu bedenken, dass gegen den Mann bislang kein offizieller Verdacht vorliegt. Und sowohl der Tod seiner Frau als auch der des Reporters konnten in keinerlei Zusammenhang mit ihm gebracht werden. Der Einfluss Dr. Hämmerles reicht bis ins Innenministerium. Wenn wir ihm zu früh und ohne zwingende Beweise auf die Füße treten, wird er uns dermaßen zusetzen, dass uns Hören und Sehen vergeht. Also tun Sie mir und sich bitte den Gefallen und ermitteln Sie fürs Erste unauffällig!«

Madsen nickte abwesend und atmete mehrfach tief durch. Sein Puls raste plötzlich wie verrückt, Schweiß trat ihm auf die Stirn, und ein heftiges Übelkeitsgefühl bemächtigte sich seines Körpers. Ganz offensichtlich vertrug sich der hastig konsumierte Alkohol nicht mit den drei Ibuprofen 800, die er kurz davor zur Linderung seiner Kopfschmerzen konsumiert hatte.

Dr. Agasiotis blickte ihn beunruhigt an. »Alles okay, Herr Kriminalrat? Sie sehen aus wie Hui Buh!«

Auch Dr. Nintzel musterte Madsen mit besorgter Miene. Der winkte mit bemühter Lässigkeit ab.

»Alles bestens, Herr Oberstaatsanwalt! Bin nur etwas müde. Anscheinend werde ich doch langsam zu alt für diesen Job!«

»Das wird es wohl sein«, bemerkte Dr. Agasiotis mit unverkennbarem Zweifel in seiner Stimme.

Madsen wich dem prüfenden Blick des Oberstaatsanwaltes aus und fuhr mit seiner Tageszusammenfassung fort. »Polizeimeister Brandl hat sich heute Vormittag nochmals mit der Frau dieses nach wie vor spurlos verschwundenen Runge unterhalten, aber die kann oder will nichts zu seinem Aufenthaltsort sagen. Zweifelsohne ist er gewalttätig – immerhin misshandelt er offensichtlich seine Frau und geht auch auf der Straße keiner Auseinandersetzung aus dem Weg. Das haben ja die Freunde von Krautscheit bestätigt. Andererseits war er bisher immer ein Kleinkrimineller – einen Totschlag im Rahmen einer Schlägerei traue ich ihm vielleicht gerade noch zu, aber zwei Morde mit einer solchen Symbolik? Ich weiß nicht …! Nichtsdestotrotz würde ich ihn jetzt zur Fahndung ausschreiben und von den Streifenkollegen noch intensiver suchen lassen, da ich mich möglichst zeitnah mal mit ihm unterhalten möchte. Spricht von Ihrer Seite aus etwas dagegen?«

Dr. Agasiotis schüttelte schweigend den Kopf.

»Okay, dann habe ich noch einen letzten Punkt – und zwar die mögliche weitere Verbindung zwischen beiden Opfern. Eine Idee, auf die uns der Kollege Nintzel gestoßen hat.« Er nickte dem Profiler zu, der das Kompliment, ohne Regung zu zeigen, entgegennahm. »Allerdings blieben unsere Untersuchungen auch hier ohne Erfolg. Es gibt keine, aber auch wirklich keine Gemeinsamkeiten außer den bereits bekannten. Keine gemeinsamen Interessen, keine gemeinsamen Bekannten, unterschiedliche Lektüre, verschiedene Musikgeschmäcker, sogar absolut unterschiedliche Essgewohnheiten. Wir haben wirklich alles miteinander abgeglichen. Erfolglos. Und zwar völlig!«

Mit diesen Worten nahm Madsen am Kopfende des Tisches Platz und übergab das Wort an Dr. Nintzel.

Der informierte die Anwesenden über Zirngibls Zeitungsrecherche sowie seine eigene Aktualisierung des Täterprofils aufgrund von Falk O. Tinnuns Schreibstil in seinem Leserbrief. Im Anschluss rekapitulierte er seine und Zirngibls gemeinsame Eingrenzung potenzieller weiterer Opfer anhand von Gerichtsakten und Leserbriefen, bevor er die ausgedruckten Listen mit den komprimierten Fakten an Madsen und Dr. Agasiotis verteilte und die Frage stellte, wie man die neuen Erkenntnisse im Hinblick auf das weitere Vorgehen am besten umsetzen sollte.

Alle Augen richteten sich auf Dr. Agasiotis, der sich nachdenklich über die weißgrauen Haare strich und die Liste ausgiebig studierte.

»Mhmm, schwierige Entscheidung! Grundsätzlich würde ich dafür plädieren, alle sieben von Dr. Nintzel und Polizeiobermeister Zirngibl selektierten Personen observieren zu lassen. Allerdings bindet das eine Menge Personal, das wir momentan dringend zur Zeugenbefragung brauchen. Was halten Sie davon, wenn wir die sieben Personen vorerst in unregelmäßigen Abständen von einem kleinen Team überwachen lassen? Die Beamten sollen die Adressen abfahren, sich mal die Wohnhäuser anschauen, abwägen, wo ein Überfall auf die potenziellen Opfer gut möglich wäre, und überprüfen, wer relativ alleine lebt und wenig Kontakte hat – denn das scheint unser Täter ja zu bevorzugen. Anschließend können wir diejenigen, die aufgrund unserer neu gewonnenen Erkenntnisse als primares Zielobjekt in Frage kommen, dann rund um die Uhr observieren.«

Madsen nickte zustimmend.

Natürlich hätte auch er, ebenso wie der Staatsanwalt, die ausgewählten Zielpersonen am liebsten ab sofort vierundzwanzig Stunden am Tag beobachten lassen, aber er war lange genug mit den organisatorischen Regularien des Polizeiapparates vertraut, um ermessen zu können, dass ihnen das dafür benötigte Personal ohne eine konkretere Bedrohung der potenziellen Opfer niemals zugeteilt werden würde.

Mit einem erschöpften Seufzer blickte er auf die Uhr, erkundigte sich nach weiteren Fragen, und als sich diesbezüglich niemand meldete, erklärte er das nächtliche Meeting für beendet. Dass es sich dabei um exzellentes Timing gehandelt hatte, wurde ihm klar, als er keine fünf Minuten später über die Inspektionstoilette gebeugt kniete und sich Bier, Medikamente und Seele aus dem Leib kotzte.

DREIZEHN

Dass der zweiunddreißigjährige Eventmanager Leopolt Kraus die Strecke seiner frühmorgendlichen Joggingrunde an der Villa Rustica in Leutstetten spontan änderte, hatte weder mit Erschöpfung noch mit einem sonderlichen Interesse für den archäologischen Fundort zu tun.

Sicherlich, der mit einem modernen, komplett verglasten Schutzbau gesicherte Ausgrabungsbereich mit den Grundmauern und Relikten eines fast zweitausend Jahre alten römischen Gutshofes war auch ohne archäologischen Hintergrund sehenswert, doch Kraus, der in der benachbarten Gemeinde wohnte, hatte das prähistorische Areal sowie den kleinen, künstlich aufgeschütteten Aussichtshügel im Laufe der Jahre bereits so oft besucht, dass er ihm inzwischen kaum noch Aufmerksamkeit schenkte.

Grund für seinen Routenwechsel war vielmehr die Unmenge an Walkern, die trotz der frühen Uhrzeit die Wege bevölkerten. Immer wieder musste Kraus Gruppen von Menschen ausweichen, die ausgerüstet wie zu einer Himalaja-Expedition durchs Leutstettener Moos mäanderten und alles perforierten, was sich im Radius ihrer Trekkingstöcke befand. Dazu kamen die Mountainbiker, die aus Gewichtsgründen auf eine Klingel an ihren Fünftausend-Euro-Boliden verzichteten und deren elektrobeschleunigte Annäherung man deshalb erst dann bemerkte, wenn einen der Atem der mit verzerrtem Gesicht um ihr Leben strampelnden Midlife-Criser bereits im Nacken kitzelte. Und als wäre all das noch nicht Ärgernis genug, gab es zudem noch die Hundebesitzer, die das Schnappen ihrer vierbeinigen Schützlinge nach Kraus' Waden wahlweise mit »Der will doch nur spielen!« oder »Komisch, das hat er noch nie gemacht!« kommentierten – ohne dabei auch nur ansatzweise Anstalten zu machen, ihre semidomestizierten Kläffer an die Leine zu nehmen.

Nein, Leopolt Kraus hatte definitiv genug von dem Getümmel auf den befestigten Wegen und deshalb kurz entschlossen in den »Cross-Modus« gewechselt.

Jenseits der Hauptstrecke führte seine neue Route nun durch naturbelassene, weitläufige Freiflächen, die südwestlich der Villa Rustica in einen dicht bewachsenen Wald übergingen, der sich bis nach Heimatshausen und Percha erstreckte. Parallel dazu verlief die Würm, ein kleines Flüsschen, das den einzigen Abfluss des Starnberger Sees bildete und zusammen mit dem hoch stehenden Grundwasser dafür sorgte, dass die mit Schilf und Sträuchern bewachsenen Wiesen ganzjährig feucht und morastig waren. Dementsprechend verwandelten sich Kraus' ultraleichte Laufschuhe auch innerhalb weniger Schritte in nasse dunkelbraune Klumpen, die ihm schwer an den Füßen hingen, doch er war austrainiert genug, trotz dieses zusätzlichen Gewichts im gleichen Tempo und mit völlig ruhiger, gleichmäßiger Atmung weiterlaufen zu können.

Nach einiger Zeit erreichte er den Waldrand, dort, wo die Böschung am dichtesten war und üppige Sträucher den Übergang von Freifläche zu Walddickicht markierten. Hier war der Boden deutlich trockener, und Kraus nutzte die besseren Laufbedingungen, um sein Tempo noch einmal zu steigern, wenngleich die Äste des dornigen Gebüschs ihm dadurch um die nackten Beine schlugen und ihm nach kurzer Zeit an zahlreichen Stellen das Blut in dünnen hellroten Rinnsalen über die Schienbeine lief.

Doch Kraus bemerkte den Schmerz überhaupt nicht. Er lief jetzt wie ein Roboter, geistig komplett im Tunnel und mit nahezu autonom agierenden Beinen. Dass er diesem fast schon meditativen Zustand zum Trotz den unter Zweigen und Blättern verscharrten Körper dennoch entdeckte, lag einzig und allein daran, dass er genau in diesem Moment einen kurzen Blick auf seine Sportuhr werfen wollte, um die dort aufgeführten Vitalparameter zu prüfen.

Mit einem entsetzten Aufschrei sprang Kraus aus vollem Lauf zur Seite, wobei sich seine Beine in den Ästen verhedderten und er unkontrolliert stürzte. Dicke Dornen drückten sich schmerzhaft in seinen Rücken und in die Rückseite seiner Oberschenkel, und auch seine Hände, mit denen er sich abzustützen versuchte, wurden von Stacheln durchbohrt. Sein Hinterkopf schlug hart auf eine Wurzel auf. Ihm wurde für einen kurzen Moment schwindelig, und er schloss die Augen.

Als er sie wieder öffnete und den Kopf drehte, erblickte er keine Handbreit vor seinem Gesicht eine menschliche Hand.

Eine Hand, der ein Daumen fehlte.

***

»Es ist Wilfried Mohn – das heißt der noch fehlende Rest von ihm!«, erklärte Klee mit sachlich-professionellem Ton und reichte Madsen Plastiküberzüge für die Schuhe sowie Latexhandschuhe, während dieser sich bemühte, seine Harley so abzustellen, dass der Ständer nicht im weichen Grund versank. Ein schwieriges Unterfangen, dem Madsen schließlich dadurch ein Ende setzte, dass er die Maschine einfach direkt neben das Praefurnium der Villa Rustica schob und dort parkte. Zwar vertrugen sich der chromblitzende Chopper aus Milwaukee, Wisconsin, und die altrömischen Exponate des südgallischen Großtöpfers Cinnamus nur bedingt, aber das war Madsen in diesem Moment ziemlich egal.

Mit einem zufriedenen Kopfnicken wandte er sich an Klee.

»Bitte entschuldige, Udo! Jetzt bin ich ganz bei dir!« Er stützte sich mit einer Hand an der Schulter seines jungen Kollegen ab und zog sich mit der anderen Hand die Plastiküberzüge über seine schweren Bikerstiefel. »Also, es wurde eine Leiche gefunden, und zwar die von Mohn, richtig?«

Klee nickte und deutete auf Kraus, der neben einem Rettungswagen stand und von einer Rettungssanitäterin Beine und Arme verbunden bekam.

»Der Jogger dort drüben hat ihn durch Zufall gefunden. Er ist wegen der vielen Leute auf dem Hauptweg querfeldein gelaufen und hat dabei den Toten entdeckt. Die Leiche hat vermutlich schon eine Zeit lang unentdeckt dort gelegen. Bertram und seine Kollegen von der Spurensicherung sind auch schon da – die waren praktischerweise gerade auf dem Rückweg von einem Einsatz hier in der Nähe.«

Madsen nickte zufrieden, schaute sich dann noch einmal um und deutete auf Kraus, dessen weiße Verbände sich inzwischen schon wieder blutrot gefärbt hatten.

»Und warum sieht der Mann so aus, als hätte er an einer Schlacht mit Ragnar Lodbrok teilgenommen?«

»Der arme Kerl sieht in der Tat mitgenommen aus«, antwortete Klee mitfühlend. »Das liegt daran, dass die Leiche im tiefsten Dornengestrüpp liegt – nicht ideal, um dort mit nackten Beinen rumzulaufen. Außerdem hat's ihn wohl geschmissen, als er die Leiche gesehen hat.«

»Nachvollziehbar!«, brummte Madsen und blickte Richtung Waldlichtung. »Schätze mal, die sieht inzwischen nicht mehr ganz so appetitlich aus, oder?«

»Am besten, Sie schauen selbst, Chef!«, schlug Klee vor, worauf Madsen nickte und sich in Richtung Fundort aufmachte.

Kriminaltechniker in weißen Ganzkörperoveralls wuselten geschäftig durcheinander, überall im feuchten Grund waren kleine Metallschilder verankert, und mitten im Gestrüpp war ein weißer Faltpavillon aufgestellt worden. Rund um die zeltähnliche Konstruktion waren mehrere Beamte damit beschäftigt, das dornige Gestrüpp mit Stäben zur Seite zu drücken, Pfade abzustecken, Sperrbänder zu spannen und Fotoaufnahmen zu machen.

Als Madsen und Klee sich dem Pavillon näherten, begrüßte sie der Leiter der Spurensicherung, Stefan Bertram. Zusätzlich zu seinem Overall trug er einen Mundschutz, der gegen den durchdringenden Fäulnisgeruch mit Eukalyptus beträufelt war.

»Guten Morgen, meine Herren!«, empfing er die Ankömmlinge gut gelaunt und wies auf das Zeltinnere, als präsentiere er das neueste Sportwagenmodell auf dem Autosalon in Genf. »Darf ich vorstellen? Wilfried Mohn! Auch wenn die heimische

Fauna sich bereits kulinarisch an seinem Körper gelabt hat, ist eine zuverlässige Identifikation problemlos möglich.«

Madsen blickte sein Gegenüber konsterniert an. »Mann, Bertram, ich dachte immer, ich sei zynisch – aber gegen dich bin ich echt ein empathischer Mensch. Wir sprechen hier immer noch von den sterblichen Überresten eines Menschen!«

»Darüber könnten wir jetzt trefflich streiten, mein lieber Mads!«, erwiderte Bertram und zuckte mit den Schultern. »Du kennst ja Mohns Historie und weißt, was er mit der Kleinen gemacht hat. Allzu menschlich fand ich den Kerl deshalb noch nie. Aus dem Grund sehe ich das hier auch rein aus kriminalistischer Sicht: Wir haben circa sechzig Kilogramm neue Spuren! Und ich fresse einen Besen, wenn wir aus diesem Leichnam nicht eine ganze Menge neuer Erkenntnisse gewinnen können.«

»Dein Wort in Gottes Gehörgang!«, erwiderte Madsen und drängte sich zusammen mit Klee an Bertram vorbei in das Zelt.

Der Gestank trieb ihnen die Tränen in die Augen, und obwohl die Leiche in einem schier undurchdringlichen Gewirr aus Ästen und Blättern lag, war der beginnende Verwesungszustand des Körpers dennoch unübersehbar. Maden, Käfer und Fliegen hatten sich der Körperöffnungen im Gesicht bemächtigt, und so klafften an den Stellen, an denen sich früher einmal die Augen befunden hatten, tiefe dunkle Löcher. Aber auch im restlichen Gesicht war die Haut an diversen Stellen aufgerissen, wodurch die darunter befindliche Knochenstruktur freigelegt worden war.

Der Leichnam war bekleidet, doch der großflächige, in seiner Farbigkeit undefinierbare Fleck auf dem Flanellhemd ließ die Verstümmelung, die durch die Entnahme der Organe entstanden war, mehr als deutlich erahnen. Zudem standen Arme und Beine in einer Art und Weise vom Körper ab, die den natürlichen Knochenwuchs ad absurdum führte, und an der rechten Hand fehlte der Daumen.

Madsen beugte sich über die Leiche und deutete auf die zahlreichen schwarz-violetten Flecken, mit denen der Rest des Gesichts und die Arme übersät waren.

»Sind das Leichenflecken oder Blutergüsse?«

Bertram ging in die Hocke und drehte den Kopf der Leiche vorsichtig hin und her, worauf sich ein weiterer Fetzen Haut löste und der Kieferknochen darunter sichtbar wurde.

»Du weißt ja, ich bin kein Mediziner, und wirklich verlässliche Aussagen gibt es erst von Professor Polt. Aber für mich sind das eindeutig Hämatome, also Blutergüsse.«

»Das heißt, er wurde misshandelt?«

Bertram nickte. »Schätze schon! Solche Verletzungen können zwar auch durch Stürze entstehen, aber die hier scheinen mir von der Größe her zu regelmäßig zu sein. Ich tippe eher auf Gewalteinwirkung mit einem stumpfen Gegenstand. Vielleicht ein Knüppel, ein dicker Besenstiel oder ein Baseballschläger.«

Madsen steckte den Kopf kurz aus dem Zelt, um seine Lungen mit Frischluft zu versorgen. Dann wandte er sich wieder dem Toten zu. »Was kannst du mir sonst noch zu der Leiche und zu dem Fundort sagen, Bertram?«

Bertram schaute ihn mit einer Mischung aus Unverständnis und Empörung an. »Mein lieber Madsen, ich bin noch keine zehn Minuten hier, der Körper steckt noch fest im Gestrüpp, und ich soll dir schon Details nennen? Übe dich gefälligst in Geduld, bis ich Gelegenheit hatte, mich hier gründlich umzuschauen, und bis Professor Polt die Leiche in seinen fachkundigen Händen hat, du pathologischer Kretin! Und jetzt mach, dass du rauskommst! Ich habe zu arbeiten, während ihr euer Blaulicht spazieren fahrt!«

Madsen lachte und schlug Bertram zum Abschied kraftvoll auf die Schulter. Ungeachtet aller – Außenstehenden mitunter derb vorkommenden – Sticheleien schätzten die beiden Männer einander und wussten um die außerordentliche Kompetenz des jeweils anderen. Madsen war völlig klar, sollte der Fundort der Leiche irgendein Geheimnis bergen, so war mit Sicherheit einer dazu in der Lage, es zu lüften. Und zwar der Leiter der Spurensicherung, Stefan Bertram.

Als Madsen und Klee zur Absperrung zurückkamen, fanden sie Zirngibl in eine intensive Diskussion mit Brandl und Kimmel vertieft, die zwischenzeitlich ebenfalls am Ort des Geschehens eingetroffen waren. Das Gespräch verstummte augenblicklich, und die drei blickten ihren Vorgesetzten fragend an.

»Wie sollen wir weitermachen, Chef?«, erkundigte sich Zirngibl. »Soll ich mich noch mal gründlich mit dem Finder der Leiche unterhalten?«

Madsen schüttelte den Kopf. »Nein, das hat Udo bereits getan. Ich glaube nicht, dass er uns noch mehr sagen kann als das, was wir schon wissen. Mir wäre lieber, Sie bleiben hier mit Jo bei Bertram und halten uns auf dem Laufenden. Schaut euch mal ein bisschen in der Gegend um! Checkt mögliche Anfahrtswege beziehungsweise wo der Täter sein Auto geparkt haben könnte. Die Leiche wiegt ja ein paar Kilo – dürfte also nicht ganz einfach gewesen sein, sie hierherzubekommen. Vielleicht haben wir ja Glück und landen einen ähnlichen Treffer wie bei dem Falkner.« Anschließend wandte sich der Kriminalrat an Klee. »Dreh dich mal unauffällig um, Udo! Siehst du die ältere Dame mit der roten Windjacke dahinten an der Absperrung? Die schaut schon die ganze Zeit so interessiert hier rüber. Frag die doch bitte mal ein bisschen aus! Die geht vielleicht regelmäßig hier spazieren und hat unter Umständen irgendwas beobachtet. Danach schnappst du dir den Kollegen Brandl und fängst die in den nächsten Stunden hier vorbeikommenden Spaziergänger ab. Schätze, vor allem die Leute mit Hunden oder Kindern wohnen in der Nähe und laufen regelmäßig hier rum. Vielleicht hat ja jemand von denen irgendetwas Auffälliges bemerkt, was uns weiterhilft.«

Klee nickte und schaute dann zu Brandl, um sich zu vergewissern, dass auch er Madsens Anordnung mitbekommen hatte. Der kramte allerdings abwesend in seinen Taschen herum, um kurz darauf mit einem triumphierenden Schnaufen einen Schokoriegel zutage zu fördern. Dass keine hundert Schritte von ihm entfernt eine entstellte Leiche im Gebüsch lag, schien seinen Appetit nicht im Geringsten zu beeinträchtigen.

Während Klee resigniert seufzte, wandte sich Madsen an das gesamte Team.

»So, dann weiß jetzt jeder, was er zu tun hat. Ich fahre zurück ins Revier und werde Dr. Nintzel und Dr. Agasiotis über den neuen Status informieren. Ich würde sagen …«, er blickte auf seine Armbanduhr, »… wir treffen uns alle um sechzehn Uhr wieder dort zur Lagebesprechung.«

Zustimmendes Gemurmel ertönte, und Madsen klatschte aufmunternd in die Hände. »Also, dann los! Lasst uns diesen verdammten Fall endlich lösen! Ich könnte nämlich dringend mal wieder 'ne Mütze Schlaf gebrauchen!«

Es war kurz nach vier am Nachmittag, als sich das Team im Polizeirevier zur Lagebesprechung traf. Der Konferenzraum war kühl, obwohl sich die nachmittägliche Quellbewölkung längst weiter nach Osten bewegt hatte und einem klaren blauen Himmel gewichen war.

Wie von einem geheimnisvollen Magnetismus geleitet, suchten sich die eintreffenden Beamten Klee, Brandl, Kimmel und Dr. Nintzel die Sitzplätze aus, die von den letzten Strahlen der tief stehenden Sonne noch erwärmt wurden. Lediglich Kriminalrat Madsen und Oberstaatsanwalt Dr. Agasiotis schienen derlei Bestreben nicht zu verspüren und nahmen am Kopfende der Tischformation Platz.

Das Finden des Körpers von Wilfried Mohn hatte bei den Ermittlern zu einem spürbaren Stimmungswechsel geführt. Wenn auch durch Verwesung und Bakterienbefall entstellt, hatte der Tote nun wieder ein Gesicht. Ein Gesicht, welches ihm, im Gegensatz zu seinen separierten Organen oder den zweidimensionalen Fotos, einen realen Charakter verlieh, ihn als Menschen definierte und ihn – im wahrsten Sinne des Wortes – greifbar machte. Mohns Antlitz, dessen war sich Madsen gewiss, würde in den nächsten Tagen und Nächten ihr ständiger Begleiter sein und stets aufs Neue in ihren Gedanken und Träumen präsent sein. Die einzige Möglichkeit, diesen Zustand zu beenden, bestand darin, den Mörder zu fassen und damit der Seele des Getöteten die nötige Ruhe zu verschaffen.

Ebenso wie ihrer eigenen.

Ein energisches Räuspern unterbrach ihn in seinen Überlegungen, und er registrierte überrascht, dass die Augen aller Anwesenden auf ihn gerichtet waren. Verlegen eine Entschuldigung murmelnd, eröffnete er die Besprechung, indem er kurz und knapp Basisfakten resümierte und dann Klee bat, sein Gespräch mit der Frau an der Absperrung wiederzugeben.

Diese hatte tatsächlich, wie von Madsen erhofft, eine überaus interessante Beobachtung gemacht und Klee berichtet, dass ihr drei Tage vor dem Fund der Leiche bei einem außergewöhnlich frühen Spaziergang ein Radfahrer mit einem Anhänger, einer sogenannten Kinderkutsche, entgegengekommen war. Das wäre an sich noch keine erwähnenswerte Sache, doch die Erklärung der Zeugin, dass der Fahrer zum einen komplett vermummt und zum anderen sichtlich erschrocken über die unerwartete Begegnung gewesen sei, hatte bei Klee alle Alarmglocken schrillen lassen. Der Innenraum eines solchen Fahrradanhängers bot ohne Zweifel ausreichend Platz, um eine Leiche zu transportieren, und Klee erinnerte seine Kollegen noch einmal an die unnatürliche Stellung der Extremitäten – durchaus möglich, dass der Mörder seinem Opfer Arme und Beine brechen musste, um es geschützt vor den Blicken der Öffentlichkeit in das kleine Waldstück transportieren zu können. Sachdienliche Hinweise zum Aussehen der Person hatte die Zeugin aufgrund der Vermummung zu Klees Bedauern allerdings nicht machen können. Lediglich die Statur des Radlers vermochte sie mit schlank, aber trainiert anzugeben, eine Beschreibung, die sich mit dem Foto des Täters, das sie von dem DTP-Operator Schwarz erhalten hatten, ebenso deckte wie mit der Aussage des Falkners Schmitt.

Und die auf schätzungsweise zehn Millionen Deutsche zutraf.

Madsen schrieb die Wörter »Fahrradanhänger« und »Kinder?« an das Flipchart. Anschließend griff er nach seinen Aufzeichnungen und begann das vorläufige Ergebnis der Obduktion wiederzugeben, das Professor Polt ihm kurz vor der Besprechung hatte zukommen lassen.

»Es wird euch wohl nicht überraschen, dass unser Opfer zweifelsfrei Wilfried Mohn ist. Erstens entspricht sein Gesicht – zumindest das, was davon übrig ist – den Fotos, die wir von ihm haben, zweitens ist die DNA identisch, und drittens fehlen ihm genau die Organe, die wir auf dem Kirchturm gefunden haben. So weit nichts Neues! Neu dagegen ist die Erkenntnis, dass unser Täter doch nicht so beherrscht und kühl ist, wie es anfangs den Anschein hatte.«

Dr. Nintzel blickte überrascht auf. »Wollen Sie damit etwa sagen …«

»… dass unser guter Mann den bemitleidenswerten Mohn vorher übelst zugerichtet hat? Exakt! Der ganze Körper ist bedeckt mit Spuren von Misshandlungen. Und dabei spreche ich nicht nur von Hämatomen und Platzwunden! Wir konnten zum Beispiel auch eine deutliche Kompression des Testikels diagnostizieren.« Er bemerkte Brandls fragenden Blick und präzisierte betont langsam: »Der Kerl hat ihm die Eier zerquetscht, klaro?«

Die anwesenden Herren verzogen gequält das Gesicht, und Klee fasste sich unwillkürlich in den Schritt.

Währenddessen fuhr Madsen mit der Wiedergabe des ärztlichen Befundes fort. »Professor Polt hat in Mohns Speiseröhre eine große Menge Blut gefunden. Die Ursache dieses Bluterbrechens sind heftige Schläge auf den Bauch, den Abdrücken auf der Haut nach zu urteilen, mit einem schweren, kantigen Gegenstand. Außerdem hatte das Opfer zahlreiche Frakturen, die ihm aber offensichtlich nach dem Tod beigebracht wurden – das spräche für Udos Theorie mit dem Transport. Die Hand- und Fußgelenke der Leiche weisen übrigens Strangulierungen auf. Professor Polt tippt angesichts der geringen Dicke auf Kabelbinder oder eine Nylonschnur.«

Zirngibl hob die Hand, und Madsen nickte ihm auffordernd zu.

»Konnte Professor Polt denn auch schon irgendwas dazu sagen, wie Mohn überwältigt wurde? Hat er Spuren einer Waffe gefunden? Oder Hinweise auf den Taser, den Sie letztes Mal ins Spiel gebracht hatten?«

Madsen blätterte kurz durch seine Aufzeichnungen und schüttelte – nachdem er die gesuchte Stelle gefunden hatte – verneinend den Kopf. »Nein, kein Taser oder Ähnliches. Unser Täter scheint ein überaus konservativer Mensch zu sein – er bevorzugt die gute alte Holzhammermethode. Laut der Gerichtsmedizin wurde der Schlag aller Wahrscheinlichkeit nach mit einer Stahlrute oder einem klassischen Totschläger ausgeführt. Allerdings muss Mohn einen ganz schön harten Schädel gehabt haben, denn obwohl er eine monströse Schwellung aufweist, ist der Hirnschädel in seiner Knochensubstanz unverletzt. Oder aber der Täter hat den Schlag so gekonnt und gefühlvoll ausgeführt, dass er sein Opfer dadurch zwar überwältigt, aber nicht folgenschwer verletzt hat. Und das sicherlich nicht aus Mitgefühl, sondern um ihn dann später in Ruhe langsam und schmerzhaft umzubringen.«

Madsen legte die Blätter resigniert zur Seite, bevor er aufstand, das Fenster öffnete und die hereinströmende Luft tief in seine Lungenflügel sog – so als könne der frische Sauerstoff die Perfidität des Verbrechens verdrängen. Keiner im Raum sagte ein Wort, bis er sich wieder an den Tisch begab und abermals seine Aufzeichnungen konsultierte.

»Gut, so weit zu den körperlichen Verletzungen. Interessant sind aber auch die Rückstände auf der Haut des Toten. Erinnert ihr euch daran, dass bei der Untersuchung von Krautscheits Lunge Kerosinrückstände gefunden wurden? Das hat sich jetzt bestätigt. Es wurden auch auf Mohns Körper Rückstände von Flugkraftstoff gefunden. Das Thema ›Flugzeug‹ beziehungsweise ›Flughafen‹ ist damit ein entscheidendes geworden, denn es ist eine weitere Gemeinsamkeit, die beide Leichen haben. Und nachdem beide zu Lebzeiten nichts mit Fliegerei zu tun hatten, könnte das ein klarer Hinweis auf den Mörder und/oder sein Versteck sein. Da man als Passagier einer großen Maschine nicht mit Treibstoff in Verbindung kommt, hat unser Täter vielleicht in irgendeiner Form einen Bezug zu kleinen Privatmaschinen.«

Madsen trat abermals an das Flipchart und fügte die Begriffe »Flugzeug/Flughafen« hinzu, bevor er zum Tisch zurückkehrte, einen letzten Blick auf seine Notizen warf und diese anschließend beiseitelegte. »So, das war alles, was Professor Polt zum aktuellen Zeitpunkt herausgefunden hat. Er meldet sich natürlich sofort, wenn er neue, für uns relevante Erkenntnisse hat! Dann bleibt uns jetzt nur noch, die anfallenden Aufgaben zu verteilen.«

Er deutete mit dem Zeigefinger auf Klee. »Udo, mit dir fangen wir an! Schnapp dir die Phantomzeichnung, die die Kollegen nach den Angaben des Falkners angefertigt haben, und zeig die der Zeugin von der Absperrung! Leg ihr auch die Fotos von Hämmerle und Runge vor. Vielleicht erkennt sie trotz der Vermummung des Radfahrers einen von denen ja wieder.«

»Und auch das Foto von Rufer!«, ergänzte Zirngibl.

»Nein, das können wir uns schenken!«, erwiderte Madsen, und als er die fragenden Gesichter seiner Kollegen sah, ergänzte er: »Wir sind uns doch einig, dass unser Täter aller Voraussicht nach der Verfasser des Leserbriefes, Falk O. Tinnun, ist, oder?«

Die Anwesenden nickten irritiert.

»Nun, ich habe inzwischen von der KTU erfahren, dass es tatsächlich DNA-Spuren an der Briefmarke gab. Diese – im Übrigen in unserer Datenbank nicht erfasste – DNA habe ich mit der von Rufer vergleichen lassen, und es gibt keinerlei Übereinstimmung. Insofern schließe ich Rufer als Täter mit an Sicherheit grenzender Wahrscheinlichkeit aus. Außerdem wurde sein zweites Alibi von dem Betreiber der Bowlingbahn zweifelsfrei bestätigt.«

»Woher hatten Sie denn DNA von Rufer für einen Abgleich?«, hakte Zirngibl nach, der sich seines präferierten Verdächtigen beraubt sah. »Und aufgrund welcher Beweislage konnten Sie den Abgleich in Auftrag geben? Die Kollegen von der KTU sind doch sonst immer so bürokratisch!«

Dr. Agasiotis errötete. »Sie haben völlig recht, Zirngibl – das Ganze lief auch nur so ›semioffiziell‹. Aber ich schuldete dem Kollegen Madsen noch einen Gefallen – und den hat er gestern eingefordert.«

»Und bezüglich Ihrer Frage nach der Herkunft der DNA …«, mischte sich Madsen hastig ein, um von der nur bedingt regelkonformen Anweisung des Oberstaatsanwalts abzulenken, »… Rufer hatte sich bei unserem letzten Gespräch die Nase mit einem Papiertaschentuch geputzt. Und irgendwie hat sich dieses Taschentuch dann wie durch Zauberhand in meinen Spurensicherungsbeutel verirrt!«

Seine Kollegen lachten, und selbst Zirngibl konnte ein leichtes Schmunzeln nicht vermeiden.

Madsen fuhr fort: »Wie auch immer – Rufer bleibt jetzt erst einmal außen vor als Verdächtiger. Und sein Vater auch.«

»Wieso denn der Vater? Den hatten wir doch bisher überhaupt nicht auf der Liste«, erkundigte sich Zirngibl perplex.

Madsen nickte. »Das ist richtig. Aber ich hatte heute Nacht die plötzliche Eingebung, dass er – auch wenn er nicht so ganz unserem vorläufigen Täterprofil entspricht – eigentlich auch zu unseren Verdächtigen gehören müsste. Ich meine, Jenny ist seine Tochter – er dürfte also die gleiche Wut auf den Täter verspürt haben wie sein Sohn. Außerdem ist er körperlich topfit. Ich hatte euch ja erzählt, dass in der Wohnung ziemlich schwere Hanteln herumlagen und Rufer senior muskulär auffällig gut gebaut ist. Allerdings ist all das nun hinfällig, weil die DNA-Probe die Rufers entlastet.«

Jo Kimmel hob zögerlich die Hand, worauf Madsen ihr auffordernd zunickte. »Aber wir haben doch gar keine DNA von Rufer senior. Oder ist die DNA von ihm identisch mit der seines Sohnes, weil sie verwandt sind?«

Madsen verneinte. »Identisch ist sie nicht – aber ähnlich. Und die DNA auf dem Brief unterscheidet sich komplett von der von

Rufer junior. Demnach gibt es auch keine Übereinstimmung mit der vom Vater.«

Er deutete mit dem Zeigefinger auf Klee. »Lasst uns stattdessen lieber mit dem nächsten Verdächtigen weitermachen! Udo, ich möchte, dass du mal gründlich prüfst, ob es irgendeinen Zusammenhang zwischen unserem wohlhabenden Freund Dr. Hämmerle und der Fliegerei gibt. Geld genug für einen eigenen Privatjet hat er ja zweifellos. Bei der Gelegenheit fällt mir noch was ein: Hat eigentlich schon jemand daran gedacht, dem Falkner mal ein Bild von Dr. Hämmerle zu zeigen?«

Betretenes Schweigen.

»Verdammt, Leute, denkt doch mal mit! Muss ich denn alles selber machen? Selbst wenn davon auszugehen ist, dass Hämmerle für die eigentliche Drecksarbeit jemand anderen engagiert hat, sollten wir doch klären, ob er sich – zumindest bei der Planung und Vorbereitung der Tat – selbst am Tatort rumgetrieben hat. Udo, kümmere dich bitte darum – und zwar *pronto*!« Der junge Kommissar nickte, verärgert darüber, dass er nicht selbst auf diese naheliegende Idee gekommen war. »Brandl und Jo – ihr seid ja inzwischen schon ein eingespieltes Team. Geht bitte zusammen mit den Kollegen vom Streifendienst Klinken putzen rund um die Villa Rustica, also in Leutstetten, Percha, Wangen und wie die ganzen kleinen Käffer sonst noch heißen! Da kennt in der Regel jeder jeden. Fragt, ob irgendjemandem was aufgefallen ist! Und sucht auch noch mal nach möglichen Anfahrtswegen für Autos! Vielleicht hat unser Täter ja die Leiche mit dem Wagen in die Nähe gebracht, sie irgendwo im Gebüsch versteckt und dann später mit dem Fahrrad tiefer in den Wald transportiert. Es erscheint mir schon sehr verwegen, einen Toten kilometerweit im Fahrradanhänger quer durch belebte Orte zu kutschieren.«

Madsen unterbrach sich kurz, um etwas zu trinken, und verzog angewidert das Gesicht, als er den ersten Schluck Cola aus einer der bereitstehenden Glasflaschen zu sich genommen hatte. »Bah, seit wann steht denn die Cola schon hier? Die ist ja pisswarm!« Er schob die Flasche zur Seite und blickte zu Zirngibl.

»Zirngibl, für Sie habe ich einen Spezialauftrag!« Er grinste, als er das erschrockene Gesicht seines jungen Kollegen sah. »Keine Sorge! Es geht nicht um das Besorgen eiskalter Cola – obwohl ich Ihnen dafür sehr dankbar wäre. Nein, ich bitte Sie, sich mal mit den Flughäfen in der Nähe zu beschäftigen! Das heißt natürlich mit dem Flughafen Franz Josef Strauß, aber auch mit dem in Oberpfaffenhofen und vielleicht noch anderen, falls es welche hier in der Nähe gibt. Checken Sie die Besitzer oder Nutzer der dort geparkten Privatflieger und suchen Sie nach Namen, die uns vorher schon mal in die Quere gekommen sind – sei es bei den Verdächtigen, was das Angenehmste wäre, bei den Zeugen oder bei den BMW-Besitzern! Vielleicht stoßen wir ja auf eine Schnittmenge.«

Dann deutete er auf den Profiler. »Dr. Nintzel, ich nehme an, ich muss Ihnen nicht sagen, wie Sie uns helfen können?«

Der Wissenschaftler schüttelte den Kopf. »Nein, das müssen Sie nicht! Ich werde mir mein vorläufiges Profil schnappen und die neuesten Erkenntnisse der Obduktion einarbeiten. Die Tatsache, dass unser Mann das Opfer so exzessiv gefoltert hat, wirft unter Umständen ein neues Licht auf die Sache. Morgen früh liegt Ihnen allen eine neue Charakterisierung des Täters vor.«

Madsen nickte zufrieden und wandte sich an Dr. Agasiotis, der sich während der Ausführungen die ganze Zeit Notizen in ein ledergebundenes Schreibheft gemacht hatte.

»Dann blieben nur noch wir beide, Herr Oberstaatsanwalt! Gehe ich recht in der Annahme, dass ich mich diesmal nicht vor der Pressekonferenz drücken kann?«

Dr. Agasiotis zuckte bedauernd mit den Schultern. »Tut mir leid, mein Lieber, aber ich fürchte, Sie und Dr. Nintzel kommen heute nicht um die PK herum. Dr. Nintzel werde ich als hinzugezogenen Spezialisten vorstellen, und Sie, Madsen, sind mein bester Mann! Und genau den will ich der Pressemeute präsentieren, um zu demonstrieren, mit welch geballter Kompetenz wir die Ermittlungen durchführen.«

Madsen nickte, unschlüssig, ob er sich über das Lob seines Vorgesetzten freuen oder ärgern sollte.

Angesichts der in Kürze vermutlich erfolgenden medialen Exekution sprach jedoch eine ganze Menge für Letzteres.

***

Die Pressekonferenz war nicht so schlimm verlaufen, wie Madsen es erwartete hatte.

Sondern wesentlich schlimmer.

Junge Reporterinnen und Reporter, die sich in ihre alte Konfirmationsgarderobe geschossen und für das Presseschild an der Windschutzscheibe ihre Seele verkauft hatten, hatten sich im Stellen von despektierlichen und provokanten Fragen geradezu überboten. Als Madsen daraufhin zunehmend ungehaltener antwortete, drohte die Stimmung zu kippen, und lediglich der umsichtigen Führung von Dr. Agasiotis und den beruhigenden, konstruktiven Fragen von Claude Trommer war es zu verdanken, dass die Pressekonferenz dennoch in geordneten Bahnen verlief. Als der Oberstaatsanwalt zum Abschluss noch einige Details der Leichenfunde preisgab und versicherte, dass die Aufklärungsrate bei Mord hundert Prozent betrug – dabei aber geflissentlich verschwieg, dass auf jeden Mord rein statistisch zwei unentdeckte Morde kamen –, honorierten die Medienvertreter dies mit beifälligem Klopfen auf ihren Smartphones und Laptops und zerstreuten sich, angeregt miteinander und übereinander diskutierend, Richtung Ausgang.

Kurze Zeit später befanden sich nur noch Madsen, Oberstaatsanwalt Dr. Agasiotis, Dr. Nintzel sowie der Redakteur Claude Trommer im Sitzungssaal des Starnberger Landratsamtes. Madsen riss die Fenster weit auf, um die abgestandene und nach Schweiß und Sensationsgier riechende Luft entweichen zu lassen.

Draußen war es bereits dunkel, und er konnte durch das Fenster beobachten, wie sich die Journalisten in kleinen schwatzenden Gruppen im Schein der Laternen zu ihren Autos bewegten.

»Diese miesen kleinen Schreiberlinge! Die Typen sind so

schmierig, dass man in ihr Rückgrat einen Seemannsknoten machen könnte!«, fluchte er leise, bis ihm plötzlich errötend die Anwesenheit Trommers bewusst wurde. »Ähh ... von einigen wenigen Ausnahmen natürlich abgesehen!«

Doch Trommer winkte jovial ab. »Schon gut, Herr Kriminalrat, Sie haben ja nicht ganz unrecht. Manche meiner jungen Kollegen sind in der Tat verdammt vorlaut und müssten mal häufiger ihre Grenzen aufgezeigt bekommen.«

»Trotzdem war es sehr aufmerksam von Ihnen, uns durch Ihr professionelles Verhalten zu unterstützen!«, mischte sich Dr. Agasiotis in das Gespräch ein. »Ich hatte Sie gebeten, noch kurz dazubleiben, weil ich mich im Namen meiner Kollegen dafür bedanken wollte.«

Der Journalist lächelte erfreut, nahm seine Jacke von der Lehne und stand auf. »Gern geschehen, Herr Oberstaatsanwalt! Und sollten Sie bei Gelegenheit das dringende Bedürfnis verspüren, Ihrer Dankbarkeit mit einigen Exklusivinformationen Ausdruck zu verleihen, stehe ich Ihnen jederzeit gerne zur Verfügung!«

Madsen legte Trommer die Hand auf die Schulter. »Warten Sie mal, Claude! Haun Sie noch nicht ab! Mir ist da gerade eben eine Idee gekommen, bei der wir vielleicht Ihre Hilfe gebrauchen könnten.«

Dr. Agasiotis und Dr. Nintzel blickten ihn überrascht an, und auch im Gesicht des Journalisten ließ sich eine professionelle Neugier erkennen.

»Dr. Nintzel ...«, Madsen rieb bedächtig seinen Drei-Tage-Bart, »... Sie hatten doch in Ihrem ersten Profilentwurf ausdrücklich betont, dass der Täter der festen Überzeugung ist, sich mit seinen Taten moralisch absolut im Recht zu befinden, oder?«

Der Angesprochene bejahte, nicht ahnend, worauf sein Gegenüber hinauswollte. »Korrekt! Unser gesuchter Mann hält sich für eine wie auch immer geartete höhere Instanz. Er richtet die hin, die seiner Meinung nach das Recht auf Leben verwirkt haben. Aus diesem Grunde sucht er sich seine Opfer nicht willkürlich aus, sondern konzentriert sich ausschließlich auf die, die sich des Kindesmissbrauchs beziehungsweise der Vergewaltigung schuldig gemacht haben. Gleichzeitig sorgt er dafür, dass wir davon erfahren – denken Sie nur mal an den Daumen und die Tätowierung!«

Madsen nickte. »Genau das meinte ich! Das bedeutet doch gleichzeitig, dass unser Mörder das Bestreben hat, die Motivation für seine Taten ganz deutlich offenzulegen, oder?«

»Sogar mehr als das!«, stimmte ihm Dr. Nintzel zu. »Er sucht durch die Art der Inszenierung seiner Taten geradezu den Beifall der Bevölkerung. Und dass er diese gewünschte Zustimmung – zumindest in einem gewissen Rahmen – auch bekommt, wird deutlich, wenn man auf die Meinungsäußerungen der Bevölkerung hört. Außerdem erinnere ich an den mit ziemlicher Sicherheit von ihm verfassten Leserbrief, in dem er seine Taten quasi im Voraus begründet und legitimiert!«

»Und all die Leute, die nach härteren Strafen für Vergewaltiger und Kinderschänder schreien, bestärken ihn in seinem Tun«, ergänzte der Oberstaatsanwalt, der bis dahin geschwiegen hatte. »Madsen, ich ahne, worauf Sie hinauswollen!«

Madsen, der jetzt zunehmend entschlossener wirkte, wandte sich erneut an den Profiler, während Trommer wie bei einem Tennismatch abwechselnd von einem zum anderen schaute.

»Wenn unser Mann nun dieses Verständnis der Öffentlichkeit nicht genießen würde, zum Beispiel, weil man seine Beweggründe in Frage stellen und ihn stattdessen als gewöhnlichen Durchschnittspsychopathen darstellen würde …«

»… dann wäre das für ihn mit Sicherheit ein extremes Ärgernis!«, brachte der Profiler den Satz grübelnd zu Ende. »Er würde sich missverstanden fühlen und wäre vermutlich ziemlich sauer über diese dumme und naive Interpretation seiner Taten. Taten, die er doch geradezu als Mission versteht.«

Madsen spann seinen gedanklichen Faden weiter. »Und was würde er – einfach mal wild spekuliert – tun, wenn dem so wäre?«

Dr. Nintzel wiegte bedächtig den Kopf. »Wahrscheinlich bei

seiner nächsten Tat noch deutlicher und eindeutiger auf seine Beweggründe hinweisen.«

Dr. Agasiotis widersprach. »Aber die Taten sind doch bereits eindeutig und die Identität der Opfer und ihre Vorgeschichte offensichtlich. Kann es nicht auch sein, dass er sich dann dazu gezwungen sähe, sein Handeln auf andere Art und Weise zu erklären?«

Jetzt ging auch dem Reporter endlich ein Licht auf, und er mischte sich in die Diskussion ein. »Zum Beispiel in Form eines erneuten Leserbriefes?«

Madsen klatschte in die Hände. »Genau darauf wollte ich hinaus! Mal in die Tüte gesprochen: Angenommen wir, beziehungsweise das Blatt unseres geschätzten Freundes Claude, veröffentlichen in der morgigen Ausgabe einen Artikel, in dem wir die Motivation des Täters völlig ad absurdum führen, ihn als einen moralisch verkommenen, miesen Gewalttäter darstellen, der ohne Sinn und Gefühl Leute abschlachtet. Leute, die sich zwar früher mal eines strafwürdigen Vergehens schuldig gemacht haben, die aber dank erfolgreicher Rehabilitation inzwischen als ehrbare Bürger gelten …«

Trommer sprang auf und winkte mit beiden Händen ab, als müsse er einen Schwarm Moskitos abwehren. »Auf keinen Fall! Auf gar keinen Fall, mein Lieber! Wenn ich diese Vergewaltiger als Unschuldslämmer darstelle, springt mir mein Boss mit dem nackten Arsch ins Gesicht. Und glauben Sie mir – diesen Arsch …«, er schüttelte sich angewidert, »… will wirklich niemand im Gesicht haben!«

Dr. Agasiotis hob beschwichtigend die Hände. »Der Kollege Madsen ist vielleicht gerade etwas über das Ziel hinausgeschossen. Es wäre sicherlich völlig ausreichend, in aller journalistischen Qualität die moralischen Beweggründe des Täters anzuzweifeln. Zum Beispiel, indem man ihn als Psychopathen darstellt, der dringend ärztlicher Hilfe bedarf.«

Angesteckt von der Euphorie seiner Kollegen, schaltete sich nun Dr. Nintzel ein. »Ich bin mir sicher – wenn man den Mörder als Verrückten oder als Geisteskranken bezeichnet, flippt der völlig aus! Schließlich erhebt er durch seine Taten den Anspruch, der Einzige zu sein, der den totalen Durchblick hat. Der Einzige, der in der Lage ist, in diesem Land für Gerechtigkeit zu sorgen.«

Der Reporter ging unruhig im Zimmer auf und ab, blieb dann vor dem geöffneten Fenster stehen und starrte nachdenklich auf den inzwischen menschenleeren Parkplatz.

»Ich weiß nicht! Sie sagen, er flippt aus. Kennen Sie den Roman ›Roter Drache‹ von Thomas Harris? Da geht die Polizei genauso vor, und kurz darauf rollt der Redakteur an einen Rollstuhl gefesselt brennend durch die Stadt. Das ist zwar nur ein Roman, aber es ist trotzdem keine Situation, auf die ich sonderlich scharf bin. Was ist, wenn der Täter in seiner Wut ein weiteres Blutbad anrichtet? Dann ist es meine Zeitung, die schuld an der Eskalation ist!«

Madsen lachte spöttisch. »Eskalation? Und wie nennen Sie das, was er bis jetzt macht? Origami? Mensch, Claude, denken Sie doch mal nach! Sollen wir weiter einfach so zuschauen, wie der Täter einen Ex-Vergewaltiger nach dem anderen umbringt?«

Der Journalist schüttelte unwillig den Kopf. »Ich möchte ja ungern in die gleiche Kerbe wie meine jungen Kollegen schlagen, meine Herren, aber kann es sein, dass Sie bis jetzt noch keinerlei Fortschritte gemacht haben und ich jetzt für Sie den Kopf hinhalten soll?«

Dr. Agasiotis protestierte. »Aber darum geht es doch gar nicht, Herr Trommer! Sicher, Sie haben recht! Bis jetzt sind wir mit unseren Ermittlungen noch nicht so weit, wie wir es gerne wären. Aber keiner will, dass Sie ›den Kopf hinhalten‹, wie Sie es ausdrücken. Außerdem kann ich Sie beruhigen: Wir sind uns ziemlich sicher, dass wir den Kreis der potenziellen Opfer auf sieben in Frage kommende Personen eingegrenzt haben. Sobald der Artikel veröffentlicht ist, werden die Leute rund um die Uhr von uns überwacht. Sollte der Täter sich wider Erwarten tatsächlich zu einer unüberlegten Reaktion hinreißen lassen, könnten wir ihn dadurch vielleicht sogar auf frischer Tat schnappen. Allerdings glaube ich nicht, dass er das tun wird.

Ich gehe vielmehr davon aus, dass er sich in irgendeiner Form persönlich zu Wort melden wird.«

Trommer bedachte den Oberstaatsanwalt mit einem skeptischen Blick. »Und wie, glauben Sie, wird er das tun?«

»Vergessen Sie nicht: Der Kerl ist publicitygeil und arrogant! Er könnte sich zum Beispiel mit Ihrem Verlag in Verbindung setzen und anonym Stellung zu dem Artikel beziehen, indem er Ihnen seine ganz persönliche Sicht der Dinge darlegt und die Beweggründe für sein Handeln erläutert!«

Der Journalist fuhr nervös mit der Zungenspitze über seine Lippen, und Madsen stellte mit Genugtuung fest, dass er im Begriff war, den Köder, den ihm Dr. Agasiotis so geschickt vorgeworfen hatte, zu schlucken. Trommer war einfach zu lange im Zeitungsmetier tätig, um sich eine so außergewöhnliche Gelegenheit entgehen zu lassen.

»Mal rein hypothetisch angenommen, ich stimme zu …«, sagte er und betonte das »rein hypothetisch« extrem nuanciert, »… was genau müsste ich dann tun?«

Madsen wechselte einen kurzen Blick mit Dr. Nintzel. »In diesem Fall würde ich vorschlagen, Sie schreiben einen Artikel, der den Geisteszustand des Täters in Frage stellt und seine eigentlichen Beweggründe völlig ignoriert. Machen Sie deutlich, dass er kein Rächer, sondern ebenfalls ein ganz profaner Krimineller ist. Jemand, der die gleichen Verbrechen begeht wie seine Opfer. Stellen Sie seine Integrität in Frage, verurteilen Sie sein Verhalten als asozial und stellen Sie ihn auf eine Stufe mit ganz gewöhnlichen Mördern. Glauben Sie, Sie bekommen das hin?«

Trommer bedachte ihn mit einem abfälligen Blick. »Mein lieber Herr Kriminalrat, ich bin jetzt seit fast vierzig Jahren Journalist. Wenn ich das nicht hinbekäme, sollte ich, statt zu schreiben, lieber die Frauenkirche aus Streichhölzern bauen. Und zwar in Originalgröße.«

Er stand auf, packte seine Unterlagen zusammen und zog seine beigefarbene Jacke über.

»Meine Herren, ich werde den Artikel schreiben! Aber ich

warne Sie – wenn das Ding irgendwie nach hinten losgeht, erwarte ich von Ihnen, dass Sie persönlich bei meinem Chef vorstellig werden und die ganze Sache klären. Ich habe nämlich definitiv keine Lust, in meinem vorletzten Dienstjahr meine Pension aufs Spiel zu setzen.«

Dr. Agasiotis klopfte ihm beruhigend auf die Schulter.

»Ich gebe Ihnen mein Ehrenwort, Trommer, dass wir – falls Sie deswegen in Schwierigkeiten geraten sollten – die komplette Schuld alleine auf uns nehmen werden.«

Er begleitete den Journalisten zur Tür, schloss sie hinter ihm und lehnte sich dann erschöpft an den Türstock.

»Meine Herren!«, seufzte er und tupfte sich mit einem Taschentuch den Schweiß von der Stirn. »Ich wünschte, ich wäre mir bei dieser Sache nur halb so sicher, wie wir es gerade behauptet haben.«

Er blickte sich um, doch niemand antwortete ihm.

Ein Umstand, der nur bedingt dazu geeignet war, seine quälenden Zweifel auszuräumen.

VIERZEHN

Ein lautes metallisches Scheppern zerriss die mitternächtliche Stille, als Hans Fichtinger übellaunig gegen eine leere Getränkedose trat, die ihm im Weg lag. Einfühlungsvermögen war noch nie eine seiner hervorstechendsten Charaktereigenschaften gewesen, und so berührte es ihn nicht im Geringsten, dass der Lärm vermutlich einige der Anwohner aus dem Schlaf reißen würde. Sollten diese ganzen kleinbürgerlichen Spießer sich doch über ihn aufregen – auf ihn nahm schließlich auch niemand Rücksicht. Fichtinger trat abermals voller Aggression gegen die Dose, und diesmal flog sie mit einem metallischen Kratzgeräusch gegen den Kotflügel eines orientblauen BMW, wo sie unmittelbar unter dem bereits zerkratzten Außenspiegel eine hässliche Schramme hinterließ.

»Geschieht dir recht, du Bonze!«, murmelte Fichtinger mit einem gehässigen Grinsen. »Hast hier in der Gegend eh nichts verloren.«

In der Tat bildete der sportlich-elegante Kombi einen auffälligen Kontrast zu den tristen Betonblöcken, die die schmale Sackgasse am nördlichen Ortsrand von Tutzing zu beiden Seiten säumten. Wer hier lebte, befand sich im soziodemografischen Niemandsland. Für einen sozialen Brennpunkt zu wertig, für ein gutbürgerliches Viertel zu ungepflegt und für ein Einheimischenmodell zu alt, bildeten die Häuser in ihrer trostlosen Uniformität einen Kompromiss für all die, die in Seenähe wohnen wollten, sich aber einen Mietpreis von eineinhalbtausend Euro für vierzig kalte Quadratmeter Wohnfläche nicht leisten konnten.

Ganz hinten, am Ende der Gasse, wo ein kleiner, unbefestigter Trampelpfad in den hinter den Häusern befindlichen Wald führte, ragte das letzte Gebäude der Siedlung in den Himmel empor. Dort wohnte Hans Fichtinger mit seiner Lebensgefährtin und deren Sohn beengt in einem dringend renovierungsbedürftigen Apartment.

Während Fichtinger die letzten Häuserblocks der Straße passierte, öffnete sich eine der Eingangstüren. Eine weißhaarige Frau mit Krückstock und einem kleinen Hund auf dem Arm schickte sich an, das Haus zu verlassen, zog sich aber, als sie des Mannes gewahr wurde, rasch zurück und verriegelte hörbar die Tür.

Fichtinger grinste selbstgefällig. Wenn auch kein Hüne, so war er doch durchaus eine stattliche Erscheinung mit breiten Schultern und einem muskulösen Nacken. Der kahl rasierte Schädel und das von Aknenarben entstellte Gesicht verliehen ihm eine Aura der Gefährlichkeit, die durch seinen durchdringenden, gefühlskalten Blick noch verstärkt wurde. Er pflegte keinerlei Freundschaften, und auch die Kollegen, mit denen er Tag für Tag die Fenster und gläsernen Außenfassaden großer Bürokomplexe reinigte, reduzierten den Umgang mit ihm auf das Allernötigste.

Das lag neben seinem wenig anziehenden Äußeren auch und vor allem an dem jahrelangen sexuellen Missbrauch seines eigenen Stiefsohns. Obwohl er nach der selbst für ihn völlig überraschenden Fürsprache des Sozialamtes juristisch nicht für seine Taten belangt worden war, vermieden sogar die wenigen Menschen, die hin und wieder in einem Anflug von sozialem Pflichtbewusstsein ein paar Worte mit ihm gewechselt hatten, seitdem jeglichen Kontakt mit ihm. So lebte er seit geraumer Zeit in völliger gesellschaftlicher Isolation, was ihn jedoch nicht im Geringsten störte.

Fichtinger hatte das Ende der Straße erreicht. Eine verbogene Laterne mit gesprungenem Glas erhellte lediglich einen kleinen Teil des Wendehammers, der Rest der Fahrbahn lag in einem schummrigen Halbdunkel. Die Person, die mit einem Schlüssel in der Hand die Tür eines alten VW-Busses zu öffnen versuchte, registrierte Fichtinger daher erst dann, als er sich fast auf gleicher Höhe mit ihr befand. Offensichtlich hatte der schwarz gekleidete Mann Probleme, das Schloss an seinem Fahrzeug zu finden, denn durch die schlechte Beleuchtung und den hohen Aufbau des Fahrzeugs lag die Fahrerseite völlig im Dunkeln.

»Entschuldigen Sie bitte!«, murmelte er, ohne sich aufzurichten. »Hätten Sie vielleicht mal kurz ein Feuerzeug oder ein Streichholz, um mir Licht zu machen? Ich kann dieses verdammte Schloss nicht sehen.«

Fichtinger zögerte. Er war müde und wollte ins Bett. Was ging ihn das Schicksal dieses Typen an, den er zudem aufgrund der schlechten Lichtverhältnisse nur schemenhaft wahrnehmen konnte? Sollte er doch selbst schauen, wie er seine Probleme lösen konnte! Er war gerade im Begriff, kommentarlos weiterzugehen, als der Mann ihn abermals um Hilfe bat und dabei so flehend klang, dass Fichtinger widerstrebend stehen blieb und in seiner Jackentasche wühlte.

»Das kostet dich 'nen Fünfer, Kollege. Umsonst ist nämlich nur der Tod!«, knurrte er und entzündete sein Feuerzeug, sodass die Flamme ein unruhig flackerndes Licht auf den Türgriff warf.

»Oh, vielen Dank. Das mit der Kohle geht in Ordnung!«

Überrascht registrierte Fichtinger, dass der Mann unter Verzicht jeglichen Widerspruches nach seiner Gesäßtasche mit dem Portemonnaie griff. Angesichts von dessen Fügsamkeit bedauerte Fichtinger augenblicklich, keinen höheren Betrag gefordert zu haben.

Doch während er noch überlegte, wie er aus der unerwarteten Situation den größtmöglichen Gewinn herausschlagen konnte, schnellte der Mann plötzlich und völlig unvermittelt herum. Instinktiv versuchte Fichtinger, zur Seite auszuweichen, doch seine Reaktion erfolgte zu spät. Das Letzte, was er bewusst wahrnahm, war die Stahlrute in der Hand des Angreifers, die für einen kurzen Augenblick das gelbliche Licht der Laterne reflektierte.

Dann traf ihn ein fürchterlicher Hieb auf den Kopf.

Sein Schädel schien von innen heraus zu bersten, und vor seinen Augen explodierte eine weiße Fläche in Millionen von psychedelischen Farbblitzen. Übermannt von Schmerzen in bis dato unbekannter Intensität, taumelte er einige Schritte, während ein roter Schleier in Zeitlupe über die tanzenden Lichter in seinem Kopf fiel. Sein Oberkörper kippte zur Seite, als zöge ihn ein riesiger Magnet zu Boden, und kurz bevor ihn der zweite Hieb auf den Hinterkopf traf, erlöste ihn die Bewusstlosigkeit und führte ihn in den wohltuenden Zustand eines geistigen und körperlichen Nichts.

***

Von den Geschehnissen, die sich unmittelbar vor der Eingangstür seines Wohnblocks abspielten, hatte Roland Sandberg nichts bemerkt. Erst als er das Haus verließ, um seinem Rottweiler bei einem kurzen Spaziergang den Abschluss des abendlichen Verdauungsprozesses zu ermöglichen, sah er den Mann, der sich im Schatten eines alten VW-Busses über eine am Boden liegende Gestalt beugte und im Begriff war, diese wegzuschleifen.

Mit der Intuition eines ehemaligen Berufsoffiziers erfasste er auf den ersten Blick, dass es sich bei dieser Situation nicht um einen medizinischen Notfall, sondern um ein Verbrechen handelte. Er nahm den Hund, der die Gefährlichkeit der Situation ebenfalls instinktiv spürte und bedrohlich knurrte, kürzer an die Leine, richtete den hellen Strahl seiner Taschenlampe auf die Person und rief: »Halt, stehen bleiben! Treten Sie sofort von dem Mann weg, sonst lasse ich den Hund los!«

Der Angesprochene ließ sein Opfer augenblicklich los, worauf dieses hart mit dem Gesicht auf den Gehweg aufschlug. Sandberg atmete tief durch, um seiner Nervosität Herr zu werden.

»Sie bleiben jetzt genau dort stehen und rühren sich nicht von der Stelle, verstanden?«

Dabei nestelte er mit der freien Hand in der Tasche seines olivfarbenen Anoraks und zog ein Handy heraus. Der Mann schien seiner Anweisung widerstandslos Folge zu leisten. Doch just in dem Augenblick, in dem Sandberg einen Blick auf die Tastatur warf, um die Notrufnummer einzutippen, sprang sein Gegenüber mit einem beherzten Satz aus dem Lichtkegel ins Dunkel und spurtete in Richtung des Trampelpfades am Ende der Sackgasse.

Sandberg blickte ihm einen Augenblick verdutzt hinterher,

dann griff er kurz entschlossen zum Halsband des Hundes und löste den Karabinerhaken. Ohne auf das Kommando seines Herrchens zu warten, nahm der Rottweiler die drei Stufen vor der Haustür in einem Sprung und jagte mit gefletschten Zähnen hinter dem Flüchtigen her, der sich bereits außer Sichtweite befand.

Auch Sandberg nahm – soweit seine arthritischen Knochen das erlaubten – die Verfolgung auf und schilderte während des Laufens der Einsatzzentrale am anderen Ende der Leitung keuchend seine Beobachtung. Genau in dem Moment, als er seine exakte Position durchgab, hörte er in einiger Entfernung plötzlich einen dumpfen Schlag und ein kurzes, schrilles Winseln.

Dann herrschte Stille.

Entsetzt ließ er das Telefon fallen und blieb stehen.

»Tyson?«, murmelte er mit schreckgeweiteten Augen. »Tyson, wo bist du?«

Hektisch humpelte er los, die Schmerzen in seinen Gelenken ignorierend. Dabei schwenkte er den Strahl seiner Taschenlampe hysterisch hin und her und rief immer wieder mit verzweifelter Stimme den Namen seines Hundes.

Als der Lichtkegel das blutige Bündel erfasste, stöhnte Sandberg gequält auf.

Der bullige Hund lag auf der Seite im halbhohen Gras, die Beine von sich gestreckt, als schlafe er friedlich. Doch die graue, blau geäderte Masse, die zwischen blutigen Fleisch- und Knochenstücken aus dem Schädel quoll, verdeutlichte unmissverständlich, dass Tyson seinen letzten Kampf verloren hatte.

***

War es Zufall? War es Intuition? Madsen konnte selbst nicht genau benennen, warum er so früh ins Präsidium gefahren war. Nachdem er sich die ganze Nacht schlaflos von einer auf die andere Seite gewälzt hatte, war er gegen fünf Uhr mit geschlossenen Augen in die Dusche getorkelt. Das kochend heiße Wasser, das er sich mit fast schmerzhafter Intensität auf Kopf und Nacken hatte prasseln lassen, vermochte Müdigkeit und Kopfschmerz nur ansatzweise zu vertreiben, und erst als er das Thermostat auf die niedrigste Stufe gestellt und sein Körper gegen die extreme Temperaturschwankung mit erhöhter Blutzirkulation protestiert hatte, waren seine Lebensgeister zumindest ansatzweise zurückgekehrt. Anschließend hatte er im Stehen drei Toasts und ebenso viele Ibuprofen 800 gefrühstückt und seine Wohnung um kurz vor sechs verlassen.

Im Polizeirevier herrschte geschäftiges Treiben. Die Beamten der Nachtschicht hatten gerade ihren Dienst beendet und verabschiedeten sich mit erschöpften, vom Schlafmangel gezeichneten Gesichtern von ihrer Ablösung, die sich in kleinen Gruppen schwatzend zu ihren Arbeitsplätzen begaben. Madsen nickte einigen Beamten grüßend zu und hatte bereits den ersten Treppenabsatz erreicht, als ihm ein junger Polizeiobermeister, der ebenfalls gerade seinen Dienst begonnen hatte, mit lauter Stimme hinterherrief.

Mit einem unwilligen Knurren wandte er sich um.

Eigentlich gedachte er, sich ungestort in sein Zimmer zurückzuziehen, um den Artikel von Claude Trommer über den gestörten Geisteszustand des Serienmörders in aller Ruhe zu lesen. Doch der Kollege ignorierte sein abweisendes Gebaren und lief ihm, einen Stapel Ausdrucke durch die Luft schwenkend, hinterher.

»Guten Morgen, Herr Kriminalrat!«, keuchte er, nachdem er die Treppenstufen in großen Schritten hinaufgeeilt war. »Ich habe hier was, das sollten Sie sich mal ansehen! Ich weiß nicht, ob das was mit Ihrem aktuellen Fall zu tun hat, und die Jungs von der Nachtschicht haben auch diesbezüglich keinen Vermerk gemacht, aber ich glaube mich zu erinnern, dass irgendjemand gesagt hat, dieser Serienmörder, den Sie gerade suchen, hätte seine Opfer mit einer Stahlrute niedergeschlagen.«

Madsen blickte den jungen Polizisten prüfend an und überlegte einen Moment lang, ob dieser sich lediglich wichtigmachen wollte oder ob er tatsächlich etwas entdeckt hatte, das für die laufenden Ermittlungen von größerer Bedeutung sein könnte.

Das offene, aufmerksame Gesicht des Polizeiobermeisters bewog ihn schließlich, von Letzterem auszugehen.

»Kommen Sie mit in mein Büro!«, forderte er den Mann auf.

Dann drehte er sich um und stieg, ohne eine Antwort abzuwarten, die Treppenstufen hinauf.

Der junge Polizist betrat Madsens Büro wie Frauen eine gynäkologische Praxis. Eingeschüchtert blickte er sich um. Sein Respekt vor dem ranghöheren Beamten war ihm deutlich anzumerken, und er räusperte sich mehrfach, bevor er die Ausdrucke mit einer fast ehrfürchtigen Geste auf den Schreibtisch legte.

»Ich habe heute Morgen wie immer zu Dienstbeginn die Protokolle der Nacht durchgesehen, um zu überprüfen, ob es irgendetwas gibt, was wir erledigen müssen«, begann er zögernd und kräuselte nervös die Lippen. »Manchmal werden die Kollegen mit ihrer Arbeit nicht fertig, und dann müssen wir von der Tagschicht das erledigen.«

Er stockte kurz, um Madsen Zeit für eine Erwiderung zu geben, doch der bedeutete ihm ungeduldig, mit seinen Erläuterungen fortzufahren.

»Laut Protokoll wurde heute Nacht gegen null Uhr zwanzig ein Mann in Tutzing überfallen und mit einer Stahlrute niedergeschlagen. Der Täter wurde von einem zufällig vorbeikommenden Passanten mit Hund überrascht und in die Flucht geschlagen. Allerdings hat er den Hund bei seiner Flucht getötet, wurde aber dabei vermutlich selbst verletzt, denn der Hund hatte ein blutverschmiertes Maul, als man ihn gefunden hat. Ich könnte mir vorstellen …«

Er verstummte schlagartig, als er Madsens Blick bemerkte. Der Kriminalrat war plötzlich kalkweiß im Gesicht, hatte die Lippen zusammengekniffen und schien kurz vor einer gewaltigen Explosion zu stehen.

»Warum zum Teufel …«, zischte er, mühsam um Contenance bemüht, »… wurde ich nicht sofort über diesen Vorfall informiert?« Seine Stimme wurde von Wort zu Wort leiser, was die Bedrohlichkeit seiner Äußerung jedoch nicht im Geringsten schmälerte. »Warum verdammt noch mal denkt in diesem

Scheißladen eigentlich keiner mit? Das Ganze ist vor über sechs Stunden passiert! Sechs Stunden, in denen der Täter weiß Gott wohin flüchten konnte!«

Der junge Beamte war angstvoll in sich zusammengesunken und schien den dringenden Wunsch zu verspüren, sich auf der Stelle unsichtbar machen zu können.

»Aber ich –«

Madsen schnitt ihm das Wort ab. »Sie, Obermeister …?«

»Luras, Nico Luras, Herr Kriminalrat«, ergänzte sein Gegenüber zaghaft.

»Sie können am allerwenigsten dafür! Im Gegenteil – wären alle Kollegen so aufmerksam wie Sie, dann hätten wir den Typ vielleicht schon längst!«

Der überraschte Luras errötete vor Stolz und blickte Madsen an wie ein Border Collie, der gehorsam einen Stock apportiert hatte. »Soll ich Ihnen den Einsatzbericht hierlassen? Ich kann ihn mir unten noch mal ausdrucken.«

Madsen nickte, stützte sich mit beiden Armen auf den Schreibtisch und sah den Beamten grimmig an. »Machen Sie das! Aber zuerst klemmen Sie sich hinter das Telefon und rufen mein Team an. Klee, Zirngibl, Brandl, Kimmel und Dr. Nintzel. Die sollen augenblicklich ihren Arsch aus dem warmen Bett schälen und sich auf den Weg machen! In einer halben Stunde will ich die gesamte Truppe vor meinem Schreibtisch sitzen haben, ist das klar?«

Luras nickte dienstbeflissen.

»Außerdem wäre es hilfreich, wenn Sie Professor Polt, den Rechtsmediziner, schon mal vorwarnen könnten. Er soll sich bereithalten, denn in Kürze wird er etwas Außergewöhnliches zu tun bekommen. Ach, und Luras …?«

Luras, der bereits zur Tür geeilt war, stoppte, drehte sich hastig um und schaute Madsen unsicher an. Dieser blätterte in dem mehrseitigen Bericht und murmelte, ohne aufzublicken: »Das war verdammt gute Arbeit! Ich werde das für Ihr nächstes Beurteilungsgespräch vermerken!«

Luras grinste verlegen und bedankte sich stammelnd, doch

Madsen fiel ihm ungehalten ins Wort. »Und jetzt machen Sie, dass Sie ans Telefon kommen, und zwar zackig! Oder wollen Sie, dass der Täter Zeit hat, zu Fuß nach Rio abzuhauen?«

Während Polizeiobermeister Luras, gleichermaßen vom Lob beflügelt wie von dem raschen Stimmungswechsel des Kriminalrates verwirrt, seinen ihm aufgetragenen Pflichten nachkam, fischte sich Madsen aus einem Stapel Unterlagen auf seinem Schreibtisch die Liste der potenziellen Opfer heraus, die Zirngibl und Dr. Nintzel in gemeinsamer Recherchearbeit erstellt hatten. Hektisch überflog er die Namen und stöhnte gequält auf, als er der Übereinstimmung mit dem Protokoll des nächtlichen Einsatzes gewahr wurde. Tatsächlich war der überfallene Fichtinger eine der Personen, die von seinen Kollegen als besonders gefährdet eingestuft worden waren.

Ein beschämendes Gefühl der Schuld machte sich plötzlich bemerkbar. Hatte er Fichtinger dem Täter mit dem von ihm initiierten Zeitungsartikel auf dem Silbertablett serviert? Abermals las er das Protokoll Wort für Wort und gelangte zu der Überzeugung, dass der nächtliche Überfall mit dem Zeitungsbericht in keinerlei kausalem Zusammenhang stehen konnte – dafür war die Zeitspanne zwischen Erscheinen des Blattes und der Tat definitiv zu kurz. Selbst wenn der Täter die Tageszeitung unmittelbar nach Produktion irgendwo in der Nähe des Verlagsgebäudes druckfrisch erstanden haben sollte, so lag seiner Tat doch eine gewisse Planung zugrunde. Das sprach einerseits dafür, dass der Täter den Überfall bereits seit längerer Zeit vorbereitet haben musste, andererseits bewies es aber auch, dass sich die zeitlichen Abstände der Übergriffe besorgniserregend verkürzten. Entweder war sich der Täter seiner Sache inzwischen sehr sicher, oder er verlor jeglichen Bezug zur Realität und hielt sich im wahrsten Sinne des Wortes für unfassbar.

Claude Trommer hatte am Vortag zu Recht Bedenken geäußert, dass die Ermittler mit der Veröffentlichung des provokanten Artikels auch eine deutlich drastischere Reaktion des Täters hervorrufen konnten als einen Brief oder einen Anruf bei dem Verlag. Was war, wenn der Mörder in seiner Verbitterung nun tatsächlich die letzten rudimentären Moralvorstellungen über Bord werfen und sich blutig für die Missachtung seiner nach eigenem Empfinden legitimen Aktionen rächen würde? In diesem Fall setzten sie die von ihnen als potenzielle Opfer definierten Personen wissentlich einer tödlichen Gefahr aus.

Madsen fuhr sich nervös mit der Hand durch das dichte Haar.

Wenn der Unbekannte tatsächlich so reagierte, dann musste der Schutz der potenziellen Opfer ab sofort höchste Priorität genießen. Und zwar völlig ungeachtet dessen, welch schreckliche Taten sie sich in der Vergangenheit auch zuschulden hatten kommen lassen.

Madsen ballte, ohne es wirklich wahrzunehmen, die Hände zu Fäusten, bis sich seine Fingernägel in die Handflächen bohrten. Er war fest entschlossen, bis zum letzten Blutstropfen zu kämpfen, um diese Angelegenheit zu Ende zu bringen.

Allerdings signalisierte ihm ein unbestimmtes Gefühl in seiner Magengegend, dass es der Gegner ebenfalls war.

Die morgendliche Dämmerung war inzwischen dem warmen goldfarbenen Licht der aufgehenden Sonne gewichen, was einen schönen Frühlingstag versprach. Allerdings beschränkte sich dieses Versprechen auf rein klimatische Aspekte. Ein Tag, der mit versuchtem Totschlag und einer gescheiterten Entführung begonnen hatte, konnte aus Sicht von Madsen nur bedingt als »schöner Frühlingstag« bezeichnet werden. Dementsprechend sorgenvoll war seine Miene, als er die nahezu gleichzeitig eintreffenden Kollegen begrüßte. Obwohl der Konferenzraum des Präsidiums ein Vielfaches an Komfort und Sitzgelegenheiten bot, hatte sich Madsen bewusst dafür entschieden, das Meeting diesmal in seinem Büro abzuhalten, um eindeutig zu signalisieren, dass sofort und unmittelbar mit der Arbeit begonnen werden musste.

So kamen lediglich Zirngibl und Kimmel in den Genuss eines Sitzplatzes, während sich der massige Dr. Nintzel im Stehen zwischen zwei Aktenschränke quetschte, Klee auf einem umgestülpten Papierkorb Platz nahm und Brandl in einem mitleiderregenden Kampf gegen die Gravitation bemüht war, auf der Kante des Sideboards balancierend sein üppig belegtes Frühstücksbaguette zu verzehren.

»Wir haben ein Problem – und zwar ein beschissen großes!«, eröffnete Madsen die Zusammenkunft und berichtete von den nächtlichen Vorkommnissen.

Zirngibl und Dr. Nintzel warfen sich einen kurzen, wissenden Blick zu, als Madsen den Namen des Opfers erwähnte. Die Auswahl des Täters überraschte sie kaum, hatte sich doch gerade Fichtinger bei seinen Straftaten durch außergewöhnliche Gefühlskälte und Grausamkeit hervorgetan. Außerdem war die Tatsache, dass er seinerzeit keine Bestrafung für seine Vergehen erhalten hatte, für den gemeinen Bürger absolut inakzeptabel und schrie aus diesem Grunde geradezu nach Vergeltung.

Dr. Nintzel war der Erste, der sich zu Wort meldete, nachdem Madsen seine Ausführungen beendet hatte.

»Die Ereignisse der letzten Stunden zeigen, dass der Täter sein Verhalten in auffälliger Form verändert hat. Die Abstände zwischen den Taten werden immer kürzer, die Vorgehensweise immer riskanter. Fehler wie heute Nacht sind ihm bisher noch nie passiert – offensichtlich wird seine Planung mit der Zeit nachlässiger.«

»Oder er hat einfach Pech gehabt! Wer kann schon ahnen, dass um diese Uhrzeit noch jemand mit seinem Hund Gassi geht?«, ließ sich Brandl mit vollem Mund vernehmen.

Dr. Nintzel blickte ihn strafend an. »Er hat aber bisher kein Pech gehabt! Und warum? Weil er gut vorbereitet war! Weil er sich mögliche Fluchtwege frei gehalten hat. Und weil er den richtigen Zeitpunkt abgepasst hat. Der Mann ist ein Perfektionist! Was er macht, macht er gründlich! Und wenn so etwas wie gestern Nacht passiert, dann nur weil er sich diesmal nicht so akribisch vorbereitet hat wie sonst.«

Madsen hob beschwichtigend die Hände. »Warum auch immer unser Mister X Fehler gemacht hat – Fakt ist, dass wir jetzt wissen, dass unsere Einschätzung bezüglich seiner potenziellen Opfer richtig war. Das bedeutet gleichzeitig, dass wir uns schleunigst um den Schutz der übrigen Personen auf unserer Liste kümmern müssen. Udo, das ist jetzt dein Part! Trommel dir umgehend die Teams zusammen, immer zwei Mann pro Schicht, drei Schichten rund um die Uhr! Sollte irgendjemand mit dem Einwand kommen, es gäbe nicht genug Personal, verweise ihn an mich. Dieses Vorgehen ist mit der Staatsanwaltschaft abgesprochen, und ich will, dass die Leute ab sofort keine Sekunde mehr aus den Augen gelassen werden. Du koordinierst die Überwachung von hier aus. Lass dir regelmäßig Bericht erstatten und halt uns auf dem Laufenden! Vergesst nicht: Wir haben – wenn unser Plan aufgeht – in ein Wespennest gestochen. Und jetzt sind wir verdammt noch mal dafür verantwortlich, dass niemand gestochen wird!«

Klee nickte schweigend, während Madsen sich bereits Zirngibl zuwandte.

»Sie machen weiter mit den BMWs – und zwar mit Volldampf! Ich will endlich diese verdammte Liste mit allen Besitzern eines orientblauen BMWs aus dem fraglichen Baujahr. Außerdem kümmern Sie sich darum, dass rund um den Tatort von heute Nacht die Anwohner befragt werden, ob sie im Laufe des Abends oder der letzten Tage etwas bemerkt haben. Vor allem, ob irgendjemandem ein blauer BMW aufgefallen ist. Der VW-Bus war nur ein Mittel zum Zweck und gehört einem der Anwohner. Das haben die Kollegen heute Nacht bereits protokolliert. Die Spurensicherung hat ihn untersucht, aber er ist sauber. Keinerlei Fingerabdrücke! Der Täter muss also, wenn er die Absicht gehabt hat, Fichtinger mitzunehmen, sein eigenes Auto irgendwo in der Nähe geparkt haben. Wie sieht's eigentlich mit den Besitzern beziehungsweise Nutzern von Flugzeugen aus? Denken Sie an die Kerosinrückstände bei beiden Opfern – da müssen wir auch mit Volldampf weitermachen!«

Zirngibl zuckte hilflos mit den Schultern. »Wie soll ich das denn alles gleichzeitig machen? Ich hab auch nur zwei Hände!«

»Dann besorgen Sie sich gefälligst noch ein paar zusätzliche!«, konterte Madsen trocken. »Wir reden hier über eine Ausnahmesituation, die außergewöhnliche Maßnahmen erfordert. Wenn Sie's nicht alleine schaffen, dann delegieren Sie gefälligst! Sie sind lange genug dabei, um zu wissen, wann es ernst wird. Und das ist jetzt der Fall, verstanden?«

Die letzte Frage erfolgte in einem so kalten Tonfall, dass die gefühlte Raumtemperatur schlagartig um fünf Grad gesunken zu sein schien.

»Also noch mal …«, setzte Madsen nach, »… Sie oder jemand, den Sie damit beauftragen, telefoniert mit den Flughäfen, der Flugbehörde oder wer auch immer in diesem Fall zuständig ist. Lassen Sie sich die Listen mit den Namen der Flugzeugbesitzer und der Personen schicken, die sich Privatflieger ausleihen. Das wird ja wohl alles irgendwo protokolliert sein, ebenso wie sämtliche Besitzer von Flugscheinen oder Pilotenlizenzen – keine Ahnung, wie der Lappen korrekt heißt. Die Namen werden dann umgehend mit denen der BMW-Fahrer und aller Personen, mit denen wir im Laufe des Falles gesprochen haben, abgeglichen. Sollte es Übereinstimmungen geben, nehmen wir die genauer unter die Lupe. So weit alles klar? Dann machen Sie sich auf die Socken! Ich geb Ihnen später telefonisch Bescheid, wann wir uns wieder zusammensetzen und auf den Tisch werfen, was wir bis dahin haben.«

»Was wir bis dahin hoffentlich haben!«, verbesserte ihn Zirngibl, während er das Büro verließ und die Tür geräuschvoller schloss, als das eigentlich nötig gewesen wäre.

Madsen blickte zu Brandl, der inzwischen damit beschäftigt war, sich mit beiden Händen einen voluminösen Schokomuffin in den Mund zu schieben.

»Brandl, hätten Sie vielleicht die unendliche Güte, mir einen Augenblick Ihre Aufmerksamkeit zu schenken, bevor Sie als Nächstes vermutlich einen kompletten Schweinsbraten am Stück konsumieren?«

Brandl, der die Ironie nicht verstand – oder nicht verstehen wollte –, schaute seinen Vorgesetzten fragend an. »Wo liegt das Problem, Chef? Ich bin ganz Ohr.«

»Schön, dann machen Sie bitte im Anschluss an unser Gespräch Folgendes: Erkundigen Sie sich, wohin der Hundekadaver gebracht worden ist! In der Regel gehen tote Tiere dieser Größe zu irgendeinem Tierarzt, der sie dann später gesammelt zur Tierkörperbeseitigungsanlage schickt. Die ist, soweit ich weiß, in Oberding. Aber egal, wo der Kadaver gerade auch ist – ich will, dass er umgehend zu Professor Polt in die Rechtsmedizin kommt. Warum auch immer die Kollegen vom Nachtdienst da nicht gleich dran gedacht haben: Der Hund hatte Blut im Maul und an den Zähnen! Blut vom Täter, den er gebissen hat, bevor er den Löffel abgegeben hat. Ich will von diesem Blut eine DNA-Analyse. Das wäre unsere erste richtig persönliche Hinterlassenschaft des Täters.«

»Bin schon unterwegs, Chef!«, antwortete Brandl, wobei sein gemächliches Erheben in krassem Widerspruch zu der dynamikverheißenden Formulierung stand.

Madsen verzog mit einem leichten Anflug von Verzweiflung das Gesicht, entgegnete jedoch nichts, sondern deutete mit dem Zeigefinger auf Kimmel.

»Jo, du kommst mit mir ins Krankenhaus. Wäre vielleicht sinnvoll, wenn Sie sich uns auch anschließen, Doktor.«

Er blickte in Richtung von Dr. Nintzel, der zustimmend nickte.

»Klar, mache ich gerne! Dieser Fichtinger ist immerhin der Erste, der den Täter von Angesicht zu Angesicht gesehen hat …«

»… und trotzdem noch eine geschlossene Bauchdecke besitzt!«, ergänzte Madsen mit einem freudlosen Grinsen, griff nach dem Telefonhörer und wählte die Nummer von Polizeiobermeister Luras. »Luras? Madsen hier. Hören Sie, Kollege, könnten Sie mir einen Gefallen tun?«

Seiner Mimik war zu entnehmen, dass der Mann am anderen Ende der Leitung wortreich seine Bereitschaft zum Ausdruck brachte. »Schon gut, Luras, schon gut! Ich weiß Ihren Einsatz zu schätzen. Rufen Sie doch bitte alle Krankenhäuser, Chirurgen und praktischen Ärzte in Starnberg und Umgebung an! Fragen

Sie nach, ob heute Nacht oder heute Morgen ein Patient mit einer Bissverletzung behandelt wurde. Falls nicht, bitten Sie die Mediziner, uns sofort zu verständigen, wenn jemand mit einer solchen Verletzung in die Praxis oder in die Klinik kommt. Der bissige Hund war ein Rottweiler. Ich gehe davon aus, dass unser Täter nicht nur einen Kratzer, sondern eine ordentliche Fleischwunde, vielleicht sogar einen Knochenbruch hat. Früher oder später muss er das behandeln lassen, schon alleine wegen der Infektionsgefahr. Holen Sie sich bei Bedarf personelle Unterstützung. Diese Angelegenheit ist extrem wichtig – ich verlasse mich auf Sie!«

Madsen legte auf und blickte nachdenklich auf den Hörer.

Hoffentlich verfügte Luras über eine ausreichend große Portion Selbstvertrauen. Denn die würde er brauchen, wenn er sich in den folgenden Stunden mit den Halbgöttern in Weiß herumschlagen musste.

Als sie aus dem Fahrstuhl des Tutzinger Krankenhauses traten, erstreckte sich vor ihnen ein langer Gang, der von kaltem grünstichigem Neonlicht erhellt wurde. Die Wände waren eierschalenweiß gestrichen und in regelmäßigen Abständen mit Zeichnungen von Patienten dekoriert, deren ungelenke Strichführung auf Mittelhandfrakturen oder Kopfverletzungen bei den Urhebern der Werke schließen ließ. Es roch nach Desinfektionsmitteln, und aus den Patientenzimmern erklang das monotone Piepen medizinischer Apparaturen sowie das Quietschen von gehetzten Schritten auf dem blank polierten Linoleum.

Jo Kimmel wandte sich an ihre Begleiter Madsen und Dr. Nintzel. »Hans Fichtinger liegt in Zimmer 217. Sollen wir ihn wirklich zu dritt überfallen, oder soll ich lieber am Empfang unten warten?«

Madsen schüttelte entschieden den Kopf. »Nein, Jo, wir gehen alle! Er liegt ja schließlich nicht im Sterben. Außerdem möchte ich gerne, dass du ihm die Fragen stellst.«

Kimmel nickte, einen plötzlichen Anfall von Nervosität verspürend. Unauffällig warf sie einen prüfenden Blick auf eine verspiegelte Glastür und richtete mit einer beiläufigen Handbewegung ihr Haar.

»Es reicht übrigens, wenn du den Kerl befragst«, brummte Madsen. »Du musst ihn nicht gleich verführen!«

Ein junger Arzt mit geschäftiger Miene wollte gerade an den Polizisten vorbeieilen, als Madsen ihm in den Weg trat.

»Entschuldigung, Herr Doktor, sind Sie zufällig der behandelnde Arzt von Hans Fichtinger?«

Der Mediziner nickte und musterte Madsen über die Ränder einer goldgefassten, schmalen Lesebrille.

»Ja, das bin ich. Worum geht's denn? Und bitte fassen Sie sich kurz – ich bin in Eile.«

»Keine Sorge, wir werden Sie nicht allzu lange aufhalten!«, beruhigte ihn Madsen und zückte seinen Dienstausweis. »Wir möchten nur kurz wissen, wie es Herrn Fichtinger geht und ob wir ihm ein paar Fragen stellen können.«

Der Mann im weißen Kittel wiegte bedächtig den Kopf, als müsse er eine Entscheidung treffen, von deren Richtigkeit die zukünftige Existenz ganzer Kontinente abhing. Dann zog er seine Brille ab, nahm den Bügel mit einer einstudiert beiläufigen Bewegung zwischen die Lippen und zählte mit belehrender Miene auf: »Herr Fichtinger hat zwei heftige Schläge auf den Schädel bekommen, die ein Schädel-Hirn-Trauma ersten Grades zur Folge hatten. Darüber hinaus hat er zwei Platzwunden erlitten, die wir mit über zwanzig Stichen nähen mussten. Nach Aussagen der erstversorgenden Sanitäter war er etwa zehn Minuten lang bewusstlos, eine nicht unübliche Begleiterscheinung einer solchen Verletzung. Weitere Folgeschäden sind nach dem jetzigen Stand der Untersuchung auszuschließen. Der Mann hat offensichtlich einen Eisenschädel!« Er zog seine Brille wieder auf und warf einen bedeutungsvollen Blick auf seinen Pager, wenngleich dieser keinen einzigen Ton von sich gab. »Wenn Sie mich nun bitte entschuldigen würden. Es gibt noch das eine oder andere Leben, das es zu retten gilt.«

Er lachte über seinen eigenen Scherz, drehte sich um und eilte Richtung Aufzug.

»Genau das machen wir auch, du Wichtigtuer!«, murmelte Madsen, als der Arzt außer Hörweite war. »Wir tragen dabei nur nicht so blöde weiße Kittel!«

Das Zimmer sah aus, wie alle Zimmer in Krankenhäusern auszusehen pflegten. Der Boden war laminiert, die Möblierung zweckmäßig und der Wandschmuck überschaubar. Insgesamt strahlte der gesamte Raum in seinem kühlen Purismus genauso viel Flair aus wie Joe Bidens jugendliches Rebellentum.

Das Bett von Hans Fichtinger war das einzige im Zimmer und befand sich nahe dem Fenster.

Fichtinger trug einen weißen Kopfverband, der an einen Turban erinnerte, und seine Gesichtsfarbe kam der des Verbandes erstaunlich nahe. Zwei rot gefärbte Flecken auf der Bandagierung ließen darauf schließen, wo genau die Schläge seinen Kopf getroffen hatten. Aus dem Bericht seiner Kollegen wusste Madsen, dass der erste Schlag von vorn, der zweite im Fallen auf den Hinterkopf erfolgt war. Die Tatsache, dass sich der erste Treffer auf Fichtingers rechter vorderer Kopfhälfte befand, ließ ihn darauf schließen, dass der Schlag mit der linken Hand ausgeführt worden war. Er nahm sich vor, die anderen Obduktionsberichte später noch einmal auf diesen Fakt hin zu überprüfen.

Der Patient hatte den Gruß der Beamten beim Eintreten und das Vorzeigen der Dienstausweise lediglich mit einem mürrischen Kopfnicken beantwortet. Er schien über den Besuch der Polizei nicht sonderlich erfreut zu sein, was wenig verwunderlich war, wenn man seine bisherige Vita in Betracht zog. In seinem Arm steckte eine Kanüle mit einem durchsichtigen Schlauch, durch den ihm tröpfchenweise Kochsalzlösung und Schmerzmittel aus einer Infusionsflasche verabreicht wurden. Offensichtlich diente das Medikament darüber hinaus auch der Sedierung, denn Fichtinger hatte einen leicht verklärten Blick und wirkte auf die Beamten etwas benommen.

Madsen schob Kimmel den einzigen im Raum befindlichen Stuhl in die Nähe des Bettes und lehnte sich selbst neben

Dr. Nintzel an die Wand. Fichtinger blickte schweigend zu den beiden männlichen Beamten, so als habe er Kimmels Anwesenheit überhaupt nicht wahrgenommen. Auch als die Polizistin ihm die ersten Fragen stellte, ignorierte er sie stoisch und richtete seine Antworten ausschließlich an die beiden Männer im Hintergrund.

Verärgert über diese offensichtliche Missachtung ihrer Person, wies Kimmel ihn zurecht. »Herr Fichtinger, ganz offensichtlich haben Sie ein Problem mit meinem Alter oder meinem Geschlecht. Vielleicht sollten Sie aber bedenken, dass ich oder eine meiner gleichaltrigen Kolleginnen diejenige sein könnte, die Ihnen demnächst einmal helfen wird, wenn Sie aus irgendeinem Grund polizeiliche Unterstützung benötigen.«

Fichtinger lachte verächtlich auf und verzog dabei das Gesicht vor Schmerz. »Gestern hätte ich Hilfe nötig gehabt, Lady! Aber da waren Sie komischerweise nicht in der Nähe! Wahrscheinlich haben Sie sich da gerade die Nägel gefeilt oder mit Joghurt-Gums zwischen den Zehen vor dem Fernseher gesessen.«

Kimmel schnappte entrüstet nach Luft. »Sie wollen mir doch wohl jetzt nicht allen Ernstes die Schuld dafür in die Schuhe schieben, dass Sie niedergeschlagen worden sind, oder? Und überhaupt ...«, Kimmel geriet nun merklich in Wallung, »... Sie waren doch sonst immer so stark. Oder funktioniert das nur bei kleinen Ki–« Sie spürte eine Hand auf ihrer Schulter, verstummte abrupt und blickte zu Madsen, der ihr einen strengen Blick zuwarf und kaum merklich den Kopf schüttelte.

»Was meine Kollegin damit sagen wollte, Herr Fichtinger, ist, dass wir alles Erdenkliche tun werden, um den Kerl zu schnappen, der Ihnen das angetan hat. Doch dafür benötigen wir Ihre Hilfe!« Madsen deutete auf die junge Frau. »Polizeioberwachtmeisterin Kimmel ist ein absolut qualifiziertes Mitglied unserer Sonderkommission. Sie würden uns und letztendlich auch sich selbst einen großen Dienst erweisen, wenn Sie die Fragen, die sie Ihnen nun stellen wird, so gut es geht, beantworten.«

Der Mann im Bett schaute Kimmel eisig an und signalisierte

mit einer gleichgültigen Handbewegung sein Einverständnis. Dennoch war es unschwer zu erkennen, dass er nach wie vor in keiner Weise von der Kompetenz der jungen Polizistin überzeugt war.

Nach einigen allgemeinen Fragen zum Tathergang kam Kimmel rasch auf das äußere Erscheinungsbild des Täters zu sprechen. Sie notierte die wenigen brauchbaren Angaben, die Fichtinger zu dem Unbekannten machen konnte, und legte ihm anschließend das Phantombild des Verdächtigen aus der Falknerei sowie Fotos von Runge und Dr. Hämmerle vor. Fichtinger betrachtete die Bilder genau, legte sie dann aber zur großen Enttäuschung der Beamten zur Seite

»Sorry, aber das ging alles viel zu schnell. Es war ziemlich dunkel, und der Mann stand voll im Schatten von diesem Bulli. Das Einzige, was ich mit Sicherheit sagen kann, ist, dass der Bursche verdammt wendig war. Der hat sich bewegt wie ein Kampfsportler. Sie wissen schon, so geschmeidig und schnell. Eh ich richtig kapiert hab, was los war, hat der mir schon einen übergezogen. Ich hab echt gedacht, mir platzt der Schädel.«

Im Bestreben um ein positives Gesprächsklima befleißigte sich Kimmel eines einfühlsamen Gesichtsausdruckes, auch wenn sie in Wirklichkeit nicht das geringste Mitleid verspürte. Schließlich hatte sich der Mann in der Vergangenheit als gefühlloser und brutaler Kinderschänder erwiesen und bei der Misshandlung seines Opfers ein ebenso geringes Maß an Skrupel gezeigt wie die Person, von der er am Vortag überfallen worden war. Außerdem konnte er von Glück sprechen, dass er nur mit einer leichten Kopfverletzung im Krankenhaus lag. Wäre der Täter nicht von dem zufällig vorbeikommenden Zeugen gestört worden, hätte Fichtinger nicht nur den Verlust einiger Gehirnzellen zu beklagen, sondern vermutlich auch den lebenswichtiger innerer Organe.

Plötzlich schlug Fichtinger mit der flachen Hand auf die Bettdecke, dass alle im Raum Anwesenden zusammenzuckten.

»Warten Sie mal!«, rief er mit erhobenem Zeigefinger. »Zeigen Sie mir noch mal die Zeichnung! Ich glaube, nein, ich bin mir sicher, dass ich das Gesicht dieses Mannes schon mal irgendwo gesehen habe.«

Kimmel starrte ihn ungläubig an. »Meinen Sie den Mann auf dem Phantombild?«

»Nein, ich mein den Papst!«, zischte Fichtinger. »Natürlich den Mann auf dem Phantombild! Ja, ganz sicher, ich hab diesen Typen schon mal gesehen. Ich weiß nur nicht, wann und wo.«

Die Polizisten standen inzwischen dicht um das Bett versammelt.

»Denken Sie noch mal genau nach!«, forderte ihn Madsen auf. »Können Sie sich in irgendeiner Form an den Ort erinnern, wo Sie ihn gesehen haben?«

Fichtinger schnaufte ungehalten. »Wie Sie vermutlich wissen dürften, arbeite ich als Fensterputzer. Haben Sie eine Ahnung, in wie viele bescheuerte Entscheidervisagen ich am Tag gucken muss? Das geht in die Hunderte! Wie soll ich mir da merken, wo ich eine bestimmte Person gesehen habe? Aber es war bestimmt bei irgendeiner Putzgeschichte! Nach Feierabend bin ich nicht so oft unterwegs, und wenn, dann gehe ich meistens nur ein paar Bier trinken. Nein, ich bin mir ganz sicher, den Typen kenne ich irgendwie von meiner Arbeit.«

Er lehnte sich erschöpft zurück in sein Kissen und schloss die Augen.

Madsen wollte gerade eine weitere Frage stellen, als die Tür des Krankenzimmers schwungvoll geöffnet wurde und eine zierliche dunkelhäutige Krankenschwester den Raum betrat. Sie sah die drei Besucher missbilligend an, klatschte dann auffordernd in die Hände und machte eine Bewegung, als scheuche sie Gänse über ein freies Feld.

»So, jetzt braucht der Herr Fichtinger Ruhe. Wenn Sie bitte nun gehen würden! Der Patient muss schlafen.«

Dann wechselte sie mit einem routinierten Griff die leere Infusionsflasche gegen eine volle aus.

»Sofort!«, fügte sie entschieden hinzu, als Madsen Fichtinger noch schnell darauf hinwies, dass er ihn – solle ihm einfallen, wo er das Gesicht schon einmal gesehen habe – anrufen könne. Und das zu jeder Tages- und Nachtzeit.

Es war wie der Wechsel vom Regen in die Traufe, als Madsen, Kimmel und Dr. Nintzel eine halbe Stunde später das gerichtsmedizinische Institut betraten und ihre Geruchsnerven abermals in den Genuss eines Potpourris aus Desinfektionsmitteln und Körperausdünstungen kamen.

Diesmal allerdings gewürzt mit einer kräftigen Prise Tod.

Trotz der fortgeschrittenen Tageszeit schien die gesamte Kelleretage menschenleer zu sein. Die fast schon gespenstische Stille wurde erst unterbrochen, als Madsen die schallgedämpfte Schiebetür zum Sektionssaal öffnete und ihnen plötzlich in ohrenbetäubender Lautstärke der Gefangenenchor aus Nabucco seine Sehnsucht nach der Heimat am Nil entgegenschmetterte.

»Ah, willkommen in Dr. Frankensteins Reich, sehr verehrte Damen und Herren!«, begrüßte sie der offensichtlich bestens gelaunte Assistent von Dr. Polt. »Wie Sie unschwer erkennen können, hat mein Chef heute ausnahmsweise keinen Menschen erschaffen, sondern einen Hund!«

Er deutete mit einer theatralischen Geste auf Professor Polt sowie den Rottweiler, der vor ihm auf einem der Obduktionstische lag. Die Beine des Tieres standen steif vom Körper ab, das Fell am Kopf war mit dunkelrotem geronnenem Blut verklebt, und die Augen stierten leblos ins Nichts.

»Darf ich vorstellen? Das ist Tyson!«, brummte Professor Polt mit einem überraschenden Anflug von Humor und tätschelte die Flanke des Kadavers.

»Wie passend! Schließlich sind dessen beste Zeiten auch vorbei!«, brummte Madsen.

Währenddessen ging er zum Schreibtisch und stellte die Musik leiser, denn jeder Takt des klassischen Meisterwerks jagte ihm ob seiner Kopfschmerzen einen unerträglichen Impuls durch seine zerebralen Nervenbahnen.

»Wie sieht's denn aus? Lässt sich an dem bedauernswerten Fiffi Blut des Täters finden?«, erkundigte er sich.

Professor Polt streifte sich mit einem schmatzenden Geräusch ein paar sterile Latexhandschuhe über, griff nach einem Skalpell sowie einem Wattestäbchen und beugte sich über den Kopf des Hundes. Dann schob er behutsam die Lefzen auseinander.

»Gutes Timing! Ich wollte just in diesem Moment das Gebiss untersuchen und eventuelle Blutrückstände extrahieren. Genug Fläche ist ja vorhanden, denn ein ausgewachsenes Hundegebiss ...«

»... besitzt zweiundvierzig Zähne!«, murmelte Kimmel und ergänzte, die verdutzten Blicke der Umstehenden bemerkend: »Mein Großvater hat früher selbst Hunde gezüchtet, daher weiß ich das. Und was die Verletzungen des Täters angeht: Da davon auszugehen ist, dass er mit seiner Flucht den Jagdtrieb des Tieres geweckt und ein Hund dieses Kalibers mit ziemlicher Sicherheit eine Schutzhundeprüfung absolviert hat, dürften sich die Bissverletzungen des Täters wahrscheinlich an den Armen befinden.«

Madsen nickte anerkennend. »Das sehe ich genauso! Hunde verbeißen sich in der Regel in dem Körperteil, der ihnen am nächsten ist. Und wenn der Täter tatsächlich wie vermutet Linkshänder ist, hat er mit der linken Hand die Stahlrute gehalten und zugeschlagen, während er mit der rechten das Tier abgewehrt hat, so gut es ging. Das bedeutet, dass sich die Wunden eigentlich am rechten Arm oder an der rechten Hand befinden müssten. Ich hoffe, Kollege Luras hatte bei seinen Nachfragen in Krankenhäusern oder Arztpraxen inzwischen Erfolg. Einen Biss von unserem Tyson flickt man unter Garantie nicht einfach selbst zusammen. Der Kerl muss sich früher oder später irgendwo in Behandlung begeben, da bin ich mir sicher. Jo, bitte kümmere dich nach unserer Rückkehr in die Inspektion darum, dass wir das der Presse mitteilen und über die polizeilichen Social-Media-Kanäle kommunizieren! In diesem Fall könnte es zur Abwechslung mal ganz hilfreich sein, die Öffentlichkeit mit ins Boot zu holen.«

In der Zwischenzeit war es Professor Polt gelungen, von den

Zähnen des Rottweilers eine ausreichende Menge getrockneten Blutes für eine DNA-Bestimmung abzustreichen. Dann zog er die Handschuhe aus und deutete auf das Gebiss.

»Aufgrund der großen Menge an Blut sowie der ausgeprägten Eckzähne dieses imposanten Exemplars dürfen wir – wie Sie gerade bar jedes medizinischen Wissens schon so treffend vermutet haben – davon ausgehen, dass der Täter pathognomonische Verletzungen erlitten hat. Das heißt, er dürfte die für einen Hundebiss so typische Kombination aus stichförmigen Einbissen und multiplen Risswunden aufweisen. Ich gebe Ihnen ferner recht, dass diese Verletzungen so gravierend sein dürften, dass eine medizinische Behandlung dringend erforderlich ist. Gleichwohl bezweifle ich sehr, dass der Täter einen Arzt oder ein Krankenhaus aufsuchen wird, denn auch ihm dürfte klar sein, dass es im Falle einer Meldung ein Leichtes für die Polizei sein wird, seine Wunden diesem bedauernswerten Canis lupus familiaris zuzuordnen. Deshalb vermute ich, der Täter wird die Selbstmedikation präferieren oder aber die Verletzung durch einen ihm ebenso vertrauten wie verschwiegenen Arzt durchführen lassen und seine Verletzung mit einem Verband kaschieren. Den kann er seinem direkten Umfeld immer noch mit einem Sportunfall oder etwas Vergleichbarem begründen.«

»Kann sein!«, stimmte Madsen dem Mediziner zu. »Aber wenn wir über die Presse kommunizieren, dass der Täter eine frische Verletzung am Arm hat, dürfte unser Mann ganz schön unter Druck …«

Er hielt inne, als sein Handy klingelte, und drückte die grüne Empfangstaste. »Ja, Udo, was gibt's? Wie bitte? – Verdammte Scheiße, das darf ja wohl nicht wahr sein! Wir kommen sofort! Wie ist die Adresse?« Er kritzelte den Straßennamen hektisch auf seinen Notizblock und steckte das Telefon wieder in die Tasche.

»Das war Klee!«, erklärte er den anderen mit leichenblassem Gesicht. »Er steht vor der Wohnung von Mandy Maschmeier. Und die ist seit heute Morgen spurlos verschwunden!«

FÜNFZEHN

Kommissar Klee hatte in Absprache mit Oberstaatsanwalt Dr. Agasiotis beschlossen, die potenziellen Opfer nicht nur unbemerkt aus der Distanz überwachen zu lassen, sondern sie vorher auch in einem kurzen persönlichen Gespräch über die Gefahr, in der sie unter Umständen schwebten, zu informieren. Selbstverständlich war das bewusste Platzieren der Zeitungsmeldung dabei mit keiner Silbe erwähnt, sondern lediglich auf die Übereinstimmung mit der offensichtlich vom Täter präferierten Zielgruppe hingewiesen worden.

Die meisten der Angesprochenen hatten auf die Sorge der Polizei eher amüsiert reagiert und betont, dass sie sich durchaus in der Lage sähen, auf sich selbst aufzupassen. Lediglich eine der gefährdeten Personen, ein pensionierter Schulrektor mit der Physiognomie eines Hobbits, schien in höchstem Maße verängstigt und hätte sich am liebsten in Embryonalstellung auf dem Rücksitz des Polizeifahrzeugs verkrochen.

Gegen neun Uhr hatte Klee dann an Mandy Maschmeiers mit einem Blumengesteck individualisierter Reihenhaustür im Zentrum von Starnberg geklingelt, um auch sie über die potenzielle Bedrohung sowie die polizeiliche Überwachung zu informieren. Nachdem auf mehrmaliges Läuten keinerlei Reaktion erfolgt war, hatte er mit Hilfe der Nachbarn ihren Arbeitsplatz, eine nahe gelegene Bäckereifiliale, eruiert und sich dort nach der jungen Frau erkundigt. Als ihn die Filialleiterin darüber in Kenntnis setzte, dass die junge Frau an diesem Morgen ohne Entschuldigung dem Dienst ferngeblieben war und dieses Verhalten angesichts ihrer sonstigen Zuverlässigkeit in höchstem Maße ungewöhnlich sei, hatten bei dem Ermittler alle Alarmglocken geschrillt.

Auch Madsen teilte Klees Einschätzung, dass die Situation unter diesen Umständen eine höchst bedrohliche war.

»Wenn diese Maschmeier wirklich in den Händen unseres

Täters ist, dann wäre das ganz dicke Scheiße! Und zwar eine Scheiße, die wir zu verantworten haben. Verdammt, ich hätte niemals gedacht, dass der Kerl so schnell reagiert.«

Seine Stimme klang dermaßen verzweifelt, dass Kimmel sich bemüßigt sah, einen Versuch des Trostes zu unternehmen.

»Wer sagt denn, dass sie in den Händen unseres Mörders ist? Vielleicht hat sie einfach nur spontan blaugemacht. Oder sie ist die Nacht bei einem Freund geblieben. Oder sie liegt mit einem Rausch auf der Eckbank irgendeiner Kneipe. Es kann tausend Gründe dafür geben, dass sie heute nicht arbeiten ist.«

Madsen lächelte sie dankbar, aber wenig überzeugt an. »Nett von dir, dass du mich aufbauen möchtest, Jo! Aber wenn wir mal ganz realistisch bleiben, müssen wir zugeben, dass einiges dafürspricht, dass uns, beziehungsweise in diesem Fall mir, die Situation völlig aus den Händen geglitten ist.«

Dr. Nintzel legte ihm die Hand auf die Schulter. »Okay, mag sein, dass dem so ist. Aber Selbstkasteiung bringt uns in dieser Situation keinen Schritt weiter! Außerdem haben wir die Entscheidung zu dritt getroffen – wenn, dann haben wir alle Schuld an dieser Misere! Ich schlage vor, wir schauen uns als Erstes in der Wohnung um. Von Gefahr im Verzug darf man ja hier wohl getrost ausgehen – eine richterliche Erlaubnis können wir uns also sparen.«

Madsen nickte und schickte sich an, das Schloss mit einem Dietrich, von denen er für solcherlei Fälle ein ledergebundenes Set in der Tasche trug, zu öffnen.

Dr. Nintzel schaute sich den Versuch einige Sekunden lang an, schob Madsen dann behutsam zur Seite, spannte seinen Körper kurz an und zertrümmerte die Verriegelung mit einem gewaltigen Drehkick. Verblüfft starrten die anderen auf den zerborstenen Türrahmen.

»Entschuldigung!«, grinste Dr. Nintzel verlegen. »Aber ich dachte, bei Gefahr im Verzug sollten wir uns eventuell ein wenig beeilen.«

Während Madsen den Profiler verblüfft anstarrte, fuhr Klee mit der Hand den geborstenen Türrahmen entlang und schüttelte feixend den Kopf. »Wie ich sehe, haben wir jetzt zwei Rambos im Team! Chef, wenn ich Ihnen einen gut gemeinten Rat geben darf: Schicken Sie Dr. Nintzel niemals gemeinsam mit Brandl auf Tour – sonst sieht Starnberg anschließend aus wie Dresden im Februar 1945!«

Das Erste, was die Ermittler in der Wohnung von Mandy Maschmeier erblickten, waren Kampfspuren. Ein umgerissener Schirmständer, einige Kleidungsstücke von der Garderobe sowie Scherben einer Glasschüssel lagen im Eingangsbereich auf dem Boden verstreut. Es war offensichtlich, dass der Entführer sein Opfer, das sich vehement gewehrt haben musste, hier überwältigt hatte.

Madsen stieg mit einem großen Schritt über die verstreuten Gegenstände und öffnete die Tür zum Wohnbereich.

Mandy Maschmeier war eine gute Hausfrau – zumindest ließ der Zustand der Wohnung dies vermuten. Das helle Fischgrätparkett glänzte frisch poliert, diverse Bücher, deren Barbara-Wood-Dichte bei annähernd hundert Prozent lag, standen akkurat ausgerichtet auf einem weiß lackierten Sideboard, die Sofakissen wiesen einen nahezu perfekt ausgemittelten Knick auf, und in der Luft lag ein Geruch von Zitrone und Glasreiniger.

Madsen rief sich kurz die Angaben aus der Polizeiakte in Erinnerung. Nach dem Tod ihres drogenabhängigen Lebensgefährten hatte die junge Frau ihren Sohn so schwer misshandelt, dass der Säugling an den Folgen multipler Verletzungen verstorben war. Aufgrund ihres extremen Alkoholkonsums war die junge Witwe seinerzeit wegen verminderter Schuldfähigkeit lediglich zu einer Bewährungsstrafe in Verbindung mit einer Langzeittherapie verurteilt worden.

Zumindest Letztere schien erfolgreich absolviert worden zu sein, denn nichts in der Wohnung deutete auch nur im Geringsten auf den Konsum von Alkoholika hin. Er warf einen Blick in die winzige, ebenfalls fast schon klinisch saubere Küche, doch auch hier waren nirgendwo Wein-, Bier- oder Schnapsflaschen zu entdecken. Stattdessen standen in einem Küchenregal ordentlich nach Farben sortiert sämtliche Tupperware-Modelle der letzten vier Dekaden.

Alles in allem wirkte die Wohnung so mustergültig wie ein Bingo-Abend im Pfarrsaal, und Madsen konnte sich des Eindrucks nicht erwehren, dass Mandy Maschmeier tatsächlich auf den Pfad der Tugend zurückgekehrt war – was den Täter jedoch nicht davon abgehalten zu haben schien, die Frau für ihre Taten zur Verantwortung zu ziehen.

Zurück im Präsidium, stellte Madsen sein Telefon auf die Zentrale um und verbat sich bis auf Weiteres sämtliche Störungen. Dann öffnete er das Fenster seines Büros, lehnte sich mit seiner schmerzenden Stirn an die kühle Fensterscheibe, atmete mehrfach tief durch und starrte gedankenverloren ins Leere.

Er fühlte sich schuldig.

Schuldig am Verschwinden, im schlimmsten Fall an der Ermordung einer jungen Frau. Dabei minderte die Tatsache, dass auch sie sich in der Vergangenheit der Tötung eines hilflosen Säuglings schuldig gemacht hatte, seine Selbstvorwürfe nicht im Geringsten. Statt wie beabsichtigt Leben zu retten, hatte er fahrlässig Menschenleben aufs Spiel gesetzt, indem er die entsprechenden Schutzmaßnahmen zu spät und zu unentschlossen angeordnet und durchgeführt hatte. Sollte der Frau ein Leid geschehen – und daran bestand seiner Ansicht nach kein Zweifel –, klebte ihr Blut an seinen Händen.

Und was das Gefühl, das Blut eines Menschen an den Händen zu haben, bedeutete und welche Folgen es haben konnte, das vermochte niemand besser zu beurteilen als Madsen selbst.

Der Kampf hatte knapp zwei Jahre zuvor im Boxkeller des Kultlokals »Zur Ritze« auf der Hamburger Reeperbahn stattgefunden. Eigentlich war es nur ein ganz normaler Sparringskampf gewesen, doch der junge Mann, der ihm damals gegenüberstand, war dermaßen von Ehrgeiz und Aggressivität erfüllt, dass die Auseinandersetzung zunehmend härter wurde. Kurz vor Ende der siebten Runde bahnte das Unheil sich dann mit einem übermotivierten und völlig unüberlegten Angriff des jungen Mannes an. Madsen konnte den stürmischen Schlägen ausweichen und gedachte lediglich mit einer kurzen Rechten zum Kopf seines Kontrahenten zu kontern, aber durch die Angriffsbewegung und den großen Schwung, den der junge Boxer in seinen Schlag gelegt hatte, war Madsens Faust viel härter in das Gesicht seines Gegners geprallt als geplant. Der Kopf war wie von einem Katapult beschleunigt nach hinten geschnellt und ungebremst auf dem Boden des Rings aufgeschlagen. Der blasse junge Mann, der gerade erst in der Blüte seines Lebens gestanden hatte, war kurz darauf im Ring verstorben – illuminiert vom Schein einer bunten Lichterkette und umgeben von einer abgewetzten, blutbefleckten Segeltuchplane.

Der Tod seines Gegners war ein Unfall gewesen, eine schicksalhafte Verkettung unglücklicher Umstände, und niemand – nicht einmal die Familie des Toten – hatte Madsen einen Vorwurf gemacht. Dennoch war sein Leben von jenem Moment an nicht mehr das gleiche wie früher, und es hatte vieler Monate psychotherapeutischer Behandlung sowie eines Umzugs von Hamburg nach Starnberg bedurft, um sein Seelenheil wieder ansatzweise zu erlangen. Und jetzt, gerade wo er – nicht zuletzt durch seine Partnerschaft mit Lissy – emotional wieder gefestigt zu sein schien, hatte er eine Entscheidung getroffen, die aller Wahrscheinlichkeit nach den Tod einer jungen Frau zur Folge haben würde. Madsen musste weder Psychologe noch Prophet sein, um zu wissen, dass er – falls Mandy Maschmeier tatsächlich ermordet werden würde – abermals in ein psychisches Loch fallen würde, gegen das der Marianengraben eine flache Ackerfurche war.

Nach mehreren Zigaretten, zwei weiteren hoch dosierten Kopfschmerztabletten und der Erkenntnis, dass Selbstmitleid der Lösung des Problems nicht zuträglich war, begab sich Madsen auf die Suche nach seinem Team, um die weiteren Arbeitsschritte zu koordinieren.

Klee war der Erste, den er in seinem Büro aufsuchte. Dieser

hatte inzwischen die Fahndung nach Mandy Maschmeier in die Wege geleitet und die Überwachung der anderen potenziellen Opfer noch einmal verstärken lassen. Die nötigen personellen Ressourcen waren angesichts der morgendlichen Ereignisse anstandslos von Dr. Agasiotis bereitgestellt worden. Darüber hinaus hatte Klee sich bei Luras erkundigt, ob inzwischen von irgendeinem Krankenhaus oder Arzt die Behandlung eines Hundebisses gemeldet worden war. Die Antwort war negativ, aber der diensteifrige Kollege war weiterhin bemüht, durch Telefonate mit klinischen Notaufnahmen und niedergelassenen Ärzten an entsprechende Informationen zu gelangen.

Auch um die Frage nach einem orientblauen BMW in unmittelbarer Nähe des Ortes, wo Hans Fichtinger überfallen worden war, hatte er sich bereits gekümmert. Mehrere Streifenpolizisten durchkämmten in seinem Auftrag die nähere Umgebung des Tatorts und führten unter den Anwohnern entsprechende Befragungen durch – allerdings bisher ohne Erfolg. In Ermangelung weiterer zielführender Maßnahmen schlug Klee vor, Dr. Hämmerle unter einem fadenscheinigen Vorwand einen kurzen Besuch abzustatten, um dessen körperliche Unversehrtheit zu überprüfen. Madsen stimmte dem Vorschlag nach kurzer Überlegung zu, auch wenn er sich hinsichtlich einer klaren Überführung Dr. Hämmerles wenig Hoffnung machte. Sollte es tatsächlich der Unternehmer sein, der für die Morde und die Entführung der jungen Frau verantwortlich war, so würde der sich mit an Sicherheit grenzender Wahrscheinlichkeit nicht selbst die Hände schmutzig machen.

Für so etwas gab es schließlich Leute, die viele Schulden und wenig Skrupel hatten.

Polizeiobermeister Brandl beendete seinen Telefonanruf, indem er fluchend den Hörer auf die Basisstation schmetterte.

»Scheiße! Alles Scheiße! Die Kollegen von der Spurensicherung haben rund um die Villa Rustica in Leutstetten jeden einzelnen Strohhalm umgedreht. Aber es gibt keine einzige weitere Spur. Das Gleiche in der Wohnung von dieser Maschmeier!

Keine Fingerabdrücke, keine Fußabdrücke, keine Dreckpartikel. Nichts! Der verdammte Typ scheint durch die Luft zu schweben.«

Madsen schüttelte enttäuscht den Kopf. »Und das, obwohl er so wenig Zeit für die Planung und Durchführung hatte. Entweder ist unser Mörder ein absoluter Glückspilz oder das größte kriminelle Genie, das ich je kennengelernt habe.« Er setzte sich auf die Kante des Schreibtisches und fuhr sich erschöpft durchs Haar. »Habt ihr schon was bei den Werkstätten rausgekriegt? Hat jemand seinen blauen BMW lackieren oder einen neuen Außenspiegel montieren lassen?«

»Beides negativ! Wir haben alle BMW-Vertragswerkstätten und so ziemlich jede kleine freie Werkstatt im Fünfseenland und in München kontaktiert. Fehlanzeige! Entweder fährt unser Mann immer noch mit dem kaputten Spiegel durch die Gegend, oder er hat sich die Schramme irgendwo privat lackieren lassen.«

»Verdammt!«, murmelte Madsen. »Uns läuft die Zeit davon, und wir stehen ohne einen einzigen erfolgversprechenden Ansatz da! Diese vage Hammerle-Geschichte, für die wir keinen wirklichen Beweis haben und die politisch ganz schnell zum Bumerang werden kann. Dazu der flüchtige Runge, der nach wie vor wie vom Erdboden verschluckt zu sein scheint und darüber hinaus kein Motiv hat. Es ist zum Kotzen! Ich bin gerade echt ratlos, wie wir weitermachen sollen! Und das Schlimmste ist: Während wir hier dumm rumstehen, schlitzt dieser Arsch vielleicht gerade der Frau die Bauchdecke auf!«

Als Madsen einige Minuten später an den Schreibtisch von Zirngibl trat, blickte er sich stirnrunzelnd um. »Wo ist denn Dr. Nintzel? Ich dachte, der säße hier bei Ihnen.«

Zirngibl nickte. »Tut er auch meistens. Aber im Moment kümmert er sich noch mal um diesen Leserbrief. Er wollte das Schreiben, beziehungsweise den Schreibstil, aufgrund der heutigen Ereignisse noch mal aus psychologischer Sicht unter die Lupe nehmen.«

Madsen kratzte sich am Kinn, an dem sich der sonst so gepflegte Drei-Tage-Bart inzwischen in einen wildwüchsigen Fünf-Tage-Bart verwandelt hatte. »Na ja, einen Versuch ist's wert! Wir müssen momentan nach jedem Strohhalm greifen! Vielleicht haben wir ja irgendwas übersehen, was uns weiterbringt. Wie sieht's bei Ihnen aus? Was haben Sie inzwischen?«

»Hunger!«, antwortete Zirngibl und grinste. »Und außerdem acht Namen!«

Madsen horchte interessiert auf. »Acht Namen? Was denn für welche? Unsere BMW-Halter? Das müssten doch eigentlich viel mehr sein.«

»Oh ja, das waren in der Tat mehr. Verdammt viel mehr! Diese acht bilden nur die Schnittmenge. Und zwar die Schnittmenge aus den Haltern eines orientblauen 3er-BMW, Baujahr 2010, und den Besitzern eines Privatflugzeugs beziehungsweise einer Pilotenlizenz.«

Madsen legte seinem Kollegen die Hand auf die Schulter.

»Zirngibl, Sie sind ein Ass! Das ist genau das, was wir gebraucht haben. Wie zum Teufel haben Sie das so schnell hinbekommen?«

Zirngibl lächelte vielsagend. »Nun ja, ich habe da so einen Vorgesetzten, der hat mir dermaßen Feuer unterm Hintern gemacht, dass ich Angst hatte, meinen Job zu verlieren, wenn die Liste nicht schnellstmöglich vorliegt.« Madsen errötete, doch Zirngibl winkte jovial ab. »Ist schon okay! Manchmal tut mir so ein Arschtritt gut. Was machen wir jetzt mit den Namen, die wir haben?«

Madsen dachte kurz nach, bevor er antwortete. »Auf jeden Fall lassen wir die als Erstes alle mal durch den Computer laufen, um zu checken, ob alte Bekannte mit irgendwelchen Vorstrafen dabei sind. Und dann bitte ich Sie, die Namen noch mal genau mit allem abzugleichen, was wir bisher haben. Zeugenaussagen, Leserbriefen, Forumsbeiträgen, Prozessakten und so weiter. Dr. Nintzel ist der festen Überzeugung, dass wir den Täter durch unsere Ermittlungen aufgeschreckt haben. Und er würde sich nicht wundern, wenn einer von uns sogar schon im Rahmen des Falles mit ihm gesprochen hätte. Aus seiner Sicht könnte der Täter sich schon alleine durch ein aus unserer Sicht völlig belangloses Gespräch in die Enge gedrängt fühlen – und deshalb seine Taten in immer kürzeren Abständen begehen. Deshalb gleichen Sie die neuen Namen und Fakten bitte noch mal ganz gründlich mit allen vorliegenden Zeugenbefragungen und Berichten ab – vielleicht fällt Ihnen ja ein Name ins Auge, der in irgendeiner Form schon mal in diesen Fall involviert war.«

Im selben Moment meldete Madsens Handy brummend eine eingehende WhatsApp-Nachricht. Sie war von Klee: »Hämmerle unverletzt. Auf Grundstück umgeschaut. Gärtner verschwunden. Hämmerle kündigt Beschwerde an. Scheißtag. Scheißfall. Mache Feierabend. Gruß UK«.

Madsen steckte das Smartphone resigniert in die Tasche. Auch wenn er im Grunde nichts anderes erwartet hatte, frustrierte ihn die Nachricht dennoch. Es war wie das samstägliche Lottospielen: Man hat bei rationaler Betrachtung keinerlei Chance auf den Hauptgewinn – und ist dennoch enttäuscht, wenn wieder einmal die falschen Zahlen verkündet werden.

Der Unterschied bestand lediglich darin, dass der Verlust beim Lotto allenfalls ein paar Euro betrug. In ihrem Fall hingegen stand das Leben eines Menschen auf dem Spiel.

»Sieh mal an! Der Herr Kriminalrat gibt sich mal wieder die Ehre!«, begrüßte Nick Trachte seinen Freund Madsen. »Lust auf ein bisschen Sparring? Heute ist unser bayerischer Meister da – wenn du magst, kannst du dich mal ein paar Runden mit ihm messen.«

Madsen schüttelte den Kopf, ohne das Tempo seines Seilspringens auch nur im Geringsten zu reduzieren. »Guter Vorschlag, Nick. Ein andermal gerne, aber heute ist mir nicht nach Sparring. Ich will einfach nur 'ne Stunde völlig geistfrei Seil springen, um mal was anderes als die Bürowände zu sehen und den Kopf freizubekommen.«

Trachte nickte verständnisvoll.

Er war der Besitzer des Münchner Boxwerks, eines der anerkanntesten Boxgyms in Deutschland. Trachte kannte Madsen seit dessen erstem Fall in Starnberg, und zwischen den beiden Männern hatte sich seitdem eine enge Freundschaft entwickelt. Auch wenn Madsen berufsbedingt wenig Zeit hatte, versuchte er dennoch, zumindest mit einer gewissen Regelmäßigkeit zum Training zu kommen – nicht nur weil er sich auf die Treffen mit Trachte freute, sondern weil das Gym mit seiner authentischen Old-School-Atmosphäre ihn immer wieder aufs Neue in seinen Bann zog.

Die Wände waren grob verputzt und tapeziert mit historischen Kampfplakaten aus aller Herren Länder. Zwischen den blockigen Steinsäulen des alten Industriebaus hingen zwei Dutzend Sandsäcke, die nur noch von Klebebändern und Titelträumen zusammengehalten wurden, und im Zentrum des Gyms standen zwei Boxringe, deren Canvasböden ob ihrer undefinierbaren Flecken von erbitterten Ringschlachten zeugten. Aus einem elektrischen Boxtimer ertönte alle drei Minuten ein metallisches Schnarren, und in der Luft lag ein olfaktorisches Konglomerat aus Schweiß, Leder und ehrlicher Arbeit.

Madsen hatte sich im Hantelbereich, abseits der schwitzenden und keuchenden Trainingsgruppe, ein freies Plätzchen gesucht und sprang dort Seil. Für ihn hatte Seil springen fast schon etwas Meditatives, was daran lag, dass ihn das Springen nicht sonderlich anstrengte. Die Fußballen gerade einmal eine Seildicke vom Boden bewegend, konnte er, ohne sich groß zu verausgaben, eine Stunde und mehr springen, was er vor allem dann oft machte, wenn er mal eine gedankliche Auszeit im Rahmen einer schwierigen Ermittlung benötigte.

So wie an diesem Abend.

Trachte, dem seine Gewohnheiten inzwischen bestens vertraut waren, blickte Madsen fragend an. »Wieder einen kniffligen Fall auf dem Tisch? Etwa den mit den ermordeten Kinderschändern? Hab davon im Radio gehört.«

Madsen nickte.

»Habt ihr schon eine Spur? Der Täter gibt ja ziemlich Gas – ist ein echter Wettlauf gegen die Zeit, oder?«

»Allerdings! Und genau das ist das Problem!«, erwiderte

Madsen, trotz des Seilspringens kein bisschen schwer atmend. »Wir machen alles uns Mögliche, aber der Typ scheint uns immer einen Schritt voraus zu sein.«

Er berichtete Trachte in kurzen Worten von dem misslungenen Angriff auf Hans Fichtinger und der Entführung von Mandy Maschmeier. Auch wenn er eigentlich keinerlei Interna an Außenstehende geben durfte, tauschte er sich dennoch gelegentlich mit Trachte über seine Ermittlungen aus, denn er wusste, dass er sich auf dessen absolute Verschwiegenheit verlassen konnte. Trachte hörte schweigend zu, die großflächig tätowierten Arme vor der Brust verschränkt.

Als Madsen seine Ausführungen beendet hatte, rieb er sich nachdenklich seinen grauen Bart. »Ich maße mir natürlich keinerlei Urteil über deine Kollegen an, aber könnte es nicht vielleicht sein, dass ihr einen Maulwurf in euren Reihen habt? Ich meine, ihr definiert aus einer ziemlich großen Menge an verurteilten Sexualstraftätern sieben als potenzielle Opfer und nehmt euch vor, diese zu ihrem eigenen Schutz überwachen zu lassen. Doch noch bevor ihr die entsprechenden Maßnahmen durchführen könnt – und wir reden hier nicht über Tage, sondern über ein Zeitfenster von ein paar Stunden –, wurden schon zwei davon überfallen. Für mich klingt das nicht nach Zufall.«

»Du meinst, jemand würde den Täter über unsere Ermittlungen informieren?« Madsen ließ das Springseil sinken und sah Trachte ungläubig an. »Und zwar jemand aus meinem Team? Ich glaube, du spinnst!«

»Wie gesagt …«, erwiderte Trachte und hob entschuldigend die Hände, »… ich kenne dein Team nicht. Für mich als Außenstehenden klingt es nur so, als seien die Aktionen des Täters kein Zufall. Und nachdem ihm – wie du gerade berichtet hast – auch von Leuten in deinem Team zumindest ein gewisses Verständnis für seine Taten entgegenschlägt, wäre es doch möglich, dass ihn jemand über die nächsten Schritte von euch informiert. Das muss ja auch nicht jedes Mal ein langer Anruf oder so was sein – eine kurze WhatsApp im entscheidenden Moment würde völlig ausreichen.«

Madsen verschränkte energisch die Arme vor der Brust. »Nie im Leben. Das würde kein Polizist machen. Und erst recht keiner aus meinem Team!«

»Wie du meinst, Mads! War ja auch nur so 'ne blöde Idee von mir!« Trachte schlug Madsen kraftvoll auf die Schulter und deutete dann auf sein Büro. »Ich muss wieder hoch, das Training für morgen vorbereiten. Lass uns demnächst mal wieder was zusammen trinken gehen. Ich hätte da nämlich noch eine Sache, die ich gerne mit dir besprechen würde.«

»Sehr gerne!«, antwortete Madsen, setzte das Seil wieder in Bewegung und verzog bei der Erinnerung an Trachtes Worte unwillig das Gesicht.

Ein Maulwurf. In seinem Team. Unmöglich. Dazu waren sowohl Dr. Nintzel als auch Zirngibl viel zu integer. Klee und Brandl mochten eine Menge Fehler haben, aber das heimliche Unterstützen eines Täters gehörte mit Sicherheit nicht dazu. Und Kimmel war Nichte und Zögling von Oberstaatsanwalt Dr. Agasiotis und damit über jeden Verdacht erhaben.

Nein, es konnte nicht sein.

Weil es nicht sein durfte.

Madsen schüttelte wie zur eigenen Bekräftigung erneut den Kopf. Doch irgendwo in seinem Schädel, versteckt im hintersten Winkel der Hirnrinde – dort, wo man beim Psycheputzen immer so schwer hinkommt –, hatte sich ein Wort festgesetzt.

Und das Wort lautete »Verrat«.

SECHZEHN

Asozialer Psychopath. Gestörter. Krimineller.
Asozialer Psychopath. Gestörter. Krimineller.
Asozialer Psychopath. Gestörter. Krimineller.

Immer und immer wieder las er den Artikel durch, unfähig, den Inhalt des Geschriebenen wirklich zu begreifen. Die Buchstaben verschwammen vor seinen Augen, tanzten in einem konfusen Wirrwarr durcheinander und verschmolzen zu einer amorphen typografischen Masse. Er konnte, nein, er wollte den Text nicht verstehen und negierte voller Ingrimm das Urteil, welches der Verfasser in seiner naiven Unwissenheit über ihn gefällt hatte.

Er atmete tief durch und versuchte, seiner Erregung Herr zu werden.

Die Person, die diese Absurdität zu Papier gebracht hatte, verdiente keinerlei Beachtung. Nicht einmal das Anrecht auf seine Wut stand dem Schreiber zu. Wer sich als so ignorant, so einfältig, so beschränkt im Denken erwies, der war es nicht wert, dass er sich auch nur eine einzige weitere Minute mit ihm beschäftigte. Denn Dummheit langweilte ihn. Die Interaktion mit Menschen, denen jegliches Quantum Intelligenz fehlte, bedeutete verlorene Zeit für ihn.

Zeit, die er weit besser zu nutzen gedachte.

Er warf einen Blick über die Schulter, als ein gedämpftes Stöhnen aus der Raumecke hinter ihm zu vernehmen war. Die Frau, die nackt auf dem kalten Betonboden lag, wand sich unter den Kabelbindern, die ihr an Hand- und Fußgelenken tief ins Fleisch schnitten. Ihr Blick war flehend, doch als sie in seine Augen schaute, verwandelte sich der kärgliche Rest von Hoffnung augenblicklich in tiefe Resignation. Er lächelte sie an, und sein Lächeln war furchteinflößender als jede Drohung.

Sie wusste es, und er wusste es.

Ihre Zeit war gekommen.

Er nahm den Cutter in die Hand, schob die scharfe Klinge heraus, bis sie mit einem metallischen Klicken einrastete, und zog mit dem Zeigefinger der freien Hand ganz langsam und bedächtig eine imaginäre Linie zwischen den Brüsten der Frau. Ihre Panik machte sich körperlich bemerkbar, und er registrierte amüsiert die versteiften Brustwarzen seines Opfers.

Ihre Weiblichkeit interessierte ihn. Nicht sexuell – das verbot sich angesichts ihrer schändlichen Vergangenheit von selbst. Nein, sein Interesse galt vielmehr dem von den bisherigen Erfahrungen sicherlich differierenden Verhalten im weiteren Verlauf der nun anstehenden Prozedur. Würde sich ein Frauenkörper beim Öffnen des Thorax genauso verhalten wie der eines Mannes? Würden sich die Lage der Organe und ihre Beschaffenheit als vergleichbar erweisen? Würde der Tod ähnlich langsam und qualvoll eintreten wie bei ihren beiden männlichen Vorgängern?

Er verspürte Neugier.

Eine Neugier, die die Vorfreude auf das nun Folgende noch weiter steigerte und ihn die Verärgerung über den Artikel kurzzeitig vergessen ließ.

Mit einer schwungvollen und in ihrer Perfektion fast schon als virtuos zu bezeichnenden Bewegung führte er die Klinge von der Kehle bis zum Ansatz der zu einem dünnen Streifen rasierten Schambehaarung. Dem austretenden Schwall von Blut und weißlicher Körperflüssigkeit versuchte er mit einem raschen Schritt zur Seite auszuweichen, wobei er mit seinem rechten Arm gegen die Wand stieß. Sofort schoss ein glühender Schmerz durch seinen Körper, und er spürte, wie sich die Wunde unter dem Verband wieder öffnete und zu bluten begann.

Leise fluchend trat er einen Schritt zurück, doch der Anblick, der sich ihm bot, versöhnte ihn augenblicklich. Ein amüsiertes Lächeln umspielte seine Lippen, als die vor ihm liegende, unter ihrem blutgetränkten Knebel wimmernde junge Frau nach Luft gierte. Sie zu richten erfüllte ihn mit tiefer Befriedigung – auch wenn der unsägliche Zeitungsartikel befürchten ließ, dass nicht jeder diese Empfindung verstehen oder gar teilen würde.

Und genau aus diesem Grund erschien es ihm auch unabdinglich, der Öffentlichkeit einen noch deutlicheren Hinweis auf seine wahre Intention zu präsentieren.

Nach reiflicher Überlegung hatte er beschlossen, sich dafür des gleichen Mediums zu bedienen wie jene, die die Legitimation seines Handelns so beharrlich verleugneten. Die seinen Geisteszustand in Frage stellten, weil sie seine Taten in ihrem von moralischen Prinzipien beschränkten Denken nicht zu würdigen wussten.

Er gedachte ein Zeichen zu setzen.

Ein Zeichen, welches zu erkennen sie nur dann in der Lage sein würden, wenn sie sich seinem gedanklichen Universum öffneten. Wenn sie verstehen und akzeptieren würden, dass sie sein Handeln mit ihrer Lethargie und Tatenlosigkeit selbst verursacht hatten. Dass *sie* es waren, die als Institution versagt hatten, als er ihren Beistand am dringendsten gebraucht hatte. Als er nach dem Tod seiner Mutter in einem Zustand und einem Alter war, in dem er ob seiner großen Verletzlichkeit des größten Schutzes bedurft hätte.

Doch ihm hatte man diesen Schutz nicht gewährt.

Man hatte ihm keine Chance gegeben, seinem Schicksal zu entkommen, wenn sein Erzeuger jeden Widerstand mit brutaler Gewalt gebrochen hatte. Wenn er Gott darum gebeten hatte, sterben zu dürfen, während die Bestie mit alkoholgeschwängertem Atem seinen kindlichen Körper schändete. Und wenn alles, was die aufgrund seiner Schmerzensschreie von den Nachbarn alarmierte Polizei getan hatte, ein paar belanglose Fragen waren, während er keine drei Meter entfernt gefesselt und geknebelt in einem Wandschrank gelegen hatte.

Dabei hätten die Beamten lediglich einen Blick auf den Schürhaken mit seinen Hautfetzen werfen müssen, auf die Besenstiele mit den Blutflecken oder auf die Ledergürtel mit seinen Zahnabdrücken. Sie hätten nach der Bedeutung der Hanfstricke an der Türklinke fragen können, nach der Herkunft der Dellen an der Kühlschranktür oder warum sich an den Beinen des massiven Küchentischs Stahlösen befanden. Sie hätten sich die Zeichnungen anschauen können, die er nachts heimlich im Schein der Taschenlampe anzufertigen pflegte, oder die blutverschmierten Taschentücher, die – dick umwickelt mit bunten Werbeprospekten – in der Papiertonne lagen. Sie hätten seine Lieblingskatze mit dem zertrümmerten Schädel aus dem Mülleimer herausfischen können oder die mit kleinen Fußbällen gemusterten Kinderunterhosen, aus denen man die großflächigen rotbraunen Flecken nicht mehr herauswaschen konnte. Sie hätten den Verbandskasten prüfen können, dessen Inhalt ausschließlich aus blutstillenden Utensilien bestand, oder die dickbäuchigen Alkoholflaschen, die zuerst leer getrunken und anschließend zur Penetration benutzt wurden. Im Grunde hätten sie einfach nur mit offenen Augen und gesundem Menschenverstand durch die Wohnung gehen müssen. Aber das hatten sie nicht getan. Kein einziges Mal.

Sie hatten ihre Chance.

Und sie hatten versagt.

Jetzt mussten sie akzeptieren, dass er dazu auserkoren war, diejenigen zu eliminieren, die anderen Menschen das antaten, was er als Kind zu erleiden hatte.

Er war der Liber Famulus des Todes.

Er war der Falke.

***

Madsens Arbeitszeiten nahmen inzwischen aus medizinischer und beziehungstechnischer Sicht bedenkliche Ausmaße an. Nahezu die komplette Nacht hatte er sich dem aktuellen Fall gewidmet, alle Anrufe von Lissy Berghammer ignoriert und irgendwann, als der Morgen bereits zu grauen begann, gefühlte zehn Minuten auf dem dafür deutlich zu schlecht gepolsterten Fußboden seines Büros geschlafen.

Nun war er bereits seit kurz nach sechs wieder auf den Beinen, und lediglich die vitalisierende Kombination aus kaltem Wasser und kalter Cola – das eine im Gesicht, das andere im Magen – ermöglichte es ihm, seinen Biorhythmus vorübergehend so weit zu überlisten, dass er sich zumindest ansatzweise zu konzentrierter Ermittlungsarbeit in der Lage sah.

So saß er zusammengesunken an seinem Schreibtisch, in seine Unterlagen vertieft und nach neuen Ansatzpunkten suchend, als seine Bürotür plötzlich so schwungvoll aufgerissen wurde, dass sie gegen die Wand knallte und ein dickes Stück Putz aus der Mauer brach.

»Was zum Teufel …?« Er starrte erbost auf Dr. Nintzel, der im Türrahmen stand und ein Blatt Papier durch die Luft schwenkte, als gelte es, einen Airbus A380 einzuweisen.

»Ich habe einen Hinweis vom Täter, wo wir die Maschmeier finden!«, keuchte der Profiler atemlos. »Er hat uns eine Nachricht geschickt!«

Madsen sprang so unkontrolliert auf, dass sein Stuhl mit lautem Poltern umkippte.

»Sie haben eine Nachricht vom Täter? Wie … ich meine, wo … also woher …?« Er stotterte vor Aufregung, während er Dr. Nintzel das Papier aus der Hand riss und den Text las.

Falk O. Tinnun sagt: Sucht die Schuldige bei dem Unschuldigen, und ihr werdet das Paradies finden!

Madsen blickte den Profiler ratlos an. »Was zum Teufel hat das denn zu bedeuten? Fängt der jetzt plötzlich an, Rätsel zu schreiben? Bitte sagen Sie mir, dass wir jetzt nicht auch noch so was wie eine Schnitzeljagd quer durchs Fünfseenland veranstalten müssen!«

Dr. Nintzel zuckte mit den Achseln. »Keine Ahnung! Ich schlage vor, wir trommeln sofort die ganze Truppe zusammen und überlegen gemeinsam, was das bedeuten könnte.«

Madsen nickte zustimmend und griff nach dem Telefon. Dass seine Hände dabei vor Aufregung schweißnass waren, bemerkte er erst, als ihm der Hörer fast aus den Fingern glitt.

Die Anspannung im Raum war nahezu mit Händen greifbar, als Dr. Nintzel an das Kopfende des Tisches trat, um dem Ermittlungsteam inklusive des eilig aus München herbeizitierten Oberstaatsanwaltes Dr. Agasiotis zu erläutern, wie er an den Hinweis des Täters gelangt war.

»Ich habe – wie mit dem Kollegen Zirngibl besprochen – den Brief dieses Falk O. Tinnun noch einmal ganz genau unter die Lupe genommen. Und wie ich heute Morgen an diesem Schreiben rumdoktere, fällt mir plötzlich siedend heiß ein, dass die Entführung von Mandy Maschmeier ja keineswegs die einzige Reaktion auf unseren provokanten Artikel sein muss. Wer sagt denn, dass sich unser Mann nicht zusätzlich noch mal an eine Tageszeitung wendet, um sich und sein Handeln zu erklären beziehungsweise zu rechtfertigen? Das ist ja eigentlich auch genau das, was wir im Vorfeld als Reaktion erhofft hatten. Wir haben diese Möglichkeit angesichts der aktuellen Ereignisse nur völlig aus den Augen verloren.«

»Nein, haben wir nicht!«, widersprach Madsen, der sich bei aller Sympathie für den Profiler den Vorwurf nachlässiger Ermittlungen nicht ohne Widerspruch gefallen lassen wollte. »Im Gegenteil! Da wir mit ziemlicher Sicherheit davon ausgehen können, dass sich unser Mann – falls er per Zeitung kommuniziert – an das Blatt von Trommer wendet, haben wir inzwischen alles Erforderliche in die Wege geleitet, damit wir schon abends die Satzfahnen der am nächsten Tag erscheinenden Ausgabe erhalten. Gestern Abend war nichts Verdächtiges drin, also hat er vor der morgigen Ausgabe keine Möglichkeit zur Veröffentlichung eines Leserbriefes. Höchstens online, aber auch da sitzen unsere Leute dran und überprüfen die entsprechenden Seiten im Netz.«

»Aber warum denn bis heute Abend warten?«, entgegnete Dr. Nintzel, den aggressiven Tonfall Madsens mit dem Großmut des Überlegenen ignorierend. »Der Verlag sammelt doch bereits ab letztem Redaktionsschluss der einen Ausgabe Material für die nächste. Und aus diesem Grund habe ich heute früh nachgefragt, ob über Nacht vielleicht schon Leserbriefe für die morgige Ausgabe eingegangen sind.«

»Gar nicht blöd, Doktor!«, lobte Brandl mit vollem Mund,

während er gleichzeitig einen großen Becher Kaffee und eine armdicke Rohrnudel in den Händen balancierte. »Allerdings klingt dieser eine Satz absolut nicht wie ein Leserbrief.«

»Kein Wunder – es ist ja auch keiner!«

Die anderen Teammitglieder starrten den Profiler verständnislos an, und dieser konnte sich, dem Ernst der Lage zum Trotz, ein breites Grinsen nicht verkneifen.

»Bei den Leserbriefen war nämlich absolut nichts Brauchbares dabei. Ich wollte die Sache gerade wieder sein lassen, da fiel mir plötzlich ein, dass es noch eine andere Möglichkeit gibt, persönliche Nachrichten per Zeitung zu übermitteln.«

Madsen schlug sich mit der flachen Hand vor die Stirn. »Na klar! Die Kontakt- oder Kleinanzeigen!«

Der Profiler nickte anerkennend. »Exakt! Also habe ich mich zur Kleinanzeigenannahme durchstellen lassen, und weil das Mädel dort eine ganz Pfiffige war, hatte ich kurz darauf eine Mail mit allen bisher für morgen eingegangenen Inseraten. Und bingo! Unser Mann hat sich tatsächlich zu Wort gemeldet – wenn auch zugegebenermaßen etwas kryptischer, als ich das erwartet hätte. Seinem geheimnisvollen Schreiben nach zu urteilen, scheint er aus irgendwelchen Gründen plötzlich Gefallen daran zu finden, sich mit uns zu messen. Anders kann ich mir dieses Rätsel nicht erklären, denn die Botschaft geht ja wohl ziemlich eindeutig an uns.«

Der Oberstaatsanwalt stand auf und klopfte Dr. Nintzel auf die breiten Schultern. »Das war eine ziemlich starke Leistung, lieber Doktor! Und eine, die genau zum richtigen Zeitpunkt kam. Ich werde sofort veranlassen, dass man versucht, den Absender dieser Kleinanzeige zu ermitteln, auch wenn ich mir ziemlich sicher bin, dass unser Täter clever genug war, alles absolut anonym zu beauftragen. Aber wer weiß – vielleicht hat er ja doch in irgendeiner Form Spuren hinterlassen.« Dann nahm er den Zettel vom Tisch und las den Text noch einmal laut vor. »›Falk O. Tinnun sagt: Sucht die Schuldige bei dem Unschuldigen, und ihr werdet das Paradies finden!‹ Was zum Teufel soll das bedeuten? Mit ›die Schuldige‹ dürfte ziemlich sicher diese Maschmeier gemeint sein. Aber wer ist ›der Unschuldige‹? Und was meint er mit ›Paradies‹? Madsen, ist der Begriff ›Paradies‹ im Verlauf dieses Falles schon mal irgendwo aufgetaucht?«

»Nein, paradiesisch war in diesem Fall bisher definitiv noch gar nichts!« Madsen fuhr sich nachdenklich durch die Haare, wonach seine Frisur der von Rod Stewart ähnelte. »Ich gebe Ihnen recht, dass mit der Schuldigen aller Wahrscheinlichkeit nach Mandy Maschmeier gemeint sein dürfte. Aufgrund ihrer Vergangenheit wird unser Täter sie nach wie vor als schuldig befinden. Der Unschuldige dagegen ist maskulin und Singular – demnach handelt es sich um einen Mann.«

»Oder um einen Jungen!«, unterbrach ihn Zirngibl unvermittelt und sprang aufgeregt von seinem Stuhl auf. »Genau! Das ist es! Er meint ihren Sohn! Völlig klar – der ist doch absolut unschuldig gewesen, als sie ihn zu Tode gequält hat. Und wie wir wissen, sieht sich der Täter als Rächer der Misshandelten. Das heißt, wir finden Mandy Maschmeier da, wo ihr Sohn ist. Und zwar auf dem Friedhof!«

»Verdammt, du hast recht!«, rief Klee mit hochrotem Kopf. »Friedhof macht absolut Sinn, denn der hat mit Sterben und Paradies zu tun! Außerdem gibt's da jede Menge Bäume, ergo vermutlich auch Nester. Weiß denn jemand, auf welchem Friedhof der Kleine begraben liegt?«

»Sekunde, das haben wir gleich!«, antwortete Madsen und griff gleichzeitig zu Jacke und Telefon.

Die zumeist betagten Besucher des Starnberger Waldfriedhofs traten erschrocken zur Seite, als Madsen und sein Team im Laufschritt durch den Eingang stürmten. Kevin Maschmeiers sterbliche Überreste befanden sich laut Aussage der Friedhofsverwaltung in einer zentral gelegenen Fläche, die ausschließlich der Bestattung von Jugendlichen und »stillen Geburten«, also Kindern, die vor, während oder kurz nach der Geburt verstorben waren, vorbehalten war. Der Weg, auf dem sich die Ermittler im Laufschritt der gesuchten Parzelle näherten, war gut befestigt, aber relativ schmal. Sie passierten die schlicht anmutende Aussegnungshalle sowie das üppig mit Kränzen dekorierte Denkmal zur Erinnerung an die Toten der beiden Weltkriege. Immer wieder zweigten kleine, verwinkelte Wege zu beiden Seiten ab, gesäumt von hohen, zumeist dicht gewachsenen Laub- und Nadelbäumen. Zwischen den Gräbern wucherten mannshohe Muschelzypressen, deren üppiger Wuchs im Licht der aufgehenden Sonne lange Schatten auf die darunterliegenden Gräber warf.

Es dauerte nicht lange, bis Madsen den Bereich der Kindergräber gefunden hatte. Die Vorschriften zur Wahrung der Totenruhe ebenso ignorierend wie die strafenden Blicke der Friedhofsbesucher, rief er sein Team lautstark zu sich und deutete nach oben. Die Motivation des Täters, sich genau für diese Örtlichkeit zu entscheiden, schien geradezu offensichtlich, denn über die Kindergrabstätten ragten mehrere große Laubbäume. Daneben standen einige Koniferen gleicher Höhe, und da sich die Äste der unterschiedlichen Bäume im Laufe der Jahre zu einer gewaltigen, ineinander verschlungenen Krone verwachsen hatten, wirkte das Blatt- und Nadelwerk wie ein großer, natürlicher Baldachin für die Kindergräber.

»Ich wette, irgendwo dort im Geäst werden wir ein Vogelnest finden«, keuchte Dr. Nintzel, den der Spurt vom Parkplatz trotz – oder gerade wegen – seines muskulösen Körperbaus erschöpft hatte. »Vermutlich eines, von dem man freien Blick auf das Grab des Kindes hat. Das wäre zumindest die perfekte Symbolik und würde hervorragend zu den bisherigen Fundorten passen!«

Madsen stimmte nach einem kurzen prüfenden Blick auf die weit über zwanzig Meter großen Bäume zu. Er hatte während der Fahrt von den Kollegen im Revier die Luftaufnahmen von Kimmels Helikopterflug überprüfen lassen. Wäre dort ein Nest aufgeführt gewesen, hätte das ihre Suche immens erleichtert, doch zu seiner großen Enttäuschung war rund um den Friedhof kein Nest lokalisiert worden. Allerdings schloss das nicht zwangsläufig aus, dass sich in den dichten Baumwipfeln von oben uneinsichtig dennoch ein Greifvogelhorst befand. Er griff nach seinem Handy und orderte über die zentrale Leitstelle einen Leiterwagen der städtischen Feuerwehr – und das mit höchster Priorität.

In der Zwischenzeit hatten sich Brandl, Klee, Kimmel und Zirngibl zwischen den Gräbern verteilt, um nach dem Grab des Sohnes von Mandy Maschmeier zu suchen. Während in der Mitte der Fläche eine große, aus hellem Marmor bestehende Steinsäule thronte, gab es bei den einzelnen Gräbern keine aufgestellten Grabsteine. Stattdessen waren die meisten der Ruhestätten mit flach liegenden Natursteinen oder kleinen Kieselsteinhaufen geschmückt, auf denen der Name des verstorbenen Kindes, sein Sterbedatum und persönliche Abschiedsworte der Hinterbliebenen in bunten Lettern aufgemalt waren. Manche Gräber waren zudem mit farbigen Windrädern dekoriert, auf anderen lagen kleine Teddybären oder Matchbox-Autos, und wieder andere waren mit selbst gebastelten Holzfiguren und kindlichen Engelsfiguren geschmückt.

Zirngibl näherte sich einem auffälligen Grab mit einem Miniaturleuchtturm und einem steinernen schwarz-weißen Fußball zwischen den Pflanzschalen, doch obwohl es sich laut Beschriftung des herzförmigen Grabsteins um die letzte Ruhestätte eines Jungen handelte, war es nicht die von Kevin Maschmeier.

Dafür ertönte hinter ihm ein triumphierender Aufschrei. Jo Kimmel hatte Kevins Namen auf einem verwitterten Naturstein entdeckt.

Die Grabstätte des Kindes befand sich im Gegensatz zu den anderen Gräbern in einem erbärmlichen Zustand. Unkraut wucherte über einem zerbrochenen Tontopf, verdorrte Bodendecker kämpften zwischen verfaultem Laub ums Überleben, und der anthrazitfarbene Flusskiesel war so üppig mit Moosflechten überzogen, dass die darin eingemeißelten Daten des Kindes nur mühsam zu entziffern waren. Unter dem Namen standen Geburts- und Sterbedatum, und die erschreckend geringe Differenz zwischen diesen beiden Zeitangaben ließ alle Teammitglieder in tiefer Betroffenheit verharren.

Madsen war der Erste, der den kurzen Moment der Stille unterbrach. »Sehr seltsam! Wenn man bedenkt, wie picobello die Wohnung von dieser Maschmeier aussah, hätte ich einen solchen Zustand des Grabes nicht erwartet. Offensichtlich hat sie sich nach seinem Tod genauso wenig um den Jungen gekümmert wie vorher. Aber wir haben momentan leider keine Zeit, uns mit dieser traurigen Tatsache weiter zu beschäftigen.« Er blickte zu Klee und Kimmel. »Udo und Jo, ihr untersucht das Grab und sein direktes Umfeld. Vorne, hinten, oben und unten. Von mir aus könnt ihr auch graben – Hauptsache, wir finden, was wir suchen!«

»Und was genau suchen wir?«, erkundigte sich Kimmel vorsichtig.

»Gute Frage! Ich weiß es selber nicht genau!«, antwortete Madsen achselzuckend. »Aber wenn wir die Sache ganz realistisch sehen, wird es wohl wieder auf irgendwelche Organe hinauslaufen.« Er deutete in Richtung des umstehenden Laub- und Nadelgehölzes. »Der Rest klappert mit mir die Bäume ab. Vielleicht haben wir Glück und können schon von unten was sehen. Ansonsten kommt hoffentlich bald dieser verdammte Leiterwagen, damit wir auch oben in den Baumkronen suchen können.«

Wie aufs Stichwort ertönte in diesem Moment der sich nähernde Klang eines Martinshorns, und bereits kurz darauf fuhr ein zwischen den zierlichen Grabanlagen gigantisch wirkendes Einsatzfahrzeug der Freiwilligen Feuerwehr Starnberg auf die Gruppe zu. Der Wagen verfügte über beachtliche Ausmaße, und es bereitete dem Fahrer sichtlich Mühe, sein Gefährt so zu steuern, dass die riesigen Zwillingsreifen die Gräber und Befestigungssteine rechts und links des schmalen Schotterwegs nicht beschädigten.

Nach einer kurzen Begrüßung erklärte Madsen dem verantwortlichen Truppführer der Feuerwehr in wenigen Worten den Sachverhalt, worauf dieser den Maschinisten anwies, die Stabilisierungsstützen auszufahren und den Teleskoparm seitlich zu schwenken, damit er gemeinsam mit dem Kriminalrat den Rettungskorb besteigen konnte. Die anderen Mitglieder aus Madsens Team verteilten sich in der Zwischenzeit unter den Bäumen und versuchten von dort, im Gewirr der dichten Äste etwas Außergewöhnliches zu entdecken.

»Sie müssten sich bitte mit diesem Gurt sichern, Herr Kriminalrat!«, wies der Truppführer Madsen an, während sie langsam in die Höhe fuhren. »Wenn der Korb seine Position verändert, kann es mitunter ganz schön wackeln.«

Es dauerte weit über eine Stunde, bis die beiden Männer im Korb sämtliche Baumkronen ebenso gründlich wie ergebnislos abgesucht hatten. Das Basisfahrzeug hatte dabei mehrfach die Position wechseln müssen, und obwohl der Fahrer des Wagens erkennbar um vorsichtiges Manövrieren bemüht war, sah das Friedhofsareal anschließend aus, als hätte der örtliche Motorsportclub darauf ein Motocrossrennen veranstaltet.

Madsen brach die Suche schließlich ab, denn auch seine Teammitglieder konnten keinerlei positive Ergebnisse vermelden. Und das, obwohl Klee und Kimmel zum Entsetzen der inzwischen zahlreich anwesenden Schaulustigen sogar mit bloßen Händen einen Teil der Erde von Kevin Maschmeiers Grab weggeschaufelt hatten. Die Euphorie über das vermeintliche Wissen um den Fundort der vermissten Person – oder ihrer Organe – war ob der vergeblichen Bemühungen einem Gefühl tiefer Niedergeschlagenheit gewichen.

Zirngibl legte Madsen tröstend die Hand auf den Arm. »Offensichtlich haben wir bei der Interpretation des Textes irgendwas falsch gemacht. Das ist zwar beschissen, kann aber vorkommen! Es wird wohl jetzt das Beste sein, Chef, Sie fahren mit dem Team zurück ins Revier und gehen den Text noch mal Wort für Wort durch. Ich übernehme inzwischen hier die organisatorischen Dinge und komme dann schnellstmöglich nach.«

Madsen nickte dankbar. Er hatte den heraneilenden, erbost gestikulierenden Mitarbeiter der Friedhofsverwaltung ebenfalls wahrgenommen und war nicht unglücklich darüber, dass der besonnene Polizeihauptmeister anbot, sich seiner anzunehmen. Madsen selbst befand sich nämlich inzwischen in einer Gemütslage, die sich irgendwo im psychologischen Niemandsland zwischen »Pulsadern aufschneiden« und »einem Hundewelpen acht Kugeln in den Kopf jagen« bewegte.

Es war kurz nach fünfzehn Uhr, als sich das Team mit Ausnahme von Zirngibl abermals im Besprechungsraum des Polizeireviers Starnberg versammelte. Brandl schlug vor, Pizza zu bestellen, aber da außer ihm niemand der Anwesenden Hunger verspürte, wurde der Vorschlag unisono abgelehnt, und Brandl musste sich mit diversen halb geschmolzenen Schokoriegeln, die er aus den Tiefen seiner Kleidung hervorkramte, zufriedengeben.

Madsen schrieb den Text der Kleinanzeige nochmals wörtlich auf das Flipchart.

Falk O. Tinnun sagt: Sucht die Schuldige bei dem Unschuldigen, und ihr werdet das Paradies finden!

Dann setzte er sich ans Kopfende des Tisches und legte die Hände zusammen, als betete er.

»Lasst uns noch mal ganz in Ruhe überlegen, was dieser Satz bedeuten könnte. Unsere erste Vermutung war zwar ziemlich gut – aber leider offensichtlich auch ziemlich falsch! Mit der Schuldigen, da waren wir uns ja alle ziemlich einig, meint er Mandy Maschmeier. Bliebe also zu klären, wer der Unschuldige ist. Irgendwelche Vorschläge?«

Als alle anderen schwiegen, ergriff Dr. Nintzel das Wort. »Wer oder was ist denn das klassische Symbol für Unschuld? Als Erstes doch mal Kinder, oder? Bei kleinen Kindern spricht man immer von Unschuld! Was mich allerdings irritiert, ist die Einzahl. Er spricht ganz explizit von einem Unschuldigen. Damit kann er eigentlich nicht Kinder per se meinen, sondern er bezieht sich auf ein spezielles.«

»Womit wir wieder ganz schnell bei dem Sohn von Mandy Maschmeier wären!«, führte Klee Dr. Nintzels Gedankengang fort. »Aber das Grab des Jungen ist es ja nun mal definitiv nicht. Und sonst ist von dem armen Kerl nicht mehr allzu viel übrig.«

Madsen nickte zustimmend. »Das klingt so, wie du es sagst, zwar etwas gefühlskalt, aber im Grunde hast du recht! Gäbe es denn irgendeinen anderen Platz, der für den Kleinen typisch wäre oder als symbolisches Zeichen herhalten könnte?«

Klee schüttelte verneinend den Kopf. »Im Kindergarten war der Kleine noch nicht, sein altes Kinderzimmer, beziehungsweise das komplette Haus von damals, existiert nicht mehr, und sonst hat der arme Wurm nicht viel von der Welt gesehen außer seiner Wippe und dem Krankenhaus. Und das dürfte wohl kaum das Ziel unseres Täters sein!«

»Aber um völlig sicherzugehen, sollten wir das Dach des Krankenhauses und die Kinderstation auch noch mal abchecken. Und zwar sowohl auf den Luftaufnahmen als auch durch persönliche Überprüfung – sicher ist sicher!«, entschied Madsen und gab per Telefon umgehend entsprechende Anweisungen an die Kollegen vom Streifendienst.

»Wir dürfen bei der ganzen Geschichte nicht außer Acht lassen ...«, sinnierte er anschließend laut, »... dass unser Mann diesmal nicht allzu viel Zeit hatte. Besonders aufwendiges Drapieren des Leichnams – mal ganz pessimistisch davon ausgehend, dass er den Mord bereits begangen hat – ist diesmal nicht drin gewesen. Trotzdem wird er auf seine Falkensymbolik auch diesmal nicht verzichtet haben. Das spricht für ein relativ einfach zu erreichendes Ziel.«

»Wovon er mit Sicherheit einige in petto hat!«, ergänzte Klee. »Der Kerl hat sich im Vorfeld bereits gut vorbereitet, davon darf man getrost ausgehen. Trotzdem haben Sie recht, Chef – er wird sich große Inszenierungen zeitlich nicht leisten können. Mir spukt die ganze Zeit diese Paradies-Geschichte im Kopf rum. Ob unser Mann vielleicht irgendeinen christlichen Bezug herstellen möchte? Ist jemand hier im Team bibelfest?«

Brandl winkte ab. »An dieser Stelle klinke ich mich aus. Ich habe mit Kirche nichts am Hut!«

»Das wundert mich nicht!«, grinste Klee. »Vermutlich sind dir die Hostien zu klein, oder? Würden die bei der Eucharistie Spanferkel verteilen, wärst du vermutlich schon längst Vorsitzender der Bischofskonferenz!«

Die anderen im Raum lachten trotz der spürbaren Anspannung, worauf Brandl irgendetwas Unverständliches brummte und Klee einen Vogel zeigte.

Als Madsen leise vernehmen ließ, dass er sich mit der Bibel relativ gut auskenne, erstarb das Gelächter im Raum und wich einem verblüfften Schweigen.

»Sie sind bibelfest, Chef?«, fragte Klee erstaunt. »Das hätte ich ehrlich gesagt nicht erwartet!«

»Na ja, ich habe zu Kirche und Glauben so eine ganz eigene Meinung!« Madsen grinste verlegen. »Ich drück's mal so aus: Nur weil mir das Bodenpersonal nicht zusagt, muss man ja nicht gleich die ganze Fluggesellschaft ablehnen. Und außerdem habe ich festgestellt, dass die Bibel eine zum Teil verdammt spannende Lektüre ist. Allerdings ist das Ganze inzwischen schon etwas langer her, und ich hab die Details nicht mehr so auf dem Schirm, deshalb kann ich mich an irgendeinen Zusammenhang von Greifvögeln und Paradies beim besten Willen nicht mehr erinnern. Jo, tu mir bitte den Gefallen und googel in deinem Handy mal nach dem Begriff ›Paradies‹! Vielleicht gibt es ja weitere Bedeutungen oder Orte, die uns bisher völlig unbekannt sind.«

Die junge Beamtin, die sowieso gerade an ihrem Smartphone getippt hatte, nickte, gab »Paradies« in die Google-Suchmaske ein und zählte anschließend die Suchergebnisse auf.

»›Paradies‹ steht für eine antike Gartenanlage, den biblischen Garten Eden, das irdische Paradies als religiöse Vorstellung, das Reich Gottes, das Neue Jerusalem und – ah, das könnte interessant sein – für Vorhallen am Eingang von Kirchen, auch ›Narthex‹ genannt. Sekunde, da ist ein Link!«

Sie wartete, bis sich die entsprechende Seite geöffnet hatte, und las dann die Definition wörtlich vor:

»Mit Paradies oder Narthex bezeichnet man einen in altchristlichen und byzantinischen Basiliken über die ganze Breitseite reichenden, schmalen Vorraum in Form einer eingeschossigen Vorhalle, die mit dem Kirchenschiff durch Bogenstellungen verbunden ist.«

Madsen blickte sie nachdenklich an.

»Sicher, die Vorhalle einer Kirche würde ganz gut passen, vor allem weil sie so unkompliziert zu erreichen wäre. Aber wo ist hier der Bezug zu Falken?«

»Aber ich finde, der Text in der Kleinanzeige würde trotzdem gut zu einer Kirche passen«, widersprach Jo Kimmel errötend. »Schließlich ist Jesus nach christlichem Glauben unschuldig am Kreuz gestorben, er ist also der Unschuldige schlechthin.«

Klee nickte zustimmend. »Jos Idee hat was! Jesus als den Unschuldigen zu bezeichnen, halte ich auch für absolut schlüssig. Ich habe trotzdem das Gefühl, dass der Hinweis wesentlich expliziter ist. Die Vorhalle einer beliebigen Kirche, von der es in Oberbayern Hunderte gibt, erscheint mir viel zu ungenau und subtil. Der Typ will doch, dass wir sie finden! Außerdem sollte die Kleinanzeige ja erst morgen früh erscheinen. Der kann doch nicht eine Frau – oder im schlimmsten Fall deren Organe – einen ganzen Tag und eine ganze Nacht in einer Kirchenhalle rumliegen lassen.«

»Was die Frage aufwirft, ob der Täter die Leiche oder die Organe überhaupt schon irgendwo platziert hat. Oder ob er nur den Text aufgegeben hat und die restliche Arbeit – nämlich das Verstecken der Leichenteile – erst in der kommenden Nacht machen will«, mischte sich Brandl mit vollem Mund in die Diskussion ein.

»Ein guter Gedanke!«, murmelte Madsen und nagte gedankenverloren an einem Fingernagel. »Daran hatte ich noch gar nicht gedacht! Das würde bedeuten, dass wir zum jetzigen Zeitpunkt völlig umsonst suchen. Trotzdem: Die Möglichkeit, dass er sein Werk schon vollendet hat, besteht, und deshalb würde ich sagen, wir suchen mit Volldampf weiter.«

Er wandte sich wieder der jungen Polizeioberwachtmeisterin Kimmel zu. »Was ist denn mit geografischen Örtlichkeiten namens ›Paradies‹? Gibt es da im Internet auch irgendwelche Angaben?«

»Na klar, Chef, im Internet gibt es alles. Na ja, fast alles!« Sie zog wieder ihr Smartphone zurate und las abermals vor, was auf dem kleinen Monitor aufgeführt war. »Paradies ist auch ein Stadtteil von Koblenz ...«

»Kalt!«, warf Klee ein, worauf Madsen ihn mit einem tadelnden Blick bedachte.

»... ein Bahnhof in Jena«, fuhr Kimmel fort, »ein Dorf in Polen, bla, bla, bla, Schweiz, Kärnten, Baden-Baden ... ah, jetzt wird es geografisch wieder etwas interessanter! Paradies ist auch ein Ortsteil von Lindau am Bodensee, ein Ortsteil von Markt Rettenbach im Unterallgäu und ein Ortsteil von Teisendorf im Berchtesgadener Land. Liegt alles in Bayern!«

»Aber alles ziemlich weit weg und ohne jeglichen Zusammenhang zu unseren bisherigen Ermittlungen!«, seufzte Madsen und stützte enttäuscht seinen Kopf auf die Hände. »Verdammt, warum gibt es denn kein Paradies, das hier im direkten Umfeld ...?« Er verharrte plötzlich wie vom Donner gerührt. Dann schlug er mit der Faust auf den Tisch, dass alle Anwesenden zusammenzuckten. »Natürlich! Und ob es das gibt! Verdammt, warum habe ich da nicht schon früher dran gedacht? Es gibt ein Paradies am Starnberger See! Da laufe ich bei meinen morgendlichen Joggingrunden immer vorbei. Gott, bin ich blöd, dass mir das jetzt erst einfällt!«

»Ein Paradies am Starnberger See?« Klee, der erst vor Kurzem von München nach Starnberg versetzt worden war und mit den Örtlichkeiten rund um den See deshalb noch nicht sonderlich vertraut war, blickte seinen Vorgesetzten mit aufgerissenen Augen an. »Das würde ja perfekt passen! Und sich mit allem decken, was wir bisher rausgefunden haben. Wo genau liegt dieses Paradies?«

Jo Kimmel hatte bereits die Begriffe »Paradies« und »Starnberger See« in Google Maps eingegeben, und als die Kartenansicht des Ortes auf dem Display erschien, umringten die anderen Teammitglieder sie wie islamische Pilger die Kaaba.

»Paradies ist ein Erholungsgebiet in Possenhofen, zwischen Starnberg und Feldafing. Da gibt es laut Web eine große Badewiese mit Seezugang und Stegen am Wasser, einen Beachvolleyballplatz, einen Kinderspielplatz, ein Schloss, eine Jugendherberge ...«

Klee unterbrach die Aufzählung atemlos. »Und gibt es da vielleicht auch eine Kapelle? Oder eine Kirche?«

»Meines Wissens gibt es zwei!«, ließ sich Brandl vernehmen, der sich als gebürtiger Starnberger maßlos darüber ärgerte, dass ihm der Zusammenhang zwischen dem Possenhofener Paradies und dem Anschreiben des Täters nicht aufgefallen war. »Und zwar einmal eine kleine Kapelle in Possenhofen, die Fischerkapelle, aber die steht nahe der Hauptstraße, direkt zwischen Privathäusern und gegenüber von einem Gasthof. Keine Chance, da unbemerkt Leichenteile zu drapieren. Erstens sind die Anwohner dort viel zu aufmerksam, und zweitens tummeln sich da jetzt um die Jahreszeit immer noch eine Menge Touristen. Und dann gibt es noch die Schlosskapelle, die sich – wie ihr Name schon sagt – auf dem umzäunten Gelände des Possenhofener Schlosses befindet. Und die damit für Leute, die nicht im Schloss wohnen, nicht erreichbar ist.«

»Verdammt!«, fluchte Madsen. »Das hätte so gut gepasst. Trotzdem: Die Location erscheint mir vielversprechend. Gibt es denn außer Kirchen oder Kapellen vielleicht noch andere religiöse Symboliken?«

»Wenn ich an meinen Firmunterricht zurückdenke, würde mir noch Maria mit ihrer Unbefleckten Empfängnis einfallen. Rein wissenschaftlich zwar höchst unwahrscheinlich, aber für die katholische Kirche gilt sie als jungfräulich, also mit anderen Worten: als unschuldig!«, antwortete Kimmel. »Na ja – und dann gibt's natürlich noch das Kreuz an sich als Symbol! Gerade auf dem Land stehen doch oft solche Wegkreuze mit Jesus-Figuren. Vielleicht meint der Täter auch so was?«

»Kreuz ist eine gute Idee, Jo!«, stimmte Klee seiner jungen

Kollegin zu. »Die stehen doch auch oft am Ende dieser Pilgerwege oder wie das heißt! Die geht man, glaube ich, an Ostern. Oder an Karfreitag. Ich kenne mich da nicht so gut aus, hab aber mal gelesen, dass es gerade in Bayern solche Hügel gibt, auf denen die Gläubigen dann die einzelnen Stationen von Jesus' Kreuzigung nachgehen. Ich habe allerdings keine Ahnung, wie genau die heißen und ob es so was vielleicht auch in der Nähe von diesem Paradies gibt!«

»Und ob es das gibt!«, triumphierte Kimmel und reckte ihr Handy in die Luft, als präsentiere sie den FIFA-WM-Pokal. »Die heißen Kalvarienberge, und ich habe gerade nach der Kombination von ›Possenhofen‹, ›Paradies‹ und ›Kalvarienberg‹ gegoogelt. Und jetzt hört euch diesen Text an: ›Der Kalvarienberg in Possenhofen ist ein lohnendes Ausflugsziel. Eingefasst von jahrhundertealtem Baumbestand, stehen auf seinem Gipfel drei riesige Kreuze – sicherlich eine der beeindruckendsten Darstellungen der Kreuzigung Jesu in ganz Oberbayern.‹«

Als Kimmel ihren Kollegen zusätzlich das zu dem Artikel gehörige Bild zeigte, herrschte für einen kurzen Moment Stille, bevor sich Dr. Nintzel als Erster fasste.

»Das muss es sein!«, stieß er aufgeregt hervor. »Eine lebensgroße Jesus-Darstellung, drei riesige Kreuze, eine Marienstatue, eine Lichtung mit hohen Bäumen drum herum, das Ganze einen Steinwurf von einem Erholungsgebiet namens Paradies entfernt und trotzdem total einsam. Ich fresse einen Besen, wenn das nicht der Platz ist, den wir suchen!«

Auch Madsen schien die Stimmigkeit dieser Örtlichkeit zu überzeugen.

»Okay, Leute – wir schauen uns das genauer an! Ich schlage vor, dass wir nach dem Fiasko auf dem Friedhof ab jetzt nicht mehr sofort mit dem gesamten Geschwader ausfliegen. Wir teilen uns deshalb auf! Dr. Nintzel, Brandl und Udo, ihr kommt mit mir! Jo, du hältst hier die Stellung und wartest auf Zirngibl! Nutzt die Zeit und denkt weiter über die Formulierung in dem Brief nach – vielleicht liegen wir mit unserer Vermutung ja auch wieder völlig falsch! Wühlt euch noch mal durch die Zeugenbefragungen, vergleicht noch mal alle bisherigen Erkenntnisse mit unseren neuen Vermutungen und hakt bei der Gelegenheit auch noch mal nach, was die Ärzte und Krankenhäuser angeht. Und schaut nach, was bisher an Meldungen aus der Bevölkerung auf unseren Aufruf eingegangen ist – vielleicht gibt es inzwischen ja schon sachdienliche Hinweise. Wenn euch irgendwas ein- oder auffällt, was es wert ist, weiterverfolgt zu werden, gebt uns kurz Bescheid und macht dann sofort auf eigene Faust weiter. Ich möchte keine Minute Zeit verlieren!«

Madsen streifte sich seine Lederjacke über und griff nach seinem Helm.

»Also los, ihr drei! Schnappt euch einen Streifenwagen und dann Abflug! Wollen doch mal sehen, ob wir mit unserer paradiesischen Vermutung richtigliegen!«

Die Entfernung von der Polizeiinspektion Starnberg zum Badegelände Paradies in Possenhofen betrug laut Navigationssystem fünf Komma drei Kilometer und war mit einer Fahrtzeit von zwölf Minuten angegeben.

Madsen und seine drei Kollegen brauchten acht.

Autos, die trotz Blaulicht und Sirene nicht schnell genug an den rechten Fahrbahnrand auswichen, wurden in halsbrecherischen Manövern überholt, in Tour-de-France-Trikots gewandete Amateurradler in grenzwertiger Weise geschnitten, und obwohl der unebene Fahrbahnbelag Madsens Harley und den vorausfahrenden Streifenwagen mitunter fast abheben ließ, wurde das Tempo nicht reduziert, bis sie die weitläufigen Wiesen des Possenhofener Badegeländes erreicht hatten. Der Aufgang zum Kalvarienberg begann ein kleines Stück weiter auf der rechten Straßenseite, und in Ermangelung von Parkplätzen ließen Madsen und seine Kollegen Motorrad und Streifenwagen einfach mit aktiviertem Blaulicht mitten in der Zufahrt der gegenüberliegenden Jugendherberge stehen.

Ein schmaler Fußweg führte von der Straße den Berg hinauf. Der Untergrund war steinig, uneben und von zahlreichen Wurzeln durchzogen, sodass die Ermittler bei jedem Schritt aufpassen mussten, nicht auszurutschen oder ins Stolpern zu geraten. Angesichts der Bodenbeschaffenheit und der starken Steigung war es Madsen schleierhaft, wie die vornehmlich älteren Gläubigen, die das Ritual der Kreuzwegbegehung zu praktizieren pflegten, dies in Possenhofen ohne schwerwiegende Verletzungen bewerkstelligen konnten – aber vielleicht versetzte der Glaube ja nicht nur Berge, sondern ermöglichte auch deren Besteigung.

Etwa auf halber Höhe des Hanges befand sich eine Weggabelung. Während sich die Hauptstrecke geradeaus und mit deutlich weniger Steigung fortsetzte, zweigte linker Hand eine mit hölzernen Treppenstufen versehene Abkürzung ab, die sich in engen Serpentinen zum Gipfel des kleinen Hügels schlängelte. Madsen entschied sich für Letzteres, nahm im Laufschritt jeweils zwei Stufen auf einmal und hatte aufgrund seines jahrelangen Boxtrainings rasch einen großen Vorsprung vor Dr. Nintzel, Brandl und Klee, die vergeblich versuchten, mit ihrem Vorgesetzten Schritt zu halten. Straßenlärm war inzwischen kaum noch zu hören – zu dicht war der Baumbewuchs, und zu hoch lag der Weg über der kurvigen Uferstraße.

Nach einer letzten scharfen Kehre erreichte Madsen den Gipfel des Kalvarienberges. Und pfiff fasziniert durch die Zähne.

Er befand sich auf einem Plateau, fein säuberlich mit Kies bestreut und gesäumt von einer hölzernen Balustrade. Rechter Hand setzte sich der Weg fort und führte zu einem kleinen, kapellenähnlichen Gebäude, in dem schemenhaft die Umrisse einer Heiligenfigur zu erkennen waren. Links von ihm befanden sich drei Holzbänke, die den Besuchern die Möglichkeit boten, sich von den Strapazen des Aufstiegs zu erholen, sowie eine Art hölzernes Wachhäuschen mit einem blumengeschmückten Marienstandbild.

Dominiert wurde der Platz jedoch von drei gewaltigen Holzkreuzen, an denen lebensgroße Skulpturen von Jesus sowie den zwei laut Bibel gemeinsam mit ihm hingerichteten Verbrechern hingen. Die Gesichter der drei Figuren waren schmerzverzerrt und ihr körperliches Leiden in Mimik und Haltung höchst eindrucksvoll wiedergegeben. Die Jesus-Figur, die in der Mitte der Kreuzigungsgruppe platziert war, hielt den Kopf gesenkt, der knöcherne Brustkorb bohrte sich durch den ausgemergelten Leib, und unter dem rechten Rippenbogen war mit roter Farbe der Ausfluss von Blut dargestellt, nach biblischer Schilderung hervorgerufen durch den Lanzenstich eines der mit der Bewachung der Delinquenten beauftragten römischen Soldaten.

Der emotionalen Wirkung dieser realistischen Darstellung konnte sich keiner der inzwischen vollständig anwesenden Polizisten entziehen, und selbst Klee, der sonst keine Gelegenheit ausließ, auch in den unpassendsten Situationen mit pietätlosen Sprüchen aufzuwarten, verharrte angesichts dieser kunstfertigen Holzschnitzereien in respektvollem Schweigen.

»Ich werde das Gefühl nicht los, dass wir unseren Unschuldigen gefunden haben!«, unterbrach Madsen die andächtige Stille. »Jetzt sollten wir schauen, ob wir hier auch den Rest finden! Also, verteilt euch selbstständig, sucht die Baumkronen ab, schaut nach irgendwelchen Behältnissen, guckt hinter die Büsche! Ich weiß ja auch nicht genau, wonach wir suchen.«

»Vermutlich danach!«, entgegnete Dr. Nintzel, der ein paar Schritte näher an die Marienfigur getreten war und auf das etwa einen Quadratmeter große Flachdach über der Skulptur deutete. Die anderen folgten ihm hastig und erblickten nun ebenfalls, was aus der ursprünglichen Perspektive nicht zu erkennen gewesen war.

Ein großes, kreisrundes Vogelnest auf der Mitte des Daches.

»Sieht so aus, als wäre die Suche damit beendet!«, bemerkte Klee.

»Und als wären wir zu spät!«, ergänzte Dr. Nintzel leise. »Sollte sich Mandy Maschmeier da oben befinden …«

»… dürfte sie sich vermutlich nicht der allerbesten Gesundheit erfreuen!«, ergänzte Madsen niedergeschlagen. Dann blickte er sich um. »Gibt's hier irgendwas, was man zum Hochklettern benutzen kann? Sind die Bänke fest verankert?«

Klee rüttelte kurz an den Sitzgelegenheiten und nickte bedauernd.

»Dann bleibt nur die gute alte Räuberleiter!«, befand Madsen und deutete auf Brandl, worauf dieser sich mit dem Rücken gegen die Seite des Marienhäuschens lehnte und mit den Händen eine Trittmöglichkeit für seinen Vorgesetzten formte. Scheinbar mühelos hievte er Madsen nach oben, worauf dieser die Kante des Daches erreichte und sich mit einem kraftvollen Klimmzug so weit nach oben zog, dass er in das Innere des Nestes schauen konnte.

Ein einziger Blick genügte.

Sie hatten Mandy Maschmeier gefunden.

Zumindest partiell.

SIEBZEHN

Es dauerte keine Stunde, da hatte die Spurensicherung das Areal komplett in Beschlag genommen. Rot-weiße Absperrbänder verhinderten, dass die ohnehin höchst spärlich vorhandenen Spaziergänger die Fundstelle betreten konnten, und da sich die Arbeit der Polizei bis weit in die Nacht hineinziehen würde, hatte man bereits jetzt Scheinwerfer auf die Kreuze gerichtet, was deren erhabene Wirkung zusätzlich verstärkte.

Auch Stefan Bertram, Leiter der Spurensicherung, war anwesend. Bekleidet mit einem weißen Overall mit Kapuze und Füßlingen, verzichtete er situationsbedingt auf das sonst übliche Geplänkel mit seinem Freund Madsen. Es war offensichtlich, dass Madsen der Fund der Organe mächtig aufs Gemüt geschlagen war.

Madsen hatte sich währenddessen mit seinem Team und dem inzwischen ebenfalls anwesenden Polizeihauptmeister Zirngibl auf die Holzbänke am Rand der Balustrade zurückgezogen. Es fehlte lediglich Polizeioberwachtmeisterin Kimmel, die laut Aussage von Zirngibl noch einer vagen Spur nachgehen wollte und ein späteres Nachkommen angekündigt hatte. Madsen saß auf der Lehne der mittleren Bank, die Füße auf der Sitzfläche, und inhalierte schweigend den Qualm einer Zigarette.

»Fakt ist …«, sagte Madsen nach einiger Zeit leise, »… dass Mandy Maschmeiers Blut an meinen Händen klebt.«

Dr. Nintzel wollte widersprechen, aber Madsen gebot ihm mit einer energischen Geste zu schweigen.

»Ich weiß, ich weiß – wir haben die Entscheidung gemeinsam getroffen. Aber es war meine Idee, und es ist meine Ermittlung, insofern bin einzig und allein ich für die Aktion und ihre schrecklichen Folgen verantwortlich.« Madsen blickte zu Boden und schien mehrmals schwer zu schlucken. Als er den Kopf wieder hob, schimmerten seine Augen feucht. »Ich kann diese junge Frau nicht mehr lebendig machen. Aber eines kann ich tun, um ihren Tod nicht völlig sinnlos verursacht zu haben: den Täter schnappen, bevor ihm ein weiteres Opfer in die Hände fällt! Und das werde ich tun. Ich werde keine Sekunde mehr schlafen, bevor wir dieses Arschloch geschnappt haben. Ich werde …«

»… jetzt dreimal tief durchatmen, noch eine Zigarette rauchen und anschließend wieder ganz ruhig und überlegt weitermachen!«, unterbrach Dr. Nintzel und legte Madsen die Hand auf die Schulter. »Glauben Sie mir, ich weiß genau, wie Sie sich fühlen. Ich war mal in einer vergleichbaren Situation. Und ich weiß, was dieses Schuldgefühl mit einem macht. Aber so schwer es auch ist: Sie müssen jetzt die Emotionen beiseitelassen und rational vorgehen. Ungeachtet des schrecklichen Todes dieser Frau gibt es auch eine positive Erkenntnis: Wir verstehen die Denkweise des Täters zunehmend! Wir haben kapiert, dass er Zeichen setzen will. Uns ist es gelungen, ihn genau da zu treffen, wo er empfindlich reagiert. Und wir haben sein Rätsel gelöst – zugegebenermaßen nicht direkt, aber doch relativ schnell. Wir kommen dem Typ immer näher – es fehlt nur noch ein kleines bisschen Zeit und Glück, und dann nageln wir das Schwein fest.«

»Ein kleines bisschen Zeit und Glück?«, echote Madsen mit verächtlicher Stimme. »Na prima – beides hatten wir ja bisher zuhauf! Ich glaube nicht …«

Er hielt irritiert inne, als Klees Handy klingelte und dieser, eine Entschuldigung murmelnd, ein paar Schritte zur Seite trat und das Gespräch annahm.

»Verdammt, Udo, wenn das jetzt deine neue Freundin ist, krieg ich 'nen Schreikrampf!«, giftete Madsen. »Entweder du kümmerst dich jetzt mit voller Konzentration um den Fall, oder du bist raus. Ich habe das langsam echt satt …«

Die beschwichtigenden Blicke Dr. Nintzels ignorierte Madsen ebenso wie seine innere Stimme, die ihn mahnend zu Zurückhaltung und Fairness aufrief. Aber er wollte nicht mehr fair sein. Das Leben war schließlich auch nicht fair zu ihm.

»Soll ich euch allen mal was sagen? Mir fehlt Kommissar

von Werdenfels. Und zwar total. Ich bin sicher, wenn er jetzt hier wäre, würde ihm was einfallen. Er würde sich an seinen PC setzen, recherchieren, tausend Möglichkeiten durchdenken und irgendeinen sinnvollen Vorschlag haben. Er würde …«

»Jo hat was!«

Madsen verstummte ob der Unterbrechung perplex und blickte zu Klee.

»Jo hat vielleicht eine Spur!«, wiederholte Klee. Sollten ihn die letzten Worte seines Vorgesetzten verletzt haben, ließ er sich nicht das Geringste anmerken. »In der Inspektion hat jemand angerufen. Eine ältere Dame. Sie hat heute Morgen einen Mann mit einem bandagierten Unterarm gesehen, bei dem der Verband an einigen Stellen durchgeblutet war. Nachdem sie von ihrer Tochter gerade eben erst erfahren hat, dass wir nach einem solchen Mann fahnden, hat sie sofort die Polizei angerufen. Ich habe Namen und Anschrift der Frau. Schätze, es wäre am besten, wenn zwei von uns sofort dorthin fahren und mit ihr sprechen.«

»Da schätzt du absolut richtig!«, bestätigte Madsen aufgeregt und sprang auf. »Wir beide machen uns gleich auf den Weg. Ihr anderen fahrt wieder zurück in die Inspektion und geht mit Jo noch mal alles durch, was wir bisher haben. Irgendwo ist ein Hinweis, den wir übersehen haben. Das muss einfach so sein – unser Täter ist schließlich kein Geist. Und noch was …«, Madsen warf einen kurzen Blick auf die Uhr, dann schaute er jedem einzelnen seiner Mitarbeiter fest in die Augen, »… ab sofort ist Nachtruhe gestrichen. Wir treffen uns später in der Inspektion und sprechen noch mal jeden Bericht, jede Zeugenaussage und jeden Verdächtigen durch – und wenn es die ganze Nacht dauert. Ich will, dass der Typ von jetzt an bei jedem seiner Schritte unseren Atem im Nacken spürt. Und zwar rund um die Uhr. Hat jemand ein Problem damit?«

Niemand antwortete, und Madsen nickte zufrieden. »Gut, dann wäre das geklärt. Und was meine aufgebrachten Worte von gerade angeht: Ich bin gerne bereit, mich dafür bei euch zu entschuldigen. Aber nur unter einer Bedingung …«, er klemmte seinen Motorradhelm unter den Arm, begab sich Richtung Fußweg zur Straße und drehte sich am Rande des Plateaus noch mal um, »… ihr beweist mir, dass ihr ebenso viel draufhabt wie Kommissar von Werdenfels. Oder wie er sagen würde: Beweist mir, dass ihr ihm den Wein reichen könnt!«

»Ja, ich bin mir ganz sicher, dass der Mann am Arm verletzt war!«

Die Tonlage der Frau wurde schriller, und weil der Innenhof des Stadt Markt Starnberg überdacht war, warfen die umgebenden Fenster- und Mauerfronten die Stimme der alten Dame in Form eines unangenehmen Echos zurück. Einige Passanten blieben neugierig stehen, und aus einem Drogeriefachgeschäft starrten Kunden und Kassiererinnen zu Madsen, Klee und der Zeugin herüber.

Madsen, der die Dame gebeten hatte, ihnen genau die Stelle zu zeigen, wo sie den Mann gesehen hatten, hob beschwichtigend die Hände. Gleichzeitig bat er sie, ihre Stimme etwas zu senken, doch so leicht ließ sich die rüstige Rentnerin nicht beruhigen. Es war unschwer zu erkennen, dass ihr die nachträgliche Erkenntnis, einem so gefährlichen Mann begegnet zu sein, Unbehagen bereitete. Das Alter der Frau war schwer zu erraten – Madsen schätzte sie auf Mitte sechzig, wenngleich sie durchaus auch eine rüstige Siebzigjährige hätte sein können. Ihre Haut war faltig und wies zahlreiche Altersflecken auf, doch sowohl ihre Art, sich zu artikulieren, als auch ihre dynamische Gestik, mit der sie ihre Worte zu unterstreichen pflegte, ließ auf einen wachen Geist und eine für ihr Alter gute Konstitution schließen.

»Er hatte eine weiße Bandage mit blutigen Flecken um den rechten Unterarm gewickelt«, wiederholte die Frau und strich sich eine silbergraue Haarsträhne aus dem Gesicht. »Und es war unschwer zu erkennen, dass er Schmerzen hatte. Darum habe ich ihn ja auch angesprochen.«

»Sie haben mit ihm gesprochen?«, erkundigte sich Klee. »Was hat er gesagt? Was hatte er für eine Stimme? Und haben Sie sein Gesicht sehen können?«

»Ich sagte nicht, dass er etwas gesagt hat, junger Mann! Sie müssen mir schon genau zuhören!«, tadelte die Rentnerin Klee streng, der daraufhin zu Madsens Erheiterung errötete wie ein Schulkind. »Ich habe gesagt, dass ich ihn angesprochen habe. Er hat allerdings nicht geantwortet. Normalerweise empfinde ich ein solches Verhalten als äußerst unhöflich. Aber da der Mann offensichtlich unter extremen Schmerzen litt, habe ich ihm das nicht weiter nachgetragen. Und auch nicht, dass er mich kaum angeschaut, sondern seinen Kopf zur Seite weggedreht hat. Insofern habe ich auch so gut wie nichts von seinem Gesicht gesehen, vor allem, da er zusätzlich den Jackenkragen hochgeklappt und eine Mütze getragen hat. Sie wissen schon – so eine, wie die ganzen jungen Flegel, die immer hier rumlungern, sie tragen. Nur dass die ihre Kappen – warum auch immer – stets falsch rum aufhaben. Der Mann hingegen trug den Schirm nach vorne. So, wie es sich gehört.«

Madsen, der sich Notizen in sein kleines Buch gemacht hatte, hakte vorsichtig nach. »Nachdem der Mann offensichtlich keine Unterhaltung mit Ihnen wünschte – wo ist er dann hingegangen?«

Die Frau deutete über ihre Schulter nach hinten. »Dort vorne durch den Eingang zum Ärztehaus. Also es ist kein Ärztehaus im eigentlichen Sinne, weil es dort auch noch private Mieter gibt …«, korrigierte sie sich, »… aber weil es mehrere Arztpraxen gibt, nennen es alle so.«

Madsen warf Klee einen vielsagenden Blick zu. »Wissen Sie in etwa noch, wie spät es war, als Sie den Mann gesehen haben?«

»Selbstverständlich. Sechs Uhr zweiundzwanzig!«, antwortete die Frau wie aus der Pistole geschossen. »Das weiß ich deshalb so genau, weil ich auf die Uhr geschaut habe und dem Mann dann hinterhergerufen habe, dass die Praxen erst um acht Uhr aufmachen.«

»Und wie hat der Mann auf Ihren Zuruf reagiert?«, hakte Madsen nach.

»Gar nicht! Das war ja das Verwirrende!«, erwiderte die Zeugin mit gerunzelter Stirn. »Er hat mich völlig ignoriert und ist wortlos in das Haus reingegangen. Ich habe dann aus Neugier noch ein paar Minuten gewartet, aber er ist nicht wieder rausgekommen. Vermutlich hat er drinnen vor der Tür gewartet, bis eine der Praxen aufmacht.«

»Oder einer der Ärzte war heute schon früher da – zum Beispiel, weil der Mann ihn angerufen und in die Praxis bestellt hat«, murmelte Madsen nachdenklich. Dann wandte er sich wieder an die Frau. »Wir möchten Ihre wertvolle Zeit nicht überstrapazieren, gnädige Frau. Vielen Dank für Ihren Anruf – Sie haben uns sehr geholfen mit Ihren Beobachtungen.«

Sichtlich stolz über die vorbildliche Erfüllung ihrer Bürgerpflicht, verabschiedete sie sich von den Polizisten und verließ die Passage hocherhobenen Hauptes Richtung See.

Madsen wandte sich indes mit entschlossener Miene an seinen Kollegen Klee. »Ich denke, es ist klar, was wir als Nächstes tun werden, oder? Es ist davon auszugehen, dass der Täter sich ärztlich versorgen lassen musste, wenn der Verband durchgeblutet war. In dem Gebäude gibt es vier humanmedizinische Arztpraxen. Außerdem gibt es auch noch einen Tierarzt, aber den können wir wohl außen vor lassen – schließlich hat der Hund den Täter und nicht der Täter den Hund gebissen.«

Klee lächelte freudlos über Madsens Scherz – nach Humor stand ihm angesichts der letzten Geschehnisse definitiv nicht der Sinn. »Und was ist mit den Privathaushalten? Würden Sie die komplett ausschließen, Chef? Vielleicht wohnt der Täter ja auch hier in einer der Wohnungen und ist heute Morgen von irgendwo – zum Beispiel aus Possenhofen – zurückgekommen. Deshalb kam er auch nicht wieder raus aus dem Gebäude.«

Madsen starrte nachdenklich auf die Eingangstür des Gebäudes, in dem der Täter verschwunden war.

»Du hast recht! Wir dürfen keine Möglichkeit außer Acht lassen. Das heißt, wir trommeln das Team zusammen und gehen hier im Haus Klinken putzen – und das sowohl bei den Ärzten als auch bei den Privatleuten. Die Uhrzeit ist ja ganz gut, da sollten alle Praxen noch besetzt sein.«

Klee zog eine Packung Zigaretten aus der Tasche und bot

Madsen eine an. »Und was halten Sie davon, wenn Kimmel und Dr. Nintzel in der Inspektion bleiben und parallel die Ärzte und die Bewohner digital durchchecken? Wir können die Namen schnell durchgeben, damit die mal durch den Polizeicomputer gejagt werden.«

Madsen nickte und nahm sich dankend eine Zigarette. »Gute Idee! Kimmel hat sich ja bei der digitalen Recherche bisher ganz gut angestellt, und Dr. Nintzel hat Zugriff auf die Datenbanken vom BKA. Zirngibl und Brandl hätte ich lieber hier. Immerhin gibt es eine ganze Reihe von Leuten in möglichst kurzer Zeit zu befragen. Ach, und Udo …«

»Ja, Chef?«

»Tut mir leid, was ich da eben in Possenhofen gesagt habe. Das war unprofessionell und unhöflich. Ich schätze deine Arbeit und die der Kollegen sehr. Wollte ich nur noch mal gesagt haben.«

Mit diesen Worten drehte Madsen sich um und ging Richtung Hauseingang. Den Zigarettenqualm, den er dabei ausstieß, assoziierte Klee angesichts Madsens letzter Worte spontan mit dem Rauch einer Friedenspfeife.

Als Madsen sein Team eine gute Stunde später wieder im überdachten Innenhof der Passage traf, war sein Gesicht vor Wut verzerrt.

»Also, die Anwohner sind aller Wahrscheinlichkeit nach sauber – Jo und Dr. Nintzel lassen ihre Namen zur Sicherheit noch mal durch den Computer laufen, aber ich verspreche mir nicht allzu viel davon. Nein, ich bin mir ganz sicher, die Ärzte sind die, auf die wir uns konzentrieren müssen. Einer von denen hat unserem Täter den Arm geflickt. Darauf verwette ich meine Harley! Aber alle vier behaupten, heute Morgen weder früher hier gewesen zu sein noch einen am Arm verletzten Mann versorgt zu haben.« Madsen hatte seine Hände zu Fäusten geballt. »Einer von diesen Typen verarscht uns. Und zwar nach Strich und Faden!«

»Vielleicht hat aber auch die Zeugin sich getäuscht?«, versuchte Zirngibl die medizinische Zunft in Schutz zu nehmen.

Doch Madsen schüttelte energisch den Kopf. »Nein, das glaube ich nicht. Fragen Sie Udo – ich bin mir ziemlich sicher, dass die Zeugin glaubwürdig ist. Auf jeden Fall wesentlich glaubwürdiger als diese aalglatten Mistkerle in ihren weißen Kitteln.«

»Nun tun Sie drei von denen aber unrecht, Chef!«, wagte Zirngibl zu widersprechen. »Schließlich lügt nur einer – die anderen drei sagen die Wahrheit! Wir müssen jetzt nur rausfinden, wer!«

»... nur rausfinden, wer ...«, äffte Madsen Zirngibl nach, worauf dieser errötete. »Genau das ist ja das Problem. Uns läuft die Zeit davon, der Mörder tötet inzwischen im Dreivierteltakt, und wir müssen uns von einem dieser Ärzte zum Narren halten lassen. Am liebsten würde ich ...«

»Lassen Sie uns doch mal kurz alle Emotionen beiseiteschieben und rational an die Sache gehen!«, unterbrach Klee den zunehmend in Rage geratenden Madsen. Es war offensichtlich, dass der – bedingt durch die Kombination aus Überarbeitung, Schuldgefuhl und Wut – kurz davor war, die Kontrolle über sein Handeln zu verlieren. »Angenommen, wir hätten keinen Zeitdruck und wären ganz entspannt: Wie würden wir dann in einer Situation wie dieser vorgehen?«

»Nach weiteren Zeugen suchen?«, fragte Zirngibl zögerlich.

»Zum Beispiel!«, lobte Klee kopfnickend. »Was noch?«

»Prüfen, ob man die Anwesenheit sonst noch irgendwie nachweisen kann. Zum Beispiel über ein Parkticket.«

»Hey, das ist eine coole Idee!«, rief Klee und klatschte in die Hände. »Hier gibt es doch eine Parkgarage im Gebäude. Würde mich nicht wundern, wenn die Ärzte als Mieter Dauertickets haben. Das heißt, ihre Einfahrtszeiten müssten eigentlich im System erfasst werden. Ich gebe Jo Bescheid, dass sie sich mal mit dem Parkhausverantwortlichen in Verbindung setzen und das heutige Protokoll abrufen soll.«

Mit diesen Worten griff Klee in seine Jackentasche und nestelte sein Handy hervor. Doch just in dem Moment signalisierte ein melodisches Klingeln einen ankommenden Anruf.

Es war Jo Kimmel.

»Hallo, Jo!«, meldete sich Klee nach Betätigung der Empfangstaste. »Gut, dass du anrufst. Wir haben einen wichtigen … Sekunde, Jo, ich wollte gerade … Verdammt noch mal, Jo, jetzt halt gefälligst mal den Mund! Wir können nicht beide gleichzeitig reden!«

Klee erhob verärgert seine Stimme, worauf ein paar Passanten, die die umliegenden Geschäfte betraten oder verließen, irritiert zu ihm herüberblickten.

»Los, lasst uns ein paar Schritte nach draußen gehen!«, befahl Madsen, der sich inzwischen wieder etwas gefangen hatte.

Gemeinsam begab sich das Team auf den kleinen Parkplatz auf der Rückseite des Gebäudes, während Klee sein Telefonat mit Kimmel fortführte.

»Also Jo, wir haben eine wichtige Aufgabe für dich! Du musst bitte die Betreibergesellschaft der Parkgarage des Stadt Markt Starnberg ausfindig machen und die Ein- und Ausfahrtsprotokolle des heutigen Tages kontrollieren. Wenn sich herausstellt, dass einer der Ärzte heute extrem früh ins Parkhaus gefahren ist, könnte das unser Mann sein. Auf jeden Fall würde es helfen, ihn einer Falschaussage zu überführen, denn alle vier haben behauptet, erst um kurz vor acht in der Praxis angekommen zu sein.«

Kimmel schien etwas zu erwidern, denn Klee verstummte, hörte konzentriert zu und riss dann erstaunt die Augen auf.

»Sekunde, Jo!« Klee bedeutete seinen Kollegen, näher zu kommen, und legte sein Handy auf einen der großen Steine, die die Parkfläche seitlich flankierten. Dann drückte er auf das Lautsprechersymbol, informierte Kimmel darüber, dass sie nun vom ganzen Team zu hören war, und bat sie, ihre letzten Worte noch mal zu wiederholen.

»Nun ja, ich sagte gerade, dass ich die Parkhausnutzung natürlich gerne kontrollieren werde«, ertönte Kimmels Stimme etwas knarrend aus dem kleinen Lautsprecher. »Allerdings ist das vielleicht gar nicht mehr nötig. Oder nur, um eine andere Sache zu bestätigen.«

»Und was für eine Sache ist das?«, erkundigte Zirngibl sich ungehalten – die Tatsache, dass die junge Polizistin offensichtlich wieder dabei war, Karrierepunkte zu sammeln, machte ihn zunehmend neidisch. »Wie du vielleicht weißt, läuft uns die Zeit davon. Wir wären dir also zu Dank verbunden, wenn du uns nicht so lange auf die Folter spannen würdest!«

»Dann lassen Sie sie doch einfach weiterreden!«, wies Madsen Zirngibl ungehalten zurecht, worauf dieser errötend schwieg. »Jo, bitte, lass hören, was du herausgefunden hast.«

»Nun, zuerst schien alles unauffällig zu sein«, knarzte Kimmels Stimme aus dem Handy. »Ich habe die Namen aller Mieter durchs Web laufen lassen und nichts Außergewöhnliches finden können. Das Gleiche bei den Ärzten – nichts zu finden außer den typischen Informationen, die man eben über Ärzte im Netz findet. Anschließend habe ich die Namen mit allen Namen abgeglichen, die uns bis dato im Laufe der Ermittlungen über den Weg gelaufen sind. Aber auch da gab's keine Übereinstimmung.«

Zirngibl schnaufte abfällig, und auch Madsen fragte sich irritiert, warum Jo dann wenige Sekunden vorher eine großartige Neuigkeit avisiert hatte. Doch bevor er sein diesbezügliches Unverständnis äußern konnte, fuhr die junge Polizistin fort.

»Wir ihr ja alle wisst, sind die automatisierten Algorithmen im Web nicht immer ganz nachvollziehbar. Deshalb habe ich die Suche nach den Ärzten noch mal manuell und deutlich intensiver durchgeführt. Und diesmal habe ich auch den Tierarzt mit in die Suche genommen.«

»Aber dessen Namen haben wir dir doch gar nicht durchgegeben«, wunderte sich Klee. »Wieso hast du …?«

»Na ja, da ich deine Anweisung im Hinterkopf habe, dass ein guter Polizist auch immer über den Tellerrand schauen sollte, habe ich das einfach mal selbstständig entschieden …«, erwiderte Kimmel und sprach schnell weiter, bevor Madsen oder Klee Gelegenheit hatten, sie für ihr eigenmächtiges Handeln zu rügen, »… und habe da bei ›Stay Friends‹ eine ganz interessante Entdeckung gemacht!«

»Und was ist das für eine Entdeckung?«, erkundigte sich

Madsen, dem das Onlineportal, auf dem man sich mit Schulfreunden vernetzen konnte, flüchtig bekannt war.

»Nun ja, es gibt dort eine Übereinstimmung von einem der Ärzte mit einem Namen aus unseren Ermittlungen!« Der Stolz in Kimmels Stimme war nicht zu überhören. »Und zwar hat Dr. Schreiber, der Veterinär, auf dem Starnberger Gymnasium zusammen Abitur gemacht mit einer Person, die wir im Rahmen der Zeugensuche befragt haben.«

»Verdammt, Jo, mach's nicht so spannend!«, schimpfte Madsen. »Also, wie heißt der Name? Zusammen mit wem hat Dr. Schreiber die Schule besucht?«

»Mit Dr. Christoph Nerlinger. Das ist …«

»… der Architekt aus Andechs, der in der Nähe des Klosters sein Büro hat«, ergänzte Klee den Satz und winkte ab. »Das ist eine Sackgasse – der Mann hat mit unserem Fall garantiert nichts zu tun.«

»Und warum nicht?«, erkundigte sich Madsen interessiert. »Ich bin zwar auch der Meinung, dass ein gemeinsamer Schulbesuch noch nicht zwangsläufig ein Verdächtigungsgrund ist – schließlich ist Starnberg keine Weltstadt. Dass es hier viele alte Freundschaften seit Schultagen gibt, dürfte logisch sein. Trotzdem ist die Bekanntschaft von Dr. Schreiber und Dr. Nerlinger zumindest ein Strohhalm, nach dem wir greifen sollten. Warum schließt du einen Verdacht gegen ihn denn so kategorisch aus, Udo?«

»Nun, weil ich den Mann schon ein paarmal getroffen habe. Das ist ein erfolgreicher Architekt, sehr höflich, ausgesprochen hilfsbereit, ein extrem empathischer Chef und außerdem immer wie aus dem Ei gepellt gekleidet. Ich kann mir den weder in Outdoorkleidung noch auf einem Kirchturm kraxelnd vorstellen. Und schon gar nicht als sadistischen Mörder!«

Während Klee energisch den Kopf schüttelte, rieb sich Madsen nachdenklich das Kinn. Eine ältere Frau mit Rollator passierte die Gruppe, und er wartete, bis sie außer Hörweite war.

»Okay, das klingt tatsächlich, als sei er ein netter Kerl. Aber vergesst bitte nicht Dr. Nintzels psychologisches Täterprofil!«

Er zog seinen Notizblock aus der Tasche und blätterte seine Aufzeichnungen durch, bis er auf die Seite gelangte, auf der er das vorläufige Profil, das der Profiler bei ihrem ersten gemeinsamen Meeting skizziert hatte, in Stichworten zusammengefasst hatte. »Deutscher, zwischen dreißig und sechzig Jahre alt, sportlich, diszipliniert, gebildet, vermutlich Akademiker, gesellschaftlich akzeptiert. Er handelt strukturiert, kriminelle Erfahrung oder Vorstrafen muss es nicht zwangsläufig geben. Er besitzt wahrscheinlich eine Rückzugsgelegenheit wie ein Ferienhaus oder eine Zweitwohnung – ein gewisser Wohlstand darf also vorausgesetzt werden. Laut Dr. Nintzel besteht die Möglichkeit, dass unser Täter aus medizinischer Sicht unter einer antisozialen Persönlichkeitsstörung leidet, die im Alltag nicht offen zutage tritt – was ihn umso gefährlicher und unberechenbarer macht.« Madsen schlug das Notizbuch wieder zu, verstaute es in seiner Tasche und zündete sich eine Zigarette an. »Du musst zugeben, dass all das ziemlich genau auf den Mann zutrifft, den du gerade beschrieben hast.«

»Wie auf tausend andere Starnberger Unternehmer auch!«, widersprach Klee vehement. »Das sind alles Akademiker, viele davon sind Marathonläufer oder Fahrradfahrer, also sportlich in höchstem Maße diszipliniert, und alle sind gesellschaftlich akzeptiert – oder tun zumindest so. Und eine Hütte am See, eine Zweitwohnung in Kitzbühel oder eine Finca auf Mallorca haben die auch alle. Sind das jetzt deswegen alles Verdächtige? Außerdem war das Profil von Dr. Nintzel eine reine Hypothese – das hat er immer wieder ausdrücklich betont!«

»Natürlich war es das!« Madsen schnippte seine Zigarette nach drei tiefen Zügen in einen Gully. »Trotzdem passt die Beschreibung wie die Faust aufs Auge. Außerdem baut ein Architekt Modelle – zumindest haben sie das vor den Computersimulationen gemacht. Das würde zu dem Bastelmesser als Tatwaffe passen.«

»Aber das Auto passt nicht!« Klee hob bedauernd die Hände. »Dr. Nerlinger fährt keinen BMW, sondern einen Porsche. Und was für einen! Ich hab den Wagen selbst gesehen.«

»Das ist so nicht ganz korrekt!«, ertönte Kimmels Stimme verzerrt aus dem Handylautsprecher. »Ich habe gerade noch mal die komplette Liste mit den BMW-Besitzern überprüft. Ein Dr. Nerlinger ist tatsächlich nicht dabei – aber dafür dreimal das ›Andechser Architekturbüro‹. Und das ist ...«

»... die Firma von diesem Dr. Nerlinger!« Zirngibl schlug sich mit der Faust in die offene Hand. »Verdammt, das sind Firmenwagen. Kein Wunder, dass uns der Name beim Überprüfen der Halter nie aufgefallen ist!«

»Kein Wunder? Mann, Zirngibl, dass ein Unternehmen wie das ›Andechser Architekturbüro‹ als Fahrzeughalter bei einem Mordfall in Andechs natürlich hätte überprüft werden müssen, ist doch wohl sonnenklar!«, ereiferte sich Madsen, während sein Blutdruck in kardiologisch bedenkliche Höhe stieg. »Bei einer solchen räumlichen Übereinstimmung müssen doch sämtliche Alarmglocken klingeln!«

Im selben Augenblick schoss ihm von Werdenfels in den Kopf. Auch der mochte seine Fehler haben, aber ein so entscheidendes Versäumnis wie dieses wäre ihm unter Garantie nicht unterlaufen. Es wurde höchste Zeit, dass der Kerl wieder zurück nach Starnberg kam. Madsen atmete mehrmals tief durch, um sich wieder mit aller Konzentration dem aktuellen Fall widmen zu können.

»Also gut! Wenn dieser Dr. Nerlinger tatsächlich enger mit Dr. Schreiber befreundet sein sollte, dann liegt es doch nah, dass er seinen alten Kumpel nachts anruft, ihm sein Problem schildert, ihn vielleicht auch besticht oder ihn erpresst – was weiß ich? – und ihn dazu bringt, ganz früh morgens noch vor dem Publikumsverkehr in die Praxis zu kommen und seinen verletzten Arm zu versorgen. So eine Wunde reinigen und nähen macht ein Tierarzt aus dem Effeff.«

»Theoretisch ist das alles möglich!«, widersprach Klee trotzig. »Trotzdem – ich habe den Mann persönlich getroffen. Und ich kann mir beim besten Willen nicht vorstellen, dass er unser gesuchter Mörder ist. Christa sagt auch immer ...«

Klee verstummte erschrocken, und sein Gesicht wurde schlagartig knallrot.

Madsen kniff irritiert die Augen zusammen. »Wer zum Teufel ist Christa? Ist das etwa deine neue Flamme, mit der du ständig telefonierst? Jetzt sag mir bitte nicht, dass die etwas mit diesem Dr. Nerlinger zu tun hat! Udo? Überleg jetzt ganz genau, was du sagst!«

Klee war während Madsens schneidender Worte immer tiefer in sich zusammengesunken und wirkte wie ein Grundschüler, der sich vor dem Direktor wegen einer eingeschossenen Fensterscheibe zu verantworten hatte.

»Nun ja, Christa ist in der Tat meine neue Freundin. Und kennengelernt habe ich sie bei Dr. Nerlinger im Büro! Sie ist auch Architektin und seine Angestellte.«

»Ich glaub's ja wohl nicht!« Madsen baute sich bedrohlich vor Klee auf, während Zirngibl und Brandl angesichts der angespannten Stimmung das dringende Bedürfnis verspürten, sich auf der Stelle unsichtbar zu machen. »Bitte sag mir jetzt nicht, dass du dich mit dieser Christa über unsere Ermittlungen ausgetauscht hast?«

Klee schüttelte energisch den Kopf.

»Bist du dir ganz sicher?« Madsen stand jetzt fast Nase an Nase mit Klee, und er konnte die Panik in Klees Augen erkennen. »Ich frage dich jetzt ein letztes Mal, Udo: Hast du mit dieser Christa oder sogar selbst mit Dr. Nerlinger über Details zum Fall gesprochen? Wenn auch nur unabsichtlich! Denk genau nach!«

Tausend Gedanken schossen Klee in Sekundenbruchteilen durchs Hirn. Christa. Dr. Nerlinger. Der freie Blick auf den Klosterturm. Das gemeinsame Essen. Der gemeinsame Sex. Das Scherzen über seine Arbeit. Das Nachfragen zum Stand der Ermittlungen.

Verzweifelt schlug er die Hände vors Gesicht.

Währenddessen hatte Madsen sein Handy wieder aufgehoben, den Freisprechmodus beendet und hielt das Telefon an sein Ohr. »Jo, hast du uns zugehört? – Gut! Ich weiß, dass du gerne jetzt hier dabei wärst, aber wir brauchen dich unbedingt im Background. Bitte check diesen Dr. Christoph Nerlinger auf

Herz und Nieren. Durchleuchte ihn nicht nur im Web, sondern auch in unserer Datenbank. Und Dr. Nintzel soll nach ihm in der BKA-Datenbank suchen. Dreht jeden Stein um, sucht nach Auskünften zu seiner Jugend, prüft, ob es weitere Punkte oder Verbindungen gibt, die auf ihn als Täter hinweisen, schaut, ob er vielleicht schon mal in irgendeiner Form in einen Missbrauch verwickelt war. Checkt, ob er verheiratet ist, ob er Kinder hat, wo er Immobilien besitzt, was für einen Sport er macht und so weiter. Ich möchte alles über diesen Typ wissen – und zwar so schnell wie möglich! *Over and out!*« Mit diesen Worten beendete Madsen das Telefonat und deutete mit entschlossener Miene auf Klee. »So, Udo, weißt du, was du jetzt machst? Du rufst diese Christa an. Frag, ob ihr Chef im Büro ist!«

Zirngibl blickte Madsen irritiert an und hob zögerlich die Hand. »Bei allem Respekt, Chef, aber was ist, wenn diese Christa in die Sache verwickelt ist? Wenn sie eine Komplizin von diesem Dr. Nerlinger ist?«

»Daran habe ich natürlich auch schon gedacht«, gab Madsen zu. »Aber bei genauerer Betrachtung glaube ich ehrlich gesagt nicht, dass sie selbst an den Morden beteiligt ist! Eine Frau als Mitverantwortliche bei solchen Taten halte ich für ziemlich ausgeschlossen. Und außerdem bin ich mir relativ sicher, dass unser Täter alleine handelt. Denk an den Falkenbezug – er sieht sich mit Sicherheit als einen stolzen, autark agierenden Einzelgänger! Insofern würde ich das Risiko eingehen. Wir müssen jetzt einfach hoch pokern – die Zeit läuft schließlich gegen uns!«

Madsen blickte Klee auffordernd an. »Also los, Udo, ruf sie an! Und sorg um Himmels willen dafür, dass dieser Dr. Nerlinger, falls er da sein sollte, von dem Inhalt des Telefonats nichts mitbekommt!«

Klee nickte wie in Trance, während er sein Handy zückte und die Nummer von Christa Brenner wählte. Die meldete sich bereits beim zweiten Klingelton.

»Hi, Christa, hier ist Udo!« Er verzog ungeduldig das Gesicht, als sie seinen Gruß mit einigen verbalen Zärtlichkeiten erwiderte. »Jaja, ich dich auch! Sag mal, Süße, hast du gerade einen Moment Zeit? Oder ist dein Chef da und passt auf, dass du auch fleißig arbeitest?«

Das glockenhelle Lachen seiner Gesprächspartnerin war auch für Klees Kollegen deutlich zu vernehmen.

»Ach so, er ist in seinem Büro!«, wiederholte der Kommissar die Antwort dann laut und deutlich für die Umstehenden. »Und nur mal 'ne Frage, mein Schatz: Hat er heute zufällig einen Arm bandagiert?« Er hörte einen Moment aufmerksam zu, schloss kurz die Augen und hob seinen Daumen in Richtung seiner Kollegen. Danach wandte er sich mit eindringlichen Worten wieder seiner Gesprächspartnerin zu. »Hör zu, Süße, sag deinem Chef nicht, dass ich angerufen habe. Auf keinen Fall! Ich erkläre dir das alles später. Ehrenwort! Aber jetzt ist es ganz wichtig – hörst du? –, ganz wichtig, dass du nicht anders mit ihm redest als sonst. Bitte tu mir den Gefallen, Christa. Lass dir um Himmels willen nichts anmerken! Wie gesagt: Ich werde dir später alles ganz genau erklären. Kuss, mein Schatz – ich melde mich, sobald wir hier durch sind.«

Er betatigte die Trenntaste und blickte seine Kollegen an. »Ob er einen Verband hat oder nicht, konnte sie nicht sagen. Er trägt ein langärmeliges Hemd. Aber heute Vormittag hat sie ihn beim Kaffeekochen versehentlich leicht angestoßen, und er hat sie mit schmerzverzerrtem Gesicht angeranzt, sie solle gefälligst aufpassen. Das fand sie komisch, weil er sonst immer so beherrscht und höflich ist. Für mich klingt das definitiv nach einer schmerzhaften Verletzung.«

»Das sehe ich genauso«, bestätigte Madsen, griff abermals zum Handy und orderte in knappen Anweisungen eine Einheit des Mobilen Einsatzkommandos nach Andechs zum Büro des Architekten sowie eine zu dessen Wohnung in Starnberg. Anschließend beauftragte er zwei Streifenbeamte, Dr. Schreiber aus seiner Praxis zu holen, die Mülleimer aus seinen Behandlungszimmern zur Sicherung der blutigen Mullbinden von Dr. Nerlinger zu beschlagnahmen und den Veterinär bis zu ihrer Rückkehr in der Inspektion festzuhalten.

»Und jetzt sollten wir uns schleunigst auf die Socken machen, damit sich dieser Dr. Nerlinger – sofern er wirklich unser Täter ist – nicht aus dem Staub macht. Ach, und Udo …«, Madsen legte Klee während des Gehens die Hand auf die Schulter, »… ich gehe mit dieser Aktion ein ziemliches Risiko ein – und das in vielerlei Hinsicht. Wenn es blinder Alarm ist und Dr. Nerlinger unschuldig sein sollte, habe ich die nächste Dienstaufsichtsbeschwerde am Hals. Und wenn diese Christa wider Erwarten doch Mittäterin sein sollte und sie Dr. Nerlinger jetzt warnt, dann kann ich meine Dienstmarke definitiv an den Nagel hängen. Aber ich vertraue dir, Udo, wenn du sagst, dass Christa nichts damit zu tun hat. Und ich hoffe inständig, dass du recht damit hast!«

Klee nickte. Dass er dabei leise »Das hoffe ich auch!« flüsterte, bekam Madsen zum Glück nicht mehr mit.

Madsen bemerkte die zahlreichen auffällig unauffälligen Fahrzeuge des Mobilen Einsatzkommandos sofort, als diese sich auf der Hauptstraße in Andechs dem Klosterparkplatz näherten, wo er und sein Team Position bezogen hatten. Ob das an seinem geschulten Polizistenauge lag oder an der Tatsache, dass sich die Zufahrtsstraße zum Kloster aufgrund der abendlichen Uhrzeit merklich geleert hatte, vermochte er nicht zu beurteilen – gleichwohl hoffte er, dass Dr. Nerlinger, sollte er zufällig einen Blick auf die Straße werfen, nicht über eine ähnliche Auffassungsgabe verfügte.

Nach einer kurzen Begrüßung von Hauptkommissar Rick, dem Leiter des Mobilen Einsatzkommandos, sowie den beiden Gruppenführern Bönisch und Leipold führte Klee seine Kollegen und die MEK-Beamten im Schutz der Häuser zu Fuß bis zu dem Gebäude, in dem sich Dr. Nerlingers Architekturbüro befand. In der lediglich vom Fitnessstudio einsehbaren Hofeinfahrt sammelte Madsen alle Polizisten um sich und gab letzte Anweisungen für den anstehenden Zugriff.

»Also gut, los geht's, Männer! Wir müssen das Überraschungsmoment nutzen und Dr. Nerlinger überwältigen, ehe er sich wehren oder Geiseln nehmen kann. Udo, gibt es in der Agentur einen Hinterausgang? Oder einen Aufzug?«

»Nein, es gibt nur den Haupteingang und ein Treppenhaus. Allerdings führt das in zwei Richtungen – einmal zur Eingangstür und einmal nach hinten zum Fitnessstudio. Von dort könnte man dann theoretisch auch raus auf den Parkplatz.«

»Okay, dann reicht es, wenn wir das Treppenhaus abdecken. Zwei Mann gehen runter in die Tiefgarage! Dr. Nerlinger fährt einen Porsche. Schaut, ob der Wagen da ist, und sichert ihn! Außerdem gibt es drei orientblaue BMWs als Firmenwagen – wenn die unten stehen, sichert auch die. Sollten sie draußen auf der Straße geparkt sein, kümmern wir uns später darum. Zwei Mann bleiben hier im Hof und behalten Einfahrt und Tür zum Treppenhaus im Auge! Die anderen kommen mit hoch zum Büro! Wer noch keine Schutzweste anhat, zieht sich eine über! Wenn wir oben vor der Tür sind, halten wir uns zuerst versteckt, und nur Udo klingelt.«

Er deutete mit dem Finger auf Klee. »Udo, du bleibst an der Tür stehen und fragst nach deiner Freundin! Wenn dein Mädel kommt, umarmst du sie stürmisch, ziehst sie dabei aus der Turoffnung nach draußen, und Kollege Rick und seine Manner stürmen den Raum. So weit alles verstanden?«

Madsens Team nickte mit unübersehbaren Anzeichen von Nervosität, während die Beamten des Mobilen Einsatzkommandos routiniert und mit ruhigen, entschlossenen Blicken ihre Waffen entsicherten, die Sturmhauben überzogen und die ihnen angewiesenen Positionen einnahmen.

Während sie die zahlreichen Stufen nach oben erklommen, erläuterte Klee seinen Kollegen in wenigen Worten den Grundriss des Büros und die Position des Geschäftsführer-Arbeitsplatzes. Da alle Scheiben der Zwischenwände verglast waren, galt es, nach Betreten der Räume möglichst schnell zum hinteren Ende und damit zum Büro von Dr. Nerlinger vorzudringen, bevor dieser Zeit fand zu reagieren. Der Einsatz von Tränengas und Blendgranaten wurde kurz angedacht, dann aber wieder verworfen, da die Männer des MEK im Falle eines Gegenangriffs von Dr. Nerlinger freie Sicht präferierten.

Und damit ein freies Schussfeld.

Nachdem Klee das obere Stockwerk erreicht und sich alle anderen Beamten auf dem darunterliegenden Treppenabsatz versteckt hatten, betätigte er den Klingelknopf. Es dauerte einen Moment, dann waren leichtfüßige Schritte zu vernehmen, und die Tür öffnete sich.

Christa Brenner war sichtlich überrascht, ihren Freund zu erblicken, und ihr Erstaunen wuchs, als er sie schwungvoll in den Arm nahm und leidenschaftlich küsste. Jeden Protest mit seinen Lippen erstickend, zog Klee die verdutzte Architektin ins Treppenhaus und presste ihr seine Hand auf den Mund. Eine Maßnahme, die sich als überaus sinnvoll erweisen sollte, denn als Brenner die vermummten, martialisch gekleideten Männer bemerkte, die in diesem Moment die Büroräume stürmten, stieß sie unter der Hand einen erstickten Schrei aus.

»Alles in Ordnung, Süße! Ganz ruhig!«, beruhigte Klee sie und lockerte den Griff behutsam. »Ich erkläre es dir später! Du musst mir vertrauen und hier stehen bleiben. Verstanden? Beweg dich nicht vom Fleck!«

Sie nickte verstört, ließ sich langsam die Wand hinuntergleiten und verharrte schluchzend, während Klee mit gezückter Waffe seinen Kollegen hinterhereilte. Das MEK hatte inzwischen in professioneller Manier jede Nische des Büros mit Beamten gesichert, die den völlig verängstigt auf dem Boden liegenden Angestellten bedeuteten, ihre Position schweigend beizubehalten. Der Rest des Einsatzteams war bereits in das am entgegengesetzten Ende des Dachgeschosses befindliche Büro von Dr. Nerlinger gestürmt und hatte dabei die verschlossene Zwischentür mit einem Sprung gegen den Rahmen zertrümmert.

Nun standen die Polizisten zwischen Glas- und Holzsplittern, riefen sich kurze Kommandos zu und zielten mit ihren Sturmgewehren auf den Schreibtisch. Den leeren Schreibtisch. Dr. Christoph Nerlinger befand sich nicht in seinem Büro. Auch die Beamten, die die Nebenräume und die Toilette überprüft hatten, schüttelten den Kopf.

»Negativ, Chef – der Vogel ist ausgeflogen!«

»Verdammt!«, fluchte Madsen. »Wo ist dieser verdammte Dreckskerl?« Er eilte mit Klee durch die Büroräume zum Hausflur zurück und wandte sich dort an die immer noch auf dem Boden kauernde Freundin von Klee. »Frau … tut mir leid, ich weiß nicht einmal, wie Sie heißen!«

»Brenner. Christa Brenner«, antwortete sie leise schluchzend.

»Frau Brenner, ich weiß, dass diese Situation schockierend für Sie ist. Udo wird Ihnen später alles erklären. Aber dafür ist momentan keine Zeit! Wir suchen Dr. Nerlinger, Ihren Chef! Es ist extrem wichtig, dass wir ihn schnellstmöglich finden. Bei dem Telefonat mit Udo sagten Sie, dass er hier ist. Das stimmt aber offensichtlich nicht!«

Brenner schaute verärgert zuerst zu Klee, dann zu Madsen.

»Wollen Sie damit behaupten, dass ich gelogen habe? Bis vor ein paar Minuten war Dr. Nerlinger sehr wohl noch hier – aber dann ist er zum Sport gegangen. Eigentlich hätten Sie ihn im Treppenhaus fast noch treffen müssen.«

Madsen griff hektisch nach Brenners Arm.

»Wo ist er hingegangen zum Sport? Die Tiefgarage haben wir gesichert, mit dem Auto kann er also nicht weg. Ist er zu Fuß unterwegs?«

Die Architektin nickte.

»Natürlich ist er zu Fuß unterwegs. Das Fitnessstudio liegt ja direkt auf der anderen Seite des Hofs.«

Sie deutete durch das große Fenster auf das Nebengebäude.

»Verdammte Scheiße!«, rief Madsen. »Los! Alle sofort runter ins Fitnessstudio. Hat das Studio nur den Ausgang zum Innenhof?«

Klee, der neben dem Kriminalrat die Stufen hinunterhetzte, zuckte während des Laufens mit den Schultern.

»Keine Ahnung! Ich bin damals vorne rein- und rausgegangen. Ob es auf der Rückseite auch noch einen Ausgang gibt, weiß ich nicht!«, keuchte er. »Aber falls es den gibt und er uns bei der Anfahrt oder dem Sammeln im Hof gesehen hat, dürfte er sich inzwischen längst aus dem Staub gemacht haben!«

Eine Vermutung, die sich kurz darauf bestätigte, denn als die Polizisten die Studioräumlichkeiten durchsuchten, war von Dr. Nerlinger weit und breit nichts mehr zu sehen.

Klee eilte zur Rezeption und traf dort auf die junge Frau, die ihn bereits bei seinem ersten Besuch empfangen hatte. Völlig unbeeindruckt von der allgemeinen Hektik und den vermummten, bewaffneten Gestalten, zwinkerte sie dem Kommissar grinsend zu.

»Eins muss ich Ihnen lassen, Herr Kommissar – Ihre Auftritte werden immer spektakulärer. Wie gedenken Sie das nächste Mal hier aufzutauchen? Vielleicht mit einem Hubschrauber?«

Klee musste trotz aller Anspannung kurz lachen. »Wir suchen Dr. Christoph Nerlinger aus dem Architekturbüro gegenüber. Haben Sie den gesehen?«

»Klar!« Sie nickte. »Der war eben hier. Hat irgendwas von einer Armverletzung erzählt und wollte deswegen nur aufs Laufband. Auf dem Weg zur Garderobe hat er aus dem Fenster geschaut, sich ganz plötzlich umgedreht und gesagt, er hätte noch was im Auto vergessen. Dann ist er gegangen und bis jetzt nicht mehr aufgetaucht.«

»Das wird er wohl auch nie wieder tun!«, murmelte Klee leise, bevor er die Stimme erneut hob. »Sagen Sie: Hat dieses Studio auch einen Hinterausgang? Und hat Dr. Nerlinger den genommen?«

»Interessant, dass Sie das fragen, Herr Kommissar! Offensichtlich sind Sie ein guter Polizist!«, feixte die junge Frau, für die die ganze Situation offensichtlich den Charakter eines Spiels besaß. »Ja, wir haben einen Hinterausgang, und durch den ist Dr. Nerlinger auch raus. Man ist dann auf der Rückseite der Häuserzeile, kommt aber von diesem Weg ein Stück weiter vorne zwischen den Häusern wieder auf die Straße.«

Klee bedankte sich kopfnickend für die Auskunft und eilte zurück zu Madsen, der mit dem Einsatzleiter des MEK im Innenhof stand und das weitere Vorgehen abstimmte.

»Dr. Nerlinger ist wie erwartet hinten raus. Von da kommt man ein Stückchen weiter auch wieder auf die Hauptstraße.«

»Wo er sich dann vermutlich einen seiner Firmenwagen geschnappt hat und abgehauen ist. In der Tiefgarage stehen die BMWs nämlich nicht!«, mischte sich Hauptkommissar Rick in das Gespräch ein. »Wir sollten schnellstmöglich klären, mit welchem Wagen er unterwegs ist, und Dr. Nerlinger zur Fahndung ausschreiben.«

Madsen nickte entschlossen. »Genau so machen wir es. Udo, du jagst sofort hoch zu deiner Freundin und quetschst sie aus, wo die Firmenfahrzeuge stehen. Zirngibl, Brandl, Sie gehen mit nach oben. Wenn Sie die Info über den Standort der Fahrzeuge haben, schauen Sie sofort nach, welches fehlt. Klären Sie das mit Jo – sie hat ja die Kennzeichen der Wagen. Dann lassen Sie Dr. Nerlinger samt Auto umgehend zur Fahndung ausschreiben – mit besonderem Augenmerk auf Autobahnen, aber auch Bahnhöfe, Flughäfen und so weiter. Weit kann Dr. Nerlinger ja noch nicht gekommen sein. Die Kollegen sollen sich zusätzlich auch um Verkehrsüberwachungskameras, Geldautomaten, Tankstellen et cetera kümmern. Schließlich tritt er die Flucht überhastet an – vielleicht muss er sich ja erst noch mit allem Nötigen versorgen. Ach ja, und versuch mal, ob du sein Handy orten kannst, wenngleich ich mir ziemlich sicher bin, dass er es zumindest ausgeschaltet, wenn nicht sogar komplett entsorgt hat. Falls jemand nach dem richterlichen Beschluss fragt. Verweist ihn an Dr. Agasiotis – der wird sich um die nötigen Genehmigungen kümmern. Ach, und Udo: Frag deine Freundin doch auch gleich mal, ob sie eine Ahnung hat, wo ihr Chef in so einer Situation hingefahren sein könnte! Vielleicht weiß sie ja etwas von Hütten oder Häusern, wo Dr. Nerlinger sich verstecken könnte.«

Klee nickte und eilte die Treppen hinauf, drei Stufen in einem Sprung nehmend, während Madsen sich eine Zigarette anzündete. Er nahm einen tiefen Zug und blickte dem Rauch hinterher, der sich in der Luft verflüchtigte und spurlos verschwand.

Genauso wie ihr Verdächtiger.

***

Christa Brenner hatte sich inzwischen wieder etwas beruhigt, aber die anderen, zumeist jüngeren Mitarbeiter saßen immer noch schluchzend und wie paralysiert an ihren Arbeitsplätzen. Klee bedeutete Brenner, ihm und seinen Kollegen ins Büro von Dr. Nerlinger zu folgen. Dort wischte er die Glassplitter von den Möbeln, drückte Brenner mit sanfter Gewalt auf den Schreibtischstuhl und sah sie durchdringend an.

»Christa, ich kann dir noch nicht alle Details mitteilen, weil wir uns in einer laufenden Ermittlung befinden und außerdem ehrlich gesagt selbst noch nicht so genau wissen, was wirklich Sache ist. Aber es sieht momentan so aus, als sei dein Chef der Serienmörder, den wir seit Tagen suchen!«

Als die junge Frau ungläubig protestieren wollte, schnitt er ihr mit einer kurzen Geste das Wort ab. »Ich weiß, dass das verrückt klingt, und ich habe es anfangs auch nicht glauben wollen! Aber inzwischen spricht leider eine ganze Menge dafür. Ich werde dir so bald wie möglich erklären, wie wir darauf gekommen sind. Jetzt ist aber erst mal wichtiger, dass wir ihn finden, bevor er noch mehr Unheil anrichtet. Sag mir deshalb bitte, wo ihr eure Firmen-BMWs geparkt habt! Und ob es noch andere Autos gibt, die er zur Flucht genutzt haben könnte.«

Aus Christa Brenners Körper schien plötzlich jegliche Kraft gewichen zu sein. Leichenblass und mit hängenden Schultern saß sie vor den drei Polizisten und schüttelte immer wieder ungläubig den Kopf.

»Wir haben insgesamt drei 3er-BMW-Kombis als Firmenwagen«, erklärte sie stockend. »Die nehmen wir Angestellten, wenn wir Termine außer Haus haben, können sie aber – zum Beispiel, wenn es abends spät wird – auch für die Heimfahrt nutzen. Für diese Wagen gibt's keinen Tiefgaragenplatz, deshalb stellen wir die immer ein Stück weiter auf dem Parkplatz neben dem Café ab. Da haben wir drei Stellplätze angemietet.«

»Und zu den Wagen hat Dr. Nerlinger auch einen Schlüssel, oder?«, hakte Klee nach, während Zirngibl und Brandl bereits aus dem Büro stürmten, um zu überprüfen, welches der drei Fahrzeuge fehlte.

Brenner nickte. »Ja, natürlich hat er auch einen Schlüssel. Sind ja im Prinzip seine Wagen!«

»Na prima! Dann hat er jetzt wunderbar abhauen können!«, murmelte Klee niedergeschlagen.

Brenner sah ihn besorgt an. »Alles in Ordnung, Udo?«

»Nein, eigentlich nicht. Ehrlich gesagt ist überhaupt nichts in Ordnung. Ganz im Gegenteil! Ich habe mehrfach mit einem gesuchten Mörder gesprochen und dabei nicht das geringste Misstrauen verspürt. Und dann habe ich vor dem Zugriff vergessen, mich zu erkundigen, ob das Fitnessstudio einen Hinterausgang hat. Jetzt ist ein Mann, der mindestens drei Menschen ermordet hat, auf freiem Fuß – weil ich nicht misstrauisch genug war und nicht genug nachgedacht habe. Was für eine Scheiße!« Klee rieb sich voller Verzweiflung durch die Haare, bevor er die Selbstvorwürfe von sich schüttelte wie ein Hund das Regenwasser und Christa Brenner beide Hände auf die Schultern legte. »Ich muss dich was ganz Wichtiges fragen, Christa: Hat dein Chef neben seiner Wohnung in Starnberg irgendeine Hütte, ein Apartment oder eine Zweitwohnung? Hat er dir davon schon mal erzählt?«

Brenner nickte. »Ja, er hat noch ein Ferienhaus auf Lanzarote, wo er relativ oft ist! Er hat das immer ›eine kleine Auszeit nehmen‹ genannt.« Völlig unvermittelt brach die junge Frau in Weinen aus. »Ich kann das alles eigentlich gar nicht glauben! Er wirkte immer so ausgeglichen und zufrieden. Du hättest mal seine Augen sehen sollen, wenn er geflogen ist. Die haben gestrahlt wie Sterne. So jemand geht doch nicht rum und tötet … Aua!« Brenner schrie schmerzerfüllt auf. »Was zum Teufel soll das, Udo? Du tust mir weh!«

»Entschuldige bitte!« Klee löste den Griff, mit dem er Brenners Schulter umklammert hatte. »Ich wollte dir nicht wehtun. Aber kannst du bitte noch mal wiederholen, was du gerade gesagt hast?«

»Was ist denn in dich gefahren? Du wirkst ja völlig aufgelöst!« Brenner rieb sich ihre schmerzende Schulter und starrte Klee vorwurfsvoll an. »Ich sagte gerade, was zum Teufel das soll!«

»Nein, nicht das!«, erwiderte Klee ungeduldig. »Ich meinte das davor mit der Fliegerei!«

»Ach das! Ich sagte, dass Dr. Nerlinger immer total glücklich war, wenn er geflogen ist. So hoch in der Luft, am Steuer seines Flugzeugs, frei wie ein Vogel – da war er immer richtig in seinem Element! Da konnte er ...«

Sie zuckte zusammen, als Udo ihr die Hände abermals auf die Schulter legte, doch diesmal tat er es behutsamer und blickte ihr tief in die Augen.

»Nerlinger hat ein eigenes Flugzeug?«, fragte er eindringlich. »Bist du dir da ganz sicher? Unsere Kollegin hat nämlich geprüft, ob er in München oder Oberpfaffenhofen als Besitzer oder Nutzer eines Flugzeugs gemeldet ist. Kurz vor dem Zugriff hat sie angerufen – und die Antwort war negativ.«

»Kein Wunder!« Brenner zuckte mit den Schultern. »Das sind ja auch die falschen Flughäfen. Seine Maschine steht in Wangen, und von dort fliegt er auch.«

»Von Wangen? Dieses kleine Kaff zwischen Starnberg und der Garmischer Autobahn? Das sind doch nur eine Handvoll Häuser!« Klee verzog ungläubig sein Gesicht. »Da gibt's doch keinen Flugplatz!«

Christa Brenner lachte freudlos. »Tja, eigentlich nicht. Aber wenn du Geld hast, hast du auch andere Möglichkeiten. Dann musst du nicht bis Oberpfaffenhofen oder München fahren, um deinem Hobby zu frönen. Stattdessen mietest du dir von einem Bauern ein freies Feld, mähst eine Start-und-Lande-Bahn hinein, baust dir einen kleinen Holzhangar mit Windhose – und schon hast du deinen Privatflughafen. Ist der dir noch nie aufgefallen, wenn du vom Autobahnzubringer Starnberg auf die A 95 Richtung München fährst? Wenn du genau in der Kurve unter der Brücke nach rechts schaust, siehst du den Hangar und die Wiese mit der Start-und-Lande-Bahn.«

»Christa, du bist ein Genie!«, rief Klee und drückte der verdutzten Architektin einen überschwänglichen Kuss auf die Lippen. »Sobald dieser Fall zu Ende ist, fahren wir zwei Hübschen ein Wochenende in die Berge. Nur du und ich – ganz romantisch. Großes Polizistenehrenwort! Aber bis dahin gibt es leider noch eine Menge zu tun!«

Mit diesen Worten griff er zum Handy und drückte eine Kurzwahltaste.

Sein Gesicht war von Brenner abgewandt, und er sprach schnell und leise. Trotzdem glaubte sie, mehrfach den Begriff »verschwinden« verstanden zu haben.

Aber vielleicht hatte sie sich auch getäuscht.

So wie bei ihrem Chef.

***

»Ich hoffe, es wird nicht gerade jetzt ein Flugzeug hier landen«, brummte Madsen und blickte mit zusammengekniffenen Augen Richtung Himmel.

Nachdem er und sein Team mit Blaulicht, Martinshorn und einer nur mit viel Wohlwollen gerade noch als straßentauglich zu bezeichnenden Geschwindigkeit von Andechs nach Wangen gerast waren, hatte es trotz Navigationssystem einige Minuten gedauert, bis der ganze Konvoi endlich die kleine Schotterstraße Richtung Schorn gefunden hatte, die unmittelbar an dem privaten Fluggelände vorbeiführte. Um nicht noch mehr Zeit mit der Suche nach einer offiziellen Einfahrt zum Fluggelände zu verschwenden, waren die Beamten mit ihren Fahrzeugen kurzerhand von der Zufahrtsstraße über ein Stück ungemähte Wiese direkt auf die Start-und-Lande-Bahn gefahren. Diese war etwa zehn Meter breit, über vierhundert Meter lang und bestand aus einer kurz gemähten Grasfläche, die ob ihres ebenen Untergrundes und ihrer extremen Gepflegtheit an ein Golfgreen erinnerte. Rechts und links der Piste hingegen wucherte das Gras deutlich höher, und während in südöstlicher Richtung ein kleiner Wald das aeronautische Areal säumte, war es auf der gegenüberliegenden Seite der Autobahnzubringer, der in einer lang gezogenen Kurve die A 952 nach Starnberg mit der A 95 zwischen München und Garmisch-Partenkirchen verband.

Madsen deutete auf den einzigen Hangar, der im Grunde

nicht viel mehr war als eine robust wirkende Holzhütte mit einem silbern glänzenden Satteldach und einem breiten Rolltor auf der Frontseite.

»Zirngibl, Brandl, Sie schauen nach, was in dem Hangar ist. So wie der Schuppen aussieht, wird da das Flugzeug untergestellt sein. Ich will wissen, ob Nerlinger damit abgehauen ist. Wenn abgeschlossen ist – wovon ich ausgehe –, knacken Sie das Schloss! Womit, ist mir egal. Um die richterliche Genehmigung kümmern wir uns später. Momentan zählt jede Minute, und wenn Nerlinger es schafft, sich ins Ausland abzusetzen, schauen wir in die Röhre.« Er klatschte ungehalten in die Hände. »Also, hopp, hopp! Worauf warten Sie noch? Auf eine Anweisung aus dem Tower?«

Die beiden Streifenbeamten erröteten verschämt, machten auf dem Absatz kehrt und eilten im Laufschritt zu dem angegebenen Ziel.

Währenddessen wandte sich Madsen an Klee. »Udo, wir zwei nehmen uns dieses kleine Häuschen vor.«

Er zeigte mit dem Finger auf das zweite Gebäude, das sich schräg gegenüber auf der ungemähten Wiese befand und nur durch einen schmalen Trampelpfad von der Start-und-Lande-Bahn crrcichbar war. Das mit ctwa ncun Quadratmctcr Grundfläche extrem kleine Haus war im Gegensatz zu dem hölzernen Hangar komplett aus Stein gebaut und wirkte schon allein durch die gedrungene Form deutlich robuster. Ein Eindruck, der durch die schwere Metalltür und die daumendicken Gitterstreben vor dem kleinen, quadratischen Fenster noch verstärkt wurde. Hinter dem trutzig anmutenden Bau war an einem Fahnenmast eine rot-weiß gestreifte Windhose befestigt, die den Piloten vermutlich bei der Beurteilung der Luftströmungen dienlich sein sollte, angesichts der Windstille aber so schlapp nach unten hing wie das Gemächt eines byzantinischen Eunuchen.

»Wofür mag der Kasten gut sein?«, murmelte Klee, während er mit großen Schritten hinter Madsen hereilte. »Sieht aus wie ein Strom- oder Wasserhäuschen, aber beides macht hier eigentlich wenig Sinn!«

»Ich habe keine Ahnung – aber wir werden es ja gleich sehen!«, erwiderte Madsen, kurz bevor er die Tür des Gebäudes erreichte.

Er rüttelte an der Klinke, doch die Tür bewegte sich keinen Deut. Madsen trat einen Schritt zur Seite, presste die Stirn gegen die Fenstergitter und versuchte, durch die Scheiben einen Blick ins Innere des Häuschens zu werfen.

»Und?«, fragte Klee schnaufend. »Sieht man was?«

»Negativ!«, antwortete Madsen und schüttelte resigniert den Kopf. »Die Fenster scheinen von innen zugeklebt zu sein. Es bleibt uns nichts anderes übrig, als die Tür aufzubrechen.«

»Das dürfte aber ziemlich schwierig werden«, entgegnete Klee und begutachtete prüfend das Material. »Die Tür ist aus Stahl und sieht aus, als wäre sie nachträglich eingebaut worden. Ich fürchte, um die zu knacken, brauchen wir Verstärkung mit schwerem Gerät. Das Einzige, was ich im Auto habe, ist das übliche Reifenwechselzubehör.«

»Hast du auch einen Hammer?«

»Ich glaube, ja.« Klee runzelte die Stirn. »Aber was wollen Sie mit dem Hammer? Dellen in die Tür schlagen?«

Madsen antwortete nicht, und so spurtete Klee zu seinem Wagen und kam kurz darauf völlig außer Atem mit einem massiven Hammer zurück.

»Hier, Chef! Den hab ich irgendwann mal in den Kofferraum gelegt und nie wieder rausgeräumt. Aber wozu soll der jetzt gut sein?«

»Siehst du den andersfarbigen Putz hier an den Fensterinnenseiten?« Madsen deutete auf die Stellen, an denen die metallene Fenstervergitterung in das Mauerwerk eingelassen war. »Die Gitterstangen sind nachträglich eingesetzt worden, und wenn mich nicht alles täuscht, ist das kein richtiger Beton, sondern eine Art Gips. Wenn wir Glück haben, reichen die Stangen nicht weit ins Mauerwerk, sondern stecken nur ein paar Zentimeter tief. Bis zur Vorderkante ist es auch nur eine Handbreit, das heißt …«

»… mit ein paar wuchtigen Schlägen sollten sich die Stangen

freilegen lassen!«, ergänzte Klee den Satz, trat näher und strich prüfend über das Metall der Querstreben. »Sehr coole Idee! Was glauben Sie, wie lange wir für die drei Gitterstangen brauchen?«

»Das spielt keine Rolle, weil wir keine drei Stangen freilegen!«, erwiderte Madsen, holte weit aus und schlug mit dem Hammer so fest auf die Mauerkante, dass Stein- und Putzbrocken im hohen Bogen über die Wiese flogen. »Wir entfernen nur die erste Stange – das sollte reichen, um die Scheibe einzuschlagen und durch das Fenster reinzukriechen. Und jetzt geh einen Schritt zurück, Udo, und halte dir die Hand vor die Augen – ich schlag nämlich jetzt richtig zu!«

Es waren keine zehn Minuten vergangen, als Madsen den Hammer achtlos ins Gras warf, sich den Schweiß von der Stirn wischte und auf das eingeschlagene Fenster mit der fehlenden Gitterstrebe deutete, als verkaufe er einen schlagerspielenden Gurkenschäler auf HSE24.

»Wenn ich bitten dürfte, mein Herr!«

Klee hob abwehrend die Hände. »Warum denn ausgerechnet ich?«

»Weil sonst niemand da ist, du etliche Jahre jünger bist als ich – und ich außerdem so geschmeidig bin wie eine Bahnschranke!« Madsen zog seine Lederjacke aus und legte sie so über den Fensterrahmen, dass sie Schutz vor den scharfkantigen Glasstücken bot, die teilweise noch im Holz steckten. »Und jetzt los! Du wolltest doch immer mehr Action – jetzt hast du sie und jammerst auch wieder rum.«

Klee erkannte, dass jeglicher Widerstand zwecklos war. Also entledigte er sich ebenfalls seiner Jacke und zog sich mit einer kraftvollen Bewegung an einer der verbliebenen Gitterstreben hoch, bis seine Füße auf dem Fensterbrett standen. Anschließend schob er vorsichtig das eine, dann das andere Bein nach drinnen, glitt mit Unterleib und Hüfte über das glatte Leder von Madsens Jacke und ließ nach einem tiefen Atemzug die Gitterstäbe los. Mit einem hässlichen Geräusch riss irgendetwas an der Jacke.

»Alles in Ordnung?«

»Alles okay!«, ertönte Klees Stimme gedämpft aus dem Inneren. »Hab mir, glaube ich, nur eine Glasscherbe in den Rücken gebohrt. Ist aber nicht weiter schlimm! Allerdings fürchte ich, dass Ihre Lederjacke was abbekommen hat.«

»Drauf geschissen!« Madsen winkte ab. »Hauptsache, du bist okay! Und jetzt schau, ob da irgendwas rumliegt, womit man die Tür von innen öffnen kann.«

»Aye, Sir! Hier hängt ein Schlüssel neben der Tür. Wenn wir Glück haben, ist das ein Ersatzschlüssel!«

Es dauerte einen Augenblick, dann ertönte das Geräusch eines sich drehenden Schlüssels, und Klee öffnete die Tür. Das Sonnenlicht fiel direkt auf sein Gesicht, und Madsen erkannte, dass sein junger Kollege weiß wie die Wand war.

»Alles gut bei dir?« Madsen legte Klee die Hand auf die Schulter und blickte ihm prüfend in die Augen. »Hast du dich etwa doch schlimmer verletzt?«

Statt einer Antwort schüttelte Klee den Kopf. Dann atmete er tief durch, rieb sich mit der Hand über das Gesicht, als wolle er ein unerwünschtes Bild loswerden, und deutete schweigend über seine Schulter, ohne sich umzudrehen.

Madsen trat in das Innere des Häuschens, schloss die Augen und wartete einen Augenblick, bis sie sich an die schummrige Dunkelheit gewöhnt hatten. Als er sich in dem kleinen, von der Außenwelt isolierten Raum umschaute, wünschte er sich, er hätte die Augen nicht wieder geöffnet.

ACHTZEHN

»Den Tatort dürften wir damit wohl gefunden haben.« Stefan Bertram, der Leiter der Spurensicherung, ergriff mit den Fingerspitzen einen Cutter, an dessen Klinge eine getrocknete dunkelrote Flüssigkeit klebte, und betrachtete ihn nachdenklich von allen Seiten.

»Das sehe ich genauso! Aus diesem Grund haben wir euch auch hierherbestellt«, erwiderte Madsen und trat eilig zur Seite, als zwei Männer in weißen Ganzkörperoveralls eine Zinkwanne mit den sterblichen Überresten von Mandy Maschmeier nach draußen trugen.

Der Anblick des Leichnams war auch für einen erfahrenen Polizisten wie Madsen absolut verstörend. Während das durchaus als attraktiv zu bezeichnende Gesicht der jungen Frau gänzlich unbeschadet war und bei flüchtiger Betrachtung den Eindruck vermittelte, als schlafe sie nur, erfasste einen das Grauen beim Betrachten des Oberkörpers umso stärker. Mit seinen weit auseinanderklaffenden Rippen bot der gewaltsam geöffnete Brustkorb freien Blick auf die Brust- und Bauchhöhle, denen der Verlust wichtiger Organe aufgrund der Leere auch ohne anatomische Fachkenntnisse unschwer anzusehen war.

Madsen ließ seinen Blick durch den kleinen Raum schweifen. Die spartanische Ausstattung bestand lediglich aus einem schlichten, dreibeinigen Hocker, dessen weiße Beschichtung rote Spritzflecken aufwies, sowie einem aufgeklappten Angelkasten, in dessen Fächern sich statt Ködern und Haken Kabelbinder, Gaffer Tape, Cutter, Ersatzklingen und ein zusammengeschobener Totschläger befanden.

»Kein schlechter Ort, um Menschen auszunehmen!«, bemerkte Stefan Bertram, während er ein Utensil nach dem anderen aus dem Angelkasten nahm, um es in kleine Plastiktüten zu verstauen und diese zu beschriften. »Völlig einsam gelegen, auf der einen Seite Wald, auf der anderen eine Autobahn – da kann man absolut ungestört seinen perversen Gelüsten frönen. Und selbst wenn zufällig mal jemand vorbeigekommen wäre, hätte er wegen der dicken Mauern und der abgeklebten Fenster nichts gesehen oder gehört. Ganz schön clever, euer Mörder – aber das wusstet ihr ja bereits!«

»Stimmt!« Madsen nickte nachdenklich und steckte sich eine Zigarette in den Mund, ohne sie anzuzünden. »Im Nachhinein passt Dr. Nintzels Profil wie angegossen. Das Problem war nur, dass niemand von uns es für notwendig gehalten hatte, dieses Profil mit Nerlinger abzugleichen. Er war einfach nie im Kreis der Verdächtigen. Zumindest haben wir ihn nie da gesehen, was sich im Nachhinein als verdammter Fehler erwiesen hat.«

»Den ihr allerdings wiedergutmachen könnt, wenn ihr den Kerl jetzt schnellstens schnappt!« Bertram legte die Plastikbeutel beiseite, trat zusammen mit Madsen aus dem Häuschen auf den Trampelpfad, wo Klee bereits auf sie wartete. »Wie sieht denn jetzt euer weiteres Vorgehen aus?«

Madsen antwortete nicht sofort, sondern bot seinen beiden Kollegen ebenfalls eine Zigarette an. Nachdem er allen Feuer gereicht und auch seine eigene Zigarette angezündet hatte, inhalierte er schweigend den würzigen Rauch und beobachtete die anderen Beamten, die in der Nähe des Hangars geschäftig hin und her liefen. Erst nachdem Bertram ihn mit einem leichten Räuspern daran erinnerte, dass es noch eine Frage zu beantworten galt, zuckte Madsen kurz zusammen und rieb sich seinen Bart.

»Nun, zumindest ist er nicht mit seinem Flugzeug abgehauen. Das steht nämlich noch da vorne im Hangar.« Er deutete auf die weiße Cessna 172, die durch das weit geöffnete Rolltor zu sehen war. »Ich nehme an, er wollte sich damit vom Acker machen – voll aufgetankt ist sie nämlich. Aber leider hat er es sich offensichtlich doch kurzfristig anders überlegt, sonst hätten wir ihn hier geschnappt.«

»Ist er euch bei dem Zugriff in Andechs nicht auch ganz knapp entwischt?«, erkundigte sich Bertram betont beiläufig.

Madsen registrierte den Unterton in Bertrams Frage sofort. »Ja, das ist er. Warum fragst du?«

»Och, nur so!«, winkte Bertram ab und drückte seine Zigarette auf dem Boden aus. Dass er dabei für den Bruchteil einer Sekunde auf Klee zeigte, bekam dieser nicht mit.

Wohl aber Madsen. »Ach, Udo, wärst du so nett und würdest noch mal kurz zur Maschine von Nerlinger gehen?« Madsen legte seinem jüngeren Kollegen vertraulich eine Hand auf die Schulter und deutete Richtung Hangar. »Ich weiß nicht, ob das bei Flugzeugen so ähnlich ist wie bei Autos, aber vielleicht hat die Cessna so etwas wie ein Navi, in dem die letzten Ziele gespeichert sind. Gib doch Brandl, Zirngibl und den Kollegen von der Spusi bitte die Anweisung, den Flugschreiber daraufhin mal zu untersuchen.«

»Na klar, kein Problem!«

Klee streifte die weißen Kunststoffüberschuhe, die er in dem Betonhäuschen getragen hatte, von den Füßen und trottete Richtung Hangar. Madsen wartete, bis er außer Hörweite war, und wandte sich dann an Stefan Bertram.

»Schieß mal los! Was wolltest du mir mit deiner Frage durch die Blume mitteilen?«

»Na ja, im Grunde war dieser Dr. Nerlinger von Anfang an in die Geschichte involviert – es hat ihn nur niemand verdächtigt. Ob durch Zufall oder mit Absicht, sei mal dahingestellt. Dann findet ihr mit diesem Camper einen Zeugen, der zuerst singt wie ein Vögelchen und dann – wie von Geisterhand – plötzlich verstummt.«

»So etwas passiert häufiger. Den verlässlichen Traumzeugen gibt es leider relativ selten!«, unterbrach ihn Madsen, der immer noch nicht wusste, worauf Bertram hinauswollte. Oder es nicht wissen wollte.

»Na gut. Aber was ist mit euren potenziellen Opfern?« Bertram tippte Madsen mit dem Zeigefinger auf die Brust. »Ihr definiert abends ein paar Leute, die unter Umständen gefährdet sind, und als ihr sie morgens bewachen wollt, da ist diese Mandy Maschmeier schon verschwunden. Jahrelang hat keiner sie behelligt – und kurz bevor sie durch Polizeischutz nicht mehr greifbar wäre, wird sie entführt und getötet.«

»Aber …«

»Nichts ›aber‹!«, wischte Bertram Madsens Einwand mit einer unwirschen Handbewegung beiseite. »Das Gleiche passierte mit diesem Dr. Nerlinger. Ihr definiert ihn heute am späten Nachmittag als Hauptverdächtigen, und keine halbe Stunde später ist der Mann über alle Berge. Und das, nachdem ihr ihn zweimal fast gehabt hättet. Es muss dir doch – wenn du ehrlich zu dir selbst bist – auffallen, dass da irgendwas faul ist, oder?«

»Willst du damit etwa sagen …«, Madsen fixierte seinen Freund mit einem eisigen Blick, »… dass es in meinem Team einen Maulwurf gibt?«

»Na endlich kapierst du's!« Bertram applaudierte Madsen ironisch. »Mir ist schon klar, dass das niemand gerne hört. Und du wärst ein schlechter Vorgesetzter, wenn du dein Team nicht verteidigen würdest. Aber in dem Fall deutet aus meiner Sicht einiges darauf hin, dass du einen faulen Apfel im Korb hast.« Bertram war nun nicht mehr zu bremsen, sondern unterstrich jede seiner Aussagen mit weit ausholenden Armbewegungen. »Klee ist ein junger Polizist, der Karriere machen will. So einer geht doch nicht freiwillig raus aufs Land. Und was ist mit diesem Dr. Nintzel? Vor einer Woche wusstest du noch nichts von seiner Existenz, und jetzt ist er in sämtliche Ermittlungsinterna eingeweiht. Hast du ihn mal überprüft? Dir mal seine Personalakte angesehen?«

»Jetzt mach aber mal 'nen Punkt!«, rief Madsen mit lauter Stimme, um sofort darauf wieder verschwörerisch die Stimme zu senken. »Dr. Nintzel ist ein erfahrener Profiler und hat für das BKA an etlichen Ermittlungen teilgenommen – und das zumeist auch sehr erfolgreich.«

Bertram schüttelte unwillig den Kopf.

»Das habe ich auch. Und trotzdem gibt es Tage, wo ich das Bedürfnis verspüre, diesem menschenverachtenden Verbrecherpack eine Kugel in den Kopf zu jagen. Und jetzt sage mir nicht, dass du nie solche Gedanken hast!«

»Ich … also im Grunde … manchmal …«, stammelte Madsen und errötete verschämt.

»Na also. Und hast du mir nicht erzählt, dass deine Leute Sympathien für den Täter gehegt haben, als sie von Mohns Strafakte erfahren haben? Da ist es doch nur allzu verständlich, dass man diesem Schwein die Pest an den Hals wünscht für das, was er der kleinen Rufer angetan hat. Und da kommt plötzlich jemand Unbekanntes, tötet den Täter und macht die Welt damit wieder ein kleines bisschen besser!«

»Indem man Leute aufschlitzt und ihnen bei lebendigem Leib die Gedärme rausreißt? Bertram, ich bitte dich!«, entrüstete sich Madsen. »Was soll denn daran besser sein? Mord ist Mord – egal, was das Opfer vorher getan hat!«

»Eben nicht!« Nun war es Bertram, der seine Stimme hob, sodass einige seiner Kollegen in der Entfernung neugierig die Köpfe hoben. »Zumindest nicht in den Köpfen aller. Wenn du mir als Freund einen Rat erlaubst: Sei etwas vorsichtiger, mit wem im Team du welche Informationen teilst! Besonders dann, wenn ihr diesem Dr. Nerlinger näher auf die Pelle rückt. Ich spüre es in meinen Eiern, dass einer der Kollegen nicht ganz koscher ist. Und glaube mir …«, Bertram griff sich mit seiner rechten Hand schwungvoll zwischen die Beine und grinste anzüglich, »… das sind zwei ganz erfahrene alte Polizisteneier!«

Nachdem Stefan Bertram wieder zurück zu dem kleinen Betonhäuschen gegangen war, um die Arbeit seines Teams zu kontrollieren, blieb Madsen noch einen Augenblick am Rand der Wiese stehen. Die Dämmerung zog langsam auf, und der Wind hatte aufgefrischt, wodurch die nach Benzin und Abgasen riechende Luft von der Autobahn über das private Flugfeld geweht wurde. Madsen hatte Mühe, sich eine weitere Zigarette anzuzünden, doch nachdem er sich mit dem Rücken zum Wind gestellt und mit der Hand eine kleine Höhle geformt hatte, gelang es ihm, seine American Spirit zum Glühen zu bringen. Während er den Qualm gedankenverloren inhalierte, dachte er über Bertrams Worte nach. Vielleicht hatten er und Nick Trachte ja recht. Vielleicht sympathisierte einer seiner Mitarbeiter tatsächlich ja so sehr mit Nerlinger und dessen Taten, dass er ihn schützte.

Schlagartig einsetzende Kopfschmerzen bemächtigten sich seines Schädels und trieben ihm Schmerztränen in die Augen. Wenn dem tatsächlich so war, dann wusste Madsen gar nicht, was ihn mehr schockierte – das Ignorieren des staatlichen Rechtssystems durch Selbstjustiz oder der Verrat an ihm und seinem restlichen Team.

Madsen warf die gerade erst angerauchte Kippe zu Boden und zertrat sie mit grimmiger Wut. Wie gern hätte er in diesem Moment seinen alten Partner von Werdenfels an der Seite gehabt. Einen Freund, dessen Loyalität und Integrität unbestritten waren und auf den er sich blind und ohne jederlei Zweifel hätte verlassen können. Doch dummerweise weilte der just in diesem Moment rund sechstausendfünfhundert Kilometer entfernt in New York.

Als sein Mobiltelefon plötzlich klingelte, zuckte Madsen erschrocken zusammen. Er blickte auf das Display, räusperte sich kurz und meldete sich dann mit fester Stimme.

»Hallo, Jo, was gibt's?«

»Wir haben ihn!«, jubilierte die Stimme seiner jungen Kollegin aus dem Lautsprecher. »Die automatisierte Kfz-Kennzeichenerkennung am Flughafenzubringer hat das Nummernschild seines Firmenwagens erfasst. Sollte er nicht am Flughafen vorbei Richtung Freising gefahren sein, was ich nicht weiß, weil die Handyortung leider nicht funktioniert, müsste er sich jetzt am Flughafen befinden. Ich habe schon die Flughafenbetreibergesellschaft kontaktiert, dass wir Zugriff auf ihre Videoüberwachung in den Terminals benötigen.«

»Großartig, Jo!«, lobte Madsen, während Adrenalin durch seinen Körper schoss und die Kopfschmerzen augenblicklich verdrängte. »Absolut richtig reagiert! Trommel sofort das ganze T…« Er stockte. Bertrams Worte schossen ihm plötzlich durch den Kopf. *Sei etwas vorsichtiger, mit wem im Team du welche Informationen teilst!* Er schloss die Augen und atmete dreimal tief durch.

»Hallo, Chef, sind Sie noch dran?«

»Jaja, alles gut, Jo. Pass auf, was ich jetzt sage, klingt komisch, aber bitte behalt die Info vorerst für dich. Es muss niemand aus dem Team wissen, dass Nerlinger am Flughafen ist.«

»Ich verstehe nicht …«

»Musst du auch nicht, Jo! Ich erkläre es dir später. Du schnappst dir jetzt auf der Stelle einen Streifenwagen vom Hof, packst eine Funkausrüstung ein und rast mit Blaulicht und so schnell, wie du kannst, Richtung München. In der Kurve vom Autobahnzubringer auf die A 95 ist eine Brücke – darunter warte ich auf dich. Da gibt's einen breiten Standstreifen, wo du gut anhalten kannst.«

»Aber das MEK und die …«

»Hör auf zu fragen und fahr endlich los!«, bellte Madsen ins Telefon und legte auf.

Anschließend begann er, die fragenden Rufe seiner Kollegen ignorierend, auf allen vieren die unbefestigte Böschung Richtung Autobahnzubringer hinaufzuklettern.

»Mein Name ist Hermanns. Richard Hermanns. Ich bin der Leiter der Abteilung Flughafensicherheit. Wir hatten telefoniert.«

Madsen und Kimmel gaben dem Mann die Hand und musterten ihn verstohlen. Er war gut einen Kopf größer als Madsen und hatte einen nahezu rechtwinklig rasierten Haarschnitt. Gekleidet war er mit einem dunkelblauen Sakko, dessen Stoff trotz des breiten Schnitts durch Hermanns' Schultermuskulatur fast gesprengt wurde.

»Das gesuchte Fahrzeug ist in Parkhaus P7 – wir haben sein Nummernschild bei der Einfahrt erfasst. Das Foto, das Sie mir zugeschickt haben, wurde in die Gesichtserkennungssoftware eingelesen. Bis jetzt noch kein Treffer. Und eingecheckt hat er bisher auch nirgendwo – zumindest nicht unter dem Namen Dr. Christoph Nerlinger. Unser Security-Personal ist mit seinem Foto ausgestattet worden und läuft auf dem gesamten Flughafenareal Streife. Die Polizei wurde vorerst nicht verständigt, genau so, wie Sie es gewünscht hatten.« Hermanns musterte die beiden Beamten prüfend. »Aber die ganze Aktion ist doch schon offiziell, oder?«

»Keine Sorge!«, erwiderte Madsen und legte ihm die Hand beruhigend auf die Schulter. »Das Ganze ist natürlich hochoffiziell. Ich habe nur meine ermittlungstaktischen Gründe, die ganze Sache – zumindest zu Beginn – relativ klein zu halten. Trotzdem schon mal vielen Dank für Ihre professionelle Unterstützung.«

Die beiden Ermittler waren dank Blaulicht und Kimmels Formel-1-tauglicher Fahrweise in Rekordzeit am Münchner Flughafen »Franz Josef Strauß« eingetroffen. Wie von unterwegs mit Hermanns vereinbart, hatten sie das Auto direkt vor das Munich Airport Center gelenkt, wo Hermanns sie an einem für die Öffentlichkeit gesperrten Eingang bereits erwartet hatte.

Madsen blickte sich um und rieb sich dabei nachdenklich durch seine Haare. »Das ist ja ein Riesenareal hier. Haben Sie als Ortskundiger einen Vorschlag, wie wir die Suche am effizientesten angehen? Die Möglichkeiten, sich irgendwo zu verstecken, sind ja vermutlich endlos.«

»In der Tat!«, bestätigte Hermanns, während er seinen Besuchern die Tür zum Innenbereich öffnete. »Die Flächen sind riesig. Beide Terminals samt Verbindung haben eine Fläche von rund vierhundertfünfzigtausend Quadratmetern. Die Freifläche ist die größte überdachte Eventfläche Europas, und es gibt über fünfzig Restaurants und einhundertsiebzig Shops. Dieser Dr. Nerlinger hat also Möglichkeiten genug, irgendwo unterzukriechen.«

»Andererseits ist er nicht hier, nur um sich irgendwo zu verstecken«, gab Kimmel zu bedenken. »Vermutlich will er irgendwohin flüchten. Das heißt, früher oder später muss er seine Deckung verlassen und zum Check-in.«

»Es sei denn, das Ganze ist nur ein Ablenkungsmanöver!«, erwiderte Madsen, dessen Gesicht im Schein der Leuchtreklame eines Autovermieters zunächst orange erstrahlte, um kurz darauf beim Passieren des FC-Bayern-Fanshops in ein sattes Rot überzugehen. »Aber ich würde zunächst auch einmal davon ausgehen, dass er per Flugzeug fliehen möchte. Und da er sich denken kann, dass wir alle Bahnhöfe und Flughäfen informiert haben, würde es mich kein bisschen wundern, wenn er unter einem anderen Namen reisen würde. Der Mann ist gerissen und hatte bisher immer einen Plan B, wenn wir ihm auf den Fersen waren. Sicherlich hat er nicht nur seinen Namen, sondern auch sein Äußeres verändert.«

Die drei hatten inzwischen eine große Drehtür passiert und fanden sich nun auf dem weitläufigen, überdachten Innenhof des Flughafens wieder. Linker Hand lag der Airbräu-Biergarten, wenngleich die Bezeichnung für echte Traditionalisten irreführend war – schließlich gehörte über einen echten Biergarten eine Decke aus Kastanienlaub, nicht aus Metall- und Glasstreben. Von der gegenüberliegenden Seite zog aus dem Restaurant mit den goldenen Bogen der Duft nach Pommes frites und Hamburgern über die Freifläche, und quer über die gesamte Fassade des Übergangs zum Terminal 2 prangte eine Lufthansa-Werbung mit dem Slogan »Closer Than Ever«.

»Ich hoffe, das trifft auch auf uns zu!«, brummte Madsen, bevor er stehen blieb, zwei Funkgeräte samt In-Ear-Kopfhörern aus der Jackentasche zog und Kimmel eines davon gab.

»Jo, du gehst mit Herrn Hermanns in die Videozentrale. Schau dir die Livebilder der Flughafenkameras an. Gehe ich recht in der Annahme, dass die Innenbereiche der Terminals flächendeckend mit Kameras überwacht werden?«

Hermanns nickte schweigend.

»Ich möchte, dass ihr euch vor allem auf die Örtlichkeiten konzentriert, in denen man sich gut verstecken oder sein Äußeres verändern kann. Das heißt Restaurants, Spielhallen und so was fürs Verstecken und Friseure und Modegeschäfte fürs Umstylen. Außerdem die Stellen, wo man Geld wechseln kann – nur für den Fall, dass er nach irgendwo außerhalb Europas fliehen möchte.«

»Ich würde noch Apotheken und Drogeriegeschäfte dazunehmen«, riet Hermanns. »Wenn der Kerl Hals über Kopf geflüchtet ist, versorgt er sich hier vielleicht mit dem Nötigsten für die tägliche Hygiene.«

»Gute Idee! Also auch diese Bereiche prüfen. Ich laufe währenddessen in den Terminals rum und schaue mich um. Sobald jemand von uns was sieht oder irgendwas auffällt, wird der andere sofort über Funk kontaktiert. Ach ja, noch etwas ...«, Madsen blickte Kimmel verschwörerisch an, »... wir funken nicht über die offizielle Polizeifunkfrequenz. Ich möchte kein Risiko eingehen.«

»Aber erhöhen wir nicht die Chance, Nerlinger zu finden, wenn die gesamte Flughafenpolizei mithilft?«, erwiderte Kimmel nachdenklich. »Wenn wir beide das alleine machen, ist das doch wie die Suche nach der Nadel im Heuhaufen!«

»Grundsätzlich hast du recht«, entgegnete Madsen und zwinkerte Kimmel aufmunternd zu. »Wir sind zwar nur zwei Personen – aber dank Herrn Hermanns' technischer Ausstattung haben wir Hunderte von Augen!«

Mit diesen Worten drehte er sich um und war kurz darauf in einem Pulk laut schwatzender Asiaten mit bis an den Rand der Belastbarkeit beladenen Gepäckwagen verschwunden.

Ziellos eilte Madsen durch das Flughafengelände, die Augen wachsam auf jeden männlichen Passagier gerichtet. Die endlos langen, mit Rollbändern versehenen Gänge in Terminal 1 hatte er rasch durchschritten, und auch den in einer Reihe angelegten Abflug- und Ankunftsbereichen hatte er nur kurz seine Aufmerksamkeit gewidmet. Stattdessen hatte er sich intuitiv wieder Richtung Terminal 2 orientiert. Dieser war deutlich weitläufiger und belebter – und damit auch geeigneter, um sich erfolgreich zu verstecken.

In der Mitte des Erdgeschosses stand ein Podest mit einem Rennwagen sowie einer davor montierten Rennsportampel, die permanent von Rot auf Grün und wieder zurück wechselte. Madsen lehnte sich gegen den Kotflügel des Fahrzeugs, zog sein Handy aus der Hosentasche, tat, als lese er eine Nachricht, und ließ seinen Blick durch die Halle schweifen. Es herrschte trotz der späten Uhrzeit noch reges Publikumsaufkommen. Viele Geschäftsleute in Businesskleidung eilten geschäftig telefonierend an ihm vorbei, ohne ihn eines Blickes zu würdigen.

Ein älteres Ehepaar im ballonseidenen Partnerlook bummelte untergehakt von Auslage zu Auslage, ganz offensichtlich damit beschäftigt, die Zeit bis zum Abflug totzuschlagen, und das laute Gelächter einer angetrunkenen Fußballmannschaft aus einer zu Dekozwecken aufgestellten Seilbahngondel übertönte kurzzeitig das permanente Rollgeräusch der Trolleys sowie das gedämpft zu vernehmende Durchstarten der Flugzeugmotoren. Madsen senkte den Kopf in Richtung des winzigen Funkmikrofons, das er am Kragen seiner Lederjacke befestigt hatte.

»Hey, Jo, wie sieht's aus? Schon irgendwas gesehen?«

»Negativ!«, erklang Kimmels Stimme aus dem Knopf in Madsens Ohr. »Bisher noch keine Spur von ihm entdeckt. Wie ist die Lage bei Ihnen?«

»Ebenfalls negativ! Ich gehe jetzt noch mal hoch in die Abflughalle. Da geht's auch zur Aussichtsplattform – vielleicht hält er sich ja da draußen auf.«

»Wäre clever!«, sagte Kimmel nach einem kurzen Blick auf die Monitorwand. »Dort gibt es nämlich keine Kamera.«

»Alles klar. Bin auf dem Weg!«

Die Abflughalle lag im kühlen Licht der unzähligen röhrenförmigen Deckenlampen. Draußen war es inzwischen stockfinster, auch wenn hin und wieder der Lichtschein eines startenden Flugzeugs durch die komplett verglasten Wände fiel. Madsen musterte die Passagiere, die an den Schaltern der Fluggesellschaften Schlange standen oder ihr Glück an den Check-in-Automaten versuchten, um dann doch verzweifelt nach der helfenden Hand des Personals zu rufen. Auch in die Zeitschriftenläden warf Madsen einen kurzen Blick, bevor er die Rolltreppe zur nächsten Etage betrat, von der man zur Aussichtsplattform gelangte.

Madsen hatte gerade die Hälfte der Strecke zurückgelegt, als plötzlich Kimmels aufgeregte Stimme aus den Kopfhörern erklang.

»Ich glaube, ich hab ihn, Chef!«

Madsens Herz tat einen Sprung. Adrenalin schoss durch

seinen Körper, und er spürte, wie seine Hände vor Aufregung schlagartig feucht wurden.

»Wo?«, bellte er in sein Mikro. »Wo ist er?«

»Ankunftsbereich Terminal 2! Er kommt gerade aus einem Friseurladen. Er hat sich die Haare komplett abrasiert, trägt eine große Sonnenbrille und hat den Kragen seiner Jacke hochgeklappt.«

Madsen hatte sich zwischenzeitlich umgedreht und sprang in großen Sprüngen die Rolltreppe entgegen der Laufrichtung hinunter. Das empörte Schimpfen einer Putzkraft, deren gesamtes Reinigungsequipment er dabei um ein Haar über die Treppe verteilt hätte, überhörte er ebenso wie die Rufe einer zweiköpfigen Polizeistreife, die daraufhin umgehend seine Verfolgung aufnahm.

Zahlreiche Stufen auf einmal überspringend, folgte Madsen der Treppe ins Untergeschoss. Er hatte den Friseurladen auf seiner ersten Runde gesehen und wusste, auf welchem Weg er am schnellsten dorthin kam. Abermals passierte er den ausgestellten Rennwagen und lief direkt auf die sechs riesigen Anzeigetafeln zu, die den Status der landenden Flugzeuge verkündeten. Unter den LED-Wänden befanden sich mattierte Schiebetüren, durch die die gelandeten Passagiere nach der Gepäckaufnahme den Sicherheitsbereich verließen, um dann ungeachtet der späten Stunde – oder vielleicht auch gerade deshalb – von ihren zahlreichen wartenden Angehörigen begrüßt zu werden.

Immer wieder »Entschuldigung« murmelnd, bahnte sich Madsen seinen Weg durch die wartenden Menschen. Eine mehrköpfige Familie mit selbst gemalten Willkommensschildern und farbigen Luftballons wurde unsanft von ihm beiseitegeschoben. Das gleiche Schicksal widerfuhr einem jungen südeuropäisch anmutenden Mann mit einer langstieligen roten Rose in der Hand, und auch der bullige Mann mit dem Schäferhund an der Leine hatte einen satten Rempler einzustecken, worauf der Hund aggressiv bellte und nach Madsen schnappte.

Doch der nahm von alledem nichts wahr. Er hatte nur Augen für den Mann, der just in diesem Moment aus dem Gang kam, in dem der Flughafenfriseur seinen Laden hatte. Er hatte eine schlanke, aber sportliche Figur. Der Kopf war kahl rasiert und deutlich blasser als die Gesichtsfarbe – ein untrügliches Zeichen dafür, dass er sich erst vor Kurzem seines Haupthaars entledigt hatte. Eine goldumrandete Pilotensonnenbrille verdeckte einen Großteil seines Gesichts, und auch der hochgeschlagene Kragen seiner Wildlederjacke erschwerte die Bestimmung der Person.

Trotzdem erkannte Madsen Nerlinger sofort.

»Halt! Stehen bleiben! Polizei!«

Nerlinger zuckte zusammen und blickte sich gehetzt um. Auch die anderen Personen im Ankunftsbereich schauten irritiert zu Madsen.

»Jo, rufe Verstärkung! Sofort!«, bellte Madsen in Richtung seines Mikros und rannte los.

Der Abstand zu Nerlinger betrug höchstens zwanzig, dreißig Meter, und Madsen gedachte, ihn mit einem schnellen körperlichen Angriff zu überrumpeln. Doch Nerlinger griff blitzschnell in seine Jackentasche und hatte keine Sekunde später eine Pistole in der Hand, die er auf Madsen richtete.

»Keinen Schritt weiter!«, befahl er mit kalter Stimme.

Entsetzte Schreie ertönten, und Madsen hätte schwören können, dass einer davon aus seinem Kopfhörer kam.

»Ganz ruhig!« Madsen verlangsamte seine Schritte, hob die Hände und drehte Nerlinger die leeren Handflächen zu. »Wenn wir jetzt alle ruhig bleiben, wird niemandem etwas geschehen.«

»Seien Sie sich da mal nicht zu sicher!« Nerlinger schob sich Schritt für Schritt näher an den Bereich unter den Anzeigetafeln.

Im Inneren des Sicherheitsbereiches hatte man den Mann mit der Pistole ebenfalls wahrgenommen. Mehrere Zollbeamte und Bundespolizisten hatten ihre Waffen gezogen und richteten sie auf die Öffnung zwischen den Schiebetüren, wenngleich ihnen klar war, dass ein Schuss in Richtung der wartenden Passanten ein nicht zu rechtfertigendes Risiko war.

»Woher zum Teufel hat er die Pistole?«, ertönte Kimmels Stimme flüsternd aus dem Kopfhörer. »Er hat doch bisher noch nie eine Schusswaffe benutzt!«

»Er war bisher auch noch nie so in die Ecke gedrängt worden«, wisperte Madsen zurück. »Vielleicht hatte er sie für Notfälle im Auto oder in seiner Sporttasche. Hast du die Kollegen von der Flughafenpolizei informiert?«

»Hermanns ist gerade dabei. Können Sie so lange auf Zeit spielen?«

Madsen nickte unmerklich, dann wandte er sich dem Mann mit der Waffe zu.

»Hören Sie, Dr. Nerlinger, diese Leute hier …«, er deutete auf die immer noch hysterisch schreienden Abholer, von denen sich ein Teil inzwischen flach auf den Boden geworfen hatte, »… haben mit der ganzen Sache nichts zu tun. Sie werden doch sicher keine Unschuldigen verletzen oder töten wollen. Legen Sie die Waffe einfach hin, ergeben Sie sich, und die ganze Angelegenheit wird ohne weiteres Blutvergießen beendet. Ich weiß, dass Sie mit Ihren Taten eine Mission verfolgt haben – aber die Gefährdung Unschuldiger hat damit definitiv nichts zu tun.«

»Bleiben Sie, wo Sie sind! Keinen Schritt weiter!« Die Stimme von Nerlinger klang absolut beherrscht.

Während Madsen angesichts der Gefährdung völlig unbeteiligter Kinder, Frauen und Männer der Angstschweiß ausbrach, schien Nerlinger offensichtlich nicht einmal einen beschleunigten Puls zu haben.

»Ich habe diese Situation nicht zu verantworten«, sagte er und ging weiter Schritt für Schritt durch die wartende Menge, die Waffe immer wieder blitzschnell von einem auf den anderen Kopf richtend. »Deswegen werde ich nicht zögern zu schießen, sobald Sie und Ihre Kollegen mir folgen.«

Er hatte inzwischen einen Teil der Passanten zwischen sich und Madsen gebracht, und auch den Polizisten, die durch den Hauptgang angestürmt kamen, blieb nichts anderes übrig, als in demonstrativer Entschlossenheit ihre Waffen auf den Mann zu richten, der sich hinter einem Wall von menschlichen Schutzschilden langsam und bedächtig auf den Gang zubewegte, der von der Ankunftshalle links abzweigte.

»Jo, wohin führt dieser Gang? Kannst du dorthin Polizisten

beordern?«, wisperte Madsen, der inzwischen ebenfalls seine Waffe gezogen hatte.

»Dort geht's zum Terminalparkplatz, Chef«, antwortete Kimmel. »Hermanns hat schon ein Team dorthin beordert, aber das dauert. Wenn Nerlinger vorher am Ausgang ist, kann er sich das Auto von jemandem schnappen, der gerade auslädt, und verschwinden. Er darf den Ausgang auf keinen Fall erreichen!«

»Du bist vielleicht lustig!«, zischte Madsen ins Mikrofon. »Was soll ich denn tun? Wild rumballern und das Leben von unzähligen Leuten riskieren? Ich kann nur warten, bis er Abstand zu den Leuten hat, und dann hinterherrennen. Alles, was ich vorher mache, gefährdet die Leben Unbeteiligter.«

Während Madsen sprach, hatte Nerlinger die gesamte Gruppe der Wartenden, die angsterfüllt zur Seite wichen, durchschritten. Lediglich der bullige Mann mit dem Schäferhund stand noch im Weg.

»Zur Seite!«, befahl Nerlinger und richtete die Waffe auf den Kopf des Mannes, der keinerlei Anstalten machte, sich zu bewegen.

»Sind Sie übergeschnappt?«, schrie Madsen über die Köpfe der Versammelten hinweg. »Spielen Sie nicht den Helden, sondern lassen Sie den Mann durch.«

»Einen Teufel werde ich tun!« Der Mann nahm den Hund noch kürzer an die Leine und atmete tief ein, wodurch sein Brustkorb noch voluminöser wurde. »Ich habe dem Tod in Afghanistan mehr als einmal ins Auge geblickt. Wenn du Wichser hier durchwillst, musst du mich schon erschießen!«

Niemand schrie mehr. Es herrschte eine gespenstische Stille. Jeder wartete mit angehaltenem Atem, was nun passieren würde.

»Nun, wenn dem so ist, habe ich eine bessere Idee!«, sagte Nerlinger nach einem kurzen Moment der Überlegung und ließ die Waffe sinken, sodass der Lauf auf den Kopf des Hundes gerichtet war. »Ich erschieße einfach deinen Köter. Das wäre schon mein zweiter diese Woche!«

Dabei lächelte er so kalt, dass es selbst Madsen, der über

dreißig Meter entfernt stand, fröstelte. Der bullige Mann warf einen entsetzten Blick auf die Waffe, dann auf seinen Hund. Nerlinger krümmte den Zeigefinger.

»Stopp! Tun Sie das nicht!« Der bullige Mann warf sich auf die Knie und umklammerte schützend den Kopf des Hundes.

»Na also, geht doch!«, säuselte Nerlinger ironisch. »Meine Damen, meine Herren – es war mir ein Vergnügen!«

Mit diesen Worten drehte er sich um und begann – die Pistole immer noch in der Hand –, durch den Gang Richtung Ausgang zu spurten.

»Kümmert euch um die Leute!«, rief Madsen den Polizisten im Hauptgang zu und tankte sich durch die Passanten, die immer noch wie paralysiert hinter dem Flüchtigen herstarrten. »Ich kümmere mich um den Typen!«

Der hatte inzwischen einen erheblichen Vorsprung herausgelaufen. Sein Laufstil wirkte trotz der für ihn äußerst prekären Situation leicht und elegant, während Madsen stampfte wie eine Dampflok. Er spielte mit dem Gedanken, einen Schuss abzugeben, aber Nerlinger schien damit zu rechnen, denn er wechselte immer wieder die Richtung und schlug Haken wie ein Hase.

»Wo bleiben denn die Kollegen?«, keuchte Madsen ins Mikro, während er versuchte, noch einmal das Tempo zu steigern.

Nerlinger war jetzt noch etwa hundert Meter vom Ausgang entfernt. Auf der linken Seite des Ganges erblickte Madsen im Vorbeirennen das Servicecenter des Flughafens samt Fundbüro, während sich weiter vorn die Schalter der Taxizentrale und ein großer Passbildautomat befanden. Er schlug innerlich drei Kreuze, dass es bereits so spät war, denn alle Schalter waren geschlossen und der Gang komplett leer.

»Wenigstens ist jetzt kein Unbeteiligter mehr gefährdet!«, murmelte Madsen leise und aktivierte die letzten Kraftreserven, die er noch hatte.

Tatsächlich schien sich der Abstand geringfügig zu verringern, bis zur Drehtür und dem Durchgang zu den Parkplätzen waren es für Nerlinger jedoch höchstens noch fünfzig Meter.

Auch der keuchte inzwischen hörbar, verringerte sein Tempo aber kein bisschen.

Noch vierzig Meter.

Noch dreißig.

Plötzlich ertönte Gelächter, und im selben Augenblick wurde der Vorhang des Passbildautomaten beiseitegeschoben.

Madsens Herz erstarrte. Zwei Personen verließen die Kabine, einen Passbildstreifen in der Hand haltend, und kicherten, über die Bilder gebeugt. Offensichtlich hatten sie zum Abschluss ihres Urlaubs ein paar witzige Passbilder von sich aufgenommen, etwas, das Madsen als Jugendlicher auch hin und wieder mit seinen Freundinnen gemacht hatte.

Bei den beiden handelte es sich der Kleidung nach allerdings um zwei junge Männer. Sie hatten ihm und Nerlinger den Rücken zugedreht, bewegten sich ebenfalls Richtung Ausgang und schienen offensichtlich nicht das Geringste von den Geschehnissen um sie herum mitzubekommen. Beim rechten Mann lugte etwas Weißes durch die dunklen Haare, vermutlich In-Ear-Kopfhörer, was das unbeschwerte Verhalten erklärte. Der linke Mann war etwas gedrungener und zog einen weinroten Hartschalentrolley hinter sich her.

Madsens Hirn rotierte. Was sollte er tun? Rufen und warnen? Aber dann würden die beiden Reisenden sich umdrehen, und Nerlinger hätte einen Grund, sich den Weg freizuschießen. Er hatte bereits trotz unverminderter Geschwindigkeit die Waffe in Richtung der beiden Männer gehoben und schien lediglich darauf zu warten, dass einer der beiden sich ihm in den Weg stellte. Andererseits konnte Madsen die Männer nicht völlig arglos der Gefahr eines um sich schießenden Mörders aussetzen. Er stöhnte, verzweifelt um eine Eingebung flehend.

Der Abstand zwischen Dr. Nerlinger und den jungen Männern betrug maximal noch zehn Meter.

Acht.

Sechs.

Madsen wollte schreien, doch seine Kehle war wie ausgedörrt. Es kam nur ein leises Krächzen.

Vier Meter.

Dr. Nerlinger hatte die Waffe auf den Kopf des linken Mannes gerichtet.

»Bitte nicht …!«, wisperte Madsen und biss sich auf die Lippe. »Bitte …«

Zwei Meter.

Im selben Augenblick machte der linke Mann völlig überraschend einen kurzen Schritt zur Seite und drehte sich in rasender Geschwindigkeit um die eigene Achse. Den Trolley schleuderte er dabei wie ein Hammerwerfer am ausgestreckten Arm mit sich.

Nerlinger war jetzt auf gleicher Höhe mit den beiden.

Madsen konnte die aufgerissenen Augen und den überraschten Blick Nerlingers erhaschen, bevor das Handgepäck des jungen Mannes mit voller Wucht in das Gesicht des Flüchtigen geschmettert wurde. Es gab ein hässliches knackendes Geräusch, als das stoßfeste Material des Hartschalenkoffers mit Nasen- und Jochbein kollidierte. Dann flog Nerlingers Oberkörper nach hinten, während seine Beine noch ein paar Schritte in der Luft weiterzulaufen schienen, bevor der gesamte Körper der Länge nach wie ein nasser Sack auf den Granitboden aufschlug.

Madsens Schritte verlangsamten sich wie von selbst, sein Atem überschlug sich, und er bewegte sich wie in Trance, als er den Kopf hob und zu dem Mann mit dem Trolley blickte.

»Was zum Teufel …?«

Der Angesprochene schaute kurz zu seinem Nebenmann, dann grinste er Madsen breit ins Gesicht.

»Tja, mein lieber Mads, wie sagt man so schön? Man soll den Tag nicht vor dem Koffer loben!«

NEUNZEHN

Der nächtliche Blick vom Steg 1 zwischen Starnberg und Niederpöcking war atemberaubend. Wie ein Spiegel schien sich die unberührte tiefschwarze Oberfläche des Starnberger Sees bis zum Horizont zu erstrecken, um dort, auf natürliche Weise begrenzt durch die Ausläufer der Nordalpen, in ein sattes Schwarzblau überzugehen. Nur eine Nuance dunkler zeigte sich der wolkenlose Himmel, und die gleißenden Sterne sahen aus, als hätte ein himmlischer Juwelier Tausende von prachtvoll funkelnden Diamanten auf einer samtenen Unterlage ausgebreitet.

»Ich kann es immer noch nicht so ganz glauben, was da am Flughafen passiert ist!«, sinnierte Madsen und starrte gedankenverloren dem Rauch seiner Zigarette hinterher. »Du warst wirklich der Letzte, mit dessen Auftauchen ich in diesem Moment gerechnet hätte.«

Maximilian von Werdenfels kicherte. Er saß neben Madsen auf dem Steg, ließ die Beine knapp über der Wasseroberfläche baumeln und nippte hin und wieder an der Flasche Bier, die neben ihm stand.

»Das habe ich mir fast gedacht. Aber du musst zugeben, dass das Timing nicht das schlechteste war! Wer weiß, ob der Sicherheitsdienst des Flughafens schnell genug die Ausgänge besetzt hätte. Und ob Nerlinger in seiner Panik nicht doch noch angefangen hätte, wild um sich zu schießen.« Von Werdenfels tippte die Spitze seines rechten Schuhs ins Wasser und beobachtete interessiert, wie das perfekte Spiegelbild des Sternenhimmels durch die konzentrische Wellenbewegung für einen kurzen Moment zerstört wurde. »Aber klar – der Zufall hat uns natürlich auch in die Karten gespielt. Als Yoel und ich am frühen Morgen in New York losgeflogen sind, wussten wir ja noch nicht mal, wer euer Mörder ist. Nur dass diese Mandy Maschmeier entführt worden ist und der Täter sich per Zeitungsinserat bei euch gemeldet hat. Erst als wir hier in München gelandet sind und ich wieder mein Handy benutzen konnte, habe ich die ganzen in der Zwischenzeit eingegangenen WhatsApp-Nachrichten gesehen und wusste, dass dieser Dr. Nerlinger euer Täter ist und sich irgendwo auf dem Flughafen aufhält. Dass er dann genau durch den Bereich geflüchtet ist, in dem Yoel und ich angekommen sind, war einfach nur Glück …«

Madsen schloss die Augen und atmete schnaufend aus. »Na ja, dass er denselben Gang genommen hat wie ihr, war tatsächlich Glück. Aber dass Jo Kimmel dich während der gesamten Zeit hinter meinem Rücken über den aktuellen Stand der Ermittlungen informiert hat, war ja nun alles andere als Zufall. Und das wird intern auch noch ein Nachspiel für sie haben – das garantiere ich dir!«

»Ach komm!« Von Werdenfels legte Madsen beruhigend die Hand auf den Arm. »Du weißt doch genau, dass sie das nie von alleine gemacht hätte. Sie hat lediglich das gemacht, was Dr. Agasiotis ihr aufgetragen hat. Und der ist immerhin nicht nur ihr Onkel, sondern in dem Fall auch ihr dienstlicher Weisungsbefugter. Von ihm kam der ausdrückliche Befehl, sich mit mir – ohne dich oder jemand anderen darüber zu informieren – auszutauschen und sich von mir zum Beispiel durch digitale Recherche unterstützen zu lassen. Was hätte Jo demnach machen sollen? Sich dem Oberstaatsanwalt widersetzen? Wenn du also auf jemanden sauer sein willst, dann auf ihn.«

»Oder auf Lissy. Schließlich war sie es, die Dr. Agasiotis überhaupt erst auf die Idee gebracht hat!«, brummte Madsen und drückte seine Kippe in einer modrigen Fuge zwischen den Holzlatten aus. »Auch wenn sie grundsätzlich recht damit hatte, dass du mir als Partner bei den Ermittlungen gefehlt hast, hätte sie das vorher mit mir absprechen müssen. Die ganze Nummer hinter meinem Rücken durchzuziehen ist einfach nicht in Ordnung.«

»Ich verstehe zwar deinen Ärger, Mads, aber streng genommen hat sie ihren Schwur, mich nicht zu kontaktieren, nicht gebrochen. Sie hat lediglich mit Dr. Agasiotis gesprochen – und von dem war ja nie die Rede! Vergiss bitte außerdem nicht, dass sie das nur aus Sorge um deine Gesundheit gemacht hat. Und wenn ich das so offen sagen darf: Ich kann ihre Sorgen verstehen – du siehst echt scheiße aus!«

»Vielen Dank!« Madsen nickte seinem Freund und Partner mit einem ironischen Lächeln zu. »Eigentlich müsste ich dich für diese Äußerung auf der Stelle vom Steg werfen. Aber das Dumme ist: Du hast leider recht! Ich muss gestehen, dass mir dieser Fall verdammt zugesetzt hat. Die brutalen Morde, die Leidensgeschichten der Missbrauchsopfer, die erschreckend geringen Haftstrafen, das neue Team, die mediale Berichterstattung und das Verständnis der Bevölkerung für die Selbstjustiz, unsere zeitweilige Hilflosigkeit – all das war in Summe echt belastend. Und als ich dann auch noch das Gefühl hatte, jemand aus unserem Team spielt ein doppeltes Spiel und informiert den Täter über unsere Ermittlungsschritte, war ich ehrlich gesagt zeitweise der Verzweiflung nah. Ich bin so froh, dass sich das als Irrtum herausgestellt hat, denn ein Maulwurf in unseren eigenen Reihen hätte mein Vertrauen in die Polizei vermutlich ein für alle Mal erschüttert.«

»Na ja, der Verdacht lag ja tatsächlich nahe«, stimmte von Werdenfels seinem Chef nachdenklich zu. »Mitunter hatte Nerlinger wirklich mehr Glück als Verstand. Oder einfach ein perfektes Timing.«

»Allerdings! Und dazu das ständige Handygetippe, allen voran von Klee – da kann man schon mal einen falschen Verdacht hegen. Aber es hat sich ja zum Glück inzwischen herausgestellt, dass er nicht mit dem Täter, sondern …«

»… mit seiner neuen Flamme kommuniziert hat!«, komplettierte von Werdenfels den Satz kichernd. »Insofern hat sich doch im Nachhinein alles zum Guten gewendet, und du hast wieder einmal einen Mordfall erfolgreich abgeschlossen!«

Madsen schüttelte den Kopf. »Nein, Max, dein Kompliment in allen Ehren, aber das mit dem ›alles zum Guten gewendet‹ sehe ich etwas anders. Immerhin ist durch meine Fehleinschätzung diese Mandy Maschmeier auf grauenvolle Art und Weise ums Leben gekommen. Und im Gegensatz zu dem jungen Boxer in Hamburg kann ich mich diesmal nicht mit ›Pech‹ oder ›unglücklicher Verkettung von Zufällen‹ trösten. Ich habe Scheiße gebaut, und diese Frau musste für meinen Fehler bezahlen.«

»Natürlich ist der Tod der Frau tragisch!«, gab von Werdenfels zu. »Aber ich möchte dich noch mal kurz daran erinnern, was diese Maschmeier für ein Mensch war. Sie hat ihr eigenes Kind so misshandelt, dass es an den Verletzungen gestorben ist! Fakt ist, dass du – auch und vielleicht gerade durch ihren Tod – den Mörder überführt und damit vermutlich zahlreiche Menschenleben gerettet hast. Davon abgesehen hast nicht nur du, sondern haben auch Dr. Nintzel und Dr. Agasiotis diesen provokanten Zeitungsartikel befürwortet. Diese Verantwortung musst du dir also keineswegs alleine aufbürden. Du weißt ja: Wer Leid nicht teilt, der nicht gewinnt!«

Madsen nickte, den Neologismus ignorierend, doch der tiefe Seufzer, den er dabei ausstieß, ließ unschwer darauf schließen, dass von Werdenfels' Argumentation seine Schuldgefühle nicht – oder nur unwesentlich – gemildert hatte.

Sein Partner legte ihm freundschaftlich den Arm auf die Schultern. »Was meinst du? Sollten wir nicht langsam mal wieder zurück zu den anderen? Die vermissen uns bestimmt schon längst.«

Madsen warf einen Blick Richtung Ufer. Der Rest des Teams saß auf den rustikalen Holzbänken des kleinen gastronomischen Betriebes, der sich deshalb größter Beliebtheit erfreute, weil er seine exponierte Lage am Seeufer mit einer für Starnberger Verhältnisse seltenen Servicefreundlichkeit kombinierte. Der appetitliche Duft von über offener Holzkohle gebratenem Steckerlfisch lag in der Luft, die gedämpften Klänge chilliger Musik vermischten sich mit dem glockenhellen Lachen einer der anwesenden weiblichen Gäste, und zahllose in den umstehenden Bäumen platzierte Lampions tauchten die Szenerie in ein gemütliches warmgelbes Licht. Der gemeinsame Abend war Madsens Idee gewesen, und angesichts der besonderen Umstände des Falles und des positiven Medienechos nach dessen erfolgreicher Lösung hatte Oberstaatsanwalt Dr. Agasiotis dank einer großzügigen Zuwendung die Veranstaltung nicht nur finanziert, sondern bei dieser Gelegenheit auch gemeinsam mit Madsen eine höchst emotionale Dankesrede gehalten. Jo Kimmel, die Jüngste im Team, hatte Freudentränen geweint, nachdem sie ganz offiziell und dauerhaft Madsens Abteilung zugeteilt worden war, und Dr. Nintzel hatte Madsen mit einer Umarmung fast den Brustkorb zerquetscht, nachdem dieser ihm – neben dem Du – als Dank für die gute Zusammenarbeit eine Flasche eines in einer kleinen oberbayerischen Destillerie gebrannten Whiskys hatte zukommen lassen.

Die Stimmung war bestens, man hatte getrunken, gelacht und sich ausgelassen unterhalten, bis Max von Werdenfels mit dem Feingefühl eines guten Freundes bemerkt hatte, dass Madsens unbeschwertes Verhalten nicht von Herzen kam, sondern lediglich der Geselligkeit zuliebe vorgetäuscht war. Aus diesem Grunde war er ihm auch gefolgt, als Madsen sich – eine Entschuldigung murmelnd – erhoben und auf den Steg begeben hatte, wo die beiden nun auf den hölzernen Planken saßen und ihre Blicke über das nächtlich illuminierte Ufer schweifen ließen.

»Geh du ruhig schon zurück zu den anderen«, sagte Madsen und zog eine weitere Zigarette aus der gelben Packung mit dem Indianerkopf. »Ich komme gleich nach.«

Doch von Werdenfels machte keinerlei Anstalten zu gehen. Er spürte intuitiv, dass Madsen etwas auf der Seele lag, und dieses Gefühl bestätigte sich, als dieser nachdenklich in den Sternenhimmel blickte und mit leiser Stimme sagte: »Weißt du, was mich bei der Aufarbeitung des Falles am meisten beschäftigt? Diese obskure Vermischung von Gut und Böse! Sonst war die Sache immer völlig klar: Der, der umbringt, ist der Böse. Und der, der umgebracht wird, ist der bedauernswerte Gute. Und alle Leute wollen, dass die Polizei den Bösen fängt und bestraft. Aber diesmal war das alles völlig anders! Die, die umgebracht wurden, waren eigentlich keinen Deut besser als der Mörder. Und dem Mörder schlägt auf einmal Sympathie entgegen.«

Von Werdenfels ließ ein skeptisches Räuspern vernehmen, worauf Madsen seine Aussage ansatzweise revidierte.

»Na gut, vielleicht keine Sympathie – aber zumindest ein gewisses Maß an Verständnis! Und das Allerschlimmste ist, dass ich mich selbst davon noch nicht mal freisprechen kann. Weißt du, dass ich mir bei der Durchsicht der Taten der Opfer mehrmals gedacht habe, dass diese Typen es eigentlich verdient haben zu sterben?« Madsen schlug sich mit der flachen Hand auf die Brust. »Ist dir klar, was ich da gerade sage? Ich als Kriminalrat, ich als Hüter von Recht und Ordnung, ich als moralische Instanz hatte solche Gedanken! Wenn ich ehrlich bin, weiß ich eigentlich gar nicht, ob ich überhaupt noch für den Polizeidienst geeignet bin. Vielleicht sollte ich einfach alles hinschmeißen und irgendwas anderes machen. Mein Freund Nick hat mich kürzlich gefragt, ob ich nicht bei ihm im Boxwerk als Trainer arbeiten möchte. Oder ich fange an, Krimis zu schreiben.«

Von Werdenfels schaute Madsen lange und nachdenklich an, bevor er ihm antwortete.

»Mads, du weißt, ich bin dein Freund! Wenn du also wirklich der Meinung bist, du müsstest Boxtrainer oder Buchautor werden, dann tue es! Ich werde deine Entscheidung, wie immer sie auch ausfällt, natürlich akzeptieren. Aber ich bitte dich trotzdem, das alles noch einmal ganz in Ruhe zu überdenken! Du bist – und das ist jetzt echt keine Schleimerei, sondern meine ganz ehrliche und persönliche Einschätzung – einer der besten Polizisten, mit denen ich je zu tun gehabt habe. Und das waren trotz meines jungen Alters in Summe doch schon einige! Du bist ein analytisches Ass, du hast eine Wahnsinnspower, du arbeitest strukturiert, und du kannst ein Team leiten und motivieren.«

Madsen lächelte von Werdenfels müde an. »Hey, was soll das denn werden, wenn's fertig ist? Willst du mir jetzt gleich einen Heiratsantrag machen?«

»Hör mal auf mit dem Quatsch, ich meine es ernst!«, entgegnete sein junger Kollege unwirsch. »Ich möchte dich nur davor bewahren, einen folgenschweren Fehler zu begehen! Außerdem widersprichst du dir gerade total! Auf der einen Seite behauptest du, dass du diesen Kinderschändern den Tod gewünscht hast, und auf der anderen Seite zermarterst du dir das Hirn, dass die Maschmeier durch dich ums Leben gekommen ist. Das passt doch vorne und hinten nicht zusammen!«

»Ja, aber trotzdem …«

»Nichts ›aber trotzdem‹!« Von Werdenfels schlug mit der Faust auf einen der Stützpfeiler, dass der gesamte Steg erzitterte. »Du hast durch deinen Fahndungserfolg Menschenleben gerettet. Und zwar vermutlich nicht wenige. Erinnere dich bitte mal daran, was die Spurensicherung gefunden hat!«

Madsen nickte nachdenklich. In der Tat hatten die Kollegen aus der KTU bei Durchsicht des Privathauses von Dr. Nerlinger unter dem doppelten Boden einer Schreibtischschublade Dinge zutage gefördert, die mehr als verstörend waren.

Schon die Sammlung an Zeichnungen, deren Anblick wegen der Diskrepanz zwischen kindlicher Machart und Brutalität der dargestellten Szenen kaum erträglich war, ließen keinen Zweifel darüber, welche Motivation Nerlinger angetrieben hatte. Er war offenbar als Kind selbst von seinem Vater äußerst brutal misshandelt worden. Allerdings war es nicht allein die Person seines Erzeugers, auf die sich Dr. Nerlingers angestaute Wut konzentrierte. Wäre das der Fall gewesen – so hatte Dr. Nintzel es seinen Kollegen nach eingehender Analyse des Materials erklärt –, hätte sich die Spirale der Gewalt unter Umständen niemals in Bewegung gesetzt, denn das frühe, Leberzirrhosebedingte Dahinscheiden von Nerlinger senior hatte seinen Sohn auf natürliche Art und Weise des Objektes seines Hasses beraubt. Stattdessen waren es vielmehr die Gleichgültigkeit und die erschreckende Tatenlosigkeit der Polizei, die in ihm ein solch ungewöhnlich hohes Aggressionspotenzial hatten keimen lassen. Und nachdem Staat und Gesellschaft ihn in einer Zeit im Stich gelassen hatten, als er deren Hilfe am allernötigsten gehabt hätte, fühlte er sich im Verlauf seines Rachefeldzuges weder der Gesellschaft noch deren juristischen oder moralischen Regeln und Prinzipien verpflichtet. Nur so konnte sich Dr. Nintzel in seiner abschließenden Täterprofilierung erklären, dass Nerlinger eine Brutalität und Skrupellosigkeit an den Tag gelegt hatte, die die »klassischer« Soziopathen um ein Vielfaches übertraf.

Einem in der Schreibtischschublade gefundenen Notizbuch war zu entnehmen gewesen, dass die Liste der potenziellen Opfer weitaus umfangreicher war, als von Madsen und seinem Team vermutet. Nicht nur rund um das Fünfseenland, sondern nahezu aus dem gesamten südbayerischen Raum hatte Dr. Nerlinger Personen selektiert, mit denen er in gleicher Art und Weise vorzugehen gedachte.

Das ausschlaggebende Ereignis, durch das aus der planerischen Theorie schließlich reale Handlungen wurden, ließ sich den sichergestellten Aufzeichnungen ebenfalls entnehmen. Demnach hatte Nerlinger einmal pro Quartal die Fenster seines Architekturbüros von einem professionellen Dienstleister reinigen lassen. Das dafür zuständige Personal wechselte häufig, und so war es reiner Zufall gewesen, dass es sich bei einem Mitglied des Putzteams um Hans Fichtinger gehandelt hatte. Nerlinger hatte in ihm sofort einen der Kinderschänder aus den Prozessakten wiedererkannt und beschlossen, diese Begebenheit als Wink des Schicksals zu interpretieren und als Rächer aller misshandelten und missbrauchten Kinder aktiv zu werden.

Allerdings war der Versuch, Fichtingers habhaft zu werden, mehrfach und ohne dass dieser etwas davon bemerkt hatte, gescheitert. Mal war die Straße zu belebt gewesen, um sein potenzielles Opfer unbemerkt überwältigen zu können, mal war der Mann unerwartet in Begleitung erschienen, und einmal hatte Nerlingers Wagen gestreikt, was den anschließenden Transport des Bewusstlosen unmöglich gemacht hätte. Aus diesem Grunde hatte Hans Fichtinger – ohne dass er dessen gewahr wurde – das zweifelhafte Glück gehabt, auf Dr. Nerlingers persönlicher Opferliste vorerst hintangestellt zu werden, während der selbst ernannte Rächer sich vorerst Mohn und Krautscheit zugewandt hatte.

Auch die außergewöhnliche Affinität Nerlingers zu Greifvögeln konnte anhand der persönlichen Notizen relativ problemlos eruiert werden. Geweckt worden war sein Interesse an

Ornithologie im Allgemeinen und der Spezies der Falken im Speziellen durch einen Onkel, der in der Nähe von Regensburg eine große Falknerei betrieb und seinen Neffen regelmäßig im Umgang mit den Vögeln unterrichtet hatte. Vor allem während der Zeit, als der junge Nerlinger schwersten sexuellen Missbrauch durch seinen Vater erfahren hatte, war das Falkengehege seine emotionale Zufluchtsstätte und der einzige Platz, wo er das beruhigende Gefühl von Sicherheit und Geborgenheit verspürt hatte. Es erschien demnach im Nachhinein als wenig erstaunlich, dass sich der enge Bezug zu den Greifvögeln wie ein roter Faden durch das Leben und damit verbunden auch durch sein mörderisches Wirken gezogen hatte, zumal das greifvogeltypische Ausmerzen kranker und schwacher Individuen zum Erhalt einer gesunden Population in Nerlingers Augen die perfekte Metapher für das eigene Handeln darstellte – exakt so, wie es Madsen nach dem Gespräch mit dem Falkner bereits vermutet hatte.

Und auch Nerlingers außergewöhnliche körperliche Leistungsfähigkeit erklärte sich im Rahmen der Nachbereitung des Falles. Der Täter hatte sich vor seiner Karriere als Architekt erste Lorbeeren als Kampfschwimmer bei der Bundeswehr verdient, und es waren die dort erlernten Nahkampftechniken, die ihn dazu befähigt hatten, auch physisch überlegene Gegner wie den ehemaligen Fremdenlegionär Krautscheit mühelos zu überwältigen.

»Und noch etwas …«, legte von Werdenfels nach, fest gewillt, die Zweifel Madsens an dessen eigener Kompetenz ein für alle Mal zu zerstreuen, »… neben der Überführung eines Serienmörders habt ihr – nur so ganz nebenbei – ja noch ein paar andere Dinge erfolgreich geregelt!«

»Was meinst du?«

»Na ja, zum Beispiel die ominöse Sache mit diesem verschwundenen Karl Runge. Wer hätte schon damit gerechnet …«

»… dass seine kampfsporterfahrene Frau ihn – obwohl er selbst wegen Körperverletzung vorbestraft war – regelmäßig so verprügelt hat, dass er sich deshalb bei einem Freund versteckt hat?« Madsen schüttelte ungläubig den Kopf. »Die arme Sau! Erst legt er sich auf der Straße zufällig mit dem Falschen – nämlich mit Krautscheit – an, und dann kriegt er zu Hause auch noch Dresche von seiner Frau. Dass er sich beim letzten Mal gewehrt und ihr ein Veilchen verpasst hat, dürfte die ganze Sache noch mal verschlimmert haben. Ich habe zwar schon öfter gehört, dass es Gewalt in der Ehe auch gegen Männer gibt, aber das mit Runge ist wirklich eine ganz spezielle Nummer. Ja, du hast recht, Max – in dem konkreten Fall konnten wir vermutlich tatsächlich etwas Gutes tun, indem wir den Mann in eine schützende Einrichtung gebracht haben.«

»Exakt darauf wollte ich hinaus!« Von Werdenfels schritt auf dem Steg hin und her, als doziere er vor einem Geschworenengericht. »Und das war ja längst noch nicht alles. Stichwort ›Thilo Rufer‹.«

»Thilo Rufer, der Bruder von Jenny Rufer? Was ist mit dem?«

Von Werdenfels hob fragend die Hände. »Hast du mir nicht erzählt, dass er sich durch dich beziehungsweise eure Ermittlungen wieder gefangen und sein ›Messiedasein‹ beendet hat? Und hat er dir nicht im Nachhinein erzählt, dass Jenny mit dem Gedanken spielt, eventuell doch wieder zurück nach Starnberg zu ihrem Bruder und ihrem Vater zu ziehen?«

Madsen nickte nachdenklich. »Stimmt, das haben die beiden mir ganz glücklich erzählt, als ich sie kürzlich beim Einkaufen getroffen habe. Und ich wiederum hatte Gelegenheit, mich dafür zu entschuldigen, dass ich den Junior – und später ja sogar auch noch den Senior – der Tat verdächtigt hatte.«

»Siehst du? Genau das meinte ich!«, erwiderte von Werdenfels. »Natürlich machen wir – wie jeder Mensch – gelegentlich Fehler. Und da wir als Polizisten mit den abscheulichsten Abgründen der menschlichen Seele zu tun haben, sind unsere Fehler nun mal zwangsläufig folgenschwerer als beispielsweise die eines Schuhverkäufers. Aber dafür ist das, was wir im Erfolgsfall bewirken, auch entsprechend gewichtiger. Denk doch nur mal an diesen aalglatten Dr. Hämmerle und den Beschluss der Staatsanwaltschaft, die Ermittlungen gegen ihn aufgrund von Klees

Recherche neu aufzurollen und die mysteriösen Tode seiner Ex-Frau und des Reporters noch mal genauer zu untersuchen. Hast du eine Ahnung, welche Erlösung und Genugtuung das für die Familien der beiden Opfer bedeutet, falls sich tatsächlich die Schuld von Hämmerle erweisen sollte?«

Von Werdenfels trat vor Madsen, legte ihm die Hände auf die Schultern und blickte ihm fest in die Augen.

»Du alleine entscheidest über deine Zukunft, und ich habe kein Recht, diese Entscheidung zu beurteilen. Aber ich wünsche mir, dass du bei deinen Überlegungen all das berücksichtigst, was ich dir gerade gesagt habe. Polizist zu sein ist manchmal nervend, oft frustrierend und gelegentlich auch verdammt deprimierend. Aber letztendlich sind wir diejenigen, die der Gesellschaft und allen untadeligen, ehrlichen und gewissenhaften Menschen dabei helfen, in Sicherheit zu leben. Das ist in meinen Augen kein Beruf, sondern eine Berufung – und ich kenne niemanden, der für diese Aufgabe geeigneter wäre als du, Mads. So, und damit lasse ich dich jetzt auch in Ruhe und gehe zurück zum Rest der Truppe. Du kannst ja nachkommen, wann immer dir danach ist. Aber warte nicht zu lange – du kennst ja das Sprichwort: Wer zu spät kommt, lacht zuletzt.«

Mit diesen Worten bückte sich von Werdenfels, hob die leere Bierflasche vom Boden auf und schickte sich an, Richtung Ufer zu gehen.

Madsen rieb sich nachdenklich über seinen Drei-Tage-Bart. Vielleicht sollte er sich tatsächlich an den Gedanken gewöhnen, nicht in erster Linie den Tod eines Menschen verursacht, sondern das Überleben vieler gewährleistet zu haben. Vielleicht sollte er noch einmal die Obduktionsberichte lesen, um sich die unvorstellbare Brutalität Nerlingers vor Augen zu führen. Vielleicht sollte er sich aber auch einfach nur mal richtig betrinken.

Er erhob sich und legte seinen Arm um von Werdenfels' Schultern. »Weißt du was, mein Freund? Ich glaube, du hast recht! Wir sind nun mal nur Menschen, und selbst wenn wir versuchen, immer alles richtig zu machen, müssen wir doch akzeptieren, dass uns dabei zwangsläufig auch mal Fehler unterlaufen. Und wer weiß? Vielleicht gibt es irgendwo da oben ja jemanden, der weiß, wofür das alles gut ist.« Er deutete auf die endlose Weite des Firmaments.

Im selben Moment schwebte ein Greifvogel in würdevoller Eleganz und mit weit ausgebreiteten Schwingen über die Köpfe der beiden Männer hinweg.

Es war ein Falke.

Guido Buettgen
CHAMPAGNERBLUT
Broschur, 400 Seiten
ISBN 978-3-95451-793-0

»Bayerische Regionalkrimis gibt es zwar wie Sand am Meer, trotzdem kommt immer mal wieder ein Autor dazu, der das Genre bereichert ... Gutes Thema, gute Geschichte, gute Ermittler, gutes Buch!« B5 Kulturnachrichten

»Nachwuchsautoren wie der Münchner Guido Buettgen sind gesucht!« Die Welt

»Ein Kriminalroman so kompromisslos und schnell wie eine rechte Gerade.« Blauer Kurier

»Ein ganz starkes Krimi-Debüt.« Krimifestival München

www.emons-verlag.de

Guido Buettgen
CHAMPAGNERTOD
Broschur, 384 Seiten
ISBN 978-3-7408-0314-8

»Guido Buettgen hat mit seinem zweiten Oberbayern Krimi eine ideale Sommerlektüre geschrieben, die man nicht aus der Hand legen kann.« Kultur Vision

»›Champagnertod‹ ist ein packendes Krimifeuerwerk, in dem Buettgen gekonnt alle Register zieht – für alle, die erleben wollen, wie geradlinig und schnörkellos ein deutschsprachiger Krimi sein kann.« Die Oberpfalz

»Buettgen ist Geschäftsführer einer Werbeagentur und weiß mit geschliffenen Worten Dinge auf den Punkt zu bringen.«
Süddeutsche Zeitung

www.emons-verlag.de